Der Preis dieses Bandes versteht sich einschließlich der gesetzlichen Mehrwertsteuer.

Umwelthinweis:
Dieses Buch wurde auf chlor- und säurefreiem Papier gedruckt.

Nora Roberts

Dangerous Love

Affäre im Paradies

Die Spur des Kidnappers

MIRA® TASCHENBUCH
Band 25728
1. Auflage: Februar 2014

MIRA® TASCHENBÜCHER
erscheinen in der Harlequin Enterprises GmbH,
Valentinskamp 24, 20354 Hamburg
Geschäftsführer: Thomas Beckmann

Konzeption/Reihengestaltung: fredebold&partner GmbH, Köln
Umschlaggestaltung: pecher und soiron, Köln
Redaktion: Mareike Müller
Titelabbildung: Thinkstock/Getty Images, München
Autorenfoto: © Bruce Wilder
Satz: GGP Media GmbH, Pößneck
Druck und Bindearbeiten: CPI – Ebner & Spiegel, Ulm
Printed in Germany
Dieses Buch wurde auf FSC®-zertifiziertem Papier gedruckt.
ISBN 978-3-86278-866-8

www.mira-taschenbuch.de

Werden Sie Fan von MIRA Taschenbuch auf Facebook!

Nora Roberts

Affäre im Paradies

Roman

Aus dem Amerikanischen von
Roy Gottwald

1. KAPITEL

Ein Tollhaus. Ständig klingelten Telefone. Menschen schrien, murmelten oder fluchten, saßen irgendwo herum oder waren ständig in Bewegung. Aus allen Ecken kam das Geräusch klappernder Tastaturen, die mit unterschiedlicher Geschwindigkeit angeschlagen wurden. Die Luft war erfüllt vom Geruch abgestandenen Kaffees, frischen Brotes, von Tabakqualm und Schweiß. Ein Narrenhaus? Etliche der Anwesenden hätten dieser Bezeichnung für den Raum des ‚New Orleans Herald‘ zugestimmt, besonders zum Zeitpunkt des Redaktionsschlusses.

Die meisten der Angestellten achteten nicht weiter auf das Chaos, es war so selbstverständlich wie das Atemholen. Es gab Augenblicke, da ein jeder von ihnen von seinen eigenen täglichen Krisen oder Triumphen den Kopf zu voll hatte, als dass er die Dutzend anderen Krisen und Triumphe, die hier noch passierten, mitbekommen hätte. Nicht dass man gegeneinander gearbeitet hätte. Sie alle hingen an ihrer exklusiven Schar von Journalisten. Aber jeder Einzelne würde sich auf seine oder ihre eigene Story, seine eigenen Quellen und seinen individuellen Stil konzentrieren und eifersüchtig darüber wachen. Ein erfolgreicher Zeitungsreporter lebt von der Schnelligkeit, dem Durcheinander und einer heißen Geschichte.

Matthew Bates hatte sich ganz dem Zeitungswesen verschrieben. Er hatte es von der Pike auf gelernt, als Zeitungsjunge auf der Lower East Side bis hin zum Reporter. Er hatte sich um den Kaffee gekümmert, Kopien gemacht, Nachrufe verfasst und über Blumenausstellungen berichtet.

Die Fähigkeit, eine Story aufzuspüren und sie erfolgreich zu vermarkten, hatte er nicht auf seinen Journalistiklehrgängen gelernt … er war damit geboren worden. Die Jahre seiner Seminare und Studien und seine Praxis hatten nur den Stil und die Technik seines Talentes verfeinert, das ebenso zu ihm gehörte wie die Farbe seiner Augen.

Im Alter von dreißig Jahren neigte Matthew gelegentlich zum Zynismus, besaß aber genügend Humor für das Auf und Ab des Lebens. Er mochte die Menschen, ohne sich Illusionen über sie zu machen. Er begriff und fand sich damit ab, dass Menschen von Grund auf lächerlich waren. Wie hätte er sonst in einem Raum voller Verrückter in einem Beruf arbeiten können, der ständig Menschen anprangerte und ausnutzte?

Vor einem Jahr hatte er New York verlassen, um diese Position beim ‚Herald' anzunehmen, weil er eine Abwechslung wollte, vielleicht sogar brauchte. Ruhelos, dachte er jetzt bei sich. Er war ruhelos auf der Suche nach – irgendetwas. Und New Orleans war eine ebenso harte und spannendere Stadt wie New York, nur viel eleganter.

Er war Kriminalreporter, und sein Job gefiel ihm. Es war eine raue Welt, und Mord und Verzweiflung waren ein Teil davon, den man nicht ignorieren konnte. Der Mord, über den er gerade geschrieben hatte, war sinnlos und grausam gewesen. Aber so war das Leben – und so waren seine Geschichten. Jetzt verdrängte er den Tod des achtzehnjährigen Mädchens aus seinem Kopf. Zuallererst musste man objektiv sein, wenn man nicht einen neuen Beruf auszuprobieren gedachte. Aber er musste sich schon sehr anstrengen, um das Bild dieser Ermordeten aus seiner Erinnerung zu vertreiben.

Er sah nicht wie ein erfahrener, abgebrühter Reporter aus, und das wusste er auch. Als er noch um die zwanzig Jahre alt war, hatte ihn das sehr gestört, aber heute amüsierte er sich darüber.

Er war schlank und muskulös und fühlte sich in Jeans wohler als in Anzug. Seine Größe ließ ihn etwas schlaksig wirken. Sein dunkelblondes Haar zeigte nur selten den vorzüglichen Schnitt des guten Friseurs. Zumeist fiel es ihm in natürlichen Locken über die Ohren hinunter bis auf seinen Hemdkragen. Damit sah er noch mehr wie ein stiller, umgänglicher Mensch aus, der lieber am Strand saß als durch die Stadt raste. Mehr als eine Person hatte sich von seiner Fassade täuschen lassen, ohne den Menschen dahinter voll zu begreifen. Und wenn es dann –

falls überhaupt – der Fall war, hatte Matthew seine Geschichte schon längst geschrieben.

Wenn er wollte, konnte er charmant, sogar elegant sein. Aber die sonst gutmütig dreinblickenden blauen Augen konnten vor Zorn blitzen oder, was noch gefährlicher war, sein Gegenüber eiskalt anstarren. Hinter seiner aufgeschlossenen Art verbarg sich kalte, harte Entschlossenheit und aufbrausendes Temperament. Matthew fand sich mit einem Schulterzucken damit ab.

Mit einem dünnen Lächeln auf den Lippen drehte er sich zu der jungen Frau um, die ihm gegenübersaß: Laurel Armand. Sie hatte ein Gesicht, das so romantisch wie ihr Name war. Sie wirkte zerbrechlich, was auf ihre Feingliedrigkeit und blasse Haut zurückzuführen war und was in einem Mann den Wunsch hervorrief, sie zu berühren. Ganz sanft zu berühren. Sie hatte leicht lockiges, dunkelbraunes, nach hinten gekämmtes Haar, das ihr bis zu den Schultern reichte. Haar, wie geschaffen dafür, seine Finger darin zu vergraben, sein Gesicht darin zu versenken. Ihre Augen besaßen die Farbe von dunklen, kostbaren Smaragden.

Es war das Gesicht einer Schönheit des neunzehnten Jahrhunderts, deren Leben sich um ein angenehmes Nichtstun und ihren vornehmen Hintergrund drehte. Und ihre Stimme war ebenfalls sehr weiblich, sehr ausgeglichen im Ton.

Diese Stimme, dachte Matthew, und sein Lächeln vertiefte sich, war ebenso trügerisch wie das Gesicht. Die Dame war eine gewitzte, ehrgeizige Reporterin mit einem Hang zur Hartnäckigkeit und einem heftigen Temperament, das er besonders gern herausforderte.

Mit zusammengezogenen Augenbrauen tippte sie die letzte Zeile ihrer Geschichte. Zufrieden riss Laurel das Blatt aus der Maschine und visierte dann den Mann ihr gegenüber an. Sie wusste im Voraus, dass er sie wieder ärgern und dass sie – leider – wieder darauf hereinfallen würde.

„Hast du ein Problem, Matthew?", fragte sie sanft und leicht gelangweilt.

„Kein Problem, Laurellie." Er sah, wie sie ärgerlich wurde, weil er ihren vollen Namen gebraucht hatte.

„Hast du keinen Mord oder bewaffneten Überfall, mit dem du dich beschäftigen kannst?"

Er verzog den Mund zu einem breiten Lächeln und vertiefte so die Lachfalten in seinem Gesicht. „Im Moment nicht. Na, klappst du für heute dein Nähkörbchen zu?"

Sie biss die Zähne zusammen, um den Schwall wütender Worte zu unterdrücken, die ihr auf der Zunge lagen. Matthew brachte es stets fertig, sie der Gefühle wegen, die bei ihrer Arbeit mit einflossen, aufzuziehen, und sie verteidigte sie stets aufs Neue. Aber diesmal nicht, sagte sich Laurel, als sie unter ihrem Schreibtisch die Hände zu Fäusten ballte: „Ich überlasse den Zynismus dir, Matthew", antwortete sie honigsüß, doch ihre blitzenden Augen straften ihren Ton Lügen. „Darin bist du ja Meister."

„Ja. Wollen wir darum wetten, wessen Story auf der Titelseite erscheint?"

Sie verzog ihre schön geschwungenen Brauen – eine Geste, die er besonders bewunderte. „Ich möchte mich nicht auf deine Kosten bereichern, Matthew."

„Mir würde es aber überhaupt nichts ausmachen." Lächelnd stand er auf, ging um ihren Schreibtisch herum und beugte sich zu ihrem Ohr hinunter. „Fünf Dollar. Obwohl deinem Vater die Zeitung gehört, kennen unsere Herausgeber doch den Unterschied zwischen einer Reportage und einer Hetzkampagne."

Er sah, wie ihr die Siedehitze hochstieg, und vernahm das leise Ausatmen. Es war eine Versuchung, eine sehr große Versuchung, seinen Mund auf diese weichen, schmollenden Lippen zu pressen und den Zorn zu kosten. Doch trotz dieses drängenden Verlangens erinnerte Matthew sich, dass dies kein geeigneter Weg sei, sie zu überlisten.

„Wie du meinst, Matthew, aber setz zehn Dollar ein." Laurel stand auf. Es machte sie wütend, dass sie gezwungen war, ihren Kopf zurückzulegen, um ihm in die Augen schauen zu können.

Und es machte sie noch wütender, dass diese Augen sie selbstsicher und belustigt ansahen. Laurel fiel wieder in ihre Gewohnheit zurück, ihn sich klein, dick und mit beginnender Glatze vorzustellen. „Falls das deine Möglichkeiten nicht übersteigen sollte", setzte sie hinzu.

„Dein ganz ergebener Diener, meine Liebe." Er wickelte eine ihrer Haarlocken um den Finger. „Und um dir zu beweisen, dass selbst Yankees ritterlich sein können, werde ich dich von meinem Gewinn zum Lunch einladen."

Sie lächelte ihn an und lehnte sich ein wenig an ihn heran, sodass ihre Körper sich leicht berührten. Matthew fühlte, wie eine überraschende Hitzewelle ihn durchlief. „Aber erst, wenn die Hölle gefriert", antwortete Laurel und schob ihn zur Seite.

Matthew sah ihr nach, wie sie davonstürmte, dann steckte er lachend seine Hände in die Taschen. In dem Durcheinander um ihn herum fiel das keinem auf.

„Verdammt!", fluchte Laurel, während sie ihr Auto durch den stockenden Verkehr in die Innenstadt manövrierte. Matthew Bates war der irritierendste Mann, den sie je getroffen hatte. Sie rutschte gerade noch bei Gelb durch und haderte mit ihrem Schicksal. Wenn ihr Bruder Curt ihn nicht auf dem College kennengelernt hätte, dann hätte Matthew niemals die Stellung beim … ‚Herald' angetreten. Dann wäre er in New York unerträglich, statt Tag für Tag nur einen Meter von ihr entfernt unerträglich zu sein.

Nur widerwillig gestand sie sich ein, dass er der beste Reporter von allen war. Er war gründlich, seine Berichte waren aufschlussreich, und er besaß den Instinkt eines Bluthundes. Aber das machte den Umgang mit ihm nicht einfacher.

Matthews Artikel über den Mord war fundiert und brachte die Geschichte auf den Punkt. Am liebsten hätte sie ihm seine zehn Dollar in den Hals gestopft. Das hätte es ihm erschwert, sich damit zu brüsten.

In den zwölf Monaten, die sie ihn kannte und mit ihm arbeitete, hatte er nie so auf sie reagiert, wie es die anderen Männer taten. Er hatte keine Hochachtung vor ihr, sein Blick drückte keine Bewunderung aus. Sie hasste es zwar, ehrerbietig behandelt zu werden, aber seine Gleichgültigkeit fand sie ebenso abscheulich.

Er hatte sie niemals eingeladen … Nicht, dass sie das von ihm erwartet hätte, betonte Laurel vor sich selbst. Aber leider entging ihr so auch das Vergnügen, ihm eine Abfuhr zu erteilen. Obwohl er in ihr Wohnhaus gezogen war und direkt neben ihr wohnte, hatte er doch niemals, nicht einmal unter dem kleinsten Vorwand, an ihre Tür geklopft. Ein Jahr lang hatte sie gehofft, er möge es tun … damit sie ihm die Tür vor der Nase zuknallen konnte.

Stattdessen, dachte sie, und ihre Lippen wurden ganz schmal dabei, fällt er mir auf ein Dutzend andere Arten lästig. Er ließ boshafte, kleine Bemerkungen über ihre Freunde fallen – die noch irritierender waren, weil sie unweigerlich zutrafen. Im Augenblick war Jerry Cartier sein bevorzugtes Opfer, ein ultrakonservatives, irgendwie schwerfälliges Mitglied des Stadtrates. Laurel traf sich mit ihm nur, weil sie viel zu gutmütig war, um es zu unterlassen, und gelegentlich brachte er sie auf eine Spur, die sie in ihrem Artikel verwerten konnte. Aber Matthew versetzte sie in die unverzeihliche Lage, Jerry wider besseres Wissen verteidigen zu müssen.

Das Leben wäre leichter, dachte sie, wenn Matthew Bates noch immer in Manhattan an seinen Artikeln basteln würde. Und wenn er nicht so unglaublich attraktiv wäre. Laurel verbannte Matthew und auch ihre zehn Dollar, aus ihren Gedanken, während sie den dichten Straßenverkehr hinter sich ließ.

Obwohl die Sonne schon tief stand, leuchtete der Himmel noch immer. Die Wärme und das Licht flimmerten durch die Zypressen und ergossen sich auf die Straße. Tief zwischen den Bäumen lagen Schatten, ertönten die Geräusche von Insekten und Vögeln – den Tieren dieser Sumpflandschaft. Sie hatte immer gewusst, dass es in den Sümpfen Geheimnisse gab. Geheimnisse,

Schatten, Gefahren. Sie trugen nur noch zu der Schönheit der Landschaft bei. Irgendwie war es aufregend zu wissen, dass so nahe an der Zivilisation noch eine andere Art von Leben – primitiv, räuberisch – existierte.

Als Laurel in die Straße einbog, die zu ihrem Familienstammsitz „Promesse d'Amour" führte, empfand sie das gewohnte Gefühl von Stolz und Ruhe. An jeder Seite der Auffahrt wuchsen Zedern, deren Kronen sich berührten und so die Straße in einen kühlen, dämmrigen Tunnel verwandelten.

Am Ende der Auffahrt hielt Laurel an und warf einen Blick auf das Gebäude. Es hatte zwei weitläufige Stockwerke und wurde von einer Fülle von Azaleen, Kamelien und Magnolien umgeben. Die zarten Farben der Blüten, ihr sanfter exotischer Duft – all das verstärkte den Eindruck der Zeit vor dem amerikanischen Bürgerkrieg und der Trägheit. Durch das heruntergekurbelte Fenster roch Laurel die Mischung aus Hitze und süßem Duft.

Die achtundzwanzig Säulen im dorischen Stil wirkten würdevoll und nicht im Mindesten prahlerisch. Jede Ecksäule war von Efeu überwuchert. Die schmiedeeisernen Muster des umlaufenden Balkons waren so zart wie schwarze Spitze, und französische Türen führten von dort in jeden Raum. Das Haus vermittelte den Eindruck von Beständigkeit, Sicherheit und Grazie. Laurel kam das Haus vor wie eine Dame, die mit den Jahren alt geworden war und jetzt über Charakter und Würde verfügte.

Sie nahm die Seitenstufen, die zur Veranda hinaufführten, und betrat das Haus, ohne anzuklopfen. Hier hatte sie ihre Kindheit und ihre Teenagerjahre verbracht. Ein breiter Korridor teilte das Haus in zwei Hälften und führte von der Vordertür bis in den hinteren Bereich. In der Luft hing der Geruch von Bienenwachs und Zitrone, der sich mit den Düften aus einer Schale voller Kamelienblüten vermischte. Auch ein Jahrhundert früher hätte dieser Geruch in der Halle gehangen. Laurel hielt nur kurz vor einem Drehspiegel, um sich die Haare aus dem Gesicht zu streichen, ehe sie in den vorderen Salon trat.

„Hallo, Papa." Laurel trat auf ihn zu, stellte sich auf die Zehenspitzen und drückte ihm einen Kuss auf die Wange, auf der frische Bartstoppeln sprossen.

William Armand war hochgewachsen und sah mit dem dunklen Haar, in dem sich nur vereinzelt graue Strähnen zeigten, gut aus. Während er seine Tageszeitung temperamentvoll und zielstrebig leitete, wählte er für sein Privatleben eine gemächlichere Gangart. Er roch nach gutem Whiskey und Tabak. Einer alten Gewohnheit zufolge zerzauste er Laurel das Haar, das sie sich soeben erst gerichtet hatte.

„Hallo, Prinzessin. Eine gute Story über den Bürgermeister." Verwirrt hob er eine Augenbraue, als ihm der plötzlich gereizte Ausdruck in ihrem Gesicht auffiel.

„Danke." Sie lächelte schnell, sodass ihr Vater glaubte, er habe sich die Irritation nur eingebildet. Laurel drehte sich um und sah die Frau an, die in dem königsblauen Sessel saß.

Ihr Haar war schneeweiß, aber so voll und dicht wie Laurels. Es umrahmte ein gealtertes, faltiges und stark geschminktes Gesicht. Olivia Armand schämte sich ihrer Vergangenheit nicht. Ihre Augen, die so funkelten und so grün waren wie die Smaragde an ihren Ohren, begegneten Laurels Blick.

„Grandma." Mit einem Seufzer beugte sich Laurel vor, um sie zu küssen. „Wirst du eigentlich nie alt?"

„Nicht, wenn ich etwas dabei zu sagen habe." Ihre Stimme klang altersrau und überraschend sinnlich. „Du bist nicht anders", fuhr sie fort und nahm Laurels Hand in ihre. „Das ist das gute Kreolenblut." Nachdem sie Laurel kurz die Hand gedrückt hatte, lehnte sie sich in ihren Sessel zurück. „William, mach dem Kind einen Drink und schenk mir nach, wenn du schon dabei bist. Was macht dein Liebesleben, Laurellie?"

Lächelnd ließ sich Laurel auf dem Hocker zu Füßen ihrer Großmutter nieder. „Nicht so abwechslungsreich wie deins." Ihr Vater blinzelte ihr zu, als er ihr das Glas reichte.

„Papperlapapp!" Olivia trank ihr Glas aus. „Ich werde dir sagen, was heutzutage mit der Welt nicht mehr stimmt: zu viel

Geschäft und zu wenig Romantik. Dein Problem, Laurellie …",
sie hielt inne und wies mit dem Zeigefinger auf ihre Enkelin,
„… ist, dass du deine Zeit mit diesem rückgratlosen Cartier
verschwendest. Er besitzt kein feuriges Blut, um eine Frau im
Bett zu wärmen."

„Dem Himmel sei Dank!", sagte Laurel mit einem dankbaren
Blick zur Zimmerdecke. „Da möchte ich ihn am allerwenigsten
haben."

„Es ist aber an der Zeit, dass du jemanden dort hast", erwiderte Olivia.

Laurel zog die Augenbraue hoch, und ihr Vater hätte sich
beinahe an seinem Drink verschluckt. „Nicht jeder von uns",
sagte Laurel ruhig, „verfügt über deine unzüchtige Fantasie."

Olivia brach in Lachen aus und klopfte vergnügt auf ihre
Armlehne. „Nicht jeder von uns gibt das zu, das ist der Unterschied."

Laurel lächelte, weil sie die Unverschämtheit ihrer Großmutter unwiderstehlich fand. „Curt sollte eigentlich schon hier sein,
nicht wahr?"

„Ja, jeden Augenblick." William ließ sich in einen Sessel sinken. „Er rief an, kurz bevor du gekommen bist. Er bringt jemanden mit."

„Eine Frau, will ich hoffen", sagte Olivia unweigerlich, ehe
sie ihr Whiskeyglas leerte. „Der Junge hat seine Nase in zu viele
juristische Fachbücher gesteckt. Bei euch beiden", fuhr sie fort
und wandte sich wieder an Laurel, „werde ich wohl nie zur Ur-
großmutter werden. Ihr beide seid viel zu sehr mit juristischen
Fragen oder Zeitungen befasst, um einen Partner zu finden."

„Ich bin noch nicht zur Ehe aufgelegt", sagte Laurel ruhig
und hielt ihr Glas gegen das Licht.

„Wer hat von Ehe gesprochen?" Olivia seufzte laut auf und
sah ihren Sohn an. „Die heutige Generation hat keine Ahnung."

In Laurels Lachen mischte sich das Geräusch der zufallen-
den Vordertür. „Das wird Curt sein. Ich halte es für besser, ihn
vorzuwarnen, in welchem Gemütszustand du dich befindest."

„Ein verdammt hübsches Mädchen", murmelte Olivia, als Laurel hinausging. „Sie ist dein Abbild", merkte ihr Sohn an, während er sich eine seiner Zigarren anzündete.

In dem Augenblick, als Laurel in die Halle kam, schwand ihr Lächeln, und sie biss die Zähne zusammen. Ihr Blick glitt von ihrem Bruder zu dem Mann an seiner Seite. „Oh, du bist es."

Matthew ergriff ihre Hand und hob sie an seine Lippen, ehe Laurel sie fortziehen konnte. „Ah, südliche Gastfreundschaft." Wirklich, dachte er, während sein Blick sie erfasste, sie ist schön. All diese Leidenschaft, all dieses Feuer, unter Elfenbein und Rosen. Eines Tages, Laurellie, schwor er sich im Stillen, setzen wir all das frei.

Laurel ignorierte die Wärme, die seine Lippen auf ihren Fingerknöcheln hinterlassen hatte, und wandte sich ihrem Bruder zu. Er hatte die eckigen und aristokratischen Gesichtszüge ihres Vaters und die Augen eines Träumers. Matthew fiel auf, dass der unterdrückte Groll in ihrem Gesicht liebevoller Zuneigung wich.

„Hallo." Sie legte ihrem Bruder die Hände auf die Schultern und küsste ihn. „Wie geht es dir?"

„Gut. Viel zu tun." Er lächelte sie abwesend an, als hätte er soeben erst gemerkt, wo er sich befand.

„Deine Arbeit könnte heute Abend Gesprächsstoff sein", erklärte sie mit einem Auflachen. „Grandma hat wieder ihre komischen fünf Minuten."

Er sah sie so gequält an, dass Laurel ihm noch einen Kuss gab. Armer Curt, dachte sie, er ist so scheu und so nett. Sie sah sich um und blickte direkt in Matthews Augen. Er beobachtete sie kühl, hinter seiner gleichgültigen Miene lag etwas Undefinierbares. Ein Schauer rann ihr über den Rücken, aber sie wich seinen Augen nicht aus.

Wer ist er wirklich? fragte sie sich, und das nicht zum ersten Male. Und warum weiß ich das nach einem vollen Jahr noch immer nicht mit Sicherheit? Es verwunderte sie stets, dass ein Mann mit seiner Energie, seinem Witz und Zynismus, so gut Freund mit ihrem sanften, verträumten Bruder blieb. Es verwunderte sie ebenfalls, dass sie ihn als Typ nicht unterbringen konnte. Vielleicht war das der Grund, warum er ihr so oft im Kopf herumspukte. Unwillkürlich glitt ihr Blick zu seinem Mund. Ein Lächeln zuckte um seine Lippen. Im Stillen fluchte sie.

„Ich denke, wir gehen jetzt hinein", sagte Curt, dem die Spannung um ihn herum nicht auffiel. Er lächelte auf eine schnelle, jungenhafte Art, die seine sanften Augen belebte. „Dass Matthew hier ist, sollte dich eigentlich ablenken. Frauen abzulenken ist eines seiner besten Talente."

Laurel schnaubte wenig damenhaft durch die Nase. „Darauf wette ich."

Während Curt in den Salon ging, nahm Matthew Laurels Hand und schob sie unter seinen Arm. „Eine neue Wette, Laurellie?", murmelte er. „Nenn mir den Einsatz."

Irgendwie klangen die leise gesprochenen Worte überheblich. Mit einer ärgerlichen Bewegung, die ihm sehr gefiel, warf sie den Kopf zurück. „Wenn du meine Hand nicht loslässt, werde ich …"

„Wirst du dich in Verlegenheit bringen", beendete Matthew den Satz für sie, als sie die Schwelle zum Salon überschritten.

Dieser Raum hatte Matthew schon immer gefallen – die verblassenden Farben und das glänzende alte Holz. Manchmal, wenn er hier war, vergaß Matthew die Jahre, die er im überfüllten dritten Stock eines billigen Mietshauses zugebracht hatte, mit einer Heizung, die mehr Krach als Wärme von sich gab. Dieser Teil seines Lebens war vorüber, dafür hatte er schon gesorgt. Schuhe, die zu klein waren, ein immer halb leerer Magen – ein Ehrgeiz, der zumeist größer als seine Erfolgsaussichten war. Nein, er würde den Erfolg nie als etwas Selbstverständliches betrachten. Er hatte zu viele Jahre darum kämpfen müssen.

„Du hast also den Yankee mitgebracht!" Olivia strahlte Matthew an und freute sich auf das, was kommen würde.

Curt begrüßte seinen Vater, küsste, wie es sich gehörte, Olivias Wange und beschäftigte sich dann mit den Drinks. Grandma hatte diesen ganz bestimmten Ausdruck in ihren Augen.

„Miss Olivia." Matthew ergriff die ihm gereichte Hand und hob sie an die Lippen. „Sie sind schöner denn je."

„Sie Schelm", schalt sie ihn, aber ihr Vergnügen war unüberhörbar. „Sie haben mich seit einem Monat nicht mehr aufgesucht … eine gefährlich lange Zeit in meinem Alter."

Matthew küsste noch einmal ihre Hand und blickte ihr lächelnd in die blitzenden Augen. „Ich halte mich nur deshalb fern, weil Sie mich nicht heiraten wollen."

Laurel unterdrückte ein Lächeln und nahm am anderen Ende des Raumes Platz. Musste er so verdammt charmant sein?

Aus Olivias Lachen klang die reine, weibliche Wertschätzung. „Vor dreißig Jahren hätte ich Ihnen, Sie Verführer, vielleicht eine Chance gegeben, selbst wenn Sie ein Yankee sind."

Matthew nahm das Glas, welches Curt ihm mit einem dankbaren Blick reichte und wandte sich wieder Olivia zu. „Miss Olivia, ich hätte bestimmt nicht Reißaus genommen." Er stützte sich nun auf die Lehne ihres Sessels. Ganz wie ein Lieblingsneffe, dachte Laurel ärgerlich.

„Nun, dafür ist der Zeitpunkt jetzt verstrichen", entschied sie mit einem Seufzen, ehe sie zu Laurel hinüberschaute. „Warum lässt du dich nicht mit diesem Teufel ein, Laurellie? Er ist der richtige Mann, um das Blut einer Frau in Wallung zu bringen."

Laurels Wangen röteten sich vor Ärger und vor Verlegenheit, als Matthew sie angrinste. Sie verharrte in eisigem Schweigen und verfluchte ihre helle Haut.

„Nun, das ist ein feiner, weiblicher Trick", bemerkte ihre Großmutter und klopfte Matthew auf den Oberschenkel. „Und sehr gut für den Teint. Ich könnte doch tatsächlich auch heute noch auf Wunsch erröten, selbst nachdem ich einen Ehemann und drei Liebhaber hinter mich gebracht habe." Zufrieden mit dem vernichtenden Blick, den ihre Enkelin ihr zuwarf, sah Olivia wieder zu Matthew hoch. „Sie ist ein gut aussehendes Mädchen, nicht wahr?"

„Reizend", pflichtete Matthew ihr bei und amüsierte sich ebenso königlich wie Olivia.

„Sie wird einmal prächtige Söhne in die Welt setzen."

„Möchtest du noch etwas zu trinken, Mutter?", fragte William, dem nicht entgangen war, dass seine Tochter kurz davor war aufzubrausen.

„Ein glänzender Vorschlag." Sie reichte ihm ihr leeres Glas. „Sie haben die Gartenanlagen noch gar nicht bewundert, Matthew. Sie sind jetzt am schönsten. Laurellie, bring diesen Yankee nach draußen und zeig ihm, wie ein richtiger Garten auszusehen hat."

Laurel sah ihre Großmutter eisig an. „Ich bin überzeugt, dass Matthew …"

„… es gefallen würde", beendete er den Satz für sie und stand auf.

Sie richtete den Blick gelangweilt auf ihn. „Ich möchte nicht …"

„… unhöflich sein", ergänzte er ruhig und half ihr aus dem Sessel.

Oh doch, genau das will ich, dachte Laurel, während sie die Tür zum Garten öffnete. Sie sehnte sich danach, unhöflich zu sein. Aber nicht vor ihrer Familie, und das wusste er.

„Mir scheint, das macht dir auch noch Spaß, nicht wahr?", zischte sie ihn an, nachdem die Tür hinter ihnen zugefallen war.

„Macht mir was Spaß?", entgegnete Matthew.

„Mich in Rage zu bringen."

„Es ist ausgeschlossen, etwas nicht zu genießen, bei dem jemand Meister ist."

Sie musste lachen und ärgerte sich darüber. „Nun schön, das ist der Garten." Sie machte eine ausholende Geste. „Und du willst ihn ebenso wenig sehen, wie ich ihn dir zeigen möchte."

„Falsch", sagte Matthew schlicht und nahm wieder ihre Hand.

„Lass das sein!" Wütend wollte Laurel ihm die Hand entreißen, was ihr aber nicht gelang. „Das ist eine ganz neue Sitte, die du dir da angewöhnt hast."

„Ich habe gerade herausgefunden, dass sie mir gefällt." Er zog Laurel von der Terrasse zu einem der schmalen Pfade, die sich durch die Blumenbeete wanden. „Außerdem, wenn du dich jetzt nicht von deiner besten Seite zeigst, lässt sich Olivia einfach etwas anderes einfallen."

Allzu wahr, gestand Laurel sich ein. Sie würde sich mit dem Mann neben ihr abfinden müssen. Wenigstens gab es einen schönen Sonnenuntergang, und der Garten roch wie das Paradies. Es war schon lange her, dass sie sich die Zeit genommen hatte, ihn in der Abenddämmerung aufzusuchen.

„Zu dieser Tageszeit hat der Garten mir immer am besten gefallen", sagte Laurel, ohne nachzudenken. „Es ist, als sähe man die Frauen mit ihren Reifröcken über die Wege rascheln. Im Pavillon hat ein kleines Orchester gespielt und überall hängen bunte Laternen."

Matthew wusste, dass sie eine romantische Ader besaß, einen Hauch der Verträumtheit ihres Bruders, aber sie hatte bisher sorgfältig darauf geachtet, das vor ihm zu verbergen. Instinktiv wusste er, dass es auch jetzt nicht ihre Absicht gewesen war, aber der Garten hatte sie schwachgemacht. Er fragte sich, während sein Daumen flüchtig über ihre Knöchel glitt, welche anderen Schwächen sie wohl noch haben mochte. „Er hätte damals nicht anders geduftet als heute Abend auch", murmelte Matthew und stellte fest, wie exquisit ihre Haut im goldenen Licht der untergehenden Sonne leuchtete. „Heiß und süß und geheimnisvoll."

„Als ich noch ein Mädchen war, bin ich manchmal in der Dämmerung hier herausgekommen und habe mir eingebildet, mit jemandem verabredet zu sein." Die Erinnerung ließ sie lächeln, ein wenig verträumt, ein wenig sehnsüchtig. „Manchmal war er dunkel und stürmisch, manchmal groß und blond, aber immer gefährlich und unpassend. Die Art von Mann, aus dessen Fängen der Vater des jungen Mädchens sie befreien würde." Sie lachte und ließ ihre Finger über eine wächserne, weiße Kamelienblüte gleiten. „Eigenartig, dass ich solche Träume hatte, wo mein Papa doch wusste, dass ich viel zu ehrgeizig und praktisch veranlagt war, um mein Herz an einen solchen …"

Laurel verstummte, als sie sich umsah und Matthew dicht vor sich fand – so dicht, dass es an seinem Geruch lag, dass ihre Sinne sich regten, weniger an dem der Blüten. Es war sein Atem, den sie auf ihrer Haut spürte, und nicht die schwüle Abendluft. Das Licht war goldgetränkt und rosig angehaucht. Verschwommen, zauberhaft. In diesem Licht sah er aus wie einer der Männer, von denen sie geträumt hatte.

Matthew strich leicht über ihr Handgelenk. Ihr Puls ging nicht regelmäßig, aber jetzt war es nicht der Ärger, der ihn aus dem Rhythmus brachte. „Einen was?"

„An einen solchen Gauner zu verlieren", beendete Laurel nach einer Weile ihren Satz.

Sie sprachen leise, als verrieten sie sich Geheimnisse. Die Sonne sank tiefer und die Schatten wurden länger.

Sein Gesicht ist so schmal, dachte Laurel plötzlich. Es ist das Gesicht eines Mannes, der Schwierigkeiten nicht aus dem Weg gehen würde. Seine Augen waren wachsam, aber ihr war schon früher aufgefallen, wie leicht er seine Gedanken verbergen konnte. Vielleicht entlockte er deshalb den Leuten Informationen, ohne so zu wirken, als wäre das seine Absicht. Und sein Mund … Woran lag es, dass ihr nie aufgefallen war, wie verlockend, wie sinnlich seine Lippen waren? Oder hatte sie sich nur einfach eingeredet, es fiele ihr nicht auf? Er wäre bestimmt nicht weich, dachte sie, während ihr Blick an seinen Lippen hing. Sein Mund wäre bestimmt hart und hätte einen durchaus männlichen Geschmack. Sie könnte sich ein wenig näher zu ihm beugen und …

Als ihr auffiel, wohin ihre Gedanken glitten, riss Laurel verschreckt die Augen auf. Ihr Puls raste unter Matthews Fingern, und rasch entzog sie ihm die Hand. Himmel, was war nur in sie gefahren? Er würde sie monatelang aufziehen, wenn er auch nur im Mindesten wüsste, wie nahe sie gewesen war, einen Narren aus sich zu machen.

„Ich glaube, es ist besser, wir gehen zurück", sagte sie kühl. „Es ist beinahe Zeit fürs Dinner."

Matthew verspürte den Drang, sie an sich zu ziehen und sich den Kuss zu nehmen, den sie ihm fast gegeben hätte. Aber wenn er das täte, dann würde er auch den allerkleinsten Fortschritt vereiteln, den er gemacht hatte. Er hatte sie seit Langem gewollt – viel zu lange schon – und war klug genug zu wissen, dass sie die üblichen Annäherungsversuche des Erstbesten abweisen würde. Matthew hatte sich für eine unüblichere Annäherung entschieden und fand, auch das hatte seine Reize.

Die Geduld, erinnerte Matthew sich selbst, war ein wichtiger Teil des Erfolges. Aber sie verdiente einen kleinen Seitenhieb, weil sie ihn dazu brachte, sich vor Verlangen und Frustration zu verzehren.

„So bald schon?" Seine Stimme klang mild, seine Miene war ironisch. „Wenn Olivia dich mit Cartier hier herausgeschickt hätte, dann hättest du den Spaziergang wohl kaum so schnell beendet."

„Sie hätte mich niemals mit Jerry hierher geschickt", sagte Laurel, ehe sie begriff, was sie damit ausdrückte.

„Aha." Der Tonfall war beabsichtigt, sie zu verärgern.

„Fang nicht mit Jerry an", fuhr Laurel auf.

Matthew lächelte sie unschuldig an. „Habe ich das?"

„Er ist ein sehr netter Mann", fing sie erregt an. „Er hat gute Manieren und ist – harmlos."

Matthew lachte mit zurückgeworfenem Kopf.

„Ich werde dir sagen, was du bist", sagte sie mit leiser, zitternder Stimme. „Du bist unerträglich."

„Viel besser." Er konnte nicht widerstehen, trat näher an sie heran und fasste ihr Haar mit einer Hand. „Ich habe nicht den Wunsch, nett, wohlerzogen oder harmlos zu sein."

Sie wünschte sich, seine Finger hätten nicht ihren Nacken gestreift. Die Berührung löste einen eigenartigen kleinen Schauer aus. „Dein Wunsch sei dir erfüllt", sagte sie, nicht ganz so ruhig. „Du bist lästig, flegelhaft und …"

„Gefährlich?", half er ihr nach und senkte den Kopf, sodass ihre Lippen nur noch wenig voneinander entfernt waren.

„Leg mir keine Worte in den Mund, Matthew." Sie bemühte sich, gleichmäßig zu atmen, trat einen Schritt zurück und stieß an die Wand des Spaliers. Sie wäre ausgewichen, hätte er sich nicht so schnell bewegt und ihr den Weg abgeschnitten.

„Auf dem Rückzug, Laurellie?" Nein, es lag nicht nur an ihrem Zorn, dachte er, als er den heftigen Pulsschlag an ihrem Hals sah. Dieses Mal nicht.

Sie wurde von Wärme erfüllt, wie von einem trägen Strom. Laurel richtete sich auf und hob das Kinn. „Ich habe es nicht nötig, den Rückzug vor dir anzutreten. Es ist schon schlimm genug, dass ich dich Tag für Tag beim ,Herald' ertragen muss, aber ich habe es auch verdammt nicht nötig, hier herumzustehen und meine Zeit zu vertrödeln. Ich gehe hinein", sie schrie es beinahe, „weil ich hungrig bin!"

Sie schob ihn aus dem Weg und stürmte zum Haus zurück. Matthew blieb einen Moment stehen und sah ihr nach – dem wippenden Haar, den langen, graziösen Schritten, dem kochenden Zorn. Sie ist, dachte er, schon ein Teufelsweib. Sie zu lieben muss ein faszinierendes Erlebnis sein, dachte er. Er hatte die Absicht, diese Erfahrung zu machen, und sie auch, und zwar bald.

2. KAPITEL

Weil der Ärger des vergangenen Abends immer noch in ihr kochte, entschloss sich Laurel, zu Fuß in die Redaktion zu gehen. Eine halbe Stunde in der warmen Luft, ihr Weg inmitten der Menschen, Schaufenster betrachten, und hie und da etwas vom Gespräch der anderen Fußgänger aufschnappen – das alles würde ihre Erregung schnell besänftigen. Die Stadt war, wie das außerhalb gelegene Haus auf der Plantage, Laurels beständige Liebe. Sie betrachtete es nicht als Widerspruch, sich zu der eleganten Zeitlosigkeit von „Promesse d'Amour" ebenso hingezogen zu fühlen wie zu der hektischen Eile des Geschäftsverkehrs.

Solange sie sich erinnern konnte, hatte sie mit diesen beiden Welten zu tun gehabt und sich in beiden gleichermaßen wohlgefühlt. Sie war ehrgeizig – und sie war romantisch. Praktisches Denken und Verträumtheit waren beide ein Teil ihres Wesens, und das Hin und Her war ihr nie zu viel geworden. Im Augenblick fühlte sie sich mit dem Krach und der sie umgebenden Eile wohler als mit der Erinnerung an den dämmrigen Garten.

Worauf hatte Matthew es angelegt? fragte sie sich noch einmal und steckte die Hände in die Taschen. Laurel hatte das Gefühl, sie kenne Matthew gut genug, um zu verstehen, dass er selten etwas ohne verborgene Absichten tat. Er hatte sie in dieser Weise noch nie zuvor berührt. Stirnrunzelnd starrte sie in eine Auslage und rief sich in Erinnerung, dass Matthew Bates sie das ganze Jahr lang so gut wie nie berührt hatte. Und gestern Abend ... Gestern Abend war etwas beinahe Unverfängliches an der Art gewesen, wie er mit den Fingern über ihren Nacken gestreift war und ihr Handgelenk gestreichelt hatte. Beinahe unverfänglich, wiederholte sie. Aber ihre Reaktion darauf war ganz und gar nicht verfänglich gewesen.

Offensichtlich hatte er sie doch in einem unbedachten Augenblick erwischt ... Absichtlich, fand Laurel und runzelte die Stirn noch mehr. Sie hatte keine Aufregung oder Vorfreude verspürt, sondern einfach Überraschung, von der sie sich jetzt restlos erholt hatte. Der Garten war verträumt, romantisch gewesen. Sie war stets empfänglich für Stimmungen, und nur deshalb hatte sie ihm wohl diese dummen Sachen gesagt. Und darum hatte sie, wenn auch nur für eine Minute, herausfinden wollen, wie es wohl wäre, von ihm gehalten zu werden.

Blüten und Sonnenuntergang. In einer solchen Umgebung könnte eine Frau selbst den Teufel anziehend finden. Wenigstens zeitweilig.

Aber sie war nicht gewillt, sich von einem absurden Vorfall in einer Traumwelt ihren Tag verderben zu lassen. Entschlossen, das alles zu vergessen und den Mann dazu, der das verursacht hatte, wollte sie weitergehen.

„Guten Morgen, Laurellie."

Vor Überraschung wäre Laurel fast gestolpert, aber eine Hand hielt sie am Arm fest. Gütiger Himmel, gab es in ganz New Orleans keinen Ort, wo man ihm nicht entkommen konnte? Sie drehte sich um und warf Matthew einen langen, kühlen Blick zu. „Pech mit dem Auto gehabt?"

Hochmut steht ihr gut, überlegte er, genau wie Zorn. „Es ist ein schöner Tag zum Laufen", entgegnete er glatt und hielt sie beim Arm, während sie die Straße überquerten. Er war nicht so dumm, ihr mitzuteilen, dass er sie das Haus zu Fuß hatte verlassen sehen und dem Impuls nachgegeben hatte, ihr zu folgen.

Laurel befreite sich aus seinem Griff, nachdem sie die andere Seite erreicht hatten. Warum, zum Teufel, hatte sie nicht ihren Wagen genommen, so wie sie es an jedem Morgen tat? Da sie es zu keiner Szene auf der Straße kommen lassen wollte, musste sie mit ihm weitergehen. Als sie ihn wieder ansah, fing sie seinen belustigten Blick auf, der wohl ausdrücken sollte, er habe ihre Gedanken genau erraten. Sie verwarf die Absicht, ihm ihre Handtasche über den Kopf zu hauen, und lächelte kalt.

„Nun, Matthew, mir scheint, du hast dich gestern Abend gut unterhalten."

„Ich mag deine Großmutter, sie ist sehr schön", sagte er so schlicht, dass sie auf der Stelle stehen blieb. Als ihre Brauen sich zusammenzogen, lächelte er und fuhr mit dem Finger ihren Nasenrücken entlang. „Ist das nicht erlaubt?"

Mit einem Schulterzucken nahm Laurel ihren Weg wieder auf. Wie sollte sie ihn verabscheuen, wenn er so reizend und ehrlich war? Doch Laurel unternahm einen neuen Versuch. „Du ermutigst sie."

„Sie braucht keine Ermutigung", stellte er präzise fest. „Aber es macht mir trotzdem Spaß."

Es gelang Laurel nicht, ein Lachen zu unterdrücken. Der Bürgersteig war so voller Menschen, dass sich ihre Arme beim Gehen zwangsläufig berührten. „Es scheint, als hättest du nichts dagegen, dass sie dich als meinen …"

„… Liebhaber sieht?", schlug er mit seiner schrecklichen Angewohnheit, immer ihre Gedanken zu Ende zu führen, vor. „Ich glaube, Olivia hat, trotz ihrer, hm, liberalen Einstellung, etwas Dauerhaftes im Sinn. Sie hat das Haus aus gutem Grund erwähnt."

Verblüfft starrte Laurel ihn mit offenem Mund an. Er lächelte, und ihr Sinn für Komik gewann die Oberhand. „Du solltest besser sicherstellen, dass sie auch noch etwas Bargeld dazu wirft. Der Unterhalt des Hauses kostet ein Vermögen!"

„Ich gebe zu, ich fühle mich versucht." Er fing die Spitzen von Laurels Haar mit den Fingern ein. „Das … Haus", sagte er, als sie zu ihm aufsah, „ist nicht etwas, das ein Mann leicht ablehnt."

Sie warf ihm einen Blick zu, mit dem sie ihn noch nie angesehen hatte. Unter den Wimpern hervor, hitzig, belustigt und unwiderstehlich. „Matthew", sagte Laurel sanft grollend, „du bringst mich dazu, Jerry ernsthafter in Erwägung zu ziehen."

Dann, dachte er, während Verlangen in ihm erwachte, werde ich ihn um die Ecke bringen müssen. „Olivia würde dich enterben."

Laurel lachte und schob gedankenverloren ihren Arm unter den seinen. „Oh je, die Qual der Wahl, vor die eine Frau sich gestellt sieht. Mein Erbe oder meine Gefühle. Ich glaube, es ist höchst bedauerlich für uns beide, dass du nicht mein Typ bist."

Matthew hatte seine Hand schon am Griff der Glastür zum ‚Herald'-Gebäude, ehe Laurel sie aufziehen konnte. „Du bringst mich dazu, Laurellie", sagte er ruhig, „deine Ansichten zu ändern."

Sie hob eine Braue und war nicht mehr so selbstsicher, wie sie es noch vor einem Augenblick gewesen war. Warum waren ihr diese raschen Stimmungswechsel an ihm früher nie aufgefallen?

Die Wahrheit war, gestand sie sich ein, dass sie sich gezwungen hatte, so wenig wie möglich von ihm Kenntnis zu nehmen. Vom ersten Augenblick an, als er die Lokalredaktion betreten hatte, hatte sie entschieden, dies sei der sicherste Weg. Entschlossen, dieses Mal nicht die Oberhand zu verlieren, lächelte sie ihn an, während sie durch die Tür ging. „Keine Chance, Matthew."

Matthew ließ sie gehen, aber er sah ihr durch die überfüllte Eingangshalle hinterher. Wenn er sich nicht ohnehin schon von ihr angezogen gefühlt hätte, würde er sich durchgesetzt haben. Schwierigkeiten waren dazu da, sie zu überwinden. Und soweit es ihn betraf, hatte Laurel soeben ihre erste Herausforderung ausgesprochen. Mit einem etwas seltsamen Lächeln ging er auf die Fahrstühle zu.

Laurel verbrachte den ganzen Vormittag damit, den Direktor einer Autobahnmeisterei zu befragen. Eine Geschichte über Straßenbauarbeiten und Umleitungsschilder ist nicht gerade von großer Brisanz, dachte sie, aber eine Meldung ist eine Meldung. Es war ihre Aufgabe, die Fakten zusammenzutragen, so trocken sie auch sein mochten, und eine Geschichte daraus zu machen. Mit einigem Glück konnte ihre Story in der unteren Hälfte auf Seite zwei untergebracht werden. Vielleicht würde ihr der Nachmittag eine etwas aufregendere Sache bringen.

Die Korridore – so selten menschenleer – waren am späten Vormittag ruhig. Reporter kamen oder gingen, aber die meisten hatten bereits das Haus verlassen oder saßen an ihren Schreibtischen. Laurel winkte einem Kollegen flüchtig zu, der mit einem Imbiss aus dem Automaten an ihr vorübereilte, und fing an, ihren Leitartikel auszuarbeiten.

In Gedanken versunken wandte sie sich der Lokalredaktion zu und stieß mit einer anderen Frau zusammen. Der Inhalt ihrer Handtasche fiel in alle Richtungen auf den Boden.

„Verdammt!" Ohne hochzusehen, bückte Laurel sich und fing an, die Sachen zusammenzusuchen. „Es tut mir leid, ich habe nicht aufgepasst."

„Das macht nichts."

Laurel sah eine sehr schmale Hand nach einem Briefumschlag greifen. Diese Hand zitterte stark. Beunruhigt blickte sie auf die bleiche Blondine mit dem hübschen Gesicht und den rot geränderten Augen. Ihre Lippen zitterten so stark wie ihre Hände.

„Habe ich Ihnen wehgetan?" Instinktiv ergriff Laurel die Hände der Frau. Sie hatte es noch nie gekonnt, jemanden mit Problemen abzuweisen.

Die Frau öffnete den Mund, schloss ihn dann wieder und schüttelte heftig den Kopf. Die Finger in Laurels Hand zitterten hilflos. Als ihr die ersten Tränen über das blasse Gesicht rollten, vergaß Laurel den Krach und die Umgebung und ihre Notizen, die sie in ihrem Buch in der Handtasche hatte. Sie half der Frau hoch und brachte sie durch den Wirrwarr der Schreibtische in das verglaste Büro des Lokalredakteurs.

„Setzen Sie sich", forderte sie die Blondine auf und zwang sie in einen verschlissenen Ledersessel. „Ich werde Ihnen etwas Wasser holen." Ohne auf ihre Zustimmung zu warten, verließ Laurel wieder den Raum. Als sie zurückkam, sah sie, dass die Frau zu weinen aufgehört hatte, aber ihr Gesicht hatte den verwundeten, verwirrten Ausdruck nicht verloren. „Bitte, nehmen Sie einen Schluck." Sie reichte ihr den Plastikbecher, setzte sich auf die Armlehne des Sessels und wartete.

Der gedämpfte Lärm der Aktivitäten im Redaktionsraum drang bis in das Büro. Es war noch zu früh, als dass überall Verzweiflung herrschte. Die Panik vorm Redaktionsschluss war noch Stunden entfernt. Nur die Blondine bemühte sich verzweifelt, ihren Atem unter Kontrolle zu bringen. Hunderte von Fragen schossen Laurel durch den Kopf, aber sie ließ der Frau Zeit.

„Es tut mir leid." Sie zerknüllte den leer getrunkenen Plastikbecher in der Hand, ehe sie zu Laurel hochsah. „Im Allgemeinen lasse ich mich nicht so gehen."

„Das ist schon in Ordnung." Laurel bemerkte, wie die Frau den Becher langsam und systematisch in kleine Stücke zerriss. „Ich bin Laurel Armand."

„Susan Fisher." Ausdruckslos blickte sie auf die Schnitzel in ihrem Schoß.

„Kann ich Ihnen helfen, Susan?"

Beinahe hätte sie nun wieder zu weinen angefangen. Warum führten solch einfache Worte dazu, ihr wieder das Gefühl der Hilflosigkeit zu geben? „Ich weiß nicht, warum ich hergekommen bin", begann Susan stammelnd. „Mir war nichts anderes eingefallen. Die Polizei …"

Laurel geriet in Widerspruch zwischen ihrer Spürnase als Reporterin und ihren Beschützerinstinkten. Beide waren viel zu selbstverständlich für sie, als dass sie ihr selbst bewusst geworden wären. Sie legte eine Hand auf Susans Schulter. „Ich arbeite hier. Sie können sich bei mir aussprechen. Worum geht es denn?"

Susan starrte zu ihr hoch. Sie wusste nicht mehr, wem sie vertrauen konnte oder ob Vertrauen ein Wort war, dem sie glauben konnte. Diese Frau sah so vertrauenserweckend aus, so selbstsicher. Ihr Leben war nie durcheinandergeraten. Warum sollte diese lebensfrohe Frau mit dem sicheren Auftreten ihr zuhören – oder ihr glauben?

Susans Augen waren sanft und blau, hell und verwundbar. Laurel wusste nicht, warum sie sie an Matthew erinnerten, an einen Mann, von dem sie überzeugt war, dass er überhaupt kein Feingefühl hatte, und doch taten sie es. Sie legte ihre Hand über Susans. „Ich will Ihnen helfen, wenn ich es kann."

„Meine Schwester." Die Worte brachen aus ihr heraus, dann hielt sie abrupt inne. Susan schluckte mühevoll und fing wieder an. „Meine Schwester Anne hat vor einem Jahr Louis Trulane kennengelernt."

Louis? schoss es Laurel durch den Kopf und ihre Hand verkrampfte sich plötzlich über Susans Fingern. Bittersüße Erinnerungen, Zugehörigkeitsgefühl, wachsende Qualen. Was mochte diese verschreckte, in Tränen aufgelöste Frau mit Louis zu schaffen haben? „Reden Sie weiter", gelang es ihr zu sagen, und ihr Handgriff lockerte sich wieder.

„Sie heirateten kaum einen Monat, nachdem sie sich getroffen hatten. Anne war so verliebt. Wir hatten – wir teilten uns damals ein Apartment, und sie sprach überhaupt nur noch von Louis und davon, hierher zu kommen und in das prachtvolle alte Haus einzuziehen, das ihm gehört. ‚Heritage Oak'. Kennen Sie es?"

Laurel nickte, und war wieder mitten in ihren eigenen Erinnerungen. „Ja, ich kenne es."

„Sie schickte mir Bilder davon. Ich konnte mir nicht vorstellen, dass Anne dort lebte, als Herrin des Hauses. In ihren Briefen schrieb sie nur darüber – und natürlich über Louis." Susan atmete zitternd ein. „Sie war so glücklich. Sie sprachen bereits davon, eine Familie zu gründen. Endlich gelang es mir, Urlaub zu nehmen. Ich wollte sie besuchen, als ich Louis' Brief erhielt."

Laurel nahm Susans Hand fester in ihre eigene. „Susan, ich weiß …"

„Sie war tot." Die Feststellung klang teilnahmslos, aber der Schock war noch immer herauszuhören. „Anne war tot. Louis schrieb – er schrieb, dass sie allein das Haus verlassen habe, nach Einbruch der Dunkelheit, und in die Sümpfe gegangen sei. Der Biss einer Mokassinschlange, sagte er. Wenn man sie eher entdeckt hätte … aber man fand sie erst am nächsten Morgen, und da war es zu spät." Susan kniff ihre Lippen zusammen und zwang sich, nicht mehr zu weinen. Die Zeit für Tränen war vorüber. „Sie war erst einundzwanzig und so hübsch."

„Susan, es muss furchtbar für Sie gewesen sein, auf diese Weise davon zu hören. Es war ein schrecklicher Unfall."

„Mord", sagte Susan mit tödlich ruhiger Stimme. „Es war Mord."

Laurel starrte Susan volle zehn Sekunden lang an. Ihr erster Impuls, sie zu beruhigen und zu trösten, schwand und wurde durch einen Hauch Zweifel, einer Andeutung von Interesse ersetzt. „Anne Trulane starb an einem Schlangenbiss und Unterkühlung. Warum nennen Sie es Mord?"

Susan stand auf und ging zum Fenster. Laurel hatte ihr nicht die Hand gestreichelt, keine leeren Worte gemacht. Sie hörte ihr noch immer zu, und Susan fühlte einen Hoffnungsschimmer. „Ich werde Ihnen sagen, was ich auch Louis gesagt habe, was ich der Polizei gesagt habe." Sie brauchte einen Moment, um ruhig durchzuatmen. „Anne und ich standen uns sehr nahe. Sie war stets liebenswürdig, empfindsam. Sie besaß eine kindliche Niedlichkeit, ohne kindisch zu sein. Ich möchte, dass Sie begreifen, dass ich Anne so gut wie mich selbst kannte."

Laurel dachte an Curt und nickte. „Ich verstehe."

Susan reagierte auf dieses Zeichen von Verständnis mit einem Seufzer. „Seit sie ein kleines Kind war, litt Anne unter Angstzuständen, sie hatte Angst vorm Dunkeln. Wenn sie nachts ein Zimmer betreten musste, griff sie erst nach dem Lichtschalter. Das war mehr als nur eine Angewohnheit, es war eine jener kleinen Ängste, die manche von uns verlieren. Verstehen Sie, was ich meine?"

Laurel dachte an ihre eigenen Angstzustände und nickte wieder. „Ja, ich weiß."

Susan trat vom Fenster zurück. „Sosehr Anne dieses Haus liebte, beunruhigte es sie doch, dass die Sümpfe so nah waren. Sie hatte mir geschrieben, sie seien wie ein dunkler Raum – etwas, wo sie selbst im Tageslicht nicht hineingehen würde. Sie liebte Louis und wollte ihm gefallen, aber sie hätte es nicht einmal seinetwegen getan."

Sie drehte sich zu Laurel um, und ihre Augen blickten nicht mehr länger ruhig, sondern flehend drein. „Sie müssen begreifen, dass sie ihn anbetete, aber um nichts in der Welt würde sie, konnte sie das für ihn tun. Es war wie eine Besessenheit. Anne glaubte, die Sümpfe seien verwunschen … sie hatte sich so sehr in diese Vorstellung hineingesteigert, dass sie sogar Lichter dort draußen sah. Niemals wäre Anne nachts allein dort hingegangen."

Laurel wartete einen Moment, während Fakten und Ideen ihr durch den Kopf schossen. „Aber sie wurde dort gefunden."

„Weil jemand sie hingebracht hat."

Schweigend schätzte Laurel die Frau ab, die ihr gegenüberstand. Der hilflose Blick war nicht mehr da. Obwohl ihre Augen noch geschwollen und rot umrandet waren, stand jetzt Entschlossenheit darin und die Aufforderung, ihr zu glauben. Der Schock und die Loyalität der älteren Schwester vielleicht, überlegte Laurel, aber sie ließ sich Einzelheiten der Geschichte durch den Kopf gehen, mitsamt dem, was sie über Anne Trulanes Tod wusste.

Es war nie klar geworden, warum die junge Braut sich allein in die Sümpfe gewagt hatte. Obwohl Laurel mit den Sümpfen und Mooren groß geworden war, wusste sie, wie tückisch sie waren, besonders bei Nacht und für jemanden, der sich nicht auskannte. Insekten, Morast … Schlangen.

Sie erinnerte sich auch daran, wie Louis Trulane nach der Tragödie der Presse eine Abfuhr erteilt hatte – keine Interviews, kein Kommentar. Kaum war die Leichenschau vorüber, hatte er sich nach „Heritage Oak" zurückgezogen.

Laurel dachte an Louis, dann sah sie Susan an. Ihre Loyalität wurde gefordert. Und dennoch, der Reporterinstinkt, mit dem sie geboren worden war, regte sich in ihr. Das Warum im Leben verlangte immer nach einer Antwort.

„Sagen Sie, warum sind Sie zum ‚Herald' gekommen, Susan?"

„Sobald ich gestern in der Stadt angekommen war, habe ich Louis aufgesucht. Er wollte mir nicht zuhören. Heute früh war ich bei der Polizei." Sie hob die Hände mit einer Geste der Hoffnungslosigkeit. „Der Fall war abgeschlossen. Ehe ich noch recht darüber nachgedacht hatte, war ich hier. Vielleicht sollte ich einen Privatdetektiv beauftragen, aber …" Sie brach ab und schüttelte den Kopf. „Selbst wenn das der richtigere Weg wäre, hätte ich doch nicht das Geld dafür. Ich weiß, die Trulanes sind eine mächtige, angesehene Familie, aber es muss einen Weg geben, die Wahrheit herauszufinden. Meine Schwester wurde ermordet." Dieses Mal zitterte ihre Stimme bei der Behauptung und die Röte, die ihr vor Erregung in die Wangen gestiegen war, schwand.

Sie ist nicht so stark, wie sie sein möchte, stellte Laurel fest, als sie aufstand. „Susan, würden Sie mir vertrauen, wenn ich mich mit dem Fall befasste?"

Susan fuhr sich mit der Hand durch das Haar. Sie wollte jetzt nicht die Nerven verlieren, nicht in dem Augenblick, da ihr jemand die Hilfe anbot, die sie so dringend brauchte. „Irgendjemandem muss ich ja trauen."

„Ich habe ein paar Dinge zu erledigen." Abrupt wurde Laurel sachlich. Wenn da eine Geschichte lag, und sie roch sie förmlich, durfte sie nicht an alte Bindungen, alte Erinnerungen denken. „Im Aufenthaltsraum steht eine Kaffeemaschine. Holen Sie sich eine Tasse und warten Sie dort auf mich. Sobald ich fertig bin, werden wir uns etwas zu essen besorgen – und uns weiter unterhalten."

Susan stellte keine Fragen, nahm ihre Handtasche und sah den Papierfetzen nach, die beim Aufstehen auf den Fußboden fielen. „Vielen Dank."

„Danken Sie mir noch nicht", riet Laurel ihr. „Ich habe noch nichts getan."

Susan blieb an der Tür stehen und sah über die Schulter zurück. „Doch, das haben Sie."

Gedankenverloren verzog Laurel die Lippen und sah Susan hinterher, die sich ihren Weg zwischen den Schreibtischen der Redaktion hindurchbahnte. Anne Trulane, dachte sie und seufzte. Louis. Gütiger Himmel, in welches Wespennest stach sie da?

Ehe Laurel eine Antwort parat hatte, trat der Redaktionsleiter ein, sein dünnes Gesicht in ärgerliche Falten gelegt, seine müden Augen blickten böse drein. „Verdammt, Laurel, dies ist eine Zeitung und kein Kummerkasten für einsame Herzen. Wenn eine deiner Freundinnen Streit mit ihrem Freund hat, dann lass das Büro von jemand anderem in Tränen versinken. Und jetzt verschwinde!" Er schwang sich hinter seinen übervollen Schreibtisch. „Du hast einen Artikel zu schreiben."

Laurel ging zum Schreibtisch hinüber und setzte sich auf die Kante. Don Ballinger war ihr Patenonkel, ein Mann, der sie oft auf seinen Knien gewiegt hatte. Falls es zu einer Entscheidung zwischen seiner persönlichen Zuneigung und einer Zeitungsmeldung kam, würde die Meldung immer zuerst kommen. Laurel hätte es auch nicht anders erwartet. „Das war Anne Trulanes Schwester", sagte sie milde, als er den Mund aufmachte, um sie anzubrüllen.

„Trulane", wiederholte er und zog seine buschigen Augenbrauen zusammen. „Was wollte sie denn?"

Laurel hob einen Kristallstein auf, den Don als Briefbeschwerer benutzte, und ließ ihn von einer Hand in die andere gleiten. „Beweisen, dass ihre Schwester ermordet wurde."

Sein kurzes Lachen klang wie ein spöttisches Bellen. Don holte aus der Schreibtischschublade eine Zigarette und strich liebevoll über sie. Er streichelte sie, liebkoste sie, aber er zündete sie nicht an. Er hatte sich seit sechzehn Tagen, zehn Stunden … und zweiundzwanzig Minuten keine mehr angesteckt. „Ein Schlangenbiss", sagte Don einfach, „und eine Nacht im Freien laufen nicht auf Mord hinaus. Was macht die Geschichte über die Autobahnmeisterei?"

„Die Schwester erzählte mir, Anne habe im Dunkeln an Angstzuständen gelitten", fuhr Laurel fort. „Anne hat vermutlich die Sümpfe, in denen sie umkam, in ihren Briefen erwähnt. Sie hatte nie einen Fuß hineingesetzt und hatte auch nicht die Absicht, es zu tun."

„Offensichtlich hat sie ihre Meinung geändert."

„Oder jemand hat die Meinung für sie geändert."

„Laurel …"

„Don, lass mich der Sache nachgehen." Laurel betrachtete eingehend den glitzernden Briefbeschwerer, während sie sprach. Die Dinge waren nicht immer so, wie es den Anschein hatte, grübelte sie. Fast nie. „Es könnte nicht schaden. Ich könnte immer noch eine packende Story daraus machen."

Don sah mit gerunzelter Stirn auf seine Zigarette und fuhr mit einem Finger bis zur Spitze. „Trulane würde das nicht gefallen."

„Mit Louis komme ich klar", sagte sie mit größerer Überzeugung, als sie empfand. „Irgendetwas ist hier faul, Don. Es hat nie einen guten Grund dafür gegeben, dass Anne Trulane allein dort hingegangen ist. Sie hatte sich bereits zum Schlafengehen umgekleidet."

Sie kannte beide Gerüchte – dass Anne sich mit einem Liebhaber treffen wollte, dass Louis sie so lange im Haus festgehalten hatte, bis sie blindlings davongestürzt war und sich verirrt hatte. Don steckte sich die Zigarette zwischen die Lippen und kaute auf dem Filter herum. Die Trulanes waren immer für eine Story gut. „Hör dich um", sagte er nach einer Weile. „Die Meldung ist immer noch frisch." Doch ehe Laurel sich zu sehr freuen konnte, dass sie die erste Runde gewonnen hatte, ließ er die Bombe platzen. „Bates hat darüber berichtet, arbeite mit ihm zusammen."

„Mit Bates zusammenarbeiten?", wiederholte sie. „Ich brauche ihn nicht. Das ist meine Spur, meine Geschichte."

„Es war sein Aufmacher", fuhr Don fort, „und es ist niemandes Geschichte, bis es eine gibt."

„Verdammt, Don, der Mann ist unerträglich. Ich bin doch keine Anfängerin mehr, die einen Vorgesetzten braucht, und …"

„Und er verfügt über die Kontakte, die Quellen und kennt vor allem den Hintergrund." Er stand auf, während Laurel vor Zorn kochte. „Wir tragen beim ‚Herald' keine persönlichen Fehden aus, Laurel. Wir arbeiten Hand in Hand." Nachdem er ihr einen letzten Blick zugeworfen hatte, steckte er den Kopf zur Tür hinaus. „Bates!"

„Man kann keine persönlichen Fehden mit jemandem austragen, der gar keine Persönlichkeit hat", murmelte Laurel. „Ich bin diejenige, die die Trulanes kennt. Er wird mir nur im Wege sein."

„Laurel, zu schmollen war schon immer eine deiner schlechten Angewohnheiten", bemerkte Don und ging hinter seinen Schreibtisch zurück.

„Ich schmolle nicht!", protestierte sie, als Matthew durch die Tür kam.

Er warf einen Blick auf Laurels wütendes Gesicht, hob eine Augenbraue und lächelte. „Probleme?"

Laurel unterdrückte den Wunsch, ihn anzufauchen, und ließ sich auf den Stuhl fallen. Matthew Bates war das Problem.

„Lächle", riet ihr Matthew einige Minuten später. „Wenn dies vorbei ist, könntest du etwas dazugelernt haben."

„Ich habe es nicht nötig, irgendetwas von dir zu lernen." Laurel ging auf den Fahrstuhl zu.

„Das", murmelte er und freute sich über die Art, wie sie die Lippen zu einem Schmollmund verzog, „wird sich noch herausstellen müssen."

„Du wirst keinen Lehrling bei dir haben, Matthew, sondern eine Partnerin." Sie vergrub ihre Hände tief in den Taschen. „Don bestand darauf, weil du über die Ermittlungen und die gerichtlichen Untersuchungen geschrieben hast. Du könntest es für uns beide leichter machen, wenn du mir deine Notizen zur Verfügung stellen würdest."

„Das Letzte, was ich täte", sagte Matthew sanft, „wäre, dir meine Unterlagen zu überlassen."

„Und das Letzte, was ich brauche, ist, dich ständig auf den Hacken zu haben. Das ist meine Story."

„Das hat wohl gesessen, nicht wahr?" Gleichgültig drückte er auf den Knopf des Fahrstuhls und drehte sich dann zu ihr um. „Hat dein Papa dir nie gesagt, dass teilen gut ist?"

Wütend stieg sie in den Lift und drückte den Knopf für das Erdgeschoss. „Fahr zur Hölle."

Laurel hatte nicht gewusst, dass Matthew sich so schnell bewegen konnte. Vielleicht war dies ihre erste Lektion. Ehe sie auch nur ahnen konnte, was er tat, drückte Matthew einen Knopf und hielt den Aufzug mitten zwischen den Stockwerken an. Ihr Mund blieb vor Überraschung offen stehen, als er sie gegen die Wand der Kabine drängte. „Sieh dich vor, wie weit du es treibst", warnte er leise, „es sei denn, du bist willens, selbst ein paar Stöße hinzunehmen."

Ihre Kehle war so trocken, dass es schmerzte. Noch nie hatte sie erlebt, dass seine Augen so eisig blicken konnten. Es war erschreckend. Faszinierend. Seltsam, sie hatte sich eingeredet, er habe kein Temperament, aber nun, da es kurz vor dem Ausbruch stand, war sie nicht einmal überrascht. Nein, es war nicht Überraschung, die ihr einen Schauer über die Haut rieseln ließ.

Sie fürchtet sich, stellte Matthew fest. Aber sie schreckt nicht zurück. Der gesunde Menschenverstand riet ihm, es jetzt gut sein zu lassen, nachdem er seinen Standpunkt klar gemacht hatte. Aber ein Jahr war eine sehr lange Zeit. „Ich glaube, es ist besser, ich werde das jetzt los, ehe wir anfangen."

Er sah, wie sich ihre Augen weiteten, verblüfft, als er den Kopf tief zu ihr hinunterbeugte. Belustigt zog er die Lippen leicht nach oben, während er sie kurz vor ihrem Mund schweben ließ. „Überrascht, Laurellie?"

Warum bewegte sie sich nicht? Ihr Körper wollte einfach ihrem Willen nicht folgen. Ihre Arme, die ihn eigentlich von sich stoßen wollten, gehorchten ihr nicht. Lieber Himmel, er hatte schöne Augen. Unglaublich schöne Augen. Sein Atem streifte ihre Haut, ihre Lippen, die sich wie von allein geöffnet hatten. Er roch schlicht und einfach nach ihm selber. Und das war wunderbar.

Im Bemühen, ihre Sinne wieder zu beruhigen, richtete Laurel sich an der Wand auf. „Wage es ja nicht …"

Ihre Worte endeten in einem erstickten Laut des Entzückens, als seine Lippen über ihre glitten. Es war kein Kuss. Niemand würde das für einen Kuss halten können ... eine flüchtige Berührung ohne Druck. Eigentlich mehr eine Andeutung – oder eine Drohung. Laurel fragte sich, ob jemand die Kabel des Aufzugs durchtrennt haben mochte.

Laurel bewegte sich nicht, nicht einen Muskel. Ihre Augen standen weit offen, ihr Verstand war gelähmt, während Matthew ein wenig näher an sie herantrat, bis sein Körper sie ganz berührte – fest, schlank, stark. Seine Lippen liebkosten noch immer so sanft, so unglaublich leicht ihren Mund, dass es ihr wie eine Einbildung erschien. Sie fühlte seine feuchte Zungenspitze die Linie ihrer Lippen verfolgen, dann sich dazwischen schieben, nur federleicht, um ihre eigene Zungenspitze zu berühren. Sie hielt den Atem an und stieß ihn zitternd aus.

Es war dieses stille, unwillkürliche Geräusch der Hingabe, das fast seine Beherrschung zunichtegemacht hätte. Wenn sie getobt und geschimpft hätte, wäre er leicht damit fertig geworden. Er war ärgerlich genug. Aber er hatte nicht mit diesem erstaunten Nachgeben gerechnet, nicht von Laurel. Sein Zorn wurde von einem verführerischen Machtgefühl überlagert, und dann einem nagenden, süßen Verlangen. Noch als er seine Zähne in ihre weiche Unterlippe grub, fragte er sich, ob er sie je wieder in so einer Situation erwischen würde.

Matthew wollte sie berühren, sie jetzt besitzen. Seit Monaten hatte er das gewollt. Während er ganz zart mit ihren Lippen spielte, dachte er, dass er sie hier auf dem Boden des Aufzuges haben könnte, noch ehe sie beide wieder zu Verstand gekommen wären. Es wäre verrückt, wundervoll verrückt. Aber er hatte sich etwas anderes ausgedacht für Laurel Armands Verführung.

Er berührte sie also nicht, sondern zog sich träge zurück. Nicht ein einziges Mal während dieser umwerfenden zwei Minuten hatte sie ihn aus den Augen gelassen. Laurel beobachtete, wie sich dieser clevere, geschwungene Mund zu einem Lächeln verzog, als Matthew den Knopf für das Erdgeschoss drückte. Ruckartig und rumpelnd setzte sich der Fahrstuhl in Bewegung.

„Schade, dass wir so wenig Zeit haben", meinte Matthew leichthin, dann sah er sich achtlos in der Kabine um. „Und zu wenig Platz."

Stück für Stück hoben sich die Schleier, die ihr die Sinne umnebelt hatten, bis sie wieder klar denken konnte. Ihre Augen waren glühende grüne Schlitze, ihre Elfenbeinhaut vor Zorn gerötet, als sie einen Schwall von Flüchen in einem so fließenden und mühelosen Ton ausstieß, dass er ganz beeindruckt war.

„Lass uns einen Waffenstillstand schließen, Laurel." Er hielt ihr die offene Hand hin, während sie Luft holte, um fortzufahren. „Wenigstens einen beruflichen, bis wir mit dieser Sache fertig sind. Wir können den privaten Krieg wieder aufnehmen, wenn wir außer Dienst sind."

Sie verschluckte eine Antwort und stand wütend da, als der Lift sanft anhielt. Es wäre nicht sehr vertrauenserweckend für Susan Fisher, wenn sie mitbekäme, wie sie sich zankten. „Eine Kampfpause, Matthew", willigte sie ein, während sie in die Halle traten. „Versuch das noch einmal, und dir werden ein paar Zähne fehlen."

Prüfend fuhr sich Matthew mit der Zungenspitze darüber. „Das klingt vernünftig." Er bot ihr die Hand, und obwohl Laurel seiner sachlichen Miene nicht recht traute, nahm sie an. „Es sieht so aus, als würde ich dich am Ende zum Lunch einladen."

Laurel entzog ihm ihre Hand und rückte ihre Umhängetasche zurecht. „Große Worte, und die Firma zahlt."

Lächelnd legte er ihr freundlich seinen Arm um die Schultern, als sie auf das Ende der Halle zugingen. „Sei nicht schlecht gelaunt, Laurellie, es ist unsere erste Verabredung."

Sie schnaubte und warf den Kopf zurück … aber sie schob seinen Arm auch nicht weg.

3. KAPITEL

*M*atthew hatte ein lautes Restaurant im französischen Viertel von New Orleans ausgesucht, weil es grundsätzlich leichter war, Leute zum Reden zu bringen, wenn sie nicht befürchten mussten, jemand könne sie hören. Als sie sich bekannt machten, wurde ihm deutlich, dass Susan Fisher Vertrauen in Laurel setzte, während sie sich mit einem Urteil über ihn zurückhielt. Im Augenblick fand er es richtiger, Laurel das Gespräch zu überlassen.

Er war freundlich und mitfühlend, während er Susans Worte und Gestik auf sich wirken ließ. Sie war eine Frau, fand Matthew, die es im Leben schwer gehabt hatte und jetzt wieder nach oben kommen wollte. Das würde noch eine Weile dauern, aber in einem Punkt ließ sie sich nicht beirren. Sie hatte ihre Schwester gekannt. Susan war nicht gewillt, den Tod ihrer Schwester Anne ruhen zu lassen, bis nicht alle Fakten geklärt waren. Vielleicht bewunderte Matthew sie nur deshalb noch mehr, weil sie ihre Hände nicht ruhig halten konnte.

Er sah Laurel an und lächelte beinahe. Es hatte ihm stets gefallen, Seite an Seite mit ihr zu arbeiten, von Reporter zu Reporter. Und nach diesen zwei Minuten zwischen zwei Etagen im Aufzug nahm er an, würde sie wohl auch nicht vergessen, dass er ein Mann war. Dazu würde er ihr nicht die Gelegenheit geben.

Er schenkte Susan Kaffee nach und signalisierte dabei stumm zu Laurel hinüber, dass er jetzt an der Reihe sei. Ihr leichtes Schulterzucken bewies ihm, dass sie ihren Waffenstillstand noch einhielt. „Ihre Schwester ist vor fast einem Monat gestorben, Susan", sagte Matthew leise und beobachtete ihr Gesicht. „Warum haben Sie so lange gewartet, bis Sie mit dieser Sache herausrückten?"

Susan sah auf ihren Teller hinunter, wo sie seit zwanzig Minuten in ihrem Essen herumgestochert hatte. Über ihren Kopf hinweg trafen sich Laurels und Matthews Blicke. Er hörte fast die unausgesprochene Frage in ihren Augen: Was, zum Teufel, soll das heißen? Aber sie kannte ihren Job. Er spürte, dass sie bereits Partner waren, ohne die Grundregeln festgelegt zu haben: Ich frage. Du tröstest.

„Susan." Laurel berührte nun sacht ihren Arm. „Wir möchten Ihnen helfen."

„Ich weiß." Sie legte ihre Gabel nieder und sah wieder auf, zuerst zu Matthew hin und dann zu Laurel. „Es fällt schwer, es zuzugeben, aber ich bin nicht gut mit Annes Tod fertig geworden. Die Wahrheit ist, dass ich zusammengebrochen bin. Ich bin nicht mehr an mein Telefon gegangen – und habe meine Wohnung nicht verlassen. Ich habe sogar meine Arbeit verloren." Sie kniff die Lippen zusammen. Als sie wieder zu sprechen begann, hatten Laurel und Matthew Mühe, sie über das fröhliche Getöse des Restaurants zu verstehen. „Das Schlimmste ist, dass ich noch nicht einmal zur Beerdigung hergekommen bin. Ich nehme an, ich habe mir vorgemacht, sie fände gar nicht statt. Ich war ihr einziges Familienmitglied, und ich war nicht anwesend."

„Das ist nicht wichtig. Nein, wirklich nicht", sagte Laurel nachdrücklich, als Susan sprechen wollte. „Sie haben sie geliebt. Am Ende ist es nur die Liebe, die wirklich zählt." Sie sah auf und bemerkte, dass Matthew sie beständig ansah. Einen Moment lang vergaß Laurel Susan, den Verdacht, die Geräusche und Gerüche des Restaurants. Sie hatte erwartet, Zynismus in seinen Augen zu sehen, vielleicht sogar ein schwaches, belustigtes Lächeln. Stattdessen sah sie Verständnis und eine Frage, auf die sie die Antwort nicht wusste.

Etwas verwirrt hob sie ihre Kaffeetasse und setzte sie sofort wieder ab, als ihr auffiel, dass ihre Hand nicht ganz ruhig war. Dieser eine, lange Blick hatte sie wirksamer aus der Fassung gebracht als dieser eigentümliche Kuss im Aufzug, der kein Kuss gewesen war. Sie hörte Susans Stimme wie aus der Ferne und zwang sich, ihr wieder zuzuhören.

„Es ist mir alles erst in der letzten Woche zu Bewusstsein gekommen. Ich nehme an, ich hatte den ersten Schock überwunden und fing an, über ihre Briefe nachzudenken. Es passte nicht zusammen." Dieses Mal sah sie Matthew um Verständnis heischend an. „Wann immer sie diese Sümpfe erwähnte, dann nur mit Abscheu. Wenn Sie wüssten, wie sehr sie die Dunkelheit hasste, dann wäre Ihnen klar, dass sie niemals allein in der Nacht dorthin gegangen sein könnte. Niemals. Jemand hat sie dahin gebracht, Mr Bates. Jemand hat sie gezwungen."

„Weshalb?" Er lehnte sich vor und fragte klar, aber nicht unfreundlich: „Warum sollte jemand Ihre Schwester umbringen wollen?"

„Ich weiß es nicht." Ihre Fingerknöchel waren weiß, so sehr klammerte sie sich an die Tischkante.

„Ich habe über die gerichtliche Untersuchung geschrieben." Matthew nahm sich eine Zigarette und zündete sie mit den Streichhölzern des Restaurants an. „Ihre Schwester war weniger als ein Jahr hier und kannte so gut wie niemanden, da sie und ihr Mann selten ausgingen. Der Ansicht der Dienerschaft nach war sie ihm sehr ergeben, selten wurde ein böses Wort zwischen ihnen gewechselt. Die Grundmotive für einen Mord – Eifersucht, Habgier – kommen also nicht infrage. Was könnte es sonst sein?"

„Das spielt keine Rolle." Susan wandte sich wieder an Laurel. „Nichts davon spielt eine Rolle."

„Wir wollen einen Schritt nach dem anderen machen", schlug Laurel vor. „Haben Sie immer noch die Briefe Ihrer Schwester?"

„Ja." Susan holte zitternd Luft. „In meinem Hotel."

Matthew drückte seine Zigarette aus. „Dann wollen wir hingehen und sie uns ansehen."

Als Susan außer Hörweite war, kam Laurel ganz nah an Matthew heran. „Sie mag den Schock überwunden haben", flüsterte sie, „aber sie ist noch nicht sehr stabil. Matthew, ich habe ein Gefühl dafür."

„Du hast zu viele Gefühle, Laurel."

Stirnrunzelnd sah sie ihn an, während sie sich zwischen den Tischen hindurchschlängelten. „Und was soll das heißen?"

„Wir müssen uns mit den Fakten auseinandersetzen. Wenn du Pfadfinderin spielen willst, dann vernebelst du nur die Sache."

„Ich hätte es besser wissen müssen", stieß sie zwischen den Zähnen hervor. „Vor fünf Minuten dort am Tisch glaubte ich einen Funken Einfühlsamkeit bei dir entdeckt zu haben."

Er lächelte. „Ich bin mit Einfühlsamkeit geladen. Wir können darüber später bei einem Drink sprechen."

„Von wegen!" Laurel ging hinter Susan durch die Tür und ignorierte Matthew absichtlich auf der Taxifahrt zum Hotel.

Es war schäbig – die Straßen waren eng, der Zement bröckelte, die Farbe am Treppengeländer löste sich. Feuchtigkeit sammelte sich auf den rostenden Balkonen und tropfte herunter. Der Anstrich der Gebäude hatte Sprünge und war durch die beständige Feuchtigkeit mit dichten Ruß und Schimmelschichten überzogen. Alle Farben schienen zu einer einzigen verblasst zu sein – einem schmutzigen Grau.

Die schmalen Gassen waren düster und dumpf. Laurel wusste, bei Nacht wäre diese Straße unheilvoll – die Sorte Straße, die man besser nicht betrat oder durch die man hindurchraste und sich ständig nach hinten umsah. Aus einem offenen Fenster auf der anderen Straßenseite übertönte ein lauter Streit die Töne einer kratzigen Jazzplatte. Eine abgemagerte Katze lag auf der Türschwelle und gab, als Susan die Tür öffnete, ein leises, unfreundliches Geräusch von sich.

Laurel ging vorsichtig um das Tier herum, und Susan lächelte sie entschuldigend an. „Dieser Ort hier hat seine eigene Atmosphäre."

Matthew lächelte, als sein Blick über die düstere Eingangshalle glitt. „Sie hätten das Apartment sehen sollen, in dem ich in New York aufgewachsen bin."

Susans gequältes Lächeln schwand, als sie sich zur Treppe wandte. „Nun, es war das erstbeste, und es war billig."

Laurel ging hinter den beiden her und furchte die Stirn. Sie hatte einen weiteren Einblick in seine Einfühlsamkeit bekommen. Eigenartig. Und obwohl sie es nicht zugab, hatte seine sorglose Bemerkung über seine Jugend doch ihr Interesse geweckt.

Wer war er gewesen? Wie hatte er gelebt? Sie hatte immer sorgsam darauf geachtet, nicht zu spekulieren.

Das Hotel war so ruhig, so leer, dass ihre Schritte auf den nackten Treppenstufen widerhallten. Abblätternde Farbe und Schmierereien an den Wänden. Laurel betrachtete Susans Profil, als sie die Tür aufschloss. Ich werde sie hier herausbekommen, versprach sie sich, noch heute Nachmittag. Sie fing Matthews amüsierten, wissenden Blick auf und funkelte ihn an.

„Bist du wieder auf einen neuen Verdienstorden aus, Laurellie?", murmelte er.

„Halt den Mund." Er lachte in sich hinein, und Laurel betrat Susans engen, schattigen Raum. Dort stand ein schmales Bett, ein zerkratzter Ankleidetisch, und es fehlte jeglicher Charme.

„Das ist komisch, ich weiß genau, dass ich die Jalousien oben gelassen hatte." Susan ging durch das Zimmer, zog an der Schnur die staubige, weiße Blende hoch, und Sonnenlicht strömte in den Raum. Sie knipste den quietschenden Deckenventilator an, der die heiße Luft in Bewegung brachte. „Ich hole die Briefe."

Laurel setzte sich auf die Bettkante und sah zu Matthew hoch. „Aus welchem Teil New Yorks kommst du eigentlich?"

Er zog eine Augenbraue in die Höhe, wie er es immer tat, wenn er belustigt war – oder ausweichen wollte. „Du würdest ihn nicht kennen." Er verzog die Lippen und setzte sich neben Laurel auf das Bett. „Bist du je nördlich der Mason-Dixon-Linie gewesen, Laurel?"

„Ich bin verschiedentlich in New York gewesen", begann sie, gab aber mit einem Seufzer auf, als sein Lächeln noch breiter wurde. „Zweimal", korrigierte sie sich.

„Das Empire State Building, Ellis Island, die UNO, Tee im Plaza und eine Broadway-Show."

„Es gefällt dir, blasiert und überheblich zu sein, nicht wahr?"

Er strich mit einer Fingerspitze an ihrem Kinn entlang. „Aber ja doch."

Sie unterdrückte ein Lächeln. „Wusstest du eigentlich, dass du noch unerträglicher wirst, je länger man dich kennt?"

„Sei bloß vorsichtig", warnte Matthew. „Ich habe eine Schwäche für Schmeicheleien."

Er sah ihr in die lachenden Augen, hob ihre Hand hoch, mit der Fläche nach oben und küsste ihre Handfläche. Zufrieden bemerkte er, dass die Belustigung in ihrem Blick jetzt der Verwirrung wich. Hinter ihnen zog Susan nervös die Schubladen heraus. Beide merkten es nicht.

„Sie sind verschwunden!" Susan warf eine Handvoll Kleidungsstücke auf den Fußboden und starrte in die leere Schublade. „Sie sind nicht mehr da, kein einziger."

„Was?" Etwas benommen drehte Laurel sich zu ihr um. „Was ist nicht mehr da?"

„Die Briefe. Annes sämtliche Briefe."

Sofort sprang Laurel auf die Füße und kramte in Susans durchwühlten Sachen. „Vielleicht haben Sie sie irgendwo anders hingelegt."

„Nein – bestimmt nicht", sagte sie mit einem drohenden Unterton von Hysterie in der Stimme. „Ich habe sie alle in diese Schublade gelegt. Es waren zwölf."

„Susan", sagte Matthew so kühl, dass sie sich aufrichtete. „Sind Sie wirklich ganz sicher, dass Sie sie bei sich gehabt haben?"

Sie holte mehrere Male tief Luft, während ihr Blick von Laurel zu Matthew glitt. „Ich hatte jeden einzelnen von Annes Briefen bei mir, als ich mich in diesem Hotel anmeldete. Nachdem ich ausgepackt hatte, legte ich sie in diese Schublade. Da waren sie auch noch, als ich mich heute Morgen anzog."

Matthew fiel auf, dass ihre Hände zitterten, aber ihre Augen ihn fest ansahen. Er nickte. „Ich werde mich bei der Anmeldung erkundigen."

Nachdem er die Tür zugemacht hatte, starrte Susan auf die zerknüllte Bluse in ihren Händen. „Jemand muss hier im Zimmer gewesen sein", sagte sie unsicher. „Ich weiß es."

Laurel sah auf die von Susan hochgezogene Sonnenblende. „Vermissen Sie sonst noch etwas?"

„Nein." Mit einem Seufzer ließ Susan die Bluse fallen. „Hier ist nichts, was zu stehlen sich lohnen würde. Ich nehme an, das hat man auch gemerkt. Es ergibt keinen Sinn, dass man Annes Briefe gestohlen hat. Ich kann mir das überhaupt nicht erklären."

„Matthew und ich werden dem nachgehen", erklärte Laurel, ärgerte sich aber sogleich, dass sie sich so leichtfertig mit Matthew in Verbindung brachte. „In der Zwischenzeit …" Sie bückte sich und fing an, Susans Sachen zusammenzusuchen. „Können Sie tippen?"

Susan starrte sie geistesabwesend an. „Nun, ja. Ich arbeite … Ich habe als Sprechstundenhilfe für einen Arzt gearbeitet."

„Gut. Wo ist Ihr Koffer?", fragte sie, während sie Susans Sachen auf dem Bett zusammenlegte.

„Im Schrank, aber …"

„Ich habe eine Möglichkeit für Sie zum Übernachten und eine Arbeit – etwas in dieser Richtung. Oh, ist die hübsch." Sie hielt die von Susan zerknautschte Bluse hoch.

„Eine Arbeit? Ich verstehe nicht recht."

„Meine Großmutter lebt außerhalb der Stadt. Da mein Bruder und ich nicht mehr bei ihr wohnen, fühlt sie sich einsam." Die Lüge kam ihr so selbstverständlich über die Lippen, dass man sie gar nicht in Zweifel ziehen konnte.

„Aber ich kann doch nicht einfach dort bleiben."

„Sie werden dafür bezahlen." Laurel lächelte, als sie sich umdrehte. „Grandma droht schon seit Langem, ihre Memoiren zu schreiben, und mir fällt mittlerweile keine Ausrede mehr ein, um sie nicht für sie tippen zu müssen. Sie, Susan, würde es nicht langweilen. Grandma ist zweiundachtzig und hatte Männer, die … Nein … Wenn ich nicht so beschäftigt wäre, würde ich selbst es gern machen. Aber, so wie die Dinge liegen, würden Sie mir einen Gefallen tun."

„Warum tun Sie das für mich?", fragte Susan. „Sie kennen mich nicht einmal."

„Sie sind in Schwierigkeiten", sagte Laurel schlicht. „Und ich kann helfen."

„So einfach ist das?"

„Muss Hilfe denn kompliziert sein? Holen Sie Ihren Koffer", befahl Laurel, ehe Susan sich eine Antwort hatte einfallen lassen können. „Sie können packen, während ich nachsehe, was Matthew herausgefunden hat."

Sie trat in den Korridor und stieß mit Matthew zusammen. Sie zog die Tür hinter sich zu. „Nun?"

„Der Portier hat niemanden gesehen." Matthew lehnte sich gegen die Wand und zündete eine Zigarette an. „Aber er interessiert sich auch mehr für seine Betrügereien beim Kartenspiel im Hinterzimmer als dafür, was am Empfang passiert." Er blies den Rauch aus, der zur Decke stieg und dort hängen blieb. „Ich habe mich mit dem Zimmermädchen unterhalten. Sie hat die Jalousien nicht heruntergelassen."

„Dann war jemand anderer da drinnen."

„Vielleicht."

Laurel ignorierte die Bemerkung und starrte die Wand gegenüber an. „Susan hält es für einen einfachen Diebstahl. In ihrer Verfassung ist das wohl auch das Beste."

„Du spielst Mama, Laurel."

„Das tue ich nicht." Ärgerlich sah sie ihn wieder an. „Es wird aber bestimmt um vieles leichter sein, diese Geschichte aufzuklären, wenn sie nicht glauben muss, dass jemand sie absichtlich aufhalten will."

„Zum jetzigen Zeitpunkt hat sie dafür keinen Grund", sagte Matthew gedämpft. „Was macht sie gerade?"

„Sie packt", flüsterte Laurel.

Er nickte. Es war nicht gut für Susan, hier zu bleiben. „Wohin will sie?"

Laurel reckte das Kinn vor. „Zu meiner Großmutter."

Ohne sein Lächeln zu unterdrücken, betrachtete Matthew eingehend die Spitze seiner Zigarette. „Ich verstehe."

„Du verstehst gar nichts. Und fang ja nicht an, mir Vorhaltungen zu machen, ich würde mich in dieser Sache zu unprofessionell verhalten oder …"

„Schon gut." Er trat die Zigarette auf dem schmutzigen, zerkratzten Fußboden aus. „Ich werde mir auch die Bemerkung verbeißen, dass du eine sehr reizende Person bist, ganz große Klasse. Ich werde ein Taxi rufen", setzte er hinzu, als Laurel ihn nur anstarren konnte.

Gerade, wenn ich denke, ich begreife ihn, ging es ihr durch den Kopf, dann schlägt er einen Haken. Wenn ich nicht aufpasse, fügte Laurel in Gedanken hinzu, wenn ich nicht sehr, sehr aufpasse, dann fange ich noch an, ihn zu mögen. Mit diesem Gedanken ging sie wieder zu Susan hinein, um sie zur Eile anzutreiben.

Nach noch nicht einmal zehn Minuten saß Laurel mit Matthew in einem Taxi und sah durch das Rückfenster auf das zweite Taxi, das Susan zu ihrer Großmutter bringen sollte.

„Hör auf, dich um sie zu sorgen", mahnte Matthew. „Olivia wird sie von ihrer Schwester ablenken und von allem anderen auch."

Mit einem Schulterzucken sah Laurel wieder nach vorn. „Daran zweifele ich nicht. Aber ich fange an zu bezweifeln, dass Anne Trulane allein in den Sumpf gegangen ist."

„Bleiben wir bei den Tatsachen. Beim Motiv." Geistesabwesend drehte er eine Locke von Laurels Haar um seinen Finger – eine Angewohnheit, die er neuerdings entwickelt hatte und sie zu genießen schien. „Es scheint keines zu geben. Aber Frauen lassen sich nicht grundlos in einen Sumpf locken."

„Es muss eins gegeben haben."

„Kein sexueller Überfall", fuhr Matthew mehr zu sich selbst fort. „Sie hatte kein eigenes Geld – und ihre einzige Erbin wäre Susan gewesen … oder ihr Mann. Er hat eine Schwester, aber auch da sehe ich keinen Gewinn."

„Die Leute, die ich am wenigsten eines Mordes verdächtigen würde, sind Louis oder Marion Trulane. Es gibt auch noch andere Motive für einen Mord als Sex und Geld."

Er hob eine Augenbraue bei ihrem Tonfall, aber er hörte

nicht auf, mit ihrem Haar zu spielen. „Zugegeben, aber diese kommen einem zuerst in den Sinn. Die meisten von uns schätzen beides."

„Manche denken weiter als du, Matthew. Da wäre noch Eifersucht, wenn wir deine beiden Lieblingsmotive wieder in Betracht ziehen. Louis ist reich und attraktiv. Jemand anderes könnte sich ausgemalt haben, an Annes Stelle zu sein."

„Sag mal, kennst du ihn eigentlich gut?"

„Louis?" Ein zärtliches Lächeln umspielte ihre Lippen. Ihm fiel auf, dass Laurel ihn noch nie auf diese Art angesehen hatte. „So gut wie jeden anderen auch, nehme ich an – oder habe es angenommen. Er hat mir das Reiten beigebracht, als ich ein kleines Mädchen war, hat mich überall mitgenommen, als ich zehn war, und er war ein- oder zweiundzwanzig. Er war ein gut aussehender Mann – und sehr nachsichtig mit meiner mädchenhaften Schwärmerei."

Als ihm auffiel, dass seine Finger sich verkrampften, ließ Matthew Laurels Haarlocke los. „Du hast sie überwunden, nehme ich an."

Sie nahm Zynismus in seiner Stimme wahr und drehte sich ihm zu, das halbe Lächeln noch immer auf den Lippen. „Warst du denn nie verliebt, Matthew?"

Matthew sah sie lange und wachsam an, während verschiedene beunruhigende Gefühle ihn bewegten. Ihre Augen waren sanft, wie auch ihr Mund, ihre Haut. Wenn sie allein gewesen wären, hätte er vielleicht ihre Frage überhaupt nicht beantwortet, sondern sich einfach das genommen, was er so dringend haben wollte. „Nein", sagte er nach einer ganzen Zeit.

„Irgendetwas in dir wird weicher, etwas, das du immer für diesen bestimmten Menschen empfindest." Aufseufzend lehnte sie sich in ihren Sitz zurück. Es war schon lange her, dass sie sich die Erinnerungen daran gestattet hatte, wie schön es gewesen war – und wie schmerzlich. Sie war nur ein Kind gewesen, und obwohl ihre Träume nur Märchen waren, hatte sie daran geglaubt. „Louis hat mir sehr viel bedeutet. Ich suchte einen

Ritter, und ich glaube, er hat das gut genug verstanden, um mich nicht auszulachen. Und als er heiratete …" Sie hob die Hände und ließ sie wieder sinken. „Es brach mir das Herz. Hast du von seiner ersten Frau gehört?"

Matthew starrte auf ihre im Schoß liegenden Hände: schmale, elegante Hände mit blassrot lackierten Nägeln und einem rauchfarbenen Smaragd in einer ziselierten, alten Fassung an ihrem Finger. Ein Erbstück, dachte er. Sie besaß Erbstücke und vornehme Ahnen – und Erinnerungen an Reitstunden mit einem hochgewachsenen jungen Mann, der aufregend genug aussah, um ihr Ritter zu sein.

„Das eine oder andere", murmelte Matthew, während das Taxi an den Bordstein fuhr. „Klär mich später auf."

Laurel stieg aus dem Taxi und glättete sorgfältig ihren Rock. „Das kommt einem Befehl gefährlich nahe, Matthew. Da Don uns keinerlei Verhaltensmaßregeln mitgegeben hat, sollten du und ich vielleicht selbst darauf achten."

„Fein." Er wusste nicht, warum er sich ärgerte. Mit zusammengekniffenen Augen gegen das grelle Licht der Sonne sah er Laurel prüfend an. „Das ist meine Geschichte."

Mühsam unterdrückte Laurel ihren aufsteigenden Zorn. „Aber meine Spur."

„Wenn du willst, dass sie dich irgendwohin führt", sagte er gleichmütig, „dann überlass mir bestimmte Bereiche. Wann hast du zum letzten Mal mit der Bürokratie da drinnen zu tun gehabt?" Mit dem Kopf wies Matthew auf die Polizeiwache neben ihnen.

„Ich habe mich schon früher mit dem Amtsschimmel auseinandersetzen müssen."

„Aber nicht da drinnen", entgegnete er und nahm ihren Arm.

„Einen Augenblick, Matthew." Laurel schob seine Hand fort und sah ihm voll ins Gesicht. „Ein Punkt, den du begreifen musst, ist, dass ich vielleicht keine andere Wahl habe, als mit dir an dieser Story zusammenzuarbeiten, aber die Worte, auf die es ankommt, lauten ‚mit dir' und nicht ‚für dich'. Für den Augenblick sind wir, sosehr es mich auch stört, Partner."

Es schien ihn zu amüsieren, dass ihr Zorn zu einem verlegenen, kleinen Lächeln wechselte. „Das klingt nicht schlecht. Partner", stimmte er zu und nahm ihre Hand. „Es könnte eine Gewohnheit daraus werden."

„Die Chance dafür ist gleich null. Würdest du bitte aufhören, mich anzufassen?"

„Nein", sagte er freundlich, während sie die Stufen hochgingen.

Die Polizeiwache war von Hektik erfüllt. Das alles kannte er bereits nur zu gut. Nach einem flüchtigen Blick durch den Raum schob Matthew sich durch die anwesenden Leute und Schreibtische. Die Polizisten, die Opfer, die Verdächtigen beachteten ihn ebenso wenig wie er sie.

Eine schlanke Brünette in einer zerknitterten Uniform klemmte sich ihr Telefon zwischen Hals und Schulter und hob grüßend die Hand. Matthew hockte sich auf die Kante ihres Schreibtisches. Laurel stand neben ihm und beobachtete zwei ältere Männer, die kurz vor einer Schlägerei standen, ehe man sie trennte.

„Nun, Matthew, schieß los, was führt dich in unser Paradies?" Die Brünette legte den Hörer auf und lächelte ihn an.

„Wie geht es dir, Sergeant?"

Die Brünette lehnte sich im Stuhl zurück und musterte ihn mit einem langen, durchdringenden Blick. „Ich habe meine Telefonnummer hier nicht geändert – oder die von zu Hause."

„Die Stadt hält uns beide ganz schön auf Trab, nicht wahr? Warst du kürzlich im ‚Nugget'?"

Sie hob einen Kugelschreiber auf und klopfte damit leicht gegen ihren Mund. „Seit letztem Monat nicht mehr. Willst du mich zu einem Drink einladen?"

„Du kannst Gedanken lesen, aber ich habe etwas anderes auf dem Herzen."

Die Polizistin lachte kurz auf und ließ ihren Schreiber auf den vollgekritzelten Block vor sich fallen. „Natürlich. Was willst du, Matthew?"

„Einen raschen Blick auf die Akten eines Falles – eines abgeschlossenen Falles", fügte er hinzu. „Ich muss noch Nachforschungen für eine Geschichte machen, die ich geschrieben habe, vielleicht für eine Fortsetzung."

Ihre Augen verengten sich. „Welchen Fall?"

„Anne Trulane."

„Das ist heikles Feld, Matthew." Ihr Blick richtete sich auf Laurel.

„Laurel Armand, Sergeant Carolyn Baker. Laurel und ich arbeiten an dieser Sache zusammen", sagte Matthew aalglatt. „Sie ist eine alte Freundin der Trulanes. Ich dachte, wir könnten ein wenig tiefer schürfen. Der Fall ist abgeschlossen, Sergeant, aber zum Teufel, ich habe von Anfang bis Ende darüber berichtet."

„Du hast den Bericht schon gelesen."

„Dann kann es niemandem schaden, wenn ich ihn noch einmal einsehe." Er schenkte ihr ein charmantes Lächeln. „Du weißt, ich bin ein ehrlicher Mensch, Carolyn, und drucke keine vertraulichen Informationen, keine Mutmaßungen in einer Sache ab, die den Ermittlungen schaden könnten."

„Tja, Matthew, du bist wirklich ehrlich." Sie warf ihm einen Blick zu, der wie Laurel fand, eher etwas mit persönlichen als geschäftlichen Gefühlen zu tun hatte, dann zuckte sie die Schultern. „Die gerichtlichen Untersuchungen wurden der Öffentlichkeit bekannt gegeben." Sie stand auf und ging ins Nebenzimmer. Die beiden alten Männer neben ihnen warfen sich Beschimpfungen an den Kopf.

„Arbeitest du immer auf diese Weise, Matthew?"

Matthew drehte sich mit einem entwaffnenden Lächeln zu Laurel. „Auf welche Weise?" Als sie schwieg und ihn nur ansah, grinste er. „Eifersüchtig, meine Liebe? Du hältst mein Herz in deiner Hand."

„Ich hätte es lieber unter meinem Fuß."

„Gemein", murmelte er und erhob sich vom Schreibtisch, als Carolyn zurückkam.

„Du kannst die Akten einsehen, nimm sie in das erste Vernehmungszimmer mit. Es ist leer." Sie warf einen raschen Blick durch den belebten Raum. „Für den Augenblick", setzte sie trocken hinzu. Sie schlug ein Buch auf und drehte sich zu ihm hin. „Bitte, unterschreib hier."

„Ich bin in deiner Schuld, Sergeant."

Sie wartete, bis er unterschrieben hatte. „Du wirst sie begleichen."

Mit einem unterdrückten Lachen bahnte Matthew sich den Weg zum Vernehmungszimmer. Eine interessante Frau, diese Sergeant Baker. Seltsam, dass es niemals sie war, die ihm zu den ausgefallensten Zeiten in den Sinn kam. Weder sie noch eine andere … der interessanten Frauen, die er kannte. Nur eine einzige Frau.

„Setz dich", bat Matthew Laurel, schloss die Tür und ließ damit den größten Lärm hinter ihnen. Der Stuhl, den er sich nahm, machte auf dem Fußboden ein kratzendes Geräusch, als er ihn unter dem langen, abgenutzten Tisch hervorzog.

„Ein erfreulicher Ort", murmelte Laurel und musterte die faden weißen Wände und das abgetretene Linoleum.

„Du musst schon ins Rathaus gehen, wenn du saubere Büros und weiße Hemdkragen um dich haben willst." Er öffnete die Akte und blätterte sie rasch durch.

Er passt hierher, erkannte Laurel mit einem gewissen widerwilligen Respekt. Es gab mehr Seiten an ihm, als sie glauben mochte. Aber es war sicherer, ihn sich als einen oberflächlichen, scheinheiligen Mann vorzustellen, der zufälligerweise auch noch ein verdammt guter Reporter war.

„Hier ist nicht viel zu finden", murmelte er, während er den Bericht durchblätterte. „Autopsiebefund … kein Sexualverbrechen, Quetschungen und Schnittwunden, die auf ihren Weg durch den Sumpf zurückzuführen sind. Die Mokassinschlange biss sie in die linke Wade. Todesursache Schlangenbiss in Verbindung mit Unterkühlung. Todeszeitpunkt zwischen Mitternacht und vier Uhr morgens." Er reichte Laurel das Blatt herüber, ehe er zu dem Untersuchungsbericht überging.

„Trulane war noch spät in seinem Arbeitszimmer beschäftigt. Seiner Aussage zufolge dachte er, seine Frau sei oben im Bett. Er ging gegen zwei Uhr nachts hinauf und fand das Bett leer. Er suchte das ganze Haus ab, weckte dann seine Schwester und die Angestellten, suchte noch einmal im ganzen Haus und auf dem Gelände."

Geistesabwesend suchte er nach einer Zigarette, fand die Schachtel leer und fluchte leise. „Aus ihrer Garderobe fehlte nichts, auch alle Autos waren da. Sein Anruf im Polizeirevier kam um zwei Uhr siebenundfünfzig." Er sah zu Laurel hinüber. „Fast eine Stunde später." Ihre auf dem Autopsiebericht liegenden Hände waren etwas feucht. „Es ist ein großes Haus. Ein vernünftiger Mensch ruft nicht eher die Polizei an, als bis er sicher ist, dass er sie braucht."

Nach einem langsamen Nicken sah Matthew wieder in den Bericht. „Die Polizei traf um drei Uhr fünfzehn ein. Noch einmal wurde das Haus abgesucht, die Hausangestellten befragt …" Vor sich hinmurmelnd, überschlug er einige Zeilen. „Anne Trulanes Körper wurde ungefähr gegen sechs Uhr morgens gefunden, und zwar im südöstlichen Teil der Sümpfe."

Er war dort gewesen. Matthew erinnerte sich an das fahle Licht, die heißen, feuchten Gerüche, das unangenehme Gefühl des Sumpfes, ehe sie auf die Tote gestoßen waren.

„Niemand konnte verantwortlich dafür sein, dass sie dort war. Wie Marion Trulane, die Schwägerin, aussagte, hatte Anne vor diesem Ort eine krankhafte Angst. Das entspricht Susans Behauptung", murmelte er. „Trulane blieb bei seiner Geschichte, dass er lange gearbeitet habe, und wollte sich nicht weiter äußern."

„Hast du je deine Frau tot vorgefunden?", wollte Laurel wissen, während sie Matthew den Bericht wegnahm. „Es ist möglich, dass er erregt war."

Er ließ ihre vernichtenden Worte an sich abprallen. „Die Schlussfolgerung daraus ist, dass sie sich gezwungen sah, dorthin zu gehen – vielleicht, um ihre Furcht zu überwinden, sich dann verirrte, gebissen wurde und so lange herumwanderte, bis sie das Bewusstsein verlor." Er sah Laurel an. Sie hatte die Augenbrauen zusammengezogen, während sie den Bericht las. „Bist du noch so gut mit denen befreundet, um uns in das Haus hineinzubekommen und ein paar Fragen zu stellen?"

„Hmm? Oh, ja, ich glaube schon. Mit mir werden sie sich unterhalten. Und mit dir auch", setzte sie hinzu, „wenn du ein wenig von deinem Charme versprühst."

Er lächelte breit. „Ich dachte, es sei dir nicht aufgefallen."

„Mir ist aufgefallen, dass du ihn ganz schön erfolgreich ausspielen kannst, wenn du dich darum bemühst. Für meinen Geschmack ist es etwas zu dick aufgetragen, aber wirkungsvoll genug."

„Bitte, Laurellie, Komplimente machen mich so verlegen."

Laurel ignorierte Matthew und legte den Untersuchungsbericht beiseite. „Louis hat es nicht leicht gehabt. Er hat sich sehr in sich zurückgezogen, seit seine erste Ehe schiefging, aber ich denke, er wird mit mir reden."

Träge zerknüllte Matthew seine leere Zigarettenschachtel. „Seine Frau ist mit seinem Bruder durchgegangen?"

„Es war schrecklich für Louis." Sie nahm das nächste Blatt aus der Akte, während Matthew gedankenverloren an die Decke starrte.

Sie bekam eine Gänsehaut, und ihr Magen hob sich, aber sie konnte ihren Blick nicht davon lösen. Das Polizeifoto war schwarz-weiß und grausam. Sie hatte schon früher Tote gesehen, aber noch keine wie diese. Entsetzt und gelähmt starrte sie auf Anne Fisher-Trulane. Oder das, was aus ihr geworden war.

„Seit wann ..." Matthew unterbrach sich, als er zu Laurel hinuntersah. Ihr Gesicht war leichenblass, ihre Augen schreckgeweitet. Mit einem Fluch riss er ihr das Bild aus der Hand. „Tief durchatmen", sagte er scharf, aber seine Hand in ihrem Nacken war sanft. „Nimm es nicht so tragisch. Liebes", murmelte er und massierte ihr den verspannten Halsansatz.

„Es geht schon wieder." Aber sie war sich nicht sicher. Sie wartete noch einen Augenblick, ehe sie sich wieder gerade hinsetzte. Als Matthew die Arme um sie legte, schmiegte sie den Kopf an seine Schulter. „Es tut mir leid, das war dumm."

„Nein." Er bog ihren Kopf zurück. „Mir tut es leid." Sehr langsam, sehr vorsichtig strich er ihr das Haar aus dem Gesicht.

Sie schluckte heftig. „Ich nehme an, du bist so etwas gewohnt."

„Himmel, ich hoffe nicht." Er zog sie wieder an sich, bis ihr Gesicht an seinem Nacken lag.

Dort fühlte sie sich sicher. Die Kälte war vorüber. Sie entspannte sich, ließ es zu, dass er ihr über das Haar strich. Sie spürte seinen regelmäßigen Herzschlag. Als seine Lippen ihr Ohr streiften, bewegte sie sich nicht. Er bot ihr Trost, und sie fühlte sich getröstet. Sie redete sich ein, das sei alles, während sie ihn festhielt, als hätte sie ihn soeben erst entdeckt.

„Matthew?"

„Hmm?"

„Sei nicht zu nett zu mir."

Sie hielt die Augen geschlossen. Das Gesicht hatte sie an seinen Hals geschmiegt und fühlte sein Lächeln. „Warum nicht?"

„Einfach so." Da es ihr besser ging, rückte sie von ihm ab, weil es viel zu leicht war, bei ihm zu bleiben.

Er legte eine Hand unter ihr Kinn. „Du bist schön", murmelte er. „Habe ich dir das schon gesagt?"

Vorsichtig bewegte sie sich aus seiner Reichweite. Nimm es leicht, warnte sie sich. Und denk später darüber nach. „Nein." Lächelnd stand sie auf. „Aber so etwas merke ich mir immer."

„Schön", wiederholte er. „Selbst wenn dein Kinn etwas spitz ist."

„Ist es nicht." Automatisch reckte sie es vor.

„Besonders von der Seite."

„Ich habe sehr delikate Gesichtszüge", erklärte Laurel ihm

entschieden und nahm ihre Handtasche an sich. Verdammt, ihre Finger zitterten immer noch. Sie musste hier raus, auf die Straße und wieder an die Luft.

Mit dem Rücken zu ihr legte Matthew das Foto wieder in die Akte zurück, schloss sie und drehte sich um. „Das Kinn ausgenommen", pflichtete er ihr bei, legte den Arm um ihre Schultern und ging zur Tür.

Die Hand auf dem Türgriff, blieb Laurel stehen und sah zu ihm hoch. Ihre Augen waren dunkel und wissender, als sie vor ihrem Eintritt in dieses Zimmer gewesen waren. „Matthew." Sie lehnte sich einen Moment an ihn, nur für einen Moment. „Niemand hat es verdient, auf diese Weise umzukommen."

Einen Augenblick lang wurde der Griff auf ihrer Schulter fester, nur für einen Moment. „Nein."

4. KAPITEL

*M*atthew war so schweigsam wie Laurel gewesen, seit sie die Polizeiwache verlassen und diese dämmrige, kühle Bar betreten hatten. Er war nachdenklich und grüblerisch und ging in der Erinnerung noch einmal alles durch.

Das Telefon hatte in den frühen Morgenstunden geklingelt – sein Kontaktmann auf der Polizeiwache hatte ihn über Anne Trulanes Verschwinden benachrichtigt. Er war kurz nach der Polizei in „Heritage Oak" angekommen. Es war dunstig gewesen, erinnerte er sich, ein dünner, scheußlicher Regenfilm hatte in der totenstillen Luft gehangen. Er hatte gespürt, dass Louis Trulane niemanden Außenstehenden hatte zu Hilfe holen wollen. Seine Antworten waren kurz angebunden, seine Miene abweisend. Nein, er hatte nicht wie ein besorgter, unglücklicher Ehemann gewirkt, eher wie jemand, der sich gestört fühlte.

Seine Schwester und die Diener hatten sich einige Schritte hinter ihm versammelt, als ob man sich verteidigen wolle, noch ehe die Suche in den Sümpfen begonnen hatte. Es war eine unübersichtliche, feuchte Gegend voller Schatten und geheimnisvollen Lauten. Matthew hatte einen Abscheu empfunden, den er sich nicht erklären konnte. Er hätte lieber die Straßen und Gassen abgesucht als diese dämpfige, tropfende Dunkelheit und den Morast.

Sie hatten sie viel zu spät im ersten Morgengrauen neben einem träge dahinfließenden Fluss auf den Boden hingestreckt entdeckt. Nebelschwaden hingen im grauen Licht, die Luft war voller ätzender, modriger Gerüche. Er hatte in der Ferne einen Vogel gehört, vielleicht eine Lerche. Und er hatte auch die Krähen gehört. Matthew erinnerte sich an Louis Trulanes Reaktion. Er war bleich, kalt und schweigsam. Falls er Ärger, Trauer oder Verzweiflung verspürte, dann ließ er es sich nicht anmerken. Seine Schwester war in Ohnmacht gefallen, die Hausangestellten hatten geweint, er aber stand einfach nur so da …

„Ich werde Louis anrufen."

„Was?" Matthew sah hoch und in Laurels aufmerksame Augen.

„Ich werde Louis anrufen und sehen, ob er uns empfängt."

Langsam entfernte er die Folie von einer neuen Packung Zigaretten. „Gut." Er sah ihr nach, wie sie sich ihren Weg an den Tischen vorbei zu einer ruhigeren Ecke bahnte. Für sie ist es auch nicht leicht, dachte Matthew. Welche kindlichen Gefühle sie für Louis Trulane auch empfunden haben mochte, sie hatten immer noch eine zu große Bedeutung für sie, um ihn objektiv sehen zu können.

Und du, Bates? fragte Matthew sich selbst, während er den Zigarettenrauch ausblies. Du verabscheust ihn wegen der Art, wie Laurel seinen Namen ausspricht.

Er sah Laurel zurückkommen, Traurigkeit stand in ihren Augen, nur ein Anflug von Farbe in ihren Wangen. Sie wird darüber hinwegkommen, sagte er sich, und etwas regte sich in ihm. Weil sie es muss. Er wartete, bis sie sich ihm gegenübergesetzt hatte.

„Nun?"

„Wir sehen ihn morgen früh um zehn Uhr."

Matthew drückte seine Zigarette aus und hätte Laurel gern berührt. „Du klingst nicht sehr begeistert."

„Ich habe ihn an unsere alte Freundschaft erinnern müssen." Sie sah auf und blickte ihm mit einer Art von überdrüssigem Trotz in die Augen. „Ich hasste es."

„Du hast eine Aufgabe zu erledigen", murmelte er und fasste nach ihrer Hand, ehe es ihm recht zu Bewusstsein kam.

„Ich weiß. Ich habe es nicht vergessen." Instinktiv verschränkte sie ihre Finger mit seinen. „Es geht nicht darum, ob es mir gefällt." Es war ihr klar, dass sie jetzt nicht mehr zurückkonnte, nicht, nachdem sie dieses Foto gesehen hatte – nicht, wenn sie sich vorstellte, was Susan Fisher empfunden hätte, wenn sie es gesehen hätte.

Als die Kellnerin neben sie trat, sah Laurel hoch. Sie musste dieses Bild aus ihrem Kopf verbannen. Vielleicht war sie schwach, aber sie musste es. „Martini", sagte sie impulsiv. „Einen trockenen Martini mit einem Hauch Wermut."

„Zwei", sagte Matthew und sah Laurel mit einem schiefen Lächeln an. „Das hilft nur zeitweilig, Laurellie."

„Für den Augenblick ist es richtig."

Er nickte und lächelte, weil er sah, dass sie einen Drink nötig hatte. Er lehnte sich zurück und zündete sich eine neue Zigarette an. „Warum erzählst du mir nicht von den Trulanes?"

„Was soll ich dir erzählen?"

„Alles, Laurellie."

„Na schön – aber nenn mich nicht bei diesem Namen. Zuerst also die Vorgeschichte", fing Laurel an. „‚Heritage Oak' wurde Anfang des neunzehnten Jahrhunderts errichtet. Die Plantage war riesig und reich. Den Trulanes gehört immer noch mehr Land in diesem Teil von Louisiana als jedem anderen. Neben Baumwolle und Viehzucht beschäftigten sie sich mit dem Schiffsbau. Nach dem Krieg haben die Gewinne daraus die Plantage am Leben erhalten. Soweit man zurückdenken kann, haben die Trulanes in New Orleans immer eine wichtige Rolle gespielt, gesellschaftlich, finanziell und politisch. Ich bin sicher, Grandma kann dir eine Menge Geschichten über sie erzählen."

„Zweifellos", pflichtete Matthew ihr bei. „Aber überspring die alten Zeiten etwas und berichte mehr aus diesem Jahrhundert."

„Ich wollte dir nur den Hintergrund schildern." Laurel nahm einen Schluck aus ihrem Glas und spielte mit dem Strohhalm. „Beauregard Trulane …"

„Wie bitte?"

„Es gibt immer einen Beauregard", sagte sie hochmütig. „Er erbte ‚Heritage Oak' nach seiner Hochzeit. Er hatte drei Kinder: Marion, Louis und Charles." Sie lächelte Matthew über ihr Glas hinweg an. „Er war ein riesiger Mann, polternd und theatralisch. Grandma liebte ihn geradezu. Ich habe mich tatsächlich manchmal gefragt … nun ja." Sie zuckte lächelnd die Schultern. „Seine Frau war schön, eine sehr ruhige, eitle Person. Marion sieht ihr sehr ähnlich. Tante Ellen – so habe ich sie genannt – starb weniger als sechs Monate nach meiner Mutter. Ich war damals ungefähr sechs … In meiner Vorstellung habe ich die beiden immer ein wenig verwechselt."

Mit einem Schulterzucken leerte sie ihr Glas, ohne zu bemerken, dass Matthew eine neue Runde bestellte. „Wie dem auch sei, nach ihrem Tod verfiel der alte Beau mehr und mehr. Louis fing an, sich um die Geschäfte zu kümmern. Eigentlich war er noch viel zu jung, um mit all den Problemen fertig zu werden, aber er hatte keine andere Wahl. Er musste damals ungefähr achtzehn oder neunzehn gewesen sein, und ich nehme an, ich habe ihn da schon angehimmelt. Für mich war er eine Mischung aus einem Märchenprinz und Robin Hood. Zu mir war er nett, lachte immer und war voller Späße. Und so möchte ich ihn auch in Erinnerung behalten", flüsterte sie und starrte auf ihren neuen Drink hinunter.

„Die Dinge ändern sich", sagte Matthew knapp. Wie kommt ein Mann gegen Kindheitserinnerungen an? fragte er sich frustriert bei Laurels Gesichtsausdruck. „Du bist kein Kind mehr, Laurel."

Sie sah ihn mit festem Blick an. „Nein, aber ein Großteil meiner Ansichten über Louis sind die eines Kindes."

Er neigte den Kopf und zwang sich zur Ruhe. „Erzähl mir von Marion."

„Sie ist einige Jahre älter als Louis und wie ich schon sagte, sieht sie aus wie ihre Mutter. Als ich jung war, habe ich sie immer als meine Fee betrachtet. Sie war so eindrucksvoll und schön."

Das Bild dunkler Eleganz und makelloser Haut schoss ihm durch den Kopf. „Ja, das ist mir auch aufgefallen."

„Sie ist zu alt für dich", sagte Laurel, ohne nachzudenken, und sah Matthew stirnrunzelnd an, als er in Lachen ausbrach. „Halt den Mund, Matthew, und lass mich zu Ende erzählen."

„Ich bitte um Verzeihung", sagte er ironisch.

„Marion pflegte mich zu sich einzuladen", fuhr Laurel fort und leerte hastig ihren zweiten Martini. „Sie bot mir Tee und Gebäck in ihrem Salon an. Sie wusste, dass ich Louis anbetete, und sagte immer, ich solle mich beeilen und schneller groß werden, damit Louis mich heiraten könne. Ich verehrte auch sie."

„Sie hat nie geheiratet?"

„Nein. Grandma meint, sie sei zu wählerisch gewesen, aber ich glaube, sie hatte eine unglückliche Liebesaffäre. Ich war einmal an einem grauen, trüben Tag bei ihr, und da sagte sie mir, es reiche, wenn eine Frau einmal eine große Liebe in ihrem Leben gehabt habe. Damals dachte ich natürlich, sie spreche von Louis und mir, aber als ich älter wurde und mich daran erinnerte, wie sie dabei ausgesehen hatte ..." Seufzend griff Laurel nach ihrem Glas. „Frauen wie Marion sind sehr sensibel und leicht verletzbar."

Matthew sah sie an, die weiche Haut, weiche Lippen, weiche Augen. „Ist das so?"

„Charles war anders." Laurel verdrängte die Erinnerung und lehnte sich mit ihrem Drink zurück. „Ich glaube, er war ein wenig wie Curt, und ich sah ihn als zweiten Bruder. Er war verträumt und zerstreut. Er wollte Künstler werden, und wenn er nicht malte, dann las er oder hielt sich am Jackson Square auf. In der großen Halle hatte man einige seiner Bilder ausgestellt – bis er verschwand."

„Mit der ersten Mrs Trulane", fügte Matthew hinzu.

„Ja, vor zehn Jahren. Es war ein scheußlicher Skandal, der eine Menge Kummer mit sich brachte und für reißerische Schlagzeilen sorgte." Bei dem Gedanken an diese gegensätzlichen Loyalitäten schüttelte sie seufzend den Kopf. Die Martinis machten ihr alles leichter. „Grandma könnte dir darüber sehr viel mehr erzählen, aber soweit ich mich erinnere, kam Louis eines Tages von einer Geschäftsreise zurück und musste feststellen, dass Elise und Charles verschwunden waren. Unter der Dienerschaft verbreitete sich das Gerücht, sie hätten ihm einen Brief hinterlassen. Das meiste ihrer Garderobe und Charles' sämtliches Malgerät waren auch nicht mehr da."

Laurel sah an Matthew vorbei, ohne zu bemerken, dass sich die Bar füllte. Jemand spielte Klavier im Hintergrund. „Damals hat sich Louis verändert. Er hat sich von allen zurückgezogen. Bei den wenigen Malen, die ich ihn dann noch gesehen habe, war er kein fröhlicher Mensch mehr. Soweit ich weiß, hat er niemals etwas von Charles oder Elise gehört. Vor ungefähr vier Jahren hat er die Scheidung beantragt. Marion berichtete mir, er habe es aus rein gesetzlichen Erwägungen heraus getan, aber dass er sehr, sehr verbittert war. Sie machte sich über ihn Sorgen. Und seine zweite Eheschließung war für jedermann eine Überraschung."

Versonnen sah sie dem Rauch seiner Zigarette hinterher. „Ich rief an, weil ich erstens hoffte, dass er wirklich glücklich sei und weil zweitens Louis Trulanes neue Heirat eine gute Geschichte abgab. Er klang fast wie früher – älter, gewiss, aber etwas von seiner ehemaligen Lebensfreude war wieder da. Er wolle mir kein Interview geben, sagte er …" Stirnrunzelnd versuchte sie, sich an seine Worte zu erinnern. „Er sagte, er habe ein Kind geheiratet und wolle eine Zeit lang in Ruhe gelassen werden."

Matthew drückte sorgfältig seine Zigarette aus. „Was weißt du über die erste Mrs Trulane?"

„Kaum etwas." Laurel blickte auf und lächelte trocken. „Außer, dass ich schrecklich eifersüchtig auf sie war. Sie war irgendwie reizvoll auf eine weiche, unergründliche Art, die sich schlecht definieren lässt. Ich erinnere mich an die Hochzeit – Elise trug Seide mit Brüsseler Spitzen und eine endlose Schleppe. Sie sah wie …" Sie brach ab, ihre Augen weit geöffnet, das Glas halb emporgehoben. „Oh Gott, sie sah wie …"

„Wie die zweite Mrs Trulane aus", beendete Matthew den Satz. Er lehnte sich zurück und rief die Kellnerin wieder zu sich. „So, so."

„Das bedeutet gar nichts", sprach Laurel hastig weiter. „Nur, dass sich Louis zu einem bestimmten Frauentyp hingezogen fühlte. Die Ähnlichkeit zu seiner ersten Frau macht ein Motiv für den Mord nicht wahrscheinlicher."

„Es ist das Naheliegendste, was wir haben. Und wir sind noch weit von der Gewissheit entfernt, dass Anne Trulane ermordet wurde." Matthew hob eine Augenbraue, während er Laurel betrachtete. „Du eilst sehr schnell zu seiner Verteidigung, Laurellie. Es wird dir schwerfallen, sachlich zu urteilen, wenn du dich nicht von deiner Kindheitsschwärmerei befreist."

„Das ist lächerlich."

„Wirklich?" Seine Lippen verzogen sich amüsiert.

„Hör zu, Matthew, ich denke immer sehr sachlich, und was meine Gefühle für Louis angeht, sie werden meine Arbeit bestimmt nicht beeinflussen." Sie sah auf ihr leeres Glas. „Ich habe nichts mehr zu trinken."

„Das sehe ich." Diesmal verhehlte er seine Belustigung nicht. Wenn Laurel indigniert war, wirkte sie äußerst anziehend. Aber für heute hatten sie beide genug von den Trulanes, entschied Matthew. Unauffällig tauschte die Kellnerin die leeren Gläser gegen volle aus. „Lassen wir das bis morgen. Warum hältst du mich nicht über deinen bevorzugten Stadtverordneten auf dem Laufenden?"

„Und warum lässt du Jerry nicht aus dem Spiel?"

„Jeder hat das Recht auf ein Hobby."

„Sei nicht so blasiert und überheblich", murmelte sie in ihr Glas. „Jerry ist ein sehr – sehr …"

„Aufgeblasener Esel?", half Matthew höflich nach und lächelte, als sie in helles Lachen ausbrach.

„Verdammt, Matthew, wenn mein Verstand nicht so benebelt wäre, würde ich dir schon die passende Antwort geben." Sie blies sich das Haar aus der Stirn, setzte ihren Drink ab und faltete ihre Hände. „Ich finde deine ständigen, unhöflichen Bemerkungen über Jerrys Persönlichkeit störend."

„Weil ich recht habe?"

„Ja. Ich hasse es wirklich, wenn du recht hast."

Er grinste, warf ein paar Geldscheine auf den Tisch und stand auf. „Ich bringe dich nach Hause, Laurel. Wollen wir hoffen, dass die frische Luft dir den Kopf nicht klärt – du könntest empfänglich sein für einige meiner niederen Instinkte."

„Um das zu sein, brauche ich mehr als drei Martinis." Sie blieb stehen und atmete tief aus, während der Boden unter ihr leicht schwankte.

„Vier", murmelte er, als er ihren Arm nahm. „Aber warum sie zählen?"

„Ich halte mich nur deshalb an dir fest, weil ich es muss", erklärte Laurel ihm beim Hinausgehen. „Ob du es glaubst oder nicht, nach ein paar Häuserblocks werde ich es auch allein schaffen."

„Teile mir bitte mit, wenn du solo gehen willst."

„Wie viele hast du getrunken?"

„So viele wie du auch."

Laurel lehnte ihren Kopf zurück, um ihn anzuschauen, und stellte fest, dass sich ihr die Martinis nicht allzu unerfreulich im Kopfe drehten. „Nun, du bist größer und schwerer", setzte sie kess hinzu. „Ich bin äußerst zierlich gebaut."

„Auch das ist mir aufgefallen."

„Tatsächlich?"

„Man könnte sagen, ich habe eine Studie daraus gemacht – journalistisch gesehen."

„Und was soll das bedeuten?"

Er blieb lange genug stehen, um mit seinen Lippen ihre zu berühren. „Bring dein Glück nicht in Versuchung."

„Du hast eine komische Art zu küssen", murmelte sie, während sie den Kopf an seine Schulter lehnte. „Ich weiß nicht, ob ich es mag."

„Über das Thema können wir uns später unterhalten."

„Ich dachte wirklich, du hättest eine andere Technik", fuhr sie fort. „Viel, viel … du weißt schon … aggressiver."

„Hast du viel Zeit damit zugebracht, über meine Technik nachzudenken?", entgegnete er.

„Ich habe ein paar Gedanken daran verschwendet – journalistisch gesehen."

„Es wäre sicherer, diese Diskussion aufzuschieben, bis du wieder geradeaus gehen kannst." Sie traten in den Hof des Gebäudes, das sie beide bewohnten.

„Weißt du, Matthew …" Laurel hielt sich am Geländer fest, als sie die Treppe hinaufgingen. „Du bist gar nicht mal so schlimm nach drei Martinis."

„Vier", murmelte er.

„Sei nicht so pingelig, wenn ich mich schon entschlossen habe, dich zu tolerieren." Sie machte ihre Handtasche auf und fing an, nach ihren Schlüsseln zu suchen. „Hier, halte mal." Sie kramte weiter. „Ah, da sind sie ja. Immer sinken sie ganz nach unten."

Er nahm ihr die Schlüssel ab. „Lädst du mich ein?" Er fragte sich, ob sie allein zurechtkommen würde. „Wir sind seit fast einem Jahr Nachbarn, und du hast mich noch nie zu dir gebeten."

„Welch schlimmes Betragen." Mit einem verschwommenen Lächeln forderte Laurel ihn auf einzutreten.

Der Raum war wie seine Bewohnerin – weich, elegant und charmant. Es roch angenehm, nach einem Hauch Lavendel. Alles war in Creme- und Rosé-Tönen gehalten. Es gab Spitzenvorhänge und ein Samtsofa. An einer Wand hing über einem blinkenden Teekessel ein gerahmtes Varieté-Poster von 1890.

„Es passt zu dir."

„Wirklich?" Laurel sah sich um, sichtlich mit sich selbst zufrieden. „Es ist schon komisch, aber selbst wenn ich deine Wohnung sehen würde, wüsste ich nicht, ob sie zu dir passt." Sie fuhr sich mit der Hand durch das Haar und versuchte, ihren Blick fest auf Matthew zu richten. „Ich verstehe dich überhaupt nicht. Gerahmte Zeitungsausschnitte oder Picassos. Auf eine sehr eigentümliche Weise bist du ein faszinierender Mann."

Wieder lächelte sie ihn an. In diesem Augenblick wusste Matthew nicht, ob sie bewusst herausfordernd war oder die Martinis diese Wirkung bei ihr hervorgerufen hatten. So oder so, es war nicht leichter für ihn. Er hatte nicht viele Regeln, aber eine davon hieß: nie eine Frau ausnutzen, die sich möglicherweise am nächsten Morgen nicht mehr daran erinnern wollte.

„Du bist ein netter Kerl, Matthew." Lachend drehte sich Laurel zu ihm um und stolperte in seine Arme. Lächelnd schlang sie ihm die Arme um den Nacken. „Du hast hinreißende Augen", sagte sie seufzend. „Ich nehme an, das hat dir schon so gut wie jede gesagt."

„Ständig." Er legte die Hände auf ihre Hüften, um sie von sich fortzuschieben. Irgendwie drückte sie sich an ihn, und seine Finger fuhren über den dünnen Stoff ihrer Bluse. Das Verlangen durchfuhr ihn wie ein Blitz. „Laurel …"

„Vielleicht solltest du mich noch mal küssen, damit ich herausfinde, warum ich mir dauernd einrede, dass ich dich nicht mag."

„Morgen", murmelte er, während er seinen Mund dem ihren näherte, „wirst du dich, wenn du dich daran erinnern solltest, für diese Bemerkung verabscheuen."

„Mmm, ich weiß." Sie senkte die Wimpern, als seine Lippen ihren Mund streiften. „Das ist kein Kuss." Sie holte tief Luft, als sie ein kribbelndes Gefühl verspürte. „Es ist herrlich." Sie strich ihm mit der Hand durch das Haar. „Mehr …"

Zur Hölle mit meinen Regeln, dachte Matthew. Wenn er für das bezahlen sollte, was er sich jetzt nahm, dann würde er bezahlen. Stürmisch riss er sie an sich und presste den Mund auf ihren.

Laurel suchte seine Zunge mit der ihren und ließ ihn ihre Leidenschaft und Erregung spüren. Sie ließ nicht von ihm ab. In diesem Moment, da sie vor Verlangen zitterte, spielte es keine Rolle mehr, dass ausgerechnet Matthew es war, der diesen Funken in ihr entfachte und ihre geheimsten Wünsche weckte. Niemand anderer hatte es je getan. Und niemand anderer würde es je können. Hinter all den wirbelnden Gedanken in ihrem Kopf stand nur ein einziger: mehr!

Sie schmeckte nicht so delikat wie sie aussah, sondern wild und herausfordernd. Ihr Duft war leicht, romantisch und ihr Mund voller Leidenschaft. Ihre Brüste pressten sich an ihn, und ihre Hände suchten und fanden. Unter Drohungen, Versprechen, Bitten suchten seine Lippen ihren Mund und nahmen sich, wonach ihm verlangte.

Plötzlich stemmte Laurel ihre Hände fest gegen seine Brust. Sie wollte es nicht noch einmal riskieren, dass sich der Raum um sie drehte. „Ich werde jetzt schlafen gehen."

Um seine Mundwinkel zuckte ein Lächeln. „Ich liebe aggressive Frauen."

„Allein", erklärte Laurel ihm und zwang sich, nicht zu lachen.

„Welche Verschwendung", murmelte er, nahm ihre Hand und küsste ihr Handgelenk. Er spürte das wilde Klopfen ihres Pulses.

„Matthew, nicht."

Er sah sie an. Es wäre so leicht, so sehr leicht. Er müsste sie nur an sich ziehen und ein einziges Mal noch küssen. Sie wussten es beide. Sie wollte es, er wollte es, doch keiner von beiden wusste genau, wie es dazu gekommen war.

„An deiner Stelle würde ich jetzt ein Aspirin nehmen, Laurellie. Morgen früh wirst du es bei dem zu erwartenden Kater dringend nötig haben."

Matthew verwünschte sich, aber er ging zur Tür, dann schloss er sie fest hinter sich.

5. KAPITEL

„Zum Teufel mit dir, Matthew!" Laurel starrte ihr bleiches, fahles Spiegelbild im Badezimmer an, während ihr dumpfe Hammerschläge im Kopf zu dröhnen schienen. Warum musste er immer recht behalten?

Sie griff nach den Aspirintabletten und knallte die Tür ihres Medizinschränkchens zu. Prompt stöhnte sie erbärmlich auf und fasste sich an den Kopf. Laurel wusste, er würde ihr nicht herunterfallen, aber genau das wünschte sie sich.

Sie hatte es verdient. Sie schluckte die beiden Aspirin und schüttelte sich. Das Pochen fing wieder an – an der Haustür und in ihrem Kopf. Wer immer das war, er gehörte langsam und qualvoll ins Jenseits befördert, fand sie, als sie sich mühsam zur Tür schleppte.

„Guten Morgen, Laurellie." Matthew lehnte gegen den Türrahmen und lächelte sie an. Sein Blick glitt über ihren kurzen, dünnen Überwurf. „Das, was du anhast, gefällt mir."

Er war, wie immer, leger angezogen, sah frisch aus und war offensichtlich bester Verfassung. Sie fühlte sich, als wäre sie durch eine Wüste gestolpert und hätte eine Menge Sand dabei verschluckt. „Ich habe verschlafen", murmelte sie, kreuzte die Arme und wartete auf seine hämischen Bemerkungen.

„Hast du schon Kaffee getrunken?"

Sie sah ihn argwöhnisch an, als er die Tür schloss. Vielleicht wartete er nur auf den passenden Moment für eine boshafte Bemerkung. „Nein."

„Ich mach dir welchen", sagte er freundlich und begab sich in die Küche.

Laurel starrte hinter ihm her. Keine Schadenfreude, keine klugen Ratschläge?

Sie war auf einen Schlagabtausch vorbereitet gewesen, dachte Matthew, als er nach der Kaffeedose griff. Und alles, was sie wirklich tun wollte, war zurück in ihr Bett kriechen und schlafen. Was für eine Frau, dachte er wieder. Beinahe ganz so wie ihre Großmutter.

In Gedanken kam er wieder auf den vergangenen Abend zurück: Weil es ihm ratsamer erschienen war, nicht in seinem Apartment zu bleiben, nur eine Wand von Laurel entfernt, hatte Matthew sich in sein Auto gesetzt, um sich von ihr abzulenken. Olivia Armand würde sich als Informationsquelle erweisen, und ihre Meinung über die Trulanes war mit Sicherheit weniger voreingenommen als Laurels.

Mit einem Blick, aus dem sowohl Verwunderung als auch Vergnügen sprach, begrüßte Olivia ihn auf der Terrasse. „Sieh an, sieh an, der Abend scheint sich zu entwickeln."

„Miss Olivia." Matthew hob die knochige, beringte Hand an seine Lippen und küsste sie. Sie roch nach frischem Jasmin. „Ich bin ganz verrückt nach Ihnen."

„Das waren sie alle", sagte sie mit einem sinnlichen Lachen. „Setzen Sie sich, und nehmen Sie einen Drink, Matthew. Haben Sie meine Enkelin schon nachgiebig gemacht?"

Matthew dachte an die leidenschaftliche Frau, die er vor nur einer Stunde in den Armen gehalten hatte. „Ein wenig", murmelte er.

„Sie sind langsam, Junge."

„Ich habe stets gemeint, ein Mann sei erfolgreicher, wenn er methodischer vorgeht." Er reichte ihr einen Drink, ehe er sich neben sie setzte.

„Sie leisten mir dabei nicht Gesellschaft?"

„Es ist so schwer genug, in Ihrer Nähe einen klaren Kopf zu behalten." Während sie lachte, lehnte er sich zurück und zündete eine Zigarette an. „Wo ist Susan?"

„Oben, völlig schockiert von meinen Tagebüchern."

„Was halten Sie von ihr?"

Olivia nahm langsam einen Schluck. Die Diamanten an ihrer Hand blitzten im Mondschein. Die Hängelaterne an der Tür wurde von Insekten umschwärmt, die gegen das Glas stießen. Schwer lagen die Düfte des Gartens in der Luft. „Ich finde, sie ist ein kluges Mädchen. Gut erzogen, ein bisschen durcheinander und traurig, aber stark genug."

„Sie behauptet, ihre Schwester sei ermordet worden."

Die schmalen weißen Augenbrauen hoben sich, eher nachdenklich als überrascht, wie Matthew fand. „Darum dreht sich also das Ganze. Interessant." Sie trank einen weiteren Schluck und klopfte dann mit den Fingern leicht gegen das Glas. „Das arme Mädchen wurde von einer Schlange in den hinter ‚Heritage Oak' liegenden Sümpfen gebissen. Erklären Sie mir, warum Susan es für einen Mord hält."

In dem kurzen, präzisen Stil, den Matthew in seinen Artikeln verwandte, berichtete er ihr von den Ereignissen des Tages.

„Die Sache ist also noch nicht so aus der Welt, wie Trulanes es gerne hätten", bemerkte Olivia. „Nun, Matthew, Mord und Geheimnisse halten das Blut in Wallung, aber Sie erzählen mir dies alles doch nicht, um meine Arterien vor der Verkalkung zu bewahren!"

Er grinste. Sie brachte ihn immer dazu. Er lehnte sich zurück und lauschte den Geräuschen der Nacht. „Ich weiß, was man über die Trulanes wissen sollte, und Laurel hat mir noch einige Dinge mehr erzählt – durch die rosarote Brille gesehen", fügte er hinzu.

„Ein Anflug von Eifersucht ist gesund", fand Olivia. „Das treibt Sie an."

„Worauf ich hinauswollte", sagte Matthew trocken, „ist, dass Sie mir von Trulanes erzählen."

„Schön. Wir werden in den Garten gehen. Ich werde steif, wenn ich so lange sitzen muss."

Matthew nahm die Hand, die sie ihm entgegenstreckte, und half ihr auf. Sie war klein, es überraschte ihn immer wieder. Sie hatte einen leichten Gang. Wenn sie in ihren Gelenken Schmerzen hatte oder eine Behinderung verspürte, so zeigte sie es nicht. Er hatte nicht gelogen, als er gesagt hatte, er sei verrückt nach ihr. Fünf Minuten nach ihrem ersten Kennenlernen hatte er Gefallen an ihr gefunden, und es war ihm nie schwergefallen zu verstehen, warum sie eine der umworbensten Schönheiten der Gegend gewesen sein musste – erst als Mädchen, dann als Frau, später als Witwe.

„Marion wurde in Frankreich erzogen", fing Olivia an. „Es gab Gerüchte über eine unglückliche Liebesgeschichte, aber sie hat nie ein Wort darüber verloren. Sie ist still, aber scharfsinnig, das war sie immer. Bei all ihren karitativen Engagements und eleganten Manieren ist sie auch ein Snob. Ich mag das Mädchen recht gern, aber sie ist nicht wie ihre Mutter, wie manche Leute gerne annehmen."

Matthew lachte und tätschelte Olivias Hand, die sie unter seinen Arm gehakt hatte. „Ich wusste, Miss Olivia, dass ich von Ihnen die ungeschminkte Wahrheit hören würde."

„Ich hasse Umwege. Nun, Charles war wie seine Mutter", sprach sie weiter. „Ein gut aussehender Junge, den Kopf in den Wolken. Doch er besaß Talent. Er hatte Hemmungen, es zu zeigen, aber er besaß Talent. Eines seiner Aquarelle hängt bei mir im Salon."

Dann musste er gut gewesen sein, überlegte Matthew. Olivia mochte wohl die Versuche eines jungen Nachbarn käuflich erwerben, aber sie würde sie nie in „Promesse d'Amour" aufhängen, wenn sie es nicht wert waren.

„Ich war von ihm enttäuscht, dass er mit der Frau seines Bruders durchbrannte." Da ihr Matthews ironischer Seitenblick auffiel, drohte sie ihm mit dem Zeigefinger. „Ich habe meine Standards, Yankee. Wenn Louis' Frau und sein Bruder sich haben wollten, dann hätten sie es ehrlich sagen sollen, statt sich mitten in der Nacht wie Diebe davonzuschleichen. Louis hätte es leichter überwunden."

„Erzählen Sie mir von ihm."

„Er war Laurels erste Liebe." Sie lachte auf bei Matthews Gesichtsausdruck. „Beruhigen Sie sich, Matthew, jede Frau hat das Recht auf einen Märchenprinzen. Als er jung war, war er ein lebenslustiger, aufregender Mann. Er ging in seiner Familie und deren Geschäft ganz auf, aber er war nicht langweilig oder spießig. Damit hätte ich mich nie begnügt. Ich glaube, er liebte seine erste Frau zutiefst und der Verrat zerstörte ihn. Es war auch nicht gerade eine Hilfe, als Gerüchte umliefen, sie habe ein Kind von Charles erwartet."

„Sind Sie je Anne Trulane begegnet?"

„Nein, Louis war sehr selbstsüchtig mit ihr, und ich hatte das Gefühl, er habe ein Recht dazu." Sie seufzte und brach eine Blüte von einer Azalee. „Sie planten einen Empfang für den September. Marion erzählte mir, es würde eine riesige, spritzige Angelegenheit werden, Anne in die Gesellschaft von New Orleans einzuführen. Sie sagte, das arme Kind sei bei diesem Gedanken zwischen Aufregung und Schrecken hin und her gerissen. Ich gebe zu, ich war neugierig, sie aus der Nähe kennenzulernen. Man sagte, sie sehe Elise ähnlich."

„Man?", wiederholte Matthew.

„Das Hauspersonal." Sie wandte sich dem Hause zu und erinnerte sich flüchtig an die Zeiten, wo sie stundenlang im Garten spazieren gehen oder herumrennen konnte. „Wenn ich wissen möchte, was in ‚Heritage Oak' los ist, dann frage ich meine Köchin. Sie erzählt mir dann, was deren Köchin ihr erzählt hat." Sie seufzte genüsslich auf. „Ich liebe Spionage."

„Erinnern Sie sich an Elise Trulanes Aussehen?"

„Mein Gedächtnis ist zweimal so alt, wie Sie es sind." Olivia lachte, genoss eher die Erinnerung an diese Jahre, als dass sie sie bedauerte. „Und mehr."

Trotz der Falten, die die Zeit herausgearbeitet hatte, war ihr Gesicht im Mondlicht schön und sinnlich. Die Hand unter seiner Hand war vor Alter trocken. Aber stark. „Miss Olivia, wo könnte ich noch jemanden finden wie Sie?"

„Direkt vor Ihrer Nase, Sie begriffsstutziger Yankee." Mit einem zufriedenen Laut nahm sie wieder auf ihrem Sessel Platz. „Oh, Susan, kommen Sie." Sie winkte der Frau zu, die zögernd an der Gartentür stehen geblieben war. „Armes Kind", sagte sie zu Matthew, „sie wird noch immer rot. Wie haben Ihnen meine Aufzeichnungen gefallen?"

„Sie sind sehr – farbig. Sie haben ein …" Wie sagte man so etwas am besten? „Ein erfülltes Leben gehabt, Mrs Armand."

Olivia lachte hellauf. „Verwässern Sie es nicht, mein liebes Kind. Ich habe gesündigt und habe davon jede Minute genossen."

„Einen Drink, Susan?" Matthew führte sie zu einem Stuhl.

„Nein, danke. Laurel ist nicht bei Ihnen?"

„Ich bringe sie nicht gern mit, wenn ich mit Olivia flirte", sagte er leichthin und freute sich, Susan lächeln zu sehen. „Da ich schon einmal hier bin, frage ich mich, ob Sie sich an einige Namen erinnern können, die Anne in ihren Briefen erwähnt haben könnte, irgendetwas Ungewöhnliches oder Unnormales, das sie berichtet hat."

Susan hob die Hände und ließ sie wieder sinken. „Sie schrieb meistens über Louis und das Haus … Marion, natürlich. Sie hatte begonnen, Marion gern zu haben. Das Hauspersonal, eine Binney, eine Cajun – eine Frau, von der Anne sagte, sie leite das Haus."

Susan dachte zurück und versuchte, sich an die Einzelheiten zu erinnern, die Matthew interessieren könnten. „Ich hatte den Eindruck, als wäre sie noch nicht die eigentliche Herrin des Hauses. Anne war ein wenig überwältigt davon, Personal zu haben."

„Irgendjemand außerhalb der Familie?"

„Eigentlich kannte sie sonst niemanden. Oh, da war einer von Louis' Steuerberatern, Nathan Brewster. Sie hat ihn einige Male erwähnt. Ich nehme an, er war ins Haus gekommen, um mit Louis die Unterlagen durchzuarbeiten. Er machte Anne nervös." Wieder lächelte Susan, doch dieses Mal war es ein trauriges Lächeln. „Anne war bei Männern sehr schüchtern. Für sie zählte nur Louis. Er lehrte sie reiten …"

„Nathan Brewster", murmelte Olivia. „Ich habe von ihm gehört. Ein kluger Junge. Ihr Alter, Matthew. Es heißt, er habe ein unangenehmes Wesen, vor einigen Jahren habe er beinahe einen Mann umgebracht. Es schien, als wäre dieser Mann mit Brewsters Schwester zu freundschaftlich umgegangen."

„Gibt es irgendetwas, das Sie nicht wissen, Miss Olivia?"

„Nicht die geringste Kleinigkeit." Sie lächelte und verlangte nach einem neuen Drink.

Matthew goss ihn für sie ein. „Susan, haben Sie ein Bild von Anne?"

„Ja, möchten Sie es haben?"

„Ich würde es gern sehen."

Nachdem sie aufgestanden und ins Haus gegangen war, reichte Matthew Olivia ihren Drink. „Wissen Sie etwas darüber, dass es in den Sümpfen hinter ‚Heritage Oak' angeblich spukt?"

„Sagen Sie das nicht so von oben herab, Matthew", riet sie. „Wir Kreolen haben mehr Verständnis für das Übernatürliche als ihr Yankees. In den meisten Sümpfen spukt es", sagte sie ganz ruhig, während sie ihren Bourbon im Glas schwenkte. „Die Gespenster in ‚Heritage Oak' gab es schon vor dem Krieg."

Matthew setzte sich bequem hin. Er wusste, es gab nur einen Krieg, den Olivia für erwähnenswert hielt – den amerikanischen Bürgerkrieg. Er erinnerte sich, dass Laurel genau dasselbe getan hatte. „Erzählen Sie mir."

„Eine der Frauen der Trulanes pflegte ihren Liebhaber dort zu treffen. Verdammt unbequemer Ort für einen Ehebruch", setzte sie ganz praktisch hinzu. Als Matthew nur lachte, fuhr sie unbeirrt fort. „Als ihr Mann die beiden entdeckte, erschoss er sie erbarmungslos und ohne mit der Wimper zu zucken – die Waffe befindet sich noch heute in einer Vitrine in der Bibliothek – und warf ihre Körper in den Treibsand. Seit damals wurden gelegentlich Lichter gesehen, oder jemand hat eine Frau weinen gehört. Sehr romantisch."

„Und für jemanden wie Anne Trulane furchterregend", setzte er nachdenklich hinzu.

„Es ist nur ein Passbild", sagte Susan, als sie zurückkam. „Aber es wurde vor weniger als einem Jahr gemacht."

„Danke." Matthew betrachtete das Foto. Jung, süß, schüchtern. Diese Worte kamen ihm dabei in den Sinn. Und lebendig. Er erinnerte sich, wie sie an dem Morgen, als sie gefunden wurde, ausgesehen hatte. Er fluchte leise vor sich hin und gab Olivia das Bild.

„Kaum zu glauben", sagte sie leise und klopfte mit dem Foto gegen ihre Handfläche. „Sie könnte Elise Trulanes Zwilling sein."

Das Geräusch, das Laurel in ihrem Schlafzimmer machte, brachte Matthew wieder in die Gegenwart zurück. Er dachte an etwas anderes – ihnen stand ein weiteres Interview an diesem Tage bevor. Louis Trulane. Er nahm den Kaffee mit nach draußen auf die Galerie und wartete dort auf Laurel.

Als sie herauskam, starrte er, ganz in Gedanken, in den Hof hinunter. „Matthew?"

Er drehte sich um und sagte lächelnd: „Der Kaffee ist fertig."

Laurel goss sich eine Tasse voll. Sie trug einen Rock aus reiner Baumwolle und eine Bluse, die die Hoffnung in ihm erzeugte, die Hitzewelle möge andauern. „Kein ‚Ich-habe-es-dir-ja-gleich-gesagt'?", fragte sie, ehe sie sich auf einen der weißen, gusseisernen Stühle setzte.

„Wenn man im Glashaus sitzt …", erwiderte er und lehnte sich zurück gegen die Balustrade. „Ich kenne diesen Zustand am Morgen danach. Fühlst du dich besser?"

„Etwas. Ich werde zu Hause anrufen, ehe wir fahren. Ich möchte mich vergewissern, dass Susan sich einlebt."

„Es geht ihr gut." Matthew überlegte, was eine Frau wie Laurel wohl unter einem Sommerkleid tragen mochte. Seide – sehr dünne Seide wahrscheinlich. „Ich habe sie und deine Großmutter gestern Abend getroffen."

Laurel hielt die Kaffeetasse mitten in der Bewegung zu ihren Lippen inne. „Du bist gestern Abend dort gewesen?"

„Ich kann mich von deiner Großmutter nicht fernhalten."

„Verdammt Matthew, das ist meine Story."

„Unsere Story", erinnerte er sie milde.

„So oder so, du hattest kein Recht, ohne mich dahin zu fahren."

Er stand auf und schenkte sich Kaffee ein. „Wenn ich mich richtig erinnere, warst du gestern Abend nicht in der Stimmung, Gesellschaft um dich zu haben. Wäre das anders gewesen", setzte er gleichmütig hinzu, „hätten wir deine Großmutter nicht aufgesucht."

Bei dieser Bemerkung verengten sich ihre Augen und sie stand auf. „Nur weil ich gestern etwas benommen war, Matthew, musst du dir nicht einbilden, dass du mich auch nur im Mindesten reizt." Weil er daraufhin nur ein Lächeln für sie übrig hatte, fuhr sie rasch fort. „Jeder Mann kann nach vier Martinis gut aussehen. Sogar du."

Er stellte seine Tasse sehr sorgsam ab.

„Dein Kopf ist heute Morgen wieder klar, Laurellie?"

„Perfekt, und ich finde es nicht in Ordnung, dass du meine Großmutter und Susan ohne mich nach Informationen aushorchst. Hättest du mir gesagt, was du vorhattest, dann hätte ich mehr Kaffee getrunken, kalt geduscht und mich zusammengerissen."

„Vielleicht hättest du das getan." Er steckte seine Hände in die Taschen und wippte langsam auf den Hacken auf und ab. „Die Sache ist die, dass ich mich mit jemandem über die Trulanes unterhalten wollte, der sie etwas objektiver sieht."

Wütend blitzte Laurel ihn an, beruhigte sich aber wieder und hasste ihn, weil er recht hatte. „Lass uns fahren", murmelte sie und wandte sich um.

„Laurel." Matthew hielt sie vor der Tür am Arm fest. „Es geht hier nicht um die Story", sagte er ruhig. „Ich will nicht, dass dir wehgetan wird."

Sie starrte ihn wachsam geworden an. Ich werde in Schwierigkeiten geraten, dachte sie. „Ich habe dich schon früher gebeten, auf mich keine Rücksicht zu nehmen", murmelte sie.

„Zum Ausgleich werde ich dir später das Leben sauer machen. So wie du für Louis empfindest …"

„Er hat mit dem Ganzen nichts zu tun", beharrte sie, war sich aber nicht mehr länger sicher, ob sie beide noch von der Story sprachen. „Lass mich allein damit fertig werden, Matthew. Ich kann es."

Er zögerte. „Gut", sagte er schließlich. „Lass uns fahren."

Die Brise tat Laurel gut. Der leichte Wind strich angenehm durch die Fenster, während sie zur Stadt hinausfuhren. Mit zurückgelegtem Kopf und geschlossenen Augen hörte Laurel Matthews

Bericht über seinen Besuch bei ihrer Großmutter am vergangenen Abend zu.

„Aus dem spöttischen Ton deiner Yankee-Stimme höre ich heraus, dass du nicht an die Trulane-Gespenster glaubst?"

„Und tust du es?" Lächelnd sah er sie von der Seite her an. Als sie ihm nicht gleich antwortete, verlangsamte er die Fahrt, um sie genauer betrachten zu können. „Laurel?"

Sie zuckte die Schultern und strich sich gelegentlich über ihren Rock. „Lass es mich so ausdrücken, Matthew: Ich habe Kreolenblut in mir."

Er konnte nicht umhin zu lächeln. „Gespenster, Laurel?"

„Die Atmosphäre", korrigierte sie ihn und fühlte sich zu etwas angestachelt, was sie lieber für sich behalten hätte. „Ich bin in diesen Sümpfen gewesen. Dort gibt es Blumen, wo man sie am wenigsten erwarten würde, kleine Flecken von Prärie, blaue Reiher, ruhiges Gewässer." Sie drehte sich auf ihrem Sitz, sodass der Wind ihr ins Haar fuhr und es zum Fenster hinausflattern ließ. „Dort gibt es auch Treibsand, scheußlich kleine Insekten und Schlangen. Schatten." Frustriert wandte sie den Kopf zurück und starrte durch die Windschutzscheibe. „Mir hat es dort nie gefallen. Es ist unheimlich. Es gibt Stellen, zu denen die Sonne nie vordringt."

„Laurel." Matthew hielt den Wagen am Eingang zu ‚Heritage Oak'. „Du lässt dich schon wieder von Kindheitseindrücken leiten. Es ist eine Gegend, das ist alles."

„Ich kann dir nur sagen, wie ich empfinde." Sie sah ihm in die Augen. „Und offensichtlich wie Anne Trulane empfand."

„Na schön." Im ersten Gang fuhr er das Auto zwischen die hohen Backsteinsäulen. „Aber für den Augenblick lass uns auf die Lebenden konzentrieren."

Die Eichen, die die Auffahrt säumten, waren alt und hoch, das spanische Moos, das von ihnen herunterrankte, graugrün und uralt. Es hatte sich nicht verändert, fand Laurel auf den ersten Blick, ebenso wenig wie das Haus selbst.

Der Backsteinbau war schon gealtert, noch ehe sie geboren worden war. Es gab schwache Anzeichen von Verfall, aber die waren schon vorhanden gewesen, solange sie sich erinnern konnte. Der Stil des Hauses war klar und deutlich, nicht so spielerisch wie „Promesse d'Amour", aber nicht weniger schön. Es war von einem gedämpften Rot und hatte schwarze Balkone, deren zierlicher Schwung die Arroganz des Hauses nicht minderten. Wenn Laurel den Besitz ihrer Vorväter mit einer Frau verglich, dann ähnelte „Heritage Oak" einem Mann, kühn und zeitlos.

„Wie lange ist es schon her", murmelte sie, während sie aus dem Wagen stieg. Wieder etwas ruhiger geworden ging sie mit Matthew auf die breite, weiße Veranda zu. „Lass mich das hier in die Hand nehmen", sagte sie. „Ich kenne Louis und Marion."

„Kannte", korrigierte er sie. Ihm war die Art, wie sie das Haus betrachtet hatte, nicht entgangen. Es lag ein gewisses Glitzern in ihren Augen. „Menschen pflegen sich zu verändern. Ich will dir nichts versprechen, Laurel, aber ich werde mich nicht einmischen, solange ich es nicht für notwendig halte."

„Du bist ein harter Mann, Matthew."

„Ja." Er hob den Türklopfer und ließ ihn gegen das Portal aus Honduras-Mahagoni fallen.

Eine hochgewachsene, eckig gebaute Frau kam an die Tür. Nach einem kurzen Blick auf Matthew richteten sich ihre nussfarbenen Augen auf Laurel. „Die kleine Miss Laurel", murmelte sie und hielt ihr zwei dünne Hände hin.

„Binney. Wie schön, dich wiederzusehen."

Josephine Binneford, die Haushälterin, hatte sich, seitdem Laurel sie vor zehn Jahren zum letzten Mal gesehen hatte, wenig verändert. Ihr Haar war grauer geworden, aber sie trug es noch immer in einem strengen Nackenknoten. Vielleicht hatte sie ein paar Falten mehr im Gesicht bekommen, aber sie fielen Laurel nicht auf.

„Die kleine Miss Laurel", wiederholte Binney. „So eine feine, schöne Dame heute. Keine zerkratzten Knie mehr?"

„Nicht in der letzten Zeit." Lächelnd beugte Laurel sich vor und strich ihr über die Wange. Sie roch nach Wäschestärke und Flieder. „Du siehst ganz wie früher aus, Binney."

„Du bist noch immer viel zu jung, um zu wissen, wie schnell die Zeit verfliegt." Sie trat zurück und bat sie ins Haus hinein, ehe sie die Tür wieder vor dem gleißenden Sonnenlicht und der Hitze zumachte. „Ich werde Miss Marion sagen, dass Sie hier sind."

Mit einem arthritischen Humpeln ging sie ihnen in den Salon voran. „Revenez bientôt", murmelte sie und drehte sich zu Laurel um. „Cette maison a besoin de jeunesse." Damit wandte sie sich ab und ging die Treppe nach oben.

„Was hat sie gesagt?", fragte Matthew, während Laurel hinter ihr herstarrte.

„Nur, dass wir wiederkommen sollen." Sie kreuzte die Arme vor der Brust, als fröstelte sie plötzlich. „Sie sagt, das Haus brauche die Jugend." Sie ging in den Salon hinein.

Wenn auch die Menschen sich veränderten, dachte Laurel, dies bleibt immer gleich. Den Raum hätte man ein Jahrhundert zurückversetzen können. Er würde auch im nächsten Jahrhundert nicht anders aussehen.

Das Sonnenlicht schimmerte durch die hohen, mit königsblauen Portieren umrahmten Fenster. Es fiel auf Mahagonitische und malte helle, rote Flecken darauf. Es glänzte auf einer handgeschliffenen Kristallvase, die eine längst verstorbene Braut der Trulanes an ihrem Hochzeitstag geschenkt bekommen hatte. Liebevoll umspielte es eine Porzellantänzerin, die für alle Zeiten allein in einem wirbelnden Walzer gefangen war.

Matthew beobachtete Laurels langen stummen Rundblick durch den Raum. Die Empfindungen, die sich auf ihrem Gesicht widerspiegelten, ließen Enttäuschung in ihm hochkommen, Eifersucht und Verlangen. Wie konnte er sie dazu bringen, sich ihm zuzuwenden, wenn so vieles in ihrem Leben noch daran gebunden war, was einmal gewesen war, wer einmal Bedeutung besessen hatte?

„Weißt du, Erinnerungen sind nette, kleine Besitztümer, Laurel", sagte er kühl, „solange du nicht die Gegenwart ignorierst."

Er wollte sie verändern, weil er mit ihrem Ärger leicht fertig werden konnte. Stattdessen wandte sie sich mit weichem Blick und verblüffter Miene zu ihm um. „Hast du denn Erinnerungen, Matthew?", fragte sie leise. „Einige von diesen netten, kleinen Besitztümern?"

Er dachte an ein Dach, das leckte, und eiskalte Fußböden und einen Teller, auf dem nie genug zu essen war. Er erinnerte sich an eine Frau, die hustete, fortwährend hustete, nachts in ihrem Bett, die ihre angegriffenen Lungen damit nur noch mehr schwächte. Und er erinnerte sich an das Versprechen, das er sich gegeben hatte, herauszukommen und die Frau mit sich zu nehmen. Es war ihm nur möglich gewesen, den ersten Teil seines Versprechens zu erfüllen.

„Ich habe sie", sagte er grimmig. „Ich ziehe das Heute vor."

Hinter dem bitteren Ton hatte sie etwas anderes vernommen. Verwundbarkeit. Automatisch streckte sie die Hand nach ihm aus. „Matthew …"

Nicht auf diese Weise, sagte er sich. In gar keinem Fall wollte er sie durch ihr Mitleid für sich gewinnen. Er nahm ihre dargebotene Hand, hob sie aber an seine Lippen. „Das Leben ist ein lächerlicher Kreis, in dem wir gefangen sind, Laurellie. Ich habe immer geglaubt, dass Erinnerungen zu schaffen mehr für sich habe, als sich von ihnen zu befreien."

Sie zog die Hand zurück. „Du lässt mich nicht an dich heran, nicht wahr?"

„Heute." Er strich ihr mit den Fingern durch die Haare. „Lass uns auf das Heute konzentrieren."

Unbeschreiblich verletzt wandte sie sich von ihm ab. „Es gibt kein Heute ohne das Gestern."

„Verdammt, Laurel …"

„Laurel, es tut mir leid, dass ich dich habe warten lassen." Marion glitt in den Raum, wie nur eine Frau von Stand es vermochte. Sie war wie immer in ein flatterndes, pastellfarbenes Gewand gekleidet, das stets um sie herum zu wehen schien. Als Laurel ihre weichen, schmalen Hände ergriff, fragte sie sich, wie jemand so viel kühle Schönheit ausstrahlen konnte. Marion ging auf die vierzig zu, aber sie war noch immer von einer makellosen Erscheinung, der man ihren Adel ansah. Ihr Parfüm war ebenso weich wie ihre Hände, ihr Haar, ihre Augen.

„Marion, du siehst wundervoll aus."

„Wie reizend." Marion drückte Laurels Hände, ehe sie sie losließ. „Ich habe dich ja seit dieser Wohltätigkeitsveranstaltung vor zwei Monaten nicht mehr gesehen. Es war eigenartig, dich dort mit deinem Block und Kugelschreiber zu sehen. Bist du mit deinem Beruf zufrieden?"

„Ja, es ist genau das, was ich mir schon immer gewünscht habe. Das ist mein Kollege, Matthew Bates."

„Nett, Sie kennenzulernen, Mr Bates." Marion hielt seine Hand einen Augenblick länger, zögerte während sie ihn aufmerksam ansah. „Kennen wir uns?"

„Nicht formell, Miss Trulane. Ich war hier, als im letzten Monat Ihre Schwägerin gefunden wurde."

„Ach so." Ihre Augen trübten sich einen Moment lang schmerzvoll. „Ich fürchte, ich erinnere mich an vieles von diesem Tag nicht sehr genau. Bitte, nehmen Sie doch Platz. Binney wird ein paar Erfrischungen bringen. Louis wird gleich hier sein, er telefoniert noch. Ich bin sogar froh, einen Moment mit dir allein zu sein, ehe er hier ist." Marion faltete die Hände im Schoß. „Laurel, du hast Louis seit sehr langer Zeit nicht mehr gesehen."

„Seit zehn Jahren."

„Ja, zehn Jahre." Marion sah einen Augenblick lang aus dem Fenster und seufzte dann. „Hier verliert man das Gespür für Zeit. Ich musste darauf verzichten, dich hierher einzuladen, nachdem Charles und Elise … fortgegangen waren. Louis war nicht in der richtigen Verfassung für ein leicht zu beeindruckendes, junges Mädchen."

Zehn Jahre, dachte Laurel, und es tat immer noch weh. Und was hatte er empfunden? „Das kann ich verstehen, Marion. Aber ich bin kein Mädchen mehr."

„Nein, das bist du nicht." Ihr Blick richtete sich wieder auf Laurel, weg von den Eichen und dem gepflegten Rasen. „Laurel, du hast nur den Anfang seiner Veränderungen mitbekommen, aber im Laufe der Monate, der Jahre, wurde er verbittert", sagte sie rasch. „Er wurde launisch, zerstreut. Es gab Zeiten, da erinnerte er sich nicht …" Sie unterbrach sich und hob die Hände. „Er vergaß nicht", korrigierte sie sich mit einem wehmütigen Lächeln. „Er zog es einfach vor, sich nicht zu erinnern. Er und Charles waren … Nun, das ist ja jetzt vorbei."

„Marion, ich weiß, wie schwer es ihm gefallen sein muss." Laurel lehnte sich vor und legte die Hand auf Marions Hände. „Das wusste ich immer. In Wahrheit bin ich nicht fortgeblieben, weil du mich nicht mehr eingeladen hattest, sondern weil ich wusste, dass Louis mich hier nicht wünschte."

„Du hast schon immer viel Verständnis gehabt", murmelte Marion. Seufzend versuchte sie, diese Stimmung zu vertreiben. „Als er Anne nach Hause brachte, war niemand überraschter, zufriedener als ich. Sie hatte ihn umgänglicher gemacht."

„Den Eindruck hatte ich auch." Laurel lächelte, als Marion sie fragend ansah. „Ich rief ihn einige Wochen nach seiner Hochzeit an."

Marion nickte und verschränkte die Hände wieder. Sie hatte ovale, unlackierte Fingernägel. „Vielleicht war er überbesorgt, besitzergreifend, aber Anne war so jung, und er war so schlimm verletzt worden. Ich erzähle Ihnen das jetzt, weil ich Sie beide …", ihr Blick glitt zu Matthew hinüber, „um Verständnis für den Zustand bitten möchte, in dem Louis jetzt ist. Ihm ist in seinem Leben so viel Schmerzliches widerfahren. Falls er kalt und abweisend wirken sollte, dann ist das nur seine Art, mit dem Schmerz fertig zu werden." Sie sah sich um, als Binney einen Teewagen hereinrollte. „Ah, Eistee. Nimmst du immer noch so viele Zuckerstückchen, Laurel?"

Laurel lächelte. „Ja. Oh." Sie bemerkte die kleinen rosafarbenen Kuchen, die auf dem Wagen angerichtet waren. „Wie lieb von dir, Binney."

„Ich brauchte der Köchin nur zu sagen, Miss Laurel ist zum Tee hier." Sie zwinkerte Laurel rasch zu. „Aber essen Sie nicht mehr als drei, oder ihre Großmutter wird mit mir schimpfen."

Lachend biss Laurel in einen der Kuchen, während die Haushälterin den Raum verließ. Der leichte, süße Geschmack ließ neue Erinnerungen aufflackern. Sie hörte das Eis in den Gläsern klirren, als Marion den Tee eingoss. „Binney hat sich nicht verändert. Und das Haus auch nicht", setzte sie mit einem Lächeln für Marion hinzu. „Ich bin so froh darüber."

„Das Haus ändert sich nie", meinte Marion, während sie Laurel in einem Waterford-Glas frischen, kalten Tee anbot. „Nur die Menschen darin verändern sich."

Laurel hatte ihn nicht kommen gehört, ihn nur gespürt. Langsam setzte sie ihr Glas ab. Dann sah sie sich um und blickte direkt in Louis' Augen.

6. KAPITEL

Konnten zehn Jahre so lange sein? dachte sie verschreckt. Sie hatte geglaubt, sie sei vorbereitet gewesen. Sie hatte es gehofft. Sein Haar war jetzt an den Schläfen ergraut. Das hätte sie akzeptiert. Um seinen Mund und die Augen zogen sich tiefe Furchen. Auch das hätte sie akzeptieren können. Aber seine Augen hatten alle Wärme verloren, allen Humor, den sie so an ihm geliebt hatte. Stattdessen strahlte er eine gewisse Kälte aus.

Er war dünn, viel zu dünn. Dadurch wirkte er älter als sechsunddreißig Jahre. Laurel stand auf, und mit einem Gefühl von Schmerz und Mitleid ging sie auf ihn zu. „Louis."

Er nahm ihre Hand, und ein schwaches Lächeln flog über seine Lippen. „Erwachsen geworden, Laurel? Warum habe ich damit gerechnet, ein Kind vorzufinden?" Sehr behutsam hob er mit einem Finger ihr Kinn. Am liebsten hätte sie seinetwegen geweint. „Du versprachst schon immer eine Schönheit zu werden."

Laurel lächelte und versuchte, die Wärme in seine Augen zurückzuzaubern. „Ich habe es vermisst, dich zu sehen." Aber die Wärme kam nicht zurück, er ließ seine Hand sinken. Sie spürte seine Verkrampfung, noch ehe sie ihre eigene spürte. „Louis, das ist mein Kollege, Matthew Bates."

Louis' Blick streifte Matthew und wurde kälter. „Ich glaube, wir kennen uns."

„Etwas Tee, Louis?" Marion griff nach der Kanne.

„Nein." Er klang kurz angebunden, aber Marion reagierte nur mit zusammengekniffenen Lippen darauf. Keinem der Männer fiel es auf, da beide Laurel anschauten. „Wir sind nicht zum Tee und Kuchen hier, nicht wahr, Laurel?", murmelte Louis, bevor er den Raum durchquerte und vor dem leeren Kamin stehen blieb, über dem ein Ölgemälde seiner Mutter hing. Laurel konnte sich gut daran erinnern. Es hatte dort schon seit Jahren gehangen, ausgenommen eine kurze Zeit, als Elise Trulanes Porträt es ersetzt hatte. „Warum bringen wir die Sache nicht hinter uns?", schlug Louis vor. „Ich habe zugestimmt dich und Mr Bates zu empfangen, um den von Susan in die Welt gesetzten Gerüchten ein Ende zu machen." Er sah Laurel mit einem langen Blick an. „Stell deine Fragen. Einmal hatte ich all die Antworten für dich."

„Louis …" Sie wollte zu ihm gehen, ihn irgendwie trösten, aber der Blick aus Matthews Augen hielt sie davon ab. „Ich bedauere, dich auf diese Weise zu behelligen. Es tut mir sehr leid."

„Es muss dir nicht leidtun." Louis nahm sich eine dünne Zigarre, blickte sie einen Moment an, bevor er sie anzündete. „Nichts bleibt so, wie es einstmals war. Tue das, weshalb du gekommen bist."

Laurel fühlte, wie sich ihr Magen zusammenzog. Louis besaß noch immer Macht, eine Macht, die sie bereits als Kind erkannt hatte. Diese Macht hatte ihn dazu gebracht, die Zügel einer millionenschweren Firma in die Hand zu nehmen, noch ehe er seinen College-Abschluss gemacht hatte. Sie hatte es ihm ermöglicht, ein junges Mädchen derart zu verzaubern, dass die Frau sich außer Stande sah, ihn zu vergessen. Aber diese Macht war jetzt so kalt. Laurel blieb in der Mitte des Salons stehen, während sich die Lücke zwischen ihren Erinnerungen und dem Heute vergrößerte.

„Susan ist sicher, dass Anne niemals allein in die Sümpfe hinausgegangen wäre", fing sie an und wusste, dass es ein schlechter Beginn war. „Susan behauptet, dass Anne eine krankhafte Angst vorm Dunkeln hatte und dass sie in ihren Briefen ihre besondere Furcht vor dieser Gegend ausgedrückt hatte."

„Und sie glaubt, man habe Anne gezwungen, dorthin zu gehen", folgte Louis. „Das alles weiß ich bereits, Laurel."

Sie war Journalistin, sie hatte eine Aufgabe. Sie musste sich das vor Augen halten. „Hat sich Anne vor den Sümpfen gefürchtet, Louis?"

Er zog an seiner Zigarre und sah sie durch den Rauch hindurch an. „Ja. Aber sie ist hineingegangen", fügte er hinzu, „weil sie dort gestorben ist."

„Warum sollte sie dorthin gegangen sein?"

„Vielleicht um mich zu erfreuen." Achtlos schnippte er die Zigarrenasche in den sauberen Kamin. „Sie hatte angefangen, sich albern zu fühlen wegen der Furcht, die sie seit Kindestagen mit sich herumgeschleppt hatte. Wenn ich bei ihr war", murmelte er, „brauchte sie nachts kein Licht im Korridor." Er hob abrupt den Kopf auf die gleiche arrogante Weise, die Laurel von ihm als jungen Mann kannte. „Die Geschichte von den Gespenstern im Sumpf brachte sie dazu, sich alles Mögliche einzubilden. Ich wurde ungeduldig." Er zog wieder an seiner Zigarre, dieses Mal heftiger. „Sie hatte ein – Bedürfnis nach meiner Anerkennung."

„Du glaubst, dass sie mitten in der Nacht aufgestanden und dahin gegangen sein könnte, um dir zu gefallen?", fragte Laurel und trat einen Schritt auf ihn zu.

„Es ergibt mehr Sinn, als anzunehmen, dass jemand sich gewaltsam Zutritt verschafft und sie nach draußen gezerrt hat, ohne dass ich selbst oder irgendeiner der Hausangestellten auch nur den geringsten Laut vernommen haben." Er sah sie wieder kühl, kompromisslos an. „Ich nehme an, du hast den Polizeibericht gelesen."

„Ja." Sie befeuchtete sich ihre Lippen, als sie sich an die Fotografie erinnerte. „Ja, das habe ich."

„Dann brauche ich dazu ja nichts zu sagen."

„Litt Ihre Frau des Öfteren unter Schlafstörungen?", warf Matthew ein und beobachtete, wie ein kleiner Muskel an Louis Kinn arbeitete.

„Gelegentlich. Besonders, wenn ich noch arbeitete." Er sah über Matthews Kopf durch die langen Fenster hinweg. „Sie dachte, sie habe Lichter in den Sümpfen gesehen."

„Hat sonst noch jemand sie gesehen?"

Louis' Lippen verzogen sich etwas, was einem Lächeln gleichkam. „In all den Jahren haben Dutzende von Menschen das behauptet – gewöhnlich dann, wenn sie einer Flasche Bourbon Gesellschaft geleistet hatten."

„Mr Bates", meldete Marion sich zu Wort. „Anne fürchtete sich vor den Sümpfen, aber sie war auch von ihnen fasziniert. Es ist nicht ungewöhnlich, von etwas, wovor man sich fürchtet, auch fasziniert zu sein. Sie war ganz besessen von der alten Legende. Das Problem ... die Schuld", korrigierte sie sich langsam, „lag bei uns, weil niemand sie ernst genug genommen hat. Sie war so jung. Vielleicht wenn wir darauf bestanden hätten, dass sie bei Tageslicht dorthin ging, hätte sie sich nicht genötigt gesehen, im Dunkeln hinzugehen."

„Glaubst du, dass sie fähig war, allein, in der Nacht, in den Sumpf zu gehen?"

„Das ist die einzige Erklärung. Laurel, wir alle haben sie geliebt." Sie warf Louis einen raschen Blick zu. „Sie war süß und sanft, aber sie war auch überreizt. Ich dachte, ihr nervöser Zustand liege an den Plänen, die wir für die Party machten."

„Was spielt das jetzt noch für eine Rolle?", wollte Louis wissen und warf seine Zigarre in den Kamin, wo sie qualmend liegen blieb. „Anne ist nicht mehr bei uns, und weder Susan noch ihre Briefe können das ändern."

„Die Briefe wurden aus Susans Zimmer gestohlen", sagte Laurel ruhig.

„Das ist albern. Wer sollte die Briefe stehlen wollen? Sie hat sie verlegt." Louis tat diesen Punkt mit einem ärgerlichen Schulterzucken ab.

„Sie waren fast ein Jahr verheiratet", sagte Matthew beiläufig. „Und doch hat keiner Ihrer engsten Nachbarn Ihre Frau kennengelernt. Warum?"

„Das ist meine Angelegenheit."

„Louis, bitte." Laurel machte einen weiteren Schritt auf ihn zu. „Wir versuchen nur, das Ganze zu verstehen."

„Verstehen?", wiederholte er, und der Blick, den er Laurel zuwarf, ließ sie abrupt stehen bleiben. „Wie kannst du das? Sie war kaum mehr als ein Kind, ein Kind wie du es gewesen bist, als ich dich das letzte Mal sah. Aber sie hatte nicht dein Selbstbewusstsein, deine Kühnheit. Ich habe sie hier für mich gehalten, weil ich es so wollte, weil ich es musste. Eine ganze Generation lag zwischen uns beiden."

„Du hast ihr nicht vertraut", murmelte Laurel.

„Vertrauen ist gut für Narren."

„Ist es nicht eigenartig", warf Matthew ein und zog Louis' Zorn von Laurel auf sich, „wie sehr Anne Ihrer ersten Frau ähnlich war."

Der einzige hörbare Laut war Marions scharfes Einatmen. Obwohl Louis seine Hände zu Fäusten ballte, blieb er ruhig stehen. Ohne jedes weitere Wort, ohne einen zweiten Blick, drehte er sich um und verließ den Raum.

„Bitte, Louis ist noch nicht wieder er selbst." Marion spielte nervös mit ihrem Glas. „Er reagiert sehr empfindlich auf Vergleiche zwischen Anne und Elise."

„Die Leute werden sie zwangsläufig machen", erwiderte Matthew, „nachdem die äußerliche Ähnlichkeit so überwältigend ist."

„Nicht nur die äußerliche", murmelte Marion und sprach dann rasch weiter. „Es war deutlich zu sehen, Mr Bates, aber Louis will nicht über Elise und Charles sprechen. Wenn es sonst nichts mehr gibt …"

„Kennst du eigentlich Nathan Brewster?", fragte Laurel plötzlich.

Marions Augen wurden sichtlich größer, ehe sie die Lider senkte. „Ja, natürlich, er ist einer von Louis' Finanzberatern."

Matthew zog eine Augenbraue in die Höhe, ehe er einen Blick mit Laurel wechselte. „Sein Name war einer der wenigen, die Anne in ihren Briefen erwähnte."

„Oh, das ist natürlich, nehme ich an. Er war einige Male geschäftlich hier im Haus. Es stimmt, Anne hat nicht viele Menschen kennengelernt." Sie erhob sich und sah die beiden mit einem entschuldigenden Lächeln an. „Ich bedauere, wenn ich nicht weiter behilflich sein konnte, aber vielleicht können Sie jetzt Susans Zweifel zerstreuen." Sie streckte Laurel beide Hände hin. „Komm bald wieder, bitte, um etwas zu plaudern, wie wir es früher getan haben."

„Ich werde es. Sag Louis …" Laurel seufzte und ließ Marions Hände los. „Sag ihm, dass es mir leidtut."

Laurel und Matthew verließen schweigend das Haus und fuhren schweigend los. Während die Enttäuschung, der Zorn in ihm aufstieg, schwor sich Matthew, nichts zu sagen. Was immer Laurel auch empfinden mochte, es war ihre eigene Angelegenheit. Wenn sie sich ihren Gefühlen, ihrem Kummer, überlassen wollte, dann konnte er nichts daran ändern.

Mit einem Fluch riss er das Steuer herum, ließ den Wagen am Straßenrand ausrollen und hielt an.

„Verdammt, Laurel, hör auf damit."

Sie hielt die Hände ganz still im Schoß und starrte geradeaus. „Womit?"

„Zu trauern."

„Oh, Matthew", flüsterte sie, „er sah so unglaublich verloren aus."

„Laurel …"

„Nein, sag nichts. Er hat sich verändert. Ich habe damit gerechnet, aber ich war nicht darauf vorbereitet. Ich weiß nicht, ob du verstehen kannst, wie wichtig Louis für meine Kindheit, für meine Jugend war."

„Du betrachtest ihn als Opfer, Laurel. Wir alle sind Opfer unserer Lebensumstände. Wichtig ist nur, wie wir sie bewältigen."

„Wenn man jemanden liebt und ihn dann verliert, stirbt etwas in dir mit."

Erregt vor Ungeduld und Verlangen, bog er ihren Kopf zurück.

„Matthew." Sie ließ den Kopf auf seine Schulter sinken und versuchte, ruhiger zu atmen. „Das ist nicht … ich bin dazu noch nicht fähig."

„Du wirst es sein."

„Ich weiß es nicht." Sie legte die Hände auf seine Brust und hoffte, er würde sie verstehen … hoffte, dass sie sich selbst verstehen würde. „Ich sagte dir, dass du mich verwirrst. Ich habe nie zuvor einen Mann haben wollen, und ich habe nie damit gerechnet, dass du es sein könntest."

„Aber ich bin es." Er zog sie näher. „Du musst dich nur daran gewöhnen. Nie einen Mann haben wollen?", wiederholte er.

„Keinen Mann? Du warst nie – mit einem Mann zusammen?"

Sie hob das Kinn. „Ich sagte, ich wollte nie einen. Ich mache nie etwas, das ich nicht will."

Unberührt? Lieber Himmel, dachte er, hätte er das nicht selbst merken sollen? „Das ändert die Situation, nicht wahr?", sagte er weich und ließ sie los. „Ich werde dein Liebhaber sein, Laurellie. Nimm dir die Zeit, um darüber nachzudenken."

„Von all den arroganten …"

„Richtig. Wir werden später im Einzelnen darüber reden." Für sie beide war es besser, sich Zeit dafür zu nehmen, um darüber nachzudenken. Er startete den Wagen wieder. „Ich werde dir ein paar Theorien über Anne Trulane mitteilen."

„Schieß los", sagte sie ruhig.

Er fuhr gleichmäßig und ignorierte sein quälendes Verlangen. „Louis heiratete Anne Fisher, weil sie wie seine erste Frau aussah."

„Oh, wirklich, Matthew."

„Lass mich zu Ende reden. Ob er wirklich etwas für sie empfand oder nicht, steht hier nicht zur Diskussion. Sobald sie verheiratet waren, brachte er sie nach ‚Heritage Oak' zurück und hielt sie fern von allen Fremden. Männern. Er traute ihr nicht."

„Er war schon einmal auf die denkbar schlimmste Art verletzt worden."

„Genau. Er war von dem Gedanken besessen, sie könnte einen jüngeren Mann kennenlernen. Er war besitzergreifend und eifersüchtig. Vielleicht hat Anne sich dagegen aufgelehnt. Vielleicht hat sie ihm einen Grund geliefert, an ihrer Loyalität zu zweifeln."

„Willst du damit andeuten, Louis habe sie umgebracht, weil er dachte, sie könne sein Vertrauen missbrauchen?" Der Schauer, der ihr jetzt über die Haut rieselte, störte sie sehr, und sie drehte sich zu Matthew hin. „Das ist doch abwegig. Er ist nicht fähig, irgendjemanden umzubringen."

„Woher willst du wissen, wozu er fähig ist?", fragte er zurück.

„Der Mann, der dir heute im Salon gegenübertrat, war dir fremd."

Ja, das stimmte, und die Wahrheit tat weh. „Deine Theorie ist schwach", entgegnete sie. „Betrachte den zeitlichen Ablauf. Anne starb zwischen zwei und vier Uhr nachts. Louis weckte den Haushalt zwischen zwei und drei Uhr."

„Er hätte sie vor zwei Uhr dorthin bringen können", sagte Matthew gleichmütig. „Vielleicht hatte er nicht einmal vor, sie zu töten. Vielleicht wollte er sie nur erschrecken, hat sie dort hingebracht und sie da gelassen."

„Warum sollte er denn dann einen Suchtrupp ausschicken?"

Matthew warf ihr einen prüfenden Seitenblick zu und sah dann wieder auf die Straße. „Möglicherweise hat er vergessen, dass er es getan hatte."

Laurel öffnete den Mund und schloss ihn wieder. Zerstreut, hatte ihn Marion genannt. Er war zerstreut, zornig und verbittert gewesen. Das Bild, das sich vor ihren Augen formte, gefiel ihr gar nicht.

Während Matthew in die Innenstadt fuhr, blieb Laurel schweigsam. Kein Ehemann vergaß, dass er seine Frau allein und einsam zurückgelassen hatte. Jedenfalls kein Mann im Besitz seiner Sinne. Matthew fuhr an den Bordstein und hielt an. „Wohin gehen wir?"

„Zu Nathan Brewster."

„Marion wollte nicht über Nathan Brewster reden."

„Das ist mir aufgefallen." Matthew stieg aus dem Wagen. „Lass uns herausfinden, warum."

Sie betraten das Trulane-Gebäude, eines der ältesten, vornehmsten Häuser der Stadt, und fuhren zu der Etage, auf der Brewster sein Büro hatte. Ohne Matthew anzusehen, ging Laurel über den dicken, flauschigen Teppich zu der Empfangsdame. „Ich bin Laurel Armand, das ist Matthew Bates, wir sind beide vom ‚Herald'", sagte sie knapp. „Wir hätten gern Nathan Brewster gesprochen."

Die Empfangsdame verschwand hinter einer Tür und kam gleich darauf wieder zurück. „Mr Brewster lässt Sie bitten." Sie ging ihnen voran und hielt ihnen die Tür auf.

Laurels erster Eindruck von Nathan Brewster war der von

Sex. Er strömte ihn auf eine reife, körperliche Art aus. Er war dunkel, und obgleich er nicht sehr groß war, war er von einer aufdringlichen Männlichkeit, die keiner Frau entgehen konnte. Sein gutes Aussehen spielte dabei weniger eine Rolle, obwohl er es besaß. Es war seine primitive Männlichkeit, die jemanden entweder anzog oder abstieß.

„Ms Armand, Mr Bates." Er wies auf zwei kleine Ledersessel, ehe er sich hinter seinen Schreibtisch setzte. „Was kann ich für Sie tun?"

„Mr Brewster, wir möchten mit Ihnen über Anne Trulane sprechen", fing Laurel an. „Sie haben sie in ‚Heritage Oak' getroffen. Wenigen Leuten ist das gelungen."

„Ich war geschäftlich dort."

„Könnten Sie uns Ihren Eindruck von ihr schildern?"

„Sie war jung, schüchtern. Ich hatte mit Mr Trulane zu tun. Ich habe mit ihr kaum gesprochen."

„Eigenartig." Matthew beobachtete Brewster, der nervös mit einem Kugelschreiber spielte. „Ihr Name war einer der wenigen, den Anne in ihren Briefen erwähnte." Der Schreiber fiel klappernd auf den Tisch.

„Ich weiß nicht, wovon Sie reden."

„Anne hat ihrer Schwester über Sie geschrieben." Matthew ließ Brewster nicht aus den Augen. „Ihre Schwester glaubt nicht daran, dass Annes Tod ein Unfall war."

Brewster schluckte heftig. „Sie starb doch an einem Schlangenbiss."

„In den Sümpfen", warf Laurel ein und war von der Mischung aus Enttäuschung und Leidenschaft fasziniert, die Brewster ausstrahlte. „Wussten Sie, dass sie sich vor den Sümpfen fürchtete, Mr Brewster?"

Er warf Laurel einen schnellen, erzürnten Blick zu. Matthew verfolgte angespannt den Wortwechsel. „Woher sollte ich das?", wollte Brewster wissen. „Wie sollte ich das wissen?"

„Welche Erklärung hätten Sie dafür, dass sie sich in eine Gegend begab, die sie erschreckte?"

„Vielleicht ertrug sie es nicht länger, eingeschlossen zu sein!", entfuhr es ihm. „Vielleicht musste sie einfach hinaus, ganz gleich, wohin oder wie."

„Eingeschlossen?", wiederholte Laurel, und ihr Magen zog sich zusammen. „Wollen Sie damit sagen, Louis habe sie als Gefangene gehalten?"

„Wie könnte man es sonst bezeichnen?", fuhr er sie an. Seine Hände krampften sich zusammen. „Tag für Tag, Monat auf Monat, niemals sah sie jemand anderen als die Hausangestellten und einen Mann, der jede ihrer Bewegungen überwachte. Sie tat nie etwas, ohne ihn vorher zu fragen. Ohne ihn ging sie nicht einen Fußbreit außerhalb des Tores."

„War sie unglücklich?", fragte Laurel. „Hat sie Ihnen gesagt, sie sei unglücklich?"

„Sie hätte es sein müssen", erwiderte Nathan. „Trulane hat sie mehr als Tochter denn als Frau behandelt. Sie brauchte jemanden, der sie als Frau behandelte."

„Sie?", fragte Matthew leise. Laurel schluckte.

Brewster atmete schwer. Sein Temperament schien mit ihm durchgehen zu wollen. Er würde sich anstrengen müssen, um es unter Kontrolle zu behalten.

„Ich wollte sie", sagte Brewster rau. „Vom ersten Augenblick an, nachdem ich sie draußen auf dem Rasen gesehen hatte, im Sonnenschein. Sie gehörte in den Sonnenschein. Ich wollte sie, liebte sie, auf eine Weise, die Trulane in keinem Fall hätte verstehen können."

„War sie in Sie verliebt?"

Matthews ruhige Frage ließ Brewster das Blut in die Wangen schießen. „Sie hätte ihn verlassen. Sie wäre nie für immer in diesem – Monument geblieben."

„Und zu Ihnen gekommen?", murmelte Laurel.

„Früher oder später." Der Blick, mit dem er Laurel ansah, war durchdringend, drückte Leidenschaft aus und Gefühl. „Ich sagte ihr, sie müsse dort nicht eingeschlossen bleiben, ich würde ihr helfen, fortzukommen. Ich sagte ihr, sie wäre besser dran, tot zu sein als …"

„Besser tot als weiter mit Louis zu leben", beendete Laurel für ihn den Satz, während sein keuchender Atem den Raum erfüllte.

„Es muss frustrierend gewesen sein", fuhr Matthew fort, da Brewster nicht antwortete. „Die Frau Ihres Chefs zu lieben, selten in der Lage zu sein, sie zu sehen oder ihr zu sagen, wie Sie sich fühlten."

„Anne wusste, wie ich empfand", sagte Brewster scharf. „Welche Rolle spielt das heute noch? Sie ist tot. Dieses Haus hat sie umgebracht. Er hat sie getötet", setzte Brewster hitzig hinzu. „Schreiben Sie das in Ihrer Zeitung."

„Sie glauben also, Louis Trulane habe seine Frau getötet?"

„Er hätte ihr ebenso gut eine Pistole an die Schläfe halten können. Sie kam von ihm los", murmelte er und starrte auf seine Hände. „Sie kam endlich von ihm los, aber sie kam nicht zu mir." Seine Hände ballten sich wieder zu Fäusten. „Und jetzt lassen Sie mich bitte allein."

Laurel entspannte sich nicht eher, als bis sie und Matthew wieder in den Sonnenschein hinaustraten. „Das war ein trauriger, verbitterter Mensch", flüsterte sie.

Sie schüttelte sich und lehnte sich an die Seite des Wagens. „Ich kann es verstehen, warum er Anne nervös gemacht hat."

Matthew hielt die Hände um ein Streichholz, während er sich eine Zigarette ansteckte. „Lass mich deine Meinung als Frau dazu wissen."

„Leidenschaft, Männlichkeit, die primitiv genug ist, um zu faszinieren." Sie schaute zu den Fenstern hoch und schüttelte den Kopf. „Für manche Frauen ist das unwiderstehlich genug, weil es einfach furchterregend ist. Eine Frau wie Anne Trulane hätte ihn als drohende Gefahr empfunden und sich von ihm ferngehalten." Mit einem kurzen Auflachen fuhr sie sich mit einer Hand durch das Haar. „Ich bin kein Psychiater, Matthew, aber ich glaube, dass eine bestimmte Sorte Frau sich zu einem Mann wie Brewster hingezogen fühlen würde. Ich denke nicht, dass Anne Trulane dazugehört."

Mit einem langen Seufzer drehte sie sich zu ihm um. „Ich werde dir jetzt meine Hypothese mitteilen."

„Und die wäre?"

„Brewster liebt Anne – oder glaubt, sie zu lieben, bei einem Mann wie ihm würde das keinen Unterschied machen. Er sagt es ihr und fordert sie auf, seinetwegen Louis zu verlassen. Wie hätte sie sich gefühlt? Verängstigt und abgestoßen. Und vielleicht ein wenig geschmeichelt."

Er hob neugierig eine Augenbraue. „Geschmeichelt?"

„Sie war eine Frau", sagte Laurel entschieden. „Jung und unverbildet." Sie sah auf die Fenster zurück und dachte an Brewster. „Ja, ich glaube, sie könnte alle diese drei Empfindungen gehabt haben. Empfindungen, die sie verwirrten, und Brewster bedrängte sie. Er ist sehr heftig und dramatisch. Anne liebt ihren Mann, aber das ist eine Situation, mit der sie nicht umzugehen weiß. Sie kann nicht einmal ihrer Schwester darüber schreiben."

Matthew nickte und wandte den Blick auch weiterhin nicht von ihr ab. „Fahr fort."

„Nehmen wir an, Brewster setzt sich mit ihr in Verbindung und verlangt, sie zu sehen. Vielleicht droht er ihr sogar, Louis alles zu erzählen. Das hätte sie vermeiden müssen, denn Louis' Zustimmung und Vertrauen sind ihr wichtig. Anne musste von seiner ersten Frau gewusst haben. Deshalb …"

Laurels Augen wurden schmal, während sie versuchte, sich das Ganze vorzustellen. „Sie ist damit einverstanden, ihn zu sehen, trifft ihn außerhalb des Hauses und sehr spät, während Louis noch arbeitet. Sie haben einen Streit, weil sie Louis nicht verlassen will. Nathan ist ein kräftiger Mann." Sie erinnerte sich an seine starken Finger, die mit dem Kugelschreiber gespielt hatten. „Er hat sich eingeredet, dass sie ihn will, sich nur fürchtet, Louis zu verlassen. Er zerrt sie vom Haus fort, weg aus dem Licht. Jetzt ist sie zu Tode erschrocken, über ihn, über die Dunkelheit. Sie reißt sich los und stürzt davon, noch ehe sie es recht begreift. Sie verirrt sich. Brewster hat sie entweder nicht gefunden oder es gar nicht erst versucht. Und dann …"

„Interessant", murmelte Matthew und schnippte seine Zigarette fort. „Und, wie mir scheint, so plausibel wie alle anderen Theorien. Ich wünschte, wir besäßen diese verdammten Briefe", sagte er plötzlich. „Es muss etwas Enthüllendes darin gestanden haben oder man hätte sie nicht entwendet."

„Was immer es war, wir werden es jetzt nicht mehr erfahren."

Matthew nickte und starrte an ihr vorbei. „Ich möchte in diese Sümpfe, um mich umzusehen."

Laurel spürte einen Schauer und unterdrückte ihn. „Heute Abend?"

„Hmm."

Sie hätte sich denken können, dass es dazu kommen würde. Resigniert pustete sie sich die Haare aus den Augen. „Wir sollten uns ein Mittel gegen die Moskitos besorgen."

Er lächelte und fuhr ihr mit dem Finger über die Nase. „Nur einer von uns beiden muss dorthin. Du bleibst zu Hause und stellst eine brennende Kerze in dein Fenster."

Arrogant und hochmütig zog sie eine Braue in die Höhe. „Das ist meine Geschichte, Matthew. Ich werde gehen. Du kannst ja mitkommen, wenn du willst."

„Es ist unsere Geschichte", korrigierte er sie. „Der Himmel weiß, ob wir etwas anderes als einen Haufen scheußlicher Insekten und matschigen Bodens dort finden werden."

Und Schlangen, dachte Laurel. Sie schluckte und hatte einen bitteren Geschmack auf der Zunge. „Das müssen wir abwarten, nicht wahr? Matthew, etwas anderes bleibt uns nicht übrig."

Sie sahen sich nachdenklich an. Ein toter Punkt – für den Augenblick jedenfalls.

„Wir sollten etwas essen", schlug Laurel vor und stieg in das Auto ein. „Und ich werde zurück in die Redaktion fahren, ehe wir beide unseren Job los sind."

7. KAPITEL

*L*aurel verbrachte mit Matthew eine Stunde im Archiv der Zeitung mit der Durchsicht von Akten und diversen Unterlagen, bis ihr der Nacken wehtat.

„Brewster stand auf Seite zwei, mit seinen Fäusten", murmelte sie, während sie den Artikel überflog. „Im April vor zwei Jahren." Sie sah kurz auf. „Niemand hat ein so gutes Gedächtnis wie Großmutter."

„Sie erwähnte eine Schwester von ihm. Wurde er verurteilt?"

„Ihm wurde ihretwegen tätlicher Angriff vorgeworfen", erklärte Laurel ihm. „Am Ende musste er eine Geldstrafe zahlen, als sein – ah – Gegenspieler ihn nicht anzeigen wollte." Sie machte sich eine Notiz auf ihrem Block. „Es scheint, wenn Brewster das Temperament einmal durchgeht, dann geht es gründlich mit ihm durch. Ich werde versuchen, die Schwester ausfindig zu machen. Es könnte nämlich sein, dass er ihr von Anne erzählt hat."

„Hmm – mm."

Sie sah zu Matthew hinüber und bemerkte, dass er sich selbst emsig Notizen machte. „Worauf bist du gestoßen? Irgendetwas Aufschlussreiches?"

„Spekulationen", murmelte er und stand auf. „Ich werde selbst einige Telefonate führen müssen."

Lächelnd hakte er sie unter, während die Fahrstuhltür sich öffnete. Gemeinsam betraten sie die Lokalredaktion und gingen zu ihren Schreibtischen.

Auf ihrer Suche nach Kate Brewster musste Laurel viele Nummern anwählen. Als sie sie endlich aufgestöbert hatte, weigerte sich Brewsters Schwester entschieden, über die Schlägerei in der Bar zu reden und hatte auch nur wenig über ihren Bruder zu sagen. Bei der Erwähnung von Anne Trulanes Namen spürte Laurel ein Zögern, und es entging ihr auch nicht der Wechsel im Tonfall – vor Furcht? –, als sie behauptete, niemand mit diesem Namen zu kennen.

Nach einer Reihe von Telefonaten legte auch Matthew den Hörer auf und klopfte mit dem Zeigefinger auf seinen Schreibtisch. „Was hast du erreicht?"

„Nichts, es sei denn, du lässt den Eindruck gelten, die Erwähnung von Anne Trulanes Namen genügte, Brewsters Schwester nervös zu machen. Mein Eindruck war, dass sie sich zugeknöpft gibt, wenn es um ihren Bruder geht. Und wie steht es bei dir, Matthew?"

„Es scheint, als hätten die beiden Mrs Trulanes ein oder zwei Dinge mehr gemeinsam gehabt als nur ihr Aussehen", fing er an. Er holte sich eine Zigarette aus dem Päckchen. „Sie hatten jede nur eine Verwandte. In Elises Fall ist das eine Tante, mit der ich gerade gesprochen habe."

„Weshalb?"

„Aus Neugier." Matthew blies den Zigarettenrauch vor sich hin. „Sie beschrieb ihre Nichte als ein scheues, stilles Mädchen. Es sieht so aus, als hätte Elise ‚Heritage Oak' geliebt und hätte – anders als Anne – bereits ihre Stellung als Herrin des Hauses vertreten. Das Planen machte ihr Spaß, auch die Geselligkeit, und sie hatte Ideen für die Gestaltung. Die Tante war erstaunt, als Elise mit Louis' Bruder durchbrannte – und seitdem hat sie nichts mehr von ihr gehört oder gesehen. Sie war der Meinung, Elise hinge an ihrem Mann."

„Das dachte jeder andere auch", meinte Laurel. „Aber so etwas passiert, Matthew, ohne dass Außenstehende es gewahr werden. Ich kann mir nicht vorstellen, dass Elise ihrer Tante oder jemandem anderen erzählen würde, sie habe eine Affäre mit Charles."

„Vielleicht nicht. Aber da ist etwas, das ich interessant finde", murmelte er und wandte den Blick nicht von Laurel. „Elise erbte an ihrem einundzwanzigsten Geburtstag fünfzigtausend Dollar. Und sie wurde in dem Monat einundzwanzig Jahre alt, nachdem sie ‚Heritage Oak' verlassen hatte. Das Geld", sagte er langsam, „wurde nie abgebucht."

Laurel starrte ihn an, während ihr alle möglichen Gedanken

durch den Kopf wirbelten. „Vielleicht war sie zu ängstlich, das Geld abzuheben, weil sie dachte, Louis könnte so ihre Spur finden."

„Mit fünfzigtausend Dollar kann man sich eine Menge Mut kaufen."

„Aber ich sehe nicht, was das Herumstöbern in Elises Angelegenheit mit Anne zu tun haben soll."

Er sah sie sehr ruhig, sehr direkt an. „Oh doch, das tust du." Wieder sah sie sehr bleich und so erschöpft aus, wie sie es an jenem Morgen getan hatte. Matthew unterdrückte einen Fluch und stand auf. „Das ist etwas, worüber wir nachdenken sollten", sagte er knapp. „Im Augenblick konzentrieren wir uns jedoch besser auf das, was wir heute Abend erledigen müssen. Lass uns nach Hause fahren. Wir können uns noch ein paar Stunden ausruhen, ehe wir uns fertig machen müssen."

„Gut."

Während der Fahrt plauderte Matthew über andere Dinge und vermied es bewusst, das Trulanes-Thema wieder anzuschneiden.

„Ein kurzes Nickerchen", sagte Laurel, während sie ausstiegen und über den Hof gingen, „klingt sehr verlockend. Das waren zwei lange Tage."

„Und es wird eine lange Nacht werden", sagte Matthew beiläufig.

Sie lächelte ihn zum ersten Mal an, seit sie den ‚Herald' verlassen hatten. „Wann genau gehen wir auf Safari?"

„Ich glaube, Mitternacht ist die übliche Stunde." Er strich ihr über das Haar und ging die Stufen hoch.

„Knoblauch hilft nicht gegen Geister, oder doch?", fragte Laurel nachdenklich. „Keine silbernen Gewehrkugeln oder angespitzte Holzpflöcke. Was hilft dann?"

„Gesunder Menschenverstand."

Sie pustete die Luft aus. „Wie unromantisch."

Auf dem Treppenpodest lächelte er sie an. „Wollen wir wetten?"

Lachend beugte sie sich nach einem Päckchen, das vor ihrer Tür lag. „Ich kann mich nicht erinnern, dass ich etwas bestellt habe."

„Zweifellos von Jerry – eine Schachtel voller Bleistifte."

Sie versuchte, ihn zornig anzusehen, aber es gelang ihr nicht. „Bis Mitternacht, Matthew." Nach kurzer Suche fand sie ihre Schlüssel und schloss die Tür auf. Mit einem letzten Blick unter hochgezogenen Brauen hervor machte sie ihm die Tür vor der Nase zu.

Sein Lächeln schwand, während er sich zu seinem eigenen Apartment begab. Diese Frau machte ihn verrückt. Sie musste blind sein, dass sie es nicht selbst merkte, dachte er, während er den Schlüssel in das Schloss schob. Vielleicht war er zu vorsichtig gewesen. Auf dem Weg in das Bad zog sich Matthew sein Hemd über den Kopf und warf es beiseite. Er steckte die Hände in die Taschen und wollte gerade das Bad betreten, als er sie schreien hörte.

Später konnte er sich nicht mehr erinnern, wie er aus seinem Apartment gestürzt und zu ihrer Wohnung gerannt war. Er wusste nur, dass sie wieder und wieder geschrien hatte, aber er wusste nicht mehr, dass er heftig an ihre Tür getrommelt und sie schließlich verzweifelt eingetreten hatte. Aber er würde sich immer daran erinnern, wie sie ausgesehen hatte, bewegungslos auf der Stelle stehend, mit ihren Händen den Hals umklammernd, ihr Gesicht bleich wie Pergament und Schrecken in den Augen.

„Laurel!" Er griff nach ihr, riss sie herum in seine Arme, wo sie stocksteif stehen blieb. „Was ist passiert? Was ist los?"

Er spürte ihren Herzschlag. Ihre Haut war ganz eisig, feucht von einem Schweißfilm, aber sie zitterte nicht. Noch nicht. „Die Schachtel", wisperte sie. „In der Schachtel."

Er hielt sie mit einer Hand fest, drehte sich um und sah in die auf dem Tisch stehende Schachtel. Dann fluchte er durch die Zähne. „Es ist schon gut, Laurel. Sie ist tot, sie kann dich nicht mehr beißen." Sein Körper zitterte vor Wut, als er einen Teil der Mokassinschlange aus der Schachtel hob. „Sie kann dich jetzt nicht mehr beißen", wiederholte er und drehte sich wieder zu Laurel um. Gebannt starrte sie auf das, was er in der Hand hielt. Schweiß perlte auf ihrer Stirn. Durch ihre halb geöffneten Lippen ging ihr Atem rau und stoßweise.

„Matthew … bitte."

Wortlos legte er den Deckel auf die Schachtel und trug sie aus der Wohnung. Er kam – zwanzig, dreißig Sekunden später – zurück und fand Laurel mit gesenktem Kopf, mit den Händen auf den Tisch gestützt und weinend vor. Immer noch wortlos nahm er sie auf den Arm und trug sie zum Sofa, wo er sie wie ein Kind wiegte. Dann fing das Zittern an.

Während er sie an sich drückte, schwor er sich, dass er, sobald er herausgefunden hätte, wer der Absender war, ihn das büßen lassen würde.

Sicherheit. Laurel wusste, dass sie jetzt in Sicherheit war, obwohl die Furcht sie wieder zu überkommen drohte – diese schreckliche, erstickende Furcht, die man nicht beschreiben, nur fühlen konnte. Sie fühlte Matthews Herzschlag unter ihrer Hand, und seine warme Haut. Er hielt sie fest, und alles wäre bald wieder in Ordnung.

„Es tut mir leid", brachte sie hervor, ohne ihn loszulassen.

„Das muss es nicht." Er küsste ihr Haar und streichelte es dann.

„So ist es immer schon gewesen. Ich bin einmal gebissen worden. Ich kann mich nicht daran erinnern, auch nicht, ob ich krank war, aber ich bringe es nicht über mich …"

„Beruhige dich. Sie ist nicht mehr hier, denk nicht mehr daran." Ihr Zittern hatte fast aufgehört, aber er fühlte die gelegentlichen Zuckungen, die sie überkamen. Ihr Atem ging noch immer nicht regelmäßig. Seine Haut war nass von ihren Tränen. Er wollte sie vergessen machen … Er wollte denjenigen zu fassen kriegen, der ihr das angetan hatte. „Ich werde dir einen Brandy holen."

„Nein." Sie sagte es zu schnell, und ihre gegen seine Brust gestemmten Hände ballten sich zu Fäusten. „Halt mich nur fest", flüsterte sie und hasste sich für ihre Schwäche. Sie brauchte seine Stärke.

„So lange, wie du willst." Er hörte sie aufseufzen und spürte, wie ihre Hände sich entkrampften. Lange Zeit hielt er sie still, sodass er annahm, sie sei eingeschlafen. Ihr Atem ging gleichmäßig, ihr Herzschlag hatte sich beruhigt, und die Wärme war in ihren Körper zurückgekehrt. Er wusste, wenn sie ihn brauchen würde, könnte er sie tagelang so halten.

„Matthew …" Sie legte den Kopf zurück, um ihn ansehen zu können, und sein Name kam wie ein Seufzer über ihre Lippen. Ihre Augen waren noch immer geschwollen und ihre Haut bleich. Er musste sich gegen das Gefühl wehren, sie fester zu umfangen. „Geh nicht fort."

„Nein." Er lächelte und strich ihr mit einem Finger über die Wange. Ihre Haut war noch feucht und warm von ihren Tränen. „Ich gehe nicht weg."

Laurel nahm seine Hand und führte sie an ihre Lippen. Matthew fühlte ein warmes und süßes Empfinden, das er noch nicht als Zärtlichkeit zu erkennen vermochte. Sie sah es in seinen Augen.

Darauf hatte sie gewartet, erkannte Laurel. Das hatte sie gebraucht, sich gewünscht und sich geweigert, es in Betracht zu ziehen. Wenn er sie jetzt fragte … Aber er würde es nicht, sie wusste es. Die Bitte musste von ihrer Seite kommen.

„Liebe mich", flüsterte sie.

„Laurel …" Ihre Worte machten ihn fassungslos. Wie konnte er sie jetzt nehmen, wo sie doch vollkommen hilflos war? Ein anderes Mal, Himmel ja, ein anderes Mal hätte er alles gegeben, um diese Worte aus ihrem Mund zu hören. „Du solltest jetzt ausruhen", wich er aus.

Er ist sich seiner nicht sicher, dachte Laurel. Eigenartig, sie hatte angenommen, dass er immer so sicher sei. Vielleicht waren seine Gefühle für sie genauso verwirrend wie ihre für ihn. „Matthew, ich weiß, um was ich dich bitte." Ihre Stimme klang nicht fest, aber klar. „Ich will dich. Ich will dich schon seit Langem." Sie ließ die Hand über seine Brust gleiten, hinauf zu seinem Nacken, um seine Wange zu streicheln. „Liebe mich – jetzt." Sie presste die Lippen auf seinen Mund, und ihr war, als habe sie nach Hause gefunden.

Vielleicht hätte er seinem eigenen Drang widerstehen können. Vielleicht. Aber er konnte nicht ihrem widerstehen. Aufstöhnend zog er sie an sich und schloss sie in seine Arme, während er ihr mit dem Mund sein Verlangen stumm mitteilte.

Matthew vergrub das Gesicht an ihrem Hals, kämpfte darum die Beherrschung nicht ganz zu verlieren. Aber die Sehnsucht, Laurel zu schmecken war überwältigend. Seine Hände glitten über ihre weichen Rundungen. Er musste sie berühren.

„Laurel …" Er schob ihr die verrutschte Bluse von der Schulter, sodass er mit den Lippen über ihre Haut gleiten konnte. „Ich will dich – ich sterbe vor Verlangen."

Noch während er sich vorhielt, nicht zu schnell vorzugehen, zog er ihr die Bluse herunter. Laurel bewegte sich, um ihm dabei behilflich zu sein.

„Nicht hier." Er schloss die Augen, als ihre Lippen seine Kehle berührten. „Nicht hier", sagte er noch einmal und erhob sich, ohne sie dabei loszulassen. Und dieses Mal ließ sie ihn gewähren. Sie legte den Kopf auf seine Schulter, während er sie in ihr Schlafzimmer hinübertrug.

Licht fiel durch die hölzernen Jalousien. Es reflektierte in seinen plötzlich sehr aufmerksam gewordenen Augen, als er sie auf ihr Bett legte.

Matthew presste ihr die Lippen auf ihren Mund, und bei aller Zärtlichkeit war eine Spur von Verzweiflung spürbar, die Laurel fühlte und der sie sich hingab, als sie ihn noch enger an sich zog.

Als er mit seiner schlanken, festen Hand über ihr seidenes Unterhemd streichelte, wurde ihr Seufzer zu einem Stöhnen. Sie bog sich ihm entgegen und fühlte die schmerzende Fülle in ihren Brüsten, wie sie es bis jetzt noch nicht erlebt hatte. Ihr ganzer Körper wurde gleichzeitig von brennendem Verlangen erfüllt.

Aber Matthew ließ sich nicht hetzen – weder von ihr noch von sich selbst. Seine Finger glitten spielerisch über sie, erregten sie, hielten plötzlich inne. Er wollte, dass die Sehnsucht nach ihm in ihr wuchs und nicht von ihm erzeugt wurde.

Langsam, Zentimeter für Zentimeter zog er die kühle Seide bis zur Taille herunter und fand, dass ihre nackte Haut genauso luxuriös wirkte wie die Seide. Mit geöffnetem Mund erkundete er sie und lauschte Laurels stoßweisem Atem, der ihn erkennen ließ, dass sie die Gewalt über sich verlor. Als sich sein Mund um ihre Brust schloss, bäumte Laurel sich unter ihm auf. Er fasste die Knospe mit seinen Zähnen und hielt sie gefangen, reizte sie mit dem Spiel seiner Zunge, bis er merkte, dass Laurel vor Leidenschaft außer sich war, vor dunklem, rücksichtslosem Verlangen. Dann machte er weiter.

Sie fühlte jetzt nur noch Erregung – sie dachte an nichts mehr, hatte keinen Gedanken mehr, sie war entflammt und Hitze rieselte ihr über die Haut. Sie bewegte sich instinktiv, bot sich ihm dar, reizte ihn. Matthew bedeckte sie mit wilden Küssen, während er ihr die restlichen Kleider auszog. Das Gefühl seiner heißen Haut gegen ihre heiße Haut, ließ sie nach Atem ringen.

Ihre Hände suchten ihn ohne zu zögern, ihre Lippen nahmen sich, was Matthew ihr zu nehmen erlaubte. Sein Atem ging leiser, Blut pochte, er kämpfte darum, den Rhythmus, den er aufgefangen hatte, beizubehalten.

Als er sie berührte, bäumte sie sich erschauernd unter ihm auf, erschauernd mit dem ersten Höhepunkt. Trotz seiner eigenen Wollust spürte Matthew ihr überraschtes, hilfloses Entzücken. Niemand hatte ihr das gegeben, niemand hatte es von ihr genommen. Niemand.

Matthew vergrub sein Gesicht an ihrem Hals und keuchte. So feucht, so warm. So bereit. Er legte sich auf sie. „Laurel …"

Wie Wellen überschwemmte sie die Begierde, sie öffnete die Augen und sah in seine Augen. Ihr Körper war nachgiebig, seiner zum Zerreißen gespannt. Die Leidenschaft riss ihn fort und doch wusste er eines ganz sicher. Er dachte nur an sie. Sie war unfähig zu sprechen, ließ sich von Begierde leiten und den überaus süßen Empfindungen der Liebe, die sie soeben erst entdeckte. Laurel küsste Matthew.

In diesem Kuss gab sie sanft, willig, sich verströmend ihre Unschuld auf.

Laurel schlief. Matthew lag neben ihr und sah in das durch die Fensterläden fallende Licht, das sich von Weiß über Rosa ins Graue veränderte, ehe fahler Mondschein hereindrang. Er fühlte sich erschöpft, weil er um seine Beherrschung gerungen und sie schließlich doch verloren hatte, aber seine Gedanken wanderten weiter. In den letzten Monaten war es oft geschehen, dass er sich davon zu überzeugen versucht hatte, sein drängendes Verlangen würde sich in dem Augenblick legen, wo er Laurel besessen hatte. Während er jetzt neben ihr im Bett lag und auf ihren mondbeschienenen Körper blickte, ihren Kopf an seiner Schulter geborgen, wusste er, das Verlangen würde ihn ebenso wenig verlassen wie der Wunsch zu atmen.

Körperlich wusste er, dass sie ihm gehörte. Aber das war ihm nicht genug. Er fragte sich, ob er sie dazu bringen könne, ihre Gefühle, ihre Liebe für ihn mit derselben Behutsamkeit zu erringen wie er ihr Verlangen erregt hatte. Und er fragte sich, ob er die erforderliche Geduld haben würde.

Er wandte den Kopf und sah auf Laurel hinunter, die neben ihm schlief. Schließlich drückte er einen Kuss auf ihre Lippen.

Laurel wachte voller Sehnsucht auf. Verausgabt, überwältigt wartete sie darauf, wieder regelmäßig zu atmen, während Matthew auf ihr lag, das Gesicht in ihr Haar vergraben. Hätte sie wissen sollen, dass es so sein würde? Konnte sie das überhaupt? Mehr als alles andere hatte ihr die schnelle, fast verzweifelte Art seiner Liebe bewiesen, wie zartfühlend er beim ersten Male mit ihr umgegangen war.

Ich liebe ihn, dachte sie und schloss ihre Arme um Matthew. Würde ihn das nicht aus der Fassung bringen? Lächelnd spielte sie mit dem Haar, das sich in seinem Nacken kräuselte. Matthew

Bates, ich werde sehr vorsichtig mit dir umgehen … und werde gewinnen.

Sie gab einen langen, wohligen Seufzer von sich. Lag es an der Liebe, dass sie sich so herrlich träge fühlte? „Wolltest du mir damit andeuten, dass es Zeit zum Aufstehen ist?", murmelte sie.

Er hob den Kopf und lächelte sie an. „Eigentlich nicht."

„Das war nicht vorgesehen."

„Oh doch." Leicht und zärtlich küsste er ihre Augenbraue. „Wir sind unserem Zeitplan nur ein wenig voraus."

Sie hob eine Braue, aber die hochmütige Geste passte nicht recht zu dem rosigen Schimmer ihrer Wangen. „Wessen Zeitplan?"

„Unserem", sagte er leichthin. „Unserem, Laurel."

Es fiel schwer, mit jemandem zu streiten, der so vernünftig wirkte. Laurel verschränkte ihre Hände hinter seinem Nacken und lehnte ihren Kopf zurück. „Du siehst gut aus, Matthew."

Er lächelte sie amüsiert an. „Ach ja?"

„Ja." Sie fuhr sich mit der Zunge über die Zähne. „Ich glaube, ich gewöhne mich an dein naturburschenhaftes Aussehen und deine Yankee-Sprechweise. Oder vielleicht …", sie biss sich auf die Unterlippe, aber in ihren Augen stand ein Lächeln … „vielleicht mag ich auch nur deinen Körper. Trainierst du?"

Er stützte sich bequem auf beide Ellbogen. „Hin und wieder."

Prüfend kniff Laurel ihn in seinen Bizeps. „Mit Gewichten?"

„Nein."

„Ja nun, ich mag ohnehin keine Muskelprotze." Sie ließ die Hand hinunter zu seinem Handgelenk gleiten und dann wieder den Arm hinauf. „Du scheinst in der allerbesten Verfassung zu sein, um unsere Pläne heute Abend durchführen zu können."

Er zupfte an ihrer Unterlippe. „Und die wären, meine liebe Laurel?"

„Ein kleiner Ausflug in die Sümpfe."

Matthew rieb seine Lippen an ihren Lippen, während er überlegte. Er könnte sie ablenken und warten, bis sie wieder eingeschlafen war, ehe er sich allein auf den Weg machte. „Ich dachte gerade, wir könnten das … verschieben."

„Dachtest du das?" Obwohl sie nachgiebig wirkte, war ihr Verstand hellwach. „Bis du dich allein davonmachen könntest?"

Er hätte es besser wissen sollen. „Laurel …" Er streifte mit der Hand ihre Brust.

„Oh, nein." Sie entzog sich ihm rasch und legte sich auf ihn. „Du kannst es vergessen, dort ohne mich hinzugehen, Matthew. Wir sind ein Team."

„Hör zu." Er fasste sie fest bei den Schultern, während ihm ihr Haar halb ins Gesicht fiel. „Für dich besteht keine Notwendigkeit, dahin zu gehen. Es geht doch nur darum, sich ein bisschen umzusehen. Für einen von uns allein ist das schneller und leichter."

„Dann bleibst du hier." Sie küsste ihn kurz und setzte sich auf.

„Verdammt, Laurel. Denk nach."

„Worüber?", warf sie über die Schulter zurück, stand auf und begann, nackt in ihren Schubladen herumzukramen.

„Bei mir hat keiner eine so scheußliche, kleine Schachtel an der Tür hinterlassen."

Sie biss sich hart auf die Lippe, dann kam sie mit einem T-Shirt und Höschen zu ihm zurück. „Nein, das stimmt", sagte sie ruhig. „Man hat sie an meiner abgestellt, sichtlich zu einem bestimmten Zweck. Wir machen jemanden nervös, Matthew. Und dieser Jemand wird sich verdammt noch einmal mit mir auseinandersetzen müssen."

Er sah sie an. Sie stand klein und aufrecht vor ihm, und ihre nackte Haut schimmerte im Mondlicht. In diesem Augenblick wirkte sie absolut fähig, sich zu rächen. „Okay, okay, Dickkopf", sagte er lang gezogen und schwang die Beine aus dem Bett. „Sobald wir wissen, wer es war, kannst du loslegen. In der Zwischenzeit solltest du dich daran erinnern, dass es Schlangen in diesen Sümpfen gibt – und die sind nicht tot in einer Schachtel."

Er wusste, er war absichtlich grausam gewesen, das hatte er

auch vorgehabt. Aber als ihm auffiel, wie sich ihre Finger, die das Hemd hielten, zusammenkrampften, verwünschte er sich.

„Ich werde nicht hinsehen." Mit verbissenem Gesicht zog sie sich das Höschen an. „Zieh dich lieber an."

„Trotzig, dickschädelig und sehr verbissen", fing er böse an.

„Ja, ja", Laurel starrte ihn an, nachdem sie sich das Hemd übergezogen hatte.

„Aber nicht blöd. Wer immer dieses Ding an meiner Tür hinterlassen hat, wollte, dass ich aufhöre. Und das deutet auf Brewster oder – oder die Trulanes", setzte sie nach einem Moment leise hinzu. „Wenn sie wollen, dass wir nicht weitermachen, dann gibt es einen Grund, und dieser Grund könnte genau in diesen Sümpfen zu finden sein."

„Ich werde mich dazu nicht äußern", sagte er gelassen. „Aber daraus ergibt sich nicht die Notwendigkeit, dass du gehen musst."

„Wenn ich mich durch diese Art von Drohung abhalten lasse, dann müsste ich meinen Presseausweis zurückgeben. Dazu wird mich niemand bringen." Sie sah ihn lange und nachdringlich an.

In Matthew stieg der Zorn hoch, aber er hielt ihn zurück. Sie hatte recht – das war ein Standpunkt, den er nicht umgehen konnte. Schweigend zog er sich seine Jeans an. „Ich muss mir ein Hemd und eine Taschenlampe holen", sagte er knapp. „Ich bin in zehn Minuten fertig."

„In Ordnung." Emsig kramte sie in ihren Schubladen herum, bis sie wusste, dass er gegangen war.

Laurel presste die Finger auf die Augen und verdrängte ihre Furcht. Während die Angst langsam nachließ, stützte sie sich mit beiden Händen auf ihren Ankleidetisch und konzentrierte sich auf gleichmäßiges Atmen. Sie musste gehen – jetzt noch mehr als früher, bevor sie in diese Schachtel geschaut hatte. Von einer Drohung ließ sie sich nicht aus der Fassung bringen. Denn, wenn es als Drohung gemeint war, hieß das, dass jemand Angst hatte.

Anne Trulane hatte sich vor dem Sumpf gefürchtet. Mit fast ruhigen Händen zog sich Laurel ihre Jeans an. Sie begriff diese Art der Furcht, einer Furcht, die keine wirkliche Erklärung hat, sondern einfach da ist, Laurel glaubte nicht daran, dass Anne freiwillig an diesen dunklen, geheimnisvollen Ort gegangen war, genauso wenig wie sie selbst einen Schlangenkäfig freiwillig betreten würde. Darüber war sie sich erst heute Abend völlig sicher geworden, seit ihre eigene Furcht sie überkommen hatte. Und das, zum Teufel, würde sie beweisen.

Matthew ... Laurel knipste das Schlafzimmerlicht an und suchte in ihrem Schrank nach Stiefeln. Er war nur deshalb so ablehnend, weil er sich um sie sorgte. Das konnte sie akzeptieren, ihm aber nicht durchgehen lassen. Liebe konnte sie dazu bringen, ihm in der einen oder anderen Sache nachzugeben ... Aber in wie vielen anderen Sachen würde sie dann nachgeben, wenn sie einmal damit angefangen hätte?

Laurel stöhnte über die Unordnung in ihrem Schrank, fand erst einen und dann schließlich den zweiten Stiefel.

Als Matthew zurückkam, fand er sie auf dem Fußboden sitzend vor, wie sie mit ihren verknoteten Schnürsenkeln kämpfte. Er war ähnlich wie sie angezogen, aber er machte eine freundlichere Miene. Er hatte sich beträchtlich beruhigt, als er sich vor Augen gehalten hatte, dass Laurel in seiner Nähe ohnehin sicherer sei – und weil er sich geschworen hatte, sie keinen Moment in den Sümpfen von ‚Heritage Oak‘ aus den Augen zu lassen.

„Hast du ein Problem?"

„Ich weiß nicht, wie das passieren konnte", murmelte sie und zerrte an den Bändern. „Es kommt mir vor, als hätte sich jemand im Schrank versteckt, meine Schnürsenkel verknotet und die Stiefel unter einem Haufen Wäsche versteckt."

Er warf einen Blick auf die am Fußboden verstreuten Sachen. „Ich bin desillusioniert. Ich habe immer angenommen, du seist sehr ordentlich und organisiert."

„Das bin ich – bei der Arbeit. Verdammt!" Wütend starrte sie auf einen abgebrochenen Fingernagel, ehe sie sich wieder mit den Schuhbändern abkämpfte. „Na also – jetzt muss ich noch eine Taschenlampe haben." Schnell sprang sie auf die Füße und rannte an ihm vorbei in die Küche.

„Weißt du, Laurellie", meinte Matthew, während er ihr nachging. „Wenn du so weitermachst, hast du bald keinen Hosenboden mehr in deinen Jeans."

„Es wird finster sein."

Er tätschelte ihren Po. „Nicht so dunkel."

Mit einem breiten Lächeln zog sie eine Taschenlampe aus der Küchenschublade und probierte sie aus. „Dann musst du vorangehen und deinen Blick von meiner Anatomie lassen."

„Ich sehe lieber deinen Gesäßtaschen zu." Er legte ihr den Arm um die Schulter und ging mit ihr zur Tür.

„Gesäßtaschen", wiederholte sie und schnaubte verächtlich. Dann blieb sie stehen und sah stirnrunzelnd auf das zersplitterte Holz ihrer Tür. „Wie ist denn das …"

„Du warst zu sehr damit beschäftigt, zu schreien, als dass du Zeit gefunden hättest, die Tür zu öffnen", sagte Matthew gelassen und zog sie weiter. „Ich habe dem Verwalter schon Bescheid gegeben."

„Du hast sie eingetreten?" Laurel drehte sich um und starrte ihn an.

Er lächelte ihr ins Gesicht und zog sie weiter die Treppen hinunter. „Die Qualität der heutigen Türen ist auch nicht mehr das, was sie einmal war."

Er hat die Tür eingetreten … Der Gedanke daran überraschte Laurel sehr. Am Ende der Treppe blieb sie stehen und schlang die Arme um seine Taille. „Weißt du, Matthew, ich hatte schon immer eine Schwäche für Ritter auf weißen Rössern."

Er nahm ihr Gesicht in beide Hände und küsste sie. „Selbst gefleckte?"

„Die ganz besonders."

*M*atthew parkte das Auto im Schatten der Mauer, die den Besitz der Trulanes umgab. Nachdem er den Motor abgestellt hatte, herrschte Stille.

Laurel sah sich schnell um und ließ den Blick einen Moment lang auf der Silhouette des Hauses im Hintergrund verweilen. „Ich nehme nicht an, dass du dir die rechtlichen Konsequenzen überlegt hast, falls man uns erwischen sollte."

„Wir dürfen uns eben nicht erwischen lassen", erwiderte er gelassen.

Laurel nickte, setzte einen Fuß in Matthews zusammengefaltete Hände und griff nach dem oberen Mauerrand. Mühsam zog sie sich hinauf, dann legte sie sich bäuchlings über die Mauerkrone, reichte Matthew die Hand und zog ihn mit einem schnellen Ruck nach oben. So leise wie möglich sprangen sie auf die andere Seite hinunter.

So lautlos wie Schatten schlichen sie über den nördlichen Teil des Rasens. Das Licht des Halbmondes war fahl, aber hell genug, um ihnen den Weg zu weisen. Die Nacht war von unheimlichen Geräuschen erfüllt. Vögel raschelten in den Bäumen, gelegentlich von dem heiseren Schrei einer Eule unterbrochen. All das wurde überlagert von dem unablässigen Zirpen der Grillen.

Ab und an glomm das rötlich goldene Licht der Glühwürmchen durch das Dunkel. Die Luft war schwer vom Geruch der Blüten und des Grases.

Laurel konnte bereits die unheimlichen Konturen des beginnenden Sumpfes erkennen. Sie schauderte, als der Rasen weich und schwammig unter ihren Füßen wurde.

„Es ist ein Ort", sagte Matthew ruhig. „Ein Ort wie jeder andere, Laurel."

„Es ist übel", sagte sie schlicht, aber ihm war nicht wohl dabei. Dann traten sie unter die ersten, überhängenden Bäume.

Entschlossen unterdrückte sie ihre Furcht, drehte sich noch einmal um und erhaschte einen Blick auf die Umrisse des Hauses.

„Ich würde sagen, dies ist ungefähr der direkteste Weg vom Haus in den Sumpf."

Laurel folgte seinem Blick. „Stimmt."

„Dann kann man daraus folgern, dass Anne sehr wahrscheinlich diesen Weg genommen hat."

„Wahrscheinlich."

„Okay, dann lass uns sehen, was wir finden können. Bleib dicht hinter mir."

„Das ist ein überflüssiger Rat, Matthew", sagte Laurel von oben herab und holte ihre Taschenlampe hervor. „Wenn du meinst, dass dir etwas den Rücken hochkriecht, dann bin nur ich es."

Sie waren erst wenige Meter vorgedrungen, als die dichten, fetten Blätter bereits das Mondlicht abhielten. Der Schatten des Gebäudes verschwand hinter den anderen verfließenden Schemen. Das Schilfrohr behinderte den Blick nach vorne und nach hinten. Die beiden Strahler ihrer Taschenlampen erleuchteten einen schmalen Pfad durch die Finsternis.

Es war eine Welt stickiger Feuchtigkeit, der Schatten und der halblauten Geräusche, die Gänsehaut verursachten. Selbst der Geruch war dämpfig von den starken Ausdünstungen der vermodernden Vegetation.

Es war begreiflich, dass Anne Trulane sich hier gefürchtet haben musste.

„Es ergibt überhaupt keinen Sinn", sagte Matthew plötzlich leise.

Laurel ließ ihr Licht in die Dunkelheit neben dem Weg blitzen, wo sich etwas bewegt hatte. „Was ergibt keinen Sinn?"

„Warum sie nicht mehr herausgefunden hat. Würdest du hier herausfinden?"

„Nun, ich …" Sie hörte zu sprechen auf und griff nach seiner Hand. Man konnte überall und sonst wann Würde zeigen – nur nicht an diesem Ort und zu dieser Stunde. „Lass mich hier ja nicht allein, Matthew!"

„Was würdest du machen, wenn ich das täte?"

„Dich in dem Moment ermorden, wo ich wieder draußen wäre."

Lächelnd nahm er ihren Arm, und sie setzten sich wieder in Bewegung. „Und wie?"

„Mit Gift, denke ich, das ist der langsamste und qualvollste Weg."

„Wie würdest du hier herausfinden?"

„Ich würde ..." Sie schluckte bei dem Gedanken, ihren Weg allein suchen zu müssen, und drehte sich um. Überall waren Schatten, Laute und der stickige Geruch feuchten Bodens und verrottenden Grases. Sie wusste, es gab im Osten und Südwesten sogar Treibsand. „Ich würde diesen Weg dort wie eine Wilde hinunterrennen", sagte sie und wies in die Richtung, „mich an diesem Baumstumpf dort nach rechts halten und geradeaus weiterlaufen."

„Und du wärest in fünf Minuten draußen", murmelte er. Er wandte sich ihr wieder zu. Das Mondlicht reflektierte sich schimmernd in seinen Augen. „Warum ist sie weiter hineingegangen?"

„Man hat sie am Fluss gefunden, nicht wahr?"

„Ja." Er sah Laurel weiterhin an. „Mittendrin. Als wir die Gegend nach ihr absuchten, stießen wir hin und wieder dort auf ihre Spuren, wo sie sich im feuchten Untergrund längere Zeit gehalten hatten. Sie ergaben keinen Sinn."

„Viel zu viele Menschen sind hier wohl schon umgekommen", sagte Laurel schaudernd.

Beruhigend legte er ihr den Arm um die Schultern und sagte zärtlich: „Möchtest du zurück?"

Himmel, ja, dachte sie, aber tapfer hob sie den Kopf. „Nein, lass uns weitergehen. Man kann bereits den Fluss riechen."

Als Laurel und Matthew sich dem Ufer näherten, rochen sie die feuchten Blätter und das Gestrüpp, der Fluss jedoch floss träge und geräuschlos dahin. Zypressen warfen klumpige Schatten. Ein paar Strahlen des Mondlichtes drangen durch die überhängenden Bäume und fielen bleich auf das Wasser, das dadurch nur noch finsterer wirkte. Ein Frosch sprang in das Wasser, als sie ihm näherkamen.

Hier drin sind Krokodile, dachte Laurel. Sehr große sogar.

„Hier war es." Matthew ließ sein Licht über den Boden wandern. „Laurel, könntest du immer noch deinen Weg von hier zurückfinden, wenn du müsstest?"

„Ja, ich glaube, der Weg, den wir hergekommen sind, ist der leichteste, aber von hier aus müsste man eigentlich in jeder Richtung wieder herausfinden."

„Ja." Matthew bewegte sich und leuchtete den Untergrund ab.

„Seltsam, dass Anne mitten in den Sümpfen aufgegeben hat." Er schimpfte vor sich hin. Hier ist nichts zu finden, dachte er, rein gar nichts. Aber was zum Teufel hatte er eigentlich zu finden erwartet? „Ich wünschte, wir hätten diese Briefe."

„Wer auch immer sie an sich genommen hat, wird sie mittlerweile längst vernichtet haben, falls irgendetwas Belastendes darin gestanden hat."

„Ich frage mich, ob Susan ..." Er hielt inne, als sein Lichtstrahl auf etwas Glänzendes fiel. Matthew bückte sich und hob ein Stück Metall hoch.

„Was ist das?"

„Es sieht wie ein zerbrochenes Schmuckstück aus. Das hat auch schon bessere Zeiten erlebt." Er richtete sich wieder auf und drehte es in der Hand hin und her. „Anne?"

Laurel nahm es an sich und wischte den Schmutz fort. „Ich weiß nicht, nach einem Monat an dieser Stelle ..." Sie leuchtete es mit ihrer Lampe an, während sich dumpf eine Erinnerung in ihr regte. „Es sieht wie das Vorderteil eines Medaillons aus – teuer, sieh mal, wie fein ziseliert es ist." Erinnerung regte sich, wurde aber nicht wach. Verzweifelt schüttelte Laurel den Kopf. „Es kommt mir bekannt vor", murmelte sie. „Vielleicht gehörte es Tante Ellen – Louis hat es möglicherweise nach seiner Hochzeit Anne geschenkt."

„Wir bekommen das noch heraus." Er nahm ihr das Schmuckstück ab und ließ es in seine Tasche gleiten. Missmutig leuchtete er den Boden rechts und links vom Ufer ab. „Bleib eine Minute hier, ich möchte mich dort unten etwas genauer umsehen."

„Weshalb?"

„Wenn ich das selbst wüsste …"

„Du hast zwei Minuten, Matthew. Bleibst du länger, renne ich hinter dir her."

„Gut, zwei Minuten." Er küsste sie flüchtig. „Bitte warte hier."

„Ich rühre mich nicht von der Stelle."

Laurel sah Matthews Licht nach, als er sich von ihr entfernte und das schlüpfrige Ufer hinunterging.

„Noch eine Minute, Matthew", sagte sie leise vor sich hin. Woran lag es, dass die kleinen Geräusche der Nacht immer lauter zu werden schienen, kaum dass er sie verlassen hatte? Unruhig trat sie von einem Fuß auf den andern und ein Schweißrinnsal bildete sich zwischen ihren Schulterblättern, ließ sie vor Kälte erzittern.

Es liegt nur an der Umgebung, tröstete sie sich und widerstand dem Drang, über die Schulter zu sehen. In einer Stunde werden wir wieder zu Hause sein, und ich werde darüber lachen, wie ich zitternd in der Hitze gestanden und mir Gespenster hinter meinem Rücken eingebildet habe. In einer Stunde …

Das leise Rascheln hinter ihr ließ sie erstarren. Verdammte Waschbären, dachte Laurel und ärgerte sich über sich selbst. Sie öffnete den Mund, um nach Matthew zu rufen, als sich plötzlich ein Arm um ihre Kehle legte.

Erst kam der Schock, und dann erst reagierte ihr Körper auf den abrupten Mangel an Luft. Mit einer sich instinktiv verteidigenden Geste stieß Laurel ihren Ellbogen nach rückwärts, hinein ins Leere, ehe sie zur Seite geschleudert wurde. Die Taschenlampe flog ihr aus der Hand, während sie in das Schilf stürzte. Sie schlug heftig mit dem Kopf am Fuße einer Zypresse auf …

Am Flussrand bemerkte Matthew den Bogen von Licht, dann Dunkelheit, wo er Laurel zurückgelassen hatte. Er stürmte das

Ufer hoch, verwünschte das glitschige Gras und rief laut ihren Namen. Als er sie ausgestreckt liegen sah, blieb sein Herz stehen – mit Anne Trulanes Bild lebendig vor seinen Augen. Er griff nach ihr, nicht rücksichtsvoll, und riss sie an sich. Als sie stöhnte, atmete er auf.

„Was zum Teufel machst du da?", rief er, und der Zorn, den die Angst ihm eingab, blitzte aus seinen Augen.

„Jemand hat mich gestoßen – kam von hinten. Ich hörte ein Geräusch in den Büschen und dann legte jemand seinen Arm um meinen Hals. Und plötzlich wurde ich gegen diesen Baum geschleudert."

Matthew strich ihr über das Haar und hob ihr Gesicht leicht an. „Bist du verletzt?"

Laurel sah die Angst, die Besorgnis, die Frustration in seinen Augen. „Nicht wirklich." Sie lächelte – ihr Kopf dröhnte, aber das war alles. „Nur ein Stoß. Es hat mich nicht umgebracht. Ich sah nur Sterne – ähnlich denen, die ich sah, als du mich das erste Mal geküsst hast." Sie beugte sich vor und küsste ihn. „Lass sehen, ob ich aufstehen kann."

Matthew stützte sie mit beiden Händen. Sie wartete einen Augenblick, aber ihr war nicht schwindlig. Nur der Kopf schmerzte ihr.

„Es geht schon, wirklich", sagte sie, als er sie weiterhin besorgt anstarrte.

„Bist du sicher, dass du gehen kannst?"

„Wenn du damit meinst, um hier herauszukommen, bestimmt."

Sie machten sich auf den Weg zurück, den sie gekommen waren. „Nun, wenigstens haben wir doch noch etwas gefunden", murmelte sie.

„Ja. Jemand, der weiß, worauf wir aus sind, hat ganz eindeutig etwas dagegen. Liebeskranke Geister stoßen niemanden gegen einen Baum, nicht wahr, Laurel?"

„Nein." Und sie dachte wie er, dass das Haus nahebei war. Die Bewohner kannten die Sümpfe.

Schweigend gingen sie zurück, jeder noch vorsichtiger als zuvor. Matthew sorgte dafür, dass Laurel dicht an seiner Seite ging, er hielt sie an der Hand, bis sie die Lichtung erreicht hatten. Das Haus im Hintergrund lag in völliger Finsternis.

Laurel sprach nicht eher, als bis ‚Heritage Oak‘ Meilen hinter ihnen lag.

„Wir müssen uns noch einmal mit Louis und Marion unterhalten."

„Ich weiß." Matthew drückte den Zigarettenanzünder ein. Wenn er rauchte, würde er vielleicht den Geruch der Sümpfe aus der Nase bekommen. „Morgen."

Laurel lehnte sich zurück und schloss die Augen. Morgen war noch früh genug, um darüber nachzudenken. „Ich weiß nicht, wie es dir geht, aber ich bin hungrig."

Er drehte sich nach ihr um. Sie war noch immer reichlich blass – aber das konnte auch am Mondlicht liegen. Sie sprach ruhig und atmete gleichmäßig. Ihm war keine Furcht an ihr aufgefallen, nicht einmal, als sie halb benommen und verrenkt am Boden gelegen hatte. Nur Ärger darüber, dass man sie unvorbereitet getroffen hatte. Aber keine Furcht.

Mit dem zurückgelegten Kopf und den über ihr Gesicht tanzenden Schatten erinnerte sie ihn stark an Olivia. Einmalig, unbezähmbar, faszinierend. Lächelnd griff Matthew nach ihrer Hand und führte sie an seine Lippen.

„Wir holen uns eine Pizza und nehmen sie mit nach Hause."

Obwohl sie keine Ahnung hatte, was seine Stimmung so verbesserte, ging Laurel darauf ein. „Aber dann wenigstens eine, auf der alles drauf ist", verlangte sie.

Es war schon nach zwei Uhr, als sich Laurel gesättigt an Matthews Rauchglastisch zurücklehnte. Sie konnte nicht sagen, dass sein Apartment so aussah, wie sie es sich vorgestellt hatte, weil sie nicht einmal wusste, was sie erwartet hatte. Es wirkte sehr gemütlich – dicke, plüschige Kissen, ein weicher Teppich, sanfte, geschmackvoll aufeinander abgestimmte Farben mit einem Hang zur Gemütlichkeit.

An den Wänden hingen weder gerahmte Zeitungsausschnitte noch Picasso-Drucke, sondern zwei Bilder New Yorks eines ihr unbekannten Malers.

Laurel stand auf und schlenderte durch das Zimmer. Ihre Füße versanken im Teppich. „Dein Apartment gefällt mir. Du hast es wohl gern gemütlich." Sie machte eine ausholende Geste. „Aber jetzt werde ich gehen. Vielen Dank für die Pizza, Matthew. Wir sehen uns morgen früh."

Er stand auf und hielt sie am Arm fest. „Laurel, du weißt, dass du so lange nicht in deiner Wohnung bleiben kannst, bis die Tür repariert ist."

Sie sah ihm ruhig in die Augen. „Nicht jeder von uns braucht Riegel und Schlösser, Matthew."

„Verdammt, du bleibst heute Nacht nicht in deiner Wohnung."

„Wage ja nicht, mir vorzuschreiben, was ich zu tun habe."

„Aber ich schreibe es dir vor", erwiderte er. „Und wenigstens einmal wirst du machen, wozu man dich auffordert."

Sie warf ihm einen kühlen, distanzierten Blick zu. „Nimm die Hände runter."

Er wurde ärgerlich, trotzdem erkannte er hinter ihrer Verstimmung, dass sie gekränkt war. Seufzend lehnte er seine Stirn gegen ihre. „Es tut mir leid, Laurel, aber bleib hier. Bleib hier bei mir."

Mit einem zufriedenen, verzeihenden Seufzer gab sie nach und legte den Kopf auf seine Schulter. „Kann ich als Erste duschen?"

Er liebkoste ihren Hals und lachte leise. „Sicher. Aber wir werden es zu zweit machen müssen. Du hast von der Wasserknappheit gehört."

„Nein, kein einziges Wort."

„Wirklich nicht?" Er zog sie in sein Badezimmer. „Sie ist in einem kritischen Stadium. Ich werde dir alles darüber erzählen."

Sie lachte, während er ihr langsam das Hemd über den Kopf zog.

Der Himmel sah düster aus. Dicke, bleierne Wolken brachten Schwüle und Dämpfigkeit, und Regen wäre die reinste Erleichterung gewesen. Kein Blättchen regte sich oder drehte die blasse Unterseite erwartungsvoll der Kühle entgegen, alles war matt und erschlafft.

Laurel lehnte sich zurück und ließ sich von der stickigen, durch das Wagenfenster dringenden Luft so gut es ging erfrischen.

Am Straßenrand standen Bäume, deren Schatten nur mäßige Erleichterung vor der drückenden Hitze boten. Mit einem Blick darauf wünschte sie sich, sie säße lieber unter einem dieser Bäume im weichen, feuchten Ufergras eines kühlen Flusses.

Sie machte die Fahrt nach ‚Heritage Oak' nun zum dritten Mal in zwei Tagen. Jedes Mal war es ein bisschen schwieriger, den Antworten zu begegnen, mit denen sie dort konfrontiert werden würde.

Matthew saß schweigend neben ihr im Auto. Sie wusste, warum er nicht sprach. Er wollte ihr Zeit lassen, sich zu fassen, sich über ihre Gefühle im Klaren zu sein, ehe sie in ‚Heritage Oak' ankamen.

Sie drehte sich zu ihm hin und betrachtete sein Profil. Klar gezeichnet, recht ansprechend mit seinem freundlichen Lächeln und den amüsiert blickenden Augen. Und doch war das nicht alles. Aus seinen Artikeln kannte sie ihn bereits als scharfsinnig, ironisch und einsichtig. Außerdem hatte sie festgestellt, dass er sich nur dann zurückgezogen benahm, wenn er es wollte. Das war nicht seine wahre Natur. Er war ungeduldig und ruhelos und lebte nach seinen eigenen Regeln. Laurel fand zu ihrem Erstaunen, dass ihr neben der Liebe, die sie für ihn empfand, sogar sein Lebensstil zusagte.

Wir sind Partner, dachte sie, und ihr Lächeln vertiefte sich. Du solltest dich lieber daran gewöhnen, Matthew, weil das für eine lange, lange Zeit unsere gemeinsame Basis sein wird.

Sie parkten vor dem Haupteingang. „Matthew, Marion wird uns nur deshalb empfangen, weil ihre gute Erziehung es ihr vorschreibt, aber …" Zögernd hielt sie inne, während sie die Stufen zur Veranda hochgingen. „Ich bezweifle, dass Louis mit uns sprechen wird."

„Dann müssen wir ihn auf andere Weise dazu bringen", sagte Matthew gelassen und ließ den Klopfer heftig gegen die Tür fallen.

„Ich möchte ihn im Augenblick nicht zu sehr bedrängen. Falls …"

Es lag an der Art, wie er sich abrupt zu ihr umdrehte und seine Augen sie anfunkelten, dass sie mitten im Satz abbrach. „Wann …?", wollte er wissen.

Sie öffnete den Mund, aber die Verärgerung und Ungeduld, die aus seinem Gesicht sprachen, brachten sie dazu, die ersten unbedachten Worte zu verschlucken. „Schon gut", murmelte sie und drehte sich wieder zur Tür. „Schon gut."

Schuldgefühl. Matthew spürte den Stich und wusste nicht recht, wie er sich verhalten sollte. „Laurel …"

Die Tür wurde geöffnet und hinderte ihn am Weitersprechen. Binney sah die beiden an und ein überraschter Ausdruck – vermischt mit einem anderen Ausdruck – trat in ihre Augen. „Miss Laurel, wir hatten nicht damit gerechnet, Sie so bald schon wiederzusehen."

„Hallo, Binney, hoffentlich kommen wir nicht ungelegen, aber wir würden uns gern mit Louis und Marion unterhalten."

Ihr Blick schoss zu Matthew hinüber und richtete sich dann wieder auf Laurel. „Mr Louis ist nicht in der besten Stimmung. Es ist ein unpassender Augenblick."

„Was hat er denn?", fragte Laurel. „Ist er krank?"

„Nein." Sie schüttelte den Kopf und zögerte, als hätte sie zu schnell verneint. „Er ist …" Binney unterbrach sich, als suche sie die richtige Formulierung. „Er fühlt sich nicht wohl", sagte sie und verschränkte ihre langen, knochigen Hände.

„Das tut mir leid." Laurel lächelte sie freundlich an und hasste sich deswegen. „Wir werden ihn nicht lange aufhalten. Es ist dringend, Binney." Unaufgefordert trat sie in die Halle.

„Wie Sie wollen." Laurel entging der schnelle, anklagende Blick nicht, den die Haushälterin ihr zuwarf, ehe sie die Tür schloss. „Dann kommen Sie bitte in den Salon, und ich werde Miss Marion ausrichten, dass Sie hier sind."

„Vielen Dank, Binney." Am Eingang zum Salon ergriff Laurel Binneys Hand. „Fühlt sich Louis des Öfteren … nicht wohl?"

„Hin und wieder."

Laurel legte ihre zweite Hand über die dünnen, knochigen Finger, als wollte sie damit Binney um Verständnis bitten. „Hatte er diese schlechten Stimmungen schon, als Anne … während er mit Anne verheiratet war?"

Binney presste die Lippen zusammen, bis sie nur noch ein schmaler Strich waren. Mit der Art einer Frau, die das Haus und seine darin lebenden Bewohner sehr gut kannte, sah Binney so schnell durch die Halle und die Treppen hinauf, dass es kaum zu bemerken war. Als sie wieder sprach, kamen die Worte hastig und leise.

„Sie kannten ihn, Miss Laurel, aber es gab so viele Veränderungen und so viel Leid. Nichts ist mehr so, wie es war, als Sie zu den Teegesellschaften und Ausritten herkamen."

„Das verstehe ich, Binney. Ich möchte ihm helfen."

Wieder glitt Binneys Blick durch die Halle. „Früher", fing sie nun an, „während der Zeit zwischen dem Verschwinden von Mr Charles und der Ankunft von Mr Louis' neuer Frau, war er oft schlechter Stimmung. Er wanderte im Hause herum und sprach mit niemandem, oder er schloss sich stundenlang in sein Arbeitszimmer ein. Wir machten uns große Sorgen, aber …" Ihr Schulterzucken war vielsagend.

„Später verreiste er dann oft geschäftlich, und sein Zustand besserte sich. Diese Jahre waren nicht leicht, aber es waren wenigstens – ruhige Jahre. Und dann kam er mit diesem Mädchen zurück, seiner Frau."

„Und die Dinge änderten sich wieder?", warf Laurel ein.

„Nur zum Besseren." Die Haushälterin zögerte. Laurel meinte, sie in ihrem Hin- und Hergerissensein zwischen ihrer

Loyalität gut zu verstehen. „Wir waren überrascht. Sie hatte das Aussehen seiner ersten Frau." Binney sagte das so leise, dass Laurel sich anstrengen musste, um sie zu verstehen. „Es war eigenartig, sie zu sehen, selbst ihre Stimme … Aber Mr Louis war glücklich mit ihr und fühlte sich wieder jung. Manchmal, nur manchmal, grübelte er wieder und schloss sich ein."

Laurel ignorierte den Knoten in ihrem Magen und drängte Binney, weiterzusprechen. „Binney, fürchtete sich Anne, wenn Louis eine dieser grüblerischen Anwandlungen hatte?"

Wieder presste Binney ihre Lippen zusammen. „Vielleicht war sie verwirrt."

„War sie hier glücklich?"

Die nussbraunen Augen verdunkelten sich. Ihre Lippen zuckten, ehe sie wieder eine gefasste Miene machte. „Sie sagte, das Haus sei wie ein prachtvolles Märchenschloss."

„Und die Sümpfe?"

„Die fürchtete sie. Sie hätte nicht hineingehen sollen. Was sich dort befindet", fuhr sie leise fort, „sollte man besser allein lassen."

„Was sich dort befindet?", wiederholte Laurel.

„Gespenster", sagte Binney so schlicht, dass es Laurel frösteln machte. Gegen alte Sagen und Legenden konnte man nicht argumentieren. Sie ging nicht weiter darauf ein.

„Hat Anne sich oft mit Nathan Brewster getroffen?"

„Sie war eine treue Ehefrau." Ihr Ton hatte sich leicht geändert, aber doch so viel, dass Laurel wusste, die automatische Verteidigung des Besitzes und seiner Bewohner war nicht länger mehr gegeben. Laurel stellte die nächste und, wie sie wusste, endgültige Frage.

„Wusste Louis, dass Brewster sich in Anne verliebt hatte?"

„Es ist nicht meine Sache, darüber zu reden", antwortete Binney steif und ablehnend. Oder Ihre, danach zu fragen. Laurel vernahm die unausgesprochenen Worte ganz deutlich. „Ich werde Miss Marion benachrichtigen, dass Sie hier sind." Kühl kehrte Binney ihnen den Rücken und ging davon.

„Zu dumm", meinte Laurel leise, „sie will offenbar nicht weiter darüber reden."

„Jetzt vergiss deine Gefühle einmal für den Augenblick und benutze deinen Verstand", sagte Matthew scharf. „Wenn die Haushälterin über Brewster Bescheid wusste – und das ging aus der Art, wie sie sich zurückzog, deutlich hervor – wer wusste es dann noch?"

„Vor dem Personal kann man schlecht etwas verbergen, Matthew. Sie haben es alle gewusst."

„Und doch hat kein einziger Brewsters Namen erwähnt, als sie von der Polizei vernommen wurden."

Laurel verschränkte die Hände, um die Finger ruhig zu halten. „Hätte man es erwähnt, dann wäre ein Schatten auf Annes Ruf gefallen und somit auch auf Louis'. Erinnere dich auch daran, dass die Untersuchung zu keinem anderen Ergebnis kam als Tod durch Unfall. Damals schien es unnötig, alle diese Dinge aufzurühren."

„Und heute?"

„Das Personal ist Louis treu ergeben", sagte sie müde. „Sie werden mit Dritten bestimmt nicht über Sachen reden, die Louis noch mehr quälen könnten."

„Ich verfüge in der Stadt über gute Beziehungen", sagte Matthew nachdenklich. „Ich könnte es vielleicht zuwege bringen, dass jemand hierherkommt und einige Fragen stellt."

„Noch nicht, Matthew, erst in ein paar Tagen." Laurel ergriff Matthews Hand. „Ich möchte Louis nicht eher die Polizei auf den Hals schicken, als bis uns keine andere Wahl mehr bleibt. Wir haben ohnehin keine neuen Beweise, um eine Wiederaufnahme der Untersuchung zu rechtfertigen. Das weißt du selbst."

„Vielleicht, vielleicht auch nicht." Er sah sie stirnrunzelnd an und unterdrückte einen Seufzer. „Ein paar Tage, Laurel. Aber nicht mehr."

9. KAPITEL

*L*aurel, Mr Bates." Marion betrat den Salon und streckte Laurel die Hände entgegen. „Bitte setzen Sie sich doch. Es tut mir leid, dass ich Sie warten ließ, aber wir hatten nicht mit Ihnen gerechnet."

Laurel entging die leichte Missbilligung in ihrem Ton nicht, und sie ging darauf ein. „Bitte, entschuldige, Marion. Hoffentlich haben wir dich nicht in einem unpassenden Augenblick gestört."

„Ja nun, ich bin sehr beschäftigt, aber …" Sie drückte Laurels Hand und setzte sich dann auf das Brokatsofa, das Laurels Sessel gegenüberstand. „Soll ich einen Kaffee bringen lassen? Oder etwas Kaltes zu trinken? Es ist solch ein drückender Tag."

„Nein, vielen Dank, Marion. Wir wollen dich nicht lange aufhalten." Konversation, dachte sie verächtlich. Wie leicht es doch ist, unangenehme Dinge hinter oberflächlicher Konversation verschwinden zu lassen. „Aber es ist wichtig, dass wir uns noch einmal mit dir und Louis unterhalten."

„Oh." Marions Blick glitt von Laurel zu Matthew hinüber und wieder zurück. „Das wird schwierig. Louis ist nicht da, fürchte ich."

„Kommt er zurück?", fragte Matthew sie, ohne ihrer Aufforderung, Platz zu nehmen, zu folgen.

„Das kann ich nicht sagen. Das heißt, ich kann nicht sagen, wann. Ich bedauere." Ihre Miene änderte sich leicht. Sie zog die Brauen zusammen, als sähe sie sich genötigt, etwas Unangenehmes zu sagen. „Die Wahrheit ist, Laurel, ich bin nicht sicher, ob er einverstanden sein wird, noch einmal mit dir zu sprechen."

Das tat weh, aber sie hatte damit gerechnet. Laurel sah sie unverwandt an. „Marion, Matthew und ich haben gestern Nathan Brewster aufgesucht."

Sie sahen und registrierten die Veränderung, Zweifel – alles zeigte sich schnell und war auch gleich wieder verschwunden. „Tatsächlich? Warum?"

„Er war in Anne verliebt", antwortete Laurel. „Offensichtlich machte er kein Geheimnis daraus."

Marion sah sie kühl an. „Laurel, Anne war ein reizendes Kind. Jeder Mann hätte sich zu ihr hingezogen gefühlt."

„Ich sagte nicht, er fühlte sich zu ihr hingezogen", korrigierte Laurel sie. „Ich sagte, er war in sie verliebt, auf seine Weise. Er wollte, dass sie Louis verließ."

Laurel sah, wie Marion schluckte, ehe sie sprach. Die dünne Goldkette, die sie um den Hals trug, glitzerte unter der Bewegung. „Was Mr Brewster sich gewünscht haben mochte, ist ohne jede Bedeutung. Anne liebte Louis."

„Du wusstest davon." Laurel sah in Marions Augen, die so blassgrau waren wie die ihres Bruders.

Einen Augenblick lang sagte Marion nichts, sondern seufzte nur. „Ja", sagte sie schließlich. „Ich wusste es. Es war ausgeschlossen, das nicht zu bemerken, so wie dieser Mann sie angesehen hat. Anne war durcheinander." Sie hob die Hände, verschränkte sie und ließ sie wieder sinken. „Sie vertraute sich mir an, weil sie nicht wusste, wie sie sich verhalten sollte. Anne hätte Louis nie verlassen", murmelte sie, öffnete die Hände und glättete nervös ihren Rock. Dabei sah sie unbeirrt und fast ruhig vor sich hin, als gehorchten ihre Hände einem ganz anderen Antrieb. „Sie liebte ihn."

„Wusste Louis das?"

„Es gab nichts, was er hätte wissen müssen", entgegnete Marion scharf und bemühte sich, ihre Fassung wiederzugewinnen. „Anne hat nur mit mir gesprochen, weil der Mann sie aufgeregt hat. Sie schrieb auch ihrer Schwester, dass er sie nervös mache. Anne liebte Louis", wiederholte Marion. „Aber welche Bedeutung hat das noch?" Mit einem plötzlich gequälten Blick sah sie die beiden an, und ihre Finger krallten sich in den leichten Stoff ihres Rockes. „Das arme Kind ist tot, und Gerüchte, grässliche Gerüchte wie dieses, machen es Louis nur noch schwerer. Laurel, kannst du dem nicht Einhalt gebieten? Du musst doch wissen, was dieser anhaltende Druck für Louis bedeutet."

„Wenn die Dinge nur so einfach wären", fing Matthew an, ehe Laurel sprechen konnte. „Weshalb glauben Sie, hat jemand Laurel eine Warnung zukommen lassen?"

„Eine Warnung?" Marion schüttelte den Kopf und ließ endlich ihre nervösen Finger ruhen. „Was für eine Warnung?"

„Jemand hat eine Schachtel an meiner Tür abgestellt", sagte Laurel mit bewusster, äußerlicher Ruhe. „Eine tote Mokassinschlange lag darinnen."

„Oh, du lieber Himmel! Oh, Laurel." Sie streckte Laurel die Hände entgegen und ergriff sie. „Weshalb sollte dir jemand etwas so Scheußliches antun? Wann war das? Wann ist das passiert?"

„Gestern am späten Nachmittag. Einige Stunden, nachdem wir ‚Heritage Oak' verlassen hatten."

„Oh, meine Liebe, du musst dich … Anne wurde von einer Mokassinschlange gebissen", flüsterte sie, als wäre ihr das gerade wieder eingefallen. „Du denkst – Laurel … Du kannst doch nicht annehmen, Louis würde dir so etwas antun. Das kannst du doch nicht!"

„Ich kann nicht – ich will es Louis nicht unterstellen", korrigierte sich Laurel. „Wir dachten, dass es besser sei, wenn ihr das wisst."

Marion ließ Laurels Hände los. Ihr Atem ging wieder gleichmäßiger. „Das muss furchtbar für dich gewesen sein. Meine eigenen Nerven – und Louis' …" Kopfschüttelnd brach sie ab. „Natürlich werde ich es ihm sagen, du weißt, dass ich es tun werde, aber …"

„Miss Marion?"

Irritiert sah Marion über die Schulter zur Tür hin. „Ja, bitte, Binney?"

„Entschuldigen Sie bitte, aber Mrs Hollister ist wegen der Wohltätigkeitskampagne für das Krankenhaus am Telefon. Sie besteht darauf, Sie zu sprechen."

„Ja, ja, schon gut, sag ihr, ich käme jeden Augenblick." Sie wandte sich wieder um und zupfte am Kragen ihres Kleides.

„Es tut mir leid, Laurel, alles tut mir leid. Wenn du hier warten möchtest, dann erledige ich das nur schnell und komme zurück. Aber ich wüsste nicht, was ich sonst noch sagen könnte."

„Es ist schon recht, Marion, geh nur. Wir finden schon selbst hinaus."

„Wenn du einmal einer Sache auf den Grund gehst", bemerkte Matthew, als er wieder mit Laurel allein war, „verhältst du dich ganz schön beherzt."

„Nicht wahr?" Ohne ihn anzusehen, nahm sie ihre Handtasche an sich und stand auf. „Berufsrisiko nennt man das wohl."

„Laurel." Matthew nahm sie bei den Schultern, und sie sah zu ihm hoch. „Hör auf, dich zu quälen."

„Das würde ich, wenn ich es könnte", murmelte sie, drehte sich zur Seite und starrte aus dem Fenster. „Mir gefiel die Art nicht, mit der Marion auf die Erwähnung von Brewsters Namen reagierte."

„Sie weiß mehr, als sie zugibt." Er strich ihr über das Haar und hätte sie gern an sich gezogen.

„Louis ist draußen", sagte Laurel ruhig. „Ich möchte allein mit ihm sprechen, Matthew."

Überrascht, dass eine solche Bitte ihm so wehtun konnte, machte er einen Schritt zurück. „Wie du willst." Als sie durch die Glastür ging, steckte er die Hände in die Taschen und trat näher an das Fenster heran. Ohne jede Gewissensbisse wünschte er Louis Trulane zur Hölle …

Nach der Kühle des Salons war die Hitze draußen vor der Tür umso stickiger. Die Luft roch nach Regen, der nicht kommen wollte. Gelegentlich waren matte Vogelrufe zu vernehmen. Beim Vorübergehen nahm Laurel den Duft der Rosen wahr, der schwer und betäubend in der Luft hing. Als sie sich Louis näherte, bemerkte sie feuchte Flecke auf seinem Hemd.

„Louis."

Er blickte hoch. Weder seine Miene noch seine Haltung hießen sie willkommen, aber die kühle Gleichgültigkeit, die sie am

Tage zuvor bemerkt hatte, fehlte auch. Er war wütend. „Was machst du hier?"

„Ich muss mit dir reden."

„Da ist nichts zu sagen."

„Louis." Sie hielt ihn am Arm zurück, als er ohne sie weitergehen wollte. Er blieb zwar stehen, drehte sich aber mit einem Blick zu ihr um, der sie zusammenzucken ließ.

„Lass es bei ein paar netten Erinnerungen bewenden, Laurel, und bleib mir fern."

„Ich habe noch immer die Erinnerungen, Louis, aber ich habe auch meine Arbeit zu machen." Prüfend blickte sie ihm ins Gesicht und wünschte sich, sie könnte etwas tun, etwas sagen, um den, wie sie wusste, endgültigen Bruch zwischen ihnen zu vermeiden. „Ich glaube nicht, dass Anne freiwillig in die Sümpfe gegangen ist."

„Das ist mir verdammt gleichgültig, was du glaubst. Sie ist tot." Er blickte über ihren Kopf hinweg auf den nördlichen Teil des Rasens, dorthin, wo er in den Morast überging. „Anne ist tot", sagte er noch einmal und schloss die Augen. „Und das ist das Ende der Geschichte."

„Wirklich?", erwiderte sie und verhärtete sich. „Wenn auch nur die geringste Möglichkeit bestünde, dass jemand sie in diese Gegend gelockt oder vor Angst dorthin getrieben hätte, würdest du das nicht wissen wollen?"

Er brach einen dünnen Ast von einer Myrthe ab. Laurel wurde stark an Brewsters fahrige Hände erinnert, wie er mit dem Bleistift gespielt hatte. „Was du sagst, ist absurd. Niemand hat es getan – niemand hätte einen Grund dafür gehabt."

„Nein?" Sie hörte den kleinen Knacks, mit dem das Holz zwischen seinen Fingern brach. „Jemand schätzt es gar nicht, dass wir der Angelegenheit nachgehen."

„Ich schätze es nicht, dass du der Angelegenheit nachgehst", brach es aus Louis heraus und er warf den zerbrochenen Ast und die Blüten auf die Erde. „Ist daraus zu schließen, dass ich meine Frau umgebracht habe?" Er drehte sich rasch um und starrte auf den Rand des nördlichen Rasens. „Um Himmels willen, Laurel. Warum mischst du dich hier ein? Es ist vorbei. Nichts kann sie zurückbringen."

„Hat meine Einmischung dich denn so sehr beunruhigt, dass du mir eine tote Schlange vor die Tür gelegt hast?"

„Was?" Er schüttelte den Kopf, als ob er benommen wäre und ihn klar bekommen wollte. „Was hast du gesagt?"

„Jemand hat mir eine tote Mokassinschlange geschickt, so recht hübsch in einem Geschenkkarton verpackt."

„Eine Mokassinschlange ... die gleiche, wie ..." Er verstummte, als er sich langsam ihr wieder zukehrte. „Welch schlechter Scherz", sagte er und fuhr sich mit gespreizten Fingern durch das Haar – eine Geste, an die Laurel sich gut erinnerte. „Ich fürchte, mir stand in der letzten Zeit nicht der Sinn nach irgendwelchen Scherzen, obwohl ich kaum sehe, wie ..." Wieder brach er ab und starrte auf sie herunter. Sein Gesicht nahm einen Ausdruck an, den Laurel nicht deuten konnte. „Ich erinnere mich. Arme, kleine Laurel, du hattest immer Angst vor ihnen. Ich habe meinen Cousin beinahe erwürgt, an dem Tag, als er auf einer von Marions Gartenpartys dir eine Vipernatter unter die Nase gehalten hat. Wie alt warst du? Neun, zehn? Erinnerst du dich?"

„Ich erinnere mich."

Sein Gesicht wurde etwas weicher. „Bist du aus dieser Furcht herausgewachsen?"

Sie schluckte. „Nein."

„Das tut mir leid." Er berührte ihr Gesicht in einer ersten Geste der Freundschaft. Sie fand, dies schmerzte mehr als seine ärgerlichen Worte. „Du hast die Sümpfe nie gemocht wegen der Schlangen."

„Ich habe die Sümpfe nie gemocht, Louis."

„Anne hasste sie." Er wandte den Blick ab. „Ich habe versucht, ihr diese Furcht zu nehmen – genauso, wie ich es bei dir versucht habe, zumeist mit Neckereien. Sie war süß."

„Du hast mir nie gestattet, sie kennenzulernen", murmelte Laurel. „Warum hat niemand sie kennenlernen dürfen?"

„Sie sah wie Elise aus." Er hatte die Hand noch immer um ihr Gesicht geschmiegt, aber sie wusste, er hatte es einfach vergessen. „Ich war verblüfft, als ich sie das erste Mal sah. Aber sie war nicht wie Elise." Sein Blick verhärtete sich, und die Augen wurden so stahlgrau wie der Himmel. „Die Leute hätten etwas anderes gesagt, wenn sie sie bloß angeschaut hätten. Das konnte ich nicht ertragen – die Vergleiche, das Gerede."

„Hast du sie geheiratet, weil sie dich an Elise erinnerte?"

Nach diesen Worten blitzte der Zorn in seinen Augen wieder so plötzlich und heftig auf, dass Laurel am liebsten einen Schritt nach hinten gemacht hätte, wenn seine Hand sich nicht verkrampft hätte. „Ich habe sie geheiratet, weil ich sie liebte – weil ich sie brauchte. Ich heiratete sie, weil sie jung und noch zu formen war und von mir abhängig. Sie war nicht die Frau, die Kontakt mit anderen brauchte. Ich blieb in dem Jahr, das wir gemeinsam verlebten, bei ihr, damit sie sich nicht langweilte und unzufrieden wurde, so wie es Elise in ihrem verdammten Brief behauptet hatte."

„Louis, ich weiß, wie du dich fühlen musst …"

„Tatsächlich?", unterbrach er sie leise, so leise, dass seine Worte in der drückenden Luft zu hängen schienen. „Begreifst du, was ein Verlust bedeutet, Laurel? Betrug? Nein", sagte er, ehe sie etwas sagen konnte. „Du musst das erst durchleben."

„Falls es jemanden anderen gegeben hätte." Laurel feuchtete sich ihre Lippen an, weil ihr Mund ganz trocken war. „Wenn es einen anderen Mann gegeben hätte, Louis, was hättest du dann getan?"

Er sah sie wieder an, kühl, eisig. „Ich hätte ihn umgebracht. Ein Judas reicht jedem Mann aus." Er wandte sich um und entfernte sich von ihr und dem Haus. Laurel fröstelte in der stickigen Luft.

Matthew hatte genug gesehen. Er schlenderte zu der Glastür hinüber, unterdrückte den Wunsch, auf Louis zuzustürmen und etwas von seiner Frustration an ihm auszulassen, und ging zu Laurel, die noch immer stand und Louis nachsah.

„Lass uns gehen", sagte er kurz angebunden.

Sie nickte. Die Stimmung – ihre eigene, Louis', Matthews – schien so drückend wie die Luft um sie herum. In ihnen allen braute sich ein Sturm zusammen. Es brauchte nicht viel, um ihn losbrechen zu lassen. Schweigend überquerten sie den ordentlich geschnittenen Rasen zu Matthews Wagen und fuhren von ‚Heritage Oak' fort.

„Nun?" Matthew steckte sich mit dem Zigarettenanzünder eine Zigarette an und wartete.

„Binney hatte recht", sagte Laurel nach einem Augenblick. „Louis ist gereizt, verärgert und hat nichts, woran er es auslassen kann. Er betrachtet Annes Tod noch immer als Unfall. Die Art, wie er zu den Sümpfen hinübersah …" Laurel warf einen Blick auf Matthew, sah das kantige, harte Profil, das Louis' Ausdruck sehr ähnelte. „Matthew, ich würde schwören, er hat sie geliebt. Es könnte sein, dass er sich ihrer Ähnlichkeit zu Elise wegen für sie interessierte, sie sogar aus dem Gedanken heraus, eine zweite Chance zu haben, heiratete, aber Louis liebte Anne."

„Glaubst du, dass er sie in jeder Situation auseinandergehalten hat?"

„Ich sagte dir bereits, dass ich kein Psychiater bin." Ihre Antwort kam scharf, und sie biss die Zähne zusammen. Sie würden nichts erreichen, wenn sie und Matthew anfingen, sich gegenseitig anzugiften. „Ich kann dir nur meinen eigenen Eindruck schildern", fuhr sie etwas ruhiger fort, „und das heißt, Louis liebte Anne, und er trauert noch immer um sie. Ein Teil dieser Trauer kann auch Schuldgefühl sein, dass er sie damit aufgezogen hat, sich vor den Sümpfen zu fürchten", erklärte sie ihm, als er ihr einen raschen Blick zuwarf. „Dass er ihre Angst nicht ernst genug genommen hat."

„Was mich noch brennend interessiert, hast du ihm von der Schachtel erzählt?"

„Ja." Warum regnet es nicht endlich? dachte sie und zog ihre feuchte Bluse etwas von den Schulterblättern weg. Vielleicht würde der Regen alles wieder reinwaschen. „Er hat es zu Anfang nicht recht begriffen, aber dann war er meiner Meinung nach mehr als angeekelt. Dann … dann fiel es ihm wieder ein, dass ich mich stets vor Schlangen fürchtete. Einige Minuten lang war er ganz so wie früher. Freundlich, herzenswarm." Laurel schluckte und sah aus dem Fenster, während Matthew leise und wild vor sich hinfluchte.

„Ich fragte ihn, warum er es nicht zuließ, dass Anne jemanden kennenlernte. Er sagte, er wollte nicht die Vergleiche mit Elise, die ganz sicher aufgekommen wären. Er blieb in ihrer Nähe, weil er nicht wollte, dass sie sich langweilte und …"

„Sich anderweitig umsah", beendete Matthew ihren Satz.

„Nun gut, ja." Laurel blickte ihn von der Seite an. „Vergisst du jetzt nicht das berühmte Glashaus, Matthew? Hast du denn überhaupt kein Mitgefühl? Kein Verständnis, was er durchgemacht haben muss?"

Er sah ihr kurz in das erhitzte Gesicht. „Dafür hast du genug für uns beide."

„Verdammt, Matthew", flüsterte sie. „Du bist so selbstgefällig, so schnell mit deinem Urteil. Wie schön für dich, wenn du nie jemanden verloren hast, den du liebtest."

Er schnippte seine Zigarette aus dem Autofenster. „Wir sprechen über Trulane, nicht über mich. Wenn du wieder die Absicht haben solltest, jemanden zu belehren, dann mach das in deiner Freizeit. Nicht, solange du mein Partner bist. Mich interessieren nur Fakten."

Sie fühlte Zorn in sich aufsteigen, und es gelang ihr nur mühsam, ihn zu unterdrücken. Ihre Stimme klang kalt. „Nun gut, hier ist eine weitere Tatsache für dich. Louis sagte, er hätte jeden Mann umgebracht, mit dem sich Anne eingelassen hätte. Er sagte das mit einer Kaltblütigkeit, die du, da bin ich mir sicher, bewundert hättest. Und doch arbeitet Nathan Brewster immer noch für ihn."

„Und jetzt kommt noch eine andere Tatsache." Matthew fuhr auf einen Parkplatz beim ‚Herald' und drehte sich zu ihr um. „Du bist von Trulane so besessen, dass du aus ihm eine Art Brontë-

Held gemacht hast. Du weigerst dich, ihn in irgendeinem anderen Licht zu sehen. Er ist ein skrupelloser, verbitterter Mann, der zur nackten Gewalt fähig ist. Seine erste Frau nahm sich seinen jüngeren Bruder. Hast du dich nie gefragt, warum?"

Sie entriss den Arm aus seinem Griff. „Du hast keine Ahnung von Liebe und Loyalität, Matthew."

„Aber du?", warf er zurück. „Wenn du endlich erwachsen würdest, müsste dir klar werden, dass du Trulane nicht liebst, sondern dass du von ihm besessen bist."

Sie erbleichte, und während ihr das Blut aus dem Gesicht wich, wurden ihre Augen dunkler, kälter. „Ich liebe ihn", sagte sie mit leiser, zitternder Stimme. „Du hast nicht die Fähigkeit, das zu verstehen. Du musst alles schwarz auf weiß sehen, Matthew. Gut, bleib du dabei und lass mich zum Kuckuck allein."

Sie sprang rasch aus dem Wagen, aber er griff nach ihren Schultern, noch ehe sie im Gebäude verschwinden konnte. „Lass mich ja nicht stehen." Der Ärger ging mit ihm durch, aber leise Panik schwang mit. „Ich habe die Nase voll von Louis Trulane. Ich will verdammt sein, wenn ich es zulasse, dass er wie ein Schatten hinter dir steht, jedes Mal, wenn ich dich anfasse."

Laurel starrte zu ihm hoch. „Du bist ein Narr. Du solltest vielleicht die Tatsachen genauer unter die Lupe nehmen, Matthew. Jetzt lass mich in Ruhe." Als ihre Stimme brach, fluchten sie beide. „Bleib mir eine Weile vom Hals."

Als sie sich jetzt von ihm abwandte, hielt Matthew sie nicht wieder auf. Er wartete, bis sie im Gebäude verschwunden war, ehe er sich gegen die Kühlerhaube seines Wagens lehnte. Flirrende Hitze umgab ihn. Er nahm eine Zigarette aus der Packung und versuchte, sich wieder zu beruhigen.

Was zum Teufel war in ihn gefahren? Er hatte sie angegriffen. Matthew fuhr sich mit der Hand durchs Haar. Ein psychischer Angriff war nicht besser als ein physischer. Lag es an der Hitze? Er bewegte die Schultern unter seinem klammen, klebrigen Hemd. Es konnte zum Teil daran liegen, es war heiß genug, um jemanden reizbar werden zu lassen.

Wem wollte er etwas vormachen – sich selbst? Matthew sah dem Rauch seiner Zigarette nach, wie er in der dicken, stehenden Luft hing. Das Problem war, dass Laurel die Nacht mit ihm verbracht hatte, sich ihm hingab, ihm alles gab, was er brauchte und sich wünschte … dann musste er sehen, wie Louis mit der Hand ihre Wange umschmiegte.

Idiot. Laurel hätte ihn nicht mehr beschimpfen können, als er es nun mit sich selbst tat. Er hatte sich von seiner Eifersucht treiben lassen, bis er sie schließlich an Laurel ausgelassen hatte. Er war unfähig gewesen, sie zu bremsen. Nein, berichtigte er sich, er hatte sie nicht zurückhalten wollen. Es war ihm leichter gefallen, ärgerlich zu sein, als sich von seinen Befürchtungen überkommen zu lassen. Die Furcht nämlich, die er ihretwegen empfand, seit er in die auf dem Tisch stehende Schachtel gesehen hatte … die Furcht, die er auch deswegen hatte, weil er entdecken musste, dass er sich hoffnungslos in sie verliebt hatte. Er wollte sie nicht verlieren. Das würde er nicht überleben.

Vielleicht hatte er sie nur deshalb angefaucht, weil er hoffte, sie würde nachgeben und ihm die Nachforschungen überlassen. Wenn er eine Möglichkeit gefunden hätte, sie davon abzuhalten, mit ihm in die Sümpfe zu gehen, dann wäre ihr kein Leid geschehen.

Vielleicht hatte er Louis als Vorwand benutzt, weil er sich vor dem Risiko fürchtete, Laurel zu gestehen, was er für sie empfand. Er hatte alles so sorgfältig geplant – das hatte er ja immer. Doch von dem Augenblick an, wo er mit Laurel an dieser Sache zu arbeiten begonnen hatte, waren ihm die Dinge aus der Hand geglitten. Wie konnte er ihr sagen, dass er sie liebte – vielleicht sie sogar schon irgendwie geliebt hatte von dem Moment an, wo er während seiner gemeinsamen Zeit ihr Foto bei ihrem Bruder Curt gesehen hatte? Sie würde ihn für verrückt halten. Matthew trat seine Zigarette mit dem Hacken aus. Vielleicht war er es.

Doch er war immer noch Reporter, und ein Reporter wusste, wie man Schritt für Schritt einer Sache nachging. Als Erstes musste er Laurel die Zeit lassen, um die sie gebeten hatte. Das war er ihr schuldig. Und während er sie in Ruhe ließ, konnte er auf eigene Faust weitermachen. Als Nächstes musste er einen Weg finden, sich zu entschuldigen, ohne dabei Trulane hineinzuziehen.

Und als Letztes dachte Matthew, während er den Parkplatz überquerte, als Letztes musste er es in Laurels Dickschädel hineinbringen, dass er sie liebte. Ob ihr der Gedanke nun gefiel oder nicht.

Laurel betrachtete es als Glücksfall, dass sie, gleich nachdem sie die Redaktion betreten hatte, wieder mit einem Auftrag fortgeschickt worden war. Es gelang ihr, ihre Unterlagen zu holen, einen Fotografen zu organisieren und fortzueilen, noch ehe Matthew den halben Weg mit dem Aufzug zurückgelegt hatte.

Sie wollte ihn nicht sehen, nicht, bis ihr Zorn und ihre Pein sich etwas gelegt hatten. Der Unfall, in den drei Fahrzeuge an einer Hauptkreuzung in der Innenstadt verwickelt waren, mitsamt der damit verbundenen Hektik, dem Lärm und dem ganzen Durcheinander, würde sie von ihren persönlichen Problemen ablenken. Jedenfalls zeitweilig.

Matthew ist unsachlich, sagte sie sich mit zusammengebissenen Zähnen, während der Fotograf gerade noch bei Gelb durchfuhr und sich dem Verkehrsstrom anschloss. Unsachlich und unnachgiebig. Wie konnte jemand nur so gefühl- und herzlos sein? Wie konnte jemand, der ihr selbstlos Hilfe und Trost gegeben hatte, als sie sich so fürchtete, nichts für einen anderen Menschen empfinden, der so viel durchgemacht hatte wie Louis Trulane? Kannte er denn keinen Schmerz? Wie konnte sie jemanden lieben, der … Bei diesem Gedanken hielt sie inne. Das Wie oder Warum spielte keine Rolle – sie liebte Matthew. So einfach war das.

Und weil sie ihn liebte, hatten sie seine Gefühllosigkeit und seine Worte nur noch stärker getroffen. Wie konnte er ihr vorwerfen, sie sei von Louis besessen! Oh, das hatte wehgetan. Jeder vernünftige Mensch würde verstehen, dass Louis Trulane der

Held ihrer Kindheit gewesen war. Sie hatte ihn angehimmelt, mit ihrem Kinderherzen und auf eine kindliche Art. Im Laufe der Zeit hatte sich diese Liebe verändert, nicht, weil Louis sich geändert hatte, sondern weil sie selbst sich geändert hatte.

Sie liebte Louis auf die Art, in der eine Frau den Erinnerungen an den ersten Jungen nachhängt, der sie geküsst hat, an den ersten Verehrer, der ihr einen Blumenstrauß gebracht hat. Diese Art der Liebe war sanft, sicher und ohne Leidenschaft, aber sie war sehr schön. Matthew verlangte von ihr, diese Erinnerungen zu vergessen. Oder sie zu verdrängen, sie mit einem Verdacht zu trüben.

Für eine Frau wie Laurel konnte die Erinnerung an einen jungen Mann, der ein Kind und dessen Vernarrtheit so liebevoll behandelt hatte, keine Schatten aufweisen. Aber Matthew benutzte sie, um sie wegen etwas, das sie nicht begriff, unter Druck zu setzen. Er hatte sogar angedeutet, sie könne an Louis denken, wenn sie mit Matthew zusammen war. Wie konnte er das nur glauben …

Wieder brach sie in Gedanken ab, als ihr plötzlich eine neue Eingebung kam. Eine faszinierende. Matthew war schlicht und einfach eifersüchtig.

„Ha!", sagte Laurel laut und ließ sich in den Sitz zurückfallen. Ihr Fotograf sah sie aus dem Augenwinkel an, sagte aber nichts.

Eifersüchtig … nun, das war ja höchst interessant, selbst wenn es immer noch unvernünftig und dumm war. Aber wenn er eifersüchtig war, bedeutete das nicht, dass er mehr für sie empfand, als sie selbst hatte glauben wollen? Vielleicht. Oder vielleicht war er auch nur einfach unerträglich – was für ihn typisch war, und was sie nach den ersten, stürmischen Wellen ihrer Liebe vergessen hatte. Dennoch, das gab ihr zu denken.

Sie mussten den Wagen in einem dichten Verkehrsknäuel voller wütend hupender Autofahrer anhalten. „Ich steige hier aus und gehe zu Fuß", sagte Laurel geistesabwesend zu ihrem Fotografen. „Fahr rüber, sobald du kannst." Sie verließ das Auto und nahm ihre Arbeit auf.

Matthew war auch auf der Straße. Der Lärm auf dem Vieux Carré war vielleicht etwas leichter zu ertragen als der, in dem Laurel sich befand, aber die Hitze war nicht minder schlimm. Man roch den Fluss und die Blumen, eine Mischung, die für ihn New Orleans bedeutete. Im Moment dachte er allerdings nicht daran. In der letzten Stunde war er sehr beschäftigt gewesen.

Ein Besuch auf der Polizeistation und einige sorgfältig gestellte Fragen hatten ihm die Information eingebracht, dass niemals offiziell Nachforschungen nach Elise oder Charles Trulane gemacht worden waren. Für keinen von beiden war je eine Vermisstenmeldung eingegangen. Der Brief, die fehlende Garderobe und Malausrüstung hatten für jeden als Erklärung genügt. Matthew gab sich damit nicht zufrieden.

Als er nachgebohrt hatte, war er auf völlige Gleichgültigkeit gestoßen. Welche Rolle spielte es schon, wie sie die Stadt verlassen hatten oder ob jemand sie dabei gesehen hatte? Sie waren verschwunden, und zehn Jahre waren eine lange Zeit. In New Orleans gab es genügend andere Probleme, mit denen sich die Polizei zu befassen hatte als ein zehn Jahre alter Ehebruch. Gewiss, die Leute vom Labor würden sich mit seinem Stück Metall befassen, sobald sie die Zeit dazu fänden, aber was hatte er eigentlich im Sinn?

Matthew war dieser Frage ausgewichen und mit weniger Antworten fortgegangen, als er gehabt hatte, bevor er das Revier aufsuchte. Vielleicht würde er etwas von Curt erfahren.

10. KAPITEL

*M*atthew ging um die Straßenecke in eine schumm-
rige, kleine Bar, in der ein Terzett eine kühle,
blecherne Wiedergabe von „The Entertainer"
spielte. Er entdeckte Curt sofort, der in einer Nische saß, vor
ihm auf dem Tisch ausgebreitet ein Haufen Papiere. Ein unbe-
rührtes Glas Bier stand neben seinem Ellbogen. Blitzartig erinnerte sich Matthew daran, dass Curt während ihrer Collegezeit
immer so dagesessen hatte. Erfreut lächelte er – zum ersten Mal
seit Stunden.

„Wie geht es so, Herr Rechtsanwalt?"

„Was?" Geistesabwesend sah Curt hoch. „Oh, hallo." Mit
einer einzigen, sparsamen Bewegung, die auf lange Gewohnheit zurückzuführen war, raffte er seine Unterlagen zusammen
und legte sie in einen Aktenordner. „Was führt dich hierher,
Matthew?"

„Das gleiche", sagte Matthew zur Kellnerin und wies auf
Curts Bier. „Ich brauche einen juristischen Ratschlag", antwortete er, als er sich wieder an Curt wandte.

„Oho." Lächelnd fuhr sich Curt über das Kinn, der einzige
Teil, der seiner Schwester ähnelte, wie Matthew fand.

„Einen Rat, keine Vertretung", erwiderte Matthew.

„Ach so." Als die Kellnerin Matthews Bier auf den Tisch
stellte, erinnerte sich Curt an sein eigenes.

„Falls ich mich entschließen sollte, mein Einkommen zu verbessern, würdest du Trulane Shipping für eine kluge Investition
halten?"

Curt sah von seinem Glas hoch und seine zerstreute Miene
wurde aufmerksam. „Ich würde sagen, diese Frage solltest du
eher deinem Aktienmakler stellen als deinem Anwalt. In jedem
Fall wissen wir beide, dass du über gesunde Einkünfte verfügst.
Du bist derjenige, der, wie du weißt, mir die Tipps gibt."

„Dann will ich dir eine hypothetische Frage stellen", sagte
Matthew ungezwungen. „Falls ich daran interessiert wäre, mit

einer in New Orleans ansässigen Firma zu spekulieren, wäre dann Trulane die richtige Stelle, um mein Geld unterzubringen?"

„Nun gut. Dann würde ich antworten, dass Trulane eine der solidesten Firmen des Landes ist."

„Gut", murmelte Matthew. Er stellte fest, so kam er nicht weiter. „Warum glaubst du, hat niemand Elise Trulanes Erbe angerührt?"

Curt setzte sein Bierglas ab und sah Matthew mit einem langen, eindringlichen Blick an. „Wie hast du das herausgefunden?"

„Du weißt, ich kann meine Quellen nicht bekannt geben, Curt. Fünfzigtausend", sagte er nachdenklich und fuhr mit dem Finger durch die perlende Feuchtigkeit an seinem Glas hinunter. „Eines meiner Grundprinzipien. Die Zinsen von zehn Jahren würden ein hübsches, kleines Sümmchen ergeben. Ich könnte mir vorstellen, dass selbst ein Mann wie Trulane Verwendung dafür finden würde."

„Er ist nicht erbberechtigt. Es ist ein Erbe, das nur auf Elises Namen überschrieben wurde." Er zuckte die Schultern, als er sah, dass Matthew etwas fragen wollte. „Die Firma hat es verwaltet."

„Und die Dame lässt es dabei bewenden." Matthew zog bei dieser Feststellung eine Augenbraue hoch. „Eigenartig. Hat deine Kanzlei nicht versucht, ihre Spur aufzunehmen?"

„Du weißt doch, dass ich mich da nicht einmischen kann", erwiderte Curt. Etwas pikiert zog er die Augenbrauen hoch.

„Gut, sehen wir die Sache ein weiteres Mal hypothetisch. Wenn jemand eine große Geldsumme erbt und sie nicht anfordert, welche Schritte unternehmen dann die Testamentsvollstrecker, um die Nutznießer des Erbes ausfindig zu machen?"

„Die üblichen Schritte", fing Curt an, aber er wusste nicht, ob er die Wendung, die das Gespräch nahm, mochte. „Zeitungsanzeigen. Aller Wahrscheinlichkeit nach würde ein Ermittler angeheuert."

„Sagen wir, die Nutznießerin des Erbes hatte einen Mann, den sie umgehen wollte."

„Die Nachforschungen und jegliche damit in Verbindung stehenden Korrespondenzen wären vertraulich."

„So, so." Matthew schob sein Bierglas hin und her, während der Pianist ein funkelndes Glissando spielte. „Hat Elise Trulane ein Testament hinterlassen?"

„Matthew ..."

„Ganz unter uns, Curt. Es könnte wichtig sein."

Wäre es jemand anderer gewesen, dann hätte Curt die Sache abgewehrt und wäre der Frage in passenden, juristisch wohlformulierten Worten ausgewichen. Aber er kannte Matthew viel zu lange und viel zu gut. „Nein", sagte er einfach. „Sowohl sie als auch Louis hatten ihre Testamente aufgesetzt, aber Elise verschwand, ehe sie das ihre unterzeichnet hatte."

„Ich verstehe. Und die Erben?"

„Die maßgebenden Testamente für Mann und Frau ohne Nachkommen. Marion und Charles verfügen über eigenes Geld."

„Eine beträchtliche Summe?"

„Das ist milde formuliert. Marion ist eine sehr wohlhabende Frau." Und dann fügte er, weil er die Frage erwartete, hinzu: „Charles' Investitionen und seine Konten bringen ihm ebenso Zinsen ein wie die von Elise."

„Interessant."

Curt sah ihn offen an. Seine Augen waren nicht smaragdgrün wie die seiner Schwester, sondern meergrün und ruhig. „Willst du mir verraten, was das Ganze zu bedeuten hat?"

„Ich klopfe nur alle Möglichkeiten ab."

„Es hat etwas damit zu tun, woran du und Laurel arbeitet – für Susan?"

„Ja." Matthew drehte sein Bierglas zwischen den Fingern und betrachtete seinen Freund. „Bist du Susan begegnet?"

„Ja, bei meiner Großmutter in deren Haus." Eine leichte Röte stieg Curt ins Gesicht, die Matthew daran erinnerte, wie Curt vor vielen Jahren einmal heftig in eine Medizinstudentin verliebt war. „Sie hat mir von Anne und den Briefen erzählt." Curts Blick richtete sich wieder auf Matthew und machte ihm deutlich, dass Curt nicht länger mehr ein leicht zu beeindruckender College-student war, sondern ein Mann mit einem scharfen, juristischen Verstand und einer ruhigen Kraft, trotz seiner Verträumtheit. „Wird es dir möglich sein, ihr zu helfen?"

„Wir tun von unserer Seite aus, was wir können. Da du sie kennst und sie dir vertraut, kannst du sie vielleicht beruhigen und so lange aus der Geschichte heraushalten, bis sich etwas getan hat."

„Das hatte ich bereits vor", sagte Curt schlicht. „Kümmerst du dich um Laurel?"

Matthew schnitt eine Grimasse bei der Erinnerung, auf welche Weise sie sich vor wenigen Stunden getrennt hatten. „Niemand kann sich um Laurel kümmern", murmelte er.

„Nein, wahrscheinlich nicht." Geistesabwesend schob Curt seinen Aktenordner in seinen Attaché-Koffer. „Ich habe einen Termin, aber wenn ich etwas mehr Zeit habe, würde ich gern genauere Einzelheiten zu dieser Sache erfahren."

„Gut. Und vielen Dank."

Alleingelassen brütete Matthew über seinem Bierglas. Viel zu viele Spuren, überlegte er. Zu viele Dinge, die nicht zusammen-passen. Zwei Menschen konnten wohl ihre Freunde und Ver-wandten verlassen, besonders aus dem ersten Ansturm der Ge-fühle heraus, aber nicht, wenn mehr Geld im Spiel war, als die meisten Leute je in ihrem Leben zu sehen bekamen. Nicht zehn Jahre lang. Seines Erachtens gab das wenig Sinn.

Entweder hat die Liebe sie völlig verrückt gemacht, folgerte er, oder sie sind tot. Letzteres gab für ihn allerdings einen grö-ßeren Sinn.

Er lehnte sich zurück und zündete sich eine Zigarette an. Falls sie nach ihrem Verschwinden aus ,Heritage Oak' einen Unfall gehabt hätten, dann wären sie doch mit Sicherheit identifiziert worden. Er schüttelte den Kopf, während ihm eine Theorie nach der anderen in den Sinn kam. Irgendwie hing das alles mit Anne

Trulane zusammen. Und falls eine seiner Theorien, auf die er immer wieder zurückkam, zutreffen sollte, dann hatte jemand nicht nur einmal getötet, sondern drei Menschen umgebracht.

Er sah den dünnen Rauchschwaden nach und fluchte vor sich hin. Es war bereits zu spät, um Louis' Alibi am Tage des Verschwindens von Elise und Charles genau zu überprüfen. Und morgen war Sonntag, was hieß, dass es ihm vermutlich nicht möglich sein würde, die Informationen, die er brauchte, noch vor dem Wochenende zu bekommen. Am Montag dann, dachte er und drückte seine Zigarette aus. Gleichgültig, wie widerstrebend Laurel sich auch verhalten sollte, am Montag würden sie beide damit beginnen, die Vergangenheit zu erforschen, und zwar gründlich.

Er stand auf, warf ein paar Geldscheine auf den Tisch und verließ die Bar. Vielleicht war es an der Zeit, dass sie sich unterhielten.

Laurel war von ihrer Reportage völlig in Anspruch genommen, als Matthew in die Redaktion kam. Er kam auf sie zu, warf einen Blick auf die Uhr und ging dann zu seinem eigenen Schreibtisch. Redaktionsschluss war heilig. Als Matthew sich ihr gegenübersetzte, fiel ihm ihr Gesichtsausdruck auf. Sie ist in übermütiger Stimmung, dachte er dabei.

Laurel hätte beinahe laut vor sich hingelacht, während sie ihre Story in die Maschine hämmerte. Ein Unfall mit drei Fahrzeugen, eine Menge verbeulten Bleches. So etwas hätte sie normalerweise nicht belustigend gefunden, aber niemand war verletzt worden. Und die Frau des Bürgermeisters hatte im zweiten Wagen gesessen.

Besser als jede Komödie, dachte Laurel wieder, während ihre Finger über die Tasten glitten. Die Frau des Bürgermeisters hatte alle Würde und allen Anstand fallen lassen und um ein Haar den unglückseligen Fahrer verprügelt, der auf ihr Fahrzeug aufgefahren war und sie zwischen dem Wagen, der an einer Ampel vor ihr hielt, und sich selbst eingekeilt hatte.

Die in der drückenden Luft bereits aufgeladene Spannung explodierte, ehe man sich versah. Vielleicht lag es an der Hitze oder an dem Druck, unter dem sie in den letzten Tagen gestanden hatte, aber Laurel fand, es war genau die komische Ablenkung, die sie gebraucht hatte. Selbst jeder weniger beanspruchte Mensch hätte sich darüber amüsiert, zu sehen, wie eine gezierte, elegant gekleidete Frau mit einer verwelkten Blume am Revers auf einen Mann losging, der wie ein Lastwagenfahrer gebaut war, ihn am Jackenaufschlag ergriff und ihm androhte, seine Nase zu brechen. Und das war, bevor ihr Kühler explodierte und das Wasser wie eine Fontäne herausschoss.

Wie schön, dachte sie, während sie die Reportage abschloss, es wird jedermann ein Vergnügen sein, zu lesen, dass auch Leute in gehobeneren Kreisen ihren Kühler eingebeult bekamen und in Wut geraten konnten. Seite eins, oh ja, ganz sicher.

„Zum Setzen", rief sie und sah auf die Uhr. Gerade noch rechtzeitig vor Redaktionsschluss. Mit einem selbstzufriedenen Lächeln drehte sie sich wieder um und sah direkt in Matthews Augen. Ein Dutzend widerstrebender Gefühle überfielen sie gleichzeitig, eines kämpfte darum, die Oberhand zu gewinnen. Sie liebte ihn.

„Ich habe dich gar nicht hereinkommen sehen", sagte sie vorsichtig und fing etwas verlegen an, ihren Schreibtisch aufzuräumen.

„Ich bin vor ein paar Minuten gekommen. Du warst beschäftigt." Der Tumult um sie herum im Redaktionsraum ging weiter mit Rufen wie „Fertig zum Satz!" scharrende Füße und ratternde Tastaturen. „Bist du fertig?"

„Sobald der Text genehmigt ist."

„Ich muss mit dir sprechen. Können wir zusammen essen?"

Sie hatte von ihm nicht den zurückhaltenden, leicht formellen Ton erwartet und war sich nicht sicher, wie sie darauf reagieren sollte. „In Ordnung, Matthew …" Das Telefon auf ihrem Schreibtisch klingelte. Während sie noch darüber nachdachte, was sie ihm sagen sollte, meldete sie sich: „Lokalredaktion, Laurel Armand."

Matthew bemerkte, wie sich ihr Gesichtsausdruck änderte

und ihre Farbe wechselte, ehe sie ihm einen schnellen Blick zuwarf. „Ich bedaure", fing sie an und wies auf das auf einem Tisch stehende Telefon, nur den Bruchteil einer Sekunde später, nachdem er bereits danach gegriffen hatte. „Sie müssen etwas lauter sprechen, hier ist es sehr laut." Sie hörte das leise Klicken, als Matthew den Mithörer aufnahm.

„Sie sind zweimal gewarnt worden." Es war der Hauch einer Stimme, geschlechtslos, aber Laurel glaubte nicht, dass sie die mitschwingende Furcht sich nur einbildete. „Hören Sie auf, Anne Trulanes Tod zu erforschen."

„Haben Sie mir die Schlange geschickt?" Laurel beobachtete Matthew, der auf einen anderen Nebenanschluss beim Telefon drückte und hastig eine Nummer wählte.

„Dies war eine Warnung. Die Nächste wird nicht tot sein."

Sie konnte nicht verhindern, dass ihr die Panik den Rücken hochkroch, aber sie konnte ihre Stimme beherrschen. „Gestern Abend waren Sie in den Sümpfen."

„Sie haben dort nichts zu suchen. Wenn Sie wieder hingehen, werden Sie nicht herauskommen."

Laurel hörte, wie jemand quer durch den Raum nach Kaffee brüllte, ohne Zucker. Sie fragte sich, ob sie träumte. „Was fürchten Sie, dass ich finden könnte?"

„Anne hätte sich von den Sümpfen fernhalten sollen. Erinnern Sie sich daran."

Es klickte, und dann war nur noch das monotone Summen der Leitung zu hören. Sekunden später fluchte Matthew und legte seinen Hörer auf. „Es hat nicht gereicht, um herauszufinden, woher der Anruf kam. Hast du eine Vorstellung von der Stimme? Hast du irgendetwas wiedererkannt?"

„Nichts."

Er nahm ihren Notizblock hoch, auf dem sich Laurel automatisch das Gespräch in Kurzschrift notiert hatte. „Zur Sache", murmelte er. „Wir machen jemanden sehr nervös." Jemand, dachte er, während ihm seine eigene Theorie wieder in den Sinn kam, der möglicherweise dreimal getötet hat.

„Du denkst wieder an die Polizei", sagte Laurel.

„Da hast du verdammt recht."

Während sie aufstand, fuhr sich Laurel mit der Hand durch das Haar. „Hör zu, Matthew, ich will nicht behaupten, du hast unrecht. Ich möchte nur etwas Zeit haben, um es zu überdenken. Hör zu", wiederholte sie, als er sprechen wollte. „Wer immer das war, er will, dass wir aufhören. Nun, trotz aller Absichten und Pläne, werden wir das während des Wochenendes tun müssen. Ich brauche einige Zeit, um meine Notizen durchzusehen, sie mit den deinen zu vergleichen und sie auszuwerten. Falls wir zur Polizei gehen sollten – am Montag", setzte sie mit Nachdruck hinzu, „dann sollten wir auch mit scharfem Geschütz auffahren können."

Sie hatte recht, aber es gefiel ihm nicht. Verschiedene Ideen, wie er sie aus den Nachforschungen heraushalten könnte, schossen ihm durch den Kopf. Ihm blieb das Wochenende, um sich für die beste zu entscheiden. „In Ordnung, stimm dich mit Don ab. Ich suche meine Unterlagen zusammen."

Statt des Steaks und der brennenden Kerzen, die Matthew sich vorgestellt hatte, aßen sie Hamburger und erkaltende Pommes frites an Laurels Klapptisch. Sie hatten ihre Unterlagen ausgebreitet – Matthews handschriftliche Notizen, die aus Kritzeleien bestanden, wie Laurel feststellte und ihre eigenen, in gestochener Kurzschrift. Sie hatten sich nicht die Zeit genommen – und beide fanden, dass es gut so war –, auf ihren früheren Streitpunkt und seine Gründe zurückzukommen. Denn jetzt waren sie nur noch Journalisten, die sich mit allen Aspekten einer Story befassten.

„Ich würde sagen, wir können mit Sicherheit annehmen, über genügend Indizienbeweise zu verfügen, aus denen hervorgeht, dass Anne Trulanes Tod mehr als nur ein unglücklicher Unfall war", fasste Laurel ihrer beider Notizen zusammen, um einen logischen Zusammenhang hineinzubekommen.

„Sehr gut", murmelte Matthew. „Das klingt wie etwas, das Curt zur Jury gesagt haben könnte."

„Sei kein Klugschwätzer, Matthew", sagte sie sanft. „Reich mir das Soda herüber." Sie nahm die Flasche und trank stirnrunzelnd daraus. „Wir haben Susans Behauptung, dass sich Anne vor dunklen Orten fürchtete – und besonders dem Sumpf –, was in der Zwischenzeit von Louis, Marion und Binney bestätigt wurde. Wir haben die aus Susans Hotelzimmer gestohlenen Briefe, meine widerliche kleine Schachtel, einen heftigen Schubs im Sumpf und einen anonymen Telefonanruf."

Weil Laurel schrieb und so in ihre Arbeit vertieft war, fiel ihr nicht auf, wie Matthew nervös mit seinen Zigaretten spielte. „Das erste Interview mit Louis und Marion … da ist nicht viel zu holen – außer Gefühlen – und damit willst du ja nichts zu tun haben."

„Es kann aber trotzdem recht nützlich sein", sagte Matthew sachlich, „wenn du es ein wenig objektiv betrachtest."

Sie öffnete den Mund, um ihm eine bissige Bemerkung zuzuwerfen, ließ es dann aber bleiben. „Tut mir leid. Ich wollte nicht sticheln. Brewster", fuhr sie rasch fort, „wir wissen, dass er glaubte, in Anne verliebt zu sein und von ihr wollte, dass sie Louis verließ. Keine Mutmaßung da, weil er es ja selbst erzählt hat." Sie unterstrich dick Brewsters Namen und sprach weiter. „Wir haben auch Marions Bestätigung für den ersten Teil und kennen auch Annes Reaktion darauf. Mein zweites Gespräch mit Louis bringt mich zu der Annahme, dass er entweder nicht über Brewsters Gefühle Bescheid wusste oder sie für nicht so wichtig hielt, um sich Gedanken darüber zu machen, da Brewster immer noch von seiner Firma beschäftigt wird."

Laurel massierte sich den Nacken, das erste, sichtbare Zeichen dafür, dass sie müde war. „Zusammenfassend können wir den Schluss ziehen, dass Anne ohne irgendeinen Druck von dritter Seite wohl kaum in den Sumpf gegangen wäre – und dass es noch unwahrscheinlicher ist, dass sie sich noch tiefer vorgewagt hätte, außer sie habe keine andere Wahl gehabt. Meiner Meinung nach ist Brewster immer noch der Hauptverdächtige."

Matthew blätterte in seinem Block, bis er zu einem andern Teil der Notizen kam. „Ich habe mich heute mit Curt unterhalten."

„So?" Laurel sah zu ihm auf und versuchte, zwischen seiner Bemerkung und ihren Worten eine Verbindung zu finden.

„Ich suchte eine Bestätigung für eine meiner Theorien."

„Was hat Curt denn mit dieser Sache zu tun?"

„Er ist Rechtsanwalt." Mit einem Schulterzucken steckte Matthew sich eine Zigarette an. „Wie sich herausstellte, hatte ich mehr Glück, als ich erwarten konnte. Curt arbeitet für eine Firma, die Elise Trulanes Vermögen verwaltet."

Laurel stellte die Flasche wieder hin, die sie hochgenommen hatte. „Matthew, was hat das denn mit dieser Geschichte zu tun?"

„Eine ganze Menge, wie mir scheint. Hör zu." Wieder blätterte er in seinem Notizblock. „Fünfzigtausend Dollar plus zehnjährige Zinsen wurden nie angerührt. Charles Trulanes Geld setzt Schimmel an. Unberührt. Zweifellos sind sehr diskrete und, da bin ich sicher, sehr gründliche Nachforschungen im Auftrag der Bank vorgenommen worden, um seinen Aufenthaltsort zu ermitteln." Er blätterte einige Seiten zurück und sah dann Laurel direkt in die Augen.

„Weder für Elise noch Charles Trulane ist je eine Vermisstenanzeige gemacht worden."

„Worauf willst du hinaus?"

Sorgfältig legte Matthew seinen Block hin. „Du weißt, worauf ich hinauswill, Laurel."

Laurel verspürte den Wunsch, sich zu bewegen, und stand vom Tisch auf. „Du glaubst, sie sind tot", sagte sie tonlos. „Vielleicht sind sie das auch. Sie hätten einen Unfall haben können und ..." Sie brach ab, und er wusste, dass sie denselben Gedankengängen gefolgt war, die er auch hatte. Laurel drehte sich wieder zu ihm um und sah ihm voll ins Gesicht. „Du glaubst, sie waren tot, ehe sie aus ‚Heritage Oak' verschwanden."

„Das ist mehr als nur eine Möglichkeit, nicht wahr?"

„Ich weiß nicht." Sie presste die Fingerspitzen gegen die Schläfen und versuchte, logisch zu denken. „Es wäre möglich, dass sie sich aus dem Staub gemacht haben, ihre Namen änderten, nach Europa oder in den Orient oder sonst wohin gefahren sind."

„Wäre möglich", stimmte er ihr zu. „Aber da bleiben doch noch genügend Zweifel, oder nicht?"

„Ja, schon." Sie atmete tief ein. „Und falls wir dieser Spur nachgingen und annähmen, dass ihr Verschwinden irgendwie mit Annes Tod zusammenhängt, dann ist Brewster nicht mehr verdächtig. Aber warum?", wollte Laurel wissen. „Wer hätte ein Motiv haben können außer Louis, und er war nicht in der Stadt."

„War er?" Matthew stand auf, er wusste, bei allem, was Louis Trulane betraf, musste er vorsichtig sein. „Er besitzt sein eigenes Flugzeug, nicht wahr? Er steuert es selbst – oder tat es. Du weißt, welche Möglichkeiten es da gibt, Laurel."

Sie wusste es. Ein unerwartetes Auftauchen, die ahnungslosen Liebenden werden überrascht. Der Wahnsinn des Augenblicks. In einem kleinen Privatflugzeug konnten die Leichen überall hingebracht worden sein. Bleich drehte Laurel sich zu Matthew um. Er war darauf gefasst, dass sie Einwände hätte oder ausweichen würde. Natürlich, sie könnte weder das eine noch das andere tun.

„Es wird nicht leicht sein – vielleicht unmöglich", setzte sie mit ruhiger, professioneller Stimme hinzu, „die landenden und abgehenden Flüge einer Nacht von vor zehn Jahren zu überprüfen."

„Ich werde damit am Montag anfangen."

Sie nickte. „Ich werde mich hinter Curt klemmen. Vielleicht bekommen wir so den Namen der Firma heraus, die sich mit Elisas und Charles Angelegenheiten befasst."

„Nein."

„Nein?", wiederholte sie erstaunt. „Aber es ist doch sinnvoll, auch dieser Spur nachzugehen, wenn wir in dieser Richtung bereits Vermutungen hegen."

„Ich möchte, dass du dich aus dieser Sache heraushältst." Er sprach betont langsam, während er aufstand. „Ich möchte nicht, dass du weiterhin irgendjemanden befragst."

„Wovon zum Teufel redest du überhaupt? Du bekommst keine Story ohne Fragen."

„Was immer wir auch an dem Artikel verdienen sollten, wie das Ergebnis auch aussehen mag, wir machen halbe-halbe. Aber von jetzt an übernehme ich."

Laurel legte den Kopf auf die Seite. „Du hast den Verstand verloren."

Vielleicht lag es an der sehr ruhigen, sehr milden Art, mit der sie das sagte, die das Fass zum Überlaufen brachte. Er verlor jedes vernünftige Argument, vergaß jede sorgfältig überlegte Überredungskunst und schien sich nicht mehr unter Kontrolle zu haben.

„Ich habe den Verstand verloren!", fuhr er auf. „Das ist ja großartig." Er durchmaß das Zimmer, entfernte sich dabei von ihr, um nicht Gefahr zu laufen, sie am Kragen zu packen und zu schütteln. „Dies ist kein Spiel, verdammt. Wir spielen nicht darum, wer es schafft, auf Seite eins einzusteigen."

„Ich habe meinen Beruf nie als Spiel betrachtet."

„Ich will dich nicht im Weg haben."

Ihre Augen verengten sich. „Dann werde ich dir aus dem Weg gehen. Du tust das Gleiche."

„Es ist gefährlich!", schrie er. „Benutze deinen Verstand. Du bist diejenige, hinter der man her ist, nicht nur einmal, sondern dreimal. Wer immer für Annes Tod verantwortlich ist, wird nicht zögern, noch einmal zu töten."

Sie hob eine Braue – diese verdammt schöne, hochmütige, schwarze Augenbraue. „Dann werde ich auf mich aufpassen müssen, nicht wahr?"

„Du Idiotin, niemand hat mich angerufen und mich gewarnt, weiterzumachen. Niemand hat mich bedroht." Panik klang in seiner Stimme, schiere Panik, aber sie war viel zu wütend, als dass sie es gemerkt hätte.

„Willst du wissen, warum, Matthew?", schrie sie ihn an. „Weil ich eine Frau bin und offensichtlich nachgegeben hätte. So, wie du dir vorstellst, dass ich das Gleiche täte, wenn du nur laut genug herumschreist und dich wichtigmachst."

„Sei nicht dümmer als notwendig."

„Aber das eine, woran die nicht gedacht haben", fuhr sie wütend fort, „das eine, woran du nicht denkst, ist, dass ich Reporterin bin. Und um eine Story zu bekommen, um die Wahrheit zu bekommen, tut ein Reporter das, was ihm notwendig erscheint. Die meisten von uns sind gewohnt, in Gefahr zu geraten, auf die eine oder andere Weise. Das ist unser Beruf."

„Aber ich bin nicht in die meisten Reporter verliebt", schrie Matthew zurück. „Ich bin in dich verliebt!"

Er stürmte an ihr vorbei, während er das sagte, bis er am Tisch stehen blieb, um seine Zigaretten an sich zu reißen.

Laurel starrte ihn an, während er auf der Suche nach einem Streichholz unter den Papieren herumwühlte. Sie war ganz außer Atem, als wäre sie eine Treppe mit zwei Stufen gleichzeitig hinaufgerannt. Jetzt, wo sie oben angekommen war, wusste sie überhaupt nicht mehr, warum sie es so eilig gehabt hatte. Erst als Matthew zu fluchen und vor sich hinzuschimpfen aufhörte und sich zu ihr umdrehte, fühlte sie das Glühen, die Wärme, die Freude.

Matthew legte die unangezündete Zigarette hin und starrte sie an. Was zum Teufel hatte er gesagt? Oh Himmel, hatte er soeben alles zunichtegemacht, weil er seine Karten offen auf den Tisch gelegt hatte, noch ehe er sicher sein konnte zu gewinnen? Und wie sollte er sich jetzt verhalten? Er beschloss, ihr eine Hintertür zu öffnen.

„Habe ich – gerade gesagt, was ich glaube, gesagt zu haben?"

Laurel lächelte nicht, sondern faltete gelassen die Hände. „Ja, ich habe einen Zeugen."

Matthew zog eine Braue in die Höhe. „Hier ist aber niemand."

„Ich werde jemanden bestechen."

Er steckte die Hände tief in die Taschen, weil er den dringenden Wunsch verspürte, sie zu berühren. „Ist es das, was du möchtest?"

Sie sah ihn auf eine eigenartige Weise an und kam dann einen Schritt auf ihn zu. „Ich frage mich, warum ich dich für einsichtig und einfühlsam gehalten habe. Es ist eine allgemeine Tatsache, Matthew, dass eine Frau, wenn sie in einen Mann verliebt ist, es gerne sieht, dass auch er sie liebt."

Sein Herz schlug schnell und leicht. Er erinnerte sich nicht, sich jemals so gefühlt zu haben. „Sag es mir", murmelte er. „Bring mich nicht dazu, dich zu bitten."

„Matthew …" Ein bisschen verwirrt hielt sie ihm die Hand hin. „Du bist der einzige Mann, mit dem ich je geschlafen habe, weil du der einzige Mann bist, den ich liebe. Weder das eine noch das andere wird sich jemals ändern."

„Laurel." Aber er konnte nicht weitersprechen, weil sie seinen Mund mit einem Kuss verschloss. Er konnte sich an keinen Augenblick mehr erinnern, wo er sich nicht gewünscht hatte, dass es einmal so wie jetzt sein möge. Wo er sich ausgemalt hatte, diese Worte zu hören. „Noch einmal", verlangte er. „Sag es mir noch einmal."

„Ich liebe dich. Nur dich." Sie ließ die Arme über seinen Rücken gleiten, bis sie seine Schultern umfing. „Ich dachte, wenn ich es dir eher sage, selbst noch vor einer Stunde, würdest du denken, ich sei verrückt." Impulsiv drückte sie sich an ihn. „Wann hat es angefangen?"

„Du würdest es mir nicht glauben." Ehe sie protestieren konnte, küsste er sie wieder.

Er küsste sie heftig und tief, voller Begehren. Wenn er gedacht hatte, er habe vor lauter Liebe zu ihr bereits den Kopf verloren, dann war das nichts im Vergleich zu dem, das ihn jetzt erfüllte. Seine Liebe wurde erwidert und war so stark wie seine eigene. Kopf und Herz waren erfüllt allein von Laurel. Nichts sonst hatte Bedeutung.

Sie konnte sich in seinen Küssen verlieren, ganz in dieser weichen, samtenen Dunkelheit aufgehen, die er ihr als Erster gezeigt hatte. Es war aufregend zu wissen, dass er sie wollte. Es war himmlisch zu wissen, dass er sie liebte. Ihr lag so vieles auf dem Herzen, das sie ihm sagen wollte. Aber sie musste warten, bis dieser erste Ansturm der Gefühle abgeebbt war. Schwindelnde Erregung ergriff sie, und sie zog ihn mit sich auf den Fußboden.

Schnell, schnell. Keiner von beiden sprach, aber jeder wusste, was der andere dachte. Beeil dich. Hastig zogen sie sich aus. Oh, diese Süße! Wie süß es doch war, den andern zu berühren. Sie roch diesen heißen, herben Geruch, der von ihm ausging und in den sich der Duft seines Aftershaves leicht mischte. Sie schwelgte darin, während sie die Lippen an seinen Hals presste, dort wo sein Puls schlug, schnell und flach.

Immer wieder flüsterte Matthew ihren Namen, und der Klang seiner Stimme erfüllte sie mit Seligkeit. Diese grenzenlose Süße, die sie erfüllte, war so viel schöner als alles, was sie je zuvor empfunden hatte. Seine Zunge drang tief zwischen ihre Lippen ein.

Lange, behutsam streichelte er sie – eine hingehauchte Zärtlichkeit. Ihre Leidenschaft war erfüllt mit etwas Wunderbarem. Ich werde geliebt, ich werde gewollt. Nur davon zehrt die Seele. Sie konnte fühlen, wie es sich von ihm auf sie übertrug – Zufriedenheit – sogar während sein Herz hämmerte. Verlangen, vermischt mit solchen Gefühlen, hat größere Macht. Und manchmal auch größere Geduld. Sie umwarben einander.

Seine Lippen glitten ihre Schulter hinab, um träge in ihrer Armbeuge, dort wo ihr Puls schlug, zu verweilen. Mit der Hand fuhr Laurel durch sein dichtes Haar, bevor sie mit den Fingern seinen Nacken streichelte. Matthew hob den Kopf und sah sie lange stumm an, bis ihre Lippen sich wieder in einem Kuss fanden.

Keiner von beiden wurde gewahr, wie ihr Begehren langsam wuchs. Es wurde drängender, wilder, und aus sanften Seufzern wurde genießerisches Stöhnen. Laurels Atem ging schneller, als seine Lippen sich über ihrer Brust schlossen. Seine Sinne waren umnebelt – ihr Duft, ihr Geschmack, ihre samtweiche Haut. Das Verlangen in ihnen wurde quälender, aber sie genossen es mit aller Lust, weil sie wussten, dass es gestillt werden würde.

Die Innenseite ihrer Schenkel waren so warm und so verlockend wie Samt. Er ließ seine Finger dort verweilen, dann seinen Mund.

Sie erschauerte, der erste Höhepunkt kam, ein sanftes Heben, höher und höher, dann ein ruhiges Senken. Ihr Körper pochte vor Vorfreude auf das Kommende, während ihre Sinne ganz von Matthew erfüllt waren. Sie wechselte die Lage und schob sich auf ihn, um ihm all die Freuden zu schenken, die er ihr gegeben hatte.

Wie warm er doch war, wie fest sein Körper. Ihre Hände wanderten hinunter zu seinen Hüften, strichen über seine Schenkel. Sie spürte, wie seine Muskeln unter ihrer Berührung erzitterten.

Sie schwebte, obwohl die Luft um sie herum dick und stickig war. Ihre Schenkel fühlten sich schwer an, aber ihr Kopf war leicht. Sie fühlte, wie Matthew nach ihr griff, hörte ihn ihren Namen heiser flüstern. Und dann drang er in sie ein und eine Explosion folgte der anderen. Sie konnte an nichts anderes mehr denken als an die Hoffnung, es möge nie vorüber sein.

Er beobachtete sie. Er rang darum, diese verführerische Dunkelheit zurückzuhalten, damit er sich immer daran erinnern könnte, wie Laurel jetzt aussah. Goldenes Licht fiel auf sie. Sie hatte ihren Kopf zurückgeworfen, und ihr Haar fiel ihr über den Rücken. Sie kannte jetzt nur Entzücken – sein Entzücken. Er hielt sie so einen Augenblick mit vollkommener Klarheit. Und dann überkam ihn Dunkelheit und er ergab sich seiner Begierde und allen ihren wilden Wonnen.

11. KAPITEL

*E*s war dunkel. Matthew hatte keine Ahnung, wie spät es war, und es kümmerte ihn nicht. Sie hatten sich gemeinsam in Laurels Bett gekuschelt, nackt und warm. Wie sorglose Kinder hatten sie ihre Sachen, so, wie sie sie hingeworfen hatten, im Wohnzimmer zurückgelassen. Es war eine wundervolle Vorstellung, sich auszumalen, sie könnten so, wie sie waren, das ganze Wochenende verbringen – schläfrig, sich liebend, sich aneinander erfreuend. Das wäre nach den letzten anstrengenden Tagen genau das Richtige.

Er kannte alles, was er über sie wissen musste, was ihr gefiel, was sie störte, was sie zum Lachen brachte. Er wusste, woher sie gekommen war, wie sie aufgewachsen war, Bruchstücke ihrer Kindheit, die er aus Olivia oder ihrem Vater und Curt herausgeholt hatte. Sie hatte sich den Knöchel gebrochen, als sie neun war und sich für die Highschool vorbereitete. Bis sie sieben war, hatte sie mit einem Plüschhund im Bett geschlafen.

Bei diesem Gedanken musste er lächeln, aber er war sich nicht sicher, ob sie es mögen würde, wenn sie es erführe.

Es gab so vieles, was er ihr nicht erzählt hatte. Matthew entsann sich, wie verletzt sie zugesehen hatte, als er ihre Fragen abgewehrt hatte. So vieles hatte er ihr nicht gesagt – aber sie liebte ihn trotzdem.

Laurel bewegte sich. Sie hatte die Augen geöffnet, sich an das Dunkel gewöhnt und lag wunderbar befriedigt an seiner Seite. „Woran denkst du?"

Er schwieg einen Moment, dann berührte er mit der Hand ihr Haar. „Wo ich groß geworden bin, sah es schlimm aus." Laurel legte ihre Hand in die seine und sagte nichts. „Leute blieben nachts der Straße fern, und alle anderen gingen nur zu mehreren. Zu viele enge Straßen und kaputte Straßenlaternen. Die Polizei machte ihre Kontrollen zu zweit in Autos. Ich kann mich an keine Nacht erinnern, wo ich nicht die Sirenen gehört hätte."

Sie war so warm und weich neben ihm. Der Raum war so

still. Warum dachte er jetzt gerade wieder daran? Weil die Erinnerungen an diese Dinge einen nie verlassen, gab er sich selbst zur Antwort. Und ich muss es ihr sagen.

„Ich arbeitete für einen Mann, der einen Zeitungskiosk besaß. In einem Sommer wurden wir sechsmal überfallen. Beim letzten Mal hatte er es so satt, dass er sich zur Wehr setzte. Ich war nach zwei Tagen aus dem Krankenhaus heraus, aber er brauchte zwei Wochen. Er war vierundsechzig Jahre alt."

„Oh, Matthew." Laurel drückte das Gesicht gegen seine Schulter. „Du musst nicht darüber sprechen."

„Ich möchte, dass du weißt, woher ich komme." Aber er verfiel wieder in Schweigen, während zwei lange Minuten vergingen. „In dem Apartmenthaus, wo ich wohnte, rochen die Korridore nach abgestandenen Küchendünsten und Schweiß. Der Gestank verschwand nie. Im Winter war es kalt, es zog durch die Fenster und eisigen Flure. Im Sommer war es ein Brutkasten. Man konnte den Müll von dem Hof drei Stockwerke tiefer riechen. Nachts drang der Lärm von der Straße herauf – Dealer, Prostituierte, Kinder. Ich hatte mit den Dealern nichts zu schaffen, weil ich gesund bleiben wollte, und zu den Prostituierten ging ich nur, wenn ich das Geld zusammenkratzen konnte."

Er wartete, dass sie sich von ihm zurückziehen würde. Ihre Hand blieb in seiner liegen. Laurel erinnerte sich wieder an den Eindruck, den sein Apartment auf sie gemacht hatte. Er hatte Gemütlichkeit zur Kunst gemacht. Wie sehr er es doch gehasst haben musste, ohne die notwendige Wärme und Sicherheit aufwachsen zu müssen. Und dennoch … er verleugnete seine Herkunft nicht, noch ignorierte er, welche Rolle sie in seiner Entwicklung spielte. Auch sie würde die Wurzeln seiner Kindheit nicht ignorieren.

„Ich habe bei meiner Tante gelebt. Sie nahm mich bei sich auf, nachdem meine Mutter gestorben war und mein Vater sich abgesetzt hatte. Sie hätte es nicht tun müssen." Er verschränkte seine Finger mit Laurels. „Sie war der uneigennützigste Mensch, der mir je begegnet ist."

„Sie liebte dich", murmelte Laurel dankbar.

„Ja. Wir hatten nie Geld genug, obwohl sie viel zu hart arbeitete. Als ich alt genug war, habe ich zum Unterhalt beigetragen. Entweder stieg die Miete in dieser schmutzigen Gegend oder ..." Er brach ab und zuckte die Schultern. „So war das Leben", sagte er schlicht. „Ich schwor, ich würde uns dort herausholen. Auf irgendeine Weise musste mir das unbedingt gelingen. Ich wollte Reporter werden, einen Job bei einer der großen New Yorker Zeitungen und ein Gehalt haben, das es mir ermöglichte, meine Tante in ein nettes, kleines Haus in Brooklyn Heights oder New Rochelle zu bringen.

So wurde ich Laufbursche und studierte, bis mir die Augen schmerzten. Es gab natürlich andere Wege", murmelte er. „Schnellere Möglichkeiten, um an das Geld zu kommen, das ich brauchte, aber so etwas hätte sie nie verkraftet. Als ich dann das Stipendium bekam, war ich glücklich und verließ sie. In der Mitte meines Abschlussjahres hatte ich fast so viel gespart, um sie von dort wegzubringen – nicht in ein Haus in Brooklyn Heights, aber wenigstens in ein anständiges Apartment. In dem Sommer wäre es endlich so weit gewesen. Sie starb im März."

Laurel wandte den Kopf und strich ihm leicht und flüchtig über seine Haut. „Sie wäre stolz auf dich gewesen."

„Wenn ich mich für eine andere Lösung entschieden hätte, wäre sie noch am Leben."

„Wenn du einen anderen Weg gewählt hättest", sagte Laurel langsam, stützte sich auf die Ellbogen und sah ihn an, „dann hättest du sie selbst getötet."

Seine Augen glänzten im schimmernden Mondlicht. „Das habe ich mir auch gesagt, aber manchmal denke ich, ich hätte ihr so sechs angenehme Monate ermöglichen können." Er nahm Laurels Haar in die Hand und spielte mit der seidigen Fülle. „Sie lachte so gern. Irgendwie fand sie immer etwas, worüber sie lachen konnte. Allein dafür habe ich ihr viel zu verdanken."

„Und ich ihr auch." Laurel neigte den Kopf und küsste ihn. „Ich liebe dich, Matthew."

„Wenn ich an dich und mich dachte, habe ich mich gefragt, wie ich es wohl anstellen sollte." Er umfing mit seiner Hand ihren Nacken. „Wir hätten keine unterschiedlichere Herkunft haben können. Es gab Zeiten, da dachte ich, ich wollte dich nur deshalb haben."

Als sie den Kopf hob, sah er überrascht, dass sie lächelte. „Du Dummkopf", sagte sie liebevoll.

„So schön", murmelte Matthew. „Ich werde nie das Bild vergessen, das Curt von dir hatte und das er auf seinem Schreibtisch in unserem Zimmer stehen hatte."

Überrascht wollte Laurel etwas sagen, aber dann zog sie es vor zu schweigen.

„Ich konnte dich auf einer dieser langen, trägen Gartenpartys sehen, in einem Seidenkleid und mit einem Gedicht von Hut", sagte Matthew leise. „Mir lief das Wasser im Munde zusammen. Und ich sah dich an der Seite eines Mannes, der die gleiche Erziehung genossen hatte."

„Ich hasse es, mich zu wiederholen", fing sie an, aber er lächelte nicht. „Du denkst an Louis", sagte Laurel entschieden.

„Nein." Er zog sie wieder an sich. „Nicht heute Abend."

„Jetzt hör mir zu." Als sie sich aus seiner Umarmung befreite, waren der Humor und die Sanftheit aus ihrem Blick gewichen. „Das, was ich für dich empfinde, hat nichts, aber auch gar nichts damit zu tun, was ich für Louis empfinde. Ich habe ihn geliebt, seit ich ein Kind war, und auf eine sehr kindliche Weise. Beide, er und Marion, waren ein bedeutender, lebenswichtiger Teil meiner Kindheit. Märchenträume, auf die jedes Mädchen ein Recht hat."

Ihm fiel ein, dass ihre Großmutter im Wesentlichen das Gleiche gesagt hatte. Seine Schultermuskeln entspannten sich. „Ich glaube, das kann ich verstehen, Laurel. Es ist das Heute, das mich beunruhigt."

„Heute hat er mein Mitgefühl, beide haben es. Heute wünschte ich, helfen zu können, und weiß doch im selben Augenblick, dass das, was ich tun muss, ihnen irreparablen Schaden zufügen kann. Wären meine Gefühle anders gewesen, meinst du nicht, dass ich in den letzten zehn Jahren manchmal zu ihm gegangen wäre? Ich frage mich …", fuhr sie hitzig fort, „wenn ich schon all diese Jahre darauf gewartet habe, mich zu verlieben, weshalb ich mich dann ausgerechnet in einen Dummkopf verlieben musste."

„Dein persönliches Pech, nehme ich an."

„Nun, ich werde dir etwas sagen, Matthew, ich werde mich über diesen Punkt dir gegenüber nicht mehr äußern. Glaube es, oder lass es bleiben."

Er holte tief Luft und schwieg, als müsste er das Für und Wider dieses Ultimatums abwägen. Im Dämmerlicht konnte er das ärgerliche Funkeln in ihren Augen erkennen.

Sie mochte aus weicherem Holz geschnitzt sein als er, aber niemand kam ihr an Intelligenz und Willenskraft gleich.

„Willst du mich heiraten, Laurel?", fragte er schlicht.

Er hörte, wie sie heftig einatmete, sah, wie ihre Augen sich vor Überraschung weiteten. Einen Moment lang herrschte Stille. „Du hast lange genug dafür gebraucht", sagte sie genauso schlicht, dann legte sie sich auf ihn und fühlte sich geborgen.

Laurel wachte davon auf, dass die Sonne ihr ins Gesicht schien und Matthew an ihrem Ohrläppchen zupfte. Sie musste nicht erst ihre Augen öffnen, um zu wissen, dass es ein herrlicher Tag sein würde. Irgendwann in der Nacht hatte der Regen die Schwüle aus der Luft vertrieben. Ohne die Augen aufzumachen, reckte sie sich und seufzte wohlig auf. Matthew fuhr ihr mit den Lippen über das Kinn.

„Ich liebe die Art, wie du aufwachst", murmelte er. Mit einer Hand streichelte er ihre Hüfte.

„Hmm – wie spät ist es?"

„Es ist Morgen." Seine Lippen senkten sich auf ihren Mund.

Sie streckte sich noch einmal träge und schlang die Arme um seinen Nacken. „Habe ich dir schon gesagt, wie sehr es mir gefällt, wenn du mich so küsst?"

„Nein." Er neigte den Kopf und küsste sie noch einmal auf die gleiche Weise, während sie ganz still unter ihm liegen blieb. „Warum hast du es nicht getan?"

„Wenn ich es sage – hmm – dann weißt du, wie du jeden Streit gewinnen kannst."

Lachend presste er die Lippen auf ihre Schulter. „Ich bin verrückt nach dir, Laurellie. Wann werden wir heiraten?"

„Bald", sagte sie entschieden. „Obwohl, in der Minute, wo wir es Grandma erzählen, wird sie …" Laurel brach ab und riss ihre Augen auf. „Himmel, der Brunch!"

„Ich habe noch nicht ans Essen gedacht", murmelte Matthew und fing an, ihr Ohr zu liebkosen.

„Oh, nein, nein, du verstehst nicht. Wie spät ist es?" Sie schob ihn zur Seite und griff nach dem Wecker. „Gütiger Himmel, wir sollten uns beeilen, oder wir stecken in ernstlichen Schwierigkeiten."

Als sie aus dem Bett springen wollte, griff Matthew sie um die Taille. „Wenn wir hier bleiben", fing er an und hielt sie unter sich fest, „könnten wir uns die ernstlichen Schwierigkeiten selbst bereiten."

„Matthew." Laurel wich seinem Kuss aus, sodass er die empfindsame Stelle ihres Halsansatzes traf. „Der Brunch am Sonntagmorgen in ‚Promesse d'Amour' ist eine geheiligte Sache", sagte sie unsicher.

„Kannst du kochen?"

„Was? Ja nun, ja, das heißt, wenn du einen toleranten Magen hast, könnte man es beinahe so nennen. Matthew, lass das." Atemlos hielt sie seine Hand fest.

„Warum machen wir uns dann keinen eigenen Brunch hier, irgendwann gegen die Mittagszeit?"

„Matthew …", sie schüttelte den Kopf, als müsse sie ihn klar bekommen, und stemmte dann beide Hände fest gegen seine Schultern. „Da du ein Familienmitglied werden wirst, solltest du dich gleich an bestimmte eiserne Regeln und Gebräuche gewöhnen. Der Sonntagsbrunch", fuhr sie fort, als er lächelte, „ist keine Sitte, die man bricht."

„Ich bin ein Ketzer."

„Halt den Mund", meinte sie und bemühte sich, nicht zu lächeln. „Grandma würde mir verzeihen, wenn ich einen Kursus in Bauchtanz belegen würde. Sie wird sogar die Tatsache übersehen, dass ich einen Yankee heirate, aber sie würde mir nie, niemals gestatten, zum Sonntagsbrunch nicht zu erscheinen. Selbst zu spät kommen schadet dem Ruf, und wir fordern es geradezu heraus."

Matthew seufzte tief und übertrieben auf. „Also Miss Olivia zuliebe", stimmte er zu und erlaubte Laurel, unter ihm hervorzukrabbeln.

„Ich gehe mich duschen", sagte sie und eilte in das Badezimmer. „Wenn wir uns beeilen, dann kommen wir noch rechtzeitig."

„Zwei können sich so schnell wie einer duschen", meinte er und ging mit.

„Matthew!" Lachend hob Laurel eine Hand an seine Brust. „Wenn wir beide hier drinnen bleiben, kommen wir mit Sicherheit zu spät zum Brunch."

Er zog sie an sich. „Das Risiko gehe ich ein."

„Matthew ..."

„Du vergisst", er neigte sich vor, um mit seinem Mund an ihren Lippen zu spielen, „dass ich weiß, wie ich einen Streit beilegen kann."

„Oh, verdammt", seufzte sie und schmiegte sich sanft an ihn.

Sie kamen zu spät.

„Wir bekommen Ärger", murmelte Laurel, während Matthew mit dem Wagen unter den Zedernwipfeln einbog.

Matthew sah sie spitzbübisch lächelnd an. „Das war es mir wert."

„Streich diesen Raubvogelblick aus deinem Gesicht, Matthew", warnte Laurel ihn. „Versuch, so betreten wie möglich auszusehen."

„Wir könnten die Ausrede mit dem platten Reifen benutzen", schlug er vor. „Na, was hältst du davon? Das hat schon immer gezogen."

„Um entschuldigt davonzukommen, hätten wir mindestens in einen Unfall mit fünf weiteren Beteiligten verwickelt sein müssen", sagte sie grimmig. „Und du hast nicht einmal ein Beule in deinem Auto." Sie sah ihn bedauernd an.

„Nein", sagte er fröhlich, „nicht einmal für dich."

„Diese praktische Yankee-Einstellung", murmelte sie, als das Haus in Sicht kam. „Gut, es wird vielleicht nicht funktionieren, aber wir werden es versuchen. Stell deine Uhr zurück."

„Was soll ich tun?"

„Stell die Uhr zurück, um fünfzehn Minuten." Sie fuhrwerkte an ihrer eigenen Uhr herum. „Beeile dich!"

„Was wird sie machen?", wollte er wissen, während er den Wagen neben Curts Auto parkte. „Dich in den Holzschuppen schleppen?"

„Du wärest erstaunt", murmelte Laurel. „Oh je, da kommt sie schon. Hör zu, ich weiß, dass das fast unmöglich für dich sein wird, aber versuche, unschuldig auszusehen."

„Vielleicht setze ich dich hier ab, und wir treffen uns in der Stadt wieder."

„Wenn du das tust, dann breche ich dir den Arm", versprach sie ihm beim Aussteigen. „Grandma!" Laurel ging mit offenen Armen und einem strahlenden Lächeln auf sie zu. Sie küsste ihre faltigen Wangen und tat, als fiele ihr die Kühle in den strengen, smaragdgrünen Augen nicht auf. „Du siehst wunderbar aus."

„Du kommst zu spät", bemerkte Olivia strafend.

„Oh nein, wir sind zu früh. Ich habe Matthew mitgebracht", setzte sie nun hinzu. Mit etwas Glück, nein, mit sehr viel Glück würde sich Olivia davon ablenken lassen.

„Miss Olivia." Matthew nahm die ihm herablassend dargebotene Hand und hob sie an die Lippen. „Ich hoffe, ich dränge mich nicht auf."

„Ihr kommt zu spät", wiederholte Olivia und ließ den Blick über die beiden gleiten.

„Wieso, das kann nicht sein", entgegnete Laurel und sah auf ihre Uhr. „Es ist doch gerade erst elf Uhr."

„Dieser Trick ist noch älter als ich." Olivia hob das Kinn auf eine Weise, die ihre Enkelin von ihr geerbt hatte. „Warum kommt ihr zu spät?", wollte sie wissen und erlaubte keinem von beiden eine Ausrede.

Laurel feuchtete sich die Lippen an. Wenn sie nur wenige Minuten hätte, würde ihr wahrscheinlich eine großartige Lüge einfallen. „Nun, sieh einmal, Großmutter …"

„Es ist vollends mein Verschulden, Miss Olivia", warf Matthew ein und handelte sich einen dankbaren Blick von Laurel ein, der wirklich nichts Passendes einfiel.

„Was haben Sie", begann Olivia majestätisch, „mit der Verspätung meiner Enkelin zu tun?"

„Ich habe sie unter der Dusche abgelenkt", sagte er leichthin.

„Matthew!" Laurel warf ihm einen entsetzten Blick zu, der drohend wurde und ihm bevorstehendes Unheil verkündete.

„Ich verstehe." Olivia nickte. „Das ist eine akzeptable Entschuldigung", entschied sie, und Laurel blieb der Mund offen stehen. „Mach deinen Mund zu, Mädchen", sagte sie sich geistesabwesend, während sie fortfuhr, Matthew anzusehen. „Sie haben sich damit Zeit gelassen, aber es ist etwas Vernünftiges dabei herausgekommen. Sie werden sie bald heiraten."

Das war keine Frage. Matthew konnte nicht anders, er musste grinsen, als Laurel zu stottern begann. „Sehr bald", bestätigte er Olivia.

„Willkommen in der Familie …" Sie lächelte und bot ihm ihre Wange, „Yankee." Sie blinzelte ihrer Enkelin zu, reichte Matthew die Hand, damit er sie formell um das Haus herum zur Terrasse geleiten konnte.

Keine ist wie sie, dachte Laurel voller Stolz und Zuneigung. Absolut niemand.

Olivia beherrschte die Runde mit ihrer üblichen Großtuerei. Ihr Sohn saß an einem Ende des Tisches und die jüngere Generation zwischen ihnen. Wie immer, hatte sie für die Sonntagstradition großen Aufwand getrieben: weißes Leinen, funkelndes Silber und Kristall und frische Blumen in Schalen aus der Zeit vor dem Krieg.

Das Gespräch floss ruhig und leicht dahin. Laurel stellte fest, dass Susan eine ganz andere Frau war als die, welche vor der Lokalredaktion die Nerven verloren hatte. Ihre Finger zitterten nicht mehr. Auch die Traurigkeit in ihren Augen schwand langsam dahin. Sie warf Laurel einen Blick zu, der ihr vollkommenes Vertrauen ausdrückte. Das machte die Sache für Laurel nur noch schwerer.

Jetzt nicht, sagte sie sich, während sie an ihrem kühlen, trockenen Champagner nippte. Morgen war es früh genug, wieder auf diese Sache zurückzukommen. Heute brauchte sie das Gefühl der Verzauberung und der Zeitlosigkeit. Wo sonst, überlegte sie, konnten sechs Menschen an einem Tisch sitzen, auf dem das Silber in der Sonne funkelte, das älter als ein Jahrhundert war? Die Vögel sangen und eine köstliche Brise wehte, die bald vorüber sein mochte. Diese Stimmung war zu selten, um sie mit Sorgen und Verdächtigungen zu belasten. Und sie war verliebt.

Sie sah zu Matthew hin, und ihre Augen sagten ihm alles.

„Das wird eines Tages deine Aufgabe sein, Laurellie", stellte Olivia fest und teilte gekonnt ihr Crêpe auf dem Teller. „Traditionen wie diese sind wichtig – mehr für die Kinder als für deren Eltern. Du und Matthew seid im westlichen Flügel willkommen, sobald ihr verheiratet seid. Entweder für immer oder wann ihr es für richtig halten mögt. Das Haus ist groß genug, sodass wir uns nicht auf die Füße treten werden."

„Noch etwas Kaffee, Mutter?", unterbrach William und warf ihr einen Blick zu, der ihr sagte, was er davon hielt, jemanden zu verkuppeln. „Ich möchte mich mit euch beiden unterhalten." Er nickte seiner Tochter und Matthew zu. Sein Blick glitt flüchtig in Susans Richtung, aber er reichte, um Laurel anzudeuten, dass es um Anne Trulane gehen würde. „Am Montag früh in meinem Büro."

„Geschäftliches erst am Montag." Olivia begegnete dem Blick ihres Sohnes nicht minder dickköpfig. „Ich möchte mich über die Hochzeit unterhalten. Für eine Sommerhochzeit könnte der Garten nicht geeigneter sein. Ihr könntet hier auf der Terrasse feiern."

„Wie wäre es mit dem kommenden Wochenende?", fragte Matthew nun und griff nach seinem Kaffee.

„Matthew, ermutige sie nicht", riet ihm William. „Sie wird sonst Curt beauftragen, dich wegen Bruchs des Eheversprechens zu verklagen."

„Verdammt richtig!" Der Gedanke ließ Olivia laut auflachen, während sie die Hand auf Laurels legte. „Jetzt haben wir ihn, Laurellie. William!" Sie ertappte ihren Sohn dabei, wie er ein Lachen mit einem Husten vertuschen wollte. „Wirst du diesem Jungen nicht all die unverschämten Fragen stellen wollen, die ein Vater zu stellen hat? Ein Vater kann nicht sorgfältig genug sein, wenn ein Mann seine Tochter heiraten will – besonders ein Yankee."

„In Wahrheit", fing Laurel an, noch ehe ihr Vater etwas sagen konnte, „heiratet Matthew mich nur des Hauses wegen und nur als Vorwand, damit er hinter Grandma her sein kann."

Das Lächeln ihres Vaters verwandelte sich in blankes Erstaunen. „Scherzt du?"

„Nein", sagte Laurel leichthin und tauchte eine Erdbeere in die Sahnecreme. „Matthew ist verrückt nach Grandma."

„Laurel ..." William fing mit einem Halblachen an, brach dann aber ab, weil er nicht wusste, was er sagen sollte.

„Sie macht keinen Scherz", murmelte Curt und musterte seine Schwester. Er warf Matthew einen Blick zu, als ihm wieder einfiel, wie sehr sein Zimmergenosse von dem Foto fasziniert gewesen war und all die Fragen, die er ihm gestellt hatte. „Die ganze Zeit lang?", fragte er leise.

„Ja." Matthew sah zu Laurel hin und lächelte. „Die ganze Zeit."

„Nun, das war ein wohl gehütetes Geheimnis", stellte ihr Vater fest. „Nicht einmal ich habe etwas bemerkt."

Lächelnd hielt Laurel ihm die Hand hin. „Hast du etwas dagegen?"

Er ergriff ihre Hand. „Nichts könnte mir mehr gefallen." Er sah zu Matthew hin. „Nichts. Allerdings …" Er lächelte und seine Finger entspannten sich, „hatte ich nicht gedacht, dass ihr beide euch überhaupt mögt. Wie ich mich erinnere, hast du für Matthew immer ein bestimmtes Adjektiv gehabt."

„Unerträglich", half Laurel ihm nach. „Das stimmt immer noch."

„Das ist die Würze an dieser Verbindung", fand Olivia und erhob sich zum Zeichen, dass der formelle Brunch beendet war. „Susan, seien Sie doch so nett und gehen Sie in mein Zimmer. Dort finden Sie in meiner Schmuckschatulle ein kleines Medaillon aus Gold, mit Perlen besetzt."

Kaum war Susan gegangen, wandte Olivia sich an Curt. „Willst du dir von diesem Yankee etwas vormachen lassen, Curt?"

Curt stand auf und beschäftigte sich angeblich damit, ein Staubkorn von seiner Jacke zu entfernen. „Pardon?"

„Er hat ein ganzes Jahr dafür gebraucht. Ich denke doch, es wird dir möglich sein, dieses Mädchen in der Hälfte der Zeit herumzukriegen."

„Mutter." William kam zu ihr herüber und legte ihr die Hand auf die Schulter. „Sei mit einem Sieg zufrieden."

„Wenn ich mit Curt fertig bin", fuhr sie unbeeindruckt fort, „werde ich mich mit dir befassen."

Er nahm dies mit einem Nicken zur Kenntnis, bevor er sich zu seinem Sohn umwandte. „Selbst ist der Mann. Ach, Matthew, es gibt da etwas, worüber ich mit dir sprechen wollte."

„Feigling", murmelte Olivia, als ihr Sohn Matthew mit sich fortzog.

„Ist es das, Miss Olivia?"

„Ja, vielen Dank." Sie lächelte, als Susan ihr das Medaillon gab. „Curt, warum machst du nicht mit Susan einen Spaziergang im Garten? Der Garten gefällt Ihnen doch, nicht wahr, Susan?"

„Ja." Susan sah auf ihre Hände hinunter, dann richtete sich ihr Blick auf Curt. „Ja, er gefällt mir."

„Na bitte, siehst du, der Garten gefällt ihr. Nun geh schon, beeile dich." Ohne Atem zu holen, wandte sie sich an Laurel.

„Grandma." Laurel umarmte sie. „Ich verehre dich."

Olivia genoss die Wärme und Ausstrahlung der Jugend, ehe sie Laurel fortschob. Auf die ihr eigene, gekonnte Art musterte sie ihre Enkelin. „Du bist glücklich."

„Ja." Lachend warf Laurel das Haar zurück. „Wenn du mich vor einem Monat gefragt hättest – du meine Güte, noch vor einer Woche – was ich davon hielte, Matthew Bates auf der Terrasse zu heiraten, dann hätte ich geantwortet …" Sie hielt inne und lachte wieder. „Lieber wiederhole ich nicht, was ich gesagt hätte."

„Du hast so getan, als hättest du dich nicht von Anfang an zu ihm hingezogen gefühlt."

„Das ist mir glänzend gelungen."

Olivia lachte auf. „Ah, aber du bist ganz wie ich, Kind!"

„Welch großes Kompliment."

Olivia ließ das Medaillon auf ihren Schoß fallen und nahm Laurels Hände. „Wenn wir lieben, wirklich lieben, dann mit allem, was wir haben, wir verschenken uns nicht leichtfertig. Dein Großvater …" Einen Moment lang sah sie versonnen und jung aus. „Himmel, wie habe ich diesen Mann geliebt. Fünfzehn Jahre an seiner Seite waren nicht genug. Als er starb, trauerte ich und war sehr bedrückt, aber das Leben … man muss das Leben nehmen, wie es kommt. Die anderen, die nach ihm kamen, waren …" Sie schüttelte den Kopf und lächelte wieder. „Die waren nur zum Vergnügen. Diese Liaisons waren nie ernsthafte Angelegenheiten. Ich mochte jeden Mann, mit dem ich zusammen gewesen bin, aber nur einem habe ich alles von mir geschenkt. Du wirst das verstehen", murmelte sie. „Auch dein Yankee wird das verstehen."

„Ja." Laurel fühlte, wie sich ihre Augen mit Tränen füllten und blinzelte sie zurück. „Ich liebe dich, Grandma."

„Dies ist für dich", sagte Olivia, nachdem sie Laurels Hände kurz gedrückt hatte. Olivia nahm das Medaillon vom Schoß hoch, schloss es einen Augenblick lang in ihrer Hand ein, als wollte sie es wärmen. „Dein Großvater hat es mir geschenkt, als wir uns verlobten. Ich habe es getragen, als ich ihn heiratete. Es würde mir viel bedeuten, wenn du es bei deiner Hochzeit mit Matthew tragen würdest."

„Oh, Grandma, es ist wundervoll." Laurel nahm das Medaillon. Es war mit winzigen Perlen besetzt, die einen ganz leichten Blauschimmer aufwiesen. „Ich habe es nie an dir gesehen."

„Seit seinem Tode habe ich es nicht mehr getragen. Es ist an der Zeit, dass es wieder getragen wird und zwar von einer Braut."

„Ich danke dir." Laurel beugte sich vor und küsste Olivias Wange, dann drehte sie lächelnd das Medaillon in ihrer Hand. Wie hübsch, dachte sie, und es würde mit einem fließenden, romantischen, weißen Kleid so ausgezeichnet wirken. Vielleicht ein Kleid mit Spitzen und …

Die Erinnerung endete plötzlich in einem Missklang und sie presste eine Hand gegen die Schläfe.

„Laurellie?"

„Nein." Geistesabwesend klopfte sie ihrer Großmutter auf die Hand. „Mit mir ist alles in Ordnung. Mir ist nur gerade etwas eingefallen. Ich muss einmal telefonieren."

Sie sprang auf und rannte mit dem Medaillon in ihrer Hand in das Haus. Sie kannte die Nummer von „Heritage Oak" auswendig und wählte. Da sie auf das Medaillon sah und in Gedanken woanders war, vernahm sie kaum die Stimme am anderen Ende der Leitung.

„Oh, Binney", sagte Laurel schnell. „Hier ist Laurel Armand." Als Binney schwieg, sprach sie hastig weiter. „Bitte, Binney, ich weiß zwar, dass du mir böse bist, weil ich dich ausgefragt habe. Es tut mir leid, wirklich, falls ich zu aufdringlich damit war."

„Ich habe nicht das Recht, mit Ihnen ärgerlich zu sein, Miss Laurel", erwiderte sie ruhig. „Es ist nicht meine Sache, Fragen zu beantworten."

„Bitte, es gibt etwas, das ich wissen muss. Es könnte sehr wichtig sein. Ein Medaillon", sagte sie in die abwartende Stille der Leitung hinein. „Das Medaillon, welches Louis noch vor der Heirat Elise gegeben hat. Sie trug es an ihrem Hochzeitstag, und, wie ich meine, auch immer danach. Ich erinnere mich, dass ich sie nie ohne dieses Schmuckstück gesehen habe. Erinnerst du dich daran, Binney? Du musst", fuhr sie fort, ehe eine Antwort möglich war. „Sie hat Louis' Bild darin getragen."

„Ich kann mich an das Medaillon erinnern."

Etwas begann in ihrer Brust zu klopfen – nicht Aufregung, keine Furcht. Eher, wie Laurel erkannte, Desillusion. „Sie hat es stets getragen, nicht wahr? Es war sehr klein und elegant, etwas, das sie jeden Tag umhaben konnte und das auch zur Abendgarderobe passte."

„Es war ihre Gewohnheit, es zu tragen."

Laurel schluckte und bemühte sich, ihre Stimme ruhig klingen zu lassen. „Binney, hat Elise sich vor den Sümpfen gefürchtet?" Sie kannte die Antwort selbst, aber sie wollte sich jetzt nicht auf ihre Kindheitserinnerungen verlassen. Jetzt war der Zeitpunkt für Tatsachen gekommen, gleichgültig wie weh sie auch tun mochten.

„Das ist schon sehr lange her."

„Bitte, Binney. Du kanntest sie."

„Sie mochte die Sümpfe nicht", sagte Binney entschieden. „Sie kannte die alten Geschichten."

„Aber manchmal ist sie dort hingegangen", flüsterte Laurel.

„Ja, manchmal ging sie dorthin, aber nur mit Mr Louis."

„Ja, ja, ich weiß." Laurel gab einen Stoßseufzer von sich. „Nur mit Louis. Vielen Dank, Binney."

Laurel legte auf und starrte auf das Medaillon in ihrer Hand. Zärtlich ließ sie es in ihre Tasche gleiten und ging Matthew suchen.

Matthew sah Laurel über den Rasen kommen. Nach einer kurzen Entschuldigung zu ihrem Vater ging Matthew ihr entgegen. Selbst aus der Entfernung erkannte er den Blick in ihren Augen. „Was ist los, Laurel?"

Sie schlang die Arme um ihn und legte ihre Wange an seine Brust. Für einen Augenblick brauchte sie die Stärke, die Zuversicht. Das Hin und Her ihrer Gefühle hatte sich fast gelegt. Es überraschte sie nicht, dass sie Louis noch immer liebte, den Louis, den sie gekannt hatte. „Matthew, wo ist der Teil von dem Medaillon, das du im Sumpf gefunden hast?"

„Ich habe es in das Polizeilabor gebracht. Sie wollen es untersuchen." Er hielt sie auf Armeslänge von sich, damit er ihr ins Gesicht sehen konnte. „Warum?"

Sie atmete ruhig durch. Dann richtete sie sich auf und blieb vor ihm stehen. „Sie werden feststellen, dass es im Freien gelegen hat, dass es von Schmutz bedeckt und vom Regen reingewaschen wurde, immer wieder und immer wieder – und das seit zehn Jahren."

„Zehn …" Er unterbrach sich, als ihm die Erkenntnis kam. „Es gehörte Elise."

„Mir fiel ein, wo ich es gesehen hatte. Ich habe gerade ‚Heritage Oak' angerufen und mich mit Binney unterhalten, um mich zu versichern. Elise hat dieses Medaillon jeden Tag getragen."

Weil sie so blass war und weil er sie liebte, entschloss Matthew sich, des Teufels Advokat zu spielen. „Schön, aber das ist immer noch kein Beweis. Sie hätte es dort jederzeit verlieren können."

„Nein, es ist kein Beweis", stimmte Laurel ihm zu. „Aber ich glaube nicht, dass Elise es da einfach nur verloren hat. Erstens hing sie zu sehr daran, und zweitens ist sie nicht oft in die Sümpfe gegangen. Sie fürchtete sich nicht so davor wie Anne, aber sie hatte einen gehörigen Respekt vor den alten Legenden. Die einzigen Male, wo sie dort hingegangen ist, war sie in Begleitung von Louis. Das hat Binney soeben bestätigt."

Er erkannte den Gefühlsaufruhr in ihren Augen. Dieses Mal fühlte er nichts mehr von Enttäuschung und der Eifersucht, die ihn geplagt hatte. Zärtlich umfasste er ihr Gesicht. „Es tut mir leid, Laurel."

Sie ergriff seine beiden Handgelenke und hielt sie fest. „Oh, Matthew, mir auch."

„Ich glaube, wir sollten deinen Vater ins Bild setzen", sagte er bedachtsam. „Aber wir sollten es eine Weile von Susan fernhalten. Wir haben noch immer keinen soliden Beweis für die Polizei."

„Für den Moment sollten wir sie aus dem Spiel lassen. Mein Vater kann wahrscheinlich genügend Druck auszuüben, um die Ermittlungen über Anne wieder aufzunehmen, und die über Elise und Charles zu schüren."

„Wir haben genügend Beweise", stimmte Matthew ihr zu, „um an den richtigen Stellen Druck ausüben."

„Lieber Himmel, Matthew, ist dir klar, dass, falls das zutrifft, was wir denken ... Louis schrecklich krank sein muss. Bei Charles und Elise könnte es ein Anfall blinder Wut gewesen sein, aber er muss in all diesen Jahren darunter gelitten haben. Und dann lernte er Anne kennen." Sie drückte die Fingerspitzen auf die Augenlider. Würde es ihr je gelingen, Gefühl von Verstand zu trennen? „Er braucht Hilfe, Matthew. Kannst du dir vorstellen, in welcher Düsternis er diese ganze Zeit gelebt hat?"

„Er wird Hilfe bekommen. Aber, Laurel ..." Er hielt sie bei den Schultern, mit so festem Griff, dass sie zu ihm hochsah ... „Zuerst müssen wir es beweisen. Ich denke, wenn wir uns auf den ersten Fall konzentrieren – auf Charles und Elise", sagte er vorsichtig, „wird uns das zu Anne führen. Es wird für dich nicht leicht werden."

„Nein", stimmte sie zu, „nicht leicht, aber notwendig." Sie sah ihm in die Augen. „Woran denkst du Matthew?"

„Druck", murmelte er. „Druck an der richtigen Stelle." Er wandte ihr wieder seine Aufmerksamkeit zu. „Louis muss bereits am Rande der Verzweiflung sein. Er hat dich dreimal gewarnt. Was glaubst du, wie er reagieren wird, wenn er diesen Teil des Medaillons zu sehen bekommt?"

„Ich glaube ...", Laurel griff automatisch nach dem Medaillon in ihrer eigenen Tasche, „es würde ihn vernichten."

„Das denke ich auch." Er legte ihr den Arm um die Schultern. „Wir werden morgen noch einmal nach ,Heritage Oak' fahren müssen."

12. KAPITEL

Ihre Notizen lagen noch in einem einzigen Durcheinander auf Laurels Klapptisch, zusammen mit den Verpackungen ihres mitgebrachten Imbisses. Ihre – und einige seiner – Kleider lagen über den Boden verstreut. Laurel schloss die Tür hinter ihnen beiden und klimperte mit den Schlüsseln, die sie in der Hand hielt.

„Du bist ein Ferkel, Matthew."

„Ich? Das ist deine Wohnung. Außerdem …" Er stieß mit dem Fuß sein Hemd aus dem Weg und setzte sich hin, „… warst du diejenige, die mich auf den Fußboden gezerrt hat und nach meinem Körper so verrückt war. Und …", fuhr er fort, als sie schnaubte, „du warst auch diejenige, die mich heute Morgen hier herausgescheucht hat, als stünde das Haus in Flammen."

Er lenkte sie – und sie lenkte ihn ab –, um nicht an das zu denken, was ihnen bevorstand: Louis Trulane und was mit ihm geschehen sollte.

Laurel brachte ein Lächeln zustande. „Matthew, ich werde mit dieser Sache um Louis klarkommen. Wirklich."

Vielleicht, dachte er. Vielleicht nicht. Aber erst wollte er sie auf die Probe stellen. „Gut. Ich will zum Labor hinüberfahren und das Medaillon zurückholen, ob man es nun untersucht hat oder nicht. Ich werde mich besser fühlen, wenn es wieder in meinem Besitz ist."

Laurel nickte. „Und am Morgen können wir es dann Louis zeigen."

Ich werde es dahin bringen, korrigierte er sie im Stillen, aber er nickte nur. Das war etwas, was er erledigen würde, wenn der richtige Zeitpunkt dafür da war. „Wenn er dabei nicht die Nerven verliert, werden wir noch viele Laufereien haben, aber wir bringen die Polizei ins Spiel."

„Einverstanden", sagte sie einfach. Ihr Herz war bereits wie betäubt.

Matthew richtete sich auf. „Willst du jetzt mit mir kommen?"

„Nein." Sie gab einen Stoßseufzer von sich. Was hatte ihre Großmutter gesagt? Das Leben – man muss es durchstehen. „Ich werde dir sagen, was ich für dich machen werde, Matthew, und glaube mir, du bist der erste Mann, dem ich das anbiete."

Er stand auf und lächelte sie an. „Faszinierend."

„Ich werde für dich zu Abend kochen."

„Laurel, ich bin – überwältigt."

„Du wirst vielleicht mehr als nur das sein, nachdem du es gegessen hast", murmelte sie.

„Wir könnten auch außerhalb essen."

„Sei kein Feigling", sagte sie obenhin und fragte sich, was sie im Kühlschrank hatte, das man verwenden konnte. „Bring lieber etwas Wein mit." Sie lachte auf. „Und etwas Natrium."

„Natrium", murmelte er. „Das klingt nicht sehr vertrauenerweckend."

„Nein, aber vielleicht ist es notwendig."

„Ich werde nicht lange brauchen."

„Nimm meine Schlüssel mit, falls ich in der Küche beschäftigt sein sollte. Und, Matthew", flüsterte sie und schlang ihm die Arme um den Hals, „sieh zu, dass es nicht zu lange dauert."

Er küsste sie und gab ihr einen freundlichen Klaps auf den Po. „In einer Stunde", versprach er und verließ sie.

Eine Stunde, überlegte Laurel, und streckte die Arme gegen die Decke, als sie die Eingangstür zufallen hörte. Das würde ihr genügend Zeit geben für den ersten Versuch, sich als Hausfrau zu betätigen.

Sie brauchte nicht lange, um mit der Unordnung in ihrem Apartment fertig zu werden, und zu erkennen, wie geschickt Matthew es vermieden hatte, ihr zur Hand zu gehen. Sie entschied, dass es für ihn Strafe genug sei, ihr Gekochtes zu essen. Sie ging in die Küche und sah im Kühlschrank nach.

Ein bisschen Saft, noch weniger Milch, zwei Pfund Butter. Zwei Pfund, wunderte Laurel sich. Wie war das passiert? Wenigstens hatte sie die notwendigen Sachen für einen Salat auf Vorrat. Das war immerhin ein Anfang. Vielleicht eine Kasserolle, dachte sie. Sie war fast sicher, irgendwo ein Kochbuch zu haben.

Fünfzehn Minuten später war sie vertieft in die Herstellung von Thunfisch-Makkaroni-Salat, von dem das Kochbuch behauptet hatte, es sei narrensicher. Sie lächelte verlegen, als ihr Blick über die in Unordnung gebrachte Küche glitt. Wer immer der Verfasser dieses Buches war, er hatte Laurel nicht gekannt. Sie wollte gerade weitermachen, als das Telefon klingelte.

Das wird Matthew sein, dachte sie und säuberte sich die Hände, während sie zum Apparat ging. Wahrscheinlich möchte er wissen, ob er ein Fertiggericht aus irgendeinem chinesischen Lokal mitbringen solle. So leicht kommst du mir nicht davon, Matthew. Lächelnd hob sie den Hörer auf.

„Hallo."

„Oh, Laurel, welch ein Glück, dass du zu Hause bist."

Augenblicklich verspürte Laurel ein Kribbeln im Nacken. „Marion? Was ist denn?"

„Laurel, ich wusste nicht, was ich tun sollte. Wen ich sonst anrufen könnte. Es geht um Louis."

„Ist er verletzt?", fragte Laurel schnell. „Ist etwas mit ihm passiert?"

„Nein – ich weiß nicht. Laurel …" Ihr brach die Stimme, und sie fing an zu weinen.

„Marion, beruhige dich, und erzähle mir, was geschehen ist."

Ihr Atem klang rau durch das Telefon. „Ich habe ihn noch nie so schlimm erlebt. Den ganzen Tag lang wollte er mit niemandem reden, aber das ist manchmal der Fall. Oh, Laurel", brach es plötzlich aus ihr heraus, „es war so eine Belastung, schlimmer, seit Anne … Laurel", fing sie wieder an und ihre Stimme zitterte nervös. „Ich brauche Hilfe."

„Ich werde dir helfen", sagte Laurel so ruhig wie möglich. „Was ist passiert?"

„Gerade eben, vor wenigen Minuten." Laurel hörte, wie Marion tief einatmete. „Er bekam einen Wutanfall. Er sprach – ganz wirres, unverständliches Zeug. Er sagte alles Mögliche über Elise und über Anne. Ich weiß nicht – es klang, als würde er sie in seiner Vorstellung durcheinanderbringen."

Laurel presste die Lippen zusammen. Sie musste die Ruhe bewahren, musste klar denken können. „Wo ist er jetzt?"

„Er hat sich in seinem Zimmer eingeschlossen. Dort tobt er herum, ich kann hören, wie die Möbel … Laurel, er will mich nicht zu sich lassen."

„Marion, ruf einen Arzt an."

„Oh Laurel, denkst du nicht, darauf wäre ich nicht schon gekommen? Er will keinen sehen, und er war noch nie so – so außer Kontrolle wie jetzt. Bitte, komm. Du warst immer unsere Freundin. Louis stand dir früher so nahe – bevor dies alles geschah. Du bist vielleicht in der Lage, ihn zu beruhigen, und dann könnte ich mir vielleicht überlegen, was zu tun wäre, damit er Hilfe bekommt." Zum Schluss flüsterte sie nur. „Laurel, bitte, ich kann ihn in dem Zustand, in dem er sich jetzt befindet, nicht Außenstehenden aussetzen. Ich wüsste nicht, wem ich sonst trauen sollte."

„In Ordnung, Marion." Sie stellte sich Louis vor, wie er, eingeschlossen in seinem Zimmer, am Rande des Wahnsinns stand. „Ich werde so schnell ich kann bei dir sein."

„Laurel … bitte komm als Freundin, nicht als Reporterin, bitte."

„Als Freundin, Marion." Nachdem sie den Hörer aufgelegt hatte, drückte Laurel die Handballen gegen die Augen.

Matthew nahm die Tüte, die er mitgebracht hatte, in die andere Hand und steckte Laurels Schlüssel in das Schloss. „Ich habe roten und weißen Wein gekauft", rief er. „Du hast nicht gesagt, was es zu essen gibt." Mit einem Blick durch das Wohnzimmer erkannte er, dass Laurel bereits aufgeräumt hatte. Das würde sie ihm bestimmt unter die Nase reiben, dachte Matthew lächelnd. „Ich rieche nichts Angebranntes."

Er schlenderte in die Küche und zog die Augenbrauen hoch.

Was sie da gerade vorbereitete, schien jeden Zentimeter der Arbeitsfläche zu benötigen. Matthew stellte den Wein im Spülbecken ab – dem einzigen freien Platz – und schüttelte den Kopf. Das sollte die Frau sein, deren Unterlagen stets peinlich akkurat in Ordnung waren? Deren Schreibtisch aufgeräumt und ordentlich am Ende eines jeden Tages zurückblieb? Er tauchte seinen Zeigefinger in eine Schale und hob einige kalte, klebrige Makkaroni hoch.

„Laurel", fing er an und ließ die Makkaroni fallen. „Da gibt es ein entzückendes Lokal in der Canal Street, das wunderbare Meeresfrüchte anbietet. Warum gehen wir nicht …" Am Eingang zum Schlafzimmer blieb er stehen. Leer. Er spürte die ersten Anzeichen der Unruhe. „Laurel?", wiederholte Matthew und stieß die Tür zum Badezimmer auf. Leer. Furcht überkam ihn, die er verdrängte. Sie war nur schnell weggegangen, um eine fehlende Zutat für ihr Rezept zu besorgen. Wahrscheinlich hatte sie ihm eine Nachricht hinterlassen.

Als er in das Wohnzimmer zurückgestürmt kam, fand er sie neben dem Telefon. Doch noch ehe er sie gelesen hatte, spürte er weniger Erleichterung, sondern große Furcht.

„Matthew – Marion hat mich ganz aufgeregt angerufen. Louis verliert die Beherrschung, redet von Elise und Anne. Er hat sich in seinem Schlafzimmer eingeschlossen. Sie braucht Hilfe. Ich konnte ihr das nicht abschlagen. Laurel."

„Verdammt noch mal!" Matthew warf den Zettel hin und raste zur Tür. Die Furcht war noch immer in ihm.

Die Schatten wurden länger, als Laurel in die Einfahrt nach ‚Heritage Oak' einbog. Um sie herum war die Stille des Spätnachmittags. Ein Vogel rief, als wolle er diese Stille prüfen, und schwieg dann wieder. Als sie den Wagen am Ende der Auffahrt anhielt, rannte Marion ihr über die Vordertreppe entgegen.

Ihr Haar hatte sich gelöst, ihr Gesicht war bleich und tränenüberströmt. Laurel fuhr es durch den Sinn, dass sie Marion noch nie so völlig außer Fassung erlebt hatte.

„Dem Himmel sei Dank, Laurel." Marion griff nach ihr, als hinge ihr Leben davon ab. „Ich konnte ihn nicht aufhalten. Ich konnte ihn nicht aufhalten!"

Instinktiv blickte Laurel hinüber zum Fenster von Louis' Zimmer. Sie hatte die furchterregende Vorstellung, er könnte tot dort oben liegen, hingestreckt von der eigenen Hand. „Wovon, Marion? Was hat er getan?"

„Der Sumpf. Er ist in die Sümpfe gegangen." Sie bedeckte ihr Gesicht mit den Händen und schluchzte. „Ich glaube, er hat den Verstand verloren. Was er alles gesagt hat … Er hat mich beiseite gestoßen."

Nicht tot, sagte Laurel sich. Er ist nicht tot. Du musst ruhig bleiben. „Was hat er gesagt?"

Marion ließ ihre Hände sinken. In ihren Augen stand Entsetzen. „Er sagte", fing sie flüsternd an, „er sagte, er gehe fort, um Elise zu finden."

„Elise", wiederholte Laurel und zwang sich, sich nicht von dem Grauen, das sie erfasste, leiten zu lassen.

„Wir müssen etwas unternehmen!" Marion griff erneut nach ihr. „Laurel, wir müssen etwas tun, hinter ihm hergehen – ihn finden. Er hat einen Nervenzusammenbruch oder …"

„Marion, wie können wir ihn dort finden? Wir sollten die Polizei benachrichtigen."

„Nein! Keine Polizei. Es geht um Louis." Sie schien sich in den Griff zu bekommen und ließ Laurel los. „Ich kann ihn finden. Ich kenne die Sümpfe ebenso gut wie er. Du musst nicht mit mir kommen – das wäre zu viel von dir verlangt."

Laurel fuhr sich mit beiden Händen durchs Haar, während Marion sich über den Rasen hin in Bewegung setzte. Louis hatte sie auf ihr erstes Pony gesetzt, fiel ihr plötzlich ein. Geduldig hatte er mit ihr Schach gespielt und ihren weitschweifigen Geschichten gelauscht. Was immer er auch getan haben mochte, wie konnte sie fortgehen, ohne wenigstens versucht zu haben, ihm zu helfen?

„Marion warte. Ich komme mit dir."

Marion blieb stehen und streckte ihr die Hand hin.

Sie gingen schnell auf das sumpfige Gelände zu. Heftige Abscheu erfasste Laurel, als sie am Rand zum Morast standen, aber sie verdrängte das Gefühl des Ekels. Es ist nur ein Ort, hielt sie sich vor. Und Louis war hier.

Lange Schatten fielen jetzt auf den Boden. Das Tageslicht wurde immer fahler. Ihnen blieb eine Stunde, vielleicht etwas mehr, beruhigte Laurel sich, ehe es zu dunkel zum Sehen wurde. Bis dahin hätten sie ihn längst gefunden. Ohne zu zögern, betrat sie das Sumpfgelände.

„Ich glaube, er könnte zum Fluss gegangen sein – dorthin, wo man Anne gefunden hat." Wie viel wusste – oder argwöhnte Marion? fragte sich Laurel. Im Moment hielt sie Marion nicht für fähig, auf Fragen oder Theorien einzugehen. „Wird es dir nicht zu unbequem werden?", fragte sie mit einem Blick auf Marions wehenden, pastellfarbenen Rock und ihre eleganten Pumps. „Es wird schwierig werden, da durchzukommen."

„Das spielt keine Rolle", sagte Marion ungeduldig. „Louis ist mein Bruder."

„Es wird schon alles wieder in Ordnung kommen", versicherte Laurel ihr und glaubte fast selbst an ihre Worte.

„Ich weiß." Marion brachte ein Lächeln zustande.

Sie kamen langsam voran, Seite an Seite, und als der Pfad schmaler wurde, ging Laurel vor. Die Gegend war voller Geräusche – Vögel, Insekten. Einmal sah sie einen Graureiher sich graziös in die Luft erheben und davonsegeln. Sie näherten sich dem Fluss.

„Vielleicht sollten wir nach ihm rufen und ihn wissen lassen, dass wir hier sind", schlug Laurel vor. „Er könnte sich erschrecken, wenn wir plötzlich vor ihm stehen."

„Er wird dich nicht hören."

„Nicht, wenn er die andere Richtung genommen hat, aber wenn er in der Nähe des Flusses sein sollte, dann …" Laurel brach ab, als sie sich umdrehte.

Marion hielt einen schimmernden Revolver in der Hand. Der Chromteil blitzte kurz im Sonnenlicht auf. Eine Sekunde lang konnte Laurel nichts weiter tun als verständnislos darauf starren. Dann hob sie langsam den Blick zu Marion hoch. Trotz der rot geränderten Augen, den Tränenspuren und dem unordentlichen Haar, war ihr Gesichtsausdruck ruhig und gefasst. Etwas dröhnte in ihren Ohren, das Laurel noch nicht als tödlichen Schrecken erkannte. Sie hielt den Blick auf Marion gerichtet.

„Marion." Sie sprach ganz ruhig, gelassen und sehr leise. „Was machst du da?"

„Das, was ich tun muss", antwortete sie sanft.

War der Revolver für Louis? dachte Laurel außer sich. Wenn er für Louis war, warum richtete Marion ihn dann auf sie? Sie würde nicht auf den Revolver sehen – noch nicht – sie würde nur in Marions klare, graue Augen sehen. „Wo ist Louis, Marion? Weißt du es?"

„Natürlich, er ist in seinem Arbeitszimmer beschäftigt. Er hat den ganzen Nachmittag gearbeitet."

„Den ganzen Nachmittag", wiederholte Laurel und zwang sich, nicht in Panik zu geraten, die ihre Selbstbeherrschung zerstören würde. „Warum hast du mich gerufen?"

„Ich musste es." Marion lächelte, ein sanftes Lächeln. „Nachdem ich heute Morgen mit dir wegen Elises Medaillon telefoniert hatte, wusste ich, dass die Sache zu weit gegangen war. Du bist zu weit gegangen."

„Mit mir gesprochen? Aber ich habe mit Binney geredet ..." Sie hielt inne. „Du warst das?"

„Ich bin erstaunt, dass du dich nicht daran erinnerst, dass Binney die Sonntage bei ihrer Schwester verbringt. Du hast es mir schrecklich einfach gemacht, Laurel. Du hast Binney am Telefon erwartet, also war ich Binney." Ihr Lächeln schwand. Marion zog die Augenbrauen zusammen, wie sie es stets tat, wenn sie verärgert war. „Ich bin sehr enttäuscht von dir, Laurel. Ich habe dich gewarnt, dich hier herauszuhalten. Kannst du dir vorstellen, welche Scherereien du verursacht hättest, wenn Binney mit dir gesprochen hätte? Einen Dienstboten über Familienangelegenheiten auszufragen." Sie schüttelte den Kopf, und ein Anflug von gereizter Missbilligung verdunkelte ihre Augen. „Du bist besser erzogen worden, als so etwas zu tun."

Besser erzogen? dachte Laurel schwindlig. War sie verrückt? Oh, Himmel, dachte sie, während Furcht sie packte. Natürlich, sie war verrückt. „Marion, was wirst du tun?"

„Du musst bestraft werden", erklärte ihr Marion ruhig. „Genau wie die anderen."

Matthew bremste seinen Wagen neben Laurels Auto ab. Er hatte nicht aufgehört zu fluchen, seitdem er ihren Zettel fortgeworfen hatte. Fluchen half, die Furcht zurückzuhalten. Wenn Louis ihr etwas getan hat, dachte Matthew und stürmte die Treppen hinauf. Ich schwöre es, wenn er sie auch nur angefasst haben soll … Er hob die geballte Faust und hämmerte gegen die Tür.

„Trulane!" Wieder hämmerte er, krank vor Angst. Als die Tür geöffnet wurde, war er in Sekundenschnelle im Zimmer und fasste Louis mit hartem Griff am Hemdkragen. „Wo ist Laurel?"

„Was, zum Teufel, machen Sie da?" Unbeirrt stand Louis vor ihm, seine Augen funkelten vor Zorn.

„Was haben Sie mit Laurel gemacht?", schrie Matthew ihn an.

„Ich habe nichts mit Laurel gemacht. Ich habe sie überhaupt nicht gesehen." Er sah auf die Hände herunter, die sein Hemd festhielten. „Nehmen Sie Ihre Hände von mir weg, Bates." Am liebsten würde er mich verprügeln, stellte Matthew fest. Seinem Zorn auf die einfachste Art Luft machen – durch eine Schlägerei. Matthew konnte es seinen Augen ansehen.

„Wir können uns gerne schlagen, Trulane", versprach Matthew ihm grimmig. „Nichts, was ich lieber täte – aber erst, nachdem Sie mir gesagt haben, was Sie mit Laurel gemacht haben."

Louis fühlte eine unbestimmte Regung in sich aufsteigen. Dieses Gefühl, das er zum ersten Mal seit Wochen empfand, hatte nichts mit seinem Kummer zu tun. Es war reiner Zorn. Irgendwie war es befreiend. „Ich habe Ihnen gesagt, dass ich sie nicht gesehen habe. Sie ist nicht hier."

„Erzählen Sie mir etwas anderes." Matthew machte eine wegwerfende Bewegung zur offenen Tür hin. „Ihr Auto steht vor dem Eingang."

Louis sah hin und runzelte die Stirn. Sein aufgestauter Ärger verwandelte sich in Verwirrung. „Sie muss hergekommen sein, um Marion zu treffen."

„Marion hat sie angerufen." Matthew stieß ihn gegen die Wand, überrumpelte ihn. „Sie hat sie gebeten, hierher zu kommen, weil Sie verrücktspielten und sich in Ihrem Zimmer eingeschlossen haben."

„Sind Sie nicht ganz bei Trost?" Louis stieß ihn fort, und sie starrten sich gegenseitig an, beide hochgewachsen, beide bereit, miteinander zu kämpfen. „Marion würde Laurel wohl kaum anrufen, wenn ich mich in meinem Zimmer eingeschlossen hätte. Zufällig habe ich den ganzen Nachmittag lang gearbeitet."

Matthew stand schwer atmend da und bemühte sich um Fassung. Wenn er Trulane einen Schlag versetzte, nur einen, könnte es gar geschehen, dass er nie wieder aufhörte. Er fühlte, wie er vor Zorn kochte. Nicht, ehe er Laurel zu Gesicht bekommen hatte, versprach er sich. Aber danach …

„Laurel hat mir eine Notiz hinterlassen, dass sie nach einem Anruf von Marion hierherkäme. Ihr Zustand sei bedenklich."

„Ich weiß nun wirklich nicht, wovon Sie eigentlich reden."

„Laurels Auto steht draußen", stieß Matthew zwischen den Zähnen hervor. „Und Sie sind hier."

Louis starrte ihn mit kalten Augen an. „Vielleicht möchten Sie das Haus durchsuchen."

„Genau das werde ich tun", gab Matthew zurück. „Und während ich das tue", fuhr er fort und griff in seine Tasche, „könnten Sie sich das hier ansehen und sich überlegen, welche Erklärung Sie dafür haben."

Er öffnete die Hand und hielt ihm das Teil des Medaillons hin. Louis umklammerte sein Handgelenk so stark, dass seine Finger sich in Matthews Fleisch gruben. „Elise … Wo haben Sie das her?" Mit dunklen, gequälten Augen sah er schnell zu Matthew hoch. „Wo, zum Teufel, haben Sie das herbekommen?"

„Aus dem Sumpf." Matthew schloss die Hand wieder über dem Medaillon. „Auch Laurel hat es wiedererkannt und hat es sich heute Morgen am Telefon von Ihrer Haushälterin bestätigen lassen."

„Binney?" Louis starrte auf Matthews geballte Faust hinunter. „Nein, Binney ist nicht hier. Aus dem Sumpf? Im Morast?" Wieder hob Louis den Kopf. Sein Gesicht war weiß. „Elise ist niemals ohne mich dorthin gegangen. Und das hat sie immer getragen, immer. Sie trug es an dem Tag, an dem ich nach New York flog, ehe sie …" Er schüttelte den Kopf, und die Farbe kam in sein Gesicht zurück. „Was, um Himmels willen, haben Sie im Sinn?"

Matthew versuchte, Schritt für Schritt vorzugehen. Eine andere, neue Angst kroch in ihm hoch. „Laurel hat mir mitgeteilt, sie habe hier – gegen Mittag – angerufen und mit Ihrer Haushälterin gesprochen."

„Ich sage Ihnen, Binney ist nicht hier, war den ganzen Tag nicht hier! Sie besucht ihre Schwester. Am Sonntag haben alle Dienstboten frei. Nur Marion und ich befinden uns im Haus."

„Nur Marion?", murmelte Matthew. Marion, die angerufen hatte – Marion, die sie durch ihre nervöse Art auf Brewster gebracht hatte. Und Marion war es, wie Matthew plötzlich einfiel, die gesagt hatte, Anne habe Susan berichtet, Brewster mache sie nervös. Wie hätte sie das wissen können, außer sie kannte – sie kannte die Briefe. „Wo ist sie?", wollte Matthew wissen und war schon den halben Korridor hinuntergerannt. „Wo ist Ihre Schwester?"

„Warten Sie doch eine verdammte Minute." Louis hielt Matthew am Arm fest. „Was haben Sie im Sinn? Woher haben Sie dieses Medaillon?"

„Aus dem Sumpf!", explodierte Matthew. „Verdammt, begreifen Sie denn nicht, dass Marion Laurel getäuscht hat?" Sein

Gesicht war sehr bleich und wie erstarrt. „Im Sumpf", wiederholte er. „Sie hat sie in die Sümpfe geführt, genau wie die anderen."

„Welche anderen?" Louis hielt ihn fest, ehe Matthew eine Bewegung machen konnte. „Welche anderen?"

„Ihre Schwester ist eine Mörderin", schrie Matthew ihn an. „Sie hat dreimal getötet, und jetzt hat sie Laurel."

„Sie sind verrückt!"

„Ich bin nicht verrückt." Er öffnete seine Faust noch einmal und zeigte auf das auf seinem Handteller matt glänzende Medaillon. „Wir waren in den Sümpfen, vor Kurzem, irgendjemand hat sie angegriffen. Dieselbe Person, die ihr die tote Schlange geschickt hat und die sie gestern am Telefon bedrohte. Dieselbe Person", sagte er gelassen, „die sie jetzt hierher gerufen hat. Laurel ist Ihretwegen hergekommen", erklärte Matthew Louis und sah ihm dabei in die Augen. „Werden Sie mir helfen?"

Louis starrte auf das Medaillon hinunter. Sein Atem kam stoßweise. „Wir werden hingehen. Warten Sie hier."

Er drehte sich um und ging in einen Raum, der dem Salon gegenüberlag. Sekunden später kam er mit einer kleinen Pistole zurück. Wieder war alle Farbe aus seinem Gesicht gewichen. Schweigend händigte er Matthew die Waffe aus. „Sie hat den Revolver mitgenommen." Ihre Blicke kreuzten sich. „Ich habe ihn – aus Sicherheitsgründen – immer in der Schublade meines Schreibtisches ... geladen."

Gerate nicht in Panik, renn nicht davon. Laurel wiederholte diese Worte immer wieder im Stillen, während sie Marion beobachtete.

Sie sieht jetzt so ruhig aus, als ob sie jeden Augenblick lächeln und mir Tee und Gebäck anbieten würde. Wie lange ist sie schon verrückt? Laurel schluckte langsam, sorgfältig darauf bedacht, sich nicht zu bewegen. Rede – sie will sich aussprechen.

„Bestraft?", wiederholte Laurel. „Du hast die anderen bestraft, Marion?"

„Ich musste es."

„Warum?"

„Du warst immer ein kluges Kind, Laurel, aber nicht klug genug." Wieder lächelte sie, von Freundin zu Freundin. „Sieh dich selbst, wie einfach es für mich war, deine Aufmerksamkeit auf Brewster zu lenken, nur weil ich dir die Wahrheit erzählte. Anne hätte Louis nie verlassen. Sie betete ihn an."

„Weshalb musstest du sie dann bestrafen, Marion?"

„Sie hätte nicht zurückkommen sollen." Marion gab einen kleinen, zitternden Seufzer von sich. „Sie hätte nie zurückkommen dürfen."

„Zurückkommen?", wiederholte Laurel und riskierte einen kurzen Blick über Marions Kopf. Falls es ihr gelänge, sie abzulenken und einige Sekunden Vorsprung zu gewinnen, würde sie sich dann im Unterholz verlaufen?

„Sie konnte mich nicht zum Narren halten", sagte Marion und lächelte wieder. „Oh, sie hat alle anderen an der Nase herumgeführt – besonders Louis –, aber ich wusste Bescheid. Natürlich tat ich so, als wüsste ich nichts. Ich kann sehr gut heucheln. Sie fürchtete sich vor dem Sumpf", sagte Marion gedankenverloren. „Ich wusste, weshalb, natürlich wusste ich weshalb. Sie war schon früher hier gestorben, sie musste hier noch einmal sterben."

Laurel starrte sie an, während ihr die ganze Entsetzlichkeit von dem, was in Marions Kopf vor sich ging, klar wurde. Sprich weiter, sprich weiter, sprich weiter, sagte sie sich, als eine Drossel in der Zypresse hinter ihr zu singen begann. „Warum hast du Elise umgebracht?"

„Sie besaß kein Recht!", brach es so heftig aus Marion hervor, dass Laurel unwillkürlich einen schnellen Schritt zurücktrat. „Sie besaß kein Recht auf das Haus. Es gehört mir, es hat mir immer gehört. Louis wollte es ihr testamentarisch vermachen. Ihr! Sie besaß nicht das Blut der Trulanes, war keine von uns. Ich bin die Älteste", tobte sie. „Nach dem Recht gehörte das Haus mir. Vater machte einen Fehler, als er Louis das Haus vererbte."

Ihre Brust hob und senkte sich, doch als Laurel hinuntersah, stellte sie fest, dass der Revolver immer noch mit sicherer Hand auf sie gerichtet war. „Es war immer mein Eigentum. Ich liebe es. Alles hier." Ihr Blick glitt durch die Gegend und wurde weich. „Es ist das Einzige, das ich je geliebt habe."

„Aber warum, Elise?", unterbrach Laurel sie. Ein Haus, dachte sie verzweifelt. Brachte man jemanden eines Hauses wegen um, wegen eines Stück Rasens und Schmutz? So etwas geschah nicht das erste Mal, hielt sie sich vor. Wieder und wieder, schon seit der Steinzeit. „Warum hast du nicht Louis ermordet, Marion? Dann hättest du ihn beerbt."

„Laurel." Ihre Stimme klang weich. „Louis ist mein Bruder."

„Aber – aber Charles", fing sie an.

„Ich wollte Charles nie schaden." Tränen traten Marion in die Augen. „Ich liebte ihn. Aber er hat uns gesehen, er hat sich eingemischt." Eine einzelne Träne rann ihr über die Wange. „Mir blieb keine andere Wahl. Elise und ich machten einen Spaziergang – sie war ohne Louis so einsam. Als wir weit genug vom Haus entfernt waren, habe ich die Waffe hervorgeholt. Diese Waffe", sagte sie und hob sie höher. „Erkennst du sie wieder, Laurel?"

Sie erkannte sie. Laurel hatte sie einmal in der Bibliothek auf Louis Schreibtisch liegen sehen. Ihr hatte damals geschaudert, als sie noch ein Kind war. Ihr schauderte jetzt. „Ja."

„Ich wusste, ich musste diese Waffe benutzen." Sie fuhr mit der Fingerspitze über den Lauf. „Mir war, als würde sie auf mich warten, als ob mir jemand riete, Elise damit zu bestrafen. Verstehst du das?"

„Ich versuche es."

„Arme Laurel", murmelte Marion. „Immer so verständnisvoll, so fürsorglich. Das ist der Grund, weshalb ich sicher war, du würdest heute nach meinem Anruf kommen."

Laurel fühlte, wie ihre Knie zu zittern begannen. „Du hast gerade von Charles gesprochen."

„Ja, ja. Er sah uns, weißt du. Er hat beobachtet, wie ich Elise mit vorgehaltener Waffe in die Sümpfe gezwungen habe. Zumindest muss er das gesehen haben … Ich hatte keine Zeit, ihn das zu fragen, alles ging so schnell. Wir waren hier, als er uns fand. Genau hier."

Sie sah sich um, als wären sie am Ende doch nicht allein. Laurel machte sehr langsam einen kleinen Schritt nach rechts. „Lass das, Laurel", flüsterte Marion und hob den Revolver ein bisschen höher. Laurel blieb still stehen. „Elise hat sich gewehrt – wahrscheinlich ist ihr Medaillon dabei zerbrochen. Ich hätte besser aufpassen sollen. Ich musste sie erschießen. Dann hat Charles mich zu Boden gestoßen. Mein eigener Bruder – er schrie mich an. Die Waffe schien wieder loszugehen, wie von selbst. Dann war er tot."

Jetzt waren ihre Tränen versiegt und ihr Blick wieder klar. „Zuerst wusste ich nicht, was ich tun sollte, aber dann fiel es mir ein. Sie hatten sich geliebt, genauso wie die beiden anderen, die hier gestorben sind. Ich musste nur eine andere Nachricht fälschen. Dieses Mal würde Elise Louis mitteilen, sie habe ihn für Charles verlassen. Ich musste sie in den Treibsand schleifen."

Laurel schloss vor Entsetzen die Augen, aber Marion bemerkte es nicht.

„Ich habe einige ihrer Sachen zusammengepackt. Alle Dienstboten waren außer Haus, weil es ein Sonntag war. Um ein Haar hätte ich Charles Malgeräte vergessen, aber ich habe sie auch eingepackt. Natürlich wäre er nie ohne seine Malutensilien fortgegangen. Ich habe sie auch in den Treibsand gebracht. Das war einfach. Natürlich war Louis verletzt. Er litt." Ihre Augen bekamen für einen Moment einen trüben Glanz. „Ich weiß, er gab sich selbst die Schuld, aber ich konnte ihm kaum sagen, dass alles wieder in Ordnung war. Das Haus gehörte wieder mir, und er stürzte sich in seine Arbeit. Aber manchmal", flüsterte sie, „manchmal kann ich sie hier hören. Des Nachts."

Laurel schluckte den bitteren Geschmack des Grauens. „Charles und Elise?"

„Ich höre sie – ich werde davon wach und muss hierher kommen, nach ihnen sehen. Ich habe sie nie entdeckt ..." Wieder blickte sie sich um, als würde sie jemanden erwarten. „Aber ich habe sie gehört."

Es hat sie um den Verstand gebracht, dachte Laurel. Wie konnte es sein, dass niemand etwas bemerkt hatte, niemand Verdacht schöpfte? Sie erinnerte sich an Marion bei einer Wohltätigkeitsveranstaltung vor nur wenigen Monaten – grazil, elegant, mit einem Veilchenstrauß an ihrem Revers. Wieder sah sie auf die Waffe.

„Dann kam sie zurück", sagte Marion tonlos. „Sie sagte, ihr Name sei Anne, und Louis hat ihr geglaubt. Ich wusste es besser. Sie sah mich mit diesen weichen, scheuen Augen an und lachte! Ich ließ sie in dem Glauben, sie habe mich getäuscht."

„Und du hast sie noch einmal umgebracht."

„Diesmal musste ich vorsichtiger sein. Louis hat sie kaum aus den Augen gelassen, und sie selbst wäre nie, niemals in die Nähe der Sümpfe gegangen. An jenem Abend hat er noch bis spät gearbeitet. Ich habe sie im Arbeitszimmer mit ihm gehört. Er erklärte ihr, er werde wahrscheinlich noch einige Stunden beschäftigt sein und sie solle ohne ihn zu Bett gehen. Ich wusste, der Zeitpunkt war gekommen. Ich ging in ihr Zimmer und drückte ein Kissen auf ihr Gesicht. Oh, ich musste aufpassen, ich konnte sie da noch nicht umbringen. Dieses Mal musste es wie ein Unfall aussehen. Sie war sehr klein und nicht sehr kräftig. Es brauchte nur eine Minute, bis sie ohnmächtig war. Dann habe ich sie hierher getragen."

Marion lächelte bei der Erinnerung. „Ich hatte die Waffe, aber sie wusste nicht, dass ich es mir nicht erlauben konnte, sie zu benutzen. Als sie den Revolver sah, war sie zu Tode erschrocken. Elise wusste, sie musste noch einmal sterben. Sie bat mich, sie gehen zu lassen, aber ich zwang sie zum Aufstehen. Ich hielt es für das Beste, wenn sie im Fluss ertrank. Als sie fortzulaufen begann, ließ ich sie gewähren. Es wäre leichter, wenn sie sich zuerst ermüdete und ich ihr auf den Hacken blieb. Und dann hörte ich sie schreien. Die Schlange, eine junge, Elise war direkt über das Nest hinweggerannt. Du siehst, es war Vorsehung", erklärte Marion ihr. „Es musste so sein. Dann brauchte ich nur noch die Zeit, bis das Gift zu wirken begann – und eine Nacht, eine ganze Nacht da draußen in der feuchten Luft. Ich wartete, bis sie zu rennen aufhörte, bis sie bewusstlos war, hier, genau hier, wo sie schon einmal gestorben war. Dann ging ich nach Haus." Marion lächelte, aber jetzt waren ihre Augen ausdruckslos. „Noch einmal wird sie nicht wiederkommen."

„Nein", sagte Laurel leise. „Sie wird nicht zurückkommen."

„Ich habe dich immer gemocht, Laurel. Wenn du nur gehört hättest, dann würde das alles nicht passieren."

Laurel befeuchtete sich die Lippen und betete darum, ihre Stimme möge sicher klingen. „Wenn du mich erschießt, Marion, dann bringt man dich aus ,Heritage Oak' fort."

„Nein!" Ihre Hand umklammerte fester die Waffe, dann entspannte sie sich. „Nein, ich werde dich nicht erschießen, außer ich muss es tun. Wenn ich es tue, werde ich Louis die Schuld geben müssen. Ich kann nicht anders, du wärest dafür verantwortlich."

Das Atmen fiel Laurel schwer. Sie konnte kaum Luft holen. Wenn sie sich darauf konzentrierte, dann würde sie nicht schreien müssen. „Ich werde deinetwegen nicht in den Fluss oder in den Treibsand gehen."

„Nein", stimmte Marion ihr zu. „Du bist nicht wie die anderen, dich versetzt man nicht so leicht in Furcht. Aber da ist etwas …" Während sie den Revolver weiter auf Laurel gerichtet hielt, machte sie einen Schritt auf das Schilfrohr zu. „Du bist hierhergekommen, um herumzuschnüffeln, du konntest die Sache ja nicht auf sich beruhen lassen. Und du hast einen tragischen Unfall erlitten. Genau wie Elise – Anne." Sie zog einen Weidenkorb aus dem Gebüsch. „Diese hier", sagte sie ruhig, „ist nicht tot."

Laurel wusste, was darinnen war, und die Angst schlug über ihr zusammen. Mit einem langen, glatten Stock schob Marion den Korb näher heran, stieß den Deckel herunter. Laurel fror auf der Stelle ein, fühlte die Leere in ihrem Kopf, den Knoten in ihrem Magen, als die Schlange herausglitt. Dann eine andere.

„Ich wollte kein Risiko eingehen", murmelte Marion. Sie legte den Revolver ab und hielt den Stock mit beiden Händen. Sie sah zu Laurel und lächelte. „Du hast dich schon immer vor ihnen gefürchtet, nicht wahr? Wie gut ich mich erinnere, dass du in Ohnmacht gefallen bist wegen einer kleinen Viper. Harmlose Geschöpfe." Sie stieß mit ihrem Stock nach den Schlangen, bis sie sich zusammenschlängelten und zischten. „Diese sind es nicht."

Laurel wollte davonrennen, wollte schreien. Der Revolver wäre ihr lieber gewesen. Aber ihre Stimme versagte vor Angst, sie konnte sich nicht rühren.

„Es spielt keine Rolle, ob du dich bewegst oder nicht", sagte Marion gelassen. „Sie sind gereizt. Ich kann sie noch mehr reizen." Wieder stach sie auf die Schlangen ein, stupste sie näher an Laurel heran. Eine züngelte nach dem Stock, und Marion lachte.

Es war dieses Lachen, das Matthew hörte. Es ging ihm durch und durch. Als er die beiden erblickte, waren die Schlangen nur noch einen Schritt weit von Laurel entfernt, zischend, schlängelnd, wütend, während Marion nicht aufhörte, sie zu reizen. Matthew nahm die Waffe in beide Hände, sprach ein Stoßgebet und schoss.

„Nein!" Marions Schrei war lang und wild, als ein Schlangenkörper in die Höhe schnellte, dann still liegen blieb. Sie wirbelte herum, stolperte, spürte nicht einmal den Biss an ihrem Knöchel, ehe Matthew wieder abdrückte. Und sie rannte davon, brach durch das Unterholz wie ein Tier, das gejagt wird.

„Laurel!" Matthew warf die Arme um sie, zog sie an sich. „Dir ist nichts passiert." Verzweifelt küsste er sie. „Es ist vorbei. Ich bringe dich heraus."

„Matthew." Sie wollte in heftiges Schluchzen ausbrechen und kämpfte heftig dagegen an. „Sie ist wahnsinnig. Sie hat sie alle getötet – sie alle, Matthew. Die Schlangen ..."

„Sie sind fort", sagte er schnell und zog sie noch enger an sich.

„Sie sind nicht mehr da. Du bist in Sicherheit."

„Für das Haus", sagte Laurel an seiner Brust. „Mein Gott, sie tötete sie für das Haus. Louis …"

Matthew wandte den Kopf. Nur wenige Schritte von ihnen entfernt stand Louis und starrte sie an. Sein Gesicht war aschfahl. Nur seine Augen schienen zu leben. „Sie ist gebissen worden", sagte Louis so leise, dass Matthew es kaum hören konnte. „Ich werde ihr nachgehen."

„Louis …" Matthew sah sich zu ihm um und fand, dass ihm nichts, aber auch nichts zu sagen blieb. „Es tut mir leid", murmelte er.

Louis nickte und ging in das Schilf. „Bring nur Laurel von hier fort."

„Komm." Matthew presste seine Lippen an ihre Schläfe. „Kannst du gehen?"

„Ja." Tränen rannen ihr über das Gesicht, aber sie brachten Erleichterung. „Ja, es geht mir gut."

Er wartete, bis sie auf der Lichtung waren, dann zog er Laurel auf das Gras herunter. Sie ließ den Kopf auf die Knie sinken. „In einer Minute werde ich wieder in Ordnung sein. Wir müssen die Polizei benachrichtigen."

„Darum hat Louis sich gekümmert, ehe er das Haus verließ. Sie müssen jeden Augenblick hier sein. Kannst du es mir jetzt erzählen?"

Zuerst behielt sie den Kopf auf den Knien, während sie sprach. Als ihre Benommenheit langsam schwand, hob sie ihn. Als sie die Sirenen hörte, fasste sie nach Matthews Hand und hielt sie fest.

Es gab ein großes Durcheinander – überall war Polizei – es gab viele Fragen zu beantworten. Erschöpft lehnte sie den Kopf an Matthews Schulter. Es wird nicht mehr lange dauern, beruhigte sie sich. In wenigen Minuten werde ich meine Ruhe haben. Sie ließ sich von Matthew zum Haus zurückbringen und trank den Brandy, den er ihr aufdrängte.

„Ich fühle mich besser", sagte sie. „Hör auf, mich anzusehen, als ob ich mich auflösen würde."

Er starrte sie einen Augenblick lang an, dann zog er sie in die Arme und vergrub sein Gesicht in ihrem Haar. „Tu mir so etwas nie wieder an, Laurel. Ich dachte schon, ich käme zu spät. Noch fünf Minuten …"

„Hör auf", murmelte sie beruhigend, „sprich nicht mehr darüber, Matthew. Oh, ich liebe dich." Sie schloss die Augen. „Ich liebe dich so sehr."

Sie küssten sich wild, und alle ihre Ängste schwanden. Matthew war bei ihr und hielt sie fest. Nichts anderes war von Bedeutung. Sie strich ihm mit der Hand über das Gesicht, als die Eingangstür zufiel. „Das ist Louis", sagte sie ruhig.

Er kam langsam herein. Sein Haar und seine Kleidung waren fleckig und unordentlich. Sein Blick war traurig und verletzt. Ohne zu zögern, stand Laurel auf und ging zu ihm hin. „Oh, Louis."

Er schlang die Arme um sie und hielt sie einen Moment, ehe er das Gesicht auf ihren Kopf legte. „Wir haben sie gefunden. Sie ist … Man bringt sie ins Krankenhaus, aber ich weiß nicht, ob … Sie fantasiert", brachte er heraus und zog sich von Laurel zurück. „Hat sie dir wehgetan, Laurel?"

„Nein, nein, ich bin in Ordnung."

Sein Blick glitt zu Matthew. „Ich schulde Ihnen mehr als nur eine Entschuldigung."

„Nein, das tun Sie nicht."

Louis nickte. „Bist du in der Lage, mir jetzt die ganze Geschichte zu erzählen, Laurel?"

Er nahm das Glas Brandy von Matthew an, und während Laurel ihm alles erzählte, was Marion ihr gesagt hatte, stand er mit dem Rücken zu ihnen gekehrt. Dann schüttelte er den Kopf und bat Laurel mit einer Handbewegung aufzuhören.

„Ich muss mit Susan sprechen", sagte er in das Schweigen hinein.

„Sie ist bei meiner Großmutter."

Louis schenkte sich noch einen Brandy ein und nickte. „Falls sie mich sehen will, gehe ich morgen zu ihr."

„Sie wird dich sehen wollen", murmelte Laurel. „Bitte, bitte, gib dir hierfür nicht die Schuld."

Langsam drehte er sich zu ihr um. „Würdest du etwas für mich tun?"

„Natürlich, das weißt du doch."

„Ja", sagte er mit einem schwachen Lachen. „Ja, ich weiß, dass du das wirst. Schreib deinen Artikel", sagte er mit fester Stimme, „und schreib einen guten. Ich möchte alles ans Tageslicht gebracht haben. Vielleicht kann ich dann damit leben."

„Matthew und ich werden ihn zusammen schreiben", erklärte Laurel ihm und stand auf, um seine Hand zu ergreifen. „Du wirst damit leben, Louis. Ich werde darauf achtgeben." Sie strich ihm über die Wange. „Ich liebe dich."

Er küsste sie und lächelte schwach. „Du passt gut zu ihm, Laurel", meinte er und sah zu Matthew hin. „Du bist genauso eigensinnig wie er. Komm wieder", schloss er und drückte ihre Hand. „Ich werde dich brauchen."

Als sie einige Minuten später das Haus verließen, atmete Laurel tief durch. Die Nacht roch herrlich. Das Leben war wunderbar. „Es ist schön, nicht wahr?" Sie sah zu den Sternen auf. „Wir sollten meinen Vater anrufen und ihm mitteilen, welch verdammt gute Exklusivstory wir herausbringen werden."

„Wenn du das nächste Mal wieder hinter einer her bist", sagte er trocken, „dann erinnere dich, dass wir Partner sind. Keine Verabredungen mehr, zu denen du allein gehst."

„Du hast es erfasst." Es klang wie eine Zustimmung. „Lass uns deinen Wagen nehmen", beschloss Laurel, weil sie sich zum Fahren viel zu abgespannt fühlte. „Ich kann meinen morgen holen. Oh je, Matthew!" Sie ließ sich auf den Sitz fallen und sank gegen die Rücklehne. „Eine Nacht wie diese möchte ich nicht noch einmal durchmachen, selbst für den Pulitzer-Preis nicht."

„Das hast du davon, wenn du davonrennst, bevor du das Essen fertig hast." Seine Hände waren wieder ruhig, wie ihm auffiel, als er den Schlüssel in das Zündschloss steckte. „Ein Mann kann sich da nur wundern, welche Art von Frau er bekommt."

„Ein Juwel", versicherte sie ihm. „Du bekommst ein Juwel, Matthew." Sie beugte sich zu ihm hin und küsste ihn. „Ich habe dir noch gar nicht gedankt, dass du mir das Leben gerettet hast."

„Nein." Er lächelte und umfasste mit der Hand ihren Nacken, damit er den Kuss voll auskosten konnte. „Welche Art von Dank schwebt dir vor?"

„Die gleiche wie dir." Sie lächelte ihn an. „Wir gehen essen."

– ENDE –

Nora Roberts

Die Spur des Kidnappers

Roman

Aus dem Amerikanischen von
Sonja Sajlo-Lucich

PROLOG

Schon früh verstand er, welche Macht er besaß. Was durch seine Adern floss und ihn ausmachte, musste ihm nicht erklärt werden. Und niemand brauchte ihm zu sagen, dass dies eine Gabe war, die nicht jeder besaß.

Er konnte sehen.

Die Visionen waren keineswegs immer angenehm, doch wenn sie kamen – noch als er ein kleines Kind war, das kaum laufen konnte –, akzeptierte er sie mit der gleichen Selbstverständlichkeit, mit der er auch akzeptierte, dass morgens die Sonne aufging.

Oft würde sich seine Mutter vor ihn hinknien, ihr Gesicht dem seinen ganz nahe, und ihre Augen würden in seinen suchen. In der unermesslichen Liebe, die sie für ihn empfand, war auch die Hoffnung enthalten, dass er dieses Geschenk immer akzeptieren würde. Und dass er nie dadurch verletzt werden würde.

Obwohl sie es besser wusste.

Wer bist du?

Er konnte ihre Gedanken so deutlich hören, als hätte sie sie laut ausgesprochen.

Wer wirst du sein?

Das waren Fragen, die er nicht beantworten konnte. Schon da begriff er, dass es schwieriger war, in sich selbst hineinzusehen als in andere. Er merkte, wie schwierig es war, sich selbst zu kennen.

Während die Jahre vergingen und er heranwuchs, hielt die Gabe ihn nicht davon ab, zu toben und zu rennen und seinen Cousinen Streiche zu spielen. Er liebte Eiscreme an einem heißen Sommertag, lachte lauthals über die Cartoons am Samstagvormittag im Fernsehen.

Er war ein normaler, quicklebendiger Junge mit den üblichen Flausen im Kopf und einem bemerkenswert hübschen Gesicht mit geradezu hypnotischen graublauen Augen und einem Mund, der gern lächelte.

Er durchlief alle Phasen des Heranwachsens, die Jungen durchmachten. Die abgeschürften Ellbogen und Knie, die Trotzphasen und Rebellionen, große und kleine, das erste Herzklopfen, weil ein hübsches Mädchen ihn angelächelt hatte. Wie alle Kinder wurde er erwachsen und verließ das Elternhaus, um auf eigenen Füßen zu stehen.

So wie er heranwuchs, wuchs auch die Macht in ihm.

Er empfand sein Leben als wohl geordnet und angenehm.

Und er akzeptierte, wie er es schon immer getan hatte, dass er ein Hexenmeister war.

1. KAPITEL

Sie hatte von einem Mann geträumt, der von ihr träumte. Aber er schlief nicht. Sie konnte ihn sehen, wie er vor einem großen, dunklen Fenster stand, die Arme in die Seiten gestützt. Das Bild von ihm war so deutlich, ganz und gar nicht wie ein verschwommenes Traumbild.

Seine Augen ... sie waren tief, unergründlich. Grau, dachte sie, und drehte sich im Schlaf. Nein, nicht wirklich. Da war auch eine Andeutung von Blau. Die Farbe erinnerte sie an raue Klippen, die steil ins Meer fielen, und im nächsten Moment musste sie an die Wasseroberfläche eines stillen Sees denken.

Seltsam, sie konnte sein Gesicht nicht sehen. Und doch wusste sie, dass es angespannt und ernst war. Aber sie sah seine Augen, diese faszinierenden, beunruhigenden Augen ...

Sie wusste, dass er an sie dachte. Nicht nur an sie dachte, nein, er konnte sie sehen. So als würde sie von der anderen Seite auf dieses Fenster, auf ihn zugehen. Und sie hatte das Gefühl, würde sie die Hand ausstrecken und an das Fenster legen, würden ihre Finger durch das Glas hindurchgleiten und seine finden.

Wenn sie es wollte.

Stattdessen wälzte sie sich im Bett und murmelte im Schlaf. Selbst wenn sie schlief, konnte Mel Sutherland sich nicht mit Unlogik abfinden. Im Leben gab es Regeln, grundlegende Regeln. Sie gehörte zu den Menschen, die überzeugt waren, dass man besser zurechtkam, wenn man diese Regeln einhielt.

Also streckte sie die Hand nicht aus, weder um das Glas zu berühren noch den Mann dahinter.

Ein Kissen fiel zu Boden, als sie sich weiter unruhig bewegte. Sie verdrängte den Traum, und er verblasste.

Erleichtert und irgendwie auch enttäuscht, fiel sie in einen traumlosen Schlaf.

Einige Stunden später, die nächtliche Vision tief in ihrem Unterbewusstsein verschlossen, schlug Mel bei dem lauten Schrillen des Mickymausweckers neben ihrem Bett die Augen auf. Eine geübte Handbewegung, und das Geräusch verstummte. Es bestand keine Gefahr, dass sie sich wieder unter die Decke verkriechen und weiterschlafen würde. Mels Verstand war ebenso diszipliniert wie ihr Körper.

Sie setzte sich auf und gähnte ausgiebig, fuhr sich mit den Fingern durch das vom Schlaf wirre, dunkelblonde Haar. Ihre Augen, von einem satten Moosgrün – eine Farbe, die sie von einem Vater geerbt hatte, an den sie sich kaum erinnern konnte –, blickten nur einen Moment trübe. Dann klärte sich ihr Blick, und sie nahm die zerwühlten Laken wahr.

Was für eine Nacht, dachte sie und befreite ihre Beine. Aber das war ja kein Wunder, nicht bei dem, was ihr heute bevorstand. Sie atmete einmal tief durch, riss dann mit einem Ruck ihre Shorts vom Boden hoch und zog sie über. In dem T-Shirt, in dem sie auch geschlafen hatte, trat sie fünf Minuten später in die milde Morgenluft hinaus und machte sich daran, ihr Drei-Meilen-Tagespensum im Jogging zu absolvieren.

Sie hauchte einen Kuss auf ihre Fingerspitzen und legte diese Finger auf die Haustür. Weil es ihr Heim war. Ihr eigenes. Selbst nach vier Jahren betrachtete sie es nicht als Selbstverständlichkeit.

Nichts Pompöses, dachte sie, während sie Dehnübungen machte. Nur ein kleines Haus, flankiert von einem Waschsalon und einer kleinen Buchhaltungsfirma, die ums Überleben kämpfte. Aber sie brauchte auch nichts Pompöses.

Mel ignorierte den anerkennenden Pfiff aus einem vorbeifahrenden Wagen. Der Fahrer betrachtete ausgiebig ihre langen, muskulösen Beine. Sie joggte nicht, um besser auszusehen, sondern weil regelmäßiges Training Körper und Geist stählte. Ein Privatdetektiv, der entweder das eine oder das andere vernachlässigte, hielt sich nicht lange im Geschäft. Mel hatte vor, noch sehr, sehr lange zu bestehen.

Sie ließ es langsam angehen, verfiel in einen lockeren Trab, lauschte auf das rhythmische Tappen ihrer Sportschuhe auf dem

Bürgersteig und genoss das erste Morgenlicht. Es war August, ein wunderbarer Sommertag kündigte sich an. Sie dachte daran, wie unerträglich heiß es in Los Angeles werden würde, aber hier in Monterey war es angenehm warm, wie im Frühling. Ganz gleich, welche Jahreszeit der Kalender anzeigte, die Luft war immer frisch wie eine Rosenknospe.

Noch war es früh, es herrschte kaum Verkehr. Außerdem war es sowieso höchst unwahrscheinlich, hier in der Stadtmitte einem anderen Jogger zu begegnen. Am Strand wäre das sicher anders, aber Mel lief lieber allein.

Langsam wurden ihre Muskeln warm. Der erste dünne Schweißfilm bildete sich auf der Haut. Sie beschleunigte das Tempo, fiel in ihren gewohnten Rhythmus, der schon so selbstverständlich war wie Atmen.

Für die erste Meile verbannte sie bewusst alles Denken, konzentrierte sich nur auf das Wahrnehmen. Ein Wagen mit einem defekten Auspuff donnerte an ihr vorbei, zögerte nur andeutungsweise an dem Stopp-Zeichen.

Ein 82er Plymouth Sedan, dunkelblau. Fahrertür eingedellt, Nummernschild: Kalifornien, ACR 2289.

Es ging darum, den Geist geschärft zu halten.

Im Park lag jemand im Gras. Gerade als Mel vorbeilief, setzte er sich auf, streckte sich und schaltete das Kofferradio neben sich ein.

Ein Student, der per Anhalter durchs Land trampt, entschied sie, während ihr Blick noch über den Rucksack glitt. Blau, die amerikanische Flagge auf der Seite aufgenäht ... Haarfarbe braun ... und dieser Song ... wie hieß er noch?

Bruce Springsteen. „Cover Me."

Sah süß aus, der Junge. Mit einem leisen Lächeln lief Mel um die Straßenecke.

Der Geruch von frisch gebackenem Brot, der aus der kleinen Bäckerei strömte, stieg ihr in die Nase. Dieses wunderbare Guten-Morgen-Aroma. Und der Duft von Rosen aus den Vorgärten.

Sie sog den Blumenduft tief ein. Aber bevor sie zugeben würde, dass sie eine Schwäche für Rosen hatte, würde sie sich eher die Zunge abbeißen. Die Blätter der Bäume raschelten leicht in der sanften Brise, und wenn sie sich konzentrierte, konnte sie sogar das Meer riechen.

Es war gut. So gut, sich stark und bewusst und allein zu fühlen. Es war gut, diese Straßen zu kennen und zu wissen, dass sie hierhergehörte. Dass sie hier bleiben konnte. Dass es keinen mitternächtlichen Aufbruch in dem zerbeulten Kombi mehr geben würde, nur weil ihre Mutter mal wieder von einer ihrer Launen gepackt worden war.

Zeit, weiterzufahren, Mary Ellen. Zeit, dass wir hier wegkommen. Ich habe das Gefühl, dass wir es mal im Norden versuchen sollten.

Und so würden sie sich also aufmachen, sie und die Mutter, die sie anbetete. Die Mutter, die immer mehr Kind geblieben war als das kleine Mädchen, das sich auf dem Beifahrersitz zusammenrollte. Die Scheinwerfer würden sich durch die Nacht fressen, bis zu einem neuen Ort, einer neuen Schule, neuen Menschen.

Doch es dauerte nie lange. Nie lange genug, um dazuzugehören. Nur die Straße, die war wie ein Zuhause. Schon bald würde ihre Mutter wieder das verspüren, was sie „Kribbeln in den Beinen" nannte. Und dann würden sie wieder weiterziehen.

Warum hatte es immer den Anschein gehabt, als würden sie vor etwas wegrennen, nicht zu etwas Bestimmtem hinfahren?

Nun, das war vorbei. Alice Sutherland war jetzt stolze Besitzerin eines gemütlichen kleinen Wohnwagens – in sechsundzwanzig Monaten würde Mel ihn endlich abbezahlt haben – und glücklich wie im siebten Himmel. So konnte Alice von Bundesstaat zu Bundesstaat weiterziehen und von Abenteuer zu Abenteuer.

Was nun Mel anging – sie konnte endlich bleiben. Zugegeben, in L.A. hatte es nicht geklappt. Aber sie hatte einen Vorgeschmack von dem bekommen, was es hieß dazuzugehören. Sie hatte zwei sehr frustrierende und sehr lehrreiche Jahre beim

Police Department von Los Angeles zugebracht. Zwei Jahre, die ihr bewiesen hatten, dass Polizeiarbeit genau das Richtige für sie war, auch wenn Protokolle für falsches Parken ausstellen und Formulare ausfüllen nicht gerade das Gelbe vom Ei gewesen waren. Dennoch hatte sie die geeignete Tätigkeit gefunden.

Also war sie gen Norden gezogen und hatte „Sutherland Investigations" eröffnet. Schön, sie hatte Unmassen von Formularen ausfüllen müssen, aber es waren ihre Formulare gewesen.

Mel war bei der Hälfte ihres morgendlichen Laufs angekommen und kehrte um. Wie immer erfüllte sie ein Gefühl der Befriedigung, dass ihr Körper ihr so gut gehorchte. Das war nicht immer so gewesen. Als Kind viel zu groß, zu mager und zu schlaksig, hatte sie dauernd aufgeschürfte Knie und Ellbogen gehabt. Aber jetzt war sie achtundzwanzig und besaß absolute Kontrolle über ihren Körper. Jawohl. Sie hatte es auch nie als enttäuschend empfunden, dass sie keine üppigen Rundungen entwickelt hatte. Schlank und rank war effektiver. Und die langen Beine, die ihr früher Spitznamen wie „Bohnenstange" und „Streichholz" eingebracht hatten, waren jetzt durchtrainiert, muskulös und – wie sie sich selbst bescheiden eingestand – durchaus einen zweiten Blick wert.

Genau in diesem Augenblick hörte sie das Weinen eines Babys. Irgendwo aus einem offenen Fenster des Apartmenthauses neben ihr. Ihre Stimmung sank auf den Nullpunkt. Erinnerungen wurden wach.

Das Baby. Roses Baby. Der süße, pummelige David mit den roten Wangen.

Mel lief weiter. Das Laufen war wie ein Reflex, der auch allein funktionierte. Aber ihre Gedanken wanderten. Bilder tauchten vor ihr auf.

Rose, die nette, freundliche, leicht unscheinbare Rose mit ihrem krausen roten Haar und dem offenen Lächeln. Mel, von Natur aus eher reserviert, hatte sich ihrem Charme nicht entziehen und die angebotene Freundschaft nicht ablehnen können.

Rose arbeitete als Bedienung in dem kleinen italienischen Restaurant, zwei Blocks von Mels Büro entfernt. Es war so leicht gewesen, bei einem Cappuccino oder über einem Teller Spaghetti ein kleines Gespräch anzufangen, vor allem, da Rose den größten Teil des Redens übernahm.

Mel erinnerte sich noch gut daran, wie sie Rose bewundert hatte, die volle Tabletts jonglierte, obwohl ihr runder Bauch fast die kleine Servierschürze sprengte. Noch besser erinnerte sie sich daran, wie Rose ihr erzählt hatte, wie überglücklich ihr Mann Stan und sie waren und wie sehr sie sich auf ihr erstes Kind freuten.

Als David dann vor acht Monaten zur Welt gekommen war, hatte sie Rose im Krankenhaus besucht. Als sie durch die Glasscheibe die Babys in ihren Bettchen auf der Kinderstation gesehen hatte, war ihr klar geworden, warum Menschen alle möglichen Opfer brachten, um Kinder zu haben.

Sie waren so perfekt. So niedlich und wunderschön.

Als sie gegangen war, war sie glücklich für Rose und Stan. Und einsamer als je zuvor in ihrem Leben.

Sie hatte es sich zur Gewohnheit gemacht, bei den jungen Eltern vorbeizuschauen, immer ein kleines Spielzeug für David dabei. Als Vorwand. Um mit dem Kleinen eine Stunde spielen zu können. Sie hatte sich in David verliebt, mehr als nur ein wenig. Also war es ihr auch nicht peinlich gewesen, seinen ersten Zahn zu bewundern oder jubelnd zu bestaunen, dass er zu krabbeln anfing.

Und dann, vor zwei Monaten, war dieser Anruf gekommen. Von einer völlig aufgelösten Rose.

„Er ist weg. Er ist weg. Er ist weg."

Mel legte die kurze Strecke von ihrem Büro zur Wohnung der Merricks in Rekordzeit zurück. Die Polizei war schon dort. Rose und Stan saßen auf dem Sofa, hielten einander umfasst wie zwei verlorene Seelen. Beide in Tränen aufgelöst.

David war verschwunden. Aus seinem Laufstall entführt, in dem er auf dem kleinen Rasenstück vor der Wohnung im Parterre geschlafen hatte.

Mittlerweile waren zwei Monate vergangen, und der Laufstall war noch immer leer.

Alles, was Mel gelernt hatte, alle Erfahrung und alle geschulten Instinkte hatten nicht geholfen, David zu seinen Eltern zurückzubringen.

Nun wollte Rose einen anderen Weg beschreiten. Etwas so Absurdes versuchen, dass Mel gelacht hätte, wäre da nicht der entschlossene Ausdruck in Roses sonst so sanften Augen gewesen. Rose war es gleichgültig, was Stan sagte, was die Polizei sagte, was Mel sagte. Sie würde alles versuchen, um ihr Kind zurückzubekommen.

Selbst wenn das hieß, sich an einen Menschen mit übernatürlichen Kräften zu wenden.

Während sie zusammen in dem alten, abgeschmirgelten MG über die Küstenstraße dahinbrausten, wollte Mel ein letztes Mal an Roses Vernunft appellieren.

„Rose …"

„Gib dir keine Mühe. Du wirst es mir nicht ausreden." Obwohl Rose leise sprach, klang ihre Stimme stahlhart. Eine Eigenschaft, die erst in den letzten Monaten zu Tage getreten war. „Das hat Stan schon versucht."

„Weil wir dich mögen, Rose. Wir wollen beide nicht, dass du dich in etwas verrennst und noch mehr verletzt wirst."

Sie war erst dreiundzwanzig, aber Rose fühlte sich so alt wie das Meer, das dort tief unter ihnen wogte, und so hart wie die Klippen, die steil herabfielen. „Verletzt? Nichts kann mich noch verletzen. Ich weiß, dass du es nur gut meinst, Mel, und ich weiß auch, dass es viel von dir verlangt ist, heute mit mir dorthin zu gehen …"

„Das ist es nicht."

„Doch, das ist es." Roses Augen, diese fröhlichen, lachenden Augen, blickten traurig und waren voll von einer Angst, die scheinbar nie wieder vergehen wollte. „Ich weiß, du hältst es für unsinnig, und vielleicht ist es sogar beleidigend für dich, weil du alles tust, um David zu finden. Aber ich muss es versuchen. Ich muss jede sich bietende Möglichkeit ergreifen."

Mel schwieg, denn sie schämte sich dafür, dass sie tatsächlich beleidigt war. Sie war ausgebildet, trainiert und erfahren, und hier saßen sie und fuhren die Küste entlang, um irgendeinen Scharlatan aufzusuchen.

Aber man hatte ja auch nicht ihr Kind entführt. Sie war nicht diejenige, die jeden Tag vor einem leeren Kinderbett stehen musste.

„Wir werden David finden, Rose." Mel nahm die Hand vom Lenkrad und drückte Roses eiskalte Finger. „Das schwöre ich."

Statt einer Antwort nickte Rose nur unmerklich und blickte hinaus aufs Meer und über die rauen Klippen. Wenn ihr Baby nicht bald gefunden wurde, würde es sehr einfach sein, den letzten Schritt über diese Klippen zu nehmen und der Welt ein für alle Mal den Rücken zu kehren. Einzutauchen in die Unendlichkeit des Meeres.

Er wusste, dass sie kamen. Das hatte nichts mit seiner Macht zu tun. Die Frau mit der zitternden Stimme hatte ihre Ankunft bereits gestern telefonisch angekündigt. Hatte ihn angefleht. War das nicht genau der Grund, weshalb er sich eine Geheimnummer hatte geben lassen? Hatte er nicht deshalb einen Anrufbeantworter, falls jemand sich tatsächlich die Mühe machen sollte, seine Telefonnummer herauszufinden?

Aber nein, er hatte den Hörer abgenommen. Weil ihn etwas dazu gedrängt hatte. Weil er gewusst hatte, dass er es tun musste. Also wusste er von ihrer Ankunft und stellte sich darauf ein, eine Absage zu erteilen, ganz gleich, worum sie ihn bitten würde.

Verdammt, er war so müde. Er war gerade erst zurückgekommen. Nach drei schrecklichen Wochen in Chicago, wo es der Polizei mit seiner Hilfe gelungen war, den Mann dingfest zu machen, den die Presse mit dem Namen „South Side Schlitzer" belegt hatte.

Er hatte Dinge gesehen, die er nie wieder sehen wollte.

Sebastian stellte sich an das große Fenster, das den Blick freigab auf den weiten Rasen, einen farbenfrohen Steingarten und die Klippen, die steil ins Meer hinabfielen.

Ihm gefiel dieser Ausblick, er hatte etwas Dramatisches an sich. Die gefährliche Tiefe, das tosende Wasser, ja sogar das schwarze Band der Straße, die sich durch die felsige Landschaft schlängelte. Ein Symbol für die Entschlossenheit des Menschen, voranzuschreiten, weiterzukommen.

Am meisten jedoch gefiel ihm die Abgeschiedenheit, die ihm die nötige Distanz verschaffte. Distanz zu Eindringlingen. Nicht nur räumlich gesehen, sondern auch jene, die in seine Gedanken eindringen wollten.

Aber irgendjemandem war es gelungen, diese Distanz zu überbrücken. Irgendjemand war bereits eingedrungen. Und er fragte sich immer noch, was das wohl zu bedeuten hatte.

Er hatte geträumt letzte Nacht. In seinem Traum hatte er genau hier gestanden. Auf der anderen Seite des Fensters war eine Frau gewesen. Eine Frau, nach der er sich verzehrt hatte.

Aber er war so müde gewesen, so leer und ausgebrannt, dass er nicht die Konzentration aufgebracht hatte. Und dann hatte sie sich aufgelöst und war verschwunden.

Wogegen er überhaupt nichts einzuwenden hatte. Im Moment wollte er nichts anderes als schlafen. Ein paar faule Tage verbringen, sich um seine Pferde kümmern, den liegen gebliebenen Papierkram aufarbeiten und das Leben seiner Cousinen ein bisschen durcheinanderbringen.

Seine Familie fehlte ihm. Es war Ewigkeiten her, seit er das letzte Mal in Irland gewesen war, um seine Eltern, seine Tanten und Onkel zu besuchen. Seine beiden Cousinen lebten nur ein paar Meilen die Küstenstraße hinunter, aber es schien Jahre, nicht Wochen her zu sein, seit er sie gesehen hatte.

Morgana wurde immer runder. Die Schwangerschaft bekam ihr. Sebastian grinste. Ob sie wohl ahnte, dass sie Zwillinge erwartete?

Anastasia wusste es bestimmt. Sie wusste alles über Heilkunst und traditionelle Medizin. Aber sie würde nichts sagen, es sei denn, Morgana fragte sie direkt.

Er wollte sie sehen. Beide. Jetzt. Sebastian verspürte Lust, Zeit mit seinem Schwager zu verbringen, obwohl er wusste, dass Nash gerade mal wieder bis über beide Ohren in der Arbeit an seinem neuen Drehbuch steckte. Also, er könnte sich einfach auf sein Motorrad schwingen, nach Monterey fahren und in die Vertrautheit seiner Familie eintauchen. Die beiden Frauen, die gerade auf dem Weg zu ihm waren, mit ihren Bitten um Hilfe und ihren Ängsten, wollte er um jeden Preis vermeiden.

Aber er würde es nicht tun.

Er war durchaus kein uneigennütziger Mensch, hatte das auch nie von sich behauptet. Aber er verstand die Verantwortung, die ihm mit der Gabe übertragen worden war.

Man konnte nicht zu jedem Ja sagen. Falls man das tat, würde man langsam, aber sicher verrückt werden. Dann gab es Fälle, da sagte man Ja, aber der Pfad war blockiert. Das war Schicksal. Und es gab Fälle, da wollte man ablehnen, unbedingt, aus Gründen, die einem selbst nicht so ganz klar waren. Und gleichzeitig wusste man, dass es völlig gleichgültig war, was man selbst wollte.

Das war auch Schicksal.

Er hatte das ungute Gefühl, dass dieser Fall hier einer von denen war, wo seine eigenen Wünsche nicht die geringste Rolle spielten.

Er hörte den Wagen, der sich den Hügel hinaufquälte, bevor er ihn sah. Fast hätte er gelächelt. Sebastian hatte sein Haus bewusst hoch und abgelegen gebaut, der schmale Weg zu seinem Heim wirkte nicht sehr einladend. Selbst ein Seher hatte das Recht auf Privatsphäre.

Er erblickte den Wagen, ein grauer Punkt auf der Straße, und seufzte. Da waren sie also. Je schneller er sie wieder loswurde, desto besser.

Er verließ sein Schlafzimmer und stieg die Treppen hinab. Ein großer Mann, fast zwei Meter, mit schmalen Hüften und breiten Schultern. Das schwarze Haar dramatisch aus der Stirn gekämmt, dunkle Locken, die sich über den Kragen seines Jeanshemdes kringelten. Er hatte, wie er hoffte, eine höfliche, aber abweisende Miene aufgesetzt. Das markante Gesicht, ein Erbe seiner keltischen Vorfahren, war tief gebräunt.

Mit seiner schlanken Hand, an deren einem Finger ein Amethystring aufblitzte, fuhr Sebastian über das glatte hölzerne Geländer der Treppe. Ebenso wie die Sonne liebte er auch Strukturen, weiche und raue. Die letzten beiden Stufen übersprang er leichtfüßig.

Bis das Auto am Haus angekommen war und Mel das erste Erstaunen über die exzentrische, fließende Architektur des Hauses verarbeitet hatte, stand Sebastian auf der Veranda.

Das Haus wirkte, als hätte ein Kind eine Hand voll Bauklötze genommen und sie einfach hingeworfen, sodass sie wie zufällig zu einem faszinierenden Gebilde gefallen waren. Dieser Vergleich drängte sich Mel auf, als sie aus dem Wagen stieg und der Duft von Blumen, Pferden und des Meeres sie übermannte.

Sebastian ließ seinen Blick kurz und mit dem leisesten Hauch eines Stirnrunzelns über Mel wandern, dann wandte er sich Rose zu.

„Mrs Merrick?"

„Ja, Mr Donovan." Rose spürte den dicken Kloß in ihrer Kehle aufsteigen, der sich in ein Schluchzen verwandeln wollte. „Es ist sehr liebenswürdig von Ihnen, mir Ihre Zeit zu gewähren."

„Ich weiß nicht, ob es liebenswürdig ist oder nicht." Er hakte die Daumen in die Gürtelschlaufen seiner Jeans und musterte die beiden Frauen. Rose Merrick trug ein einfaches, akkurates blaues Kleid. Man konnte sehen, dass sie abgenommen hatte. Sie hatte sich offensichtlich Mühe mit ihrem Make-up gegeben, aber das würde sicher nicht lange halten, wenn man bedachte, dass ihr Tränen in den Augen standen.

Er wehrte sich gegen die Welle des Mitgefühls, die ihn überkam.

Die andere Frau hatte keinen großen Wert auf ihre Erscheinung gelegt. Was sie umso interessanter machte. Wie Sebastian selbst, so trug auch sie Jeans und Stiefel, beides weit davon entfernt, neu zu sein. Das T-Shirt musste einmal von einem leuchtenden Rot gewesen sein, jetzt war es verblasst und ausgewaschen. Kein Schmuck, kein Make-up. Aber dafür eine Einstellung, die ganz deutlich zu spüren war. Eine negative Einstellung.

Aha, du bist also die Harte. Er suchte nach ihrem Namen und wurde von einem Strudel von Gedanken mitgerissen, der ihm sagte, dass sie gefühlsmäßig genauso aufgewühlt war wie Rose Merrick.

Großartig.

Rose kam auf ihn zu. Sebastian wollte zurückweichen, unbeteiligt bleiben, aber er hatte den Kampf schon verloren. Sie versuchte die Tränen zurückzuhalten, diese Tränen, von denen er wusste, dass ihr Herz sie weinte.

Nichts auf der Welt machte einen Mann so schwach wie eine mutige Frau.

„Mr Donovan, ich will nicht zu viel Ihrer Zeit rauben, ich möchte nur …"

Mel stand an Roses Seite, als deren Stimme erstarb. Der Blick, den sie Sebastian zuwarf, war alles andere als freundlich. „Werden Sie uns hineinbitten, oder müssen wir hier …?"

Jetzt war es an Mel, den Satz nicht zu Ende zu sprechen. Aber nicht Tränen hatten ihre Stimme erstickt, sondern der Schock.

Seine Augen. An mehr konnte sie nicht denken. Dachte es so klar und so laut, dass Sebastian den Widerhall dieser Worte in seinem Kopf hören musste.

Lächerlich, schalt sie sich und mühte sich um Fassung. Irgendein dummer Traum, und sie vermischte Realität und Traum. Es war nur, weil er so unglaublich schöne Augen hatte. Beunruhigend schöne Augen.

Sebastian musterte sie einen Moment länger, doch er drang nicht tiefer als bis zu ihrem Gesicht, obwohl er neugierig war. Eigentlich war sie ziemlich attraktiv, selbst im grellen Sonnenlicht. Vielleicht lag es an dem trotzigen Ausdruck in den grünen Augen, der ihn so faszinierte. Oder an dem herausfordernd vorgereckten Kinn mit dem sexy kleinen Grübchen. Ja, attraktiv war das richtige Wort. Auch wenn ihr Haar kürzer war als seines und vermuten ließ, dass sie mit der Küchenschere selbst Hand angelegt hatte.

Er wandte sich ab und schenkte Rose ein kleines Lächeln. „Natürlich. Bitte, kommen Sie herein." Mit Rose an der Hand ging er ins Haus und überließ es Mel, ihnen zu folgen.

Was sie tat. Es hätte ihn sicherlich amüsiert zu sehen, wie unsicher sie die Verandastufen emporstieg und erstaunt in den geräumigen Raum mit den großen Oberlichtern und der offenen Galerie trat. Sie wünschte sich, sie wäre nicht so überwältigt von diesem warmen honigfarbenen Ton der Wände, der das Licht so weich und sinnlich wirken ließ. Am anderen Ende des Raumes stand eine überlange Couch, in tiefem Königsblau, zu der Sebastian Rose jetzt über einen riesigen Teppich in zarten Pastellfarben führte.

Alles war blitzblank, aber die Ordnung wirkte nicht pedantisch. Moderne Skulpturen aus Marmor, Holz und Bronze waren dekorativ zwischen den mit Sicherheit sehr wertvollen antiken Möbeln aufgestellt. Alles hatte Übergröße, was bewirkte, dass der Raum trotz seiner riesigen Maße gemütlich wirkte.

Hier und da lagen und standen Kristalle, manche so groß, dass ein Mann allein sie nicht würde heben können, andere klein genug, um in die Hand eines Kindes zu passen. Mel fand das Blinken und Blitzen faszinierend, die Anordnung zu mittelalterlich anmutenden Städten und kleinen Gebirgen bezaubernd.

Ihr wurde bewusst, dass Sebastian sie mit einem geduldigamüsierten Funkeln in den Augen ansah. „Hübsch haben Sie's hier", sagte sie mit einem Achselzucken.

Jetzt verzogen sich auch seine Lippen zu einem Lächeln. „Danke. Setzen Sie sich doch."

Die Couch mochte vielleicht eine Sonderanfertigung sein und Überlänge haben, aber Mel setzte sich auf einen der einzelnen

Sessel auf der anderen Seite des mit reichen Schnitzereien verzierten Couchtisches.

Sebastian ließ seinen Blick noch einen Moment auf ihr ruhen, dann wandte er sich an Rose. „Darf ich Ihnen einen Kaffee anbieten, Mrs Merrick? Oder vielleicht etwas Kühles?"

„Nein. Nein, danke, bitte machen Sie sich keine Umstände. Ich weiß, wir behelligen Sie. Aber ich habe von Ihnen gelesen. Und meine Nachbarin, Mrs Ott, hat erzählt, wie Sie im letzten Jahr der Polizei geholfen haben, den Jungen zu finden. Den, der ausgerissen war."

„Joe Cougar." Sebastian setzte sich neben Rose. „Ja, er wollte nach San Francisco, um seinen Eltern eins auszuwischen. Wahrscheinlich muss das so sein, wenn man jung ist."

„Aber er war fünfzehn." Roses Stimme brach. Sie presste die Lippen zusammen und rang um Fassung. „Ich … ich will nicht sagen, dass seine Eltern keine Angst um ihn gehabt haben, aber er war fünfzehn. Mein David ist nur ein Baby. Er schlief in seinem Laufstall." Sie sah Sebastian flehend an. „Ich bin nur kurz hineingegangen, weil das Telefon läutete, er stand doch direkt neben der Tür. Es war nicht so, als hätte ich ihn auf der Straße allein gelassen. Er war neben der Tür. Ich war nur eine Minute weg …"

„Rose." Obwohl sie es vorgezogen hätte, auf Abstand zu Sebastian zu bleiben, ging Mel sofort zu ihrer Freundin. „Es ist nicht deine Schuld. Jeder weiß das."

„Ich habe ihn allein gelassen", widersprach Rose leise. „Ich habe nicht auf mein Baby aufgepasst, und nun ist er verschwunden."

„Mrs Merrick, Rose … Sind Sie eine schlechte Mutter?" Sebastian stellte diese Frage beiläufig und sah das schockierte Entsetzen in Roses Augen. Und die Wut in Mels.

„Nein! Nein, ich liebe David! Ich würde alles für ihn tun, er ist mein Ein und Alles. Ich …"

„Wenn das so ist, dann hören Sie auch damit auf, sich Vorwürfe zu machen." Er nahm ihre Hand und hielt sie so sanft und mitfühlend, dass die drohenden Tränen verschwanden. „Es ist nicht Ihre Schuld. Dass Sie sich das einreden wollen, hilft nicht dabei, David zu finden."

Er hatte genau die richtigen Worte gewählt. Mels Wut verpuffte mit einem Schlag.

„Also werden Sie mir helfen?", murmelte Rose. „Die Polizei sucht schon lange. Und Mel tut alles, was in ihrer Macht steht. Aber David ist immer noch nicht wieder zu Hause."

Mel also. Ein interessanter Name für eine große schlanke Blondine mit mürrischem Gesicht.

„Wir werden David finden." Aufgeregt sprang Mel auf. „Wir haben Spuren, schwache zwar nur, aber …"

„Wir?", unterbrach Sebastian sie. Ein Bild drängte sich ihm auf, ganz kurz nur – wie sie eine Pistole mit beiden Händen hielt und zielte, die Augen kalt wie grünes Eis. „Sind Sie bei der Polizei, Miss …?"

„Sutherland. Ich bin Privatdetektivin." Sie spie ihm die Worte förmlich entgegen. „Sollten Sie so etwas nicht wissen?"

„Mel …", mischte sich Rose warnend ein.

„Ist schon in Ordnung." Sebastian tätschelte beruhigend Roses Hand. „Ich kann sehen, oder ich kann fragen. Bei Fremden ist es eigentlich höflicher zu fragen, meinen Sie nicht auch?"

„Sicher." Mit einem abfälligen Schnauben ließ Mel sich wieder auf den Sessel fallen.

„Ihre Freundin ist eine Zynikerin", bemerkte Sebastian. „Ein wenig Zynismus kann manchmal ganz amüsant sein, aber manchmal auch sehr plump." Er bereitete sich innerlich darauf vor, Rose eine Absage zu geben. Er konnte sich einfach nicht noch einmal einem solchen Trauma aussetzen.

Mel war es, die alles änderte. Wahrscheinlich genau die Rolle, die ihr zugedacht war, wie er annahm.

„Ich würde einen Menschen nicht als Zyniker bezeichnen, weil er einen Scharlatan erkennt, der als barmherziger Samariter daherkommt." Ihre Augen sprühten Funken, als sie sich vorlehnte. „Diese ganze Geschichte mit dem Sehen ist genauso falsch wie ein Magier in einem billigen Varieté, der auf der Bühne Kaninchen aus seinem Zylinder zieht."

Sebastian zog eine Augenbraue in die Höhe, das einzige Anzeichen von Ärger. „Ist dem so, ja?"

„Täuschung bleibt Täuschung, Mr Donovan. Hier geht es um das Leben eines Babys, und ich werde nicht zulassen, dass Sie das benutzen, um sich mit Ihrem Hokuspokus in Szene zu setzen und in die Schlagzeilen zu kommen." Mel stand auf, zitternd vor unterdrückter Wut. „Entschuldige, Rose, aber mir liegt zu viel an dir und an David. Ich werde nicht dastehen und zusehen, wie dieser Typ dich über den Tisch zieht."

„Er ist mein Baby." Die Tränen, gegen die Rose gekämpft hatte, ließen sich nicht mehr aufhalten. „Ich muss wissen, wo er ist. Muss wissen, ob es ihm gut geht oder ob er Angst hat." Sie schlug die Hände vors Gesicht. „Er hat noch nicht einmal seinen Lieblingsteddy bei sich."

Mel verfluchte sich selbst, verfluchte ihr Temperament, verfluchte Sebastian Donovan und die Welt im Allgemeinen. Aber als sie neben Rose in die Hocke ging und deren Hand nahm, war ihre Stimme sanft und leise. „Es tut mir leid, Liebes. Ich weiß, wie viel Angst du hast. Ich habe auch Angst. Wenn du möchtest, dass Mr Donovan …", fast erstickte sie an dem Wort, „… hilft, dann wird er helfen." Sie sah mit trotzigem, wütendem Gesicht zu Sebastian. „Das werden Sie doch, oder?"

„Ja." Er nickte langsam und ließ dem Schicksal seinen Lauf. „Ja, ich werde helfen."

Es gelang ihm, Rose zu überreden, etwas Wasser zu trinken und sich zu beruhigen. Während Mel mit grimmiger Miene zum Fenster hinausstarrte, holte Rose einen kleinen gelben Plüschteddy aus ihrer Tasche hervor.

„Das ist Davids Lieblingsspielzeug. Und das hier …", sie zog ein Foto aus ihrer Brieftasche, „… ist David. Ich dachte … Mrs Ott meinte, Sie würden irgendetwas brauchen."

„Es hilft, ja." Er nahm den Teddy in die Hand und spürte

augenblicklich das Ziehen in seinem Magen. Roses Angst, ihre Trauer. Das würde er ertragen müssen. Und noch mehr. Aber er betrachtete das Foto nicht. Noch nicht. „Lassen Sie mir die Sachen da. Ich melde mich." Er half ihr aufzustehen. „Sie haben mein Wort. Ich werde tun, was ich tun kann."

„Ich weiß nicht, wie ich Ihnen danken soll. Jetzt habe ich etwas, worauf ich hoffen kann. Stan und ich, wir haben etwas Geld gespart, und …"

„Darüber reden wir später."

„Rose, warte doch im Wagen auf mich", warf Mel leise ein. Allerdings konnte Sebastian sehen, dass sie alles andere als ruhig war. „Ich werde Mr Donovan die Fakten berichten, die ich kenne. Das hilft ihm vielleicht auch weiter."

„Ja, sicher." Die Andeutung eines Lächelns huschte über Roses Gesicht. „Danke."

Mel wartete, bis Rose außer Hörweite war, dann legte sie los. „Wie viel, glauben Sie, können Sie aus ihr herausquetschen für diese Show? Sie arbeitet als Kellnerin, ihr Mann ist Automechaniker."

Er lehnte sich lässig an den Türrahmen. „Miss Sutherland, haben Sie den Eindruck, ich benötigte Geld?"

Sie schnaubte. „Nein, ich bin sicher, Sie haben es bündelweise. Für Sie ist das alles nur ein Spiel."

Seine Finger legten sich mit eisernem Griff um ihren Arm. „Das ist kein Spiel." In seiner tiefen Stimme schwang mühsam kontrollierte Wut mit. „Was ich habe, was ich bin, ist kein Spiel. Und Kleinkinder aus Laufställen zu entführen, ist auch kein Spiel."

„Ich werde nicht zulassen, dass man Rose noch mehr verletzt."

„In diesem Punkt sind wir uns also einig. Wenn Sie so wenig von mir halten, warum haben Sie sie hergebracht?"

„Weil sie nun einmal meine Freundin ist. Und weil sie mich darum gebeten hat."

Er akzeptierte ihre Begründung mit einem knappen Nicken.

Loyalität war auch etwas, das er von ihr ausströmen fühlte.

„Meine Geheimnummer – die haben also Sie ausfindig gemacht?"

Sie verzog abfällig die Lippen. „So etwas gehört zu meinem Job."

„Und? Sind Sie gut in Ihrem Job?"

„Darauf können Sie Gift nehmen."

„Sehr schön. Denn ich bin auch gut in dem, was ich tue. Wir werden also zusammenarbeiten."

„Wie kommen Sie auf die Idee?"

„Weil Ihnen an diesem Fall liegt. Und sollte auch nur die geringste Möglichkeit bestehen, dass ich tatsächlich das bin, was von mir behauptet wird, werden Sie es nicht wagen, es zu ignorieren."

Sie spürte die Hitze, die von seinen Fingern ausging. Wie Feuer schien sie sich durch ihre Haut zu brennen, bis auf die Knochen. Ihr wurde bewusst, dass sie Angst hatte. Nicht in körperlicher Hinsicht. Nein, es ging tiefer. Sie hatte Angst, weil sie noch nie eine solche Macht gespürt hatte.

„Ich arbeite allein."

„Ich auch", erwiderte er ruhig. „In der Regel. Aber für jede Regel gibt es eine Ausnahme. Deshalb werden wir beide hier eine Ausnahme machen." Er tauchte ein, schnell und gewandt wie eine Schlange. Nur ein kleines Ding wollte er finden, um es ihr unter die Nase zu reiben. Sobald er es gefunden hatte, lächelte er. „Ich melde mich. Schon bald, Mary Ellen."

Er genoss es zu sehen, wie sie den Mund aufklappte, die Augen zusammenkniff und angestrengt nachdachte, ob Rose während des Gesprächs vielleicht ihren vollen Namen benutzt hatte. Aber sie erinnerte sich nicht, war sich nicht sicher. Verwirrt zog sie mit einem Ruck ihren Arm zurück.

„Verschwenden Sie nicht meine Zeit, Donovan. Und nennen Sie mich gefälligst nicht so." Sie warf den Kopf in den Nacken und stolzierte zu ihrem Wagen.

Vielleicht konnte sie keine Gedanken lesen, aber sie wusste, dass er hinter ihrem Rücken grinste.

2. KAPITEL

*S*ebastian stand noch lange auf der Veranda und sah dem kleinen Wagen nach. Er war amüsiert und gleichzeitig irritiert über die wütenden Funken, die Mel in der Luft zurückgelassen hatte.

Viel Willenskraft, dachte er. Und überschäumende Energie. Ein friedfertiger Mann würde sich bei einer solchen Frau völlig verausgaben. Sebastian betrachtete sich als friedfertigen Mann. Nicht, dass es ihn nicht reizte, sie ein wenig zu provozieren. So wie ein kleiner Junge in glühenden Kohlen herumstocherte, um zu sehen, ob er nicht eine Flamme zum Lodern bringen könnte.

Manchmal lohnte sich eben das Risiko, sich die Finger zu verbrennen.

Aber im Moment war er einfach nur müde. Zu müde, um so etwas genießen zu können. Schon jetzt war er wütend auf sich, weil er sich hatte einwickeln lassen. Das war nur geschehen, weil die beiden Frauen zusammen aufgetreten waren. Die eine so voller Angst und verzweifelter Hoffnung, die andere vor Wut schäumend und mit verächtlichem Unglauben. Er hätte sowohl mit der einen wie auch mit der anderen fertig werden können, aber vor dieser Kombination hatte er kapitulieren müssen.

Also würde er sehen. Obwohl er sich selbst eine lange Pause versprochen hatte, bevor er den nächsten Fall übernahm. Und er würde beten, dass er mit dem, was er sehen würde, leben konnte.

Aber erst einmal würde er sich Zeit nehmen, einen langen, faulen Morgen, um seinem erschöpften Geist und seiner zerrissenen Seele die Chance zu heilen zu gönnen.

Hinter dem Haus lag eine Weide, mit einem niedrigen, weiß gestrichenen Stall. Als er jetzt näher kam, hörte er schon das Wiehern und musste unwillkürlich lächeln.

Da waren sie, der kraftvolle schwarze Hengst und die stolze weiße Stute. Beide standen so still, dass sie wie Statuen wirkten, eine aus Ebenholz und eine aus schimmerndem Alabaster. Dann schlug die Stute mit dem langen Schwanz und kam zum Zaun gelaufen.

Beide hätten ohne Schwierigkeiten über den Zaun springen können. Sie hatten es mehr als einmal getan – mit ihm im Sattel. Aber zwischen ihnen herrschte Vertrauen. Das Einverständnis, dass dieser Zaun nicht Käfig, sondern Zuhause bedeutete.

„Hallo, Schönheit." Sebastian streichelte den langen, schlanken Hals. „Hast du aufgepasst, dass dein Mann nicht über die Stränge schlägt, Psyche?"

Sie schnaubte sanft in seine Handfläche. In ihren dunklen Augen sah er die Freude – und etwas, das er als Humor interpretierte. Sie wieherte leise, als er sich über den Zaun schwang. Dann stand sie ruhig da, während er über ihre Flanken und ihren gewölbten Bauch streichelte.

„Nur noch wenige Wochen", murmelte er. Fast konnte er das neue Leben fühlen, das in ihr heranwuchs. Er musste an Morgana denken, obwohl seiner Cousine der Vergleich mit einer tragenden Stute wohl kaum gefallen hätte. Selbst nicht mit einer solch prächtigen Araberstute, wie Psyche es war.

„Hat Ana dich gut versorgt?" Er legte seine Wange an den Hals des Pferdes und spürte die Ruhe, die von ihm ausging. „Aber natürlich hat sie das."

Er sprach mit dem Tier, ließ ihm die Aufmerksamkeit zuteilwerden, die sie beide während seiner Abwesenheit so vermisst hatten. Dann drehte er sich zu dem Hengst um, der aufmerksam und abwartend, mit hoch erhobenem Kopf, ein wenig entfernt stand.

„Und du, Eros, hast du dich anständig um deine Liebste gekümmert?"

Sobald er seinen Namen hörte, stieg der Hengst mit den Vorderläufen in die Luft und stieß einen stolzen Laut aus. Lachend ging Sebastian zu dem Pferd.

„Du hast mich vermisst, gib's zu, du wunderbare Kreatur." Immer noch lachend, schlug Sebastian dem Tier auf die Flanke und schickte Eros damit einmal in wildem Galopp um die eingezäunte Koppel. Als der Hengst zur zweiten Runde ansetzte, griff Sebastian mit der Hand in die wehende Mähne und schwang sich auf den Rücken des Hengstes, um ihm zu geben, wonach sie beide sich sehnten – einen schnellen, wilden Ritt.

Mit nachsichtigem – und hoheitsvollem – Blick sah Psyche regungslos zu, wie Reiter und Pferd zum Sprung ansetzten und über den Zaun flogen. Wie eine Mutter kleinen Jungen beim Toben zusah.

Am Nachmittag fühlte Sebastian sich bereits besser. Die innere Leere, die er aus Chicago mitgebracht hatte, wurde langsam wieder aufgefüllt. Doch noch immer mied er den kleinen gelben Teddybären, der verlassen auf dem großen Sofa saß. Und das Foto hatte er sich auch noch nicht angesehen.

In der Bibliothek mit der vertäfelten Decke und den Bücherregalen, die die Wände bedeckten, setzte er sich an den massiven Mahagonischreibtisch und sah ein paar Unterlagen durch. Sebastian war immer an mindestens fünf bis zehn Geschäften beteiligt, entweder als Eigner oder größter Teilhaber. Es waren eigentlich mehr Hobbys – Immobilien, Import-Export, Zeitschriften, eine Flusskrebs-Farm in Mississippi, die ihn amüsiert hatte. Sein neuestes Steckenpferd war eine Baseballmannschaft in Nebraska, die in der zweiten Liga spielte.

Er war clever genug, um einen ordentlichen Profit aus seinen Projekten herauszuschlagen, vernünftig genug, um Experten mit den alltäglichen Aufgaben zu betrauen, und exzentrisch genug, um aus einem Impuls heraus zu kaufen oder verkaufen.

Sebastian genoss die Dinge, die mit Geld zu erwerben waren, und oft verbrauchte er die Gewinne auf recht freizügige Weise. Aber er war in Reichtum aufgewachsen, und die Summen, die andere jubeln machen würden, bedeuteten ihm kaum mehr als Zahlen auf dem Papier. Es war simple Mathematik, Minus und Plus, ein kurzweiliges Spiel.

Bis zum Sonnenuntergang vertrieb er sich die Zeit mit Arbeit, Lesen und dem Einstudieren eines neuen Zauberspruchs, den er unbedingt perfektionieren wollte. Magie war Cousine Morganas Spezialität. Nie würde er nur annähernd an ihre Fähigkeiten heranreichen, aber sein Sportsgeist ließ es ihn immer wieder versuchen.

Sicher, er konnte Feuer entzünden – das war das Erste, was jede Hexe und jeder Zauberer lernte, und das Letzte, was verlernt wurde. Er konnte Dinge mit der Kraft seiner Gedanken bewegen, auch das war eine der grundlegenden Fähigkeiten. Aber außer dem und ein paar anderen Tricks – da schlich sich wieder Mel in seine Gedanken –, nein, er war kein Zauberer. Seine Gabe war die des Sehens.

Ähnlich wie ein erstklassiger Schauspieler sich danach sehnte, tanzen und singen zu können, sehnte Sebastian sich danach, Zaubersprüche wirksam zu machen.

Nach zwei erfolglosen Stunden gab er angewidert auf. Er bereitete sich ein exquisites Mahl zu, legte eine CD mit irischen Balladen auf und entkorkte eine Dreihundert-Dollar-Flasche Wein mit der gleichen Lässigkeit, mit der ein anderer Mann eine Dose Bier öffnen würde.

Er legte sich in den Whirlpool und entspannte mit geschlossenen Augen. In seidenen Schlafshorts betrachtete er die Sonne, die blutrot am Horizont versank. Wartete darauf, dass die Nacht hereinbrechen würde.

Es ließ sich nicht länger aufschieben.

Zögernd ging Sebastian wieder nach unten. Statt das Licht einzuschalten, entzündete er Kerzen. Er brauchte diese typischen Stimmungsmacher nicht, aber es lag ein gewisser Trost, eine Geborgenheit in der Tradition.

Der Duft von Sandelholz und Vanille breitete sich aus, erinnerte ihn an das Zimmer seiner Mutter, drüben in Schloss Donovan. Dieses Aroma beruhigte ihn jedes Mal. Das flackernde, dämmrige Licht hieß die Macht willkommen.

Sebastian blieb einen Augenblick vor dem Sofa stehen. Mit einem Seufzer, wie ein Mann, der sich auf eine schwere Arbeit vorbereitete, nahm er das Foto von David Merrick auf.

Es war ein glückliches, hübsches Gesicht, eines, das Sebastian automatisch zum Lächeln gebracht hätte, wäre er nicht auf andere Dinge konzentriert. Worte formten sich in seinem Kopf, uralte, geheimnisvolle Worte. Als er sich sicher sein konnte, legte er das Foto beiseite und hob den Teddybären hoch.

„Na gut, David", murmelte er, „lass mich sehen."

Es gab keinen Blitz, weder im Raum noch in seinen Gedanken. Obwohl das manchmal passieren konnte. Er glitt einfach hinein. Seine Augen veränderten sich, die Farbe wechselte zu rauch-, dann zu schiefergrau, schließlich wurden sie dunkel wie Gewitterwolken. Starr richteten sie sich auf einen Punkt jenseits des Raums, jenseits von Wänden, jenseits der Nacht.

Bilder. Szenen, die sich in seinem Kopf formten und wieder auflösten. Das Kinderspielzeug in der Hand, musste er sich erst durch den Wall von Trauer und Angst arbeiten. Ohne die Konzentration zu verlieren, ließ er die Visionen der weinenden Mutter, den Teddy an sich gedrückt, zurück, die des Vaters, der mit leerem Blick daneben stand und seine Frau hielt.

Diese Gefühle waren stark. Angst, Wut, Verzweiflung. Aber noch stärker war die Liebe. Doch auch sie blendete er aus, als er tiefer ging.

Er sah. Mit den Augen des Kindes.

Ein hübsches Gesicht, Roses Gesicht, das sich über das Bettchen beugte. Ein Lächeln, sanfte Worte, zärtliche Hände. Liebe. Dann ein anderes Gesicht, das eines Mannes, jung, freundlich. Unbeholfene Hände, rau, mit Schwielen. Aber auch hier die Liebe, anders als bei der Mutter, aber genauso stark. Ehrfurcht und Erstaunen lag darin enthalten. Und … Sebastian verzog die Lippen zu einem Lächeln. Der Wunsch, das Warten darauf, endlich Fangen im Garten spielen zu können.

Die Bilder verflüchtigten sich, machten Platz für andere. Weinen in der Nacht, formlose Ängste, vertrieben von starken Händen und beruhigenden Worten. Hunger, gesättigt von süßer Muttermilch. Freude an Farben, Formen und Geräuschen, an der Wärme der Sonne.

Gesund und robust. Ein Körper, der die erstaunlichen Riesenschritte des Wachstums im ersten Jahr durchlebt.

Der erste Schmerz. Überraschend, erschreckend, in Kiefer und Gaumen. Der Trost, auf dem Arm gehalten und gewiegt zu werden, das leise Summen der Mutter zu hören.

Noch ein Gesicht, freundlich, eine andere Art von Liebe. Mary Ellen, die den gelben Teddybären tanzen lässt. Lachen, glückliches Quietschen, als vorsichtige Hände ihn hoch in die Luft halten, ein weicher Mund, der laute, kitzelnde Küsse auf seinen Bauchnabel presst.

Schlaf. Leichte Träume. Sonnenlicht, sanft wie ein Kuss. Frieden. Absoluter Frieden.

Dann die Störung. Verwirrung. Die Lungen, die sich mit Luft füllen, um zu schreien. Die fremde Hand, die sich auf den Mund legt, um den Schrei zu ersticken. Der unbekannte Geruch. Das Gesicht, nur kurz gesehen …

Sebastian strengte sich an, um dieses Gesicht in Erinnerung zu behalten.

Weggetragen werden, viel zu fest gehalten, in ein Auto auf die Rückbank gelegt. Im Auto riecht es nach Essensresten und verschüttetem Kaffee und dem Schweiß eines Mannes.

Sebastian sah es, fühlte es, während ein Bild in das nächste überging. Es entstanden immer größere Lücken, als die Angst und die Tränen des Kindes ihn in einen erschöpften Schlaf sinken ließen.

Aber er hatte gesehen. Und er wusste, wo er anfangen musste.

Um Punkt zehn schloss Morgana den Laden auf. Luna, die große weiße Katze, schlüpfte an ihr vorbei und ließ sich mitten im Raum nieder, um sich ausgiebig zu pflegen. Morgana ging sofort hinter den Tresen und überprüfte die Kasse. Dabei stieß sie mit dem Bauch an die Glasvitrine, und sie lächelte in sich hinein.

Sie wurde immer ausladender, und sie liebte es. Liebte die Vorstellung, dass sie das Leben in sich trug, das sie und Nash zusammen geschaffen hatten. Sie konnte es kaum abwarten, bis das Kind endlich kam.

Gerade heute Morgen hatte ihr Mann zärtliche Küsse auf die

beeindruckende Rundung gepresst, dann war er zurückgezuckt, die Augen groß vor ehrfürchtigem Erstaunen.

„Morgana, das ist ein Fuß!" Er hatte die Hand über die kleine Erhöhung gelegt. „Ich kann praktisch die Zehen zählen!"

Solange es fünf sind, dachte sie jetzt und lächelte, als die Glöckchen an der Tür anschlugen.

„Sebastian!" Freudig streckte sie ihm beide Arme entgegen. „Du bist zurück."

„Ja, seit zwei Tagen." Er nahm ihre Hände, küsste sie herzhaft und hielt sie dann von sich ab, um sie zu betrachten. „Himmel, du wirst immer runder!"

„Ja, ist das nicht wunderbar?" Sie strich zufrieden über ihren Leib.

Die Schwangerschaft hatte ihrer Sinnlichkeit keinen Abbruch getan. Wenn überhaupt, dann hatte sie sie eher noch verstärkt. Morgana strahlte von innen heraus. Das lange schwarze Haar fiel ihr über den Rücken und über ein auffallend rotes Kleid, das den Blick auf Aufsehen erregende Beine freiließ.

„Ich brauche dich gar nicht zu fragen, ob es dir gut geht", meinte Sebastian. „Man sieht es dir deutlich an."

„Dann kann ich ja dich fragen. Ich habe schon gehört, dass du in Chicago aufgeräumt hast." Sagte es und lächelte dabei, aber in ihrem Blick lag Sorge. „War es schwierig?"

„Ja. Aber es ist erledigt." Bevor er mehr erzählen konnte, schlenderten drei Kunden in den Laden, um sich Kristalle und Kräuter und Skulpturen anzusehen. „Du arbeitest doch hoffentlich nicht allein?"

„Nein. Mindy muss jede Minute kommen."

„Mindy ist schon da." Morganas Assistentin, in einem weißen, eng anliegenden Overall, kam zur Tür herein. Mit einem verführerischen Lächeln begrüßte sie Sebastian. „Hallo, Hübscher."

„Hi, Schönheit."

Anstatt den Laden zu verlassen oder sich ins Hinterzimmer zurückzuziehen, wie es sonst seine Art war, wenn die Kunden kamen, schlenderte er zwischen den Regalen hindurch, hob

Kristalle auf und roch an Kerzen. Morgana nutzte die erste Pause, um sich zu ihm zu gesellen.

„Auf der Suche nach ein bisschen Magie?"

Er runzelte die Stirn, eine klare Glaskugel in der Hand. „Ich brauche keine Hilfsmittel, um zu sehen."

Morgana konnte es sich einfach nicht verkneifen. „Hast du wieder Probleme mit einer Zauberformel, Liebster?"

Obwohl die Kugel ihn faszinierte, stellte Sebastian sie ab. Diese Befriedigung gönnte er Morgana nicht. „Das mit den Sprüchen überlasse ich dir."

„Ach, würdest du es doch nur." Sie nahm die Kugel und drückte sie Sebastian in die Hand. Sie kannte ihren Cousin einfach zu gut. „Hier, ein Geschenk. Es gibt nichts Besseres als natürliches Glas, um schlechte Schwingungen auszumerzen."

Er ließ die glatte Kugel über die Handfläche rollen. „Sag mal … jemand, der ein Geschäft hat, hört doch bestimmt eine Menge über das, was in der Stadt so vor sich geht, oder?"

„Mehr oder weniger, ja. Warum?"

„Was weißt du über ‚Sutherland Investigations'?"

„Sutherland?", wiederholte sie und dachte nach. „Ist das nicht eine Detektei?"

„Scheint so."

„Ich glaube … Mindy, hat dein Freund nicht mit ‚Sutherland Investigations' zu tun?"

Mindy sah nur kurz auf, weil sie gerade einen Kunden bediente. „Welcher Freund?"

„Der mit dem intelligenten Gesicht. Versicherungen."

„Ach, du meinst Gary." Mindy strahlte ihren Kunden an. „Ich hoffe, Sie werden viel Spaß damit haben. Besuchen Sie uns mal wieder. Gary ist ein Exfreund", sagte sie in Morganas Richtung. „Hat zu stark geklammert. Sutherland hat Aufträge für die Versicherung übernommen, bei der er arbeitet. Gary sagte, sie sei gut."

„Sie?" Morgana lächelte Sebastian wissend an. „Ach so."

„Da gibt's kein ‚Ach so'." Er versetzte ihr einen Nasenstüber.

„Ich habe jemandem meine Hilfe zugesagt, und Sutherland ist mit beteiligt. Du brauchst gar nicht so zu grinsen."

„Hm. Ist sie hübsch?"

„Nein", sagte er ernsthaft.

„Also hässlich?"

„Nein. Sie ist … ungewöhnlich."

„Das sind die Besten. Und wobei hilfst du?"

„Ein Entführungsfall." Seine Miene wurde ernst. „Ein Baby."

„Oh." Unwillkürlich legte sie schützend die Hände auf ihren Leib. „Das ist schrecklich. Das Baby … ist es …? Du weißt schon …"

„Er lebt, und ihm geht es gut."

„Gott sei Dank!" Erleichtert schloss sie für einen Moment die Augen. Dabei fiel es ihr ein. „Etwa das Baby, das vor ungefähr zwei Monaten aus seinem Laufstall im Garten verschwand?"

„Genau."

Sie nahm seine Hand in ihre. „Du wirst ihn finden, Sebastian. Bald."

Er nickte. „Davon gehe ich aus."

Zur gleichen Zeit stellte Mel gerade eine Rechnung an „Underwriter's Insurance" aus. Sie hatte einen Honorarvertrag mit der Gesellschaft, ein Monatseinkommen, das ihr sozusagen Brot und Butter garantierte. Allerdings hatten sich in den letzten Monaten einige Spesen angehäuft. Außerdem verspürte sie immer noch den abheilenden Bluterguss an ihrer linken Schulter, den ihr ein Mann eingebracht hatte, der, mit angeblichem Bandscheibenvorfall krankgeschrieben, seiner Wut freien Lauf gelassen hatte, weil sie ihn fotografierte, wie er einen platten Reifen an seinem Wagen wechselte.

Übrigens ein Reifen, bei dem sie auf diskrete Weise selbst dafür gesorgt hatte, dass er Luft abließ.

Wenn doch alles nur so einfach wäre.

David. Sie konnte einfach nicht aufhören, an David zu denken. Sie wusste es besser, war darauf trainiert worden. Persönliche Beteiligung an einem Fall machte alles nur schlimmer. Bisher hatte sich diese Regel eindeutig bestätigt.

Sie hatte die ganze Nachbarschaft durchgekämmt, alle Leute befragt, die die gleichen Antworten vorher schon der Polizei gegeben hatten. Herausgekommen waren drei verschiedene Beschreibungen eines in der Nachbarschaft unbekannten Wagens und vier verschiedene Schilderungen einer „verdächtigen Person" – genau wie im Polizeibericht.

Bei dem Ausdruck „verdächtige Person" musste sie grinsen. Das hörte sich so nach Kriminalroman an. Dabei hatte sie erfahren müssen, dass die Realität lange nicht so spannend war. Detektivarbeit bestand hauptsächlich aus einer Unmenge Papierkram, endlosen langweiligen Stunden auf Beobachtungsposten, unzähligen Anrufen, Reden mit Leuten, die nicht mit einem reden wollten. Oder die schlimmere Variante – Leute, die zu viel redeten und nichts zu sagen hatten.

Nur ab und zu ergab sich eine kleine Abwechslung, wenn ein Hundert-Kilo-Kerl einen in den Schwitzkasten nahm, weil er stinkwütend wegen der Fotos war.

Mel hätte mit nichts und niemandem auf der Welt tauschen mögen.

Aber was nützte es, wenn man den Job liebte, mit dem man sich den Lebensunterhalt verdiente, was nützte all das Training und all die Ausbildung, wenn sie noch nicht einmal einer Freundin helfen konnte? Es hatte nicht so viele Freunde in ihrem Leben gegeben, als dass sie Rose und Stan als selbstverständlich hinnehmen würde. Allein dadurch, dass es sie gab, hatten sie ihr etwas geschenkt. Sie hatten David mit ihr geteilt, ihr eine Verbindung zu einem richtigen Familienleben gegeben. Familie. Etwas, das Mel nie wirklich gehabt hatte.

Sie würde über glühende Kohlen gehen, um David zurückzuholen.

Mel schob die Rechnungsunterlagen achtlos beiseite und griff nach der Akte, die seit zwei Monaten auf ihrem Schreibtisch lag. „David Merrick" stand in fein säuberlichen Lettern darauf, und der Aktenordner war erbärmlich dünn. Mel strich bedrückt über den schwarzen Aktendeckel.

Alle seine Daten waren da, Größe, Gewicht, Haar- und Augenfarbe. Mel kannte seine Blutgruppe und wusste von dem kleinen Grübchen an der linken Seite seines Mundes.

Aber die Akte sagte nichts darüber aus, wie sich dieses Grübchen vertiefte, wenn er lachte. Konnte den wunderbaren Klang des Lachens nicht beschreiben, konnte nicht wiedergeben, was für ein herrliches Gefühl es war, wenn er seine nassen Küsse verteilte, das lustige Quietschen, wenn man ihn in die Luft warf und wieder auffing.

Sie wusste, wie leer sie sich fühlte, wie traurig und besorgt. Und konnte sich vorstellen, dass das, was Rose fühlte, jede Stunde an jedem Tag, tausendmal stärker sein musste.

Mel schlug den Aktendeckel auf und nahm das Foto zur Hand. David, mit sechs Monaten, nur wenige Tage vor der Entführung aufgenommen. Er lachte breit und glücklich in die Kamera, den gelben Teddybären, den Mel ihm an dem Tag geschenkt hatte, als er nach der Geburt aus dem Krankenhaus nach Hause gekommen war, fest an sich gedrückt. Der zarte Flaum auf seinem Kopf war schon dichter geworden, zeigte die schimmernde Farbe reifer Erdbeeren.

„Wir finden dich, mein Kleiner. Wir finden dich ganz sicher und bringen dich wieder nach Hause."

Hastig legte sie das Foto ab. Musste es tun, wenn sie eine professionelle Einstellung bewahren wollte. Dass sie sich über seinem Foto grämte, half nicht weiter. Genauso wenig, wie es half, einen angeblich übersinnlichen Telepathen mit dem Aussehen eines Piraten und unheimlichen Augen anzuheuern.

Oh, wie dieser Mann sie irritierte. Durch und durch, von den Zehenspitzen bis zu den Haarwurzeln. Dieses Lächeln. Nicht wirklich herablassend, aber auch nicht wirklich freundlich. Am liebsten hätte sie es ihm mit der Faust aus dem Gesicht gewischt.

Und dann seine Stimme, ruhig, tief, mit der leisen Andeutung eines irischen Akzents. Sie knirschte mit den Zähnen. Da schwang so viel Überheblichkeit mit. Außer, wie sie zugab, als er mit Rose gesprochen hatte. Da hatte diese Stimme sanft und geduldig und verständnisvoll geklungen.

Aber nur, um sie einzulullen, ermahnte Mel sich, als sie über den Stapel Telefonbücher stieg, um sich etwas Kaltes zu trinken aus dem Kühlschrank zu holen. Er hatte kein Recht, falsche Hoffnungen in Rose zu erwecken.

David würde gefunden werden, aber mit logischen, rationalen Mitteln. Durch sorgfältige Polizeiarbeit und Nachforschungen, nicht durch ein durchgeknalltes Medium mit Sechshundert-Dollar-Stiefeln!

Mel hatte sich nun endgültig in Rage gedacht und wirbelte herum, gerade als diese Sechshundert-Dollar-Stiefel über die Schwelle traten.

Sie sagte keinen Ton, trank nur aus der Limonadenflasche, während ihre Augen grüne Blitze aussendeten. Sebastian schloss die Tür hinter sich, auf der „Sutherland Investigations" stand, und sah sich lässig um.

Was Büros anging, so hatte er schon schlimmere gesehen. Allerdings auch bessere. Der Schreibtisch war aus Armeebeständen, graues Metall, funktionell, aber wenig ästhetisch. Zwei Aktenschränke, ebenfalls aus grauem Metall, bedeckten eine Wand. Zwei Stühle, die schon bessere Tage erlebt hatten, flankierten einen kleinen Tisch, über und über mit Brandflecken von Zigaretten verunziert, auf dem sich verstaubte Zeitschriften stapelten.

An einer Wand hing ein wunderschönes Aquarell der Monterey Bay, irgendwie völlig unpassend in diesem Raum, in dem es seltsamerweise wie eine Frühlingswiese roch. Sebastian erhaschte einen Blick in das anliegende Zimmer und erkannte es als eine winzige und unglaublich unordentliche Küche.

Er konnte nicht widerstehen. Die Hände in den Hosentaschen, lächelte er Mel an. „Hübsch haben Sie's hier."

Mel nahm noch einen Schluck, bevor sie die Flasche absetzte. „Was wollen Sie, Donovan?"

„Haben Sie vielleicht noch eine Limonade für mich?"

Sie zögerte, dann zuckte sie die Achseln und stieg noch einmal über die Telefonbücher zum Kühlschrank. „Ich kann mir nicht vorstellen, dass Sie wegen einer Limonade von Ihrem Hügel herabgestiegen sind."

„Aber ich lehne einen Drink nur selten ab." Er nahm die Flasche entgegen und drehte den Verschluss auf, während er Mel ausgiebig musterte, angefangen bei den engen Jeans, über die abgeschabten Stiefel, dann hinauf zu dem trotzig vorgeschobenen Kinn mit dem faszinierenden kleinen Grübchen in der Mitte, höher zu den argwöhnischen grünen Augen. „Sie sehen wirklich sehr anziehend aus heute Morgen, Mary Ellen."

„Sie sollen mich nicht so nennen." Sie wollte eigentlich entschieden klingen, stattdessen kamen die Worte gepresst zwischen den Zähnen hervor.

„Es ist ein so hübsch altmodischer Name." Er neigte provozierend den Kopf. „Aber ich denke, Mel passt besser zu Ihnen."

„Was wollen Sie, Donovan?", wiederholte sie ihre Frage.

„David Merrick finden."

Fast hätte sie sich täuschen lassen. Seine Worte klangen so ernst, so aufrichtig, dass sie ihre Abwehrhaltung fast aufgegeben hätte. Im letzten Moment hielt sie sich zurück. Sie lehnte sich an die Schreibtischkante und betrachtete ihn durchdringend.

„Wir sind allein, Donovan, also können Sie sich die Show sparen. Ich habe Rose nur begleitet, weil ich ihr diesen Besuch nicht ausreden konnte und weil es sie ein wenig beruhigt hat. Aber ich kenne Typen wie Sie. Vielleicht sind Sie cleverer als die üblichen Betrüger – Sie wissen schon: ‚Senden Sie mir zwanzig Dollar und ich verändere Ihr Leben', diese Sorte." Sie schwenkte die Limo-Flasche in seine Richtung. „Sie sind nicht der Kleingeld-Typ, Sie arbeiten mehr in der Champagner-und-Kaviar-Klasse. Vielleicht holen Sie sich ja Ihren Kick, indem Sie in der Verbrechensaufklärung herumlungern, vielleicht sind Sie ja sogar so gut, dass Sie sich in Ihrer ‚Trance' sogar ein paar nützliche Hinweise einfallen lassen, aber ich sage Ihnen – bei Rose und Stan werden Sie sich keinen Kick holen. Sie werden weder Kapital aus deren Unglück schlagen noch Ihrem Ego schmeicheln."

Er war nur leicht verärgert. Sagte Sebastian sich zumindest. Es war ihm herzlich egal, was dieses grünäugige, ignorante Mauerblümchen von ihm hielt. Hier ging es nur um David Merrick.

Trotzdem umklammerten seine Finger den Flaschenhals viel zu fest, und seine Stimme klang viel zu ruhig, als er ansetzte: „Sie haben mich durchschaut, nicht wahr, Sutherland?"

„Darauf können Sie Ihren Hintern verwetten." Sie sandte haushohe Wellen der Arroganz aus. „Also, verschwenden wir nicht unnötig Zeit. Wenn Sie Rose eine Rechnung ausstellen wollen, dann tun Sie das. Ich werde zusehen, dass Sie bekommen, was Ihnen zusteht."

Er schwieg. Ihm fiel auf, dass er bisher noch nie das Bedürfnis gehabt hatte, eine Frau zu erwürgen. Nun, seine Cousine Morgana vielleicht. Aber jetzt stellte er sich vor, wie er seine Hände um Mels schlanken Hals legen und zudrücken würde. Eine sehr lebhafte und befriedigende Vorstellung.

„Sollte mich wundern, wenn Sie noch nie über Ihre Vorurteile gestolpert wären." Er setzte die halb leere Flasche ab und kramte plötzlich auf ihrem Schreibtisch nach Papier und Bleistift.

„Was machen Sie da?"

„Ich zeichne Ihnen ein Bild. Sie scheinen der Typ zu sein, der visuelle Eindrücke braucht."

Mel runzelte die Stirn. Während sie zusah, wie seine Hand den Bleistift leicht und schwungvoll über das weiße Blatt Papier führte, wurde die Falte auf ihrer Stirn noch tiefer. Schon immer hatte sie Leute beneidet, die scheinbar mühelos zeichnen konnten. Sie trank einen Schluck und sagte sich, dass es sie nicht interessierte. Doch sie betrachtete gebannt das Gesicht, das auf dem Papier entstand.

Gegen ihren Willen beugte sie sich vor. Irgendwo in ihrem Hinterkopf wurde ihr gewahr, dass Sebastian nach Pferden und Leder roch. Nach edlen Rassepferden und geöltem Leder. Das tiefe Violett des Amethysts an seinem kleinen Finger zog ihre Aufmerksamkeit auf sich, wie hypnotisiert sah sie ihn funkeln.

Künstlerhände, dachte sie. Stark und schlank und elegant. Wahrscheinlich waren sie sanft und konnten unglaubliche Dinge anstellen. Hände, die es gewöhnt waren, Champagner zu entkorken. Oder sich fingerfertig an den Knöpfen einer Frauenbluse zu schaffen machten.

„Oft tue ich beides gleichzeitig."

„Wie bitte?" Verwirrt wurde ihr bewusst, dass er nicht mehr zeichnete, sondern sie anstarrte. Er stand einfach nur da, viel näher, als sie bemerkt hatte.

„Nichts." Seine Lippen verzogen sich zu einem Lächeln, aber er war wütend auf sich, weil er sich hatte hinreißen lassen. „Manchmal sollte man eben nicht zu laut denken." Während sie noch den Sinn der Worte zu verstehen suchte, reichte er ihr die Zeichnung. „Das ist der Mann, der David entführt hat."

Sie wollte sich weder für das Bild noch für den Künstler interessieren. Aber irgendetwas an diesem Bild fesselte sie. Sie ging um den Schreibtisch herum und schlug Davids Akte auf, nahm die vier Phantombilder heraus, die der Polizeizeichner nach Zeugenaussagen gemacht hatte, und verglich sie mit Sebastians Zeichnung.

Sein Bild war wesentlich detaillierter. Den Zeugen war die kleine Narbe unter dem linken Auge nicht aufgefallen, auch nicht der abgebrochene Vorderzahn. Der Polizeizeichner hatte dem Gesicht nicht diesen Ausdruck der Angst verleihen können, aber ansonsten war es der gleiche Mann.

Na schön, er kannte also jemanden auf dem Revier. Das war die logische Erklärung, die ihre Nerven beruhigen sollte. Mel ließ sich auf den alten Stuhl fallen. „Wieso ausgerechnet der? Wie kommen Sie darauf, dass er so aussehen könnte?"

„Weil ich ihn gesehen habe. Er fuhr einen braunen Mercury, mit beigem Innenraum. Links auf dem Rücksitz ist ein Riss im Polster. Er hört gern Country-Musik. Zumindest hatte er einen Country-Sender im Radio eingestellt, als er mit dem Kind davonfuhr. Richtung Osten." Seine Augen wurden plötzlich für einen Sekundenbruchteil scharf wie ein Rasiermesser. „Süd-Ost."

Einer der Zeugen hatte ein braunes Auto gesehen, unauffällig, aber unbekannt, direkt vor Roses Wohnung. Mehrere Tage hintereinander.

Sebastian hätte auch diese Information ohne Probleme von jemandem auf der Wache bekommen können, wie Mel sich ermahnte, und jetzt drückte er nur die richtigen Knöpfe.

Aber wenn dem nicht so war … wenn auch nur die geringste Chance bestand, dass …

„Ein Gesicht und ein Auto also." Sie zwang sich, gleichgültig zu klingen, aber das leichte Zittern verriet sie. „Kein Name, keine Adresse, keine Sozialversicherungsnummer?"

„Sie sind wirklich ein harter Brocken, Sutherland." Es wäre sehr einfach gewesen, sie unsympathisch zu finden, würde er nicht sehen, fühlen, wie verzweifelt sie war.

Ach, zum Teufel. Er würde sie eben aus Prinzip nicht mögen.

„Hier geht es um das Leben eines Kindes."

„Er ist in Sicherheit", sagte Sebastian. „Und wird gut versorgt. Er ist verwirrt, weint häufiger als sonst, aber niemand tut ihm weh."

Der Atem stockte ihr. Wie gerne wollte sie das glauben, wenn sie schon nichts anderes glaubte. „Sie dürfen nicht mit Rose darüber reden", sagte Mel. „Es würde sie um den Verstand bringen."

Er ignorierte ihren Einwand und sprach weiter. „Der Mann, der David mitgenommen hat, hatte Angst. Man roch es. Er hat ihn zu einer Frau gebracht … nach Osten." Mehr würde kommen. „Sie hat ihm einen Oshkosh-Overall angezogen und ein rot gestreiftes Hemd. David hat in einem Autositz gesessen, einen Plastikring mit Schlüsseln in der Hand zum Spielen. Sie sind fast den ganzen Tag gefahren, haben in einem Motel übernachtet. Vor dem Motel steht ein Dinosaurier. Die Frau hat David gebadet und gefüttert. Hat ihn im Kinderwagen spazieren gefahren, bis er eingeschlafen ist. Weil er geweint hat."

„Wo?", fragte sie.

„Utah." Er runzelte die Stirn. „Vielleicht auch Arizona, aber eher Utah. Am nächsten Tag sind sie weitergefahren. Die Frau hat keine Angst, für sie ist es eine geschäftliche Angelegenheit. Sie gehen in ein Einkaufszentrum, irgendwo in Texas. Überall Menschen. Die Frau setzt sich auf eine Bank. Ein Mann nimmt neben ihr Platz, legt einen Briefumschlag neben sie, schiebt dann den Kinderwagen davon. Noch ein Tag im Auto. David ist müde vom Reisen, all die vielen fremden Gesichter. Er will nach Hause. Er wird zu einem Haus gebracht. Ein großes Haus aus Ziegeln, mit einem Garten, in dem Bäume stehen. Irgendwo im Süden. Es sieht aus wie Georgia. Er wird einer Frau gegeben, die ihn hält und eine Träne vergießt. Neben ihr ein Mann, der beide umarmt. David hat dort ein Zimmer, mit blauen Segelbooten auf der Wand und einem Mobile mit Zirkustieren über dem Bett. Er wird jetzt Eric genannt."

Mel war weiß wie ein Laken. „Ich glaube Ihnen kein Wort."

„Mag sein, aber Sie fragen sich, ob nicht vielleicht doch etwas dran sein könnte. Vergessen Sie mal, was Sie über mich denken, Sutherland, und denken Sie an David."

„Ich denke ständig an David!" Sie sprang auf, die Zeichnung in ihrer Hand. „Dann nennen Sie mir einen Namen. Geben Sie mir einen verdammten Namen!"

„Bilden Sie sich etwa ein, das ginge so leicht?", knurrte er. „Frage und Antwort? Es ist eine Kunst, keine Quizshow."

Sie ließ die Zeichnung auf den Schreibtisch zurücksegeln. „Ja, natürlich."

„Jetzt hören Sie mal zu." Er schlug mit der flachen Hand auf das Metall. Bei dem lauten Knall zuckte Mel zusammen. „Ich war gerade drei Wochen in Chicago, wo irgendein Monster sich einen Spaß daraus gemacht hat, Menschen in kleine Stücke zu schneiden. Ich habe diese Bilder in meinem Kopf gesehen, habe seine perverse Befriedigung verspürt, während er es tat. Ich habe alles gegeben, alles, was ich bin und kann, um diesen Mann zu stoppen, bevor er sich ein neues Opfer sucht. Wenn ich Ihnen nicht schnell genug arbeite, Sutherland – damit werden Sie leben müssen."

Mel wich zurück. Nicht, weil sie Angst wegen seines plötzlichen Ausbruchs bekommen hatte, sondern weil sie die Erschöpfung auf seinem Gesicht sah, den Schrecken, den er durchlebt hatte.

„Na schön." Sie atmete tief durch. „Um eines gleich klarzustellen: Ich glaube nicht an Hexen und Zauberer und übersinnliche Kräfte, okay?"

Er konnte nicht anders, er grinste. „Sie müssen irgendwann mal meine Familie kennenlernen."

„Aber", fuhr sie ungerührt fort, „ich werde alles versuchen, meinetwegen sogar Voodoo, wenn es hilft, David zurückzubringen." Sie nahm die Zeichnung wieder zur Hand. „Ich habe also ein Gesicht. Damit fange ich an."

„Wir fangen damit an."

Bevor sie eine passende Antwort darauf geben konnte, klingelte das Telefon. „Sutherland Investigations", meldete sie sich. „Ja, sicher, ich bin's, Mel. Was geht ab, Rico?"

Sebastian beobachtete, wie ihre Miene sich veränderte. Sie konzentrierte sich, lauschte aufmerksam, ein kleines Lächeln auf den Lippen. Sie ist ja doch hübsch, stellte er überrascht und unwillig fest.

„He, du weißt, dass du mir vertrauen kannst, oder?" Sie kritzelte hastig etwas auf einen Zettel. „Ja, ich weiß, wo das ist. Passt genau." Wieder hörte sie zu, dann nickte sie. „Komm schon, ist mir alles klar. Ich kenne dich nicht, hab nie von dir gehört. Ich lasse dein Honorar bei O'Riley." Sie hielt inne und lachte dann. „Davon träumst du aber auch nur, Schätzchen."

Als sie auflegte, konnte Sebastian die Erregung in ihr fast mit Händen greifen. „Okay, Donovan, Sie können sich verflüchtigen. Ich muss an die Arbeit."

„Ich werde Sie begleiten." Er hatte es aus einem Impuls heraus gesagt und bereute es sofort. Er hätte sich auch zurückgezogen, wäre ihre Reaktion nicht so herablassend gewesen. Sie lachte.

„Hören Sie, Mann, das ist nichts für Amateure. Ich kann keinen Klotz am Bein gebrauchen."

„Wir werden zusammenarbeiten müssen, hoffentlich nur für kurze Zeit. Ich weiß, was ich mir zutrauen kann, Sutherland. Aber ich habe keine Ahnung, wie Sie vorgehen. Ich würde Sie ganz gerne in Aktion sehen."

„Sie wollen Action?" Sie nickte langsam. „Also gut, Sie Ass. Warten Sie hier. Ich muss mich erst umziehen."

3. KAPITEL

*M*el hat sich nicht umgezogen, sie hat sich völlig verändert, dachte Sebastian zehn Minuten später. Die Frau, die aus dem Hinterzimmer kam, in einem orange-roten Ledermini, hatte nichts mehr gemein mit der, die den Raum verlassen hatte.

Diese Beine ... nun, man konnte sie durchaus als Wunderwerk bezeichnen.

Sie hatte auch irgendetwas mit ihrem Gesicht angestellt. Die Augen waren auf einmal unglaublich groß, die Lider irgendwie schwer ... Ein Schlafzimmerblick, das war das Wort, das sich ihm aufdrängte. Dunkler Lippenstift, großzügig aufgetragen, machte ihren Mund voll und sinnlich. Und ihr Haar. Es sah nicht mehr nachlässig aus, sondern lässig gestylt, so als wäre sie gerade aus dem Bett gestiegen und wollte jedem zeigen, dass sie jederzeit bereitwillig wieder dorthin zurückkehren würde.

Zwei riesige Kreolen baumelten an ihren Ohren, berührten fast ihre Schultern, die das enge schwarze Top freiließ. Ein Top, das jedem Mann, der nicht gerade im Koma lag, deutlich suggerierte, dass darunter nichts anderes als pure Weiblichkeit war.

Sex! Dieses Wort leuchtete in großen Lettern in seinem Kopf auf. Ein Sinnbild für wilden, ungehemmten und leicht zu habenden Sex.

Er war sicher, sobald er den Mund aufmachte, würde ein bissiger Kommentar herauskommen oder vielleicht sogar etwas sehr Anzügliches. Doch stattdessen hörte er sich sagen: „Wo, in Finns Namen, wollen Sie sich so zeigen?!"

Mel hob eine nachgezogene Augenbraue. „In wessen Namen?"

Sebastian winkte nur ab und bemühte sich, den Blick von diesen umwerfenden Beinen loszureißen. Wie immer dieses Parfüm heißen mochte, das sie aufgetragen hatte – es ließ ihm das Wasser im Munde zusammenlaufen. „Sie sehen aus wie eine ..."

„Ja, nicht wahr?" Zufrieden mit sich, drehte sie sich einmal um die eigene Achse. „Das ist mein ‚Leichtes-Mädchen'-Look.

Funktioniert garantiert. Den meisten Männern ist es egal, wie man aussieht, solange man nur genug Haut zeigt."

Er schüttelte den Kopf, versuchte erst gar nicht, den Sinn ihrer Worte zu begreifen. „Warum haben Sie sich so zurechtgemacht?"

„Das gehört in dem Fall zum Handwerkszeug, Donovan." Mel schob sich die große Umhängetasche über die Schulter. Darin lag noch ein anderes Werkzeug. „Wenn Sie also unbedingt mitkommen wollen, sollten wir uns auf den Weg machen. Ich erkläre Ihnen dann unterwegs, um was es geht. In Ordnung?"

Was sie jetzt ausstrahlte und was er von ihr empfing, als sie in den alten MG stiegen, war nicht Aufregung oder Anspannung, sondern freudige Erwartung. Die Art Lebenslust, so vermutete er, die die meisten anderen Frauen verspürten, wenn sie sich zu einem ausgiebigen Einkaufsbummel aufmachten.

Aber Mel glich ja auch keiner der Frauen, die er je kennengelernt hatte.

„Also, es geht um Folgendes." Sie lenkte den Wagen geschickt von der Bordsteinkante, und ihre Erklärung war genauso flott und geübt wie ihr Fahrstil.

In den letzten sechs Monaten häuften sich Einbrüche in der Umgebung. Gestohlen wurden hauptsächlich elektronische Geräte, Fernseher, Stereoanlagen, Videorecorder. Der Großteil der Geschädigten waren bei „Underwriter's" versichert. Die Polizei hatte ein paar Hinweise, aber mehr nicht. Und da in jedem Haus nur Dinge im Wert von ein paar Hundert Dollar gestohlen worden waren, stand diese Angelegenheit nicht gerade ganz oben auf der Prioritätenliste.

„,Underwriter's' ist eine ganz normale, durchschnittliche Versicherungsgesellschaft", erklärte Mel weiter, während sie Gas gab, um noch unter der auf Gelb umspringenden Ampel durchzurasen. „Was bedeutet, dass sie äußerst ungern Schadenszahlungen leisten. Also arbeite ich seit einigen Wochen an dem Fall."

„Ihr Wagen muss dringend zur Inspektion", sagte Sebastian nur, als der Motor kurz stotterte.

„Ja, ich weiß. Auf jeden Fall … ich habe mich also ein bisschen umgehört, und was finde ich heraus? Ein paar Typen fahren mit einem Laster herum und ziehen einen ganz großen Verkauf von Fernsehern und Ähnlichem auf. Natürlich nicht hier, nein, sie fahren zwischen Salinas und Soledad hin und her."

„Wie haben Sie das herausgefunden?"

Sie lächelte ihn milde an. „Beinarbeit, Donovan. Meile um Meile Beinarbeit."

Wider besseres Wissen starrte er auf besagte lange, gebräunte Oberschenkel. „Kann ich mir vorstellen."

„Ich habe da diesen Informanten. Er ist ein paar Mal mit den Cops zusammengestoßen, deswegen ist er ein bisschen nervös. Aber mich mag er anscheinend. Wahrscheinlich, weil ich Privatdetektivin bin."

Sebastian räusperte sich vielsagend. „Sicher, das wird es sein."

„Er hat Verbindungen, hat selbst einige Zeit wegen Einbruchs abgesessen."

„Sie haben faszinierende Freunde."

„Ja, das Leben meint es gut mit mir." Sie lachte leicht. „Er spielt mir ein paar Informationen zu, ich lasse ihm ein kleines Entgelt zukommen. Immerhin hält ihn das davon ab, Schlösser aufzubrechen. Er hängt unten bei den Docks herum, da, wo die Touristen sich nicht hintrauen. Es gibt da eine Bar, er war gestern da, um sich ein paar Drinks zu genehmigen. Hat sich mit diesem Typen angefreundet, der schon ziemlich besäuselt war. Mein Freund zieht es vor, wenn andere für seine Drinks zahlen, und dieser Typ war offensichtlich in Spendierlaune. Die beiden haben sich zusammen betrunken, und da sie so die besten Freunde geworden sind, hat dieser Typ meinen Freund dann in die Lagerhalle hinter der Bar mitgenommen. Und raten Sie mal, was da in dieser Halle gestapelt war."

„Eine Menge gebrauchter elektronischer Geräte zu Discountpreisen?"

Sie gluckste vergnügt. „Sie kapieren schnell, Donovan."

„Warum benachrichtigen Sie nicht die Polizei?"

„He, das ist vielleicht nicht der große Fang, aber es ist mein Fang."

„Sicher haben Sie auch schon in Betracht gezogen, dass diese Gang nicht unbedingt sehr … kooperativ sein könnte?"

Mel lächelte, und etwas Feuriges und sehr Schönes leuchtete in ihren Augen auf. „Keine Angst, Donovan, ich beschütze Sie."

Als sie etwas später den Wagen vor der Bar parkte, hatte Mel Sebastian ins Bild gesetzt. Ihm gefiel der Plan nicht, aber er hatte ihn verstanden. Da er anderes gewöhnt war, betrachtete er argwöhnisch die zerfallene, fensterlose Fassade.

Schmierig, war sein Urteil, aber wahrscheinlich sahen eine Menge Bars bei Tageslicht heruntergekommen aus. Allerdings würde dieses Etablissement sogar im Dunkeln mehr als dubios wirken. Es war noch nicht Mittag, aber schon jetzt standen gut ein Dutzend Autos auf dem Kiesparkplatz.

Mel steckte die Autoschlüssel ein und warf Sebastian einen Seitenblick zu. „Versuchen Sie doch bitte, nicht so …"

„Menschlich auszusehen?", schlug er vor.

„Elegant", war das Wort, das sie im Sinn gehabt hatte, aber sie würde sich eher die Zunge abbeißen, als es auszusprechen. „Weniger so auszusehen, als wären Sie gerade einem Männermagazin entstiegen. Und bestellen Sie um Himmels willen bloß keinen Weißwein."

„Ich werde mich zusammenreißen."

„Halten Sie sich einfach an den Plan, dann kommen Sie bestens zurecht."

Als er ihr jetzt folgte und ihre schwingenden Hüften sah, war er allerdings nicht sicher, ob er wirklich so gut zurechtkommen würde.

Der Geruch der Kneipe rief ein Ekelgefühl in ihm hervor, sobald Mel die Tür aufzog. Abgestandener Rauch, abgestandenes Bier, abgestandener Schweiß. Die Jukebox plärrte, und obwohl Sebastian viele Musikrichtungen mochte, konnte er nur hoffen, dass er diesem blechernen Krach nicht lange ausgesetzt sein würde.

Männer standen an der Bar – die Sorte Männer mit stämmigen Unterarmen voller Tätowierungen, hauptsächlich Schlangen und Totenschädel. Köpfe drehten sich, als Mel und Sebastian eintraten, betrachteten Sebastian hämisch und herablassend, Mel länger und anerkennend. Sebastian fing einen Gedanken auf – was nicht schwierig war, da der durchschnittliche Intelligenzquotient der Anwesenden sich unterhalb der dreistelligen Ziffer bewegte. Seine Lippen zuckten kurz. Er hatte nicht gewusst, dass es so viele Arten gab, um … um eine Dame zu beschreiben.

Besagte Dame stolzierte hüftschwingend zur Bar und ließ sich provozierend auf einem Hocker nieder. Die aufreizend geschminkten Lippen waren zu einem sinnlichen Schmollmund verzogen.

„Du kannst mir wenigstens ein Bier ausgeben."

Ihre rauchige Stimme verwirrte ihn für einen Moment, aber sie zog warnend die Augen zusammen, und er besann sich auf seine Rolle.

„Süße, es ist nicht meine Schuld."

Süße? Mel hielt sich gerade noch zurück. „Das kennen wir schon, es ist nie deine Schuld. Du lässt dich erwischen und wirst eingebuchtet, aber es ist nicht deine Schuld. Du verlierst hundert Dollar beim Pokern mit deinen abartigen Kumpeln, aber es ist nicht deine Schuld. Ein Bier für mich, ja?", rief sie dem Barkeeper zu.

Sebastian beschloss, sich in Pose zu stellen, zeigte dem Barkeeper an, dass er zwei Bier daraus machen solle, und setzte sich auf den nächsten Barhocker. „Ich hab's dir doch zigmal erklärt. Warum lässt du mich nicht endlich damit in Ruhe?"

„Ja, natürlich." Sie gab einen verächtlichen Laut von sich. Zwei Gläser wurden auf die Bar gestellt, und Sebastian griff automatisch an seine hintere Jeanstasche, um sein Portemonnaie zu zücken. Mel dachte daran, dass allein die Brieftasche wahrscheinlich mehr wert war als die gesamte Spirituosensammlung auf dem Regal hinter der Theke, ganz zu schweigen von dem Inhalt.

Sie zischte ihm kurz zu, und er verstand sofort. Seine Hand

fiel schlaff herab. Darüber würde sie später noch mal gründlicher nachdenken müssen.

„Wohl mal wieder pleite, was?", meinte sie verächtlich. „War ja nicht anders zu erwarten." Mit augenscheinlichem Missmut kramte sie aus ihrer Handtasche zwei mitgenommen wirkende Dollarnoten hervor. „Du bist ein echter Versager, Harry."

Harry? Sein Stirnrunzeln war echt. „Ich bin bald wieder flüssig. Ich habe da noch ein paar Außenstände."

„Ja, sicher. Bald wirst du die Taschen voll haben, was?" Sie drehte ihm den Rücken zu und sah sich im Raum um.

Rico hatte ihr eine genaue Beschreibung gegeben. In weniger als zwei Minuten hatte sie den Mann erkannt, den Rico Trinkkumpan Eddie genannt hatte. Eddie war derjenige, der tagsüber den Verkauf übernahm. Außerdem hatte Eddie laut Rico eine Schwäche für die holde Weiblichkeit.

Also schlug Mel die langen Beine übereinander und wippte mit dem Fuß zum Takt der Musik, darauf bedacht, dass Eddie es auf jeden Fall merkte. Sie lächelte, klimperte mit den Wimpern und sandte Eddie einen eindeutigen Blick: Hallo, starker Mann, auf so einen wie dich habe ich mein ganzes Leben gewartet.

Sebastian allerdings, der sich kurz erlaubt hatte nachzusehen, hörte laut und deutlich: fetter, kahler Idiot.

Kahl, das stimmte. Fett war jedoch nicht unbedingt richtig. Das ärmellose T-Shirt bedeckte keineswegs nur Fett, da war eine ganz schöne Menge Muskelmasse mit eingepackt.

„Hör zu, Süße." Sebastian legte Mel eine Hand auf die Schulter, die sie unwillig abschüttelte.

„Ich bin die ewigen Entschuldigungen leid, Harry. Ich habe wirklich die Nase voll davon. Du bist ständig abgebrannt, gibst mein Geld aus und bringst noch nicht einmal die fünfzig Dollar zusammen, die es kostet, den Fernseher reparieren zu lassen. Dabei weißt du genau, wie sehr ich die Nachmittagsshows liebe."

„Du guckst sowieso zu viel fern."

„Na, das ist ja wirklich toll!" Sie wirbelte herum und ließ sich von ihrer Rolle mitreißen. „Ich arbeite mich die halbe Nacht als

Kellnerin krumm, und du gönnst es mir noch nicht einmal, dass ich nachmittags mal die Füße hochlegen und entspannen möchte. Das kostet nämlich nichts!"

„Doch, es kostet fünfzig Dollar."

Sie schubste ihn weg und glitt vom Hocker. „Was nur die Hälfte von dem ist, was du beim Pokern verloren hast! Und übrigens war das mein Geld!"

„Hör endlich auf damit." Langsam machte ihm dieses Spiel fast Spaß. Immerhin hatte sie ihm gesagt, er solle ein wenig gröber werden. „Alles, was du kannst, ist Jammern." Er griff ihren Arm, um die Show noch ein bisschen überzeugender zu machen.

Ihr Kopf fiel zurück, ihre Augen glänzten trotzig. Dieser – sexy? Oh ja, sehr sexy sogar – Mund zeigte jetzt ein aufsässiges Schmollen, das es Sebastian schwer machte, nicht aus der Rolle zu fallen.

Mel sah etwas in seinen Augen aufblitzen, kurz nur, aber sehr kraftvoll. Prompt setzte ihr Herz einen Schlag lang aus.

„Ich muss mir diesen Blödsinn von dir nicht länger gefallen lassen." Er schüttelte sie, sowohl für die Wirkung als auch, um sich selbst zu beruhigen. „Wenn es dir nicht passt, kannst du ja gehen."

„Nimm gefälligst die Hände von mir." Sie ließ ihre Stimme absichtlich zittern, es war zwar peinlich, aber es musste sein. „Du weißt genau, was passiert, solltest du mich noch ein einziges Mal schlagen. Ich lasse mir das nicht mehr von dir gefallen."

Schlagen? Du liebe Güte! „Halt den Mund und beweg einfach deinen Hintern nach draußen, Crystal." Er wollte sie unsanft zur Tür schieben und fand sich von einer massiven Brust aufgehalten, bedeckt von einem verschwitzten T-Shirt, auf dem zu lesen stand, dass sein Träger ein „Ganzer Kerl" war.

„Die Dame hat dich gebeten, die Hände von ihr zu nehmen, Weichei."

Sebastian sah auf Eddies breites Grinsen. Mel neben ihm kostete ihre Rolle jetzt so richtig aus, sie schluchzte und wimmerte erstickt vor sich hin. Sebastian wollte vom Hocker aufstehen, damit er wenigstens auf Augenhöhe mit dem selbst ernannten Ritter war. „Kümmer dich um deinen eigenen Dreck."

Ein einziger Stoß, und Sebastian landete wieder auf dem Barhocker. Er war sicher, dass er diesen Schlag noch monatelang auf seiner Brust fühlen würde.

„Herzchen, soll ich ihn mit nach draußen nehmen und ihm für dich ein paar Manieren beibringen?"

Mel tupfte mit einem Tuch ihre Wimpern trocken und schien dieses Angebot ernsthaft in Betracht zu ziehen. „Nein", sagte sie dann und legte eine zitternde Hand auf Eddies Arm. „Er ist die Mühe nicht wert." Sie lächelte Eddie bewundernd an. „Das ist sehr nett von Ihnen. Heutzutage gibt es kaum noch Gentlemen, die einem Mädchen zur Hilfe kommen würden."

„Warum setzt du dich nicht zu mir an den Tisch, Kleine?" Er legte einen Arm, dick wie ein Baumstamm, um ihre Taille. „Ich spendiere dir einen Drink, und du kannst dich ein bisschen entspannen."

„Das ist wirklich sehr süß, danke."

Mel ließ sich von ihm fortführen. Sebastian tat so, als würde er hinterherstiefeln wollen, aber einer der Männer am Billardtisch grinste in seine Richtung und schlug sich vielsagend mit dem Queue in die Handfläche. Also setzte Sebastian sich mit grimmiger Miene an die Bar und nippte stumm an seinem Bier.

Und dort saß er nun schon geschlagene anderthalb Stunden. Da er sich noch nicht einmal ein zweites Bier bestellen konnte, ohne die Tarnung auffliegen zu lassen, wurden die Schlucke immer kleiner, das Bier immer wärmer und der Barkeeper hinter der Theke immer unfreundlicher.

Es war absolut nicht seine Vorstellung von einem angenehmen Tag, in einer muffigen Bar zu sitzen und zuzusehen, wie dieser Sumo-Ringer ständig die Frau begrapschte, mit der er hergekommen war. Selbst wenn ihn nichts Gefühlsmäßiges mit dieser Frau verband. Und auch wenn diese Frau jedes Mal, wenn Eddie mit seinen Pranken über ihre Schenkel strich, ein affektiertes, albernes Kichern hören ließ, als würde es ihr gefallen.

Würde ihr recht geschehen, wenn er einfach aufstehen und sich ein Taxi nach Hause nehmen würde.

Mels Meinung nach jedoch lief alles wie am Schnürchen. Sir Eddie, wie sie ihn zu seiner großen Freude nannte, wurde langsam, aber stetig immer betrunkener. Nicht völlig besinnungslos, sondern schön angenehm und somit auch sehr mitteilsam. Männer liebten es nun mal, vor einer sie bewundernden Frau anzugeben, und Eddie fühlte sich maßlos geschmeichelt und wurde immer gesprächiger.

Er hätte da gerade ein Bombengeschäft gemacht und etwas Kleingeld in der Tasche. Ob sie nicht Lust hätte, ihm dabei zu helfen, ein wenig davon für ein bisschen Vergnügen auszugeben?

Natürlich hatte sie Lust dazu, aber sie würde bald zur Arbeit müssen. Allerdings endete ihre Schicht um eins, und dann … Eddies Augen wurden immer größer – was für ein Glückstag.

Als sie ihn genügend umgarnt hatte, tischte Mel ihm ihre herzzerreißende Geschichte auf: Sie und Harry seien jetzt schon sechs Monate zusammen, sechs lausige Monate, in denen er das Geld verpulverte und ihr jeden Spaß vermieste. Dabei brauche sie doch gar nicht viel. Nur ein paar hübsche Kleider und ein bisschen Lachen. Und jetzt sei es ganz schlimm, weil der Fernseher kaputt war. Sie habe für einen Videorecorder gespart, aber das Geld hatte Harry ja beim Kartenspielen durchgebracht, sodass sie jetzt noch nicht einmal den Fernseher reparieren lassen konnte.

„Dabei sehe ich so gern fern." Sie drehte ihr zweites Glas Bier zwischen den Fingern. Eddie hatte bereits sein siebtes geleert. „Am Nachmittag zeigen sie immer die besten Shows. Die Frauen haben alle so schicke Kleider an." Sie lehnte sich vor, dass ihre Brüste wie unabsichtlich Eddies Arm berührten. „Wissen Sie, da gibt es manchmal Sexszenen in den Serien, die machen mich ganz heiß …"

Eddie starrte wie gebannt auf Mels Lippen, die sie jetzt mit der Zungenspitze befeuchtete. Er glaubte sich im siebten Himmel.

„Natürlich macht es viel mehr Spaß, wenn man sie mit jemandem zusammen anschauen kann." Sie schenkte ihm einen Blick, dass er der einzige Jemand auf der ganzen weiten Welt war, der dafür überhaupt infrage kam. „Wenn mein Fernseher doch nur funktionieren würde … Mir gefällt es am Tag, wissen Sie? Wenn alle anderen arbeiten oder einkaufen müssen und man selbst die Zeit im … im Bett verbringen kann."

„Jetzt ist Tag."

„Sicher, aber mein Fernseher ist kaputt." Sie kicherte wie über einen vorzüglichen Witz.

„Vielleicht kann ich dir helfen, Baby."

Sie riss die Augen auf, schlug dann raffiniert die Wimpern nieder. „Das ist wirklich süß von Ihnen, Eddie, aber ich kann die fünfzig Dollar unmöglich annehmen. Das wäre nicht recht."

„Warum gutes Geld alten Geräten nachschmeißen, wenn du ein funkelnagelneues haben kannst? Na, wäre es nicht besser, ein neues Gerät zu kaufen?"

„Ja sicher", schnaubte sie spöttisch. „Ich könnte ja auch eine Diamantenkrone haben."

„Damit kann ich dir nicht dienen, mit einem Fernseher schon."

Sie sah ihn ungläubig an und legte eine Hand auf sein Knie. „Und wie soll das gehen?"

„Zufälligerweise habe ich mit Fernsehern zu tun."

„Was denn, Sie verkaufen Fernsehgeräte? Sie nehmen mich doch auf den Arm, oder?"

„Später vielleicht." Er grinste selbstgefällig. „Aber im Moment noch nicht."

Mel lachte herzhaft. „Ach, Sie sind mir schon einer, Sir Eddie." Sie trank von ihrem Bier, seufzte schwer. „Ich wünschte, Sie würden sich nicht über mich lustig machen. Aber wenn Sie mir einen Fernseher beschaffen könnten … Ich wäre Ihnen ewig dankbar."

Er lehnte sich zu ihr, sie konnte seinen Bieratem riechen. „Wie dankbar?"

Mel flüsterte Eddie kichernd etwas ins Ohr, das sogar den erfahrenen Sebastian in Verlegenheit gebracht hätte.

Auch dem guten Eddie blieb die Luft weg. Er trank sein Bier in einem Schluck aus und nahm Mels Hand. „Komm mit, du süßes Ding. Ich will dir was zeigen."

Mel hoffte inständig, dass es sich dabei um einen Fernseher handelte. Sie würdigte Sebastian keines Blickes, als sie sich von Eddie zum Hinterausgang ziehen ließ.

„Wohin gehen wir denn?"

„In mein Büro, Baby." Er blinzelte ihr zu. „Ich und meine Partner haben hier hinten ein kleines Geschäft aufgezogen."

Er ging mit ihr über einen deprimierenden Hinterhof zu einem niedrigen Bau. Nach dem dritten Klopfen wurde die Tür aufgezogen, und ein schlaksiger junger Mann mit dicker Hornbrille, ein Klemmbrett in der Hand, erschien.

„Eddie. Was gibt's?"

„Die Lady hier braucht einen Fernseher." Er legte Mel einen Arm um die Schultern und drückte sie an sich. „Crystal, das ist Bobby."

„Hallo." Bobby nickte ihr kurz zu, dann wandte er sich wieder an Eddie. „Ich glaube nicht, dass das eine gute Idee ist, Eddie. Wenn Frank das herausfindet, wird er stinksauer."

„He, mir stehen die gleichen Rechte zu wie Frank." Eddie schob Bobby einfach beiseite und zog Mel hinter sich her.

Die Neonröhre an der Decke beleuchtete mehr als ein Dutzend Fernseher. Daneben standen Türme von CD-Spielern, Videorecordern und Stereoanlagen. Auf der anderen Seite befanden sich Spielekonsolen, PCs, Anrufbeantworter und ein einsamer Mikrowellenherd.

„Wow!", stieß Mel aus und klatschte in die Hände. „Das ist ja ein richtiger Großhandel."

Eddie war sehr zufrieden mit sich und versuchte den nervösen Bobby mit einem Wink zu beruhigen. „Wir sind das, was man Lieferanten nennt. Das hier ist so was wie unser Warenlager. Sieh dich nur in Ruhe um."

Getreu ihrer Rolle, schlenderte Mel zwischen den Geräten umher und strich über die Oberflächen, als wäre es kostbarer Nerz.

„Frank wird das nicht gefallen", brummte Bobby.

„Was er nicht weiß, macht ihn nicht heiß, oder, Bobby?"

Bobby, mit guten hundert Pfund Körpergewicht unterlegen, nickte ergeben. „Richtig, Eddie. Aber eine Braut hierher mitzubringen …"

„Sie ist in Ordnung, glaub mir. Klasse Beine und wenig Hirn. Ich werde ihr einen Fernseher schenken und habe damit das große Los gezogen." Er ging zu Mel. „Hast du einen gesehen, der dir gefällt, Baby?", fragte er gönnerhaft.

„Sie meinen, ich darf mir so einfach einen aussuchen?"

„Klar." Er drückte sie fest an sich. „Wir haben da diese Versicherung. Bobby wird eben den Fernseher als gestohlen melden, und alles ist in Butter."

„Wirklich?" Sie warf den Kopf zurück und machte sich von Eddie frei, gerade genug, dass sie mit der Hand in ihre Tasche fassen konnte. „Das ist toll, Eddie, wirklich ganz toll. Aber ‚gestohlen' ist hier wohl das Stichwort."

Sie zog die verchromte 38er hervor.

„Ein Cop!", schrie Bobby schrill auf, dann sah er seinen Kumpan vorwurfsvoll an. „Herrgott, Eddie, du hast uns einen Cop angeschleppt."

„Schön ruhig bleiben. Und das sollten Sie besser lassen." Mel wedelte warnend mit der Waffe, als Bobby Anstalten machte, sich zu verdrücken. „Setz dich hin, Bobby, auf den Boden. Das ist das Beste für dich."

„Du Miststück." Eddie sprach so ruhig, dass Mel sofort auf der Hut war. „Normalerweise rieche ich einen Cop auf zweihundert Meter."

„Ich arbeite auf eigene Rechnung", sagte sie knapp. „Vielleicht liegt es daran." Sie deutete mit der Waffe zur Tür. „Gehen wir, Eddie."

„Keine Frau trickst mich aus, ob mit Waffe oder ohne."

Damit sprang er auf sie zu.

Mel wollte ihn nicht erschießen. Er war nur ein zweitklassiger fetter Dieb, er hatte die Kugel nicht verdient. Also wich sie ihm blitzschnell aus und verließ sich auf ihre Schnelligkeit und seine trunkene Schwerfälligkeit.

Er verfehlte sie und stürzte kopfüber in einen großen Bildschirm. Das Glas zerbarst mit dem Knall eines Pistolenschusses, und Eddie sackte leblos in die Knie.

Hinter sich hörte sie ein Geräusch. Als sie herumwirbelte, sah sie Sebastian, der Bobby einen Arm um die Kehle gelegt hatte. Schon nach dem ersten Anziehen ließ Bobby den Hammer fallen, den er in der hoch erhobenen Hand über Mels Kopf hielt.

„Wahrscheinlich hätten Sie nicht einmal eine Beule gehabt", knurrte Sebastian und blickte auf Bobby, der zu Boden sank wie ein nasser Sack. „Sie haben mir nicht gesagt, dass Sie eine Pistole haben."

„Ich hielt es nicht für nötig. Sie können doch Gedanken lesen."

Sebastian hob den Hammer auf und wog ihn in der Hand. „Machen Sie nur weiter so, Sutherland."

Sie zuckte lässig mit einer Schulter und sah sich in der Halle um. „Warum rufen Sie nicht die Polizei an und sagen denen Bescheid? Ich behalte die beiden hier im Auge."

„Na schön." Es war sicherlich zu viel erwartet, dass sie sich bei ihm bedanken würde, weil er ihr das Leben gerettet hatte. Um sich abzureagieren, ließ er die Tür laut hinter sich zuschlagen.

Eine gute Stunde später konnte Sebastian beobachten, wie Mel einem säuerlich dreinblickenden Detective ihre Geschichte zu Protokoll gab.

Haverman. Sebastian kannte den Mann. Er war ihm schon zweimal begegnet.

Er richtete seine Aufmerksamkeit von Detective Haverman auf Mel.

Sie hatte die Clips abgenommen und rieb sich die Ohrläppchen. Den größten Teil des Make-ups hatte sie mit Papiertaschentüchern abgewischt, nur die Augen waren immer noch geschminkt und stachen übergroß aus dem Gesicht heraus.

Hatte er gedacht, sie sei hübsch? Verflucht, sie sah umwerfend aus. Im richtigen Licht, im richtigen Blickwinkel, war sie einfach phänomenal. Dann drehte sie sich ein wenig und wirkte wieder völlig unscheinbar.

Das war auch eine Art Magie. Und sehr beunruhigend.

Aber was ging es ihn an, wie sie aussah? Ihm war das völlig gleichgültig, denn er war sauer. Stinksauer. Sie hatte ihn in diese Sache hineingezogen. Dass er freiwillig mitgemacht hatte, war hier nebensächlich. Denn sobald er seine Zusage gegeben hatte, musste er ihre Regeln befolgen.

Was ihm überhaupt nicht gefallen hatte. Schon gar nicht, dass sie mit diesem Schrank von Mann allein losgezogen war. Und dass sie eine Pistole mit sich herumschleppte. Keine kleine, nein, sondern ein großes Kaliber.

Wie wäre die Sache ausgegangen, wenn sie die Waffe hätte benutzen müssen? Oder wenn der Zweihundert-Kilo-Romeo sich versetzt gefühlt hätte?

„Sie haben Ihre Quellen", sagte Mel gerade zu Haverman, „ich habe meine. Ich habe einen Tipp gekriegt und bin ihm nachgegangen." Sie zuckte scheinbar unbeteiligt die Achseln, aber es machte ihr einen Heidenspaß. „Mir können Sie nichts vorwerfen, Leutnant."

„Ich will wissen, wer Ihnen den Tipp gegeben hat, Sutherland." Das war eine Sache des Prinzips. Er war ein Cop. Ein echter Cop. Schlimm genug, dass ein Privatdetektiv den Fall geknackt hatte, aber auch noch ein weiblicher Privatdetektiv …! Er fühlte sich zutiefst in seiner Ehre verletzt.

„Und ich muss es Ihnen nicht sagen." Plötzlich verzogen sich ihre Lippen, weil die Idee einfach so wunderbar war. „Aber da wir sozusagen gute Freunde sind, werde ich es Ihnen verraten." Sie zeigte mit dem Daumen auf Sebastian. „Er war's."

„Sutherland …", setzte Sebastian an.

„Kommen Sie schon, Donovan, was kann es schon schaden?" Sie lächelte und übernahm die Vorstellung. „Das ist Leutnant Haverman."

„Wir kennen uns."

„Ja." Jetzt war Haverman nicht nur schlechter Laune, sondern regelrecht erledigt. Wie weit war es schon mit der Welt gekommen? Frauen und Leute mit übernatürlichen Kräften, um das Gesetz zu schützen … „Ich wusste gar nicht, dass Sie sich auch für gestohlene Fernseher interessieren, Donovan."

„Eine Vision ist eben eine Vision", sagte Sebastian ganz ruhig und sah, wie Mel sich den Bauch hielt.

„Warum sind Sie damit zu ihr gegangen?" Das wurmte Haverman am meisten. „Sie kommen doch sonst zu uns."

„Stimmt." Sebastian sah über die Schulter zu Mel. „Aber sie kann die besseren Beine vorweisen."

Mel, die auf der Motorhaube ihres Wagens saß, lachte so laut los, dass sie fast heruntergefallen wäre. Haverman brummte etwas Unverständliches in sich hinein und stapfte davon. Immerhin, so dachte er mürrisch, hatte er zwei Verdächtige in Gewahrsam genommen, und wenn er sich mit Donovan anlegte, würde ihm der Chief aufs Dach steigen.

„Ganz schön lässig." Immer noch lachend, knuffte Mel Sebastian auf die Schulter. „Habe gar nicht gewusst, was so alles in Ihnen steckt."

Er zuckte mit keiner Wimper. „Sie würden überrascht sein."

„Mag sein." Sie sah sich nach Haverman um, der gerade in seinen Wagen stieg. „Er ist nicht übel, nur eben der Meinung, dass Privatdetektive nur in Romanen vorkommen und Frauen in die Küche gehören." Und weil die Sonne so schön warm schien, gefiel es ihr, einfach noch ein paar Minuten sitzen zu bleiben und ihren Triumph auszukosten. „Das haben Sie gut hingekriegt … Harry."

„Danke, Crystal." Er hatte Mühe, sich das Grinsen zu verkneifen. „Allerdings würde ich es lieber sehen, wenn Sie mich das nächste Mal in den ganzen Plan einweihen."

„Ich glaube nicht, dass es so bald ein nächstes Mal geben wird. Aber das hier hat wirklich Spaß gemacht."

„Spaß also, ja?" Er sprach langsam, begriff, dass sie es genau so meinte, wie sie es sagte. „Sich aufzutakeln wie ein Flittchen,

Männer zu taxieren, eine Szene in einer Kneipe machen, mit einem sabbernden Riesen-Gorilla zu flirten …"

Sie lächelte harmlos. „Ich habe doch wohl das Recht auf ein paar Vergünstigungen im Beruf, oder?"

„Und dass Ihnen fast der Schädel eingeschlagen worden wäre, gehört mit dazu?"

„‚Fast' ist hier das entscheidende Wort." Sie war freundlich gesinnt und tätschelte seinen Arm. „Kommen Sie schon, Donovan, regen Sie sich wieder ab. Ich habe doch gesagt, dass Sie gut waren."

„Das soll wohl so eine Art Dank sein, weil ich Ihren Dickschädel gerettet habe."

„He, ich wäre auch so bestens mit Bobby fertig geworden. Aber danke für die Rückendeckung, okay?"

„Nein, nicht okay." Er stützte sich mit beiden Händen zu ihren Seiten auf die Motorhaube auf. „Wenn das Ihr Verständnis von Spaß ist, werden wir ein paar Regeln aufstellen müssen."

„Ich habe Regeln. Meine Regeln." Seine Augen sind grau wie Rauch, dachte sie. Rauch, wie er in der Nacht von einem Lagerfeuer in den dunklen Himmel aufsteigt. „Und jetzt lassen Sie mich in Ruhe, Donovan."

Bring mich doch dazu. Er verabscheute sich dafür, dass dieser kindische Spruch das Erste war, was ihm automatisch einfiel. Schließlich war er kein Kind mehr. Sie auch nicht – wie sie dasaß und ihn anfunkelte, mit dem herausfordernd vorgeschobenen Kinn und dem selbstgefälligen kleinen Grinsen auf dem wunderschönen Mund.

Er zog sie so schnell von der Motorhaube herunter, dass sie nicht einmal dazu kam, auch nur an eine Verteidigung zu denken. Sie blinzelte immer noch, als er seine Arme um sie legte.

„Was, zum Teufel, soll das …?"

Mehr sagen konnte sie nicht. Ihr Verstand setzte aus, als er den Mund auf ihre Lippen presste. Weder versuchte sie sich zur Seite zu drehen und ihn über ihre Schulter zu werfen noch dachte sie daran, das Knie ruckartig anzuheben und ihn atemlos zu Boden zu schicken. Stattdessen ließ sie es zu, dass sein Mund hungrig von ihrem Besitz ergriff.

Schlimmer noch – willig öffnete sie ihre Lippen für ihn. Und er wollte mehr.

Sie schmeckte so süß. Wie wilder Honig, der einen dazu brachte, sich die Finger abzulecken. Die Art Honig, der er schon als Kind nie hatte widerstehen können.

Seine Hände waren nicht zart. Das war der erste zusammenhängende Gedanke, den sie hatte. Seine Hände waren hart und stark und ein bisschen rau. Sie fühlte seine Finger in ihrem Nacken. Ihre Haut dort brannte wie Feuer.

Er zog sie näher, sodass ihre beiden Körper einen einzigen Schatten auf dem Kies bildeten. Während die Hitze durch ihren Körper kroch, schlang sie die Arme um seinen Nacken und küsste ihn ebenso leidenschaftlich zurück.

Es war jetzt anders. Sie glaubte ihn leise fluchen zu hören, als sie den Kopf ein wenig drehte und den Winkel änderte. Als seine Zähne über ihre Lippen schabten, hätte sie vor Lust bald aufgestöhnt. Ihr Herz klopfte zum Zerspringen, der harte Rhythmus hallte in ihren Ohren wider, kraftvoll und donnernd wie ein Schnellzug …

„He!"

Der Ruf wurde nicht registriert, nur Sebastians Lippen zählten.

„He!"

Sebastian hörte den Ruf und das Knirschen auf dem Kies, als Schritte sich näherten. Er hätte glatt ohne die geringsten Gewissensbisse zum Mörder werden können. Einen Arm um Mels Hüfte, die andere Hand in ihrem Nacken, drehte er den Kopf und sah ein mürrisches Gesicht vor sich.

„Warum gehen Sie nicht einfach? Am besten sofort und sehr weit weg."

„Hören Sie, Kumpel, ich will ja nur wissen, warum die Bar geschlossen ist."

„Denen ist der Wodka ausgegangen." Sebastian spürte, wie

Mel sich zurückzog, und hätte am liebsten geflucht, hätte es denn genützt.

„Dabei wollte ich doch nur ein lausiges Bier." Nachdem er die Stimmung gründlich verdorben hatte, kletterte der enttäuschte Zecher in seinen Pick-up und fuhr davon.

Mel stand da, die Arme um sich geschlungen, als wehe ein eisiger Wind.

„Mary Ellen …"

„Nenn mich nicht so." Sie wich überstürzt zurück und prallte hart an den Wagen. Ihre Lippen zitterten, ihr Puls raste. Du lieber Himmel, sie hatte sich ihm praktisch hemmungslos an den Hals geworfen, hatte zugelassen, dass er sie anfasste …

Jetzt berührte er sie nicht mehr, aber es sah so aus, als würde er das jeden Moment ändern wollen. Der Stolz verbot es ihr zurückzuscheuen, aber sie wappnete sich für einen erneuten Anschlag auf ihre Sinne.

„Warum hast du das getan?"

Er widerstand dem Drang, einzutauchen und nachzusehen, was sie wirklich fühlte. Es zu vergleichen mit dem, was in ihm vorging. Aber das wäre unfair. „Ich habe nicht die leiseste Ahnung."

„Nun, dann solltest du es besser nicht noch einmal versuchen." Die Antwort tat weh, und das erstaunte sie. Was hatte sie denn erwartet? Dass er sie unwiderstehlich fand und sich nicht mehr hatte zurückhalten können? Dass ihn die Leidenschaft übermannt hatte?

Sie hob das Kinn. „Wenn ich während der Arbeit betatscht werde, kann ich damit umgehen. Schließlich ist es mein Job. Aber nicht, wenn ich nicht im Dienst bin, klar?"

Seine Augen blitzten auf, kurz nur, dann hob er die Hände. „Glasklar."

„Na schön." Nur nichts unnötig aufbauschen, beschloss sie, während sie in ihrer Tasche nach dem Autoschlüssel kramte. Es war geschehen, vorbei, und es hatte nichts zu bedeuten, für keinen von ihnen beiden. „Fahren wir zurück. Da sind noch ein paar Dinge, die ich erledigen muss."

4. KAPITEL

*M*el verbrachte den größten Teil des nächsten Morgens damit, in Roses Nachbarschaft von Tür zu Tür zu gehen, Sebastians Zeichnung in der Hand. Endergebnis war, sie hatte drei wasserdichte Identifizierungen, vier Einladungen zum Kaffee und ein schlüpfriges Angebot.

Einer von den Leuten, die den Mann auf der Zeichnung erkannt hatten, hatte auch eine Beschreibung des Wagens gegeben, bis hin zu der eingedellten Tür. Das wiederum verursachte bei Mel ein mulmiges Gefühl im Magen.

Außerdem stand da dieser eine Name auf ihrer Liste von Befragten, der sie nicht zur Ruhe kommen ließ. Mel hatte das eindeutige Gefühl, dass Mrs O'Dell aus Apartment 317 mehr wusste, als sie bisher gesagt hatte.

Also klopfte Mel zum zweiten Mal an diesem Tag an die Wohnungstür. Hinter der Tür konnte sie das Weinen eines Babys hören und den Fernseher.

Wie schon zuvor, so wurde die Tür auch jetzt nur einen Spalt breit geöffnet, und Mel sah hinunter auf das schokoladenverschmierte Gesicht eines kleinen Jungen.

„Hi. Ist deine Mom da?"

„Sie sagt, ich darf nicht mit Fremden sprechen."

„Da hat sie recht. Könntest du sie bitte holen?"

Der Junge hielt die Tür mit dem Fuß zu. „Wenn ich eine Pistole hätte, würde ich dich erschießen."

„Da habe ich heute wohl besonderes Glück, dass du keine hast, was?" Mel ging in die Hocke, um dem Jungen in die Augen sehen zu können. „Schokoladenpudding, stimmt's? Du hast bestimmt den Löffel abgeschleckt, nachdem deine Mom den Pudding gekocht hat."

„Ja." Immerhin hatte sie seine Neugier geweckt. „Woher weißt du das?"

„Das war leicht, Puddinggesicht. Dein Schokoladenmund ist

noch ganz frisch, und es ist zu kurz vor dem Lunch, als dass deine Mom dich eine ganze Portion hätte essen lassen."

Der Junge legte den Kopf schief. „Könnte ja auch sein, dass ich mir was stibitzt habe."

„Könnte sein, ja", stimmte Mel zu. „Aber dann wäre es doch ganz schön dumm von dir, die Beweise nicht abzuwaschen, oder?"

Er begann zu grinsen, als seine Mutter hinter ihm auftauchte und ihn mit einer Hand von der Tür wegzog. „Billy! Habe ich dir nicht gesagt, du sollst nicht an die Tür gehen?" Auf dem anderen Arm trug sie ein kleines Mädchen, das sich weinend sträubte. Mrs O'Dell warf Mel einen unwirschen Blick zu. „Was wollen Sie denn schon wieder? Ich habe Ihnen alles gesagt."

„Und Sie waren wirklich eine große Hilfe, Mrs O'Dell." Mel erstickte fast an den Worten. Mrs O'Dell war abweisend, mürrisch und unfreundlich gewesen. „Es tut mir wirklich leid, Sie noch mal zu stören, aber ich versuche eine gewisse Ordnung in die Dinge zu bringen." Noch während sie sprach, schlüpfte Mel unauffällig in die Wohnung. „Ich kann mir vorstellen, wie lästig es für Sie ist, unterbrochen zu werden, wenn Sie doch so beschäftigt sind." Mel machte einen großen Schritt über die Spielzeugsoldaten, die auf dem Teppich verstreut lagen. „Aber mir ist aufgefallen, dass Ihr Fenster direkt auf die Straße hinausgeht, wo der mutmaßliche Täter mit seinem Auto parkte."

Mrs O'Dell setzte ihre kleine Tochter ab, die sofort zum Fernseher krabbelte und sich davor setzte. „Und?"

„Nun, ich habe bemerkt, wie sauber Ihre Fenster sind, die saubersten überhaupt im ganzen Gebäude. Wenn man von der Straße hochschaut, blitzen sie wie Diamanten."

Immerhin glättete dieses Kompliment die tiefen Falten auf Mrs O'Dells Stirn. „Ich lege großen Wert auf Sauberkeit. Unordnung lässt sich nicht vermeiden bei zwei kleinen Kindern, aber Schmutz toleriere ich nicht."

„Das verstehe ich voll und ganz, Ma'am. Um so saubere Fenster zu haben, muss man sie sicher häufig putzen, nicht wahr?"

„Das können Sie laut sagen. Jeden Monat. Immer, regelmäßig. Der Dreck und Staub von der Straße machen das nötig."

„Sie können praktisch die ganze Nachbarschaft von hier aus übersehen."

„Ich habe keine Zeit, um die Nachbarn auszuspionieren."

„Nein, Ma'am, das wollte ich damit auch nicht andeuten. Ich meine nur, dass Ihnen vielleicht zufällig etwas aufgefallen ist."

„Nun, ich bin nicht blind. Ich habe diesen Mann hier herumlungern sehen, das habe ich Ihnen schon gesagt."

„Ja, natürlich. Ich dachte mir nur, Ihnen könnte noch mehr aufgefallen sein, beim Fensterputzen vielleicht. Es dauert doch bestimmt eine Stunde, bis Sie …"

„Fünfundvierzig Minuten."

„Aha. Nun, wenn dieser Mann da so lange in seinem Wagen gesessen hat, ist Ihnen das nicht komisch vorgekommen?"

„Er ist ausgestiegen und herumgelaufen."

„So?" Mel fragte sich, ob sie wohl ihren Notizblock herausholen durfte. Aber dann entschied sie, dass sie sich das Aufschreiben besser für später aufbewahren würde.

„An beiden Tagen", fügte Mrs O'Dell noch hinzu.

„An beiden Tagen?"

„Ja, als ich die Fenster geputzt habe und an dem Tag, als ich die Vorhänge gewaschen habe. Aber ich habe mir nichts dabei gedacht. Es ist nicht meine Art, meine Nase in anderer Leute Angelegenheiten zu stecken."

„Nein, da bin ich mir sicher." Aber ich tue es, dachte Mel mit klopfendem Herzen. „Wissen Sie zufällig noch, wann genau das war?"

„Die Fenster putze ich immer am Ersten des Monats. Und die Vorhänge habe ich ein paar Tage später abgenommen. Da habe ich ihn gesehen, wie er die Straße auf und ab gegangen ist."

„David Merrick ist am vierten Mai entführt worden."

„Ich weiß." Mrs O'Dell runzelte wieder die Stirn und sah dann auf ihre Kinder. „Es bricht mir das Herz. Ein kleines Baby, praktisch den Armen der Mutter entrissen. Ich lasse Billy nicht mehr allein nach draußen."

Mel legte ihr eine Hand auf den Arm, eine Verbindung, von Frau zu Frau. „Sie müssen Rose Merrick nicht persönlich kennen, um zu wissen, was sie durchmacht. Sie sind selbst Mutter."

Das berührte Mrs O'Dell, Mel konnte sehen, wie ihr die Tränen in die Augen stiegen. „Ich wünschte, ich könnte helfen. Aber ich habe wirklich nichts gesehen. Ich habe immer gedacht, unsere Kinder seien in dieser Gegend sicher. Dass man keine Angst haben muss, wenn sie über die Straße gehen, um mit ihren Freunden zu spielen. Dass man nicht fürchten muss, dass man sie einfach in ein Auto zerrt. Dass sie wieder nach Hause kommen."

„Ja, es ist nicht richtig, so etwas sollte man nicht fürchten müssen. Rose und Stan Merrick sollten auch keine Angst haben müssen, ob sie ihren kleinen David je wieder zurückbekommen. Mrs O'Dell, dieser Jemand, der David entführt hat, hat genau unter Ihrem Fenster geparkt. Vielleicht, wenn Sie genauer nachdenken, wenn Sie sich zurückbesinnen … Ist Ihnen nichts an dem Auto aufgefallen?"

„An diesem Schrotthaufen? Nein."

Mel wagte sich einen Schritt weiter vor. „Ich nehme an, das Nummernschild war aus einem anderen Bundesstaat?"

Mrs O'Dell dachte einen Moment nach und schüttelte dann den Kopf. „Nein. Ich habe mir nämlich zuerst noch gedacht, dass er vielleicht jemanden besucht und deshalb wartet. Aber dann fiel mir auf, dass er wohl doch nicht von weither gekommen sein konnte, weil es eine kalifornische Nummer war."

In Gedanken drückte Mel sich die Daumen und versuchte ihre Aufregung zu überspielen. „Während Sie da so die Fenster geputzt haben, haben Sie sich nicht zufällig die Nummer genauer angesehen? Ich meine, ohne dass es Ihnen so recht bewusst geworden ist."

Mel sah an Mrs O'Dells Gesicht, dass sie sich bemühte. Die Lippen geschürzt, die Augen leicht zusammengekniffen, aber dann wedelte sie ungeduldig mit dem Staubtuch, das sie hielt.

„Ich habe wichtigere Dinge zu tun. Wie gesagt, es war eine kalifornische Nummer, aber mehr kann ich Ihnen nicht sagen, so gern ich auch helfen möchte, Miss …"

„Sutherland", half Mel bereitwillig.

„Miss Sutherland, mir blutet das Herz für die armen Eltern, aber ich habe es mir wirklich zur Angewohnheit gemacht, mich um meine eigenen Dinge zu kümmern. Also, da es nichts mehr gibt, was ich Ihnen noch sagen könnte … Ich bin wirklich beschäftigt."

Hier war gerade die endgültige Grenze gezogen worden. Mel reichte Mrs O'Dell ihre Visitenkarte. „Wenn Ihnen doch noch etwas einfallen sollte wegen des Nummernschilds, würden Sie mich bitte anrufen?"

„Es war eine Katze", ließ Billy sich vernehmen.

„Billy, du sollst nicht dazwischenreden, wenn Erwachsene sich unterhalten."

Der Junge zuckte nur die Schultern und fuhr mit dem Feuerwehrauto am Bein seiner Schwester hoch, um sie zum Lachen zu bringen.

„Was war eine Katze?", fragte Mel.

„Das Auto." Billy ahmte die Sirene der Feuerwehr nach. „Da stand K-A-Z-E drauf, wie Katze."

Aufgeregt ging Mel vor dem Jungen in die Hocke. „Du meinst das Auto, in dem der Mann gesessen hat? Hast du es gesehen?"

„Klar. Als ich von der Schule nach Hause kam, stand es da. Freddys Mom hatte Fahrdienst."

„Wir wechseln uns ab, um die Kinder zur Schule zu bringen", sagte Mrs O'Dell leise.

„Sie hat mich direkt hinter dem Auto aussteigen lassen. Ich fahr nicht gern mit Freddy, er kneift. Aber ich mag es, mir Nummernschilder anzusehen. Manchmal kann man nämlich Wörter aus den Buchstaben machen."

„Und du bist sicher, dass es das braune Auto war, nicht ein anderes, das du vielleicht auf der Fahrt gesehen hast?"

„Ganz sicher. Weil es nämlich jeden Tag auf der Straße stand, manchmal auch auf der anderen Seite. Als Mom Fahrdienst hatte, war es nicht mehr da."

„Kannst du dich an die Zahlen erinnern, Billy?"

„Ich mag keine Zahlen, Buchstaben gefallen mir besser. Wie K-A-Z-E."

Mel drückte ihm einen dicken Kuss auf die schokoladenverschmierte Wange. „Danke, Billy, ich bin froh, dass dir Buchstaben so gut gefallen."

Als sie das Büro von „Sutherland Investigations" betrat, hätte Mel fast gejubelt. Sie hatte eine Spur. Na schön, es war nur die Hälfte eines Nummernschildes und die Information stammte von einem Sechsjährigen, aber endlich hatte sie einen Anhaltspunkt.

Sie hörte die Nachrichten auf dem Anrufbeantworter ab und ging in die Küche, um sich etwas zu trinken zu holen. Die ganze Zeit über hielt sich das zufriedene Lächeln auf ihrem Gesicht.

Gute, solide, wasserdichte Nachforschungen. Nur damit konnte man etwas erreichen. Hartnäckigkeit schadete auch nichts. Wahrscheinlich war die Polizei nicht einmal bis zu Billy O'Dell vorgedrungen, und selbst wenn, dann wäre er für sie nie als zuverlässiger Zeuge in Betracht gekommen.

Nachforschungen, Beharrlichkeit und manchmal auch der eine oder andere Kniff. Gerade diese Kniffe gehörten oft mit zur Arbeit, wie auch Verkleidungen. Aber das war weit entfernt vom Übersinnlichen.

Ihr Lächeln wurde ironisch, als sie an Sebastian dachte. Vielleicht hatte er mit der Zeichnung und der Wagenbeschreibung einen Treffer gelandet, aber vielleicht war es auch so, wie sie angenommen hatte – dass er Verbindungen zur Polizei hatte.

Auf jeden Fall würde es ihr diebischen Spaß machen, ihm diese neue Information unter die Nase zu reiben.

Na ja, dachte sie voller Großmut, so übel ist er eigentlich gar nicht. Gestern Abend, als sie zusammen noch einen Hamburger gegessen hatten, hatte er nicht noch einmal versucht, sich an sie heranzumachen. Er hatte auch keine geheimnisvolle Show abgezogen. Sie hatten sich unterhalten, hauptsächlich über Bücher und Filme, die typischen Themen. Trotzdem war es interessant gewesen. Und seine Stimme mit dem leichten Hauch des irischen Singsangs war eigentlich recht angenehm gewesen.

Ein Akzent, der stärker geworden war, als er an ihren Lippen etwas gemurmelt hatte.

Verärgert schüttelte sie den Gedanken ab. Sie war schon früher geküsst worden und hatte noch nie etwas dagegen einzuwenden gehabt. Allerdings zog sie es vor, Ort und Zeitpunkt selbst zu bestimmen. Und wenn sie noch nie so auf einen Kuss reagiert hatte, dann lag das nur daran, dass Sebastian sie völlig überrumpelt hatte.

Das würde allerdings auch nicht mehr passieren.

Um genau zu sein … so, wie die Dinge im Moment lagen, konnte es gut möglich sein, dass sie Sebastian Donovan und seinen ganzen Hokuspokus überhaupt nicht mehr brauchte. Sie hatte ein paar Kontakte bei der Kfz-Anmeldestelle, und wenn sie erst die Buchstaben des Nummernschildes durchgegeben hatte, würde sie …

Ihre Gedanken wurden unterbrochen, als Sebastians Stimme auf dem Anrufbeantworter ertönte.

„Sutherland, schade, dass ich dich verpasst habe. Machst wohl gerade wieder die Straßen unsicher, was?"

Sie streckte dem Apparat die Zunge heraus. Eine kindische Reaktion, aber das Lachen in seiner Stimme verlangte geradezu danach.

„Ich dachte mir, du hättest vielleicht Interesse an ein paar neuen Informationen. Ich habe mich auf den Wagen konzentriert. Der linke Hinterreifen ist abgefahren, was unserem Mann sehr bald Schwierigkeiten einbringen könnte. Sein Reserverad ist nämlich auch platt."

„Übertreib's nicht, Donovan", murmelte sie. Sie erhob sich, entschlossen, das Gerät und damit auch die Stimme auszuschalten.

„Ach ja, das Nummernschild stammt übrigens aus Kalifornien. K-A-Z-E 2544."

Mel hielt regungslos den Finger über den „Aus"-Knopf.

„Lass mich wissen, ob du mit deinem Detektivzauber mehr darüber in Erfahrung bringen kannst, ja? Ich bin heute Abend zu Hause. Also dann, Waidmanns Heil, Mary Ellen."

„Verdammter …" Sie fluchte nicht zu Ende, aber dafür schaltete sie die Maschine endlich aus.

Es gefiel ihr nicht. Nein, ganz und gar nicht. Trotzdem schaltete Mel den Gang herunter und fuhr den schmalen Weg zu Sebastians Haus empor. Nicht eine Sekunde lang glaubte sie, dass er das Nummernschild „gesehen" hatte, oder wie auch immer er das nennen mochte. Aber da er ihr den Tipp gegeben hatte, hatte sie sich verpflichtet gefühlt, dem nachzugehen.

Als sie vor seinem Haus ankam, schwankte sie zwischen freudiger Erregung, weil sie weitergekommen war, und dem Ärger, Sebastian schon wieder gegenübertreten zu müssen. Sie würde sich also ganz professionell geben, versprach sie sich und parkte ihren Wagen zwischen einer wuchtigen Harley und dem neuesten Modell eines Minivans.

Mel betätigte den Türklopfer – ein Wolfskopf aus Messing, der die Zähne bleckte – und wartete. Als sich nichts rührte, trat sie an die Fenster und lugte neugierig hinein. Auf der einen Seite das geräumige Wohnzimmer, auf der anderen eine Bibliothek, aber von Sebastian keine Spur.

Eigentlich hätte sie sich jetzt davonmachen sollen, aber erstens ließ ihr Gewissen das nicht zu, und zweitens wäre es feige gewesen. Also stieg sie die Stufen wieder hinab und ging ums Haus herum.

Da sah sie ihn. Er stand auf einer Weide und hatte die Arme um eine zierliche Blondine in engen Jeans gelegt. Die beiden lachten zusammen, ein Laut der Vertrautheit, genauso wie ihre Stellung.

Der heiße Stich überraschte sie. Es war ihr völlig egal, ob er eine Freundin hatte. Von ihr aus hätte er einen ganzen Harem haben können. Hier ging es nur ums Geschäft. Was Sebastian privat machte, war ihr vollkommen egal.

Die Tatsache, dass er an einem Tag eine Frau besinnungslos küssen konnte und am nächsten eine andere umarmte, zeigte Mel nur ganz deutlich, was für ein Mann Sebastian Donovan war.

Ein Mistkerl.

Trotzdem würde sie professionell bleiben. Die Hände in den Taschen, marschierte sie auf den verwitterten Zaun zu.

„He, Donovan."

Die beiden Gestalten drehten sich gleichzeitig zu ihr um. Mel erkannte, dass die Blondine nicht nur zierlich und schlank war, sondern auch hübsch. Sehr hübsch sogar, mit ruhigen grauen Augen und einem weichen, vollen Mund, der jetzt zu einem leichten Lächeln verzogen war.

Mel kam sich vor wie ein struppiger Straßenköter gegenüber einem reinrassigen Zuchthund. Ihr Magen zog sich leicht zusammen.

Stirnrunzelnd sah sie, wie Sebastian der Blondine etwas zuflüsterte, sie auf die Schläfe küsste und dann zum Zaun kam.

„Wie geht's, Sutherland?"

„Ich habe deine Nachricht erhalten."

„Das dachte ich mir. Ana, das ist Mel Sutherland, ihres Zeichens Privatdetektivin. Mel, Anastasia Donovan, meine Cousine."

„Freut mich, Sie kennenzulernen." Ana streckte Mel die Hand entgegen. „Sebastian hat mir von dem Fall erzählt, an dem Sie zusammen arbeiten. Hoffentlich finden Sie den Kleinen bald."

„Danke." Mel ergriff die dargebotene Hand. Etwas in der Stimme der Frau, in der Berührung war so beruhigend, dass ihr Ärger schon halb verflogen war.

„Die Eltern müssen außer sich vor Sorge sein."

„Ja, aber sie halten durch."

„Ich bin sicher, es hilft ihnen, dass jemand sich so für sie einsetzt." Anastasia trat zurück und wünschte, sie könnte helfen. Aber wie Sebastian hatte auch sie gelernt zu akzeptieren, dass sie nicht immer allen Menschen helfen konnte. „Sie haben sicher etwas Geschäftliches zu besprechen."

„Ich werde nicht lange stören." Sie warf Sebastian einen Blick zu, sah dann an ihm vorbei zu den Pferden. Beim Anblick der edlen Tiere leuchtete kurz Begeisterung in ihrem Gesicht auf. „Es dauert nur eine Minute."

„Nein, lassen Sie sich ruhig Zeit." Graziös wie eine Gazelle schwang Ana sich über den Zaun. „Ich wollte sowieso gehen. Kommst du morgen ins Kino, Sebastian?"

„Wer ist dran?"

„Morgana. Sie sagt, sie braucht etwas Brutales, also wird es wohl ein Thriller werden." Ana lächelte Sebastian vielsagend an.

„Wir sehen uns dort." Er beugte sich über den Zaun, um ihr noch einen Kuss zu geben. „Danke für das Wurmkraut."

„Keine Ursache. Und willkommen zu Hause. War nett, Sie zu sehen, Mel."

„Ganz meinerseits." Mel strich sich das Haar aus den Augen und sah Ana nach, wie sie über den Rasen davonging.

„Ja, sie ist hübsch, nicht wahr?", sagte Sebastian neben ihr. „Ihr Inneres ist noch besser als ihr Äußeres."

„Ihr scheint euch ziemlich nahezustehen, für Cousins, meine ich."

Er grinste. „Allerdings. Ana, Morgana und ich haben unsere Kindheit zusammen verbracht. Hier und drüben in Irland. Wenn man etwas gemeinsam hat, etwas, das einen von dem so genannten Normalen unterscheidet, hält man nur noch mehr zusammen."

Mel hob eine Augenbraue. „Ist sie etwa auch übersinnlich veranlagt?"

„Nicht unbedingt. Anas Gabe ist anders geartet." Jetzt strich er ihr das Haar aus der Stirn. „Aber du bist sicher nicht hier, um über meine Familie zu plaudern, oder?"

„Nein." Sie wich zurück, nur ein wenig, um aus seiner Reichweite zu kommen, und dachte über den am wenigsten erniedrigenden Weg nach, wie sie ihm danken könnte. „Ich habe das

Kennzeichen überprüft. Ich hatte bereits selbst die Hälfte herausgefunden, als ich deine Nachricht bekam."

„So?"

„Ich habe einen Zeugen aufgetrieben." Niemals würde sie zugeben, wie schwer es gewesen war, die vier kleinen Buchstaben zu erfahren. „Ich habe meinen Kontaktmann bei der Zulassungsstelle gebeten, das Nummernschild zu überprüfen."

„Und?"

„Der Wagen ist registriert auf einen gewissen James T. Parkland, wohnhaft in Jamesburg." Mel stellte einen Fuß auf die unterste Zaunlatte und sog tief die Luft ein. Sie mochte den Geruch der Pferde, allein sie anzusehen beruhigte sie. „Ich bin hingefahren. Er hat sich abgesetzt. Die Vermieterin war sehr mitteilsam, vor allem, da er noch mit zwei Monatsmieten im Rückstand ist."

Die Stute kam herüber und stupste Mel mit der Schnauze an. Mel streichelte die weiche Blesse. „Ich habe mir so einiges über den guten Jimmy anhören müssen. Offensichtlich der Typ, der Schwierigkeiten anzieht. Sieht angeblich ganz gut aus, aber – ich zitiere – immer abgebrannt. Für ein Sechserpack Bier schien er jedoch immer genug zu haben. Die Vermieterin behauptet, er hätte … hätte ihre mütterliche Ader angesprochen, aber ich vermute viel eher, diese Beziehung war alles andere als platonisch. Sonst wäre die Frau nicht so sauer gewesen."

„Immerhin, zwei Monatsmieten."

Mel schüttelte den Kopf. „Nein, das war was Persönliches. Sie hatte diesen verbitterten Unterton in der Stimme, den Frauen haben, wenn sie sitzen gelassen worden sind."

Sebastian vertraute auf Mels Intuition. „Was sie umso gesprächiger gemacht hat, da sie einen mitfühlenden Zuhörer hatte."

„Genau. Er wettete. Meistens Sport, aber ihm war jede Wette recht. Muss sich wohl in den letzten Monaten ziemlich tief reingeritten haben, denn er bekam häufiger Besuch – von Leuten mit gebrochenen Nasen und ausgebeulten Jacketts, da, wo die Pistole sitzt. Der gute Jimmy hat versucht, seine Vermieterin anzupumpen, aber sie hat ihm nichts geliehen. Als sie ihn zum letzten Mal gesehen hat, soll er angeblich sehr nervös gewesen sein. Das war eine Woche vor Davids Entführung."

„Und was jetzt?"

„Nun, es hat wehgetan, aber es war nötig: Ich habe die Geschichte an die dortige Polizei weitergegeben. Je mehr Leute nach Jimmy suchen, desto besser."

Sebastian streichelte über Psyches Flanke. „Er ist auf dem Weg nach Neuengland." Er sah Mel durchdringend an. „Zu nervös, um sich irgendwo lange aufzuhalten."

„Sieh mal, Donovan …"

„Als du sein Zimmer durchsucht hast, ist dir da aufgefallen, dass der Knopf der zweiten Schublade von oben an seiner Kommode locker war?"

Ja, sie hatte es bemerkt, aber sie sagte nichts.

„Mel, ich veranstalte hier keine Varieté-Show", setzte Sebastian gereizt an. „Ich will diesen Jungen finden, und zwar schnell. Rose verliert die Hoffnung. Wenn sie die erst einmal verloren hat, könnte sie etwas äußerst Unüberlegtes tun."

Angst griff ihr mit eiskalten Fingern an die Kehle. „Was meinst du damit?"

„Du weißt, was ich meine. Nutze allen Einfluss, den du hast. Die Polizei in Vermont und New Hampshire soll nach James suchen. Er fährt jetzt einen roten Toyota, aber mit den gleichen Nummernschildern."

Sie wollte es als Unsinn abtun, konnte es aber nicht. „Ich werde zu Rose fahren."

Bevor sie sich vom Zaun wegbewegen konnte, nahm Sebastian ihre Hand. „Ich habe Rose vorhin angerufen. Für eine Weile wird sie in Ordnung sein."

„Ich sagte doch schon, ich will nicht, dass du sie mit diesem Hokuspokus fütterst."

„Du arbeitest auf deine Weise, ich auf meine." Er drückte ihre Finger. „Sie brauchte etwas. Etwas, das ihr hilft, eine weitere Nacht durchzuhalten, wenn sie an das leere Kinderbett tritt. Das habe ich ihr gegeben. Das, was sie so dringend gebraucht hat."

Sie spürte etwas, das von ihm ausging. Etwas, das ihrer Traurigkeit und Frustration so ähnlich war. Und gab nach. „Na schön, vielleicht war es genau das Richtige. Aber wenn du recht hast und er tatsächlich in Neuengland ist …"

„Wirst du ihn nicht zuerst in die Finger bekommen, und das frisst an dir, nicht wahr?"

„Du hast den Nagel auf den Kopf getroffen." Sie zögerte, holte tief Luft und beschloss, alles zu sagen. „Ich habe eine Kontaktperson in Georgia."

„Du hast wirklich weit reichende Beziehungen."

„Ich bin zwanzig Jahre durch die Lande gezogen … Auf jeden Fall, es gibt da einen Anwalt, der wiederum hat mir einen Privatdetektiv genannt, dem er vertraut. Er wird sich umhören und die Augen offen halten."

„Du akzeptierst also, dass David in Georgia ist?"

„Ich will nur keine Möglichkeit auslassen. Wenn ich sicher wäre, würde ich selbst hinfahren."

„Wenn es so weit ist, werde ich mit dir kommen."

„Natürlich." Eher würde die Hölle gefrieren. Heute Abend konnte sie nichts mehr tun, aber sie hatte einen guten Anfang gemacht. Und das war mehr, musste sie vor sich selbst zugeben, als sie geschafft hatte, ehe Sebastian dazugestoßen war. „Diese Geschichte mit dem Gedankenlesen, ist das so was Ähnliches wie das, was sie an der Universität von Columbia untersuchen?"

Unwillkürlich grinste er. Sie musste immer nach einer logischen Erklärung suchen. „Nein, nicht ganz. Du beziehst dich auf den sogenannten sechsten Sinn, den die meisten Leute haben und normalerweise ignorieren. Ahnungen, plötzliches Begreifen, Déjà-vu. Ich bin sowohl weniger als auch viel mehr."

Sie wollte etwas Deutlicheres, etwas Handfesteres, aber sie bezweifelte, dass sie etwas Derartiges bekommen würde. „Für mich hört sich das ziemlich seltsam an."

„Meist haben Menschen Angst vor dem, was sie als seltsam ansehen. In früheren Zeiten war die Angst so groß, dass man die, die anders waren, verbrannt, gehängt oder ertränkt hat." Er musterte sie genau, ihre Hand immer noch in seiner. „Aber du hast keine Angst, nicht wahr?"

„Was denn, vor dir?" Sie lachte trocken auf. „Nein, ich habe keine Angst vor dir, Donovan."

„Vielleicht wirst du die noch bekommen, bevor das alles hier vorbei ist", sagte er mehr zu sich selbst. „Aber wie ich immer sage: Man sollte in der Gegenwart leben, ganz gleich, was man auch über das Morgen wissen mag."

Mel spürte die plötzliche Hitze, die von seiner Hand auf ihre übersprang. Doch sein Gesicht blieb völlig regungslos.

„Du magst Pferde."

Sie zog ihre Hand zurück und spreizte die Finger. „Wie? Oh ja, natürlich. Man muss diese herrlichen Tiere einfach mögen."

„Reitest du?"

Sie rollte unauffällig die Schulter. Die Hitze war verschwunden, aber ihre Hand fühlte sich an, als sei sie damit zu nah an eine offene Flamme geraten. „Ich habe mal auf einem Pferd gesessen. Aber das ist Jahre her."

Sebastian sagte nichts, aber der Hengst hob den Kopf, als hätte er ein Signal gehört, und kam zum Zaun getrabt. Unruhig tänzelte er.

„Der sieht aus, als hätte er ein Problem mit seinem Temperament." Doch noch während sie es sagte, lachte sie und streckte die Hand aus, um das Tier zu streicheln. „Du weißt genau, wie schön du bist, nicht wahr?"

„Er hat so seine Launen", bemerkte Sebastian. „Aber er kann auch sehr sanft sein, wenn er will. Psyche fohlt in ein paar Wochen, also kann man sie nicht reiten. Aber wenn du Lust hast, kannst du es ja mal mit Eros versuchen."

„Später vielleicht." Mel ließ die Hand fallen, bevor die Versuchung zu stark wurde und sie das Angebot auf der Stelle annahm. „Ich sollte jetzt besser gehen."

Er nickte, bevor er wiederum der Versuchung nicht widerstehen würde, sie zum Bleiben zu überreden. „Parkland so schnell aufzufinden war ziemlich gute Arbeit, Sutherland."

Sie war so überrascht über das Kompliment, dass sie sogar ein wenig rot wurde. „Routine. Wenn ich David finde, das wird dann gute Arbeit sein."

„Wie steht's mit Kino?"

Mel blinzelte. „Wie bitte?"

„Ich sagte, wie steht's mit Kino?" Er rückte näher an sie heran, nur ein winziges bisschen. Mel hätte nicht sagen können, warum es so bedrohlich wirkte – oder so aufregend. „Morgen Abend", fuhr er fort. „Meine Cousinen und ich gehen ins Kino. Ich dachte mir, du würdest meine Familie vielleicht interessant finden."

„Ich gehe nicht oft aus."

„Es würde sich aber lohnen." Er sprang so geschmeidig über den Zaun wie Ana vor ihm, aber dieses Mal musste Mel nicht an eine Gazelle denken, sondern an einen Wolf. Nun, da der Zaun nicht mehr zwischen ihnen war, wuchsen die Bedrohung und die Aufregung nur noch. „Zwei Stunden abschalten und entspannen, um wieder einen klaren Kopf zu bekommen. Danach, so glaube ich, werden du und ich irgendwohin gehen müssen."

„Wenn du weiterhin in Rätseln sprichst, werden wir nicht weit kommen."

„Vertrau mir einfach." Er legte seine Hand an ihre Wange, und es war ihr nicht möglich, diese sanften Finger fortzuschieben. „Ein Abend mit den Donovans wird uns beiden guttun."

Noch bevor sie sprach, wusste sie, dass ihre Stimme atemlos klingen würde, und sie verfluchte ihn dafür. „Ich bin mir ziemlich sicher, dass nichts von oder an dir mir guttun könnte."

Er lächelte und dachte, wie schmeichelhaft das Licht der Dämmerung ihre Haut betonte, wie Vorsicht und Argwohn ihre Augen faszinierend machten. „Das ist eine Einladung ins Kino, Mel, kein Antrag. Schon gar kein so unsittlicher wie der von dem einsamen Mann in Roses Wohnhaus heute Morgen."

Beunruhigt trat sie von ihm weg. Es konnte auch einfach nur eine Vermutung gewesen sein, ein Schuss ins Blaue. „Woher weißt du davon?"

„Ich hole dich zur Neun-Uhr-Vorstellung ab. Vielleicht erkläre ich es dir dann." Er hob abwehrend die Hand, bevor sie etwas sagen konnte. „Du hast behauptet, du hättest keine Angst vor mir, Sutherland. Beweise es."

„Aber ich zahle selbst. Das ist kein Date."

„Nein, natürlich nicht."

„Na schön, morgen Abend also." Sie drehte sich um, weil sie sich einbildete, es sei einfacher, nicht in diese amüsierten Augen blicken zu müssen. „Wir sehen uns."

„Ja", murmelte er. „Mit Sicherheit."

Während er ihr nachsah, schwand das Lächeln langsam von seinem Gesicht. Nein, es war kein Date. Etwas so Simples würde es in ihrer Beziehung nicht geben. Ganz gleich, wie wenig ihm die Vorstellung auch gefiel, er wusste, dass sie eine Beziehung haben würden.

Er sah zum Haus hoch, wo die Fenster in der untergehenden Sonne aufblitzten. Dort hinter dem großen Fenster stand das Bett, in dem er schlief, in dem er träumte. Das Bett, das er, noch bevor der Sommer vorbei war, mit Mel teilen würde.

5. KAPITEL

*M*el hatte den ganzen Tag über genug zu tun. Ein Vermisstenfall konnte zu den Akten gelegt werden, sie musste einige Nachforschungen in einem Versicherungsbetrug bei „Underwriter's" anstellen, und dann war da noch der kleine Junge, der sie damit beauftragt hatte, seinen Hund wiederzufinden.

Sie hatte den Fall des verloren gegangenen Haustiers übernommen und ein Honorar von sage und schreibe zwei Dollar und sieben Cents akzeptiert. Einfach, weil es ihr guttat zu sehen, wie der Junge beruhigt davonging, in dem Wissen, die Angelegenheit in kompetente Hände gegeben zu haben.

Sie aß das, was am Schreibtisch als Abendessen durchging – saure Gurken und Kartoffelchips –, und hängte sich ans Telefon. Sie rief die hiesige Polizei an, die Beamten in Vermont und New Hampshire, ihren Berufskollegen in Georgia.

Jeder suchte nach James T. Parkland und David Merrick. Und niemand konnte den einen oder den anderen finden.

Sie sah auf ihre Armbanduhr und rief im städtischen Hundezwinger an, beschrieb das entlaufene Tier und nannte Namen und Adresse ihres jungen Klienten. Viel zu rastlos, um im Büro zu bleiben, machte sie sich auf die Suche nach dem besten Freund des Menschen.

Drei Stunden später hatte sie Kong, auf den der Name bestens passte, gefunden – im Lagerraum eines kleinen Supermarkts am Fisherman's Wharf.

Mit einem Seil, das der Ladenbesitzer nur zu gern zur Verfügung stellte, zerrte Mel den riesigen Hund schließlich zu ihrem Wagen und auf den Beifahrersitz.

„Du hast Nerven", redete sie mit dem Tier. Weil sie befürchtete, Kong könnte während der Fahrt noch einen Ausbruch versuchen und aus dem Wagenfenster springen, schnallte sie ihn mit dem Sicherheitsgurt an. „Meinst du, ich weiß nicht, dass du nur ausgerissen bist, um dir eine Freundin für heute Nacht zu suchen? Dein Herrchen kommt vor Sorge fast um, und wo treibst du dich herum? Im Wurstlager und stopfst dich voll!"

Ihre Worte brachten ihr einen feuchten Hundekuss ein.

„Weißt du denn nicht, was Treue bedeutet?", fragte sie, während sie sich in den Verkehr einfädelte. Kong legte den schweren Kopf auf ihre Schulter. „Oh ja, sicher, Typen wie dich kenne ich. Wer gerade da ist, kann auch deine Liebe haben, was? Aber bei mir funktioniert das nicht."

Trotzdem hob sie die Hand und kraulte Kong hinter dem Ohr.

Sebastian stieg gerade von seinem Motorrad, als Mel mit dem Wagen vor ihrem Büro vorfuhr. Als er das riesige Fellbündel neben ihr im Auto erblickte, begann er zu grinsen.

„Typisch Frau. Da bilde ich mir ein, wir haben eine Verabredung, und sie taucht mit einem anderen auf."

„Er ist mehr mein Typ." Sie wischte sich mit dem Unterarm die Spuren der Hundeküsse von der Wange und suchte nach dem Seilende. „Was machst du überhaupt hier? Ach ja, Kino", beantwortete sie ihre Frage selbst. „Hatte ich glatt vergessen."

„Du weißt, wie man einem Mann schmeicheln muss, Sutherland." Er ging ein Stück zurück, als sie den Sicherheitsgurt von dem Hund löste. „Nettes Tierchen."

„Ja, nicht wahr? Komm schon, Kong, der Ausflug ist vorbei." Sie zog und zerrte, aber Kong rührte sich keinen Millimeter. Er saß einfach da, hechelnd und grinsend, wie es schien, und verteilte gelbe Hundehaare auf dem Sitz.

Sebastian amüsierte sich bestens. Mit verschränkten Armen lehnte er sich an die Motorhaube. „Schon mal an Hundeschule gedacht?"

„Er gehört nicht mir", murmelte sie gepresst und zog weiter mit aller Kraft, „sondern einem Klienten. Verflucht, Kong, beweg deinen Hintern endlich aus meinem Auto!"

Als hätte er nur auf den entsprechenden Befehl gewartet, folgte der Hund der Aufforderung und sprang auf Mel, sodass sie mit dem Rücken gegen Sebastian prallte, der sie an der Taille festhielt, bevor sie fallen konnte.

Wütend starrte Mel den Hund an, der jetzt ganz friedlich auf dem Bürgersteig saß und erwartungsvoll zu ihr hochschaute. „Du bist ein richtiger Clown, Kong, weißt du das?"

Als wolle er ihre Aussage bestätigen, wartete der Hund mit seinem Repertoire auf. Er rollte sich auf dem Bürgersteig, machte Männchen und gab Pfötchen.

Mel lachte herzhaft, bevor ihr klar wurde, dass sie immer noch mit dem Rücken an Sebastians Brust gepresst stand. Übrigens einer sehr muskulösen Brust.

Abrupt schob sie seine Hände weg. „Lass mich los."

„Wir sind heute aber gereizt, Sutherland, was?"

Sie warf herausfordernd den Kopf zurück. „Kommt ganz auf den Reiz an." Um ihrem Pulsschlag Zeit zu geben, sich wieder zu beruhigen, wischte sie sich die Hundehaare von der Jeans. „Tu mir den Gefallen und bleib mit diesem Fellbündel hier draußen, ja? Ich muss einen Anruf machen. Es ist mir zwar unbegreiflich, aber da ist ein kleiner Junge, der dieses Untier tatsächlich zurückhaben will."

„Klar, kein Problem." Sebastian hockte sich vor den Hund und kraulte dem Tier beide Ohren.

Nur Minuten später, nachdem Mel wieder aus dem Büro herausgekommen war, kam der Junge auf sie zugelaufen, eine rote Hundeleine hinter sich herziehend.

„Kong! Oh, wow!"

Als Antwort bellte der Hund laut, sprang auf und rannte seinen jungen Herrn um. Glücklich rollten sich die beiden auf dem Bürgersteig.

Einen Arm um Kongs Hals gelegt, strahlte der Junge Mel an. „Mann, das haben Sie echt toll hingekriegt. Wie ein richtiger Privatdetektiv im Film. Danke. Vielen Dank!"

Mel nahm die hingehaltene Hand und schüttelte sie feierlich. „Keine Ursache. Und vielen Dank für das Kompliment."

„Schulde ich Ihnen noch was?"

„Nein, wir sind quitt. Aber du solltest Kong eine Hundemarke besorgen, mit seinem Namen und deiner Adresse. Nur für den Fall, dass er sich noch einmal dazu entschließt, allein loszuziehen."

„Ja, das mache ich." Der Junge hakte die Leine am Halsband ein. „Warte nur, bis wir das Mom erzählen. Komm, Kong, lass uns nach Hause gehen."

Lächelnd sah Sebastian den beiden nach, wie sie davonstürmten, der Hund voran, der den Jungen zog. „Ich wette, du hast ein Vermögen bei diesem Fall eingeheimst."

„He, ich habe zwei Dollar und sieben Cents verdient. Das müsste mehr als genug sein, um eine Tüte Popcorn im Kino zu kaufen."

Er unterbrach ihr Lachen, indem er ihre Lippen mit seinen berührte. Es war eigentlich kein richtiger Kuss, es war ... irgendwie wärmer, freundlicher.

„Wofür war das?", fragte sie.

„Ach, nur so." Sebastian stieg auf sein Motorrad und warf ihr einen Helm zu. „Sitz auf, Sutherland. Ich hasse es, den Anfang des Films zu verpassen."

Alles in allem war es nicht schlecht, um sich zu entspannen. Mel hatte Kinos immer gemocht, schon als Kind. Wenn das Licht im Vorführraum ausging, war es nicht mehr wichtig, ob man die Neue an der Schule war oder nicht. Die Kinosäle im ganzen Land waren alle angenehm vertraut, weil fast immer gleich. Der Geruch von Popcorn und Süßigkeiten, die verklebten Böden, die Menschen, die sich in die Sitzreihen schoben und nach ihrem Platz suchten. Wenn ein Film in El Paso lief, dann vergnügten sich mit dem gleichen Film auch die Leute in Tallahassee.

Während der Zeit, als sie mit ihrer Mutter durchs Land gezogen war, hatte sie sich immer von Kinos angezogen gefühlt. Weil sie in den zwei Stunden nicht daran denken musste, wer sie war und was sie war.

Auch hier spürte sie wieder diese Anonymität. Die Spannung, die auf dem Bildschirm aufgebaut wurde, die Musik, die aus den Lautsprechern drang. Ein Mörder machte die Straßen unsicher, und Mel, wie auch die anderen Zuschauer, konnte sich entspannt zurücklehnen und dem ewigen Kampf des Guten gegen das Böse zusehen.

Sie saß zwischen Sebastian und seiner Cousine Morgana. Seiner umwerfend aussehenden Cousine, wie Mel aufgefallen war.

Natürlich hatte sie die Gerüchte gehört, die über Morgana Donovan-Kirkland im Umlauf waren. Angeblich sollte sie eine Hexe sein. Mel hatte das schon immer für lächerlich gehalten, und jetzt, nachdem sie Morgana gesehen hatte, erst recht. Morgana war alles andere als die buckelige Alte, die sich irre kichernd auf einen Besenstiel schwang. Aber wahrscheinlich gab dieses Gerücht dem Umsatz ihres Ladens erheblichen Auftrieb.

An Morganas anderer Seite saß ihr Mann Nash. Mel wusste, dass er ein erfolgreicher Drehbuchautor war, der sich auf Horrorfilme spezialisiert hatte. Auch Mel hatte schon in seinen Filmen gesessen und den einen oder anderen erschreckten Aufschrei unterdrückt – und dann über sich selbst lachen müssen.

Nash Kirkland war so gar nicht der Hollywood-Typ. Im Gegenteil, er schien offen, herzlich, völlig natürlich – und wahnsinnig verliebt in seine Frau. Mel war sogar ein bisschen neidisch auf die tiefe Vertrautheit, die die beiden so offensichtlich verband.

An Sebastians anderer Seite saß Anastasia. Mel fragte sich, warum eine so hübsche und liebenswerte Frau ohne männliche Begleitung war. Aber dann ermahnte sie sich, dass das ein chauvinistisches, dummes Vorurteil war. Nicht jede Frau – einschließlich sie selbst – fand es nötig, sich überall am Arm eines Mannes sehen zu lassen.

Mel griff in die Popcorntüte und setzte sich bequemer hin, um den Film zu genießen.

„Isst du das alles allein?"

„Hm?" Geistesabwesend drehte sie den Kopf – und fand sich nur wenige Millimeter von Sebastians Gesicht entfernt. „Wie bitte?"

„Teilst du oder nicht?"

Sie starrte ihn einen Moment lang an. Seltsam, aber seine Augen schienen im Dunkeln zu leuchten. Als er mit dem Finger an die Popcorntüte auf ihrem Schoß tippte, blinzelte sie.

„Oh. Ja, sicher. Bedien dich nur."

Was er auch sofort tat. Und er genoss ihre Reaktion auf ihn

genau so sehr wie das Popcorn, das er aus ihrer Tüte genommen hatte.

Sie roch so … so frisch. Es gefiel ihm, hier im Kino mit seinen Gerüchen zu sitzen und ihren Duft wahrzunehmen. Wenn er es sich erlaubte, konnte er ihren Herzschlag hören, stark und regelmäßig – dann ein wenig schneller, als die Handlung auf der Leinwand spannender wurde.

Wie würde ihr Puls gehen, wenn er sie jetzt berührte? Wenn er sich drehen und diesen weichen, ungeschminkten Mund ohne Vorwarnung in Besitz nehmen würde?

Er glaubte es zu wissen. Er glaubte auch, abwarten zu können.

Allerdings konnte er nicht widerstehen. Leicht, nur ganz oberflächlich, sah er in ihren Gedanken nach …

Närrin! Wenn ich weiß, dass jemand hinter mir her ist, gehe ich doch nicht allein im Dunkeln durch den Park! Warum sind Frauen in Filmen eigentlich immer blöd oder hilflos? Und da rennt sie auch schon … Klar, es macht unheimlich Sinn, sich im Gestrüpp zu verstecken. Damit der Mörder ihr dann in aller Ruhe die Kehle durchschneiden kann. Wetten, sie stolpert gleich? Da, ich wusste es doch!

Sie stopfte sich eine Hand voll Popcorn in den Mund, und Sebastian hörte ihren Wunsch, sie hätten mehr Salz darüber gestreut.

Ihre Gedanken begannen zu stottern und stolpern. Was sie jetzt dachte, konnte er auf ihrem Gesicht ablesen.

Sie hatte es gespürt. Sie war verwirrt, wusste nicht, was es war, aber sie hatte das Eindringen gefühlt und blockte es instinktiv ab.

Die Tatsache, dass sie es schaffte, verblüffte ihn. Es geschah äußerst selten, dass jemand, der nicht zur Familie gehörte, sein Sehen überhaupt bemerkte.

Da gibt es also eine Macht, sinnierte er. Ungebraucht und mit Sicherheit ignoriert. Vielleicht sollte er ein wenig tiefer dringen, nur um …

Anastasia lehnte sich in ihrem Sitz zu ihm herüber. „Sei nicht taktlos, Sebastian", flüsterte sie.

Unwillig entspannte er sich wieder und konzentrierte sich auf das Geschehen im Film. Er griff in Mels Popcorntüte und berührte dabei unabsichtlich ihre Finger. Sie zuckte zusammen. Und er grinste in sich hinein.

„Pizza!", verkündete Morgana laut, als sie aus dem Kino traten.

Nash strich ihr zärtlich über das Haar. „Sagtest du nicht, du hättest Lust auf Mexikanisch?"

Sie zeigte lachend auf ihren gewölbten Bauch. „Wir haben es uns anders überlegt."

„Also dann, Pizza", stimmte Ana zu und lächelte Mel aufmunternd an. „Wie wär's damit?"

Mel fühlte sich im Kreis dieser herzlichen Leute wohl. „Hört sich wunderbar …"

„Wir können leider nicht mitkommen", unterbrach Sebastian und legte Mel eine Hand auf die Schulter.

Morgana sah ihn erstaunt an. „Liebster Cousin, seit wann schlägst du Essen aus?" Sie warf Mel einen belustigten Blick zu. „Sie müssen wissen, Cousin Sebastian ist für seinen gesunden Appetit bekannt. Sie wären verblüfft."

„Mel denkt viel zu pragmatisch, um verblüfft zu sein", hielt Sebastian eingeschnappt dagegen. „Alles, was andere verwirrt, tut sie einfach ab."

„Er will Sie nur provozieren." Ana stieß ihm den Ellbogen in die Rippen. „Wir haben dich in letzter Zeit kaum gesehen. Kannst du uns nicht einmal eine Stunde deiner Zeit gewähren?"

„Heute Abend nicht."

„Nun, ich kann schon …", setzte Mel an.

„Ich bringe die Lady dann nach Hause." Nash zwinkerte Mel zu. „Ich habe überhaupt keine Probleme damit, mit drei schönen Frauen allein auszugehen."

„Ach Darling, du bist ein so großmütiger Mann." Morgana tätschelte Nashs Wange. „Aber ich glaube, Sebastian hat andere Pläne mit seiner Freundin."

„Ich bin nicht seine …"

„Genau." Sebastians Griff an Mels Schulter wurde fester. „Das nächste Mal." Er küsste beide Cousinen zum Abschied auf die Wange und zog Mel hinter sich her zu seinem Motorrad.

„Donovan, wir waren uns einig, dass es kein Date ist. Vielleicht würde ich gern mit den dreien mitgehen. Ich habe nämlich Hunger."

Er nahm ihren Helm und setzte ihn ihr auf den Kopf. „Ich werde dich schon füttern."

„Ich bin kein Pferd", murmelte sie empört und schloss den Helm unter dem Kinn. „Ich kann selbst für mein Essen sorgen." Missmutig sah sie dem Trio nach, während sie hinter Sebastian aufs Motorrad stieg. Es kam selten vor, dass sie mit einer Gruppe ausging, vor allem mit einer Gruppe, in der sie sich so wohl gefühlt hatte. Aber anstatt über Sebastian verärgert zu sein, dass er den Abend so früh beendet hatte, sollte sie ihm lieber danken, dass er sie überhaupt mitgenommen hatte.

„Schmoll nicht."

„Ich schmolle nie."

Mel hielt sich an Sebastian fest, als er losfuhr. Ihr gefiel das Gefühl des Windes auf ihrem Gesicht, das Gefühl der Freiheit. Vielleicht, wenn ihre finanziellen Möglichkeiten es ihr in Zukunft erlauben sollten, würde sie sich auch ein Motorrad zulegen. Sicher, es wäre vernünftiger, erst den Wagen in Stand setzen zu lassen. Außerdem waren im Bad ein paar Reparaturen angesagt, und sie könnte auch neue Geräte für ihre Ausrüstung gebrauchen. Jeder wusste, wie teuer diese Hightech-Sachen waren.

Aber vielleicht in einem Jahr. Im Moment schrieb sie jeden Monat schwarze Zahlen. Und da sie den Einbrecherring hatte auffliegen lassen, war ihr eine ansehnliche Prämie von „Underwriter's" sicher.

Außer dem Wind auf ihrer Haut gefiel ihr noch etwas – obwohl sie alles andere als stolz auf sich war: die Art, wie ihr Körper so perfekt zu Sebastians passte, während das Motorrad unter ihnen satt dröhnte. Sie betrachtete Sebastian verstohlen von hinten.

Er hatte einen sehr … interessanten Körper. Es wäre schwierig, das nicht zu bemerken, da sie so eng aneinandergeschmiegt saßen. Sie konnte seine Rückenmuskeln unter der weichen Lederjacke spüren. Seine Schultern waren eigentlich ziemlich breit – oder vielleicht schien es auch nur so, weil er so schmale Hüften hatte.

Sein Bizeps war auch nicht zu verachten, obwohl Mel auf solche Dinge keinen allzu großen Wert legte. Nein, es überraschte sie einfach nur, dass ein Mann mit seinem Beruf – sozusagen – so gut gebaut war.

Eher wie ein Tennisspieler, nicht wie ein Seher.

Aber andererseits musste er wohl genügend Zeit haben, um zu trainieren, zu reiten, welchen Sport auch immer er betrieb. Zwischen den Visionen.

Sie fragte sich, wie es wohl sein mochte, ein eigenes Pferd zu haben.

Erst als er auf die Autobahn auffuhr, wurde ihr bewusst, dass sie die ganze Zeit Tagträumen nachgehangen hatte.

„He!" Sie klopfte mit den Knöcheln leicht auf seinen Helm. „Wir sind falsch. Mein Haus liegt in der anderen Richtung, ungefähr zehn Meilen hinter uns."

„Ich weiß, wo du wohnst."

Sie schnaubte empört und sprach lauter, um das Dröhnen des Motorrads zu übertönen. „Was machen wir dann hier?"

„Es ist doch ein schöner Abend für eine kleine Spritztour."

Mochte ja sein, aber niemand hatte sie um ihr Einverständnis gebeten. „Ich will aber nicht ziellos durch die Gegend fahren."

„Dahin willst du auf jeden Fall fahren."

„So? Und wohin fahren wir?"

Sebastian überholte eine Limousine und drehte den Gasgriff auf. „Nach Utah."

Es dauerte gut zehn Meilen, bevor Mel den Mund wieder geschlossen hatte.

Um drei Uhr morgens, im grellen Licht eines Tankshops, hatte Mel das Gefühl, ihr Hinterteil würde nicht mehr zu ihrem Körper gehören.

Aber ihr Geist war keineswegs betäubt. Nach Stunden auf dem Motorrad mochte sie vielleicht müde und mürrisch sein, aber ihr Verstand arbeitete auf Hochtouren.

Und zwar an dem Plan, das perfekte Verbrechen zu begehen und Sebastian Donovan zu ermorden.

Zu schade aber auch, dass sie ihre Waffe nicht mitgebracht hatte. Dann könnte sie ihn jetzt einfach erschießen. Sauber und schnell. Irgendwo an den einsamen Straßen, über die sie gefahren waren, würde sie seinen leblosen Körper in den Graben werfen. Es würde Wochen dauern, bevor man ihn fand. Vielleicht sogar Jahre.

Mel streckte sich und lief über den Parkplatz, um die Beine zu lockern. Ein Lkw ratterte vorbei, benutzte die Umgehungsstraßen, um die Wiegestationen zu vermeiden. Ansonsten war es stockduster und absolut still.

Oh, er ist ja so gerissen, dachte sie und kickte wütend gegen eine leere Cola-Dose. Zum ersten Mal hatte Sebastian angehalten, da waren sie schon hinter Fresno gewesen. Nicht unbedingt die Strecke, die man zu Fuß nach Monterey zurücklegen konnte.

Sie war abgestiegen, hatte ihm einen kräftigen Fausthieb auf den Arm versetzt und eine Reihe Flüche losgelassen, dass ihm eigentlich die Ohren hätten abfallen müssen. Aber er hatte nur dagestanden, bis ihre erste Wut verraucht war, und dann hatte er ihr erklärt, dass er der Spur von James T. Parkland folgte.

Er müsse sich das Motel ansehen, in dem David der ersten Frau übergeben worden war.

Als ob es hier ein Motel geben würde! Sie trat nochmals kräftig gegen die unschuldige Dose. Erwartete er wirklich, sie würde ihm das abnehmen? Ein Motel mit einem Gipsdinosaurier auf dem Parkplatz?

Aber genau das tat er.

Hier saß sie also nun, müde, hungrig und taub von der Hüfte abwärts, irgendwo auf einer Nebenstraße, mit einem verrückten Typen, der sich für übersinnlich hielt. Zweihundertfünfzig Meilen weit weg von zu Hause und mit genau elf Dollar und sechsundachtzig Cents in der Tasche.

„Sutherland."

Mel wirbelte herum und fing reflexartig den Schokoriegel auf, den er ihr zuwarf. Bevor sie Sebastian verfluchen konnte, folgte eine Dose Limo.

„Sieh mal, Donovan ..." Sie riss das Papier des Riegels auf und ging zu ihm herüber, als er die Maschine volltankte. „Ich habe ein Geschäft zu führen, ich habe Kunden. Ich kann nicht die halbe Nacht herumfahren, weil du Hirngespinsten nachjagst."

„Hast du schon mal gezeltet?"

„Was? Nein."

„Ich habe mal oben in der Sierra Nevada gecampt. Gar nicht weit von hier. Sehr friedlich."

„Wenn du dieses Motorrad nicht sofort herumdrehst und mich zurückbringst, kannst du bis in alle Ewigkeit friedlich sein. Und zwar ab sofort."

Er wandte ihr sein Gesicht zu, und ihr fiel auf, dass er überhaupt nicht müde aussah. Anstatt dass Spuren der vierstündigen anstrengenden Fahrt an ihm zu bemerken gewesen wären, sah er aus, als hätte er gerade eine Woche Aufenthalt in einem luxuriösen Kurort hinter sich, ruhig, gelassen, völlig entspannt.

Und das wiederum versetzte Mels Puls in Aufruhr. Es ärgerte sie maßlos. „Du bist völlig verrückt. Du gehörst eingewiesen. Wir können doch nicht einfach so nach Utah fahren. Weißt du eigentlich, wie weit es bis nach Utah ist?"

Da es kälter geworden war, zog Sebastian seine Jacke aus und gab sie Mel. „Bis zu dem Ort, wohin wir wollen? Von Monterey ungefähr fünfhundert Meilen." Er hängte den Tankstutzen wieder in die Säule. „Sieh's doch mal positiv, Sutherland. Wir haben mehr als die Hälfte hinter uns."

Sie gab auf. „Irgendwo hier muss es eine Busstation geben", murmelte sie in sich hinein, zog die Jacke an und stapfte auf den hell erleuchteten Shop zu.

„Hier hat er mit David angehalten." Sebastian hatte leise gesprochen, aber sie erstarrte mitten im nächsten Schritt. „Er ist nicht so schnell vorangekommen wie wir. Zu viel Verkehr, zu nervös, immer in den Rückspiegel blickend, ob die Cops ihm nicht auf den Fersen sind. Die Übergabe war für acht Uhr geplant."

„Blödsinn!" Aber ihre Kehle war trotzdem zugeschnürt.

„Der Mann von der Nachtschicht hat ihn auf der Zeichnung wiedererkannt. Jimmy ist ihm aufgefallen, weil er ganz hinten auf dem Parkplatz parkte, obwohl es direkt vor dem Laden genügend Plätze gab. Und er war nervös. Deshalb hat der Nachtschichtmann ihn im Auge behalten, weil er vermutete, Jimmy könnte vielleicht etwas mitgehen lassen. Aber er hat bezahlt."

Mel streckte die Hand aus. „Gib mir die Zeichnung."

Ohne den Blick von ihr zu wenden, griff Sebastian in die innere Tasche seiner Jacke, um das zusammengefaltete Blatt herauszuziehen. Dabei berührten seine Finger leicht ihre Brust, verweilten dort einen Herzschlag lang.

Sie wusste, sie atmete viel zu schnell. Sie wusste, dass dieser kurze, unbeabsichtigte Kontakt mehr in ihr ausgelöst hatte, als er sollte. Um sich abzureagieren, riss sie ihm das Blatt aus der Hand und marschierte auf den Laden zu.

Während sie auf dem Weg war, sich diese Geschichte bestätigen zu lassen, schraubte er in aller Ruhe den Tankverschluss zu.

Es dauerte keine fünf Minuten. Als Mel zurückkam, war sie bleich wie ein Laken, nur ihre Augen funkelten übergroß in der Dunkelheit.

Ihre Hand war ruhig, als sie die Zeichnung in die Tasche zurücksteckte. Sie wollte nicht nachdenken. Noch nicht. Manchmal war es besser zu handeln als zu denken.

„Also gut, fahren wir weiter."

Im Süden Utahs, nicht weit von der Grenze zu Arizona – und nahe genug an Las Vegas, um ein Monatsgehalt aufs Spiel zu setzen –, tauchten Häuser auf. Die kleine Stadt, wenn man die Ansammlung von Geschäften und Läden denn so nennen wollte, konnte mit einer Tankstelle, einem winzigen Café, das Maistortillas als Spezialität anbot, und einem Motel aufweisen, auf dessen Parkplatz ein Brontosaurus aus Gips stand.

„Du meine Güte", entfuhr es Mel, kaum dass sie den erbarmungswürdig verwitterten Saurier sah. „Das ist unmöglich." Als sie vom Motorrad stieg, zitterten ihre Beine nicht nur wegen der langen Reise.

„Lass uns herausfinden, ob schon jemand wach ist." Sebastian nahm ihren Arm und zog sie zum Eingang.

„Du hast es gesehen, nicht wahr?"

„Scheint so, oder?" Als sie schwankte, fasste er sie stützend mit einem Arm um die Taille. Seltsam, dass sie plötzlich so verletzlich wirkte. „Wir besorgen dir ein Bett, wenn wir schon hier sind."

„Nein, mir geht es gut." Den Schock würde sie sich für später aufbewahren. Im Moment war es besser, wenn sie sich bewegte. Zusammen gingen sie durch die Halle mit dem großen Deckenventilator und zur Rezeption.

Sebastian schlug auf die Tischklingel. Augenblicke später hörten sie schlurfende Schritte, dann wurde ein verwaschener Vorhang hinter dem Tresen beiseitegeschoben. Ein Mann in weißem T-Shirt und weiten Jeans erschien. Seine Augen waren noch vom Schlaf verquollen, er war unrasiert. Gähnend wandte er sich Mel und Sebastian zu.

„Kann ich Ihnen helfen?"

„Ja." Sebastian zückte seine Brieftasche. „Wir brauchen ein Zimmer. Nr. 15." Er legte ein paar Dollarnoten auf den Tisch.

„Ist gerade frei." Der Motelangestellte griff nach dem Schlüssel am Schlüsselbrett. „Achtundzwanzig pro Nacht. Im Café nebenan gibt's Frühstück, vierundzwanzig Stunden lang. Wenn Sie sich hier eintragen wollen …"

Nachdem er unterschrieben hatte, legte Sebastian eine weitere Zwanzig-Dollar-Note auf den Tisch und Davids Foto obenauf. „Haben Sie diesen Jungen gesehen? Es müsste jetzt etwa drei Monate her sein."

Der Angestellte sah nur den Geldschein, Davids Bild hätte genauso gut aus Glas sein können. „Ich kann mich nicht an jeden erinnern, der hier durchkommt."

„Er war bei einer Frau, Anfang dreißig, attraktive Rothaarige. Fuhr einen Chevy."

„Vielleicht sind sie hier gewesen, aber ich kümmere mich nicht um anderer Leute Angelegenheiten."

Mel schob Sebastian zur Seite. „Sie sehen mir wie ein recht vernünftiger Mann aus. Ich kann mir nicht vorstellen, dass Ihnen eine gut aussehende Lady mit einem süßen Baby nicht auffällt. Vielleicht haben Sie ihr einen Tipp gegeben, wo sie Windeln kaufen kann oder frische Milch."

Der Mann kratzte sich am Kopf. „Wie ich schon sagte, mit den Problemen anderer habe ich nichts zu tun."

„Vielleicht werden Sie bald selbst Probleme bekommen." Mels Stimme war autoritärer geworden, nicht viel, aber genug, um den Mann argwöhnisch aufblicken zu lassen. „Sehen Sie, guter Mann, Agent Donovan hier … ich meine, Mr Donovan …" Mels kleiner Trick zeigte Wirkung. Die Augen des Mannes wurden groß. „Als Mr Donovan Sie nach dem kleinen Jungen fragte, sah es ganz so aus, als würden Sie sich erinnern."

Der Angestellte leckte sich nervös über die Lippen. „Sind Sie Cops? Vom FBI oder so was?"

Mel lächelte nur. „,So was' trifft es ziemlich genau."

„Ich lege Wert darauf, dass das hier ein ruhiges und anständiges Motel ist."

„Das sieht man. Deshalb können Sie sich auch daran erinnern, ob die Frau mit dem Kind hier übernachtet hat."

„Sie ist nur eine Nacht geblieben. Hat im Voraus bezahlt, den Kleinen ruhig gehalten und ist direkt am nächsten Morgen weitergefahren."

Mel riss sich zusammen, um nicht durch die aufkeimende Hoffnung zu eifrig zu klingen. „Wir brauchen einen Namen."

„Wie soll ich mich denn an jeden Namen erinnern können!"

„Sie haben doch Gästelisten." Mel schob den Zwanziger mit dem Zeigefinger zu ihm hin. „Und Aufzeichnungen von jedem einzelnen Anruf, der von den Zimmern aus getätigt wird. Warum suchen Sie das nicht für uns heraus? Mein Partner hat sicher noch einen kleinen Bonus für Ihre Mühe."

Der Mann fluchte leise vor sich hin, während er einen Karton unter dem Tresen hervorholte. „Hier. Das sind die Anrufe. Das Gästebuch können Sie selbst durchsehen."

Mel drehte das Gästebuch zu sich, dann legte sie die Hände hinter den Rücken und machte Platz für Sebastian. Sie war so weit zuzugeben, dass Sebastian schneller finden würde, wonach sie suchten.

Er sah den Namen auch sofort. „Susan White? Hat sie einen Ausweis vorgelegt?"

„Hat bar bezahlt", kam die gemurmelte Antwort. „Herrgott, was hätte ich denn tun sollen? Sie filzen? Hat einen Anruf gemacht. Ferngespräch. Ist über die Anmeldung gekommen."

Mel zückte ihren Notizblock. „Datum und Uhrzeit?", wollte sie wissen und schrieb es sich auf. „Jetzt hören Sie mal gut zu, mein Freund, denn hier geht es um die Bonusfrage. Würden Sie unter Eid bezeugen, dass dieses Kind – ja, sehen Sie sich das Foto ruhig noch einmal an – im Mai in diesem Motel war?"

Der Angestellte zappelte unruhig. „Wenn ich müsste, würde ich. Aber ich will nichts mit dem Gericht zu tun haben. Ja, sie hat ihn hergebracht. Ich erinnere mich daran, weil er dieses Grübchen hatte und dieses rötliche Haar."

„Gut." Oh nein, sie würde nicht weinen, nein, das nicht. Aber sie ging hinaus, sie brauchte frische Luft, während Sebastian noch einen Zwanziger über den Tresen schob und Davids Foto wieder an sich nahm.

„Alles in Ordnung?", fragte er, als er zu ihr trat.

„Ja, sicher, alles bestens."

„Ich muss das Zimmer sehen, Mel."

„Ja, klar."

„Du kannst so lange draußen warten."

„Nein. Ich komme mit."

Mel sagte kein Wort, als sie nebeneinander über den schmalen Weg gingen. Auch nicht, als Sebastian die Tür aufschloss und sie das muffige Zimmer betraten. Sie setzte sich auf das Bett und versuchte einen klaren Kopf zu bekommen, während Sebastian seinen benutzte, um das zu tun, was er am besten konnte.

Er konnte das Baby sehen, schlafend, auf einer Decke auf dem Boden. Dann und wann wimmerte es leise auf, wenn die unruhigen Träume zu beängstigend wurden.

Die Frau hatte das Licht im Bad angelassen, um das Baby beobachten zu können. Sie hatte ihren Anruf getätigt und ferngesehen.

Aber ihr Name war nicht Susan White. Über die Jahre hatte sie so viele Namen benutzt, dass es schwierig für Sebastian war, ihren wahren Namen zu erkennen. Erst glaubte er „Linda", doch dann schüttelte er leicht den Kopf.

Und nur ein paar Wochen vorher hatte sie ein anderes Baby transportiert.

Das würde er Mel sagen müssen. Sobald sie sich ein wenig ausgeruht hatte.

Er setzte sich neben sie aufs Bett und legte ihr eine Hand auf die Schulter. Sie starrte nur weiter vor sich hin.

„Ich will jetzt nicht wissen, wie du das gemacht hast. Später vielleicht, aber nicht jetzt, einverstanden?"

„Einverstanden."

„Sie war mit ihm hier in diesem Raum."

„Ja."

„Und er ist nicht verletzt?"

„Nein."

Mel fuhr sich mit der Zunge über die Lippen. „Wohin hat sie ihn gebracht?"

„Nach Texas, aber sie weiß nicht, wohin er von dort aus gebracht wurde. Sie war nur für einen bestimmten Abschnitt des Plans verantwortlich."

Mel atmete tief durch. „Nach Georgia, oder? Du bist sicher, dass er nach Georgia gebracht wurde."

„Ja."

Sie ballte die Fäuste in ihrem Schoß. „Weißt du, wohin genau?"

Er war müde, viel müder, als er zugeben wollte. Es würde ihn noch mehr erschöpfen, wenn er nachsehen würde. Doch sie brauchte seine Antwort jetzt. Aber nicht hier, nicht in diesem Zimmer. Hier gab es zu viele Schwingungen, die störten.

„Ich muss nach draußen gehen. Lass mich eine Minute allein."

Sie nickte nur. Die Zeit verstrich, und sie war froh, dass auch das Bedürfnis zu weinen verging.

Mel betrachtete Tränen nicht unbedingt als Schwäche. Nur als völlig sinnlos. So waren ihre Augen trocken, als Sebastian zurück in den Raum kam.

Ihr fiel auf, wie blass er aussah. Seltsam, dass ihr die Ringe unter seinen Augen nicht schon vorher aufgefallen waren. Aber sie hatte auch nicht besonders darauf geachtet. Jetzt aber musterte sie ihn zum ersten Mal sehr genau, und sie gab dem Bedürfnis nach, zu ihm zu gehen. Vielleicht lag es daran, dass sie nie eine Familie gehabt hatte, weshalb sie sich mit Zuneigungsbekundungen zurückhielt. Sie war auch nie jemand gewesen, dem Körperkontakt leichtfiel, aber jetzt streckte sie die Arme aus und nahm seine Hände in ihre.

„Du siehst aus, als würdest du das Bett nötiger brauchen als ich. Warum legst du dich nicht für eine Stunde hin? Danach überlegen wir uns, was wir als Nächstes tun."

Er antwortete nicht, drehte nur Mels Hände um und starrte auf ihre Handflächen. Ob sie ahnte, was er dort alles sehen konnte?

„Hinter einer harten Schale verbirgt sich oft ein weicher Kern", sagte er leise und sah ihr in die Augen. „Du hast einen solchen weichen Kern, Mel. Das ist sehr anziehend."

Und dann tat er etwas, das sie sprach- und atemlos machte: Er führte ihre Hände an seine Lippen. Nie zuvor hatte jemand das bei ihr gemacht. Sie empfand diese Geste, die sie bisher als albern abgetan hatte, als höchst sinnlich und anrührend.

„David ist in Forest Park, einem Vorort südlich von Atlanta."

Sie drückte wortlos seine Finger. Wenn sie jemals in ihrem Leben an etwas hatte glauben wollen, dann an das hier.

„Komm, leg dich hin." Ihre Stimme klang brüsk, ihre Hände ließen keinen Widerstand zu, während sie ihn zum Bett führte. „Ich werde das FBI informieren und den nächstliegenden Flughafen anrufen."

*M*el schlief wie ein Stein. Sebastian nippte an seinem Weinglas, wippte mit dem Stuhl und betrachtete sie. Sie lag auf dem Sofa in der Kabine seines Privatflugzeugs ausgestreckt. Sie hatte tatsächlich nichts gegen seinen Vorschlag einzuwenden gehabt, seinen Piloten nach Utah zu beordern, damit er sie nach Osten fliegen konnte. Sie hatte nur zerstreut genickt und etwas in ihr allgegenwärtiges Notizbuch gekritzelt.

Sobald sie mit dem Flugzeug an Höhe gewannen, hatte sie sich auf dem Sofa zusammengerollt und war sofort eingeschlafen, wie ein erschöpftes Kind. Ihm war klar, dass Energie, wie jede andere Kraft, neu aufgetankt werden musste, und deshalb ließ er sie in Ruhe.

Sebastian hatte sich eine lange Dusche gegönnt, frische Kleidung, die er im Flugzeug aufbewahrte, angezogen und einen leichten Lunch zu sich genommen. Außerdem hatte er ein paar Telefonate geführt. Jetzt konnte er nur noch warten.

Es war eine bizarre Reise. Die schlafende Frau und er, die jetzt von der Sonne wegflogen, nachdem sie ihr die ganze Nacht nachgejagt waren. Wenn das hier vorbei war, würde es gebrochene und geheilte Herzen geben. Das Schicksal verlangte immer einen Tribut.

Und er hatte einen Kontinent durchquert mit einer Frau, die ihn faszinierte, ihn verärgerte und die ein völliges Rätsel für ihn war.

Sie rührte sich im Schlaf, murmelte etwas Unverständliches, schlug dann die Augen auf. Er beobachtete, wie ihr Blick sich klärte. Sie streckte sich, dann setzte sie sich auf.

„Wie lange noch?" Ihre Stimme klang rau vom Schlaf, aber er konnte sehen, wie die Energie in sie zurückfloss.

„Keine Stunde mehr."

„Gut." Mit den Fingern versuchte sie ihr Haar zu kämmen, dann schnupperte sie. „Rieche ich da etwa Essen?"

Er lächelte. „In der Bordküche. Im Steuerbord gibt es eine Dusche, wenn du dich etwas frisch machen willst."

„Danke."

Sie entschied sich, erst zu duschen. Es war harte Arbeit, nicht beeindruckt zu sein, dass ein Mann nur mit den Fingern zu schnippen brauchte und ihm dann ein eigenes Flugzeug zur Verfügung stand. Ein Flugzeug, ausgestattet mit dickem Teppich, einer anheimelnden Schlafkabine und einer Küche, die ihre zu Hause wie eine winzige Abstellkammer erscheinen ließ. Offensichtlich lief das Geschäft mit dem Übersinnlichen ziemlich gut.

Ich hätte seinen Hintergrund überprüfen sollen, dachte Mel, als sie, eingewickelt in einen Bademantel, ins Schlafzimmer huschte. Aber sie war so sicher gewesen, dass sie es Rose ausreden könnte, sich an diesen Telepathen zu wenden, dass sie sich gar nicht erst die Mühe gemacht hatte. Und jetzt war sie hier, zehntausend Meter über der Erde, mit einem Mann, von dem sie so gut wie nichts wusste.

Das würde sie ändern, und zwar, sobald sie wieder in Monterey waren. Aber eigentlich bestand dafür keine Notwendigkeit mehr, wenn alles so lief, wie es sollte. David würde zurück bei seinen Eltern sein, und sie müsste Sebastian Donovan nie wiedersehen.

Trotzdem, vielleicht würde sie ihrer Neugier nachgeben …

Mit nachdenklich geschürzten Lippen öffnete sie den Kleiderschrank. Aha, er bevorzugte also Seide, Kaschmir und Leinen. Als sie ein Jeanshemd erspähte, riss sie es vom Bügel. Wenigstens ein praktisches Teil.

Sie zog das Hemd über und wirbelte zur Tür herum. Einen Moment lang hatte sie doch tatsächlich geglaubt, er wäre hier im Raum. Aber das lag sicher nur an seinem Duft, der in den Kleidern und überall im Raum hing.

Was für ein Duft war das eigentlich genau? Sie konnte es nicht ausmachen. Irgendetwas Wildes, Erotisches. Ein Hauch, den man im Wald über dem Meer bei Mondschein erhaschen würde.

Wütend auf sich selbst, zog sie ihre Jeans an. Wenn das so weiterging, würde sie noch anfangen, an Hexen und Zauberer zu glauben.

Mel krempelte die viel zu langen Ärmel bis zu den Ellbogen auf und machte sich auf die Suche nach der Bordküche. Sie nahm sich eine Banane, ignorierte geflissentlich die Schale mit echtem Kaviar und bereitete sich ein Sandwich mit Käse und Schinken zu.

„Gibt es hier auch Senf?", rief sie über die Schulter und zuckte zusammen, als sie gegen Sebastian rempelte. Er bewegte sich leise wie ein Geist.

Er griff in ein Regal über ihr und reichte ihr das Senfglas. „Möchtest du etwas Wein?"

„Ja, warum nicht." Sie strich Senf auf das Sandwich und wünschte sich verzweifelt, es gäbe mehr Platz in diesem Raum, um sich bewegen zu können. „Ich hab mir ein Hemd ausgeliehen. Ich hoffe, das ist in Ordnung; ich hatte ja nichts anderes."

„Sicher." Er schenkte ein Glas Wein für sie ein und seines nach. „Du hast tief geschlafen."

„Es hilft einem, damit die Zeit schneller vorbeigeht."

Das Flugzeug schlingerte plötzlich, und Sebastian griff nach Mels Arm. „Der Pilot meinte, es wird noch ein paar Turbulenzen geben." Versuchsweise rieb er mit dem Daumen über die Innenseite ihres Ellbogens. Der Puls schlug schnell und stark. „Wir werden bald mit dem Landeanflug beginnen."

„Dann sollten wir uns wohl besser setzen und anschnallen."

„Ich nehme dein Glas."

Mit einem erleichterten Seufzer griff sie den Sandwichteller und folgte ihm. Als sie herzhaft in das Brot biss, sah sie, wie er sie anlächelte. „Stimmt was nicht?"

„Ich dachte nur gerade daran, dass ich dir wohl ein richtiges Essen schulde."

„Du schuldest mir gar nichts." Sie nippte an dem Wein, und da er so anders war, köstlicher als alles, was sie bisher kannte, nahm sie noch einen Schluck. „Ich zahle lieber selbst."

„Das ist mir schon aufgefallen."

Mel neigte den Kopf. „Manche Männer finden das einschüchternd."

„Wirklich?" Ein Lächeln umspielte seine Lippen. „Nun, ich gehöre nicht dazu. Wenn wir alles erledigt haben, vielleicht lässt du dich dann von mir zum Essen einladen. Als kleine Feier für gute Arbeit."

„Vielleicht", stimmte sie mit vollem Mund zu. „Wir können eine Münze werfen, wer die Rechnung übernimmt."

„Du bist wirklich äußerst charmant." Er lächelte vergnügt in sich hinein und streckte die langen Beine aus. „Warum eine Detektei?"

„Hm?"

„Meinst du nicht auch, es ist an der Zeit, dass ich erfahre, warum du dich für diesen Beruf entschieden hast?"

„Mir macht es Spaß, Dinge auszutüfteln." Sie stand auf, um den Teller in die Küche zurückzutragen, aber Sebastian nahm ihn und brachte ihn selbst zurück.

„So simpel ist das?"

„Ich glaube an den Sinn von Regeln." Die Sitze waren so groß und bequem, dass sie die Beine unterschlagen konnte. Doch, sie fühlte sich wohl. Erfrischt vom Schlaf und von der Hoffnung, die bis jetzt noch nicht verblasst war. Und von Sebastians Gesellschaft. Erstaunlicherweise.

„Wenn also jemand die Regeln bricht, dann sollte man ihn dafür auch zur Rechenschaft ziehen." Sie spürte die leichte Neigung. Das Flugzeug setzte zur Landung in Atlanta an. „Ich liebe es, Dinge ausfindig zu machen. Allein. Deshalb war ich auch nur ein halbwegs guter Cop, während ich eine verdammt gute Privatdetektivin bin."

„Du spielst also nicht gerne im Team."

„Nein." Sie legte den Kopf schief. „Und du?"

„Nein." Er lächelte in seinen Wein. „Wahrscheinlich nicht." Dann hob er abrupt den Kopf und schaute sie so durchdringend an, dass sie glaubte, er würde in sie hineinsehen. „Aber Regeln ändern sich oft, Mel. Falsch und Richtig überlappen sich, die Grenze verschwimmt. Wie entscheidest du das?"

„Mit dem Wissen, welche Dinge sich nicht ändern sollten, welche Grenzen nicht überschritten werden dürfen. Man fühlt es einfach."

„Ja ..." Die Kraft war wieder eingedämmt, und Sebastian nickte. „Man fühlt es."

„Dazu braucht man keine übersinnlichen Kräfte." Sie ahnte, in welche Richtung er sie lenken wollte, aber sie war nicht bereit, ihm so viel Spielraum zu gewähren. „Ich halte nichts von Visionen oder Eingebungen oder wie immer du das nennen willst."

Er hob sein Glas und prostete ihr zu. „Aber du bist doch hier, oder?"

Sie hielt seinem herausfordernden Blick stand. „Ja, ich bin hier, Donovan. Weil ich nicht riskieren will, auch nur den kleinsten Hinweis auszulassen, ganz gleich wie dünn oder wie bizarr."

Sebastian lächelte immer noch. „Und?"

„Und weil ich bereit bin, in Betracht zu ziehen, dass du vielleicht wirklich etwas gesehen oder gefühlt haben könntest. Oder dass du einfach nur eine ausgeprägte Intuition hast. Ich selbst vertraue viel auf Intuition."

„Ich auch, Mel." Das Flugzeug setzte auf die Landebahn auf. „Ich auch."

Es war nie leicht, die Zügel in andere Hände zu übergeben. Es machte Mel nichts aus, mit den zuständigen Behörden oder dem FBI zu kooperieren, aber sie tat das lieber zu ihren eigenen Bedingungen. Nur um Davids willen hielt sie sich während des Gesprächs mit Federal Agent Thomas A. Devereaux zurück.

„Ich habe die Berichte über Sie gelesen, Mr Donovan. Sie werden nicht nur als vertrauenswürdig bezeichnet, sondern man schreibt Ihnen regelrechte Wundertaten zu."

Mel kam Sebastian in diesem kleinen, unpersönlichen Zimmer wie ein König auf seinem Thron vor, der Hof hielt. Auf Devereaux Bemerkung nickte er nur knapp.

„Ich habe bei mehreren Untersuchungen mitgewirkt, ja."

„Erst kürzlich in Chicago." Devereaux blätterte in einer Akte. „Ziemlich schlimm, die Sache. Umso schlimmer, dass wir dem nicht früher ein Ende setzen konnten."

„Ja." Mehr konnte Sebastian nicht sagen. Die schrecklichen Bilder verfolgten ihn noch immer.

„Was Sie betrifft, Miss Sutherland ..." Devereaux schob sich die Brille höher auf die Nase. „Die kalifornischen Behörden sind der Ansicht, Sie seien recht kompetent."

„Da kann ich ja endlich ruhig schlafen." Mel ignorierte Sebastians warnenden Blick und lehnte sich vor. „Können wir das Gesplänkel jetzt lassen, Agent Devereaux? Ich habe Freunde in Kalifornien, die völlig verzweifelt sind. David Merrick ist nur ein paar Meilen von hier entfernt, und ..."

„Das wird noch herauszufinden sein." Devereaux legte eine Akte beiseite und griff nach einer anderen. „Nach Ihrem Anruf hat man uns alle relevanten Informationen zugefaxt. Einer unserer Agenten hat Ihren Zeugen in dem ... ‚Dunes Motel' in Utah befragt." Die Brille war wieder gerutscht, und wieder schob er sie nach oben. „Der Mann hat David Merrick eindeutig identifiziert. Wir arbeiten daran, die Identität der Frau festzustellen."

„Warum sitzen wir dann noch hier?"

Devereaux sah über den Rand seiner Brille. „Erwarten Sie von uns, dass wir an jede Tür in Forest Park klopfen und fragen, ob sich vielleicht ein gestohlenes Baby im Haus befindet?" Er hob abwehrend den Zeigefinger, bevor Mel etwas sagen konnte. „Im Moment erhalten wir Daten über alle Kinder männlichen Geschlechts im Alter von sechs bis neun Monaten. Adoptionen, Geburtsurkunden, Leute, die in den letzten drei Monaten in die Gegend gezogen sind, mit Kindern. Bis morgen früh haben wir die Möglichkeiten auf ein überschaubares Maß eingeschränkt."

„Morgen früh? Hören Sie, Devereaux, wir haben gerade vierundzwanzig Stunden damit zugebracht herzukommen. Und jetzt sagen Sie uns, wir müssen noch einen Tag warten?"

Devereaux sah Mel direkt in die Augen. „Genau. Lassen Sie mir den Namen Ihres Hotels da, dann werde ich Sie auf dem Laufenden halten."

Mel sprang aus ihrem Stuhl auf. „Ich kenne David, ich kann ihn identifizieren. Wenn ich mich umsehe …"

„Das ist jetzt ein Fall der Bundespolizei", fiel Devereaux ihr ins Wort. „Wir werden Sie sicher brauchen, um den Jungen zu identifizieren." Devereaux sah zu Sebastian. „Agent Tucker aus Chicago, den ich seit mehr als zwanzig Jahren kenne, hat Sie empfohlen, deshalb mache ich hier mit. Und weil ich einen Enkel in Davids Alter habe."

„Vielen Dank für Ihre Hilfe, Agent Devereaux." Sebastian griff mit festen Fingern Mels Ellbogen, bevor sie die beleidigende Bemerkung, die ihr auf der Zunge lag, aussprechen konnte. „Wir haben im ‚Doubletree' reserviert. Wir warten dort auf Ihren Anruf."

„Ich hätte es sagen sollen", knurrte Mel wenige Augenblicke später, als sie hinaus in die sengende Hitze des Nachmittags traten. „Diese Typen vom FBI behandeln Privatdetektive immer wie räudige Hunde."

„Er wird seinen Job machen."

„Klar." Sie war so verärgert, dass sie gar nicht merkte, wie er ihr die Tür des Mietwagens aufhielt. „Nur weil einer seiner Kumpel aus Chicago einen Narren an dir gefressen hat. Was hast du da eigentlich getan?"

„Nicht genug." Sebastian schlug die Tür zu und stieg auf der Fahrerseite ein. „Du hast wohl keine Lust auf einen gemütlichen Drink in der Hotelbar und ein angenehmes Dinner?"

„Ganz bestimmt nicht." Sie ließ den Verschluss des Sicherheitsgurts einschnappen. „Ich brauche ein Fernglas. Hier muss es doch irgendwo ein Sportgeschäft geben!"

„Ich kann bestimmt eins finden."

„Und eine Kamera mit Teleobjektiv." Sie schob die Ärmel des geliehenen Hemdes hoch. „Ein Fall für die Bundespolizei", äffte sie Agent Devereaux nach. „Nun, es gibt doch kein Gesetz, das mir verbietet, ein wenig durch die Wohngegenden der Vororte zu fahren, oder?"

„Mir ist keines bekannt." Sebastian fädelte sich in den Verkehr ein. „Vielleicht auch ein kleiner Spaziergang. Es gibt nichts Schöneres, als an einem warmen Abend durch die Nachbarschaft zu schlendern."

Sie drehte den Kopf und lächelte ihn strahlend an. „Eigentlich bist du ganz in Ordnung, Donovan."

„Dieses Kompliment wird mir bis an mein Lebensende reichen."

„Kannst du …?" Mel brach ab und schluckte die Frage hinunter, während sie langsam durch die von Bäumen besäumten Straßen von Forest Park fuhren.

„Ob ich sagen kann, welches Haus es ist?", beendete Sebastian die Frage für sie. „Oh, irgendwann schon."

„Wie …?" Auch diese Frage sprach sie nicht aus, sondern hob stattdessen das Fernglas an die Augen.

„Wie es funktioniert, willst du wissen?" Sebastian bog nach links ab. „Das ist ein bisschen kompliziert. Aber vielleicht erkläre ich es dir mal, wenn du dann noch interessiert bist."

Als er an den Bürgersteig fuhr und anhielt, runzelte sie die Stirn. „Was machst du?"

„Sie gehen hier oft abends mit ihm spazieren."

„Wie?"

„Nach dem Abendessen fahren sie ihn mit dem Kinderwagen aus, vor seinem Bad."

Bevor ihr noch klar wurde, was sie da tat, legte Mel die Hand an seine Wange und zog sacht sein Gesicht zu sich herum. Sie blinzelte, verwirrt über die Kraft, die aus seinen Augen sprach. Wie dunkel sie geworden sind, dachte sie, fast schwarz. Als sie endlich wieder sprechen konnte, kam nur ein Flüstern über ihre Lippen.

„Wo ist er?"

„In dem Haus auf der anderen Straßenseite. Das mit den

blauen Rollläden und dem großen Baum im Vorgarten." Er packte ihr Handgelenk, bevor sie nach dem Türgriff fassen konnte. „Nicht."

„Wenn er da drinnen ist, werde ich ihn holen. Lass mich gefälligst los!"

„Denk nach, Mel." Weil er verstand, was sie fühlte, lange bevor sie sich dessen bewusst geworden war, drückte er sie mit den Schultern in den Sitz zurück. Keine einfache Aufgabe, dachte er grimmig. Sie mochte rank und schlank sein, aber sie hatte erstaunliche Kraft. „Zur Hölle, hör mir zu! Er ist in Sicherheit. David ist da drinnen in Sicherheit. Du wirst die Dinge nur unnötig verkomplizieren, wenn du jetzt in das Haus stürmst und versuchst, ihn wegzuholen."

Ihre Augen funkelten, als sie sich gegen ihn wehrte. Für ihn sah sie aus wie eine Göttin, aus deren Fingerspitzen gleich Blitze fahren würden. „Sie haben ihn gestohlen."

„Nein. Sie waren es nicht. Sie wissen nicht einmal, dass er gestohlen wurde. Für sie ist er ein Kind, das weggegeben wurde. Das sie an Kindes statt angenommen haben, weil sie sich so sehr ein Kind wünschten."

Wütend schüttelte sie den Kopf. „Aber er ist nun mal nicht ihr Kind."

„Nein." Seine Stimme wurde sanfter, wie auch sein Griff. „Aber seit drei Monaten ist er das für sie. Für sie ist er Eric, und sie lieben ihn sehr. So sehr, dass sie sich überzeugt haben, er wäre ihr eigenes Kind."

Sie atmete aufgeregt. „Wie kannst du von mir verlangen, dass ich ihn da drinnen lassen soll? Dass ich warten soll, nachdem ich ihn endlich gefunden habe?"

„Nur noch ein Weilchen." Er streichelte ihr über die Wange. „Ich schwöre dir, Rose wird ihn schon morgen Abend zurückhaben."

Sie schluckte und nickte. „Lass mich los." Als er es tat, nahm sie mit fahrigen Fingern das Fernglas auf. „Du hattest recht damit, mich aufzuhalten. Es ist wichtig, ganz sicher zu sein."

Mel richtete den Feldstecher auf das große Wohnzimmerfenster. Durch die leichten Vorhänge erkannte sie pastellfarbene Wände. Eine Kinderschaukel hing in einer Ecke des Raumes, auf dem Sofa lagen Spielzeuge verstreut. Eine Frau in Shorts und Bluse kam ins Bild. Ihr Haar umspielte anmutig ihr Gesicht, als sie den Kopf drehte und jemanden anlachte, der nicht zu sehen war.

Dann streckte die Frau die Arme aus.

„Oh Gott. David."

Als Mel sah, wie ein Mann David in die wartenden Arme der Frau übergab, klammerten sich ihre Finger so fest um das Fernglas, dass die Knöchel weiß hervortraten. Durch die Vorhänge sah sie David lächeln.

„Lass uns ein Stück gehen", sagte Sebastian leise, aber Mel schüttelte den Kopf.

„Ich muss erst Fotos machen." Jetzt zitterten ihre Hände nicht mehr. Mel legte das Glas beiseite und nahm die Kamera mit dem Teleobjektiv auf. „Wenn wir Devereaux nicht dazu bringen können, sich zu bewegen, vielleicht können die Bilder es."

Sie verbrauchte die halbe Filmrolle, wartete, bis die drei Menschen hinter den Vorhängen gut zu erkennen waren. Ihr Herz schmerzte. So heftig, dass sie sich mit dem Handballen über die Brust rieb.

„Jetzt lass uns ein Stück gehen." Sie legte die Kamera auf den Boden. „Sie werden ihn sicher bald hinausbringen."

„Wenn du vorhast, ihn ..."

„Ich bin nicht dumm", unterbrach sie ihn scharf. „Vorhin habe ich nicht richtig nachgedacht, aber jetzt weiß ich, was getan werden muss."

Sie stiegen aus dem Wagen und standen auf dem Bürgersteig.

„Es sieht weniger verdächtig aus, wenn du meine Hand nimmst." Sebastian bot ihr seine Hand an. Sie musterte ihn argwöhnisch, dann zuckte sie die Achseln und überließ ihm ihre Fingerspitzen.

„Kann wohl nichts schaden."

„Du bist ja so romantisch, Sutherland." Er zog ihre Finger an seine Lippen und küsste sie. Das Schimpfwort, mit dem sie ihn bedachte, ließ sein Lächeln nur noch breiter werden. „Mir haben solche Gegenden immer gefallen, ohne dass ich je in ihnen leben wollte. Die gepflegten Vorgärten, die grünen Rasenflächen, der Nachbar, der seine Rosen schneidet." Er deutete mit dem Kopf auf einen Jungen auf seinem Fahrrad. „Spielende Kinder, der Duft von Gegrilltem und Kinderlachen, das in der Luft schwingt."

Auch sie hatte sich immer nach einem solchen Ort gesehnt. Aber da sie es weder vor ihm noch vor sich selbst zugeben wollte, zuckte sie verächtlich die Achseln. „Klatsch, neugierige Nachbarn, die durch die Jalousien spionieren. Kläffende Hunde …"

Als hätte sie ihn herbeigerufen, kam ein Hund an den Zaun gerannt und bellte drohend, um sein Territorium zu verteidigen. Sebastian wandte kaum merklich den Kopf und starrte den Hund an. Winselnd und mit eingezogenem Schwanz drehte das Tier ab.

Mel schürzte beeindruckt die Lippen. „Netter Trick."

„Es ist eine Gabe." Sebastian ließ ihre Hand los und legte den Arm um ihre Schultern. „Entspann dich", murmelte er, „du brauchst dir keine Sorgen um ihn zu machen."

„Mir geht's gut."

„Du bist gespannt wie eine Geigensaite. Hier, lass mich mal." Er massierte sanft ihren Nacken, aber Mel versuchte, seine Hand abzuschütteln.

„Donovan …"

„Schsch … auch das ist eine Gabe." Er tat irgendetwas, selbst als sie sich wand, und in Sekundenschnelle spürte sie, wie ihre verspannten Muskeln sich lockerten.

„Oh", brachte sie gerade noch heraus.

„Besser?" Er hakte sich bei ihr ein. „Wenn ich mehr Zeit hätte … wenn ich dich nackt vor mir hätte, würde ich alle diese Verspannungen wegarbeiten." Er grinste in ihr verblüfftes Gesicht. „Es ist doch nur fair, dich auch mal meine Gedanken wissen zu lassen, oder? Ich denke eigentlich ziemlich oft daran, wie du nackt aussiehst." Mit solch einer Unverblümtheit hatte Mel nicht gerechnet.

„Ich bin nicht so fürs Flirten, Donovan", presste sie atemlos hervor.

„Meine liebe Mary Ellen, da ist ein Riesenunterschied zwischen Flirten und einer direkten Bekundung von Verlangen. Wenn ich gesagt hätte, dass deine Augen wunderschön sind und mich an die Hügel meiner Heimat erinnern – das wäre Flirten. Oder wenn ich erwähnen würde, dass dein Haar den gleichen Goldton wie ein Botticelli-Gemälde besitzt – das wäre Flirten. Oder dass deine Haut so weich und samten scheint wie die Wolken am Abendhimmel – das könnte man als Flirten werten."

In ihrem Magen begann es zu flattern. Ein unwillkommenes Gefühl. Sie wollte, dass es aufhörte. „Wenn du auch nur etwas davon sagtest, würde ich denken, du hast den Verstand verloren."

„Siehst du, deshalb dachte ich mir, der direkte Ansatz sei besser. Ich will dich. In meinem Bett." Er hielt unter den ausladenden Ästen einer Eiche an und zog Mel zu sich heran, bevor sie auch nur die Chance hatte zu protestieren. „Ich will dich ausziehen. Dich berühren. Ich will zusehen, wie dein Feuer auflodert, wenn ich in dir bin." Er beugte den Kopf und biss sie leicht in die Unterlippe. „Und dann will ich noch einmal von vorn anfangen." Er spürte, wie sie plötzlich erschauerte, und ließ aus dem spielerischen Knabbern einen tiefen, verlangenden Kuss werden. „Direkt genug?"

Ihre Hände lagen auf seiner Brust, die Finger gespreizt. Mel hatte keine Ahnung, wie sie dorthin gekommen waren. Ihre Lippen waren geschwollen und verlangten nach mehr. „Ich denke …" Aber sie konnte nicht denken. Ihr Herz schlug so schnell und laut, dass sie sich wunderte, warum die Nachbarn nicht aus den Häusern kamen, um zu sehen, was dieser Lärm zu bedeuten hatte. „Du bist verrückt."

„Weil ich dich will? Oder weil ich es sage?"

„Weil … weil du denkst, ich wäre an einem schnellen Schäferstündchen mit dir interessiert. Ich kenne dich ja kaum."

Er hielt sanft ihr Kinn fest. „Du kennst mich. Und von schnell war nie die Rede."

Bevor sie etwas erwidern konnte, merkte sie, wie er sich verspannte. „Sie sind auf dem Weg nach draußen."

Über seine Schulter hinweg konnte sie sehen, wie sich die Haustür öffnete. Die hübsche Frau schob einen Buggy über die Stufe.

„Lass uns auf die andere Straßenseite gehen. Dann kannst du besser sehen, wenn sie vorbeigehen."

Auch Mel verspannte sich wieder. Sebastian ließ den Arm auf ihrer Schulter liegen, sowohl als Warnung wie auch zur Stütze. Sie hörte den Mann und die Frau reden. Sie schnappte nur Wortfetzen auf, aber es war die unbeschwerte Unterhaltung junger, glücklicher Eltern mit einem gesunden Baby. Unwillkürlich schlang sie den Arm um Sebastians Hüfte und hielt sich fest.

Oh, David war so gewachsen! Sie fühlte, wie ihr Tränen in die Augen traten, und drängte sie zurück. Er trug winzige rote Lauflernschuhe, die an den Spitzen abgeschabt waren, so als hätte er bereits die ersten unbeholfenen Schritte versucht. Sein Haar war länger geworden und ringelte sich in weichen Locken um das runde Gesichtchen …

Sie musste an sich halten, um nicht seinen Namen zu rufen. Er sah sie an, als er in dem blauen Buggy an ihr vorbeirollte – und lachte. Er hatte sie erkannt. Er begann zu schreien, streckte die Arme nach ihr aus …

„Schon jetzt hat mein Sohn ein Auge für hübsche Frauen", sagte der Mann mit einem stolzen Lächeln, als sie mit David an Sebastian und Mel vorbeigingen.

Mel stand regungslos da, konnte sich einfach nicht bewegen, während David sich in dem Buggy nach ihr umdrehte. Seine Lippen verzogen sich zu einem enttäuschten Schrei, und die Frau beugte sich über ihn, um ihn zu beruhigen.

„Er kennt mich noch", flüsterte Mel. „Er erinnert sich an mich."

„Ja. Man vergisst nicht, wenn man geliebt wird." Sebastian hielt sie zurück, als sie vorstolpern wollte. „Nicht jetzt, Mel. Wir werden Devereaux Bescheid sagen. Er muss nun den nächsten Schritt tun."

„Er hat mich erkannt", wiederholte sie erschüttert und fühlte ihren Kopf sanft an eine breite Brust gedrückt. „Ich bin in Ordnung", versicherte sie, aber sie versuchte nicht, sich aus der Umarmung zu lösen.

„Ich weiß." Er küsste sie auf die Schläfe, strich ihr über das Haar und wartete darauf, dass sie aufhören würde zu zittern.

Es war das Schwerste, was sie je in ihrem Leben getan hatte. Einfach auf dem Bürgersteig vor dem Haus mit den blauen Rollläden und dem großen Baum im Vorgarten zu stehen und zu warten. Devereaux und eine Polizistin waren im Haus. Mel hatte gesehen, wie sie hineingegangen waren. Die junge Frau hatte die Tür geöffnet, noch im Morgenmantel. Mel hatte die Angst in ihren Augen aufblitzen sehen. Oder das Wissen.

Jetzt drang Weinen aus dem Haus. Zutiefst unglückliche Tränen. Mel wollte ihr Herz dagegen verschließen, aber es gelang ihr nicht.

Wann würden sie endlich herauskommen? Die Hände in den Hosentaschen, marschierte sie unruhig auf dem Bürgersteig auf und ab. Es dauerte schon so lange. Agent Devereaux hatte darauf bestanden, bis zum Morgen zu warten, und Mel hatte eine schlaflose Nacht in einem Hotelzimmer hinter sich.

Vor über einer Stunde waren die beiden Polizisten hineingegangen.

„Warum setzt du dich nicht ins Auto?", schlug Sebastian vor.

„Ich kann nicht still sitzen. Ich wünschte, ich könnte irgendetwas tun."

„Sie werden uns ihn sowieso noch nicht mitnehmen lassen. Devereaux hat die Vorgehensweise doch erklärt: Erst werden ein Bluttest gemacht und die Fingerabdrücke überprüft."

„Sie werden mich bei ihm bleiben lassen. Sie werden mich verdammt noch mal zu ihm lassen! Er bleibt nicht allein bei Fremden!" Sie presste die Lippen zusammen. „Erzähl mir von ihnen. Bitte!"

Er hatte diese Frage erwartet. Sebastian schaute ihr direkt in die Augen und begann zu sprechen. „Sie ist Lehrerin, aber sie hat die Stellung aufgegeben, als David zu ihnen kam. Es war wichtig für sie, sich voll und ganz um das Kind zu kümmern. Ihr Mann ist Ingenieur. Sie sind seit acht Jahren verheiratet und wollten von Anfang an ein Kind haben, aber es funktionierte nicht. Es sind gute Leute, sie lieben einander sehr, und in ihren Herzen ist Platz für eine große Familie. Sie waren leichte Beute, Mel."

In ihrem Gesicht konnte er den Kampf zwischen Wut und Mitgefühl verfolgen, zwischen Richtig und Falsch. „Sie tun mir leid", flüsterte sie schließlich. „Es ist schrecklich, dass jemand die Sehnsucht nach einer Familie auf diese Weise ausnutzt. Was haben diese gewissenlosen Leute nur allen Beteiligten angetan."

„Das Leben ist nicht immer fair."

„Das Leben ist meistens unfair", korrigierte sie.

Wieder lief sie unruhig hin und her, sah immer wieder zu dem großen Wohnzimmerfenster hinüber. Als die Haustür aufging, hielt sie sich bereit, um loszuspurten.

Devereaux kam auf sie zu. „Der Junge kennt Sie?"

„Ja, ich habe Ihnen doch schon gestern gesagt, dass er mich erkannt hat."

Devereaux nickte. „Er ist ziemlich aufgeregt, heult herzzerreißend, auch weil Mr und Mrs Frost völlig aufgelöst sind. Wir müssen den Jungen mitnehmen, bis wir die Ergebnisse überprüft und den ganzen Papierkram erledigt haben. Es ist sicher besser für ihn, wenn Sie mitkommen. Sie können bei Agent Barker mitfahren."

„Natürlich." Ihr Herz schlug ihr in der Kehle. „Donovan?"

„Ich fahre hinter euch her."

Mel ging ins Haus, wappnete ihr Herz und ihren Geist gegen das hemmungslose Weinen, das hinter der Schlafzimmertür hervordrang. Sie ging den Korridor hinunter zum Kinderzimmer.

Das Kinderzimmer mit den hellblauen Wänden und den aufgemalten Segelbooten. Mit dem Zirkus-Mobile über dem

Kinderbettchen am Fenster. Ein wohliger Babygeruch strömte ihr entgegen.

Genau, wie er gesagt hat, dachte Mel. Ihr Mund wurde trocken. Ganz genau so.

Dann verdrängte sie jeden Gedanken und beugte sich über das Bettchen zu dem weinenden David.

„Ach, Baby." Sie drückte ihre Wange an sein heißes, feuchtes Gesichtchen und wischte sanft die Tränen fort. „David, süßer kleiner David." Sie sprach beruhigend auf ihn ein und strich ihm das verschwitzte Haar aus der Stirn, froh darum, dass sie mit dem Rücken zu dem Polizisten stand und er so ihre eigenen Tränen nicht sehen konnte.

„He, Großer." Sie küsste ihn auf die zitternden Lippen. Er hatte Schluckauf und rieb sich mit den Fäustchen die verweinten Augen, dann ließ er den Kopf an ihre Schulter fallen und seufzte tief. „Ja, das ist mein großer Junge. Komm, wir fahren nach Hause, ja? Mom und Dad warten schon auf dich."

*I*ch weiß." Mel legte ihr den Arm um die Schultern. Schweigend sahen sie zu, hörten David lachen. Rose nahm Mels Hand und drückte sie fest. „Die beiden sehen gut zusammen aus!"

„Ja, perfekt." Rose tupfte sich mit einem Taschentuch die Tränen aus den Augen. „Wenn ich daran denke, wie viel Angst ich hatte, ich würde David nie …"

„Denk nicht mehr daran. David ist wieder da, wo er hingehört."

„Dank dir und Mr Donovan." Rose trat vom Fenster zurück, aber immer wieder ging ihr Blick dorthin. Mel fragte sich, wie lange es wohl dauern mochte, bis Rose es wieder ertragen würde, David nicht in ihrem Blickfeld zu haben. „Kannst du mir nicht irgendwas über die Leute erzählen, bei denen er war? Die vom FBI waren zwar sehr freundlich, aber …"

„Verschlossen wie eine Auster", beendete Mel den Satz für Rose. „Es waren gute Menschen, Rose. Menschen, die sich nach einer Familie sehnten. Sie haben einen Fehler gemacht, haben jemandem vertraut, dem sie nicht hätten vertrauen dürfen. Aber David hat es gut bei ihnen gehabt."

„Er ist so groß geworden. Er macht schon die ersten Schritte." Man hörte die Bitterkeit in Roses Stimme, das Gefühl des Verlusts, weil man ihr drei kostbare Monate im Leben ihres Sohnes geraubt hatte. Aber da schwang auch Mitleid und Verständnis für eine andere Mutter mit, die nun vor einem leeren Kinderbett stand. „Ich weiß, dass sie ihn geliebt hat. Und ich weiß, wie sie sich jetzt fühlt – unglaublich verletzt und traurig und verängstigt. Für sie ist es schlimmer, als es für mich gewesen ist. Sie weiß, dass sie ihn nie zurückbekommen wird." Rose schlug mit der Faust auf die Anrichte. „Wer hat uns das angetan, Mel? Wer wagt es, uns so etwas anzutun?"

„Ich weiß es nicht. Noch nicht."

„Wirst du mit Mr Donovan zusammenarbeiten? Ich weiß, wie sehr ihn diese Sache beschäftigt."

„Sebastian?"

„Ja, wir haben uns darüber unterhalten, als er hier vorbeigekommen ist."

„Oh?" Mel war stolz auf sich, dass sie es schaffte, sich so unbeeindruckt zu zeigen. „Er hat dich besucht?"

Roses Gesicht wurde weich. Sie sah fast so gelöst und sorglos aus wie in den Tagen vor Davids Entführung. „Er hat Davids Teddybär zurückgebracht und ihm dieses hübsche Segelboot geschenkt."

Ein Segelboot. Ja, er würde daran gedacht haben. „Das war sehr nett von ihm."

„Er versteht beide Seiten, weißt du. Das, was Stan und ich durchgemacht haben, und wie diese armen Leute in Atlanta sich jetzt fühlen. Und das alles nur, weil da draußen jemand herumläuft, den andere Menschen nicht im Geringsten interessieren. Sie kümmern sich weder um Babys noch um Mütter oder Familien. Alles, was die wollen, ist Geld." Ihre Lippen begannen zu zittern, aber sie presste sie fest aufeinander. „Wahrscheinlich hat Mr Donovan deshalb nichts von uns annehmen wollen."

„Er hat kein Honorar verlangt?" Mel bemühte sich ernsthaft, gleichgültig zu klingen.

„Nein, keinen einzigen Cent." Rose erinnerte sich an ihre anderen Pflichten und überprüfte den Braten im Ofen. „Er schlug vor, dass Stan und ich einem der Obdachlosenheime eine Spende zukommen lassen sollen, wenn wir es uns leisten können."

„Aha."

„Er hat auch gesagt, dass er weiter an diesem Fall arbeiten wird."

„Welchem Fall?"

„Er meinte, es sei nicht richtig, dass Babys aus ihren Bettchen gestohlen und wie junge Hunde verkauft werden … so was in der Art. Dass es Grenzen gibt, die man nicht überschreiten darf."

„Die gibt es tatsächlich." Mel griff nach ihrer Handtasche. „Ich muss gehen, Rose."

Überrascht schloss Rose die Ofentür wieder und drehte sich

mit enttäuschtem Blick zu Mel um. „Du bleibst nicht zum Dinner?“

„Ich kann nicht.“ Mel zögerte, und dann tat sie etwas, von dem sie sich wünschte, sie könnte es mit größerer Selbstverständlichkeit tun: Sie umarmte Rose. „Ich muss dringend etwas erledigen.“

Natürlich hätte Mel es schon längst tun können. Aber sie waren ja auch erst seit zwei Tagen wieder in Monterey. Mel fuhr durch tief hängende Wolken den Weg zum Hügel hinauf. Schließlich war Sebastian ja auch nicht zu ihr gekommen, oder? Er hatte Rose besucht, aber das kurze Stück bis zu ihrem Haus war er nicht gefahren.

Also war es doch alles nur leeres Gerede gewesen. Dass er sie angeblich attraktiv fand, dass er sie wollte. Dieser ganze Quatsch über ihre Augen und ihr Haar und ihre Haut.

Mel trommelte mit den Fingern auf dem Schaltknüppel. Wenn er auch nur ein Wort davon ernst gemeint hätte, hätte er doch sicher etwas unternommen, oder? Sie wünschte, er hätte es getan. Wie sollte sie denn entscheiden, ob sie etwas abblocken musste oder ob er einfach keine Lust mehr hatte?

Also würde sie den Stier bei den Hörnern packen. Es gab noch Verpflichtungen zu erfüllen, Erklärungen abzugeben, Fragen zu beantworten.

Überzeugt, dass sie bestens vorbereitet war, bog Mel endlich auf den holprigen Feldweg ein, der zu Sebastians Haus führte. Und trat hart auf die Bremse, als ein schwarzer Hengst und sein Reiter direkt vor ihr quer über den Weg galoppierten. Kies spritzte auf, Muskeln schimmerten im Sonnenlicht. Angesichts von Pferd und Reiter, dessen Haare im Wind flatterten, fühlte Mel sich wie ins tiefste Mittelalter versetzt, als es noch Drachen zu töten gab und die Luft angefüllt war mit geheimnisvoller Magie und Zauber.

Mit offenem Mund sah Mel den beiden nach, wie sie den felsigen Abhang hinunterdonnerten, eingehüllt wurden von einer Dunstwolke, dann wieder ins Sonnenlicht kamen und davongaloppierten.

Als das Echo der Hufschläge verklang, hatte Mel sich wieder gefasst. Das hier war die Wirklichkeit. Sie brauchte nur auf das Stottern und Röhren des Motors zu hören, während der Wagen sich die letzte Strecke zum Haus hinaufquälte.

Wie sie erwartet hatte, fand sie Sebastian auf der Koppel. Er rieb Eros ab. Auch mit den Füßen auf dem Boden sah er nicht weniger beeindruckend, nicht weniger mystisch aus.

Mel war überzeugt, wenn sie ihn jetzt berührte, würde sie sich die Finger verbrennen.

„Der richtige Tag für einen Ausritt, was?"

Sebastian sah über Eros' Schulter und lächelte Mel an. „Fast alle Tage sind richtig dafür. Entschuldige, dass ich dich nicht begrüßt habe, aber ich hasse es, Eros zu zügeln, wenn er sich austoben will."

„Kein Problem." Sie war froh, dass er es nicht getan hatte. Sie hätte nicht mehr als ein unbeholfenes Stottern herausgebracht. „Ich bin nur vorbeigekommen, um ein paar Dinge zum Abschluss zu bringen. Hast du ein paar Minuten Zeit?"

„Ich bin sicher, ich kann etwas Zeit für dich aufbringen." Er hob Eros' Lauf an und begann den Huf zu säubern. „Hast du Rose schon gesehen?"

„Ja, ich komme gerade von ihr. Sie sagte mir, dass du da gewesen seist. Du hast David ein Segelboot geschenkt."

Sebastian sah kurz auf, dann widmete er sich dem nächsten Huf. „Ich dachte mir, es würde ihm ein wenig helfen, das ganze Durcheinander besser zu verarbeiten. Wenn er etwas hat, das ihm während der letzten Monate vertraut geworden war."

„Das war … sehr nett von dir."

Er richtete sich auf und ging zum nächsten Lauf. „Manchmal habe ich eben so meine Momente."

Mel stellte einen Fuß auf die unterste Zaunlatte. „Rose erzählte mir auch, dass du kein Honorar annehmen wolltest."

„Ich denke, ich habe bereits deutlich gemacht, dass ich Geld nicht unbedingt brauche."

„Ja, das weiß ich inzwischen auch." Mel beugte sich vor und

streichelte Eros über den Hals. Hier gab es keine Magie, wie sie sich beruhigte. Nur eine wunderbare Kreatur im Zenit ihrer Kraft. Genau wie ihr Herr. „Ich habe ein bisschen nachgeforscht, Donovan. Du hast deine Finger wirklich überall drin."

„Nun, wenn du es so ausdrücken möchtest …"

„Wahrscheinlich ist es einfacher, Geld zu scheffeln, wenn man von zu Hause bereits einen netten Batzen mitbekommt."

Er kümmerte sich um den letzten Huf. „Ja, vermutlich. Aber unter diesen Umständen ist es auch sehr viel leichter, Geld zu verlieren."

„So gesehen hast du recht." Sie legte den Kopf schief und betrachtete ihn, als er sich aufrichtete. „Diese Sache in Chicago … War ziemlich schlimm, was?"

Sie sah, wie seine Miene sich änderte, und es tat ihr leid. Weder nahm er es leicht noch hatte er es verwunden. „Es war schwierig, ja. Sind Misserfolge immer."

„Aber du hast ihnen geholfen, ihn zu finden. Ihn aufzuhalten."

„Fünf Menschenleben als Preis ist nicht das, was ich Erfolg nenne." Er schlug Eros mit der flachen Hand auf die Flanke, und der Hengst trabte davon. „Warum kommst du nicht mit rein? Ich muss mich waschen."

„Sebastian."

Es war das erste Mal, dass sie ihn mit seinem Vornamen ansprach. Es überraschte ihn so, dass er stehen blieb, eine Hand auf dem Zaun, sein Körper wie erstarrt.

„Fünf Menschen verloren ihr Leben", sagte sie leise. „Aber weißt du, wie viele du gerettet hast?"

„Nein." Er sprang behände und geschmeidig über das Gatter. „Nein, aber es hilft, dass du danach fragst." Er nahm ihren Arm. „Komm mit hinein."

Es gefiel ihr hier draußen. Hier gab es ausreichend Platz für Ausweichmanöver – sollten solche überhaupt nötig werden. Aber es schien albern und feige, nicht mit ins Haus zu gehen.

„Ich möchte mit dir über etwas reden."

„Das dachte ich mir. Hast du schon zu Abend gegessen?"

„Nein."

„Gut. Wir reden beim Essen."

Sie gingen an der Seite des Hauses entlang bis zu einer Terrasse, auf der in großen Terrakottatöpfen üppiges Springkraut blühte. Durch eine deckenhohe Glasschiebetür betraten sie die Küche, ganz in Blau und Weiß gehalten und perfekt eingerichtet wie aus einem exklusiven Wohnmagazin. Sebastian ging zum Kühlschrank, holte eine Flasche Wein hervor und nahm zwei Gläser aus dem Regal.

„Setz dich ruhig." Er deutete auf einen hohen Hocker an der gefliesten Arbeitsfläche in der Mitte des Raumes und goss zwei Gläser ein. „Ich werde eben duschen und mich umziehen. Fühl dich ganz wie zu Hause."

„Sicher."

Kaum hatte er die Küche verlassen, rutschte sie vom Hocker. Mel hätte es nie als unhöflich betrachtet. Sie folgte nur ihrer natürlichen Neugier. Am besten konnte man Menschen kennenlernen, wenn man ein wenig in ihren persönlichen Sachen herumstöberte. Und sie wollte unbedingt einen Einblick bekommen, was den Menschen Sebastian Donovan antrieb.

Die Küche war makellos sauber, blitzblanke Schränke und Geräte. Trotzdem roch der Raum nicht nach Putzmitteln, sondern eher nach … Sie schnupperte und entschied, dass es frisch roch und leicht nach Kräutern.

Da hingen auch getrocknete Kräuter, kopfüber, im Fenster über der Spüle. Mel roch an ihnen und empfand das Aroma als angenehm und geheimnisvoll.

Sie zog eine Schublade auf und fand darin Backutensilien. In einer anderen noch mehr Dinge, die in einer Küche nötig waren, ordentlich sortiert.

Wo ist der Krimskrams? fragte sie sich. Die Unordnung, in der sich oft des Rätsels Lösung finden ließ?

Weniger entmutigt denn verwundert, glitt sie wieder auf den Hocker und nippte gerade an ihrem Wein, als Sebastian in die Küche zurückkam.

Er trug jetzt Schwarz – schwarze Jeans und ein schwarzes Hemd, die Ärmel aufgekrempelt. Er war barfuß. Als er nach seinem Glas griff, fiel Mel auf, dass er wie der aussah, der er angab zu sein.

Ein Zauberer.

Lächelnd stieß er mit ihr an und schaute ihr in die Augen. „Vertraust du mir?"

„Was?"

Sein Lächeln wurde breiter. „Bei der Wahl des Menüs."

Sie blinzelte und trank hastig noch einen Schluck. „Sicher. Ich esse sowieso fast alles."

Als er Zutaten und Töpfe und Pfannen herauszuholen begann, stieß sie erleichtert und kaum hörbar den Atem aus. „Du kochst?"

„Ja. Warum?"

„Ich dachte, du würdest etwas bestellen." Sie runzelte die Stirn, als er Öl in eine kleine Schale goss. „Das ist doch ziemlich viel Aufwand."

„Ich koche gern." Er schnitt Kräuter hinzu. „Es entspannt mich."

Mel kratzte sich verlegen am Knie. „Brauchst du Hilfe?"

„Du kannst nicht kochen."

Sie hob eine Augenbraue. „Woher weißt du das?"

„Ich habe deine Küche gesehen. Knoblauch?"

„Ja, gern."

Sebastian zerdrückte die geschälte Zehe. „Worüber wolltest du mit mir sprechen, Mel?"

„Über mehrere Dinge." Sie stützte die Hand aufs Kinn. Komisch, aber es machte ihr Spaß, ihm beim Kochen zuzusehen. „Für Stan und Rose und David ist alles wieder in Ordnung gekommen. Was gibst du denn jetzt noch dazu?"

„Rosmarin."

„Das riecht gut." Genau wie er, dachte sie. Der erregende Geruch nach Leder, Schweiß und Pferd war verschwunden und durch einen anderen, nicht minder sinnlichen und männlichen

Duft ersetzt worden. Erneut nippte sie an ihrem Wein. Mittlerweile fühlte sie sich so entspannt, dass sie die Stiefel von den Füßen streifte. „Für Mr und Mrs Frost unten in Georgia aber sehen die Dinge weit weniger rosig aus."

Sebastian rührte die Masse und gab Tomatenwürfel hinzu. „Wenn jemand gewinnt, muss logischerweise ein anderer verlieren."

„Das ist mir auch klar. Wir haben getan, was getan werden musste, aber wir sind noch nicht fertig."

Er bestrich Hähnchenbrustfilets mit der Marinade und legte sie in die Pfanne. Er mochte es, wie sie dasaß und mit den Beinen schlenkerte, während sie seinen kulinarischen Vorbereitungen genauestens folgte. „Ja? Und?"

„Wir haben den, auf den es ankommt, nicht gefunden. Den Drahtzieher, der, der alles arrangiert. Wir haben David zurück, und das war vorerst das Wichtigste, aber die Angelegenheit ist noch nicht beendet. David ist nicht das einzige Kind, das gestohlen wurde."

„Woher weißt du das?"

„Es ist eine logische Schlussfolgerung. Eine Operation, die so gut vorbereitet ist und so reibungslos abläuft, deutet auf eine Organisation hin, die sich nicht mit einem einzigen Deal begnügt."

„Nein." Er schenkte ihre Gläser nach und goss Wein über das Hühnchen. „Du hast recht."

„Ich stelle mir das folgendermaßen vor: Die Frosts hatten eine Kontaktperson. Entweder sie haben die Bundesbeamten auf seine Spur gesetzt oder aber er ist längst untergetaucht. Ich bin sicher, Letzteres ist der Fall."

Sebastian nickte. „Mach weiter."

„Also, das ist eine bundesweite Sache. Wie eine richtige Firma. Man braucht einen Anwalt, der sich um die Adoptionspapiere kümmert. Vielleicht auch einen Arzt, oder zumindest jemanden, der Verbindungen zu den Kliniken hat, die Fruchtbarkeitstests machen. Die Frosts zum Beispiel haben zahllose solcher Tests hinter sich. Ich hab's nachgeprüft."

Sebastian rührte und würzte und schmeckte ab. „Ich bin sicher, das FBI hat auch Nachforschungen angestellt."

„Sicher. Unser Freund Devereaux ist voll bei der Sache. Aber ich schließe gern ab, was ich angefangen habe. Stell dir vor – da sind überall diese Paare, die eine Familie gründen wollen. Sie würden alles dafür tun. Sie haben Sex nach Plan, essen nur noch bestimmte Sachen, tanzen sogar bei Vollmond nackt auf der Waldlichtung. Und sie zahlen. Zahlen für Medikamente, Hilfsmittel, Operationen, Tests. Wenn alles nichts hilft, zahlen sie auch für das Baby." Mel kam an die Anrichte und schnupperte an dem Topf. „Riecht gut. Ich weiß", fuhr sie fort, „der größte Teil geht den legalen Weg. Eine renommierte Adoptionsagentur, ein renommierter Anwalt. In den meisten Fällen ist es auch eine gute Sache. Das Baby bekommt ein liebevolles Zuhause, die leibliche Mutter eine zweite Chance und die Adoptiveltern ihr kleines Wunder. Aber dann gibt es da noch die miese Kanaille, die aus dem Unglück anderer Profit schlagen will."

„Warum deckst du nicht den Tisch am Fenster? Ich höre dir zu."

„Gut." Mel folgte Sebastians stummen Hinweisen und holte Teller, Besteck und Servietten aus den Schränken, während sie ihre Theorie weiter ausbaute. „Aber dieser Typ ist nicht irgendein kleiner Gauner, sondern sehr clever. Clever genug, um eine Organisation aufzubauen, die ein Kind an der Küste verschwinden lässt und wie ein Paket weiterreichen kann, bis es schließlich Tausende von Meilen entfernt irgendwo in einem netten sauberen Heim wieder auftaucht."

„Bis jetzt habe ich dem nichts hinzuzufügen."

„Er ist derjenige, den wir finden müssen. Parkland haben sie zwar noch nicht festgesetzt, aber sie werden ihn sicher bald erwischen. Er ist kein Professioneller, nur ein kleiner Stümper, der wahrscheinlich dringend Geld brauchte, um Schulden abzuzahlen und seine Kniescheiben zu retten. Er wird nicht viel wissen, aber es ist immerhin ein Ansatzpunkt. Ich nehme an, das FBI wird ihn bald hinter Gitter bringen."

„Gegen deine Annahme ist nichts einzuwenden. Nimm die Flasche und setz dich an den Tisch."

Mel tat, wie ihr geheißen. „Es ist nicht sehr wahrscheinlich, dass die Bundesbeamten einem Privatdetektiv einen Tipp geben."

„Nein, eher unwahrscheinlich." Sebastian servierte das Essen – Pasta mit Tomaten-Kräuter-Sauce, in Wein gebratene Hühnchenbrust und dicke Scheiben frischen Brots.

„Bei dir ist das etwas anderes. Sie schulden dir was."

„Schon möglich."

„Dir würden sie eine Kopie von Parklands Aussage geben. Vielleicht lassen sie dich sogar mit ihm reden. Wenn du ihnen sagst, dass du an dem Fall interessiert bist, werden sie dich sämtliche Akten einsehen lassen."

„Mag sein." Sebastian probierte und befand das Essen für gelungen. „Aber bin ich denn an dem Fall interessiert?"

Mel fasste sein Handgelenk, bevor er sich noch ein Stück von dem butterweichen Hühnchen abschneiden konnte. „Bringst du nicht gern zu Ende, was du angefangen hast?"

Er blickte auf und sah sie so durchdringend an, dass ihre Finger zu zittern begannen, bevor sie ihre Hand wegzog. „Doch."

Plötzlich nervös geworden, brach sie ein Stück Brot ab. „Also?"

„Ich helfe dir. Ich werde meine Verbindungen spielen lassen."

„Danke." Obwohl sie darauf achtete, ihn nicht mehr zu berühren, schenkte sie ihm ein warmes Lächeln. „Wirklich. Dafür bin ich dir jetzt was schuldig."

„Nein, ich denke nicht. Und du auch nicht, wenn du erst meine Bedingungen gehört hast. Wir werden zusammenarbeiten."

Das Brot fiel ihr aus der Hand. „Donovan, ich weiß dein Angebot zu schätzen, aber ich arbeite allein. Und überhaupt … deine Vorgehensweise, die Visionen und das ganze Zeug, macht mich nervös."

„Dann sind wir ja quitt. Denn deine Vorgehensweise, Pistolen und das ganze Zeug, macht mich nervös", benutzte er ihre Worte. „Also werden wir einen Kompromiss schließen. Wir arbeiten zusammen und akzeptieren die jeweiligen … exzentrischen Allüren des anderen. Schließlich geht es hier um ein gemeinsames Ziel."

Mel stocherte mit der Gabel in ihrem Essen. „Vielleicht … aber auch nur vielleicht, habe ich schon daran gedacht, als Paar aufzutreten. Als kinderloses Paar." Argwöhnisch sah sie zu ihm. „Aber wenn wir uns auf diesen Kompromiss einigen, werden vorher ein paar Regeln aufgestellt."

„Oh, auf jeden Fall."

„Grinse nicht so überheblich, wenn du das sagst." Sie konzentrierte sich auf ihr Essen. „Das ist gut." Sie nahm noch einen Bissen. „Wirklich gut. Dabei war das gar nicht so viel Arbeit."

„Du schmeichelst mir."

„Nein, ich meine …" Sie musste lachen und zuckte die Schultern. „Ich wollte damit sagen, dass ich immer geglaubt habe, gutes Essen verlangt viel Vorbereitung. Meine Mutter hat früher oft als Bedienung gejobbt, und dann brachte sie immer Essen mit nach Hause, aus Fast-Food-Restaurants oder Diners. Nicht so was wie das hier."

„Geht es deiner Mutter gut?"

„Oh, bestens. Sie hat mir gerade eine Postkarte aus Nebraska geschickt. Sie fährt viel herum. Ist eher der rastlose Typ."

„Und dein Vater?"

Nur ein winziges Zögern, nur ein kaum merklicher Schatten, der über ihr Gesicht huschte. „Ich erinnere mich nicht an ihn."

„Wie denkt deine Mutter über deinen Beruf?"

„Sie hält es für aufregend. Das liegt nur daran, weil sie zu viel fernsieht. Und deine Eltern? Was halten sie davon, dass ihr Sohn der Hexenmeister von Monterey ist?"

„So würde ich es nicht unbedingt bezeichnen", sagte Sebastian. „Aber ich kann mir vorstellen, dass sie sehr zufrieden sind, dass ich die Familientradition fortführe."

Mel schnaubte leise in ihren Wein. „Was denn, seid ihr ein Geheimbund oder so was?"

„Nein." Er war nicht im Mindesten beleidigt. „Wir sind eine Familie."

„Weißt du, wenn ich es nicht mit eigenen Augen gesehen hätte, würde ich es nicht glauben. Aber ich war dabei. Trotzdem heißt das nicht, dass ich dir alles anstandslos abkaufe." Sie sah ihn abwägend an. „Ich habe mir die einschlägige Literatur angesehen. Über Tests in der medizinischen Forschung. Eine Menge anerkannter Wissenschaftler glauben an übersinnliche Phänomene. Immerhin hat man bisher nur einen Bruchteil des menschlichen Gehirns erforscht. Sie machen EEGs und Computertomografien und Tests mit Leuten, die den Spielwert einer Karte erraten können, ohne sie zu sehen. Solche Sachen eben. Aber das bedeutet nicht, dass sie an Hexerei oder Orakel oder Elfenstaub glauben."

„Ein bisschen Elfenstaub könnte dir nicht schaden. Ich werde Morgana mal darauf ansprechen."

„Nun mal im Ernst …", setzte Mel an, doch Sebastian unterbrach sie.

„Im Ernst", wiederholte er. „Ich wurde mit Elfenblut geboren. Ich bin ein Zauberer von Geburt, der seine Vorfahren bis zu Finn, dem Kelten, zurückverfolgen kann. Meine Gabe ist die des Sehens. Ich habe weder darum gebeten noch sie mir gewünscht. Es ist ein Geschenk. Und es hat weder mit Wissenschaft noch mit Logik oder Tanzen bei Vollmond zu tun. Es ist mein Erbe. Und mein Schicksal."

„Nun …" Mehr brachte Mel trotz langen Schweigens nicht heraus. „Nun …", wiederholte sie und räusperte sich. „In diesen Studien haben sie Test mit Telekinese und Telepathie gemacht."

„Willst du Beweise, Mel?"

„Nein … ja. Ich meine, wenn wir zusammenarbeiten sollen, dann hätte ich gern eine gewisse Vorstellung von dem Ausmaß deiner … Fähigkeiten."

„Das sehe ich ein. Denk dir eine Zahl zwischen eins und zehn. Sechs", sagte er, bevor sie überhaupt den Mund aufgemacht hatte.

„Ich war noch nicht so weit."

„Aber das war die erste Zahl, die dir eingefallen ist."

Stimmte, aber sie schüttelte den Kopf. „Ich war noch nicht fertig." Sie schloss die Augen. „Jetzt."

Sie ist gut, dachte er. Sehr gut sogar. Sie benutzte ihre ganze Willenskraft, um ihn zu blockieren. Um sie abzulenken, knabberte er an der Hand, die er immer noch hielt. „Drei."

Sie schlug die Lider auf. „Richtig. Wie machst du es?"

„Von deinen Gedanken zu meinen Gedanken. Manchmal sind es Worte, manchmal Bilder, dann wieder ein Gefühl, das sich unmöglich beschreiben lässt. Im Moment fragst du dich gerade, ob du nicht zu viel getrunken hast. Dein Puls geht zu schnell, deine Haut ist warm, und in deinem Kopf dreht sich alles ein wenig."

„Meinem Kopf geht es gut." Sie zog ruckartig ihre Hand fort. „Oder zumindest würde es ihm gut gehen, wenn du dich aus ihm heraushalten würdest. Ich kann fühlen, wie du …"

„Ich weiß, dass du es kannst." Zufrieden lehnte er sich zurück und hob sein Glas. „Das kommt sehr selten vor, wenn es sich nicht um Blutsverwandte handelt, vor allem bei einem solch sachten Abtasten. Du hast Potenzial, Sutherland. Wenn du möchtest, helfe ich dir dabei, es genauer zu untersuchen."

Sie konnte den leichten Schauder nicht verbergen, der sie durchlief. „Nein, danke. Mir gefällt mein Kopf genau so, wie er ist." Sie führte die Hand an die Schläfe, während sie Sebastian beobachtete. „Mir gefällt die Vorstellung nicht, dass jemand meine Gedanken liest. Wenn wir eine Partnerschaft eingehen, ist das Regel Nummer eins."

„Einverstanden. Ich schaue nicht in deinen Kopf, es sei denn, du forderst mich dazu auf." Er musste lächeln, als er ihren zweifelnden Blick sah. „Ich lüge nicht, Mel."

„Hexerehre?"

„Sozusagen."

Richtig überzeugt war sie nicht, aber sie würde sich wohl auf sein Wort verlassen müssen. „Na schön. Als Nächstes: Wir teilen alle Informationen. Es wird nichts zurückgehalten."

Sebastians Lächeln war sehr charmant – und irgendwie auch

sehr bedrohlich. „Ich bin sowieso der Meinung, dass wir uns schon viel zu lange zurückhalten."

„Wir sind professionell. Also benehmen wir uns auch so."

„Der Situation entsprechend." Er stieß leise an Mels Glas. „Fällt ein gemeinsames Dinner auch unter die Kategorie ‚professionell'?"

„Übertreib nicht. Was ich meine, ist, wenn wir schon als verheiratetes Paar auftreten, das sich ein Kind wünscht, sollte diese Tarnung nicht ..."

„Über die von dir gesteckten Grenzen gehen, ich verstehe. Hast du schon einen Plan?"

„Es könnte nichts schaden, wenn das FBI uns in dieser Sache unterstützen würde."

„Überlass das mir."

Mel grinste. Das war genau das, was sie sich erhofft hatte. „Sie können uns eine wasserdichte Identität beschaffen. Papiere, Unterlagen, Hintergrund, eben alles. Wir müssen diese Organisation auf uns aufmerksam machen. Wir sollten wohlhabend sein, aber nicht so reich, dass wir sie verschrecken. Keine Verwandtschaft, keine alten Bindungen. Unser Name muss schon seit längerem auf den Wartelisten der anerkannten Adoptionsagenturen stehen, Unterlagen müssen vorhanden sein von Kliniken und Ärzten. Wenn sie erst in die Hände von Parkland oder einem der anderen gelangt sind, werden wir klarer sehen, wie es weitergehen muss."

„Es gibt vielleicht einen einfacheren Weg."

„Und der wäre?"

„Ein Kompromiss. Ich finde heraus, wo, wann und wie wir beginnen, und du übernimmst von da an."

Mel zögerte. Sie war nicht besonders gut im Kompromisse schließen. „Du wirst schon entsprechende Gründe für das ‚Wo, Wann und Wie' anführen müssen, um mich zu überzeugen."

„Natürlich."

„Na gut." Es hörte sich so unkompliziert und einfach an. Der Schauer, der sie durchlief, war mit Sicherheit nur auf die Aufregung zurückzuführen, dass sie einen neuen Job anging. „Ich sollte dir wohl mit dem Geschirr helfen."

Mel erhob sich und begann das kostbare Porzellan mit der Geschicklichkeit zu stapeln, die ihre als Bedienung erfahrene Mutter ihr beigebracht hatte. Sebastian legte seine Hand auf ihren Arm, und diese Berührung schickte eine Hitzewelle durch ihren ganzen Körper.

„Lass."

„Du hast gekocht." Viel zu hastig ging sie mit den Tellern zur Spüle. Abstand, dachte sie. Sie brauchte Abstand und Ablenkung, um nicht den Boden unter den Füßen zu verlieren. „So, wie die Küche aussieht, bist du nicht der Typ, der schmutziges Geschirr herumstehen lässt."

Als sie sich umdrehte, stand Sebastian hinter ihr. Er hielt sie an den Schultern fest, sodass sie ihm nicht ausweichen konnte. „Dann werde ich eben mal eine Ausnahme machen."

„Du könntest zum Aufräumen natürlich auch ein paar Wichtel anheuern", murmelte sie.

„Ich habe keine Wichtel, die für mich arbeiten – zumindest nicht hier in Kalifornien." Er sah ihren misstrauischen Blick und begann leicht ihre Schultern zu massieren. „Du verspannst dich schon wieder, Mel. Während des Essens warst du völlig locker. Du hast mich sogar ein paar Mal angelächelt. Was ich als angenehme Abwechslung empfunden habe."

„Ich mag es nicht, wenn Leute mich anfassen." Aber sie rührte sich nicht. Wie hätte sie auch an ihm vorbeischlüpfen sollen?

„Wieso nicht? Es handelt sich nur um eine andere Ausdrucksform von Kommunikation. Davon gibt es so viele. Stimme, Augen, Hände." Jetzt streichelte er ihren Nacken. „Gedanken. Eine Berührung muss nicht zwingend bedrohlich sein."

„Kann sie aber sein."

Sebastians Lippen verzogen sich zu einem breiten Lächeln, während er Mel über den Rücken strich. „Du bist kein Feigling. Im Gegenteil, eine Frau wie du stellt sich der Gefahr."

Ihr Kinn schoss hoch – wie er geahnt hatte. „Ich bin nur gekommen, um mit dir zu reden."

„Und wir haben geredet." Er zog sie ein wenig näher zu sich heran, sodass er nur den Kopf zu beugen brauchte, um dieses ausgeprägte Grübchen an ihrem Kinn küssen zu können. „Ich habe unsere Unterhaltung sehr genossen."

Sie würde sich nicht verführen lassen. Sie war eine erwachsene Frau mit einem eigenen Kopf, und Verführung war etwas, das für sie einfach nicht infrage kam, unter keinen Umständen.

Sie legte eine Hand auf seine Brust, eine Geste, die weder abwehrend noch einladend war. „Ich bin nicht gekommen, um Spielchen zu spielen."

„Zu schade." Sebastian berührte nur flüchtig mit den Lippen die Haut unterhalb ihres Kinns. „Spiele genieße ich nämlich auch. Aber dann heben wir uns das eben für später auf."

Das Atmen fiel Mel immer schwerer. „Sieh mal, vielleicht fühle ich mich tatsächlich zu dir hingezogen, aber das heißt nicht …"

„Nein, natürlich nicht. Deine Haut ist unglaublich weich, Mary Ellen. Gerade hier, in dieser Mulde. Wenn dein Puls weiter so hämmert, wirst du noch einen blauen Fleck am Hals bekommen."

„So ein Unsinn!"

Doch als er seine Hände zärtlich unter ihre Bluse gleiten ließ, um die zarte Haut ihres Rückens zu streicheln, bog sie sich ihm mit einem Laut zwischen Seufzer und Stöhnen entgegen.

„Meine Geduld war schon fast aufgebraucht", flüsterte er an ihrem Hals. „Das Warten darauf, dass du zu mir kommst."

„Nein, ich bin nicht …" Aber anstatt weiterzureden, schlang Mel die Arme um seinen Nacken. „Deshalb bin ich nicht hier."

Aber hatte sie es nicht gewusst? Irgendwo ganz tief in sich?

„Ich muss unbedingt nachdenken. Das hier könnte ein kapitaler Fehler sein." Doch während sie sprach, suchte sie hungrig nach seinem Mund. „Ich hasse es, Fehler zu begehen."

„Tun wir das nicht alle?" Sebastian legte ihr die Hände in die

Taille, und willig folgte sie dem Druck und schlang die Beine um seine Hüften. „Es ist kein Fehler."

„Darüber denke ich später nach", murmelte sie, als er sie zur Küche hinaustrug. „Ich will nichts komplizieren, nur weil ich … Ich will, dass wir den Fall lösen, dass wir unsere Arbeit machen …" Mit einem lauten Stöhnen presste sie ihren Mund auf seinen Hals. „Himmel, ich will dich. Ich will dich so sehr."

Ihre Worte setzten einen donnernden Trommelwirbel in seinem Kopf in Gang. Langsam, rhythmisch, unglaublich verführerisch. Er bog ihren Kopf zurück, um sie gierig zu küssen. „Das eine hat mit dem anderen nichts zu tun."

„Aber es könnte so sein." Ihr Atem ging hastig und unregelmäßig. „Es sollte so sein."

„Dann wird es auch so passieren." Mit einem Fuß trat er die Tür zu seinem Schlafzimmer auf. „Lass uns ein paar Regeln brechen."

8. KAPITEL

*M*el war nicht der Typ, der jede Vorsicht fahren ließ. Natürlich ging sie Risiken ein, aber nie, ohne sich der Konsequenzen bewusst zu sein. Aber mit Sebastian war es unmöglich, die Folgen abzuwägen. Obwohl ihr Verstand ihr befahl, das Risiko einzuschränken und die Beine in die Hand zu nehmen, war da ein anderer Teil in ihr, der sie drängte zu bleiben.

Zu vertrauen.

Es war nicht Zurückhaltung, die Mel dazu veranlasste, Sebastian ein letztes Mal anzusehen, als er sie vor dem großen Bett absetzte. Sie betrachtete sich weder als übermäßig schön noch übermäßig erotisch, aber sie hatte auch keinen Grund, schüchtern zu sein. Nein, es war die plötzliche Erkenntnis, dass hier etwas sehr Wichtiges, etwas sehr Wesentliches geschah.

Was sie sah, war genau das, was sie sich immer gewünscht hatte.

Sie stand an den Bettpfosten gelehnt, spürte das glatte Holz in ihrem Rücken und Sebastians Hände, die über ihre Hüfte fuhren, über ihre Seiten, ihren Hals, ihre Schläfen. Sie erschauerte, als seine Finger sich in ihrem Haar verkrallten und sein Mund fordernd von ihrem Besitz ergriff.

Er presste seinen Körper an ihren, sodass sie jeden Muskel spüren konnte. Die Kraft, die sie in ihm fühlte, war die eines Wolfes, der sich darauf vorbereitete, seine Kette zu zerreißen. Aber es war sein Mund, der sie an den Rand des Wahnsinns trieb. Unersättlich, Besitz ergreifend, führte dieser Mund sie durch alle Nuancen von Emotionen. Lust, Verlangen, Zweifel, Angst, Sehnsucht. Und Mels Geist floss zu Sebastian über, wie ein Geschenk.

Er erkannte den Moment der Hingabe, als ihr Körper gegen seinen sank, als ihre Lippen erzitterten, dann mehr von dem verlangten, was er ihr zu geben bereit war. Verlangen schnitt durch seinen Körper wie eine Stahlklinge, durchtrennte die Bande zur

Zivilisation, ließ nur das Ursprüngliche zurück, das Wesentliche.

Er warf den Kopf zurück, und Mel sah, wie dunkel seine Augen geworden waren. Wie die Nacht, voll von Begierde und hemmungslosem Verlangen. Und Macht. Sie erschauerte. Erst aus Angst, dann aus grenzenloser Verzückung.

Das war die Antwort, die Sebastian sah. Und es war die Antwort, die er brauchte.

Mit einem Ruck riss er ihre Bluse in Fetzen. Ihr Aufstöhnen wurde von seinen Lippen erstickt. Zusammen fielen sie auf das Bett, und seine Hände waren überall, forschten, drückten, massierten fieberhaft.

Als Antwort zerrte Mel rastlos an seinem Hemd, bis die Knöpfe nachgaben. Und als sie seine Haut endlich auf ihrer spürte, stieß sie einen triumphierenden kleinen Schrei aus.

Er ließ ihr keine Zeit zu denken, geschweige denn Fragen zu stellen. Er trieb mit ihr dahin, getragen von einem heulenden Sturm, wild, rasend, ungebändigt. Sie wusste, es war körperlich, seine meisterhaften Hände, seine exquisiten Liebkosungen, sein trunken machender Mund hatten nichts mit Zauberei zu tun. Und doch hatte es etwas Magisches an sich, wie sie mitgerissen wurden, von einer Kraft jenseits des Normalen, Bekannten, jenseits der Schönheit der Dämmerung und dem ersten Abendgesang der Nachtvögel.

Dort, wohin er sie brachte, herrschte wirbelndes Tempo und unaussprechliche Lust. Ein Flüstern in einer Sprache, die sie nicht verstand. Eine Beschwörung? Das Versprechen eines Liebhabers? Allein der Klang reichte aus, um sie zu verführen. Jede Berührung, ob zärtlich oder wild, wurde angenommen. Sebastians Duft, sein Geschmack erregten sie, beruhigten sie wieder, um sie dann umso mehr nach ihm verlangen zu lassen.

Oh, sie war so freigiebig, so großzügig. So stark und lebendig. Ihre erhitzte Haut schimmerte wie die Rüstung einer Kriegsgöttin, die in den Kampf zog. Sie war schlank und rank, beweglich wie eine Fantasie, erfüllend wie ein Traum. Sebastian hörte Mels schweren Atem an seinem Ohr, fühlte, wie sie die Fingernägel in seinen Rücken krallte, als ihr Körper den Gipfel erstürmte, den er sie hinaufgetrieben hatte.

Selbst als ihre Hände herabfielen, feuerte er sie weiter an. Er wollte ihr Blut wieder rauschen hören, wollte sich an ihrem keuchenden Atem laben, wie sie seinen Namen ausstieß.

„Komm mit mir", murmelte er atemlos und blickte tief in ihre Augen.

Und als sie die Arme um ihn schlang, nahm er sie.

Mel glaubte Musik zu hören. Wunderschön, unglaublich lieblich. Musik, die aus dem Herzen kommt.

Sie wusste nicht, woher dieser Gedanke kam, aber sie lächelte im Halbschlaf und drehte sich um.

Doch da war nur ein leerer Platz.

Sofort hellwach, setzte sie sich im Dunkeln auf. Sie wusste, dass sie allein im Zimmer war. In Sebastians Schlafzimmer. Das Zusammensein mit ihm war kein Traum gewesen. Genauso wenig wie es ein Traum war, dass sie jetzt allein in seinem Bett lag.

Sie tastete nach der Nachttischlampe und schaltete das Licht ein. Seinen Namen rief sie nicht. Sie wäre sich albern vorgekommen. Stattdessen rappelte sie sich aus dem Bett hoch. Sein Hemd lag noch auf dem Boden. Sie zog es über und folgte der Musik.

Eigentlich gab es keine genaue Richtung. Leise, wie ein Flüstern nur, schien der Klang die Luft um sie herum zu erfüllen. Sie glaubte, Gesang wahrzunehmen, Streicher, Flöten und Hörner, doch sie hätte es nicht sicher sagen können. Es war mehr wie ein Vibrieren in der Luft, geheimnisvoll und doch wunderschön.

Mel ließ sich von dem Klang führen, folgte ihrem Instinkt. Die Musik wurde weder lauter noch leiser, doch schien sie irgendwie flüssiger zu werden, strich über ihre Haut, drang in ihren Geist, während sie dem Gang folgte, der nach links abbog, und dann in eine Treppe mündete.

Mel sah das Schimmern von Kerzenlicht, ein ätherisches Flackern, das zu einer goldenen Flut wurde, je näher sie dem Raum am Ende des Korridors kam. Sie roch Kerzenwachs, der Duft von Sandelholz lag in der Luft.

Sie merkte nicht, dass sie den Atem anhielt, als sie auf die Schwelle trat.

Der Raum war nicht groß. Das Wort „Kammer" schien besser zu passen, und Mel fragte sich, warum ihr ausgerechnet eine solch altmodische und wunderliche Beschreibung eingefallen war. Die Wände waren mit Holz verkleidet, auf die die Flammen von Dutzenden von Kerzen ein warmes Licht warfen.

Da waren Fenster, drei an der Zahl, in der Form eines Halbmondes. Mel erinnerte sich daran, dass sie ihr aufgefallen waren, als sie das Haus von außen betrachtet hatte. Ihr wurde klar, dass sie sich im höchsten Teil des Hauses befand.

Der Nachthimmel mit seinen Millionen Sternen funkelte durch das Oberlicht, das Sebastian geöffnet hatte. Stühle und Tischchen und Truhen standen in dieser Kammer. Sie sahen eher aus, als gehörten sie in ein mittelalterliches Schloss denn in ein modernes Zuhause. Mel erkannte Kristallkugeln, bunte Schalen, filigrane Silberspiegel, Stäbe aus Kristall und Kelche, besetzt mit funkelnden Steinen.

Sie glaubte nicht an Zauberei. Sie wusste genau, dass es immer einen doppelten Boden in der Truhe des Magiers gab, dass er immer einen Trick im Ärmel hatte. Doch während sie hier stand, in der Tür zu diesem Raum, fühlte sie die Luft vibrieren, als wäre sie lebendig, als würden Tausende von Herzschlägen sie erfüllen.

Und sie wusste, das hier war mehr. Mehr, als sie je zu träumen gewagt hätte. In einer Welt, die sie zu kennen glaubte.

Sebastian saß in der Mitte der Kammer, in einem Pentagramm, eingelassen in den Holzboden. Mit dem Rücken zu ihr und völlig regungslos. Ihre Neugier war immer die stärkste treibende Kraft in ihr gewesen, aber sie entdeckte etwas, das noch stärker war: ihr Bedürfnis, seine Privatsphäre nicht zu stören.

Sie zog sich lautlos zurück, doch da sprach er.

„Ich wollte dich nicht wecken."

„Das hast du nicht." Sie nestelte an einem Knopf seines Hemdes. „Ich hörte die Musik. Ich habe mich gefragt …" Sie brach ab und sah sich verwirrt um. Hier gab es keine Stereoanlage, kein Gerät, das Musik abspielen könnte. „Ich fragte mich, woher sie wohl kommen mag."

„Es ist die Musik der Nacht." Sebastian stand auf. Obwohl Mel sich nie für schamhaft gehalten hatte, wurde sie rot, als er nackt im Kerzenlicht vor ihr stand, ihr seine Hand bot.

„Ich wollte nicht stören."

„Das tust du nicht." Als er ihr Zögern bemerkte, hob er eine Augenbraue, trat einen Schritt vor und nahm ihre Hand. „Ich musste meinen Geist reinigen. Neben dir konnte ich das nicht." Er küsste ihre Handfläche. „Zu viele Gedanken, die das Wesentliche trübten."

„Ich hätte wohl besser nach Hause fahren sollen."

„Nein." Er beugte sich zu ihr und küsste sie zärtlich. „Nein, auf keinen Fall."

„Weißt du, eigentlich …" Sie wich ein wenig zurück, wusste nicht, wohin mit ihren Händen. „Ich meine, normalerweise tue ich solche Dinge nicht."

Sie sah so jung aus, so zerbrechlich, in seinem ihr viel zu großen Hemd, mit den übergroßen Augen, die Haare wirr von Liebesspiel und Schlaf. „Muss ich jetzt sagen, dass, da du für mich anscheinend eine Ausnahme gemacht hast, es dir sehr gut gelungen ist?"

„Nein, nicht unbedingt." Dann lächelte sie spontan. Doch, sie war zufrieden mit sich. Sie beide hatten ihre Sache gut gemacht. „Aber es ist nett, es zu hören. Sitzt du eigentlich öfter nackt bei Kerzenlicht auf dem Boden, hier in dieser Kammer?"

„Wenn der Geist mich ruft, ja."

Sie fühlte sich jetzt wohler, weniger gehemmt und begann, im Raum umherzugehen. Mit geschürzten Lippen nahm sie einen Silberspiegel zur Hand. „Ist das hier etwa Zauberkram?"

Er fand sie anbetungswürdig, wie sie dastand und mit kritischem Blick die jahrhundertealte, unbezahlbare Kostbarkeit beäugte. „Es heißt, er gehörte Ninian."

„Wem?"

„Ah, Sutherland, dein Wissen lässt wirklich zu wünschen übrig. Ninian war die Fee, der es gelang, Merlin seiner Kräfte zu berauben und ihn in dem Kristallkäfig gefangen zu setzen."

„So?" Sie betrachtete den Spiegel genauer, fand ihn hübsch. Dann legte sie ihn ab und studierte eine große Kugel aus Rauchquarz. „Wozu benutzt du diese Dinge?"

„Zum Vergnügen." Er brauchte keine Zauberspiegel und keine Kristallkugeln, um zu sehen. Er sammelte diese Dinge nur aus einem Sinn für Ästhetik und Tradition. Es amüsierte ihn, wie Mel mit zusammengekniffenen Augen und gerunzelter Stirn diese mächtigen Werkzeuge untersuchte.

Sebastian wollte ihr etwas schenken. Er hatte die flüchtige Trauer in ihren Augen nicht vergessen, als die Sprache auf ihren Vater gekommen war und sie gesagt hatte, sie erinnere sich nicht mehr.

„Möchtest du sehen?"

„Was sehen?"

„Einfach sehen", sagte er sanft und ging zu ihr. „Komm." Er nahm die Kugel in eine Hand, ihre Hand in die andere und zog Mel in die Mitte des Raumes.

„Ich glaube nicht, dass ..."

„Knie dich hin." Er zog sie mit sich auf den Boden. „Vergangenheit oder Zukunft? Was wählst du?"

Sie lachte nervös und ging in die Hocke. „Solltest du jetzt nicht einen Turban tragen?"

„Benutze deine Vorstellungskraft." Er berührte sacht ihre Wange. „Ich denke, Vergangenheit. Um deine Zukunft kümmerst du dich lieber selbst."

„Damit zumindest hast du recht, aber ..."

„Lege deine Hände um die Kugel, Mel. Es gibt nichts, wovor du Angst haben müsstest."

„Ich habe keine Angst." Sie rutschte unruhig hin und her, stieß langsam den Atem aus. „Es ist schließlich nur Glas, nicht wahr? Es ist nur komisch", murmelte sie und berührte die Glaskugel. Sebastian legte seine Hände ebenfalls an die Kugel und lächelte Mel an.

„Meine Tante Bryna, Morganas Mutter, schenkte mir diese Kugel zu meiner Taufe. Für mich war es so was Ähnliches wie Stützräder an einem Fahrrad, wenn man das Radfahren erst lernen muss."

Die Kugel lag kühl und glatt in ihren Händen, wie Wasser. „Als Kind hatte ich mal so eine Kugel. Sie war schwarz. Man musste eine Frage stellen und sie dann schütteln, und dann würde eine geschriebene Antwort erscheinen. Meist stand da immer nur: ‚Frage unklar. Wiederholen.'"

Er fand ihre Befangenheit rührend. Die Macht strömte ihm zu, erfüllte ihn, süß wie Wein, erfrischend wie eine Frühlingsbrise. Es war etwas Einfaches, das er ihr zeigen wollte.

„Blicke hinein", sagte er, und seine Stimme hallte fremd von den Wänden wider. „Und sehe."

Sie folgte seiner Aufforderung. Zuerst erkannte sie nichts anderes als eine hübsche Glaskugel, in deren Innern sich das Licht zu den Farben des Regenbogens brach. Doch dann trübte sich das Glas langsam, wurde dunkler. Schatten in Schatten, Farben, die zusammenschmolzen, Formen, die Gestalt annahmen.

„Oh", entfuhr es ihr, als die Kugel in ihren Händen nicht mehr kühl war, sondern warm wurde wie ein Sonnenstrahl.

„Sehe", sagte er noch einmal, und seine Stimme schien direkt in ihrem Kopf zu sein. „Mit deinem Herzen."

Da war ihre Mutter, so jung, so hübsch, auch wenn der Eyeliner viel zu dick war und der Lippenstift viel zu hell. Ihr Lachen war es, das sie trotz des Make-ups hübsch machte. Ihr blondes Haar, schulterlang, wehte im Wind. Sie lachte zu einem jungen Mann auf, in einer weißen Uniform, die Matrosenmütze keck in die Stirn gezogen.

Der Mann hielt ein Kind auf dem Arm, ein Mädchen, ungefähr zwei Jahre alt, in einem rosa Rüschenkleidchen und mit schwarzen Lackschuhen.

Das ist nicht nur irgendein Mädchen, dachte Mel. Das Herz klopfte ihr bis zum Hals. Das bin ich. Ich bin dieses Kind.

Im Hintergrund war ein Schiff zu sehen, ein großes graues Marineschiff. Eine Militärkapelle spielte einen Marsch, Menschen drängten sich auf dem Pier, umarmten einander. Mel konnte keine Worte verstehen, hörte nur das allgemeine Gemurmel.

Sie sah, wie der Mann das kleine Mädchen lachend in die Luft warf. Und hier, in der Kammer, spürte sie das Gefühl in ihrem Magen. Und noch etwas spürte sie. Liebe und Vertrauen und Unschuld. Seine Augen strahlten gut gelaunt vor Stolz und Aufregung. Starke Hände, die sie sicher hielten. Der Hauch eines Aftershaves. Das Kichern, das in ihrer Kehle kitzelte.

Die Bilder veränderten sich auf einmal. Ihre Eltern küssten sich. Lang, innig. Dann salutierte der junge Mann, der ihr Vater war, warf sich den Seesack über die Schulter und stieg die Gangway hinauf.

Die Kugel in ihrer Hand wurde wieder klar, war nur Glas, das das Prisma des Lichts zurückwarf.

Hätte Sebastian den Glasball nicht gehalten, wäre er Mel aus der Hand und zu Boden gefallen.

„Mein Vater. Das war mein Vater. Er … war bei der Marine. Er wollte die Welt kennenlernen. Er stach damals nach Norfolk in See. Ich war erst zwei, ich erinnere mich nicht mehr. Meine Mutter erzählte mir immer, dass wir ihn damals zum Schiff gebracht haben und wie aufgeregt er war." Ihre Stimme brach, und sie nahm sich Zeit, um sich wieder zu sammeln. „Einige Wochen später gab es einen Sturm auf dem Mittelmeer. Er ist auf See verschollen. Er war erst zweiundzwanzig, ein halbes Kind noch. Mutter hat Fotos, aber Fotos geben nicht viel her." Sie starrte auf die Glaskugel, dann sah sie auf in Sebastians Gesicht. „Ich habe seine Augen. Mir war nie klar, dass ich meine Augen von ihm geerbt habe." Sie schloss eben jene Augen, bis sie sich wieder einigermaßen unter Kontrolle hatte. „Ich habe gesehen, nicht wahr?"

„Ja." Sebastian streichelte ihr über das Haar. „Aber ich habe es dir nicht gezeigt, um dich traurig zu machen, Mary Ellen."

„Nein, das bin ich nicht. Es tut mir nur leid." Mit einem Seufzer schlug sie die Augen nun wieder auf. „Leid, weil meine Mutter sich an zu viel erinnert und ich es nie verstanden habe. Leid, weil ich mich nicht an ihn erinnern kann. Und es hat mich glücklich gemacht, ihn zu sehen, uns alle zusammen zu sehen, dieses eine Mal." Sie ließ die Kugel los, in seinen Händen zurück. „Danke."

„Es ist nicht viel, nach dem, was du mir heute Nacht gegeben hast."

„Was ich dir gegeben habe?", wiederholte sie verständnislos.

„Dich selbst."

„Oh, das …" Sie räusperte sich. „Ich weiß nicht, ob mir gefällt, wie du es beschreibst."

„Wie würdest du es denn ausdrücken?"

Sie sah ihm nach, wie er die Kugel auf ihren Platz zurückstellte. „Ich weiß auch nicht. Aber wir beide sind erwachsen."

„Stimmt." Er kam auf sie zu, und sie war überrascht, dass sie zurückwich.

„Ungebunden."

„So scheint es, ja."

„Verantwortungsbewusst."

„Ganz erheblich." Sanft griff er in ihr Haar. „Ich wollte dich im Kerzenschein sehen, Mary Ellen."

„Fang nicht schon wieder damit an." Sie stieß seine Hand fort.

„Womit?"

„Nenn mich nicht Mary Ellen, und hör endlich mit diesem romantischen Unsinn auf."

Ohne den Blick von ihren Augen zu lösen, strich er über ihren Hals. „Du magst keine Romantik?"

„Das nicht, aber …" Ihre Gefühle lagen viel zu dicht an der Oberfläche, liefen Gefahr, ans Licht zu treten, nachdem sie in die Kugel geschaut hatte. Sie musste sicherstellen, dass sie beide die grundlegenden Regeln einhalten würden. „Ich brauche es nur nicht. Ich wüsste gar nicht, was ich damit anfangen sollte. Und ich bin sicher, dass wir beide wesentlich besser zurechtkommen, wenn wir wissen, wo wir stehen."

„Wo stehen wir denn?" Er legte seine Hände um ihre Taille.

„Wie ich schon sagte, wir sind verantwortungsbewusste, ungebundene Erwachsene, die sich zueinander hingezogen fühlen."

Er küsste sie verführerisch auf die Schläfe. „Dagegen habe ich ja nichts einzuwenden."

„Solange wir mit dieser Beziehung vernünftig umgehen ..."

„Oh, da sehe ich Schwierigkeiten."

„Wieso?"

Sebastian glitt mit den Händen an ihren Seiten hoch, bis seine Finger die schwellende Rundung ihrer Brust streicheln konnten. „Ich fühle mich nämlich im Moment keineswegs vernünftig."

Mels Knie gaben nach, ihr Kopf fiel in den Nacken. „Es ist nur eine Sache der ... der Prioritäten."

„Meine Prioritäten stehen absolut fest." Er spielte mit seiner Zunge an ihren geöffneten Lippen. „Ganz oben auf der Liste steht: Ich will mit dir schlafen, bis wir beide nur noch ein atemloses, zuckendes Bündel Fleisch sind."

„Gut." Willig ließ sie sich von ihm auf den Boden ziehen. „Das ist ein ausgezeichneter Anfang."

Mel arbeitete einfach effektiver mit Listen.

Am nächsten Abend saß sie an ihrem Schreibtisch und versuchte eine solche zusammenzustellen. Es war die erste freie Stunde, seit sie Sebastians Haus um zehn Uhr morgens verlassen hatte, bereits gehetzt und hinter ihrem Zeitplan zurück.

Dabei war sie noch nie ihrem Zeitplan hinterhergehinkt. Allerdings hatte sie auch noch nie eine Beziehung mit einem Zauberer gehabt. Es gab anscheinend immer ein erstes Mal.

Hätte sie nicht ein Treffen mit einem Klienten, Papierkram zu erledigen und einen Gerichtstermin wahrzunehmen gehabt, wäre sie vielleicht gar nicht von Sebastian weggekommen. Er hatte wahrlich alles in seiner Macht Stehende versucht, um sie davon abzubringen.

In Erinnerungen schwelgend, tippte sie sich lächelnd mit dem Bleistift an die Lippen.

Aber Arbeit ist Arbeit, ermahnte sie sich. Sie hatte ein Geschäft zu führen.

Die besten Neuigkeiten des Tages waren, dass die Polizei von New Hampshire James T. Parkland festgenommen hatte. Außerdem gab es da einen Sergeant, der sehr dankbar für ihren Tipp war und zudem sehr verstimmt, weil das FBI übernommen hatte. Was ihn wiederum sehr kooperationsbereit machte.

Er hatte Mel eine Kopie von Parklands Aussage gefaxt. Das war ein guter Anfang.

Sie hatte jetzt den Namen des Geldeintreibers, der Parklands Schuldschein besaß. Daraus würde sich bestimmt mehr machen lassen. Mit ein bisschen Glück würde Mel wohl ein paar Tage in Lake Tahoe verbringen.

Sie musste mit Devereaux reden. Sicher wollte er seine eigenen Leute für diesen Fischzug einsetzen, und Mel würde sehr gute und stichhaltige Gründe vorbringen müssen, um ihn zu überzeugen, dass sie und Sebastian einfach die besseren Köder waren.

Ihre Kooperationsbereitschaft im Merrick-Fall sprach für sie, aber das würde nicht ausreichen. Die Partnerschaft mit Sebastian gereichte ihr auch zum Vorteil. Außerdem war sie bereit, den Löwenanteil der Bundespolizei zu überlassen, damit die sich mit den Federn schmücken konnten, was ebenso ein Pluspunkt für sie war.

„Ist der Laden noch offen?" Sebastian trat durch die Tür.

Sie ignorierte das Flattern in ihrem Magen geflissentlich und lächelte ihm zu. „Ehrlich gesagt, wollte ich in fünf Minuten schließen."

„Das trifft sich ja bestens. Was ist das denn?" Er nahm ihre Hand und zog Mel von ihrem Stuhl hoch, um das pfirsichfarbene enge Kostüm zu bewundern, das sie trug.

„Ein Gerichtstermin heute Nachmittag." Sie bewegte unruhig die Schultern, als er mit der Perlenkette an ihrem Hals spielte. „Scheidungsfall. Hässliche Geschichte. Da ist es besser, wenn man wie eine Lady aussieht."

„Das ist dir gelungen."

„Du hast leicht reden. Man braucht doppelt so lange, um sich als Lady fertig zu machen denn als Normalbürger." Mel lehnte sich mit der Hüfte an die Schreibtischkante und reichte Sebastian ein Blatt Papier. „Parklands Aussage."

„Schnelle Arbeit."

„Er ist ein erbärmlicher kleiner Gauner. Wie du lesen kannst, war er nur völlig verzweifelt, er wollte niemanden verletzen. Versank bis über beide Ohren in Spielschulden und fürchtete um sein Leben." Sie gab eine schnelle, wenig damenhafte Einschätzung seiner Ausreden an. „Wundert mich, dass er nicht noch eine schwere Kindheit hinzugefügt hat und wie sehr er sein ganzes Leben darunter gelitten hat, dass sein Vater ihm nie das rote Feuerwehrauto zu Weihnachten geschenkt hat."

„Er wird bezahlen", sagte Sebastian. „Ob erbärmlich oder nicht."

„Stimmt, denn er ist zudem ziemlich beschränkt. Dass er David über die Staatsgrenze gebracht hat, hat ihn so richtig reingerissen." Sie streifte den Pumps von einem Fuß und rieb sich über die Wade. „Er behauptet, er hätte den Auftrag per Telefon bekommen."

„Hört sich doch logisch an."

„Sicher. Möchtest du etwas trinken?"

„Ja, gern." Während Mel in der Küche verschwand, las Sebastian die Aussage noch einmal.

„Fünftausend Dollar, um ein Kind zu entführen. Ziemlich mickrige Summe im Vergleich zu der Haftstrafe, die ihm bevorsteht." Sie drehte sich um, sah Sebastian im Türrahmen und reichte ihm das Glas Limonade. „Er schuldet einem Casino in Tahoe dreieinhalbtausend Dollar, und er wusste, wenn er nicht bald bezahlte, würde man ihm eine mit Sicherheit unangenehme

Gesichtsbehandlung verpassen. Also hat er nach einem Kind gesucht." Mel nahm auch einen Schluck Limo.

„Warum gerade David?" Sebastian folgte ihr in den angrenzenden Raum.

„Das habe ich herausgefunden. Stan hat vor ungefähr fünf Monaten Parklands Auto repariert. Stan zeigt jedem, der nicht sofort die Flucht ergreift, Fotos von David. Also hat Parkland sich wohl gedacht, es ist einfacher, ein Kind zu entführen, als unerwünschte Gesichtschirurgie über sich ergehen zu lassen. David ist ein süßes Baby. Selbst ein Widerling wie Parkland wusste, dass ein süßes Baby den Käufer beeindrucken würde."

„Hm." Sebastian rieb sich übers Kinn und studierte Mels Schlafzimmer. Er nahm an, dass es ein Schlafzimmer war, da in der Mitte ein ungemachtes schmales Bett stand. Aber es schien auch ein Wohnraum zu sein, denn auf einem Sessel stapelten sich Bücher und Zeitschriften, außerdem gab es einen tragbaren Fernseher auf einem wackligen Pflanzenständer und eine Tischlampe in Form einer Forelle. „Hier lebst du also?"

„Ja." Mel kickte einen Stiefel aus dem Weg. „Die Haushälterin hat Urlaub. Also", fuhr sie ungerührt fort und setzte sich auf eine Truhe, auf der Sticker nahezu sämtlicher Bundesstaaten klebten, „nahm er den Job an, bekam per Telefon Instruktionen von Mr X und hat David am vereinbarten Treffpunkt mit der Rothaarigen gegen einen Briefumschlag mit Bargeld ausgetauscht." Sie beobachtete, wie Sebastian im Zimmer umherging und ihren Krimskrams, von dem es reichlich gab, begutachtete. „Hörst du mir überhaupt zu?"

Er drehte sich lächelnd zu ihr. „Weißt du eigentlich, dass es eine sehr mutige Seele braucht, um Orange und Violett als Farben in ein und demselben Raum zu benutzen?"

„Ich mag eben fröhliche Farben."

„Und rot gestreifte Bettwäsche."

„War ein Sonderangebot", erwiderte Mel ungeduldig. „Außerdem schließt man die Augen, wenn man schläft. Hör mal, Donovan, wie lange sollen wir noch über meine Einrichtung reden?"

„Oh, nur noch eine Minute. Oder vielleicht zwei." Sebastian nahm eine Schale auf, die wie eine Katze geformt war. Darin befanden sich etwas Kleingeld, eine Sicherheitsnadel, ein paar abgerissene Knöpfe, eine einzelne Patrone, Pfandwertmarken der Limonade, von der sie überwiegend zu leben schien, und ein professioneller Dietrich.

„Du gehörst nicht unbedingt zu den Leuten, die penibel Ordnung halten, was?"

„Mein Organisationstalent setze ich für meine Arbeit ein."

„Aha." Sebastian setzte die Schale ab und nahm ein Buch auf. „,Das Handbuch des Übersinnlichen'?", las er amüsiert den Titel.

„Recherche." Sie runzelte die Stirn. „Ich habe es mir aus der Bücherei geliehen."

„Und? Was hältst du davon?"

„Es hat nicht viel mit dir zu tun."

„Das denke ich auch." Er legte das Buch wieder ab. „Dafür hat dieser Raum sehr viel mit dir zu tun. Genau wie dein karges, zweckmäßiges Büro. Dein Verstand arbeitet sehr diszipliniert und ordentlich. So ordentlich wie dein Aktenschrank."

Mel war nicht sicher, ob sie das als Kompliment auffassen sollte. „Donovan, ich …"

„Aber deine Gefühle", fuhr er fort, ohne sich unterbrechen zu lassen, und kam auf sie zu, „sind sehr chaotisch, sehr farbenfroh und lebendig."

Sie schlug seine Hand fort, als er wieder mit ihrer Perlenkette spielte. „Ich versuche hier ein sachliches Gespräch mit dir zu führen."

„Hast du nicht gesagt, das Geschäft sei für heute geschlossen?"

„Ich arbeite nicht zu festen Zeiten."

„Ich auch nicht." Er knöpfte den obersten Knopf ihres Blazers auf. „Seit ich dich heute Morgen das letzte Mal geliebt habe, denke ich an nichts anderes mehr als daran, dich wieder zu lieben."

Mels Haut begann zu brennen, und sie wusste, dass man ihre Versuche, ihn davon abzuhalten, ihr die Jacke auszuziehen, nicht einmal mehr als halbherzig bezeichnen konnte. „Anscheinend hast du nichts anderes, an das du denken kannst."

„Ich muss sagen, du reichst mir völlig. Übrigens habe ich bereits ein paar Schritte unternommen – professionell gesehen –, die dir sicher zusagen werden. Du siehst, ich habe auch gearbeitet."

Sie drehte den Kopf, um seinem Mund auszuweichen. „Was für Schritte?"

„Nun, da wäre zum einen eine sehr lange und ergiebige Unterhaltung mit Agent Devereaux und seinem Vorgesetzten."

Sie riss die Augen wieder auf und versuchte sich seinen Händen zu entziehen. „Wann? Was haben sie gesagt?"

„Man könnte sagen, es ist alles in die Wege geleitet, es dauert noch ein paar Tage. Du wirst dich gedulden müssen."

„Ich will mit ihm reden. Ich denke, er sollte …"

„Das wirst du auch. Morgen. Übermorgen spätestens." Mit einer Hand fasste er ihre Handgelenke und legte ihr die Arme auf den Rücken. „Was geschehen soll, wird früh genug geschehen. Ich weiß es. Das Wann und das Wo."

„Dann …"

„Heute Abend sind nur du und ich wichtig."

„Sag mir wenigstens …"

„Ich werde es dir zeigen", murmelte er. „Wie einfach es ist, alles zu vergessen, an nichts anderes mehr zu denken. Nichts anderes mehr zu wollen." Er sah ihr in die Augen und knabberte an ihren Lippen. „Ich bin nicht sehr sanft mit dir umgegangen."

„Das macht nichts."

„Ich bedaure es auch nicht. Aber dich in diesem kleinen Kostüm zu sehen, weckt in mir den Wunsch, dich wie eine Lady zu behandeln. Bis es dich um den Verstand bringt."

Mels Lachen klang atemlos, als Sebastian mit seiner Zunge ihren Hals liebkoste. „Du bist auf dem besten Wege."

„Dabei habe ich noch nicht einmal angefangen."

Mit der freien Hand streifte er Mel die Jacke von den Schultern. Die pastellfarbene Bluse, die sie darunter trug, ließ ihn an elegante Teepartys in gepflegten Gärten denken. Und während sein Mund ihr Gesicht und ihren Hals liebkoste, widmeten sich seine Finger mit Hingabe der Spitze, die unter dem seidigen Stoff verborgen war.

Mel begann zu zittern. Sie dachte kurz daran, wie albern es war, dass Sebastian ihre Arme festhielt. Und dass sie es zuließ. Aber es war eine zu köstliche Empfindung, seine Berührungen zu spüren, langsam, vorsichtig, wie zögernd und doch entschlossen.

Sie spürte seinen Atem auf ihrer Haut, als er ihre Bluse zur Seite schob, seine Zunge, die die schwellenden Rundungen über der Spitze erkundete. Sie wusste, dass sie immer noch stand, beide Füße auf dem Boden, und doch war ihr, als würde sie schweben.

Ihr Rock glitt zu Boden. Sebastian ließ die Hände über ihre Seiten zu ihren Schenkeln fahren. Sie gab einen kleinen Laut von sich, als er verführerisch mit ihrem Strumpfband spielte.

„Das ist so erstaunlich, so unerwartet, Mary Ellen, du überraschst mich."

Sie schnappte leise nach Luft, als er geschickt den Verschluss öffnete. „Nur praktisch. Ich zerreiße mir immer die Strümpfe …"

„Betörend praktisch."

Er kämpfte gegen das Verlangen an, das ihn drängte zu nehmen, was er brauchte. In Finns Namen, wie hätte er auch ahnen können, dass der Anblick dieses wunderbar schlanken, muskulösen Körpers in Spitze seine Selbstbeherrschung völlig untergraben würde?

Er wollte nichts anderes als verschlingen, erobern, besitzen.

Aber er hatte ihr Zärtlichkeit versprochen.

Sanft drückte er Mel auf das schmale Bett, sein Mund an ihrem, kniete sich über sie und hielt Wort.

Sebastian hatte recht. In kurzen Momenten blitzte die Erkenntnis in ihr auf, dass er recht hatte. Es war so einfach, an nichts anderes als an ihn zu denken. Nichts anderes zu wollen als ihn.

Seine Zärtlichkeit hüllte sie ein, ihr Körper erwachte zu wildem, ungebändigtem Leben wie in der Nacht zuvor, nur dass dieses Mal das Gefühl hinzukam, dass sie wegen ihrer Weiblichkeit, die sie so oft vergaß, begehrt wurde.

Sebastian huldigte ihr und schickte sie damit auf eine wunderbare Reise. Er erforschte und zeigte ihr ihre eigenen Geheimnisse. Das Rasende und Wilde der letzten Nacht wurde ersetzt durch eine schwebende Welt, in der die Luft mild war, die Leidenschaft herrlich träge, lasziv.

Und als Mel sein Herz immer wilder an ihrem schlagen spürte, als sein Atem immer heftiger ging, verstand sie, dass er genauso verführt wurde wie sie, von dem, was sie zusammen erschufen.

Sie öffnete sich ihm, zog ihn an sich, erhitzte Haut an erhitzter Haut, rasender Puls an rasendem Puls. Und als der Schauer Sebastian erfasste, war Mel es, die ihn hielt.

*W*as denn, indem wir einen Einkaufsbummel machen?" Mel schnaubte abfällig und hakte die Daumen in die Gürtelschlaufen. „Den ganzen Tag?"

„Meine liebe Sutherland, ich finde es reizend, wie du in Jeans aussiehst, aber als Ehefrau eines wohlhabenden Geschäftsmannes brauchst du entsprechend teure Garderobe."

„Ich habe bereits so viele Klamotten anprobiert, dass es für drei Ehefrauen reicht. Man wird die Sachen mit einem Anhänger liefern müssen."

Er sah sie ausdruckslos an. „Das FBI zur Kooperation zu bewegen war einfacher."

Da sie sich plötzlich undankbar und kleinlich vorkam, rollte sie verlegen mit den Schultern. „Ich kooperiere doch, schon seit Stunden. Aber jetzt müsste es eigentlich genug sein."

„Noch nicht ganz." Er zeigte auf ein Kleid im Fenster. „Das da würde was hergeben."

Mel kaute an ihrer Unterlippe. „Das hat Pailletten."

„Hast du irgendwelche religiösen oder politischen Vorbehalte gegen Pailletten?"

„Nein, aber ich bin einfach nicht der Glitzertyp. Ich käme mir vor wie ein Idiot. Außerdem ist da ja kaum Stoff." Sie begutachtete das schulterfreie Kleid, das der Schaufensterpuppe gerade knapp über die bleichen Oberschenkel reichte. „Wie soll man sich denn damit hinsetzen?"

„Wenn ich mich recht entsinne, hast du nicht viel mehr getragen, als du dich vor ein paar Wochen auf einen Barhocker gesetzt hast."

„Das war was anderes. Da habe ich gearbeitet." Als sie sein vielsagendes Lächeln sah, zog sie eine Grimasse. „Schon gut, Donovan, du hast mich überzeugt."

Er tätschelte grinsend ihre Wange. „Sei ein guter Soldat und probier es an."

Sie brummte mürrisch in sich hinein und fluchte mit angehaltenem Atem, aber sie ergab sich in ihr Schicksal.

Mode ist ihr völlig gleichgültig, dachte Sebastian, während er unterdessen Accessoires in der exklusiven Boutique für sie zusammensuchte. Es machte sie eher verlegen, dass sie Garderobe tragen sollte, um die jede Frau sie beneidet hätte. Sie würde ihre Rolle spielen, und sie würde sie gut spielen. Sie würde die Kleider tragen, die er für sie aussuchte, völlig unempfänglich für die Tatsache, wie phänomenal sie darin aussah.

Dann würde sie so schnell wie möglich wieder in Jeans und verwaschene T-Shirts und Stiefel schlüpfen. Und ebenso wenig ahnen, wie umwerfend sie aussah.

Bei Merlins Bart, dachte er jetzt, als er eine silberne Abendtasche aussuchte, dich hat es voll erwischt, Donovan. Seine Mutter hatte ihm einmal gesagt, dass die Liebe umso schmerzhafter, wunderbarer und unentrinnbarer war, wenn sie unerwartet kam.

Wie recht sie doch gehabt hatte.

Er hätte nie geglaubt, mehr als amüsierte Faszination für eine Frau wie Mel empfinden zu können. Sie war stur, eigensinnig, ungehobelt und geradezu radikal unabhängig. Nicht gerade die Eigenschaften, die eine Frau attraktiv machten.

Aber sie war auch warmherzig und großzügig, treu und mutig, ehrlich und offen.

Welcher Mann könnte einer Frau mit einer bissigen Zunge, einem endlos weiten Herzen und einer bemerkenswerten Intelligenz widerstehen?

Sebastian Donovan zumindest nicht.

Zeit und Geduld würden nötig sein, um Mel zu gewinnen. Sie war viel zu vorsichtig und trotz ihres burschikosen Auftretens viel zu unsicher, als dass sie ihr Herz verschenkte, ohne sich nicht vorher absolut sicher zu sein, dass dieses Geschenk auch entsprechend gewürdigt werden würde.

Nun, er hatte Zeit und er war geduldig. Wenn er nicht nachsehen wollte, dann deshalb, weil er es für unfair hielt. Und weil er irgendwo in einer tiefen Kammer seines Herzens befürchtete, er könnte Mel weggehen sehen.

„Ich habe mich hineingezwängt", knurrte Mel hinter ihm.

„Aber ich bezweifle, dass es lange oben bleiben wird."

Er drehte sich um. Und starrte sie an.

„Was ist?" Alarmiert legte sie eine Hand auf den Ansatz ihrer Brüste, die aus der glitzernden Korsage schwellten, und sah an sich herab. „Habe ich es etwa verkehrt herum angezogen?"

Immerhin, das Lachen setzte seinen Herzschlag wieder in Gang. „Nein, es steht dir wunderbar. Es gibt nichts, was einen Mann so aufreizt wie der Körper einer großen schlanken Frau in einem kleinen Schwarzen."

Sie schnaubte. „Quatsch!"

„Perfekt. Einfach perfekt." Die Verkäuferin kam herüber und zog und zupfte den Stoff noch ein bisschen zurecht. Mel schlug ergeben die Augen zur Decke auf. „Es sitzt wie ein Traum."

„Ja", stimmte Sebastian leise zu, „wie ein Traum."

„Ich habe da noch eine Hose aus roter Seide. Die würde bestimmt zauberhaft an ihr aussehen."

„Donovan", rief Mel flehentlich hinter ihm her, doch er folgte schon der diensteifrigen Verkäuferin und ignorierte ihre Proteste.

Eine halbe Stunde später marschierte Mel aus dem Laden. „Jetzt reicht's", knurrte sie energisch. „Der Fall ist abgeschlossen."

„Nur noch ein Halt."

„Donovan, ich werde keine Kleider mehr anprobieren. Eher setze ich mich in einen Ameisenhaufen."

„Keine Kleider mehr", versprach er.

„Gut! Ich könnte Jahre in diesem Fall verdeckt ermitteln und würde immer noch nicht alles wenigstens ein Mal getragen haben."

„Zwei Wochen", sagte er. „Es wird nicht länger als zwei Wochen dauern. Bis wir erst alle Casinos durchgemacht und ein paar der entsprechenden Partys besucht haben, wirst du auch diese Garderobe gebraucht haben."

„Zwei Wochen?" Mel spürte, wie die Aufregung sie erfasste und die Langeweile verdrängte. „Bist du sicher?"

„Nenn es ein Gefühl aus dem Bauch heraus." Sebastian nahm

ihre Hand. „Was wir in Lake Tahoe anfangen, wird einen Domino-Effekt in Gang setzen."

„Du hast mir nie erzählt, wie du das FBI dazu bewegen konntest, uns das machen zu lassen."

„Ich kann auf eine lange Zusammenarbeit mit ihnen zurückblicken. Sagen wir einfach, ich habe einen Gefallen eingefordert."

Mel blieb vor einem Schaufenster stehen, aber nicht, um sich die Auslagen anzusehen, sondern weil sie Ruhe brauchte, um ihre nächsten Worte zu wählen.

„Mir ist klar, dass sie mich das ohne dich nie übernehmen lassen würden. Und ich weiß auch, dass es dich eigentlich gar nichts angeht."

„Mich geht es genauso viel an wie dich, Sutherland." Er drehte sich zu ihr, um sie anzuschauen. „Es gibt keinen offiziellen Klienten, du wirst kein Honorar bekommen."

„Das ist unwichtig."

„Nein, ist es nicht." Er küsste sie lächelnd auf die Augenbraue. „Manchmal tut man etwas, nur weil man die Möglichkeit hat, die Dinge zu verbessern."

„Anfangs dachte ich, ich würde es für Rose tun", sagte Mel langsam. „Im Grunde ist es auch so, aber ich tue es auch für Mrs Frost. Ich höre sie immer noch weinen, als wir ihr David weggenommen haben."

„Ich weiß."

Plötzlich war sie verlegen. „Aber das hat nichts damit zu tun, dass ich ein Weltverbesserer bin."

Er küsste sie noch einmal. „Ich weiß. Da sind diese Regeln." Er nahm ihre Hand, und sie gingen weiter.

Mel ließ sich Zeit, hielt ihre Stimme bewusst nichtssagend, als sie das Thema ansprach, das schon seit Tagen an ihr nagte.

„Wenn wir diese Tarnung echt aussehen lassen wollen, werden wir wohl eine Zeit lang zusammenwohnen müssen, oder?"

„Stört dich das?"

„Nicht unbedingt. Ich meine, wenn es dich nicht stört." Mel kam sich wie eine alberne Närrin vor, aber es war wichtig für sie,

Sebastian verständlich zu machen, dass sie nicht zu den Frauen gehörte, die Fantasie und Realität vermischten. „Ich meine, wir werden so tun, als wären wir verheiratet. Dass wir einander lieben und so …"

„Es hilft, sich zu lieben, wenn man verheiratet ist."

„Sicher." Sie stieß den Atem aus. „Ich will nur, dass du weißt, dass ich diese Show durchziehen kann. Ich werde meine Rolle spielen, gut sogar. Also solltest du nicht denken, dass … Ich meine, es gibt Leute, die lassen sich vielleicht zu weit mitreißen und verlieren dann den Überblick, weil sie sich mit ihrer Rolle zu stark identifizieren. Ich möchte nur, dass du nicht nervös wirst, weil du glaubst, ich würde so was tun."

„Oh, meine Nerven halten es bestimmt aus, wenn du so tust, als seist du verliebt in mich."

Er sagte es so leicht dahin, dass sie mit gerunzelter Stirn auf den Bürgersteig starrte. „Fein. Gut. Ich wollte das nur klären."

„Sollen wir nicht ein bisschen üben?" Er drehte sie so schwungvoll herum, dass sie gegen ihn prallte.

„Wie?"

„Üben", wiederholte er. „Damit wir sicher sein können, dass wir unsere Rollen auch gut spielen." Er zog sie eng zu sich heran. „Die Rolle der liebenden Ehefrau, des Ehemannes. Küss mich, Mary Ellen."

„Wir stehen mitten auf der Straße …"

„Genau aus diesem Grund. Was wir im Privaten machen, sieht doch keiner. Du wirst ja rot."

„Stimmt gar nicht."

„Doch. Darauf wirst du achten müssen. Eine Frau wird nicht verlegen, wenn sie ihren Mann, mit dem sie seit – wie lange war es wieder? – fünf Jahren verheiratet ist, küsst. Und laut unserer sehr gut durchdachten Geschichte haben wir schon ein ganzes Jahr vorher zusammengelebt. Du warst zweiundzwanzig, als du dich in mich verliebt hast."

„Ich kann rechnen", murmelte sie.

„Klar. Du wäschst schließlich meine Socken."

Ihre Lippen zuckten. „Von wegen. Wir haben eine moderne Beziehung. Du übernimmst die Wäsche."

„Mag sein, aber du hast deine Karriere als Assistentin der Geschäftsleitung aufgegeben, um dich ganz um unser Zuhause kümmern zu können."

„Ich hasse diesen Teil." Mel schlang die Arme um seinen Nacken. „Was soll ich denn den ganzen Tag machen?"

„Du beschäftigst dich eben mit diesem und jenem." Sebastian grinste. „Offiziell machen wir ja Urlaub, richten unser neues Zuhause ein. Das heißt, wir werden also viel Zeit im Bett verbringen."

„Ja, natürlich." Sie grinste zurück. „Aber nur für den guten Zweck." Sie küsste ihn, lang und anhaltend, bis ihrer beider Herzen den gleichen, rasenden Takt schlugen. Dann löste sie sich von ihm. „Vielleicht würde ich dich nach fünf Jahren nicht mehr so küssen."

„Oh doch, ganz bestimmt." Er nahm sie beim Ellbogen und führte sie in den Laden seiner Cousine.

„Sieh mal einer an." Morgana stellte das Malachit-Ei zurück in seinen Halter. Von diesem Platz aus hatte sie die perfekte Aussicht durch ihr Ladenfenster gehabt. „Noch eine Minute und ihr hättet einen Verkehrsstau verursacht."

„Nur ein kleines Experiment", versicherte Sebastian. „Morgana weiß alles über den Fall." Während Mel misstrauisch die Brauen runzelte, fuhr er fort: „Ich habe keine Geheimnisse vor meiner Familie."

Morgana legte eine Hand auf Sebastians Arm, aber ihr Blick ruhte auf Mel. „Nein, wir verheimlichen einander nichts, aber wir sind erfahren in Diskretion, wenn es … um Außenstehende geht."

„Tut mir leid, ich bin es einfach nur nicht gewöhnt, andere ins Vertrauen zu ziehen."

„Ja, damit geht man immer ein Risiko ein", stimmte Morgana zu. „Sebastian, Nash ist hinten im Lager und müht sich mit dem Auspacken einer Lieferung ab. Könntest du ihm nicht ein bisschen behilflich sein?"

„Wenn du es wünschst."

Als Sebastian im Hinterzimmer verschwunden war, ging Morgana zur Ladentür und drehte das „Geschlossen"-Schild um. Sie wollte einen Moment mit Mel allein sein. „Nash hat diesen Beschützerinstinkt entwickelt. Er will nicht, dass ich Kisten und Kartons hebe."

„Das macht ja auch Sinn. In Ihrem Zustand."

„Ich bin immer noch stark wie ein Ochse." Morgana lächelte. „Außerdem gibt es andere Möglichkeiten, um schwere Waren zu sortieren."

„Hm", war alles, was Mel dazu einfiel.

„Wir protzen nicht mit dem, was wir sind. Sebastian benutzt seine Gabe zwar öffentlich, aber die Leute denken darüber, wie sie über einen Bericht in irgendeiner Klatschzeitung denken. Sie verstehen weder, was er ist, noch, welche Gabe er besitzt. Was mich betrifft, so sind die Gerüchte über mich nur förderlich fürs Geschäft. Und Ana … nun, Ana hat ihren eigenen Weg, um ihre Gabe einzusetzen."

„Tja, ich weiß nicht, was ich sagen soll." Mel hob die Hände und ließ sie hilflos wieder sinken. „Ich weiß nicht, ob ich das je begreifen werde. Als Kind hatte ich schon Schwierigkeiten damit, an den Weihnachtsmann zu glauben."

„Das ist wirklich sehr schade. Auf der anderen Seite scheint es mir unwahrscheinlich, dass ein logischer Verstand Beweise nicht anerkennen und Wissen nicht akzeptieren sollte."

„Ich kann nicht leugnen, dass Sebastian anders ist. Dass er über Fähigkeiten verfügt … eine Gabe. Und dass …" Frustriert hielt sie inne. „Nie zuvor ist mir jemand wie er begegnet."

Morgana lachte leise. „Selbst unter denen, die anders sind, ist Sebastian einzigartig. Eines Tages werden wir vielleicht genug Zeit haben, damit ich Ihnen ein paar Anekdoten erzählen kann. Er war schon immer sehr ehrgeizig. Es ärgert ihn heute noch, dass es ihm nicht gelingt, einen anständigen Zauberspruch zu Stande zu bringen."

Fasziniert machte Mel einen Schritt vor. „Wirklich?"

„Oh ja. Allerdings binde ich ihm auch nicht unbedingt auf die Nase, dass ich alle möglichen Vorbereitungen treffen muss, um nur einen Bruchteil von dem sehen zu können, was er in Sekundenschnelle erfasst." Morgana winkte ab. „Das sind alte Familienrivalitäten, das war schon immer so. Aber ich wollte einen Moment mit Ihnen allein sein, weil ich sehe, dass Sebastian Ihnen so sehr vertraut und sich auch offensichtlich so viel aus Ihnen macht, dass er diesen Teil seines Lebens vor Ihnen offen gelegt hat."

„Ich …" Mel stieß den Atem aus. Was kam als Nächstes? „Wir arbeiten zusammen", setzte sie vorsichtig an. „Und man könnte auch sagen, wir haben eine persönliche Beziehung."

„In diese persönliche Beziehung werde ich mich nicht einmischen. Aber er gehört zur Familie, und ich liebe ihn sehr. Deshalb möchte ich Sie nur bitten … Benutzen Sie die Macht nicht, die Sie über ihn haben, um ihn zu verletzen."

Mel war völlig überrumpelt. „Aber Sie sind doch die Hexe", schoss es aus ihr heraus. Sie blinzelte verlegen. „Ich meine …"

„Sie haben gesagt, was Sie meinen. Ja, ich bin eine Hexe. Aber ich bin auch eine Frau. Und wer könnte Macht besser verstehen?"

Mel schüttelte den Kopf. „Ich weiß wirklich nicht, was Sie damit sagen wollen. Vor allen Dingen weiß ich nicht, wie ich Sebastian überhaupt verletzen könnte. Ich werde darauf achten, dass er sich keinem unnötigen Risiko aussetzt, wenn wir an dem Fall …"

„Nein, das meinte ich nicht." Nachdenklich musterte Morgana Mel. „Sie verstehen wirklich nicht." Dann lächelte sie. Es war so bezaubernd klar, dass Mel nicht die geringste Ahnung hatte, wie verliebt Sebastian in sie war. „Es ist faszinierend", murmelte sie. „Unglaublich reizend."

„Morgana, wenn Sie sich vielleicht etwas klarer ausdrücken wollten …"

„Oh nein, das tue ich äußerst ungern." Sie nahm Mels Hände. „Verzeihen Sie mir, wenn ich Sie verwirrt habe. Wir Donovans wollen einander immer beschützen. Ich mag Sie, sehr. Ich hoffe, wir können Freundinnen werden." Sie drückte Mels Finger. „Ich möchte Ihnen etwas schenken."

„Das ist doch nicht nötig."

„Ich weiß", gab Morgana zu und ging zu einer Glasvitrine. „Aber als ich diesen Stein ausgewählt habe, war mir klar, dass er für eine bestimmte Person sein würde. Hier." Sie nahm einen Anhänger an einer feinen Silberkette aus dem Schaukasten.

„Das kann ich wirklich nicht annehmen. Der ist doch bestimmt sehr wertvoll."

„Wert ist relativ. Sie tragen keinen Schmuck." Morgana legte Mel die Kette um den Hals. „Sehen Sie es als Talisman an. Ein Werkzeug, wenn Sie so möchten."

Obwohl Mel nie besonders von den Dingen fasziniert gewesen war, die andere Leute sich in die Ohren hängten oder über die Finger zogen, fasste sie den Anhänger und hielt ihn auf Augenhöhe, um ihn anzusehen. Der Stein war nicht klar, aber man konnte Lichtreflexe durch ihn sehen. Er war nicht größer als ihr Daumennagel, die Farbe variierte von hellblau bis Indigo. „Was ist das?"

„Ein blauer Turmalin. Eine exzellente Hilfe bei Stress." Und ein perfekter Katalysator, um Liebe und Weisheit zu einen. Aber das sagte Morgana nicht. „Ich kann mir vorstellen, dass Sie reichlich davon in Ihrem Job ertragen müssen."

„Ich bekomme mein Pensum an Stress ab, stimmt. Vielen Dank. Er ist hübsch."

„Morgana …" Nash steckte den Kopf zum Lagerraum heraus. „Oh, Mel. Hi."

„Hallo."

„Schatz, da ist ein Spinner am Telefon und faselt irgendwas über Kupfersmaragde auf dem vierten Chakra."

„Kunde", verbesserte Morgana resigniert. „Es handelt sich um einen Kunden, Nash."

„Wie auch immer. Auf jeden Fall will er sein Zentrum erweitern." Nash zwinkerte Mel zu. „Hörte sich nach einem wirklich dringenden Fall an."

„Ich übernehme das." Morgana winkte Mel, ihr zu folgen.

„Wissen Sie irgendwas über Chakren?", fragte Nash leise, als sie an ihm vorbeiging.

„Kann man das essen oder tanzt man dazu?"

Er klopfte ihr grinsend auf die Schultern. „Sie gefallen mir."

Mel sah zu der Kochnische hinüber, in der Sebastian es sich mit einem Bier gemütlich gemacht hatte.

„Willst du auch eins?"

„Gern." Der Duft von Kräutern hing auch hier in der Luft, dann sah Mel die Tontöpfe auf der Fensterbank stehen. Morganas Stimme drang gedämpft aus dem Nebenraum. „Ein interessanter Laden."

Sebastian reichte ihr die Flasche. „Wie ich sehe, hast du dir schon was ausgesucht."

„Oh." Unwillkürlich griff sie nach dem Stein. „Ein Geschenk von Morgana. Hübsch, nicht wahr?"

„Sehr."

„Also." Mel wandte sich an Nash. „Ich hatte noch gar keine Gelegenheit, Ihnen zu sagen, wie sehr mir Ihre Filme gefallen. Vor allem ‚Shape Shifter'. Der hat mich wirklich umgehauen."

„Wirklich?" Nash suchte in jedem vorhandenen Schrank nach mehr Keksen. „Auch mir liegt er besonders am Herzen. Es gibt nichts Besseres als einen attraktiven Werwolf mit einem Gewissen."

„Ich mag es, wie bei Ihnen das Unlogische logisch wird." Sie nippte an ihrem Bier. „Ich meine, Sie stellen die Regeln auf – ziemlich ungewöhnliche Regeln zwar –, und dann halten Sie sich daran."

„Mel hat eine hohe Meinung von Regeln", warf Sebastian grinsend ein.

„Entschuldigt." Morgana kam zurück. „Ein Notfall. Nash, du hast bereits alle Kekse vertilgt."

„Ehrlich?" Enttäuscht schloss der Angesprochene die Schranktür.

„Bis auf den letzten Krümel." Sie wandte sich an Sebastian. „Wahrscheinlich fragst du dich, ob das Paket angekommen ist."

„Genau."

Sie griff in die Tasche ihres Kleides und holte ein kleines silbernes Kästchen hervor. „Ich denke, du wirst es passend finden."

Er stand auf, um es entgegenzunehmen. Ihre Blicke hielten einander fest. „Ich vertraue auf dein Urteil."

„Und ich auf deines." Sie umfasste sein Gesicht und drückte ihm einen herzhaften Kuss auf die Lippen. „Alles Gute, Cousin." Dann schwang ihre Stimmung plötzlich um. „Nash, komm und hilf mir draußen im Laden. Ich will ein paar Dinge umstellen."

„Aber Mel lässt doch gerade meinem Ego ein paar Streicheleinheiten zukommen …"

„Schwere Dinge", betonte sie und zog an seiner Hand. „Hoffentlich sehen wir uns bald wieder, Mel."

„Ja. Nochmals danke." Kaum dass die Tür hinter Morgana und Nash ins Schloss fiel, sah Mel Sebastian fragend an. „Was sollte das denn?"

„Morgana versteht, dass ich dies lieber im Privaten machen möchte." Er rieb mit dem Daumen über das Kästchen und beobachtete sie.

Mels Lächeln wurde leicht nervös. „Es tut doch nicht weh, oder?"

„Absolut schmerzlos", versprach er. Wenigstens für sie. Er ließ den Deckel aufschnappen und reichte ihr das Etui. Gespannt wartete er auf ihre Reaktion.

Sie warf nur einen kurzen Blick darauf und wäre zurückgewichen, hätte sie nicht bereits mit dem Rücken am Küchenschrank gestanden. Ein Ring. Wie schon die Kette, die Morgana ihr geschenkt hatte, war auch der Ring aus Silber. Filigrane Fäden zu einem komplizierten Muster verwoben, hinführend zu einem Stein in der Mitte, blass pink schimmernd mit grünen Einlagerungen am Rand.

„Was ist das?"

„Auch ein Turmalin", erklärte Sebastian. Er nahm den Ring heraus, hielt ihn gegen das Licht. „Manche behaupten, der Stein könne Energien zwischen zwei Leuten transportieren, die einander wichtig sind. Auf einer mehr praktischen Ebene, an der du sicher mehr interessiert bist, wird er in der Industrie für elektrische Schaltrelais benutzt. Sie zerbrechen bei höheren Frequenzen nicht so leicht wie andere Kristalle."

„Das alles ist sehr interessant." Ihre Kehle war staubtrocken. „Aber wofür soll er sein?"

Auch wenn das nicht die Atmosphäre war, die er sich vorgestellt hatte … im Moment musste es reichen. „Ein Ehering", sagte er und legte ihr den Ring in die Hand.

„Wie bitte?"

„Wir können doch nicht seit fünf Jahren verheiratet sein, und du trägst keinen Ring."

„Oh." Bestimmt bildete sie sich nur ein, dass das Schmuckstück in ihrer Handfläche vibrierte. „Ja, natürlich. Aber warum kein einfacher Goldreif?"

„Weil mir das hier mehr zusagt." Mit den ersten Anzeichen von Ungeduld nahm er den Ring aus ihrer Hand und steckte ihn ihr an den Finger. Mel sah zögernd auf den Ring an ihrer Hand.

„Schon gut, schon gut, du brauchst nicht so gereizt zu sein. Es scheint mir nur eine Menge unnötiger Mühe zu sein. Wir hätten auch genauso gut ins nächste Kaufhaus gehen können und …"

„Halt den Mund."

Sie hatte den Blick auf ihre Hand gehalten und mit dem Ring gespielt, aber jetzt ruckte ihr Kopf hoch, und ihre Augen verengten sich. „Hör zu, Donovan …"

„Ein Mal." Er hob sie einfach vom Boden hoch. „Nur ein einziges Mal tu etwas, ohne zu widersprechen, nachzufragen, anzuzweifeln oder in mir das Bedürfnis zu wecken, dir den Hals umzudrehen."

Ihre Augen begannen zu funkeln. „Ich habe lediglich meine Meinung geäußert. Eines sage ich dir: Wenn das hier funktionieren soll, dann geht es nicht auf deine Art, es geht auch nicht auf meine Art, sondern es wird ein ‚Unsere Art' geben."

Da Sebastian trotz intensiver Suche mit keinem Gegenargument aufwarten konnte, gab er Mel wieder frei. „Meine Selbstbeherrschung ist bemerkenswert", sagte er mehr zu sich selbst. „Ich brause nur selten auf, denn Macht und Temperament sind eine gefährliche Mischung."

Mel schmollte und rieb sich die Oberarme, dort, wo er sie festgehalten hatte. „Da kann ich nur zustimmen."

„Es gibt eine Regel in meiner Welt, Sutherland. Eine Regel, nach der ich lebe: ‚Auf dass niemand zu Schaden komme'. Ich nehme das sehr ernst. Und zum ersten Mal in meinem Leben bin ich einer Person begegnet, die mich unaufhörlich reizt, mit irgendeiner Formel herauszukommen, um besagter Person sämtliche möglichen Übel anzutun."

Sie schnaubte höhnisch und trank von ihrem Bier. „Alles nur heiße Luft, Donovan. Deine Cousine hat mir anvertraut, dass du miserabel mit Zaubersprüchen bist."

„Oh, es gibt da einen oder auch zwei, wo ich einigen Erfolg verbuchen konnte." Er konzentrierte sich. Intensiv.

Mel verschluckte sich, schnappte nach Luft und griff sich an die Kehle. Der große Schluck Bier, den sie gerade getrunken hatte, brannte in ihrer Kehle, als hätte sie eine halbe Flasche hochprozentigen, selbst gebrannten Whisky heruntergespült.

„Vor allem Sprüche, die den Geist betreffen", fügte Sebastian selbstgefällig an, während sie noch um Luft rang.

„Süß. Wirklich herzallerliebst." Obwohl das Brennen nachgelassen hatte, stellte sie das Bier beiseite. Wozu sich auf unnötige Risiken einlassen? „Ehrlich gesagt, ich habe keine Ahnung, worüber du dich so aufregst, Donovan. Außerdem würde ich es zu schätzen wissen, wenn du dir deine Tricks für Halloween oder den ersten April aufhebst. Oder an welchem Tag auch immer ihr zusammenkommt und euch gegenseitig eure Tricks vorführt."

„Tricks?" Er sagte es viel zu sanft und machte einen Schritt auf sie zu. Mel machte ebenfalls einen Schritt vor, und wer weiß, was noch hätte werden können, wenn nicht genau in diesem Augenblick die Hintertür aufgeschoben worden wäre.

„Oh." Anastasia, die Haare ins Gesicht geweht, versetzte der Tür mit der Hüfte einen Stoß, während sie ein Tablett mit getrockneten Blumen in den Händen hielt. „Entschuldigt." Sie brauchte nicht näher zu kommen, um die gekreuzten Klingen in der Luft vibrieren zu spüren. „Ich komme nachher wieder."

„Sei nicht albern." Sebastian schob Mel aus dem Weg – nicht gerade sanft – und nahm seiner Cousine das Tablett ab. „Morgana ist im Laden."

Hastig strich Anastasia sich das Haar aus der Stirn. „Ich werde ihr schnell sagen, dass ich hier bin. Nett, Sie wiederzusehen, Mel." Sie lächelte freundlich, ihre Manieren ließen sie selten im Stich. Dann fiel ihr Blick auf den Ring, den Mel trug. „Oh. Wie schön. Der sieht aus wie …" Sie hielt zögernd inne, warf einen kurzen Seitenblick auf Sebastian. „Als ob er für Sie gemacht worden wäre."

„Ich leihe ihn mir sozusagen für die nächsten Wochen."

Ana betrachtete Mel mit sanften Augen. „Ich verstehe. Ich glaube, für mich wäre es schwierig, etwas so Schönes nach ein paar Wochen wieder zurückzugeben. Darf ich?" Sie nahm Mels Hand und erkannte den Stein als den, den Sebastian den größten Teil seines Lebens besessen und wie einen kostbaren Schatz gehütet hatte. „Ja", sagte sie, „er passt genau zu Ihnen."

„Danke."

„Tja, ich habe nicht viel Zeit … Ich sollte euch wohl besser euren Streit austragen lassen." Mit einem flüchtigen Lächeln war sie auch schon nach vorn im Laden verschwunden.

Mel saß auf der Tischkante und neigte abwartend den Kopf. „Willst du weiter streiten?"

Er griff sich ihre halb volle Bierflasche. „Scheint nicht viel Zweck zu haben."

„Stimmt. Und weißt du, warum? Weil ich gar nicht wütend auf dich bin. Ich bin nur nervös. So was Großes habe ich bis jetzt noch nie gemacht. Es ist aber nicht so, dass ich Angst hätte, ich würde es nicht schaffen."

Er setzte sich neben sie auf den Tisch. „Aber?"

„Ich denke, es ist das Wichtigste, das ich je angefangen habe, und mir liegt wirklich viel daran. Dann ist da noch diese andere Sache."

„Welche andere Sache?"

„Das zwischen dir und mir. Das ist auch wichtig."

Er nahm ihre Hand in seine. „Ja, das ist es."

„Ich will nicht, dass die Grenzen zwischen beidem unscharf werden oder sich irgendwie vermischen. Weil ... es ist wichtig für mich."

Er brachte ihre Finger an seinen Mund und küsste leicht die Spitzen. „Für mich auch."

Da die Stimmung wieder entspannt war, lächelte Mel. „Weißt du, was ich am meisten an dir mag, Donovan?"

„Nein."

„Du bringst solche Sachen wie einen Handkuss fertig, ohne total idiotisch dabei zu wirken."

„Das ist zu großzügig von dir, Sutherland. Du beschämst mich."

Stunden später, als die Nacht still und das Mondlicht fahl war, drehte Mel sich im Schlaf zu Sebastian hin, schlang einen Arm um seine Hüfte und schmiegte sich an ihn. Er strich ihr das Haar aus der Stirn, als sie den Kopf an seine Schulter bettete. Nachdenklich rieb er mit dem Daumen über den Ring an ihrem Finger. Wenn er wollte, könnte er zusammen mit ihr den Traum erleben, den ihr Herz jetzt träumte. Die Versuchung war groß, fast so groß, wie sie aufzuwecken. Er lauschte ihrem regelmäßigen Atem und sinnierte.

Doch bevor Sebastian sich für eine Wahl entscheiden konnte, nahm er den Geruch der Ställe wahr, hörte das aufgeregte leise Wiehern der Stute.

Mel blinzelte schlaftrunken, als sie seinen Körper nicht mehr neben sich spürte. „Was ist denn? Wohin gehst du mitten in der Nacht?"

„Schlaf weiter", sagte er leise und griff nach seinem Hemd.

„Wohin gehst du?"

„Psyche wird gleich fohlen. Ich gehe zu den Ställen."

„Oh." Ohne zu zögern schwang Mel die Beine aus dem Bett und suchte nach ihren Sachen. „Ich komme mit dir. Sollten wir nicht den Tierarzt anrufen?"

„Ana wird kommen."

Sie nestelte an den Knöpfen ihrer Bluse. „Soll ich sie anrufen?"

„Sie wird kommen", sagte er nur noch einmal und verließ den Raum.

Mel rannte ihm nach, zog im Laufen die Stiefel über. „Soll ich vielleicht Wasser abkochen oder so was?"

„Ja." Schon zur Hälfte die Treppe hinunter, drehte er sich um und küsste sie. „Für Kaffee."

„Sie kochen doch immer Wasser ab", murmelte sie vor sich hin und ging in die Küche. Als das Aroma von frischem Kaffee sich in der Küche verteilte, hörte sie einen Wagen vorfahren. „Also drei Tassen", entschied Mel und sagte sich, dass es völlig nutzlos sei, jetzt zu fragen, woher Ana gewusst hatte, dass sie herkommen sollte.

Mel fand Cousin und Cousine im Stall. Ana kniete bei der Stute und murmelte auf sie ein. Neben ihr lagen zwei lederne Beutel und ein zusammengerolltes Tuch.

„Sie ist doch in Ordnung, oder?", fragte Mel, als sie hinzutrat. „Ich meine, sie ist gesund?"

„Oh ja." Ana streichelte Psyches Hals. „Sie ist gesund und in Ordnung." Ihre Stimme war beruhigend wie eine kühle Brise in der Wüste. Die Stute antwortete mit einem leisen Wiehern. „Es wird nicht lange dauern. Entspann dich, Sebastian. Es ist nicht das erste Fohlen, das geboren wird."

„Aber es ist ihr erstes", knurrte er zurück und kam sich albern vor. Er wusste doch, dass alles gut gehen würde. Er hätte ihnen sogar das Geschlecht des Fohlens sagen können. Aber das machte es trotzdem nicht einfacher, dabeizustehen und zu warten, während seine geliebte Psyche Qualen durchlitt.

Mel reichte ihm einen Becher. „Hier, Daddy, trink einen Kaffee. Du könntest natürlich auch mit Eros zusammen in der nächsten Box auf und ab marschieren."

„Das würde ihn beruhigen, Sebastian", sagte Ana über die Schulter. „Es würde helfen."

„Also gut."

„Kaffee?" Mel schob sich in die Box und bot Ana ebenfalls einen Becher an.

„Ja, danke." Ana setzte sich auf die Fersen.

„Entschuldigung", lächelte Mel zerknirscht, als sie Ana nach dem ersten Schluck die Augen aufreißen sah. „Ich mache ziemlich starken Kaffee."

„Ist schon in Ordnung. Das reicht mir dann für die nächsten zwei Wochen." Ana öffnete einen der Lederbeutel und legte getrocknete Blätter in ihre Hand.

„Was ist das?"

„Nur ein paar Kräuter", antwortete sie, während sie der Stute die Blätter ins Maul gab. „Das wird ihr bei den Wehen helfen." Sie nahm drei Kristalle aus dem anderen Beutel, legte sie auf die zitternde Seite des Tieres und murmelte dabei auf Gälisch.

Die Kristalle müssten eigentlich rutschen. Mel starrte auf die Steine. Allen Regeln der Physik zufolge müssten diese Steine zu Boden fallen. Aber sie blieben liegen, selbst als kraftvolle Wehen den Körper des Pferdes durchliefen.

„Sie haben gute Hände", sagte Ana leise. „Streicheln Sie einfach ihren Kopf."

Mel tat, wie ihr geheißen. „Ich weiß eigentlich nichts über Geburtshilfe. Ich meine, während der Ausbildung zum Cop wurden wir zwar in den Grundbegriffen unterwiesen, aber ich habe noch nie … Vielleicht sollte ich …"

„Streicheln Sie ihr einfach den Kopf", wiederholte Ana sanft. „Der Rest ist das Natürlichste von der Welt."

Vielleicht ist es natürlich, dachte Mel später, als sie, Ana und Sebastian daran arbeiteten, das Fohlen auf die Welt zu bringen. Aber es war auch etwas unvergleichlich Wunderbares. Sie war schweißbedeckt, mit ihrem eigenen Schweiß und dem der Stute, aufgekratzt vom starken Kaffee und wie berauscht von der Vorstellung, einem neuen Leben ans Licht zu helfen.

Und während sie zusammen arbeiteten, fiel ihr immer wieder auf, wie Anas Augen sich veränderten. Von einem kühlen, ruhigen Grau bis zu einem rauchigen, dunklen Anthrazit. Von amüsierter Wärme bis zu einem so tiefen, so endlosen Mitgefühl, dass Mel Tränen in den Augen brennen spürte.

Einmal war sie sicher, in Anas Blick Schmerz zu erkennen, eine wilde, tiefe Qual, die erst verschwand, als Sebastian sie scharf anherrschte.

„Ich wollte ihr nur für einen Moment Erleichterung verschaffen", hatte Ana daraufhin gesagt, und Sebastian hatte den Kopf geschüttelt.

Danach war alles sehr schnell gegangen. Und Mel hatte ihr Bestes gegeben, um zu helfen.

„Wow", war alles, was sie herausbrachte, als die Stute sich daranmachte, ihren neugeborenen Sohn trockenzulecken. „Ich kann's nicht glauben. Er ist da. Einfach so." Mel betrachtete gerührt das junge Leben.

„Es ist immer wieder ein Wunder." Ana schnürte ihre Beutel zu und sammelte ihre Instrumente ein. „Psyche geht es gut, dem Fohlen auch. Ich komme heute Abend noch mal vorbei und sehe mir die beiden an, aber so wie ich es sehe, sind Mutter und Sohn bei bester Gesundheit."

„Danke, Ana." Sebastian zog seine Cousine in die Arme und drückte sie fest an sich.

„Keine Ursache. Sie waren wirklich gut, Mel. Für Ihre erste Geburt."

„Es war einfach unglaublich."

„Ich werde mich waschen gehen und dann nach Hause fahren. Morgen werde ich bis Mittag schlafen." Ana küsste Sebastian auf die Wange und mit der gleichen Selbstverständlichkeit auch Mel. „Herzlichen Glückwunsch."

„Was für eine Nacht", murmelte Mel und lehnte den Kopf an Sebastians Schulter.

„Ich bin froh, dass du hier warst."

„Ich auch. Ich war noch nie bei einer Geburt dabei. Da wird einem erst richtig bewusst, wie fantastisch die ganze Sache ist."

Sie gähnte ausgiebig. „Und wie anstrengend. Ich wünschte, ich könnte auch bis Mittag schlafen."

„Warum solltest du das nicht tun können?" Er beugte den Kopf, um sie zu küssen. „Warum schlafen wir nicht einfach beide so lange?"

„Ich habe ein Geschäft zu führen. Und da ich die nächsten beiden Wochen nicht zu erreichen sein werde, muss ich vorher noch ein paar Dinge erledigen."

„Du hast hier auch noch was zu erledigen."

„So?"

„Aber natürlich." Er hob sie schwungvoll auf seine Arme, trotz des blutverkrusteten Hemds und der verschmierten Hände. „Es ist noch gar nicht so lange her, da lag ich im Bett und überlegte mir, ob ich mich in deinen Traum schleichen oder dich aufwecken sollte."

„Dich in meinen Traum schleichen?" Da Sebastian sie trug, schob Mel die Stalltür auf. „Kannst du denn so was?"

„Sutherland, bitte. Du kannst mir ruhig etwas mehr zutrauen. Nun, auf jeden Fall", er trug sie durch die Küche und den Korridor hinunter, „da wir unterbrochen wurden, konnte ich weder das eine noch das andere tun. Also, bevor du in dein Büro gehst und dort Dinge erledigst, wirst du erst hier die angefangenen Sachen zu Ende bringen."

„Interessanter Vorschlag. Nur … vielleicht ist es dir noch nicht aufgefallen, aber wir beide sind fürchterlich verdreckt."

„Doch, ist mir aufgefallen." Er war jetzt im Schlafzimmer angelangt und ging direkt weiter ins Bad. „Deshalb werden wir vorher auch duschen."

„Gute Idee. Ich glaube, wir … Sebastian!"

Sie quietschte lachend, als er mit ihr in die Duschkabine stieg, beide in voller Montur, und das Wasser andrehte.

„Du Trottel. Ich habe noch meine Stiefel an!"

Er grinste. „Aber nicht mehr lange."

10. KAPITEL

*M*el war sich keineswegs sicher, ob es ihr zusagte, Mrs Donovan Ryan zu sein. Denn Mary Ellen Ryan, die Identität, in die sie geschlüpft war, schien ihr eine äußerst oberflächliche und zudem langweilige Person zu sein, deren einziges Interesse in Mode und Maniküre lag.

Natürlich war es die perfekte Tarnung, wie sie zugeben musste, als sie auf die Terrasse des großen Hauses am Lake Tahoe trat und über die im Mondlicht schimmernde Wasseroberfläche blickte.

Das Haus dagegen war wahrlich nicht zu verachten. Zwei geräumige Geschosse modernsten Komforts, geschmackvoll eingerichtet und in klaren Farben gehalten, um den Stil seiner Besitzer widerzuspiegeln.

Denn Mary Ellen und Donovan Ryan aus Seattle waren ein modernes Paar, das genau wusste, was es wollte.

Und was sie am meisten wollten, war ein Kind. Natürlich.

Bei ihrer Ankunft war Mel beeindruckt von dem Haus gewesen. So beeindruckt, dass sie sich zu einem Kommentar hatte hinreißen lassen. Nie hätte sie vom FBI erwartet, so schnell mit einer solchen Villa aufwarten zu können. Erst da hatte Sebastian ihr wie nebenbei mitgeteilt, dass es eines seiner Häuser sei, gekauft aus einer Laune heraus vor ungefähr sechs Monaten. Sebastian hatte dabei keine Miene verzogen.

Zufall oder Hexerei? fragte Mel sich jetzt mit einem schiefen Lächeln.

„Bereit, dich in das Nachtleben der Stadt zu stürzen, Liebling?"

Das schiefe Lächeln verschwand und machte einem bösen Stirnrunzeln Platz, als sie sich zu Sebastian umdrehte. „Du wirst auf keinen Fall damit anfangen, mich mit diesen lächerlichen Kosenamen zu belegen, nur weil wir angeblich verheiratet sind."

„Der Himmel bewahre!" Er trat neben sie auf die Terrasse. Und sah so gut aus – wie Mel sich eingestehen musste –, wie ein Mann in einem Smoking nur aussehen konnte. „Lass dich mal ansehen."

„Ich habe alles angezogen." Sie bemühte sich redlich, nicht zu schmollen. „Bis hin zu den Dessous, die du ausgesucht hast."

„Ach, Sutherland, auf dich kann man sich eben verlassen." Die Ironie war leicht und freundschaftlich und brachte immerhin ein kleines Lächeln auf Mels Lippen. Er nahm ihre Hand und drehte sie einmal um die eigene Achse. Ja, die rote Abendhose war eine exzellente Wahl gewesen. Der silberne Bolero passte hervorragend dazu, so wie auch die hängenden Rubinohrringe. Er hauchte ihr einen zärtlichen Kuss auf die Stirn. „Du siehst großartig aus. Versuch nur noch so auszusehen, als würdest du auch daran glauben."

„Ich hasse hohe Absätze. Hast du eigentlich eine Ahnung, was sie alles mit meinem Haar angestellt haben?"

Er lächelte, als er die Hand hob und ihr leicht über den kühn gestylten Bob strich. „Sehr schick."

„Du hast leicht reden. Du musstest ja auch keine Irre mit französischem Akzent ertragen und dir klebriges Zeug ins Haar schmieren, an dir zerren und ziehen lassen, bis du am liebsten laut geschrien hättest."

„Harter Tag, was?"

„Und das ist nicht einmal die Hälfte. Ich musste mir die Nägel machen lassen. Du ahnst nicht, wie das ist. Sie kommen mit diesen kleinen Scheren und Nagelfeilen und Polierfeilen und scharf riechenden Tinkturen, und dann erzählen sie dir bis ins Detail von ihren Freunden und fragen dich nach deinem Sexleben. Das Schlimmste ist, du musst auch noch so tun, als würde dir das alles ungeheuren Spaß machen. Fast hätten sie mir eine Gesichtsbehandlung aufgedrängt." Mel schüttelte sich entsetzt. „Ich will gar nicht wissen, was sie alles mit mir gemacht hätten. Ich bin geflüchtet, mit der Ausrede, dass ich nach Hause muss, um das Abendessen vorzubereiten."

„Knapp entkommen."

„Wenn ich jede Woche regelmäßig in einen Schönheitssalon gehen müsste, würde ich mich umbringen."

„Halt die Ohren steif, Sutherland. Du schaffst das schon."

„Ja." Mel seufzte und fühlte sich besser. „Nun, auf jeden Fall war es nicht schwer, meine Geschichte anzubringen. Dass ich diesen wunderbaren Mann habe, dieses große neue Haus und wie wir uns seit Jahren ein Kind wünschen, um das Glück vollkommen zu machen. Die verschlingen solches Zeug geradezu. Dann habe ich schön berichtet, wie wir die Tests durchgemacht und alle möglichen Medikamente ausprobiert haben, die fördernd für die Empfängnis sein sollen, und wie schrecklich lang die Wartelisten der Adoptionsagenturen sind. Alle waren sehr mitfühlend."

„Gute Arbeit."

„Es kommt noch besser. Ich habe die Namen von zwei Anwälten und einem Arzt. Dieser Arzt soll ein wahrer Wunderwirker auf dem Gebiet der Gynäkologie sein. Einer der Anwälte ist der Cousin der Maniküre. Der andere hat im letzten Jahr der Schwägerin der Frau, die sich die Dauerwelle hat legen lassen, geholfen, zwei rumänische Kinder zu adoptieren."

„Das werde ich mir mal genauer ansehen", sagte Sebastian nach einem Moment des Nachdenkens.

„Ich dachte mir, dass wir dem nachgehen sollten. Morgen gehe ich zu der Beauty-Farm. Und während sie an mir herumfummeln, werde ich wieder meine Story zum Besten geben."

„Es gibt kein Gesetz, das dir verbietet, Sauna und Massage zu genießen."

Sie fühlte sich unsicher und verlegen und war froh darum, dass die großen Taschen der Abendhose ihr genügend Platz ließen, um die Hände zu verstecken. „Ich komme mir dabei vor wie … Ich weiß, dass du eine Menge Geld in diese Sache investierst."

„Ich habe ja auch genug." Er hob ihr Kinn mit einem Finger an. „Wenn ich mein Geld nicht für diese Sache ausgeben wollte, würde ich es nicht tun. Ich erinnere mich nur zu gut daran, wie

Rose ausgesehen hat, als du sie zu mir brachtest, Mel. Und an Mrs Frost. Das hier machen wir beide zusammen."

„Ich weiß." Sie fasste sein Handgelenk. „Ich sollte dir danken, anstatt ständig zu nörgeln."

„Aber du nörgelst so unheimlich süß." Als sie zu grinsen begann, küsste er sie. „Komm, Sutherland, lass uns ins Casino gehen. Ich habe das Gefühl, dass mir das Glück heute hold ist."

Der „Silver Palace" war das feudalste Hotelcasino in Lake Tahoe. Weiße Schwäne glitten über den kleinen See in der Lobby dahin, exotische Pflanzen und Blüten ergossen sich aus mannshohen Urnen, das Personal lief geschäftig in weißen Smokings mit silbernem Kummerbund umher, um jedem Gast eilfertig zu Diensten zu sein.

Mel und Sebastian gingen an einer Reihe von Läden vorbei, in denen alles, von Juwelen und Pelzen bis hin zu T-Shirts, angeboten wurde. Mel fand die Lage strategisch perfekt: Die Geschäfte waren in direkter Nähe des Casinos, sodass jeder glückliche Gewinner sofort versucht war, sein Geld wieder ins Hotel zurückfließen zu lassen.

Das Casino selbst war vom typischen Klimpern der Münzen, dem Gewirr von Stimmen und dem Surren der Roulette-Räder erfüllt. Es roch nach Rauch und Alkohol und Parfüm. Und nach Geld.

„Was für ein Ort", kommentierte Mel und betrachtete die mittelalterlichen Ritter und holden Damen, die auf die fensterlosen Wände gemalt waren.

„Was spielst du am liebsten?"

Sie zuckte die Schultern. „Es sind alles Spiele für Einfaltspinsel. Der Versuch, gegen das Haus zu gewinnen, ist das Gleiche, als würde man versuchen, mit einem Paddel gegen den Stromlauf anzurudern. Man schafft vielleicht sogar ein Stück, aber die Strömung wird einen unweigerlich wieder zurückreißen."

Sebastian knabberte an ihrem Ohrläppchen. „Du bist nicht

hier, um vernünftig zu sein. Wir machen gerade unsere zweite Hochzeitsreise, erinnerst du dich? Liebling?"

„Igitt", sagte sie mit einem bewusst strahlenden und liebevollen Lächeln. „Also dann, lass uns ein paar Chips besorgen."

Sie entschied sich für die Spielautomaten, in der Hoffnung, dass sie bei diesem geistlosen Spiel genügend Muße hätte, um sich umzusehen und Eindrücke zu sammeln. Sie waren hier, um Kontakt mit Jasper Gumm aufzunehmen, dem Mann, der Parklands Schuldschein in Händen hielt. Mel war sich klar darüber, dass es mehrere Abende in Anspruch nehmen könnte, bevor diese Kontaktaufnahme tatsächlich zustande kam.

Sie verlor ständig, gewann dann ein paar Dollar, mit denen sie den Apparat wieder fütterte. Das Zischen der Maschinen, das gelegentliche Aufjubeln eines anderen Spielers, das Klingeln der Münzen, wenn der Apparat Geld ausspuckte, das alles empfand sie als seltsam wohltuend. Dann wurde ihr klar, dass es sie tatsächlich entspannte. Sie warf Sebastian ein Lächeln über die Schulter zu.

„Ich glaube nicht, dass die Hausbank sich wegen mir Sorgen zu machen braucht."

„Vielleicht, wenn du das Ganze etwas weniger ... verbissen angehen würdest." Sebastian legte seine Hand auf ihre, als sie den Hebel herunterzog. Lichter blinkten auf. Glocken schlugen an.

„Oh!" Ihre Augen wurden groß, als die Münzen zu purzeln begannen. „Das sind fünfhundert Dollar!" Sie tanzte aufgeregt auf der Stelle, dann warf sie die Arme um Sebastians Nacken. „Ich habe gerade fünfhundert Dollar gewonnen!" Sie drückte ihm einen herzhaften Kuss auf die Lippen, dann plötzlich erstarrte sie. „Donovan, du hast gemogelt."

„Also wirklich, wie kannst du so etwas sagen? Nur weil man eine Maschine überlistet, hat das nichts mit Mogeln zu tun." Er merkte, wie Mels Sinn für Fairness ihre Freude dämpfte. „Komm mit, du kannst es ja beim Black Jack wieder verlieren."

„Ich denke, es ist okay, oder? Schließlich haben wir ja einen guten Grund, nicht wahr?"

„Auf jeden Fall."

Sie schlenderten zu den Tischen, nippten an Champagner und spielten ihre Rolle als zärtliches Paar. Mel bemühte sich, das alles nicht zu ernst zu nehmen, die Aufmerksamkeit, mit der Sebastian sie behandelte, die Tatsache, dass seine Hand immer da war, wenn sie danach griff.

Sie spielten die Liebenden, aber sie waren es nicht. Sie mochten und respektierten einander, aber bis zum „Glücklich bis ans Ende ihrer Tage" war es mehr als nur ein langer Weg. Der Ring, den sie an ihrem Finger trug, war nur Maskierung, das Haus, das sie teilten, nur Tarnung.

Irgendwann würde sie ihm den Ring zurückgeben und aus dem Haus ausziehen müssen. Vielleicht trafen sie sich danach noch, für eine Zeit. Bis seine und ihre Arbeit sie in verschiedene Richtungen davonziehen ließen.

In Mels Leben blieben die Menschen nicht. Sie hatte es längst akzeptiert. Oder hatte es, bis jetzt. Wenn sie jetzt daran dachte, allein, ohne Sebastian, in eine bestimmte Richtung davonzugehen, spürte sie eine schier unerträgliche Leere in sich.

„Was ist los?" Sebastian hatte instinktiv gespürt, dass sie sich verspannte, und rieb ihr mit einer Hand den Nacken.

„Nichts. Gar nichts." Auch mit der Regel, dass er nicht in ihren Gedanken las, war er viel zu einfühlsam. „Wahrscheinlich bin ich einfach nur ungeduldig. Lass uns mal diesen Tisch versuchen."

Er hakte nicht weiter nach, obwohl er ziemlich sicher war, dass etwas anderes als der Fall sie beschäftigte. Als sie sich an einem Tisch mit fünf Dollar Einsatz niederließen, legte er den Arm um ihre Schultern, sodass sie die Karten zusammen spielten.

Sie spielte gut, wie ihm auffiel. Ihre pragmatische Natur und ihre Intelligenz hielten sie die erste Stunde im Gleichstand mit dem Haus. Er bemerkte die Art, wie sie unauffällig den Raum überblickte, alles in sich aufnahm, jedes Detail registrierte. Die Sicherheitsleute, die Kameras, das Spiegelglas auf der Empore.

Sebastian bestellte mehr Champagner und machte sich an seine eigene Überprüfung.

Der Mann neben ihm schwitzte über der Entscheidung, ob er eine Karte anfordern sollte oder nicht. Außerdem beunruhigte es ihn, dass seine Frau etwas über seine Affäre herausgefunden haben könnte. Seine Gattin zu seiner Seite rauchte Kette und versuchte sich vorzustellen, wie der junge Croupier wohl nackt aussehen mochte.

Hastig zog Sebastian sich zurück und überließ sie allein dieser Fantasie.

Neben Mel saß ein Cowboy-Typ, der den Bourbon wie Wasser herunterkippte und beständig kleine Summen gewann. Sein Geist war ein einziges Wirrwarr von Aktien, Wertpapieren, Viehbestand und der Kalkulation von Karten auf dem Tisch. Außerdem wünschte er sich, das hübsche junge Fohlen neben ihm wäre ohne männliche Begleitung an den Tisch gekommen.

Sebastian grinste in sich hinein und fragte sich, wie Mel wohl darauf reagieren würde, als „junges Fohlen" bezeichnet zu werden.

Während er die Leute am Tisch überprüfte, sammelte er Eindrücke von Langeweile, Aufregung, Verzweiflung und Gier. In dem jungen Paar, das ihm direkt gegenübersaß, fand er, was er gesucht hatte.

Die beiden waren aus Columbus, verbrachten hier den dritten Abend ihrer Hochzeitsreise und waren gerade alt genug, um überhaupt am Tisch sitzen zu dürfen. Sie waren bis über beide Ohren ineinander verliebt und hatten beschlossen, nach vielem Nachrechnen, dass sie sich hundert Dollar leisten konnten, um ein einziges Mal die Aufregung beim Glücksspiel zu erfahren.

Mittlerweile waren sie runter bis auf fünfzig, und sie amüsierten sich königlich.

Sebastian sah, dass Jerry, der junge Mann, zögerte, die nächste Karte zu nehmen. Also gab er ihm einen kleinen Schubs. Jerry hob die Hand, verlangte eine weitere Karte und riss die Augen auf, als er genau die bekam, die er brauchte.

Mit ein wenig Magie hatte Sebastian Jerry bald geholfen, seinen Einsatz zu verdoppeln, dann zu verdreifachen, während das junge Paar aufgeregt über seine Glückssträhne jubelte.

„Die sahnen ja richtig ab", bemerkte Mel leise.

„Mhm", war alles, was Sebastian erwiderte.

Nichts ahnend von der sanften Manipulation, setzte Jerry immer größere Summen. Schon bald machte die Neuigkeit die Runde, dass an Tisch drei ein Gewinner saß. Menschen sammelten sich um den Tisch, applaudierten und klopften dem überraschten Jerry auf die Schulter, als sein Gewinn die Dreitausend-Dollar-Marke überschritt.

„Oh, Jerry!" Karen, seine junge Frau, warf sich ihm an den Hals. „Vielleicht sollten wir aufhören. Das würde fast schon als Anzahlung für ein Haus reichen. Wirklich, vielleicht sollten wir aufhören."

Tut mir leid, dachte Sebastian und versetzte ihr einen kleinen geistigen Stupser.

Karen kaute an ihrer Lippe. „Nein", sagte sie dann entschieden. „Mach weiter." Sie legte den Kopf an Jerrys Schultern und lachte. „Das ist fast wie Zauberei."

Es war dieses Wort, das Mel aufblicken und die Augen zusammenkneifen ließ. „Donovan."

„Pst." Er tätschelte ihre Hand. „Ich habe meine Gründe."

Mel begann diese Gründe zu verstehen, als Jerrys Gewinn sich auf fast zehntausend Dollar belief und ein eleganter Mann in einem schwarzen Smoking sich dem Tisch näherte. Er strahlte eine unglaubliche Souveränität aus, die von der gebräunten Haut und dem gepflegten Oberlippenbärtchen nur noch unterstrichen wurde. Mel war überzeugt, dass die meisten Frauen diesen Mann durchaus mit mehr als nur einem Blick bedenken würden.

Aber seine Augen missfielen ihr sofort. Von einem blassen Blau, eiskalt und kalkulierend, obwohl er lächelte.

Die Zuschauertraube jubelte, weil Jerry wieder die richtigen Karten hatte.

„Das scheint heute Ihre Glücksnacht zu sein."

„Mann, das kann man wohl sagen!" Jerry sah dem Neuankömmling mit verwunderten Augen entgegen. „Dabei habe ich noch nie im Leben etwas gewonnen."

„Sie sind hier im Hotel untergebracht?"

„Ja, meine Frau und ich." Er drückte Karens Hand. „Es ist unser erster Abend überhaupt in einem Casino."

„Dann möchte ich Ihnen persönlich gratulieren. Ich bin Jasper Gumm. Ich leite dieses Hotel."

Mel warf Sebastian einen Seitenblick zu. „Ziemlich krumme Tour, um ihn hervorzulocken."

„Ein Umweg vielleicht", stimmte Sebastian zu. „Aber doch ein ganz erbaulicher, oder?"

„Hm … Haben dein junger Held und seine Heldin ihren Zweck für heute Abend erfüllt?"

„Oh, ich denke ja."

„Na schön. Dann entschuldige mich bitte eine Minute." Mel nahm ihr Glas und schlenderte um den Tisch herum. Sebastian hatte recht gehabt. Das junge Paar sammelte bereits die Chips ein und bedankte sich überschwänglich beim Hotelbesitzer.

„Sie sind uns immer willkommen", hörte Mel Gumm sagen. „Wir legen Wert darauf, dass alle Gäste das Hotel als Gewinner verlassen und zurückkommen."

Als Gumm sich umdrehte, stand Mel ihm – wie zufällig – genau im Weg. Eine schnelle Bewegung, und ihr Champagner ergoss sich über seine Smokingjacke.

„Oh, das tut mir so leid!" Sie wischte über seinen feuchten Ärmel. „Wie ungeschickt von mir."

„Aber nein, es war allein meine Schuld." Er trat zurück und zog ein Taschentuch hervor, um ihre Hand abzutrocknen. „Ich fürchte, ich habe nicht aufgepasst." Er sah auf ihr leeres Glas. „Und ich schulde Ihnen einen Drink."

„Das ist wirklich nett von Ihnen, aber es war sowieso nicht mehr viel drin." Sie lächelte ihn gekonnt an. „Was ein Glück für Ihren Anzug war. Ich wollte einfach mal nur diese vielen Chips sehen. Mein Mann und ich saßen dem jungen Paar direkt gegenüber. Allerdings haben wir nicht so viel Glück gehabt."

„Dann schulde ich Ihnen auf jeden Fall einen Drink." Gumm nahm gerade ihren Ellbogen, als Sebastian zu ihnen trat.

„Darling, du solltest den Champagner trinken, nicht über Leute gießen."

Verlegen lachend, fuhr sie mit der Hand über seinen Arm. „Ich habe mich bereits entschuldigt."

„Nichts passiert", versicherte Gumm und bot Sebastian die Hand. „Jasper Gumm."

„Donovan Ryan. Meine Frau, Mary Ellen."

„Es ist mir ein Vergnügen. Sie sind Gäste des Hotels?"

„Nein. Um genau zu sein, wir sind gerade erst nach Lake Tahoe gezogen." Sebastian schaute mit liebevollem Blick auf Mel. „Wir gönnen uns eine Art zweite Hochzeitsreise, bevor wir wieder an die Arbeit müssen."

„Herzlich willkommen in unserer Gemeinde. Jetzt muss ich diesen Champagner aber erst recht ersetzen." Gumm winkte einem Kellner. Er lächelte Mel und Sebastian offen an.

„Das ist wirklich sehr nett von Ihnen." Mel sah sich bewundernd um. „Ein tolles Hotel, das Sie hier haben."

„Da wir jetzt ja praktisch Nachbarn sind, hoffe ich, dass Sie uns öfter beehren. Unser Restaurant ist wirklich ganz ausgezeichnet." Während er redete, nahm Gumm aufmerksam alle Einzelheiten in sich auf. Der Schmuck der Frau war dezent und teuer, der Smoking des Mannes maßgeschneidert. Beide strahlten die ruhige Selbstsicherheit der Wohlhabenden aus. Genau die Art von Klientel, die er für sein Hotel bevorzugte.

Als der Kellner eine neue Flasche Champagner und Gläser brachte, schenkte Gumm selbst ein. „Was machen Sie geschäftlich, Mr Ryan?"

„Immobilien. Mary Ellen und ich haben die letzten Jahre in Seattle gelebt, aber wir haben beschlossen, dass es Zeit war, mal etwas Neues anzufangen. Glücklicherweise bin ich durch meinen Beruf nicht an einen Ort gebunden."

„Und Sie?", wandte Gumm sich an Mel.

„Oh, ich habe mich aus dem Berufsleben zurückgezogen. Zumindest für eine Weile. Ich dachte mir, es wäre mal ganz schön, sich nur ums Heim zu kümmern."

„Ah. Und um die Kinder."

„Nein." Ihr Lächeln wurde unsicher, als sie in ihr Glas starrte. „Nein, noch nicht. Aber ich hoffe, dass die Luft hier, die Sonne, der See … Es ist ein wunderbarer Ort, um eine Familie großzuziehen." Eine winzige Spur von Trauer und Verzweiflung ließ sich in ihrer Stimme hören, die ein wenig zitterte.

„Da bin ich ganz sicher. Bitte, genießen Sie das, was Ihnen das ‚Silver Palace' zu bieten hat. Machen Sie sich nicht rar, lassen Sie sich öfter sehen."

„Oh, wir werden bestimmt wiederkommen", versicherte Sebastian freundlich. „Gut gemacht", flüsterte er Mel ins Ohr, sobald sie allein waren.

„Das denke ich auch. Was meinst du, sollen wir an den Tisch zurückkehren oder ein wenig herumschlendern und uns mit großen Kuhaugen anhimmeln?"

Er gluckste vergnügt und wollte sie für einen Kuss zu sich heranziehen, als er plötzlich innehielt. „Sieh mal an. Manchmal kommt eben alles genau so, wie es sein muss."

„Was ist denn?"

„Trink deinen Champagner, meine Liebe, und lächle." Er legte den Arm um ihre Hüfte und führte sie an den Roulettetisch. „Sieh mal da rüber. Die Frau, mit der Gumm spricht. Die Rothaarige auf der Treppe."

„Ich sehe sie." Mel legte den Kopf verträumt an Sebastians Schulter. „Knappe einssiebzig, fünfundfünfzig Kilo, helle Haut, Ende zwanzig bis Anfang dreißig."

„Ihr Name ist Linda. So nennt sie sich jetzt zumindest. Als sie mit David in das Motel eingecheckt ist, hieß sie Susan."

„Sie …" Mel hielt sich gerade noch zurück, fast wäre sie vorgestürmt. „Was tut sie hier?"

„Sie ist Gumms Geliebte. Und wartet auf den nächsten Job."

„Wir müssen herausfinden, was sie wissen. Auf welchem Rang sie in der Organisation stehen." Grimmig trank Mel ihren Champagner leer. „Du gehst auf deine Weise vor, ich auf meine."

„Einverstanden."

Als Mel sah, dass Linda sich zu den Waschräumen aufmachte, drückte sie Sebastian das Glas in die Hand. „Hier, halt mal."

„Aber natürlich, Darling", murmelte er und sah nur noch ihren Rücken.

Mel ließ sich Zeit. Sie setzte sich an einen der geschwungenen Marmorwaschtische und frischte ihren Lippenstift auf. Puderte ihre Nase nach. Richtete die Frisur. Als Linda sich neben sie setzte, begann sie die Prozedur von vorn.

„Mist", fluchte Mel leise auf, „jetzt ist mir schon wieder ein Nagel eingerissen."

Linda schenkte ihr ein mitfühlendes Lächeln. „Ist das nicht immer wieder scheußlich?"

„Allerdings. Vor allem, da ich gerade erst heute Morgen bei der Maniküre war. Meine Nägel sind einfach zu weich." Sie suchte in ihrer Tasche nach der Nagelfeile, von der sie wusste, dass sie gar nicht existierte. „Sie dagegen haben wunderbare Nägel."

„Danke." Die Rothaarige betrachtete mit gespreizten Fingern ihre manikürten Nägel. „Meine Maniküre versteht etwas von ihrem Geschäft."

„Wirklich?" Mel drehte sich auf dem Hocker und schlug die Beine übereinander. „Ich frage mich gerade … Mein Mann und ich sind gerade von Seattle hierhergezogen. Ich muss unbedingt die richtige Kosmetikerin, den richtigen Fitnessclub, solche Sachen eben, finden."

„Sie werden nichts Besseres finden als hier im Hotel. Der Mitgliedsbeitrag für Nicht-Gäste ist zwar ein bisschen hoch, aber es lohnt sich, glauben Sie mir." Sie blies sich den Pony aus der Stirn. „Und der Schönheitssalon hat Weltklasseformat."

„Vielen Dank für den Tipp. Ich werde mir den Salon bestimmt ansehen."

„Sagen Sie einfach, Linda hätte Sie geschickt. Linda Glass."

„Ja, das mache ich." Mel erhob sich. „Wirklich, vielen Dank."

„Keine Ursache." Linda trug Lipgloss auf. Wenn diese Frau in den Club eintreten sollte, war ihr eine nette kleine Kommission sicher. Geschäft war schließlich Geschäft.

Wenige Stunden später lag Mel ausgestreckt mitten auf dem Bett und schrieb an einer Liste. Sie trug ein viel zu weites Pyjama-Oberteil und hatte die elegante Frisur mit den Fingern in einen wirren Igellook umgewandelt.

Na schön, sie würde also die Angebote des „Silver Palace" nutzen. Morgen würde sie Mitglied des Fitnessclubs werden und den Schönheitssalon besuchen. Und, der Himmel möge ihr beistehen, sie würde sich sogar einen Termin bei der Kosmetikerin geben lassen, welche Foltern auch immer sie dort erwarteten.

Mit ein bisschen Glück würde sie sich an Linda Glass heranmachen können, und in vierundzwanzig Stunden könnten sie bereits über diskrete Frauensachen reden.

„Was treibst du da, Sutherland?"

„Ich stelle Plan B auf. Für den Fall, dass Plan A platzen sollte, habe ich gerne eine Alternative zur Verfügung. Meinst du, Enthaarungswachs tut sehr weh?"

„Ich wage es nicht einmal, eine Vermutung anzustellen." Er strich mit einem Finger ihre Wade herab. „Also, ich finde deine Haut eigentlich sehr weich."

„Aber ich brauche etwas, das mich den halben Tag in diesem Salon hält, und deshalb muss ich ihnen ja sagen können, was sie mit mir anstellen sollen." Sie hob den Kopf und sah zu ihm hoch. Er stand neben dem Bett, trug das Unterteil des Pyjamas und schwenkte einen Cognac im Glas.

Wir sehen aus wie eine Einheit, dachte sie. Wie ein richtiges Paar, das sich vor dem Zu-Bett-Gehen noch ein paar Minuten unterhält.

Allein bei dem Gedanken begann sie, unruhig auf dem Notizblock zu kritzeln. „Magst du das Zeug wirklich?"

„Welches Zeug?"

„Cognac. Für mich schmeckt er wie ekelige Medizin."

„Vielleicht, weil du noch nie richtigen Cognac getrunken hast. Hier, probier mal." Er reichte ihr den Schwenker, setzte sich dann rittlings auf ihren Rücken und begann ihre Schultern zu massieren. „Du bist verspannt."

„Ja, mag sein. Wahrscheinlich, weil ich langsam anfange zu glauben, dass es funktionieren wird. Das mit dem Fall, meine ich."

„Es wird funktionieren, das versichere ich dir. Und während du dir deine unglaublich langen Beine enthaaren lässt, gehe ich Golf spielen – zufälligerweise in demselben Club, in dem auch Gumm spielt."

Weit davon entfernt, ihre Meinung über Cognac geändert zu haben, sah sie ihn über ihre Schulter an. „Dann werden wir ja sehen, wer mehr herausfindet, oder?"

„Ja, das werden wir."

„Da ist eine Stelle genau über meiner Schulter … Ja, da … Ich wollte dich noch etwas zu unserem jungen Glückspaar fragen."

„Was ist mit ihnen?" Er schob das Pyjama-Oberteil höher und genoss es, sich mit ihrem Rücken zu beschäftigen.

„Ich weiß, das war deine Art, um Gumm an den Tisch zu holen, aber meinst du, es war richtig? Sie zehntausend Dollar gewinnen zu lassen?"

„Ich habe lediglich Jerrys eigene Entscheidung ein wenig beeinflusst. Ich bin sicher, Gumm hat mit dem Verkauf von Kindern wesentlich mehr für sich hereingeholt."

„Ja, sicher, ich sehe sogar eine gewisse Gerechtigkeit darin. Aber dieses Pärchen … was ist, wenn sie es noch mal versuchen? Vielleicht können sie nicht rechtzeitig aufhören und verlieren wieder alles?"

Er lächelte und presste seine Lippen auf die Mulde in ihrem Rücken. „Ich gehe viel vorsichtiger vor, als du mir offensichtlich zutraust. Unser junger Jerry und seine Karen werden das Geld als Anzahlung für ein nettes kleines Haus in einem Vorort benutzen und ihren Freunden von ihrem Glück erzählen. Sie beide werden zu der Überzeugung kommen, dass sie ihr Glück nicht in Versuchung führen wollen, und nie wieder spielen oder wetten, abgesehen von privaten Kartenspielen. Sie werden drei Kinder haben. Und eine Krise in ihrer Ehe, im sechsten Jahr, aber sie werden sich zusammenraufen und glücklich weiterleben."

„Na ja." Mel fragte sich, ob sie sich je daran gewöhnen würde. „Dann …"

„Genau." Er strich mit den Lippen über ihr Rückgrat und schob ihr Oberteil noch ein Stück höher. „Warum vergisst du es dann nicht endlich und konzentrierst dich auf mich?"

Verschmitzt lächelnd setzte sie den Cognacschwenker auf dem Nachttisch ab. „Vielleicht sollte ich das." Mit einer schnellen Drehung wand sie sich unter ihm und packte fest zu. Und schon lag er mit dem Rücken auf dem Bett, und sie saß triumphierend auf ihm, ihre Nasenspitze an seiner. „Hab dich!"

Er knabberte an ihrer Unterlippe. „Stimmt."

„Vielleicht behalte ich dich sogar für eine Weile." Sie küsste seine Nasenspitze, seine Wangen, sein Kinn, seinen Mund. „Der Cognac schmeckt viel besser an dir als aus dem Glas."

„Dann probier doch noch mal, nur um sicher zu sein."

Mit einem Lachen in den Augen presste sie ihren Mund auf seine Lippen, kostete lang und tief. „Mmm. Viel besser. Dein Geschmack gefällt mir, Donovan." Sie verschränkte ihre Finger mit seinen und genoss es, dass er sich nicht wehrte, als sie langsam mit Lippen und Zunge an seinem Hals hinabglitt.

Sie reizte ihn, spielte mit seinem Verlangen und mit ihrem eigenen, nahm seinen Duft und Geschmack in sich auf. Warm hier, kühler dort, der kräftige Schlag seines Pulses an ihren Lippen. Sie liebte seinen Körper, die Breite seiner Schultern, die muskulöse, glatte Brust, das Zucken seines flachen Bauches unter ihren Fingerspitzen.

Sie liebte es zuzusehen, wie ihre Hand über seine Haut glitt. Als sie mit ihrer Wange über seine Brust fuhr, empfand sie nicht nur Leidenschaft, sondern ein tiefes, trunken machendes Gefühl, das in ihr anschwoll und ihre Sinne wie süßer Wein benebelte.

Dieses Gefühl machte ihre Kehle rau, ihre Augen brennen und ihr Herz überfließen.

Mit einem leisen Seufzer suchte sie seinen Mund.

Heute Nacht ist sie die Hexe, dachte Sebastian und versank

in Mel. Sie war diejenige mit der Macht und der Gabe. Sie hielt sein Herz, seine Seele, seine Zukunft in ihren Händen.

Er flüsterte ihr Worte der Liebe zu, immer und immer wieder. Aber die Sprache seines Herzens war Gälisch, und sie verstand die Worte nicht.

Sie bewegten sich gemeinsam, glitten über das Bett, als wäre es ein verzauberter See. Als der Mond zu verblassen begann, der Tag näher war als die Nacht, waren sie ineinander verloren, eingehüllt in die Magie, die sie dem jeweils anderen bescherten.

Als Mel sich auf ihn setzte, ihr Körper schimmernd im Schein der Lampe, ihre Augen dunkel vor Verlangen, dachte Sebastian, dass sie nie schöner gewesen war. Oder mehr die seine.

Er streckte die Arme nach ihr aus, und sie antwortete. Ihre Körper verschmolzen. Der Moment war süß und wild und wundervoll. Eine leichte Windbrise zog durch das geöffnete Fenster.

Sie bog sich zurück, nahm ihn noch tiefer in sich auf, von glückseligen Schauern geschüttelt.

Ihre Hände fanden sich, hielten einander fest, als sie gemeinsam zum nächsten Gipfelsturm aufbrachen.

Als sie beide nicht mehr höher klimmen konnten, als er sich in ihr verströmt hatte und ihre Körper feucht und erschöpft waren, legte sie sich auf ihn, nicht wissend, dass ihr Tränen über die Wangen liefen. Sie schmiegte ihr Gesicht an seinen Hals, zitternd, als er seine Arme um sie legte.

„Halt mich", murmelte sie. „Die ganze Nacht. Lass mich die ganze Nacht nicht los."

„Nein, das werde ich nicht."

Und er hielt sie, während ihr Herz mit der Erkenntnis kämpfte, dass es liebte, bis ihr Körper sich der Erschöpfung ergab und in den Schlaf sank.

11. KAPITEL

*E*s war gar nicht so schwierig, Einsicht in die Terminkalender des Schönheitssalons und des Fitness-Clubs des „Silver Palace" zu bekommen. Wenn man nur oft genug strahlend lächelte und großzügiges Trinkgeld verteilte, konnte man eigentlich alles erreichen. Da Mel besonders großzügig mit dem Trinkgeld war, gelang es ihr mühelos, ihre Termine wie zufällig mit denen von Linda Glass zusammenfallen zu lassen.

Das war der leichte Teil der Arbeit. Der schwierige stand ihr noch bevor: einen ganzen Tag lang in einem Body mit Leopardenmuster herumzulaufen.

Als Mel mit einem Dutzend anderer Frauen im Aerobic-Kurs Aufstellung nahm, lächelte sie Linda freundlich zu.

„Ah, Sie wollen es also versuchen." Die Rothaarige überprüfte, ob ihre Mähne immer noch attraktiv genug von dem Haarband zusammengehalten wurde.

„Vielen Dank noch mal für den Tipp", erwiderte Mel. „Durch den Umzug habe ich mehr als eine Woche verpasst. Man kann ja so rasant die Form verlieren."

„Wem sagen Sie das! Wann immer ich geschäftlich reisen muss …" Linda brach ab, als die Trainerin das Tonband einschaltete und eine mitreißende Rockballade ertönte.

„Zeit fürs Aufwärmen, Ladys." Die junge Frau, die hauptsächlich aus einem strahlenden Lächeln und festen Muskeln bestand, drehte sich zur Spiegelwand um. „Und strecken!", feuerte sie ihre Klasse an und machte es voller Energie vor.

Mel folgte den Anweisungen zum Aufwärmen, Strecken und dann den anstrengenderen Teilen. Obwohl sie immer geglaubt hatte, in bester Verfassung zu sein, benötigte sie all ihre Kondition, um bei den Übungen mithalten zu können. Offensichtlich hatte sie sich in den Fortgeschrittenen-Kurs eingeschrieben.

Knapp nach der Hälfte der Stunde begann sie einen tiefen Hass auf die springlebendige Animateurin mit ihrem hüpfenden Pferdeschwanz zu entwickeln.

„Noch ein Beinheben und ich versetze ihr mit eben diesem Bein einen Tritt", murmelte Mel atemlos. Obwohl sie es gar nicht hatte aussprechen wollen, war dieser laut gedachte Kommentar anscheinend genau die richtige Taktik gewesen. Linda lächelte ihr grimmig zu.

„Ich mache mit." Sie keuchte nach Luft und vollführte die nächste Übung. „Das Mädel kann nicht älter als zwanzig sein. Sie gehört geprügelt."

Mel kicherte und keuchte ebenfalls. Als die Musik aussetzte, sackten die Frauen völlig verschwitzt in sich zusammen.

Nach Pulsüberprüfen und Abkühlen und Entspannen ließ sich Mel erschöpft neben Linda auf dem Boden nieder und hielt sich das Handtuch vors Gesicht. „Das habe ich nun davon, dass ich zehn Tage nichts getan habe." Stöhnend nahm sie das Handtuch wieder herunter. „Was hat mich denn da bloß geritten? Ich habe mich für den ganzen Tag eingeschrieben."

„Ich weiß, wie Ihnen zu Mute ist. Ich habe als Nächstes Krafttraining."

„Wirklich?" Mel lächelte überrascht. „Ich auch."

„So ein Zufall." Linda tupfte sich mit ihrem Handtuch den Schweiß vom Nacken. „Dann können wir uns ja genauso gut zusammen quälen."

Sie zogen von den Gewichten zu den Standrädern, von den Standrädern zu den Laufbändern. Je mehr sie schwitzten, desto freundschaftlicher gingen sie miteinander um. Die Gespräche begannen bei Fitnesstraining, gingen über zu Männern und schließlich erzählten sie einander ihre Lebensgeschichte.

Sie gingen gemeinsam in die Sauna, saßen zusammen im Whirlpool und beendeten die Session mit einer Massage.

„Ich kann nicht glauben, dass Sie Ihre Karriere aufgegeben haben, um sich nur noch um Haus und Haushalt zu kümmern." Ausgestreckt auf der gepolsterten Liege, hatte Linda ihr Kinn auf die verschränkten Arme gestützt. „Ich könnte mir das nicht vorstellen."

„Ich habe mich auch noch nicht so recht daran gewöhnt."

Mel seufzte zufrieden, als die Masseuse ihren Rücken knetete. „Um ganz ehrlich zu sein, ich habe bis jetzt noch nicht so ganz herausgefunden, was ich den ganzen Tag mit mir allein anfangen soll. Aber es ist im Moment so eine Art Experiment."

„So?"

Mel zögerte, gerade lange genug, um Linda zu verstehen zu geben, dass dies ein heikles Thema war. „Sehen Sie, mein Mann und ich versuchen seit Jahren erfolglos, eine Familie zu gründen. Und da wir die ganze Prozedur mit Tests und Untersuchungen ohne Ergebnis durchlaufen haben, dachte ich mir, dass … nun, wenn ich den ganzen Karrierestress für eine Weile hinter mir lasse … dass es dann vielleicht klappen könnte."

„Es muss schwer sein."

„Ja, das ist es auch. Da wir beide Einzelkinder sind und niemanden mehr haben außer uns, wünschen wir uns eine große Familie. Es ist so unfair. Da haben wir dieses wunderbare Haus, sind finanziell mehr als abgesichert und führen eine glückliche Ehe. Aber wir können keine Kinder bekommen."

Falls die Rädchen sich in Lindas Kopf drehten, versteckte sie dies hinter einem mitfühlenden Lächeln. „Sie versuchen es wohl schon eine ganze Weile?"

„Seit Jahren. Es liegt an mir. Die Ärzte haben uns bereits mitgeteilt, wie gering die Chancen sind, dass ich je schwanger werde."

„Ich will Ihnen nicht zu nahetreten, aber haben Sie je an eine Adoption gedacht?"

„Daran gedacht?" Mel brachte ein trauriges Lächeln zustande. „Ich kann Ihnen gar nicht mehr sagen, auf wie vielen Wartelisten wir stehen. Wir wissen, dass wir ein Kind lieben können, auch wenn es nicht unser eigenes ist …" Sie seufzte erneut. „Vielleicht ist es eigennützig, aber wir wollen ein noch ganz junges Baby haben. Ein älteres Kind zu adoptieren würde einfacher sein und schneller gehen, aber wir halten durch. Man hat uns gesagt, dass es Jahre dauern könnte. Ich weiß nicht, wie wir in dieser Zeit die leeren Räume ertragen sollen." Sie brachte es fertig, dass ihr Tränen in die Augen traten, und blinzelte sie tapfer fort. „Entschuldigen Sie, ich sollte nicht darüber reden. Ich werde dann immer sentimental."

„Das ist schon in Ordnung." Linda streckte den Arm aus und drückte Mels Hand. „Ich denke, nur eine Frau kann so etwas verstehen."

Sie tranken zusammen ein eisgekühltes Mineralwasser, aßen einen Salat im Bistro. Mel ließ zu, dass Linda das Thema behutsam auf Persönlicheres lenkte. Als treuherzige und tief emotionale Mary Ellen Ryan schüttete sie der neu gewonnenen Freundin ihr Herz über ihre Ehe, ihre Hoffnungen und Ängste aus, mixte ein paar Tränen hier und da hinzu und riss sich tapfer wieder zusammen.

„Haben Sie nie an Heirat gedacht?", fragte Mel dann.

„Ich? Oh nein." Linda lachte. „Das habe ich einmal versucht, ist schon etwas her. Jasper und ich haben ein für beide Seiten angenehmes Arrangement getroffen. Wir mögen einander, aber es darf auf keinen Fall zum Störfaktor fürs Geschäftliche werden. Ich ziehe es vor, kommen und gehen zu können, wie es mir beliebt."

„Ich bewundere Sie dafür." Kaltschnäuziges, kalkulierendes Weibsbild. „Bevor ich Donovan traf, habe ich auch immer gedacht, dass ich meinen eigenen Weg durchs Leben gehen würde. Nicht dass ich es bedaure, mich verliebt und geheiratet zu haben, aber ich denke, wir alle bewundern die Frauen, die es allein schaffen."

„Es passt einfach besser zu mir. Aber Ihnen geht es doch auch gut. Sie haben einen Mann, der Sie abgöttisch liebt, und er ist erfolgreich genug, um Ihnen ein angenehmes Leben bieten zu können. Es ist fast perfekt."

Mel starrte nachdenklich in ihr leeres Glas. „Ja, fast."

„Wenn Sie erst einmal dieses Baby haben, wird es perfekt sein." Linda tätschelte Mels Hand. „Glauben Sie mir."

Mel schleppte sich nach Hause. Kaum zur Tür herein, ließ sie die Sporttasche fallen und kickte die Schuhe von den Füßen. Wie schön wäre jetzt ein heißes Entspannungsbad.

„Da bist du ja." Sebastian sah von der Galerie herunter. „Ich wollte schon einen Suchtrupp losschicken."

„Hol lieber ein paar Sanitäter mit einer Trage."

Sein Lächeln schwand sofort. „Bist du verletzt?" Er war schon auf der Treppe. „Ich wusste doch, dass ich dich nicht hätte allein lassen dürfen."

„Verletzt?", knurrte sie. „Du hast ja nicht die geringste Ahnung. Ich hatte die Aerobic-Trainerin aus der Hölle. Ihr Name ist Penny, und sie ist jung und süß und absolut topfit. Dann wurde ich an diese Amazonenkönigin mit Namen Madge weitergereicht, die mich mit Gewichten behängt und an all diese chromblitzenden Maschinen gekettet hat." Sie legte eine Hand auf ihren hohlen Magen. „Und den ganzen Tag habe ich nichts anderes gegessen als elendes Kaninchenfutter."

„Ah, mein armer Liebling." Er küsste sie auf die Stirn.

Sie kniff die Augen zusammen. „Ich habe gute Lust, jemanden zusammenzuschlagen. Reiz mich nicht, Donovan, sonst könnte ich es mit dir ausprobieren."

„Warum mache ich dir nicht schnell etwas zu essen, hm? Was meinst du?"

Sie zog einen Schmollmund. „Haben wir eine tiefgefrorene Pizza da?"

„Das bezweifle ich ernsthaft. Komm", er legte ihr einen Arm um die Schultern und führte sie in die Küche, „du kannst mir beim Essen alles erzählen."

Sie ließ sich willig zu dem Rauchglastisch führen und setzte sich. „So weit war es eigentlich ein ruhiger Tag. Weißt du eigentlich, dass sie, ich meine Linda, das zweimal die Woche durchzieht?" Einer plötzlichen Eingebung folgend, sprang Mel wieder auf und begann die Schränke nach Kartoffelchips zu durchstöbern. „Ich verstehe wirklich nicht, warum jemand so gesund sein will." Sie hatte eine Tüte gefunden und kaute genüsslich. „Sie scheint eigentlich ganz in Ordnung zu sein, ich meine, wenn man so mit ihr redet, dann erscheint sie einem wie eine ganz normale, freundliche Person." Ihr Blick wurde härter, als sie sich wieder setzte. „Wenn man allerdings länger mit ihr redet, stellt man fest, dass sie ziemlich clever ist. Und eiskalt."

„Ihr habt wohl sehr lange miteinander geredet?" Sebastian blickte von seiner Konstruktion eines Mega-Sandwiches auf.

„Zum Teufel, und ob. Ich habe ihr mein ganzes Herz ausgeschüttet. Sie weiß von mir, dass ich mit zwanzig meine Eltern verloren und dich zwei Jahre später kennengelernt habe. Die ganze Geschichte mit diesem ‚Liebe-auf-den-ersten-Blick' und so. Und natürlich, dass du sehr romantisch warst." Sie stopfte sich eine Hand voll Chips in den Mund.

„War ich das?" Er stellte das Riesensandwich und ein Glas ihrer Lieblingslimonade vor sie hin.

„Du hast mich mit Rosen überhäuft, mich zum Tanzen ausgeführt und auf lange Mondscheinspaziergänge eingeladen. Du warst verrückt nach mir."

Er grinste, als er sie hungrig in das Sandwich beißen sah. „Ich wette, das war ich."

„Du hast mich angefleht, dich zu heiraten. Oh Gott, das ist gut." Sie schloss die Augen und kaute. „Wo war ich stehen geblieben?"

„Dass ich dich angefleht habe, mich zu heiraten."

„Ach ja." Sie hob ihr Glas. „Aber ich war vorsichtig. Erst bin ich bei dir eingezogen, und dann habe ich dir gestattet, mich zu überzeugen. Seitdem reißt du dir ein Bein aus, um das Leben für mich zu einem Märchen zu machen."

„Ich scheine ein äußerst netter Typ zu sein."

„Natürlich, ich musste doch dick auftragen. Wir sind nämlich das glücklichste Paar überhaupt auf der ganzen Welt. Bis auf dieses eine Manko. Unser gemeinsames Herzeleid." Sie runzelte die Stirn, doch das hielt sie nicht davon ab weiterzuessen. „Weißt du, am Anfang, da habe ich regelrecht Gewissensbisse bekommen, ihr einen solchen Bären aufzubinden. Sicher, es ist ein wichtiger Job, aber sie schien so nett und freundlich und mitfühlend." Sie griff zur Abwechslung nach den Chips. „Aber als ich dann das Baby erwähnte, konnte ich praktisch mitverfolgen, wie es in ihrem Kopf anfing zu arbeiten. All das Weiche, Nette fiel von ihr ab. Sie lächelte immer noch und war auch immer noch sehr freundlich, aber ich konnte direkt sehen, wie sie sofort alles durchkalkulierte. Deshalb hat es mir auch nichts ausgemacht, sie mit noch mehr Informationen über mich zu füttern. Ich will diese Frau, Donovan."

„Trefft ihr euch wieder?"

„Übermorgen. Im Schönheitssalon. Für die Restaurierungs-arbeiten." Mel stöhnte und schob ihren Teller fort. „Sie glaubt, ich sei eine Frau, die ihre Zeit mit irgendwelchen Dingen füllen muss." Mel schnitt eine Grimasse. „Sie schlug einen Einkaufs-bummel vor."

„Ach ja, die Dinge, die man für den Beruf über sich ergehen lassen muss."

„Sehr lustig. Vor allem, da du den Morgen damit verbracht hast, einen kleinen weißen Ball durch die Gegend zu schlagen."

„Hatte ich nicht erwähnt, wie sehr ich Golf verabscheue?"

Sie grinste. „Nein, hast du nicht. Aber es beruhigt mich un-gemein, das zu erfahren. Erzähl."

„Wir sind uns ganz zufällig beim vierten Loch begegnet."

„Ganz zufällig, natürlich."

„Also haben wir den Rest der Runde zusammen beendet." Se-bastian nippte an ihrem Drink. „Er findet meine Frau charmant."

„Sicher."

„Wir haben übers Geschäft gesprochen, seins und meins. Er will ein paar Investitionen tätigen, deshalb habe ich ihm den Vor-schlag gemacht, sein Geld in Immobilien anzulegen."

„Sehr clever."

„Ich habe in Oregon einige Immobilien, die ich sowieso ab-stoßen wollte. Wie auch immer, nach dem Spiel haben wir zu-sammen einen Drink genommen und uns über Sport und andere typische Männerthemen unterhalten. Dabei habe ich auch ein-fließen lassen, wie sehr ich mir einen Sohn wünsche."

„Nicht nur einfach ein Kind?"

„Wie gesagt, es war ein Männergespräch. Ein Sohn, der den

Familiennamen weiterträgt, mit dem man Dinge unternehmen kann, ließ sich besser in die Konversation einflechten."

„Mit Mädchen kann man auch Dinge unternehmen", murmelte sie eingeschnappt. „Egal … Ist er darauf eingegangen?"

„Er hatte überhaupt keine Gelegenheit dazu. Ich habe ein bisschen gestottert, bedrückt ausgesehen und dann das Thema gewechselt."

„Warum?" Sie setzte sich gerade auf. „Wenn du ihn schon köderst, warum lässt du ihn dann wieder vom Haken?"

„Weil es mir für den Moment das Richtige schien. Du wirst mir vertrauen müssen, Mel. Gumm würde misstrauisch werden, wenn ich ihn so schnell ins Vertrauen ziehe. Mit dir und der Frau ist das anders. Selbstverständlicher. Frauen erzählen sich solche Dinge sofort, Männer tun das nicht so schnell."

Sie dachte darüber nach und nickte, obwohl sie immer noch die Stirn gerunzelt hatte. „Wahrscheinlich hast du recht. Das Fundament ist auf jeden Fall gelegt."

„Bevor du zurückkamst, habe ich mit Devereaux gesprochen. Bis morgen haben sie Linda Glass überprüft, und sie werden uns wissen lassen, sollte Gumm auf die Idee kommen, uns zu überprüfen."

„Das ist gut."

„Außerdem haben wir eine Einladung zum Dinner am Freitag. Bei Gumm und seiner Freundin."

Mel hob eine Augenbraue. „Es wird immer besser." Sie lehnte sich vor und küsste ihn. „Du leistest wirklich gute Arbeit."

„Ich würde sagen, wir sind ein ebenbürtiges Team. Bist du fertig mit Essen?"

„Für den Moment."

„Dann sollten wir uns jetzt auf Freitag vorbereiten."

„Was denn vorbereiten?" Sie musterte ihn argwöhnisch, als er sie auf die Füße zog. „Wenn du dir einbildest, du kannst jetzt schon damit anfangen, die Garderobe zu durchwühlen und beschließen, was ich am Freitag anziehen soll, dann …"

„Daran hatte ich überhaupt nicht gedacht. Es ist doch so",

setzte er an, als sie Arm in Arm zur Küche hinausgingen, „wir sind ein überglücklich verheiratetes Ehepaar …"

„Ja. Und?"

„… das völlig verliebt und total verrückt nacheinander ist, oder?"

„Ich kenne die Story, Donovan."

„Nun, ich bin der Überzeugung, dass man Meisterschaft nur durch entsprechende Übung erreicht. Deshalb, denke ich, sollten wir unsere Vorführung perfektionieren, indem wir so viel Zeit wie möglich damit verbringen, uns zu lieben."

„Ich verstehe." Sie drehte sich ein wenig, schlang die Arme um seinen Hals und zog ihn ins Schlafzimmer. „Wie du schon sagtest: die Dinge, die man für seinen Beruf über sich ergehen lassen muss …"

Mel war sicher, eines Tages würde sie zurückblicken und lachen können. Oder zumindest stolz darauf sein, dass sie es überlebt hatte.

Auf der Polizeischule war sie herumgestoßen, mit Schimpfnamen belegt, beleidigt worden. Man hatte ihr Türen vor der Nase zufallen lassen oder schwere Akten auf den Fuß. Sie war bedroht worden, hatte sich anzügliche Bemerkungen anhören müssen, und einmal war sogar auf sie geschossen worden.

Aber das war nichts im Vergleich zu dem, was man ihr im „Silver Woman" antat, was sie sich für ihren Beruf antun lassen musste.

Der exklusive Schönheitssalon des Hotels bot alles – vom simplen Haarewaschen bis hin zur Ganzkörper-Thermopackung.

Dafür brachte Mel zwar nicht den Mut auf, aber sie bekam die Komplettbehandlung – angefangen von den Zehen bis zu den Haarspitzen.

Sie war vor Linda angekommen und fiel automatisch in ihre Rolle, als Linda dazustieß. Sie begrüßte die andere Frau wie eine gute alte Freundin.

Während der Enthaarungsprozedur – es tat grässlich weh, das wusste Mel jetzt mit Bestimmtheit – redeten sie über Mode und Frisuren. Und während Mel mit wie eingefrorenen Wangenmuskeln lächelte, war sie doch froh, dass sie gestern Abend noch die Modemagazine durchgelesen hatte und auf dem neuesten Stand war.

Später, während die Paste, die die Kosmetikerin ihr aufs Gesicht geschmiert hatte, immer härter wurde, plauderte Mel begeistert davon, wie sehr ihr das Leben in Lake Tahoe gefiel.

„Unser Ausblick auf den See ist einfach fantastisch. Ich kann es gar nicht mehr abwarten, endlich ein paar Leute kennenzulernen. Ich liebe es, Gesellschaften zu geben."

„Durch das Hotel kennen Jasper und ich eigentlich jeden, den man kennen muss", meinte Linda, während die Pediküre an ihren Zehen arbeitete. „Wenn Sie möchten, können wir Sie ja ein wenig in die Gesellschaft einführen."

„Das wäre einfach wunderbar." Mel sah an sich herunter und schaffte es mit übermenschlicher Anstrengung, begeistert und nicht entsetzt auszusehen, als sie feststellte, dass ihre Zehennägel in kräftigem Pink leuchteten. „Donovan hat mir übrigens erzählt, dass Jasper und er sich im Golfclub getroffen haben. Donovan ist ein passionierter Golfspieler." Sie hoffte, dass sie ihm mit dieser Bemerkung noch mehr Stunden auf dem Golfplatz eingebracht hatte. „Es ist schon fast eine Besessenheit und kein Hobby mehr."

„Jasper ist genauso. Ich kann diesem Spiel jedoch nichts abgewinnen." Linda plauderte über die Leute, die Mel unbedingt kennenlernen müsse und ob sie sich nicht irgendwann mal zum Tennis oder zum Segeln treffen sollten.

Mel stimmte begeistert zu und sorgte sich im Stillen, ob man wohl vor Langeweile sterben konnte. Nie würde sie mit so einem Leben tauschen wollen.

Dann wurde ihr Gesicht von der krustigen Paste befreit und mit einer dicken Schicht Creme belegt. Irgendein Öl wurde ihr aufs Haar gegossen und verteilt, dann ein Turban aus Zellophanfolie straff darum gewickelt.

„Ich liebe es, so verwöhnt zu werden", murmelte Linda mit

einem Seufzer. Beide Frauen lagen jetzt auf Liegen, während ihre Fingernägel an die Reihe kamen.

„Ja, es ist herrlich, nicht? Ich könnte hier ewig so liegen bleiben", stimmte Mel zu und flehte inständig, dass das Programm bald zu Ende sei.

„Wahrscheinlich passt mein Job deshalb so gut zu mir. Ich arbeite nachts, und am Tag kann ich tun und lassen, was ich will, und die Anlagen des Hotels benutzen."

„Arbeiten Sie schon lange hier?"

„Seit fast zwei Jahren." Linda seufzte zufrieden. „Nicht eine Minute davon war langweilig."

„Vermutlich treffen Sie alle möglichen interessanten Leute."

„Ja, und zwar die, die ganz oben stehen. Das gefällt mir ja so. Aber nach dem zu urteilen, was Sie mir letztens erzählt haben, gehört Ihr Mann auch nicht unbedingt zu denen, die am Hungertuch nagen."

Mel hätte am liebsten breit gegrinst, aber sie hielt ein bescheidenes Lächeln für angebrachter. „Oh, er ist ziemlich erfolgreich, ja. Auf seinem Gebiet ist er ein richtiger Zauberer."

Die Kurpackung wurde ausgespült, die Kopfhaut massiert – etwas, das Mel ausnahmsweise als angenehm empfand –, und schon war es Zeit für die letzten Handgriffe. Wenn Linda nicht bald auf das Thema zu sprechen kam, würde Mel sich einen entsprechenden Ansatzpunkt suchen müssen …

„Wissen Sie, Mary Ellen, das, was Sie mir neulich erzählt haben, hat mich die ganze Zeit beschäftigt."

„Oh." Mel spielte die peinlich Berührte. „Dafür muss ich mich entschuldigen, Linda. Dass ich Sie damit belästigt habe, obwohl wir uns doch erst so kurz kennen. Wahrscheinlich habe ich mich einfach verloren gefühlt und ein wenig Heimweh gehabt."

„Aber nein, Sie haben mich doch gar nicht belästigt." Linda winkte großmütig ab. „Ich denke, wir hatten einfach auf Anhieb einen Draht zueinander. Sie konnten sich mir gegenüber frei äußern."

„Ja, das stimmt. Trotzdem ist es mir peinlich, dass ich Sie mit all diesen Offenbarungen aus meinem persönlichen Leben gelangweilt habe."

„Sie haben mich nicht gelangweilt, im Gegenteil. Es ist mir nahegegangen." Lindas Stimme war so weich, so gekonnt mitfühlend, dass sich Mel die Nackenhaare sträubten. „Es hat mich zum Nachdenken gebracht. Verzeihen Sie mir, wenn ich zu persönlich werde ... aber haben Sie je an eine private Adoption gedacht?"

„Sie meinen, über einen Anwalt, der unverheiratete Mütter vertritt?" Mel seufzte lange und tief. „Um ehrlich zu sein, wir haben es versucht. Ein Mal, vor ungefähr einem Jahr. Wir waren uns eigentlich nicht ganz sicher, ob wir das Richtige taten. Um das Geld ging es nicht, aber wir machten uns Gedanken um die moralische Seite. Aber alles schien perfekt. Wir hatten ein Gespräch mit der Mutter, und wir hatten solch große Hoffnungen. Viel zu große Hoffnungen. Wir haben Namen ausgesucht und sind Babysachen einkaufen gegangen. Es schien wirklich alles so zu laufen, wie wir es uns wünschten. Und in der letzten Minute hat sie dann einen Rückzieher gemacht." Mel kaute an ihrer Unterlippe, als müsse sie gegen die Tränen ankämpfen.

„Das muss schrecklich für Sie gewesen sein."

„Für uns beide. Wir waren so nahe dran, und dann ... Seitdem ist diese Möglichkeit zwischen uns nie wieder erwähnt worden."

„Verständlich. Aber ich kenne da zufällig jemanden, der schon mehrere solcher Adoptionen in die Wege geleitet und Babys bei Adoptiveltern untergebracht hat."

Mel schloss die Augen, weil sie fürchtete, Linda könnte die Verachtung darin sehen. „Einen Anwalt?"

„Ja. Ich meine, ich kenne ihn nicht persönlich, aber ich habe von ihm gehört. Wie ich schon sagte, man trifft eine Menge Leute im Hotelgeschäft. Ich kann Ihnen natürlich nichts versprechen und will Ihnen auch keine Hoffnung machen, aber wenn Sie möchten, kann ich mich ja bald mal genauer umhören."

„Ich wäre Ihnen unendlich dankbar dafür." Mel öffnete die Augen wieder und begegnete Lindas Blick im Spiegel. „Sie ahnen gar nicht, wie."

Eine Stunde später verließ Mel das Hotel und lief in Sebastians ausgebreitete Arme. Lachend bog sie den Kopf zurück, als er sie mit einem überschwänglichen Kuss begrüßte.

„Was machst du denn hier?"

„Ich spiele den pflichtbewussten, liebeskranken Ehemann, der seine Frau abholt." Er hielt sie auf Armeslänge von sich ab und lächelte. „In Finns Namen, Sutherland, was haben sie denn mit dir gemacht?"

„Mach dich nicht über mich lustig."

„Nein, nein. Du siehst großartig aus. Umwerfend. Nur eben nicht wie meine Mel." Er hob ihr Kinn an und küsste sie erneut. „Wer ist diese elegante, wunderschöne Frau in meinen Armen?"

Lange nicht so verärgert, wie sie eigentlich hatte sein wollen, zog sie eine Grimasse. „Halte dich mit deinen Kommentaren zurück. Nach allem, was ich durchgemacht habe! Ich musste sogar eine Wachsenthaarung der Bikini-Zone über mich ergehen lassen. Es war barbarisch!" Sie schlang ihm die Hände um den Hals. „Und meine Zehennägel sind pink."

„Ich kann's gar nicht erwarten, das alles zu bewundern." Noch ein Kuss. „Ich habe Neuigkeiten. Es gibt einiges, was ich dir erzählen muss."

„Ich auch."

„Warum gehe ich dann nicht mit meiner grandiosen Ehefrau ein wenig spazieren und berichte ihr, wie Gumm seine Fühler nach den ehrenwerten Ryans aus Seattle ausgestreckt hat?"

„Sehr schön." Sie verschränkte ihre Finger mit seinen. „Dann kann ich dir erzählen, dass Linda Glass, allein aus der schieren Güte ihres Herzens, versuchen wird, für uns die Verbindung zu einem Anwalt herzustellen. Einer, der auf private Adoptionen spezialisiert ist."

„Wir arbeiten wirklich gut zusammen."

„Ja, Donovan, das tun wir. Das tun wir wahrlich."

Aus der Penthouse-Suite des „Silver Palace" waren zwei Augenpaare auf die unten liegende Straße gerichtet.

„Ein charmantes Pärchen", bemerkte Gumm.

„Sie sind völlig vernarrt ineinander." Linda nippte an ihrem Champagner, während Sebastian und Mel Hand in Hand davonschlenderten. „Wie sie manchmal dreinschaut, wenn sie seinen Namen sagt … Fast frage ich mich, ob die beiden wirklich schon so lange verheiratet sind."

„Ich habe Kopien der Heiratsurkunde und anderer Unterlagen zugefaxt bekommen. Scheint alles in Ordnung zu sein." Er tippte sich mit dem Zeigefinger an die Lippen. „Wenn sie uns untergeschoben worden wären, würden sie bestimmt nicht so vertraut miteinander umgehen."

„Untergeschoben?" Linda sah ihn fragend an. „Komm schon, Jasper, wieso glaubst du so was? Es gibt nicht die geringste Verbindung zu uns."

„Diese Sache mit den Frosts beunruhigt mich."

„Pech, dass sie das Kind wieder zurückgeben mussten. Aber wir haben unser Geld, und wir haben keine Spuren zurückgelassen."

„Da ist Parkland. Ich habe ihn bis jetzt nicht auftreiben können."

„Also ist er eben abgetaucht." Sie schmiegte sich verführerisch an ihn. „Da brauchen wir uns überhaupt keine Sorgen zu machen. Du hast doch seinen Schuldschein."

„Er hat dich gesehen."

„So in Panik, wie dieser Mann war, hat er gar nichts gesehen. Außerdem habe ich einen Schal getragen. Parkland ist völlig unwichtig." Sie küsste ihn sinnlich. „Wir haben's geschafft, Baby. In einer Organisation wie dieser gibt es so viele Hintertüren und Identitäten, dass sie nicht einmal in unsere Nähe kommen werden. Und was das Honorar angeht …" Linda lockerte seine Krawatte. „Denk nur daran, wie viel wir damit verdienen."

„Geld gefällt dir, nicht wahr?" Gumm zog den Reißverschluss ihres Kleides auf. „Das haben wir gemeinsam."

„Wir haben vieles gemeinsam. Und das hier könnte uns einen Riesenbatzen einbringen. Wir empfehlen die Ryans weiter und nehmen eine nette Kommission dafür entgegen. Ich garantiere dir, die zahlen alles für ein Kind. Die Frau ist völlig fixiert darauf, endlich Mutter zu sein. Ein Kind ist das Einzige, was ihr zu ihrem Glück fehlt."

„Ich werde die beiden lieber noch genauer überprüfen." Immer noch nachdenklich, sank Jasper mit Linda auf die Couch.

„Dagegen ist nichts einzuwenden, aber ich sage dir, diese beiden sind sichere Beute. Da können wir gar nicht verlieren. Niemals."

Mel, Sebastian, Linda und Jasper wurden ein unzertrennliches Kleeblatt. Sie gingen zusammen aus zum Essen, trafen sich im Casino, aßen gemeinsam Lunch im Club und spielten Doppel im Tennis.

Zehn Tage dieses Luxuslebens hatten Mel rastlos und nervös gemacht. Mehrere Male hatte sie bei Linda wegen des Anwalts nachgefragt, wurde aber jedes Mal vertröstet, wenn auch sehr nett und verständnisvoll, denn Linda schien Mels Ungeduld zu verstehen.

Sie wurden Dutzenden von Leuten vorgestellt. Manche fand Mel sogar interessant und attraktiv, andere wiederum viel zu gelackt und unsympathisch. Tagsüber spielte sie die Rolle der wohlhabenden Ehefrau, die mehr als genug Zeit und Geld zur Verfügung hatte.

Die Nächte verbrachte sie mit Sebastian.

Was ihr Herz anbelangte ... nun, damit wollte sie sich vorerst nicht beschäftigen. Schließlich hatte sie einen Job zu erledigen, und wenn sie sich während dieses Auftrags verliebt hatte, dann war das ihr Problem, mit dem sie fertig werden musste.

Sie wusste, dass ihm an ihr lag, genauso wie sie wusste, dass er sie begehrte. Allerdings sorgte es sie, dass er die Frau, in deren Rolle sie geschlüpft war, so bewunderte – denn das war eine Frau, deren Existenz in dem Moment endete, in dem auch dieser Fall gelöst war.

„Nur eben nicht meine Mel." Meine Mel, hatte er gesagt. Darin lag eindeutig ein Hoffnungsschimmer, und sie war sich nicht zu schade dazu, sich daran zu klammern.

So sehr sie sich auch wünschte, dass der Fall endlich gelöst und abgeschlossen sei, so sehr fürchtete sie sich doch vor dem Tag, wenn sie wieder nach Hause zurückkehren würde. Nicht mehr verheiratet.

Auf einen Vorschlag Lindas hin organisierte Mel eine Party. Schließlich hatte sie von sich behauptet, gerne Gesellschaften zu geben, die perfekte Hausfrau zu sein und eine strahlende Gastgeberin. Und Mel versprach sich eine Menge von der Party ...

Während sie versuchte, sich in das kleine Schwarze zu zwängen, schickte sie ein Stoßgebet zum Himmel, dass sie keinen gesellschaftlichen Fauxpas begehen würde, der sie enttarnte.

Als Sebastian ins Schlafzimmer kam, fluchte sie gerade leise vor sich hin.

„Probleme, Darling?"

„Der Reißverschluss klemmt." Sie steckte nur halb in dem Kleid, erhitzt, gehetzt und gereizt wie eine Katze. Sebastian war versucht, ihr dabei zu helfen, das knappe Teil aus- anstatt anzuziehen.

Doch er zog den Reißverschluss in die Richtung, die angebracht war. Nach oben. „Da, fertig." Er griff über ihre Schulter und berührte den Anhänger an ihrem Hals. „Du trägst den Turmalin."

„Morgana hat gesagt, er ist gut gegen Stress. Und ich kann wirklich alle Hilfe gebrauchen, die ich heute Abend kriegen kann." Mit einer Grimasse schlüpfte sie in die Abendsandaletten mit den hohen Absätzen und konnte Sebastian nun fast auf gleicher Höhe in die Augen sehen. „Es ist albern, aber ich bin schrecklich nervös. Auf den Partys, die ich schmeiße, gibt es Pizza und Bier. Hast du dir mal das Zeug angesehen, das da unten aufgetischt ist?" Mel rollte ihre grünen Augen.

„Ja, und ich habe auch die Kellner des Partyservice gesehen, die sich um alles kümmern werden."

„Aber ich bin die Gastgeberin. Ich sollte über alles Bescheid wissen."

„Nein. Du bist diejenige, die den anderen sagt, was sie zu tun haben, und die dann das Lob dafür einstreicht."

Sie lächelte schwach. „Das hört sich gar nicht so schwierig an. Aber etwas muss passieren, sonst werde ich noch verrückt. Linda ergeht sich in rätselhaften Andeutungen, aber ich habe das Gefühl, dass ich seit über einer Woche nicht einen Schritt weitergekommen bin."

„Geduld. Heute Abend werden wir diesen nächsten Schritt tun."

„Was meinst du damit?" Sie hielt ihn am Ärmel fest. „Wir haben gesagt, dass wir nichts vor dem anderen zurückhalten. Wenn du etwas weißt, dann sage es mir."

„Es funktioniert nicht immer wie das perfekte Abbild der Geschehnisse. Aber ich weiß, dass die Person, nach der wir suchen, heute Abend hier sein wird. Ich werde erkennen, wer es ist. Bis jetzt haben wir das Spiel gut gespielt, Mel. Wir werden es bis zum letzten Vorhang spielen."

„Okay." Sie atmete tief durch. „Wie sieht's aus, Schmusebärchen? Sollen wir jetzt nach unten gehen und unsere Gäste begrüßen?"

Er zuckte entsetzt zusammen. „Nenn mich bloß nicht ‚Schmusebärchen'."

„Nicht? Und ich dachte, ich hätte den Bogen endlich raus." Sie stieg die ersten Stufen hinab, als die Klingel ertönte. „Oh Gott, da sind sie", flüsterte sie und presste eine Hand auf den Magen.

Ist gar nicht so wild, dachte Mel, als die Party in vollem Gange war. Jeder schien sich prächtig zu amüsieren. Im Hintergrund spielte angenehme klassische Musik – Sebastians Wahl –, die Nacht war warm und mild, sodass die großen Flügeltüren zur Terrasse offen standen und die Gäste sich in Haus und Garten verteilten. Das Büfett war köstlich, und es machte nichts, dass sie bei der Hälfte der Canapés gar nicht wusste, um was es sich handelte. Die Komplimente, die ihr gemacht wurden, nahm sie galant entgegen.

Amüsiertes Gelächter und geistreiche Konversation hallte durch alle Räume. Was wohl eine gute Party ausmachte, wie Mel annahm. Und es war schön, Sebastians Blick aufzufangen, wenn er bei den Gästen stand und zu ihr herüberblickte. Oder wenn er sie anlächelte und zu ihr herüberkam, um ihr etwas ins Ohr zu flüstern und sie dann zärtlich in den Arm zu nehmen.

Jeder, der uns sieht, kauft es uns bedingungslos ab, dachte sie. Wir sind das glücklichste Paar der Welt und unbändig verliebt ineinander.

Fast hätte sie es selbst geglaubt. Wenn sein Blick mal wieder bewundernd auf ihr lag und seine warmen Augen diese Signale aussandten, die ihr den Rücken hinaufkrochen.

Linda schwebte auf sie zu, atemberaubend in ihrem schulterfreien weißen Abendkleid. „Dieser Mann kann seine Augen einfach nicht von Ihnen lassen. Wenn er einen Zwilling hätte, würde ich meine Einstellung zur Ehe vielleicht überdenken und es noch mal auf einen Versuch ankommen lassen."

„Jemanden wie ihn gibt es nicht noch einmal." Diesmal meinte Mel es ernst. „Glauben Sie mir, Donovan ist einzigartig."

„Nun, außer dass Sie so wahnsinnig verliebt sind, geben Sie auch noch wunderbare Partys. Ihr Haus ist einfach großartig." Und gut eine halbe Million wert, wie Linda in Gedanken überschlug.

„Eigentlich verdanke ich das Ihnen. Wenn Sie mir nicht diesen hervorragenden Partyservice empfohlen hätten …"

„Ich helfe doch gern." Sie drückte Mels Hand und blinzelte ihr verschwörerisch zu. „Das meine ich ernst."

Mel verstand schnell. „Haben Sie … ich meine … konnten Sie schon … Oh, entschuldigen Sie. Aber ich kann seit Tagen an nichts anderes mehr denken."

„Versprechen kann ich nichts." Sie blinzelte wieder. „Ich möchte Ihnen jemanden vorstellen. Sie hatten doch gesagt, ich könnte jemanden einladen."

„Ja, natürlich." Jetzt war sie wieder ganz perfekte Gastgeberin. „Ich habe das Gefühl, dass dies hier genauso Ihre Party ist wie meine. Sie und Jasper sind uns in der kurzen Zeit so gute Freunde geworden."

„Wir mögen Sie beide auch sehr gern. Kommen Sie, damit ich Sie vorstellen kann." Geschickt bahnte Linda sich einen Weg durch die Menge, Mel an der Hand hinter sich herziehend. „Ah, da sind Sie ja, Harriet. Meine Liebe, ich möchte Ihnen unsere Gastgeberin und meine Freundin vorstellen, Mary Ellen Ryan. Mary Ellen, das ist Harriet Breezeport."

„Freut mich, Sie kennenzulernen." Mel schüttelte die schmale weiße Hand vorsichtig. Die Frau war weit über sechzig und zierlich, fast gebrechlich, ein Eindruck, der durch das schlohweiße Haar und die Halbbrille nur noch verstärkt wurde.

„Ich bin entzückt. Es ist ja so nett von Ihnen, uns einzuladen." Die Stimme der alten Dame war kaum mehr als ein Flüstern. „Linda hat mir schon viel von Ihnen erzählt. Das ist mein Sohn Ethan."

Er war so blass wie seine Mutter und dürr wie ein Strich. Sein Handschlag war brüsk, seine Augen schwarz und klein. Wie Vogelaugen. „Eine nette Party."

„Danke. Warum setzen Sie sich nicht, Mrs Breezeport?" Mel führte die alte Dame zu einem Stuhl. „Darf ich Ihnen etwas zu trinken bringen?"

„Oh, ein kleines Glas Wein vielleicht. Aber ich möchte keine Umstände machen. Ethan wird mir ein Glas holen. Nicht wahr, Ethan?"

„Natürlich. Ich hole dir sofort etwas. Entschuldigen Sie mich bitte."

„Er ist ein guter Junge", sagte Mrs Breezeport, als Ethan sich zum Büfett durchschlug. „Er kümmert sich so rührend um mich." Sie lächelte Mel an. „Linda hat mir erzählt, dass Sie erst kürzlich hierhergezogen sind."

„Ja, mein Mann und ich haben vorher in Seattle gelebt. Es ist ganz anders."

„In der Tat. Ethan und ich fahren öfter dorthin. Wir haben dort eine kleine Eigentumswohnung."

Sie plauderten freundlich, bis Ethan mit einem Teller ausgewählter Canapés und einem Glas Wein zurückkam. Linda hatte sich bereits diskret zurückgezogen, als Sebastian auf die drei zutrat.

„Ah, da kommt mein Mann." Mel hakte sich bei ihm ein. „Donovan, das sind Harriet und Ethan Breezeport."

Harriet reichte ihm ihre Hand. „Sie müssen entschuldigen, ich habe Ihre charmante Frau ganz für mich allein mit Beschlag belegt."

„Ich kenne dieses Bedürfnis ziemlich gut, ich tue es auch immer wieder. Um genau zu sein, ich muss Sie Ihnen für einen Moment entführen. Es gibt da ein kleines Problem in der Küche."

Er führte Mel am Ellbogen fort und, da kein einziger Ort zu finden war, wo sie hätten allein sein können, schob er sie ohne großes Aufhebens in den begehbaren Kleiderschrank.

„Donovan, was soll …?"

„Pst." In dem schwachen Licht schimmerten seine Augen sehr hell. „Das ist sie", sagte er leise.

„Wer ist was, und warum stehen wir in einem Schrank?"

„Die alte Frau. Sie ist es."

Mels Mund stand offen. „Entschuldige, aber erwartest du wirklich von mir, dass ich dir glaube, diese zierliche alte Dame sei der Kopf eines Verbrecherrings, der Babys entführt?"

„Genau." Er küsste sie auf den erstaunten Mund. „Wir sind ganz nahe dran, Sutherland."

12. KAPITEL

*M*el traf in den nächsten zwei Tagen noch zweimal mit Harriet Breezeport zusammen, einmal zum Tee und einmal auf einer anderen Party. Wenn sie nicht an Sebastian glauben würde, hätte Mel wahrscheinlich laut aufgelacht bei der Vorstellung, dass die zurückhaltende Dame mit der leisen Stimme der Kopf einer Verbrecherorganisation war. Die Idee erschien ihr absurd.

Aber sie glaubte ihm, und deshalb beobachtete sie mit Argusaugen und spielte ihre Rolle.

Devereaux hatte ihnen inzwischen die Information zukommen lassen, dass weder eine Harriet noch ein Ethan Breezeport eine Adresse in Seattle hatten, noch dass diese beiden Personen überhaupt existierten.

Doch als der lang erwartete Kontakt endlich zustande kam, war es keiner von beiden, der ihn herstellte, sondern ein braun gebrannter junger Mann mit einem Tennisschläger in der Hand. Mel hatte gerade ein Spiel mit Linda hinter sich und wartete über einem Glas Eistee darauf, dass Sebastian seine Golfrunde mit Gumm beendete. Der Mann kam auf sie zu, in blendendem Tennisweiß und mit einem ebenso blendenden Lächeln.

„Mrs Ryan?"

„Ja?"

„Mein Name ist John Silbey. Eine gemeinsame Bekannte hat mir gesagt, wer Sie sind. Haben Sie vielleicht eine Minute Zeit für mich?"

Mel zögerte, so wie ihrer Meinung nach eine verheiratete Frau wohl zögern würde, wenn ein fremder Mann sie ansprach. „Worum geht es denn?"

Er setzte sich und legte sich den Tennisschläger über die braunen Schenkel. „Mir ist klar, es ist etwas unorthodox, Mrs Ryan, aber, wie ich schon sagte, wir haben gemeinsame Bekannte. Man hat mir angedeutet, dass Sie und Ihr Mann vielleicht an meinen Diensten interessiert seien."

„So?" Sie hob scheinbar gleichgültig eine Braue, aber ihr Herz begann wie wild zu klopfen. „Sie sehen nicht aus wie ein Gärtner, Mr Silbey, obwohl mein Mann und ich verzweifelt jemanden suchen."

„Nein, wahrlich nicht." Er lachte herzhaft. „Ich fürchte, mit Ihrem Garten kann ich Ihnen nicht helfen. Ich bin Anwalt, Mrs Ryan."

„Oh." Sie bemühte sich um hoffnungsvolle Verwirrung, und offenbar gelang ihr dieser Ausdruck.

Silbey lehnte sich zu ihr vor und sprach jetzt sehr viel leiser. „Das ist sicherlich nicht der normale Weg, wie ich meine Klienten vertrete, aber man hat Sie mir gerade erst gezeigt. Deshalb dachte ich, es wäre eine gute Gelegenheit, um sich miteinander bekannt zu machen. Man sagte mir, Sie und Ihr Mann seien an einer privaten Adoption interessiert."

Mel befeuchtete ihre Lippen und schwenkte das Eis in ihrem Glas, bevor sie erwiderte: „Ich ... wir haben gehofft. Wir haben alles versucht. Es ist sehr schwierig. Alle Agenturen haben endlose Wartelisten."

„Ich verstehe."

Ja, das konnte sie sehen. Auch, dass er sehr zufrieden war, sie in diesem angeblich hoffnungslosen und aufgerüttelten emotionalen Zustand vorzufinden. Mitfühlend legte er seine Hand auf ihre.

„Wir haben es schon über einen Anwalt versucht, aber dann hat es sich in letzter Minute zerschlagen." Mel presste die Lippen zusammen. „Ich glaube nicht, dass ich das noch einmal überstehen würde."

„Es muss Sie sehr mitgenommen haben. Deshalb möchte ich auch keine Hoffnungen in Ihnen wecken, bevor wir nicht alle Details besprochen haben. Aber ich kann Ihnen sagen, dass ich bereits mehrere Frauen vertreten habe, die, aus verschiedenen Gründen, ihre Kinder in anderen Familien unterbringen wollten. Diese Frauen wünschen sich ein gutes Heim und liebende Eltern für ihre Babys. Meine Aufgabe ist es, eben solche zu finden, Mrs Ryan. Wenn mir das gelingt, ist es eine der erfüllendsten Erfahrungen, die ein Mann überhaupt machen kann."

Sicherlich auch eine der lukrativsten, dachte Mel, aber sie setzte ein zitterndes Lächeln auf. „Wir wollen einem Kind ein liebevolles Zuhause bieten, Mr Silbey. Wenn Sie uns helfen könnten ... Ich kann Ihnen gar nicht sagen, wie dankbar wir Ihnen wären."

Wieder berührte er ihre Hand. „Dann, wenn es Ihnen recht ist, sollten wir uns zusammensetzen und uns näher unterhalten."

„Wir könnten bald in Ihre Kanzlei kommen, jederzeit, wann es Ihnen passt."

„Eigentlich würde ich Sie und Ihren Mann lieber in einer weniger formellen Umgebung treffen. Bei Ihnen zu Hause wäre es am besten, dann könnte ich meiner Klientin auch direkt berichten, wie Sie leben, wie Sie als Paar sind."

„Ja, natürlich." Sie spielte die Begeisterte, während sie insgeheim dachte: Da ist gar keine Kanzlei, nicht wahr, du Ratte? „Wann immer es Ihnen recht ist ..."

„Tja, für die nächsten beiden Wochen ist mein Terminkalender leider voll ..."

„Oh." Diesmal brauchte sie die Enttäuschung nicht vorzutäuschen. „Nun, wir haben schon so lange gewartet ..."

Er unterbrach sie mit einem milden Lächeln. „Aber heute Abend könnte ich noch eine Stunde erübrigen."

„Wirklich?" Sie griff nach seiner Hand. „Das wäre wundervoll. Ich bin Ihnen ja so dankbar. Donovan und ich ... Danke, Mr Silbey."

„Ich hoffe, ich kann Ihnen helfen. Passt es um sieben Uhr?"

„Ja, natürlich." Sie presste eine Träne der Dankbarkeit hervor.

Als er sie verließ, spielte sie ihre Rolle weiter. Sie war sicher, dass sie beobachtet wurde. Sie tupfte sich mit einer Serviette die Augen und hielt sich die Hand vor die zitternden Lippen. Sebastian fand sie, als sie gerade in ihren Eistee schluchzte.

„Mary Ellen." Beim Anblick ihrer verweinten Augen und der zitternden Lippen war er sofort besorgt. „Darling, was ist denn passiert?"

Kaum hatte er ihre Hände gefasst, als ihn ein Energiestoß aus purer Aufregung fast von den Füßen geworfen hätte. Nur mit seiner immensen Willenskraft gelang es ihm, sich die Überraschung nicht anmerken zu lassen.

„Oh, Donovan." Sie rappelte sich aus dem Liegestuhl hoch und erblickte dabei Gumm, der sich ihnen näherte. „Ich mache wohl eine Szene." Lachend wischte sie sich die Tränen fort. „Entschuldigen Sie, Jasper."

„Aber nein." Galant bot er ihr sein seidenes Taschentuch. „Hat jemand Sie aufgeregt, Mary Ellen?"

„Nein, nein." Sie schluchzte ein letztes Mal auf. „Es sind gute Neuigkeiten. Ganz wunderbare Neuigkeiten. Ich reagiere einfach nur übertrieben. Würden Sie uns bitte entschuldigen, Jasper? Sagen Sie bitte Linda, dass es mir leidtut, aber ich muss mit Donovan reden. Ich möchte ihm sofort alles erzählen."

„Selbstverständlich." Er ließ sie allein, und Mel barg ihr Gesicht an Sebastians Schulter.

„Was, zum Teufel, ist hier eigentlich los?", fragte er murmelnd.

„Unser Kontakt." Sie bog den Kopf zurück, ihr Gesicht ganz tränenfeuchte Augen und zitternde Lippen. „Dieser schleimige Anwalt – falls er überhaupt Anwalt ist! – hat sich neben mich gesetzt und mir angeboten, bei einer privaten Adoption behilflich zu sein. Er sah sehr zufrieden aus."

„Das bin ich auch." Er küsste sie, weil er es wollte und weil sie ein Publikum zu bedienen hatten. „Wie geht es jetzt weiter?"

„Er will heute Abend zu uns kommen und die Details besprechen. Natürlich nur aus der Güte seines Herzens und aus Mitgefühl für eine verzweifelte Frau."

„Das ist wirklich sehr selbstlos von ihm."

„Oh ja. Ich habe vielleicht nicht deine Gabe, aber ich konnte es in seinem Kopf arbeiten sehen. Er hält mich für die perfekte Beute. Ich konnte regelrecht die Kasse in seinem Kopf klingeln hören. Lass uns nach Hause gehen. Die Luft hier ist widerlich."

„Also?", wandte sich Linda an Gumm, als sie den beiden nachsahen, wie sie Arm in Arm davongingen.

„Das ist wie Fische in einem Eimer angeln." Zufrieden rief Gumm einen Kellner herbei. „Die beiden sind so aufgedreht, dass sie ein Minimum an Fragen stellen und das Maximum an Honorar bezahlen werden. Er wird vielleicht ein bisschen vorsichtiger sein, aber er ist so verrückt nach ihr, dass er alles tun wird, um sie glücklich zu machen."

„Ach ja, die Liebe." Linda lächelte verächtlich. „Das ist wie eine Schlinge um den Hals. Ist die Ware schon lieferbar?"

Gumm bestellte zwei Drinks und steckte sich genüsslich eine Zigarette an. „Er will einen Jungen, also werde ich ihm den kleinen Gefallen tun, da er ja auch genug dafür bezahlt. Wir haben eine Krankenschwester in New Jersey, die darauf wartet, einen kräftigen Jungen direkt aus der Babystation auszusuchen."

„Gut. Weißt du, ich mag Mary Ellen. Vielleicht sollte ich eine Babyparty für sie organisieren."

„Nette Idee. Würde mich nicht wundern, wenn sie sich in ein oder zwei Jahren wieder auf dem Markt umsehen." Er blickte auf seine Armbanduhr. „Ich muss Harriet anrufen, damit sie alles in die Wege leiten kann."

„Ja, mach du das." Linda zog eine Grimasse. „Bei der alten Schachtel kriege ich immer Gänsehaut."

„Diese alte Schachtel leitet ein sehr einträgliches und absolut reibungsloses Unternehmen", erinnerte er sie.

„Stimmt. Und Geschäft ist Geschäft." Linda hob das Glas, das der Kellner für sie gebracht hatte. „Auf die zukünftigen glücklichen Eltern."

„Auf einfach verdiente fünfundzwanzigtausend Dollar."

„Darauf trinke ich noch lieber."

Mel wusste, wie sie sich zu verhalten hatte, und war bestens vorbereitet, als Silbey um Punkt sieben erschien. Ihre Hand zitterte leicht, als sie seine zur Begrüßung schüttelte. „Ich bin so froh, dass Sie kommen konnten. Mein Mann wartet schon nebenan."

Sie führte ihn in das geräumige Wohnzimmer, plauderte zwanglos. „Wir sind erst zwei Wochen in diesem Haus. Ich habe noch so viele Pläne. Oben ist ein Zimmer, das sich bestens als Kinderzimmer eignet. Ich hoffe wirklich … Donovan." Sebastian stand am Barschrank und goss gerade einen Drink in ein Glas. „Mr Silbey ist hier."

Auch Sebastian kannte seinen Part. Er gab sich reserviert und schien nervös, als er Silbey ebenfalls einen Drink anbot. Nach ein paar Höflichkeitsfloskeln setzte man sich, Mel und Sebastian nebeneinander auf das Sofa, die Finger ineinander verschlungen.

Ganz der korrekte Anwalt, ließ Silbey lässig einen ledernen Aktenkoffer aufschnappen. „Wenn ich Ihnen ein paar Fragen stellen dürfte? Um Sie besser kennenzulernen. Ist Ihnen das recht?"

Also gaben Mel und Sebastian bereitwillig Auskunft, während Silbey sich Notizen machte. Aber es war ihre Körpersprache, die mehr sagte als jedes Wort. Die schnellen, hoffnungsvollen Blicke, die kurzen Berührungen. Silbey fuhr mit seiner Befragung fort, völlig ahnungslos, dass eine Etage höher jedes Wort von zwei FBI-Beamten aufgezeichnet wurde.

Zufrieden mit dem, was er erreicht hatte, bedachte Silbey das Paar mit einem aufmunternden Blick. „Ich hoffe, ich darf das sagen, aber … meiner Meinung nach, meiner beruflichen und auch persönlichen, sind Sie die perfekten Eltern. Das Finden eines Zuhauses für ein Kind ist immer eine heikle Angelegenheit."

Er erging sich in einem Vortrag über Stabilität, Verantwortungsbewusstsein, die nötigen Voraussetzungen, um ein adoptiertes Kind großzuziehen. Mel lagen Steine im Magen, doch sie lächelte unaufhörlich.

„Ich merke, dass Sie beide sich sehr viele und sehr genaue Gedanken über einen solchen Schritt gemacht haben. Einen Punkt haben wir allerdings noch nicht angesprochen. Die Kosten. Ich weiß, es hört sich schrecklich an, einen Preis für ein Kind anzusetzen, aber das ist eine Realität, die leider akzeptiert werden muss. Es sind medizinische Rechnungen zu begleichen, ebenso eine Entschädigung für die Mutter, meine Gebühr, Gerichts- und Behördenkosten … aber darum kümmere ich mich."

„Das verstehen wir", sagte Sebastian und wünschte sich, er könnte Silbey an die Gurgel gehen.

„Es muss eine Anzahlung in Höhe von fünfundzwanzigtausend Dollar geleistet werden, danach noch einmal eine Summe von hundertfünfundzwanzigtausend. Das beinhaltet auch alle Kosten für die leibliche Mutter."

Sebastian setzte an, um etwas zu erwidern, schließlich war er der Geschäftsmann, aber Mel griff nach seiner Hand und warf ihm einen flehentlichen Blick zu.

„Das Geld wird kein Problem sein", sagte er und berührte zärtlich Mels Wange.

„Schön." Silbey lächelte. „Ich habe da eine Klientin, sehr jung und ledig. Sie will unbedingt das College zu Ende machen und hat sich zu der schwierigen Entscheidung durchgerungen, dass ein Kind zum jetzigen Zeitpunkt ihr diese Möglichkeit zerstören würde. Ich kann Ihnen den medizinischen Hintergrund der jungen Frau zukommen lassen, genauso wie den des Vaters. Sie versichert, dass nichts zurückgehalten wurde. Mit Ihrer Erlaubnis werde ich ihr von Ihnen erzählen und Sie empfehlen."

„Oh." Mel presste die Hand auf den Mund. „Oh ja, bitte."

„Um ganz offen zu sein, Sie sind genau die Eltern, die sie sich für ihr Kind gewünscht hat. Ich bin sicher, wir werden es schon bald zu einem für alle befriedigenden Abschluss bringen."

„Mr Silbey." Mel schmiegte sich eng an Sebastians Schulter. „Wann, glauben Sie, werden Sie es sicher wissen? Und das Kind ... wann können Sie uns etwas sagen?"

„Ich würde achtundvierzig Stunden ansetzen." Er lächelte milde. „Meine Klientin steht kurz vor der Niederkunft. Mein Anruf wird sie sicher sehr beruhigen."

Bevor sie Mr Silbey gemeinsam zur Tür begleiteten, vergoss Mel noch ein paar Tränen der Rührung. Sobald sie mit Sebastian allein war, brannten ihre Augen allerdings vor Wut.

„Dieser abartige, schleimige, widerliche Mistk…"

„Ich weiß." Sebastian legte ihr seine Hände auf die Schultern. „Wir kriegen sie, Mel. Alle."

„Oh ja, das werden wir", stimmte sie inbrünstig zu. „Du weißt, was das bedeutet, nicht wahr?" Sie tigerte unruhig im Zimmer auf und ab. „Sie werden irgendwo ein Baby stehlen, vielleicht sogar direkt aus einem Krankenhaus."

„Logisch, wie immer", murmelte er und beobachtete sie aufmerksam.

„Das halte ich nicht durch." Sie presste die Hand auf den Magen, weil ihr übel wurde. „Ich ertrage es nicht, dass irgendwo eine arme Frau in einem Wöchnerinnenbett liegt und sich sagen lassen muss, dass ihr Baby verschwunden ist."

„Es wird ja nicht für lange sein." Er wäre zu gern in ihre Gedanken eingetaucht, um zu erfahren, was sich in ihrem Kopf abspielte, aber er hatte sein Wort gegeben. „Uns bleibt nichts anderes, als es durchzuziehen."

„Ja." Und genau das würde sie tun. Er würde es nicht gutheißen, genauso wenig wie die FBI-Leute. Aber es gab Zeiten, da musste man einfach seinem Herzen folgen. Sie atmete tief durch. „Lass uns nachsehen, ob die Jungs oben auch alles schön aufgenommen haben. Und dann lass uns das tun, was ein glückliches Paar in einer solchen Situation tun würde."

„Was denn?"

„Wir gehen aus und laden unsere besten Freunde ein, um die guten Neuigkeiten gebührend zu feiern."

Mel saß in der Lounge des „Silver Palace", ein Glas Champagner in der Hand und ein Lächeln auf den Lippen. „Auf neue und hoch geschätzte Freunde."

Linda stieß lachend an. „Aber nein, auf die zukünftigen glücklichen Eltern."

„Wir werden Ihnen nie genug danken können." Mel sah von Linda zu Gumm. „Ihnen beiden nicht."

„Unsinn." Gumm tätschelte ihre Hand. „Linda hat doch lediglich einen Bekannten angesprochen. Wir freuen uns beide, dass eine solch kleine Geste so wunderbare Folgen hat."

„Da sind immer noch die Papiere, die unterzeichnet werden

müssen", merkte Sebastian an. „Die leibliche Mutter muss noch ihr Einverständnis geben. Ganz sicher ist die Sache noch nicht."

„Aber darüber werden wir uns heute keine Sorge machen." Linda wischte diese unwichtigen Details mit einer Handbewegung fort. „Stattdessen sollten wir eine Baby-Party planen. Ich würde sehr gern als Gastgeberin für Sie im Penthouse fungieren, Mary Ellen."

Obwohl ihr diese ständige Heulerei langsam wirklich auf die Nerven ging, brachte Mel auf Kommando Tränen in ihre Augen. „Oh, das ist so …" Die Tränen rollten, und sie stand hastig auf. „Entschuldigt mich." Völlig aufgelöst, als emotionales Wrack – eine wahre Meisterleistung! –, eilte Mel zum Waschraum. Wie sie gehofft hatte, folgte Linda ihr keine Minute später.

„Ich bin einfach eine Närrin."

„Aber nein." Linda schlang den Arm um Mels Taille. „Man sagt doch, werdende Mütter seien immer den Tränen nahe."

Mit einem zittrigen Lachen tupfte Mel sich die Augen trocken. „Wahrscheinlich. Würde es Ihnen etwas ausmachen, mir ein Glas Wasser zu besorgen, während ich in Ruhe den angerichteten Schaden wieder repariere?"

„Setzen Sie sich, ich bin gleich wieder zurück."

Mel wusste, ihr blieben knapp zwanzig Sekunden. Also handelte sie schnell. In Lindas Abendtasche kramte sie hektisch zwischen Lippenstift, Puderdose und Parfüm nach dem Schlüssel zum Penthouse. Sie ließ ihn in ihrer Hosentasche verschwinden, gerade rechtzeitig, bevor Linda mit dem Glas Wasser zurückkam.

„Danke." Mel lächelte zu Linda auf. „Vielen Dank."

Der nächste Schritt war, sich für zwanzig Minuten von der Gruppe zu entfernen, ohne Verdacht zu erregen. Mel schlug eine kleine Runde durch das Casino vor, sozusagen als Vorspeise für das Dinner. Gumm bestand darauf, die Vorbereitungen im Speisesaal selbst zu überwachen. Nach einem Blick auf ihre Uhr schaffte Mel es, sich am Würfeltisch unter die Menge zu mischen und aus Sebastians und Lindas Sichtfeld zu verschwinden.

Sie nahm den schnelleren Außenlift, darauf bedacht, ihren Rücken zur Glaswand zu halten. Das oberste Stockwerk lag ruhig da, als sie auf den Korridor trat. Noch ein Blick auf ihre Uhr, bevor sie den Schlüssel in das Schlüsselloch der Penthouse-Wohnung steckte.

Sie brauchte nicht viel. Unter den Beweisen, die sie schon gesammelt hatten, fehlte nur noch die Verbindung von Gumm und Linda zu Silbey und den Breezeports. Sie schätzte Gumm als einen Mann ein, der über alles genaue Aufzeichnungen machte – und diese irgendwo sehr clever versteckte.

Vielleicht ist es überstürzt, dachte sie, als sie auf den großen Ebenholzschreibtisch zueilte. Aber die Vorstellung, dass diese miesen Verbrecher ein Baby stehlen wollten, war ihr einfach unerträglich. Niemand sollte das durchmachen müssen, was Stan und Rose zugestoßen war. Nicht, solange sie die Möglichkeit hatte, es zu verhindern.

Im Schreibtisch fand sich nichts Interessantes. Fünf Minuten ihrer Zeit waren also vergeudet. Unbeirrt suchte sie weiter, suchte nach doppelten Böden in Schubladen, fand einen Wandsafe hinter einem präparierten Bücherregal. Wie gern hätte sie sich an dem Zahlenschloss versucht, aber dazu fehlten ihr sowohl Zeit als auch Erfahrung.

Als ihr nur noch drei Minuten blieben, fand sie, wonach sie suchte. Ganz offen und für jedermann sichtbar.

Das zweite Schlafzimmer der Suite diente Linda als repräsentativ eingerichtetes Büro. Und hier, mitten auf dem Schreibtisch, lag ein in Leder gebundenes Kontenbuch.

Auf den ersten Blick schien es nichts anderes zu sein als ein penibel geführtes Lieferregister für die Läden des Hotels. Mel hätte es fast angewidert aus der Hand gelegt, als ihr die Daten auffielen.

Ware erstanden 21.1., Tampa. Übergeben 22.1., Little Rock. Geliefert 23.1., Louisville. Nachnahme 25.1., Detroit. Kommission $10.000.

Mit flachem Atem blätterte Mel durch die Seiten.

Ware erstanden 4.5., Monterey. Übergeben 6.5., Scuttlefield. Geliefert 8.5., Lubbock. Nachnahme 11.5., Atlanta. Kommission $12.000.

David, dachte sie. Sie bemühte sich erst gar nicht, die Reihe Flüche zurückzuhalten. Da stand es, schwarz auf weiß, alle Daten, alle Städte. Babys, die wie Nachnahme-Pakete versandt wurden.

Mit zusammengepressten Lippen las sie weiter und stieß zischend den Atem aus, als sie beim letzten Eintrag angelangt war.

H.B. hat neues blaues Paket bestellt, West Blomfield, New Jersey. Abzuholen zwischen dem 22.8. und 25.8., Standardversandweg, Annahme und Restzahlung bis 31.8. Zu erwartende Kommission $25.000.

„Du Miststück", stieß Mel hervor und klappte das Buch zu. Sie hielt sich zurück, um nicht irgendeinen Gegenstand zu nehmen und gegen die Wand zu werfen. Stattdessen sah sie sich sorgfältig um, ob auch alles an seinem Platz stand. Sie wollte zur Tür gehen, als sie Stimmen hörte.

„Ach, wahrscheinlich frönt sie irgendwo ihrem nächsten Heulkrampf", sagte Linda, als sie durch die Wohnungstür hereinkam. „Er wird sie schon finden."

Mel sah sich fieberhaft um und entschied sich für den Schrank.

„Ich bin nicht unbedingt wild darauf, den ganzen Abend mit ihr zu verbringen", war jetzt Gumms Stimme zu hören. „Sie wird über nichts anderes als Windeln und Babynahrung reden."

„Das werden wir überleben, mein Lieber. Denk an das doppelte Honorar." Lindas Stimme wurde schwächer, weil sie in das gegenüberliegende Schlafzimmer ging. „Es war eine gute Idee, das Essen hier oben zu arrangieren. Je dankbarer sie sind, desto weniger werden sie nachdenken. Wenn sie das Kind erst einmal haben, werden sie sowieso keine Fragen mehr stellen."

„Das meinte Harriet auch. Sie hat Ethan beauftragt, alles Nötige in Gang zu setzen. Wunderte mich, dass sie höchstpersönlich hergekommen ist, um sich die Leute anzusehen. Aber seit der Frost-Affäre ist sie vorsichtiger geworden."

Mel versuchte gleichmäßig und ruhig zu atmen. Sie legte die Fingerspitzen auf den Stein ihres Rings und konzentrierte sich. Ein Energietransport zwischen zwei Leuten, die einander wichtig sind, das hatte er gesagt. Nun, einen Versuch war es wert. Komm schon, Donovan, beweg deinen Hintern hierher und bring am besten gleich die Kavallerie mit.

Es war riskant, das wusste sie, aber so, wie die Dinge standen, wohl die beste Lösung. Sie griff in ihre Tasche und fühlte beruhigt die Waffe darin. Nein, nicht so. Sie atmete tief durch, steckte das Kontobuch hinein, anstatt die Waffe herauszunehmen, stellte die Tasche ab und öffnete leise die Schranktür. Aufmerksam lauschte sie Lindas und Gumms Stimme.

„Sie werden die Ware in Chicago an unsere Kontaktperson übergeben", sagte Gumm jetzt.

„Ich würde ihn gern in Albuquerque übernehmen", schlug Linda vor. „Für unterwegs werde ich wohl zweitausend extra brauchen." Sie drehte abrupt den Kopf, als Mel absichtlich an einen Stuhl stieß. „Was, zum Teufel …? Was ist hier los?"

Gumm war in Sekundenschnelle in dem Raum und drehte einer sich ungelenk wehrenden Mel den Arm auf den Rücken. „Lassen Sie mich los! Jasper, Sie tun mir weh!"

„Das passiert oft mit Leuten, die in das Zuhause anderer einbrechen."

„Ich … ich wollte mich nur eine Weile hinlegen." Sie ließ ihren Blick wild hin und her schießen. „Ich dachte, es würde Ihnen bestimmt nichts ausmachen."

„Was haben wir denn hier?" Linda kam dazu.

„Eine Falle. Ich hätte es wissen müssen. Hätte es riechen müssen."

„Cops?", überlegte Linda.

„Cops?" Mit schreckgeweiteten Augen wand Mel sich. „Ich weiß nicht, wovon Sie sprechen. Ich wollte mich nur ausruhen."

„Wie ist Sie überhaupt hereingekommen?", fragte Gumm, und Mel ließ den Schlüssel aus ihrer Hand gleiten.

„Das ist meiner." Fluchend bückte Linda sich, um den Schlüssel aufzuheben. „Sie hat ihn mitgehen lassen."

„Ich weiß wirklich nicht, was das alles …"

Jasper beendete Mels Protest durch einen Schlag mit dem Handrücken, bei dem ihr Kopf zurückflog. Sie beschloss, dass es Zeit war, die eine Rolle mit der anderen zu vertauschen.

„Schon gut, schon gut, Sie müssen ja nicht gleich brutal werden." Sie schluckte laut. „Ich mache hier nur meinen Job."

Jasper schob sie unsanft in den Salon und auf das Sofa. „Und der wäre?"

„Ich bin Schauspielerin. Donovan hat mich angeheuert. Er ist Privatdetektiv." Zeit schinden, war alles, was Mel denken konnte. Denn er war auf dem Weg hierher. Sie wusste es einfach. „Ich habe nur das gemacht, was er wollte. Mir ist völlig schnuppe, was Sie hier abziehen."

Gumm nahm eine Pistole aus der Schreibtischschublade. „Was wollten Sie hier?"

„He, Mann, das Ding brauchen Sie nun wirklich nicht. Er sagte, ich solle die Schlüssel besorgen und mich hier oben umsehen. Er meinte, da seien Papiere drin." Sie deutete mit dem Kopf auf den Schreibtisch. „Das Ganze war mal was anderes für mich, wissen Sie. Außerdem zahlt er mir fünftausend Dollar dafür."

„Eine drittklassige Schauspielerin und ein Privatdetektiv." Linda schäumte vor Wut. „Was machen wir jetzt mit ihnen?"

„Das, was gemacht werden muss."

„He, hören Sie, lassen Sie mich einfach gehen, ja? Ich meine, ich muss ja nicht in diesem Bundesstaat bleiben, oder?" Mel versuchte es mit plumpem Charme. „Sicher, es war toll, solange es gedauert hat, die Kleider, die Umgebung und alles, aber alle guten Dinge haben mal ein Ende, und ich will keinen Ärger haben. Ich habe nichts gehört und nichts gesehen, einverstanden?"

„Sie haben genug gehört und gesehen."

„Ich habe ein schrecklich schlechtes Gedächtnis."

„Halten Sie den Mund", fauchte Linda.

„Wir müssen Harriet sofort kontaktieren. Sie ist in Baltimore und kümmert sich um die letzten Details." Gumm fuhr sich nervös durchs Haar. „Sie wird nicht sehr glücklich sein. Sie wird der Krankenschwester absagen müssen. Mit einem Kind ohne einen Käufer können wir nichts anfangen."

„Fünfundzwanzigtausend Dollar in den Sand gesetzt." Linda warf Mel einen vernichtenden Blick zu. „Wissen Sie, ich mochte Sie sogar, Mary Ellen." Sie ging zu Mel, legte ihr eine Hand an den Hals und drückte zu. „Aber jetzt wird es mir Vergnügen bereiten zu wissen, dass Jasper sich um Sie kümmert."

„He, Moment mal …"

„Mund halten." Linda schubste Mel aufs Sofa zurück. „Du solltest besser noch heute Abend jemanden besorgen, der das erledigt. Den Privatdetektiv auch. Ich denke, wir sollten uns etwas in ihrem Haus einfallen lassen. Eine hübsche Mord-Selbstmord-Kombination vielleicht."

„Ich kümmere mich darum."

Als ein Klopfen an der Tür ertönte, versuchte Mel sich aufzurappeln, doch wie erwartet legte Linda ihr sofort eine Hand über den Mund.

„Zimmerservice, Mr Gumm."

„Das verfluchte Dinner", murmelte er. „Bring sie ins andere Zimmer und sorge dafür, dass sie still ist. Ich übernehme das hier."

„Mit Vergnügen." Linda nahm die Pistole, die Gumm ihr reichte, und winkte Mel damit ins Schlafzimmer.

Gumm öffnete die Tür und deutete dem Kellner, den Rollwagen hereinzufahren. „Sie brauchen nicht aufzutragen. Unsere Gäste sind noch nicht eingetroffen."

„Oh doch, sind sie." Sebastian schlenderte lässig herein. „Jasper, ich möchte Ihnen Special Agent Devereaux vom FBI vorstellen."

Im angrenzenden Raum fluchte Linda laut, und Mel grinste.

„Entschuldigen Sie", sagte sie, trat der abgelenkten Linda hart auf den Fuß und schlug ihr die Waffe aus der Hand. Mel atmete tief durch.

„Sutherland", Sebastian erschien im Türrahmen, „du wirst einiges erklären müssen."

„Sofort." Sie hatte schon lange ein Bedürfnis unterdrückt, das sie nun endlich befriedigen konnte. Sie holte aus und versetzte Linda eine schallende Ohrfeige. „Die ist für Rose."

Nein, Sebastian war alles andere als zufrieden mit Mel. Das machte er den restlichen Abend über sehr klar, trotz all ihrer Erklärungen. Devereaux war auch nicht gerade begeistert, obwohl Mel das für recht kleinlich hielt. Schließlich hatte sie ihm sämtliche Beweise übergeben. Alles, was fehlte, waren Geschenkpapier und Schleife.

Vermutlich hatte Sebastian sogar ein Recht darauf, sauer zu sein. Sie war allein vorgeprescht, ohne ihn. Aber schließlich war das ihr Beruf, und sie war erfahren genug. Außerdem war doch alles genau so gelaufen, wie sie sich das vorgestellt hatte. Wo also lag das Problem? Worüber regte er sich noch so auf?

Genau diese Frage hatte sie ihm mehrfach gestellt, als sie nach Monterey zurückgeflogen waren und er sie vor ihrem Büro abgesetzt hatte.

Als Antwort hatte sie lediglich finstere Blicke von ihm erhalten. Und das Letzte, was er zu ihr gesagt hatte, ließ sie sich mies vorkommen und hatte sie endgültig zum Schweigen gebracht: „Ich habe mein Wort gehalten, Mary Ellen. Du deines nicht. Es geht hier um Vertrauen."

Das war vor zwei Tagen gewesen. Jetzt saß Mel an ihrem Schreibtisch und brütete vor sich hin. Von Sebastian hatte sie nicht einmal ein „Piep" gehört.

Sie hatte ihren Stolz überwunden und angerufen, aber nur den Anrufbeantworter erreicht. Nein, sie glaubte nicht, dass sie zu einer Entschuldigung verpflichtet war, aber immerhin wollte sie ihm die Chance geben, vernünftig zu sein.

Sie überlegte, ob sie bei Morgana oder Ana vorbeischauen sollte. Vielleicht könnten sie ja vermitteln. Aber das wäre schwach. Sie wollte die Dinge zwischen Sebastian und sich wieder ins rechte Lot bringen.

Nein, so stimmte das nicht. Sie wollte viel mehr.

Sie stieß sich im Stuhl vom Schreibtisch ab. Sie würde Sebastian auftreiben und nötigenfalls an der Wand festnageln. Er würde ihr zuhören.

Auf der gewundenen Straße hinauf zu seinem Hügel ging sie in Gedanken immer wieder durch, was sie ihm sagen wollte und wie sie es ihm sagen wollte. Sie versuchte es auf die entschlossene Art, auf die ruhige, ernste und spielte sogar kurz mit der betretenen, reumütigen. Da ihr das alles nicht passend erschien, entschied sie sich schließlich für die aggressive. Sie würde an seine Tür hämmern und ihm klipp und klar zu verstehen geben, dass sie sein Schweigen unmöglich fand. Dass sie keine Lust mehr hatte, sich weiter von ihm schneiden zu lassen.

Und sollte er nicht zu Hause sein, würde sie eben warten.

Sebastian war zu Hause. Allerdings war er nicht allein, wie Mel feststellen musste, sobald sie vor seinem Haus vorfuhr. Da standen bereits drei andere Autos, eines davon musste die längste Limousine sein, die die Welt je gesehen hatte.

Mel stieg aus, blieb neben ihrem Wagen stehen und fragte sich, was jetzt wohl zu tun sei.

„Habe ich es dir nicht gesagt?"

Mel drehte sich um und erblickte eine hübsche rundliche Frau in einem Cocktailkleid.

„Eine Blondine mit grünen Augen." Die Befriedigung in der Stimme der Frau war nicht zu überhören. „Ich wusste, dass ihn etwas beschäftigt."

„Stimmt, meine Liebe." Der Mann neben ihr war groß und hager, dramatische Geheimratsecken verliehen ihm eine hohe Stirn. Eine auffallende Erscheinung in Reiterhosen und kniehohen Stiefeln. Ein Monokel baumelte um seinen Hals und blitzte im Licht auf. „Aber ich war es, der dir gesagt hat, dass es um eine Frau geht."

„Wie auch immer." Die Frau kam mit ausgestreckten Händen auf Mel zugeeilt. „Hallo, hallo und willkommen. Wie geht es Ihnen?"

„Danke. Ich … äh … suche nach …"

„Aber natürlich", unterbrach die Frau mit einem heiteren Lächeln. „Das kann jeder sehen, nicht wahr, Douglas?"

„Hübsch", antwortete er stattdessen. „Und nicht so leicht aus der Fassung zu bringen." Er musterte sie aus Augen, die so sehr Sebastians ähnelten, dass Mel zwei und zwei zusammenzuzählen begann. „Er hat uns nichts von Ihnen erzählt. Das allein besagt genug."

„Ja, wahrscheinlich", sagte Mel nach einem Moment. Ihr Mut sank. Ein Familientreffen war nicht der richtige Augenblick für eine Konfrontation. „Ich möchte nicht stören, wenn er Besuch hat. Wenn Sie ihm bitte nur sagen würden, dass ich hier war."

„Unsinn. Ach, übrigens, ich bin Camilla, Sebastians Mutter." Sie hakte Mel unter und ging mit ihr in Richtung Haus. „Ich kann verstehen, dass Sie sich in ihn verliebt haben. Ich meine, ich liebe ihn ja selbst schon seit Jahren."

In Panik suchte Mel nach einer Fluchtmöglichkeit. „Nein, ich … Das hat nichts … Ich glaube wirklich, ich sollte später wiederkommen."

„Es gibt keinen besseren Zeitpunkt als das Jetzt." Douglas versetzte ihr einen freundlichen Schubs zur Tür hinein. „Sebastian, sieh, was wir dir mitgebracht haben." Er klemmte das Monokel ins Auge und sah sich mit dem einen Eulenauge um. „Wo steckt dieser Junge nur wieder?"

„Oben." Morgana kam aus der Küche. „Er wird wohl … Oh, hallo."

„Hi." Der frostige Unterton in Morganas Stimme bestätigte Mel nur, dass sie besser nicht hätte kommen sollen. „Ich wollte sowieso wieder gehen. Ich wusste nicht, dass die Familie zu Besuch ist."

„Manchmal schneien sie einfach unangemeldet herein." Nach einem genaueren Blick in Mels Augen wurde Morganas Lächeln herzlicher. „Wohl voll ins Fettnäpfchen getreten, was?", murmelte sie ihr zu. „Das passiert manchmal. Er wird sich schon wieder beruhigen."

„Ich denke, ich sollte wirklich …"

„Den Rest der Familie kennenlernen", mischte Camilla sich fröhlich ein und hielt Mels Arm mit eisernem Griff, während sie sie zur Küche zog.

Wohlgerüche lagen in der Luft, der Raum war voller Leben und Menschen. Eine würdevolle große Frau stand am Herd und rührte in einem Topf. Nash saß auf einem Hocker neben einem schlanken Mann mit stahlgrauem Haar. Als der Mann den Kopf hob und sie anschaute, kam Mel sich vor wie eine aufgespießte Motte.

„Hallo, Mel." Nash winkte ihr zu, und dann gab es kein Entrinnen mehr. Camilla übernahm die Vorstellung.

„Mein Schwager Matthew", sagte sie und deutete auf den Mann neben Nash. „Meine Schwester Maureen am Herd." Maureen hob kurz die Hand und schnupperte an ihrem Eintopf. „Und meine Schwester Bryna."

„Hallo." Die Frau, die genauso umwerfend aussah wie Morgana, kam auf sie zu und nahm ihre Hand. „Ich hoffe, Sie sind nicht zu überrumpelt von all dem hier. Wir haben heute Morgen ganz spontan beschlossen zu kommen."

„Nein, nein … Ich will nicht stören. Am besten sollte ich …"

Doch da war es zu spät. Sebastian kam herein, flankiert von Ana und einem kleinen untersetzten Mann mit lustig funkelnden Augen.

„Ah, Sebastian." Bryna hielt immer noch Mels Hand. „Sieh nur, noch mehr Besuch. Mel, das ist Padrick, Anas Vater."

Es war sehr viel einfacher, Anas Vater anzusehen als Sebastian. „Freut mich, Sie kennenzulernen."

Padrick kam schnurstracks auf sie zu und kniff sie leicht in die Wange. „Bleiben Sie zum Essen. Sie müssen ein bisschen Fleisch auf die Knochen kriegen. Maureen, meine Mondblume, was gibt es denn Gutes?"

„Ungarisches Gulasch."

Padrick zwinkerte lustig. „Und garantiert kein einziges Molchauge darin."

„Nun, ich danke für die Einladung, aber ich kann wirklich nicht bleiben." Mel nahm ihren Mut zusammen und sah Sebastian an. „Es tut mir leid …" Sie begann zu stottern, als er sie nur aus diesen ruhigen, undurchdringlichen Augen anstarrte. „Ich meine … ich hätte vorher anrufen sollen. Tja, dann werde ich mich wohl besser auf den Weg machen …"

„Entschuldigt uns." Sebastian griff ihren Arm, als sie an ihm vorbeihuschen wollte. „Mel hat das Fohlen seit der Geburt nicht mehr gesehen."

Es war feige, das wusste sie. Trotzdem warf sie einen Blick auf die vielsagend lächelnde Gruppe zurück. „Aber deine Gäste …"

Besagte Gäste drängten sich bereits sämtlich ans Küchenfenster, um alles genauestens mitverfolgen zu können.

„Familie bezeichnet man nicht als Gäste. Und da du den ganzen Weg hierhergekommen bist, kann ich mir vorstellen, dass du etwas zu sagen hast."

„Das würde ich auch, wenn du endlich aufhören könntest, an mir herumzuzerren."

„Fein." Er hielt kurz vor der Weide an, auf der das Fohlen eifrig säugte. „Also, spuck's aus."

„Ich wollte … Ich habe mit Devereaux geredet. Linda hat sich auf einen Deal eingelassen und ausgesagt. Sie haben genug Beweise, um Gumm und die Breezeports für eine lange Zeit hinter Gittern verschwinden zu lassen. Und sie haben auch noch andere, die mitgemacht haben, so wie Silbey."

„Das weiß ich."

„Oh … nun ja … ich war nicht sicher." Sie vergrub die Hände in den Hosentaschen. „Es wird dauern, bis man alle Kinder ausfindig gemacht hat und zurückbringen kann, aber … Es hat funktioniert!", sprudelte sie hervor. „Ich weiß nicht, warum du so sauer bist!"

Seine Stimme war trügerisch ruhig. „Wirklich nicht?"

411

„Ich habe getan, was ich für das Beste hielt." Sie kickte einen imaginären Ball und lehnte sich an den Zaun. „Sie hatten alles vorbereitet, um noch ein Kind zu stehlen. Es stand in dem Buch."

„Das Buch, das du gefunden hast, als du allein in das Penthouse eingedrungen bist."

„Wenn ich dir gesagt hätte, dass ich da reingehe, hättest du versucht, mich aufzuhalten."

„Falsch. Ich hätte dich ganz bestimmt aufgehalten."

Sie sah ihn mit gerunzelter Stirn an. „Na bitte. Mit meiner Art habe ich eine Menge Kummer verhindert."

„Und bist ein viel größeres Risiko eingegangen." Der Ärger, den er bis jetzt hatte zurückhalten können, loderte auf. „Du hast einen Bluterguss an der Wange."

„Das ist einkalkuliertes Berufsrisiko", fauchte sie zurück. „Außerdem ist es meine Wange."

„Herrgott, Sutherland! Sie hatte eine Waffe auf dich gerichtet."

„Nicht einmal eine Minute lang. Verflucht, Donovan, wenn der Tag kommt, an dem ich mit verweichlichten Weibsbildern wie Linda Glass nicht mehr fertig werde, gehe ich in Rente! Ich habe es dir zigmal erklärt: Ich konnte nicht zulassen, dass sie noch ein Baby stehlen, deshalb habe ich gehandelt." Ihre Augen sprachen Bände, und sein Ärger flachte etwas ab. „Ich weiß, was ich tue. Ich weiß auch, dass es scheint, als hätte ich dich ausgeschlossen. Aber das stimmt nicht. Ich habe dich gerufen."

Er wollte sich durch tiefes Atemholen beruhigen, aber es zeigte keine sehr große Wirkung. „Was, wenn ich zu spät gekommen wäre?"

„Du bist aber nicht zu spät gekommen. Also, wo ist das Problem?"

„Das Problem ist, dass du mir nicht vertraust."

„So ein Quatsch! Wem anders habe ich denn vertraut als dir, als ich in diesem Schrank stand und mit dem Ring versucht habe, dich und das FBI zu rufen? Wenn ich dir nicht vertraut hätte, hätte ich versucht, mich mit dem Buch zur Tür hinauszuschleichen." Sie griff ihn am Hemdkragen und schüttelte ihn. „Nur weil ich dir vertraut habe, habe ich das getan. Da zu bleiben, mich entdecken zu lassen. Weil ich wusste, dass du kommen würdest. Ich habe schon einmal versucht, dir das zu erklären. Ich wusste, dass sie in dieser Situation Dinge vor mir zugeben würden, die Devereaux nützen. Mit dem Buch als Beweis haben wir sie."

Er drehte sich um, versuchte, ruhiger zu werden. So verärgert er auch war, er sah die Wahrheit darin. Vielleicht war es nicht die Art Vertrauen, die er erwartet hatte, aber es war Vertrauen. „Du hättest verletzt werden können."

„Ich kann jederzeit verletzt werden, wenn ich einen Fall übernehme. Aber das ist es, was ich tue. Das ist es, was ich bin." Sie schluckte, wollte den Kloß aus ihrer Kehle verschwinden lassen. „Ich muss dich akzeptieren, so wie du bist. Und glaub mir, das ist nicht einfach. Wenn wir … Freunde bleiben wollen, gilt das Gleiche auch für dich."

„Schon möglich. Aber ich mag deinen Stil nicht."

„Und ich deinen nicht!" Sie blinzelte wütend die unwillkommenen Tränen weg.

Derweil schüttelte Camilla am Küchenfenster den Kopf. „Er war schon immer so unglaublich dickköpfig."

„Zehn Pfund, dass sie ihn weich klopft." Padrick kniff seiner Frau liebevoll ins Hinterteil. „Zehn Pfund – und keine Tricks."

„Pst", mischte Ana sich ein. „Wir hören doch sonst nichts."

Mel stieß ein unsicheres kleines Lachen aus. „Na ja, zumindest wissen wir jetzt, woran wir sind. Und es tut mir leid."

„Wie bitte?" Er drehte sich zu ihr und war überrascht über die Tränen, die über ihre Wangen liefen. „Mary Ellen … Was ist denn …"

„Nein!" Mit dem Handrücken wischte sie die Tränen unwirsch fort. „Ich muss tun, was ich für richtig halte, aber es tut mir leid, dass du so wütend auf mich bist, weil ich … Oh, wie ich das hasse!" Sie wich ihm aus, als er ihr Gesicht in seine Hände nehmen wollte. „Ich bin überzeugt, das Richtige getan zu haben. Und ich will auch nicht getröstet werden, nur weil ich mich wie ein kleines Kind benehme. Du bist stinksauer, und ich versteh das sogar. Ich nehme es dir auch nicht übel, dass du mich wie eine heiße Kartoffel hast fallen lassen."

„Fallen lassen?" Fast hätte er gelacht. „Ich habe mich von dir ferngehalten, weil ich mir erst sicher sein musste, mich wieder so weit unter Kontrolle zu haben, dass ich dir bei unserem nächsten Treffen nicht sofort den Hals umdrehe oder dir ein Ultimatum stelle, das du mir nur ins Gesicht zurückgeschleudert hättest."

„Egal." Sie schniefte und verfügte wieder über etwas mehr Fassung. „Ich vermute, ich habe dich verletzt. Das wollte ich nicht."

Er lächelte ein wenig. „Dito."

„Okay." Es musste doch einen Weg geben, sich einen Rest an Würde zu bewahren ... „Ich wollte das eigentlich nur klären und dir sagen, dass ich glaube, wir haben gute Arbeit geleistet. Jetzt, da alles erledigt ist, sollte ich das hier wohl besser wieder zurückgeben." Es war das Schwerste, was sie je getan hatte – sich seinen Ring vom Finger zu ziehen. „Sieht aus, als würden die Ryans sich scheiden lassen."

„Ja." Er nahm den Ring von ihr und hielt ihn in der Hand, während er überlegte. Er brauchte nicht in ihren Kopf einzutauchen, um zu sehen, dass sie litt. Es mochte nicht sehr edelmütig sein, aber es befriedigte ihn doch erheblich, dass dem so war. „Schade eigentlich." Er fuhr mit den Fingerknöcheln über ihre Wange. „Aber wenn ich es mir recht überlege, du gefällst mir besser als sie."

Sie blinzelte. „Wirklich?"

„Ja, viel besser sogar. Sie begann mich zu langweilen. Sie hat sich nie mit mir gestritten, und ständig ließ sie sich die Nägel maniküren." Zart legte er die Hand in ihren Nacken. „In diesen Jeans hätte sie sich bestimmt nie in der Öffentlichkeit gezeigt."

„Eher wäre sie tot umgefallen." Mel ließ es geschehen, dass er sie zu sich heranzog, sie küsste. Sie begann zu zittern, fühlte die Tränen wieder aufsteigen, als sie die Arme um ihn schlang.

„Sebastian, ich brauche …" Sie schmiegte sich fester an ihn, als sie ihre Lippen auf seinen Mund presste.

„Sag es mir."

„Ich will … Oh Himmel, du machst mir Angst." Sie lehnte den Kopf zurück, ihre Augen waren feucht und blickten gehetzt. „Kannst du nicht einfach meine Gedanken lesen? Bitte? Sieh einfach nach, was ich fühle."

Seine Augen wurden dunkel, er umfasste ihr Gesicht mit beiden Händen und sah. Sah alles, worauf er gehofft und gewartet hatte. „Noch mal", murmelte er, doch dieses Mal war der Kuss sanft und zärtlich. „Warum kannst du es mir nicht sagen? Wieso kannst du die Worte nicht aussprechen? Sie sind die reinste Magie von allem."

„Ich will nicht, dass du dich gedrängt fühlst. Es ist nur so, dass ich …"

„Dass du mich liebst", beendete er den Satz für sie.

„Ja." Sie brachte ein schwaches Lächeln zustande. „Du kannst mir vorwerfen, dass ich die Grenzen verwischt habe. Eigentlich wollte ich das gar nicht ansprechen, aber dann schien es mir doch angebracht. Es ist nur fair, wenn ich den ersten Schritt mache. Allerdings ein schlechter Zeitpunkt, wenn du das Haus voller Leute hast."

„Die sich alle die Nase am Küchenfenster platt drücken und es mit der gleichen Freude verfolgen, die ich empfinde."

„Wen meinst …" Sie wirbelte herum, lief rot an und stolperte ein paar Schritte rückwärts. „Oh Gott, ich kann nicht glauben, dass ich das getan habe! Ich muss gehen. Wirklich." Sie fuhr sich durch das Haar. Und sah den Ring an ihrem Finger. Während sie noch fassungslos darauf starrte, trat Sebastian zu ihr heran.

„Ich habe diesen Stein an Morgana gegeben. Ein Stein, den ich mein ganzes Leben wie einen Schatz gehütet habe. Ich bat sie, einen Ring daraus machen zu lassen. Für dich. Weil du die einzige Frau bist, die diesen Stein tragen soll. Du bist die einzige Frau, mit der ich mein Leben teilen will. Zweimal habe ich dir diesen Ring jetzt an den Finger gesteckt, und beide Male war es eine Bitte an dich." Er bot ihr seine Hand. „Niemand, zu keiner Zeit, wird dich je mehr lieben als ich."

Die Tränen waren längst getrocknet, und plötzlich war Mel ganz ruhig. „Meinst du das ernst?"

Sebastian begann zu grinsen. „Nein, Sutherland, ich habe gerade das Blaue vom Himmel heruntergelogen."

Lachend warf sie sich in seine Arme. „Das ist wirklich Pech für dich. Ich habe nämlich Zeugen." Der Applaus von der Küche her ließ sie noch lauter lachen. „Oh, Donovan, wenn du wüsstest, wie sehr ich dich liebe. Und ich werde mein Bestes geben, um dein Leben so interessant wie möglich zu machen."

Er drehte sich mit ihr im Kreis. „Das weiß ich schon." Nach einem langen Kuss nahm er sie bei der Hand. „Komm und lerne meine Familie noch einmal kennen. Wir alle haben auf dich gewartet."

– ENDE –

Lesen Sie auch:

Marie Force

D.C. Affairs: Fatales Geheimnis

Im Buchhandel erhältlich

Band-Nr. 25721
7,99 € (D)
ISBN: 978-3-86278-855-2

Vor dem Büro des Chiefs strich Detective Sergeant Sam Holland über ihre karamellfarbenen Haare, die sie während der Arbeit mit einer Spange bändigte, kniff sich in die Wangen, damit sie nicht so blass aussahen, und zupfte ihre graue Kostümjacke zurecht, die sie über einem roten Top mit Rundhalsausschnitt trug.

Um ihre Nerven und ihren chronisch nervösen Magen zu beruhigen, atmete sie tief durch, ehe sie die Tür öffnete und in den Raum schritt. „Gehen Sie gleich hinein, Sergeant Holland. Er wartet auf Sie."

Na fabelhaft, dachte Sam und lächelte der Rezeptionistin kurz zu. Sie unterdrückte den Impuls, einfach umzudrehen und wegzurennen, und trat ein.

„Sergeant." Der Chief, den sie einst Onkel Joe genannt hatte, stand auf und kam hinter seinem riesigen Schreibtisch hervor. Mit einem festen Händedruck begrüßte er sie. Seine grauen Augen musterten sie besorgt und mitfühlend. Beides war neu seit dem „Zwischenfall". Wie dem auch sei, es wurmte sie. „Sie sehen gut aus."

„Ich fühle mich auch gut."

„Freut mich, zu hören." Er bedeutete ihr, sich zu setzen. „Kaffee?"

„Nein, danke."

Er schenkte sich eine Tasse ein. „Ich habe mir Sorgen um Sie gemacht, Sam."

„Das tut mir leid, und auch, dass ich die ganze Abteilung blamiert habe." Das war ihre erste Gelegenheit, persönlich mit ihm zu sprechen, seit sie nach einem Monat Beurlaubung zurückgekehrt war. Während dieser vier Wochen hatte sie den Satz wieder und wieder geübt. Sie hoffte, aufrichtig und überzeugend geklungen zu haben.

„Sam", meinte er seufzend und nahm ihr gegenüber Platz, den Becher in den großen Händen haltend. „Sie haben nichts getan, was Ihnen oder der Abteilung peinlich sein müsste. Jeder macht mal Fehler."

„Aber nicht jeder macht Fehler, die zu einem toten Kind führen, Chief."

Lange betrachtete er sie schweigend, als würde er über eine Entscheidung nachdenken. „Senator John O'Connor wurde heute Morgen ermordet in seiner Wohnung aufgefunden."

„Um Himmels willen! Was genau ist passiert?"

„Ich habe noch nicht alle Details. Aber nach allem, was man mir bisher gesagt hat, wurde er offenbar verstümmelt und in den Hals gestochen. Der Stabschef hat ihn entdeckt."

„Nick", sagte sie leise.

„Wie bitte?"

„Nick Cappuano ist O'Connors Stabschef."

„Kennen Sie ihn?"

„Kannte. Doch das ist Jahre her", fügte sie hinzu, verblüfft und beunruhigt, dass die Erinnerung an ihn nach wie vor Macht über sie hatte. Allein seinen Namen auszusprechen beschleunigte ihren Herzschlag.

„Ich gebe Ihnen den Fall."

Es erstaunte Sam, dass man sie so unvermittelt wieder mit echter Arbeit beauftragte. Darum musste sie die eine Frage stellen: „Warum mir?"

„Weil Sie es brauchen, und ich auch. Wir benötigen beide ein Erfolgserlebnis."

Die Presse hatte ihn schonungslos attackiert, Sam, die Abteilung. Allerdings ihn das aussprechen zu hören, tat weh. Ihr Vater war zusammen mit Farnsworth aufgestiegen, was wahrscheinlich der Hauptgrund dafür war, dass sie ihren Job nach wie vor hatte. „Ist das ein Test? Ich finde heraus, wer den Senator getötet hat, und meine Sünden sind mir vergeben?"

Er setzte seinen Kaffeebecher ab und lehnte sich nach vorn, die Ellbogen auf die Knie gestützt. „Die einzige Person, die Ihnen vergeben muss, sind Sie selbst."

Wütend über die Emotionen, die seine Worte in ihr auslösten, räusperte sie sich und erhob sich. „Wo wohnt O'Connor?"

„Im Watergate-Komplex. Zwei Uniformierte sind bereits

dort. Die Spurensicherung ist unterwegs." Er reichte ihr einen Zettel mit der Adresse. „Ich muss Ihnen nicht erklären, dass der Fall äußerste Diskretion verlangt."

Ebenso wenig musste er hinzufügen, dass dies ihre einzige Chance zur Wiedergutmachung war.

„Wird das FBI nicht beteiligt sein wollen?"

„Kann sein, nur fällt das nicht in ihre Zuständigkeit. Und das wissen die auch. Sie werden mir trotzdem im Nacken sitzen, also berichten Sie mir direkt. Ich will alles wissen, und zwar zeitnah. Ich spreche es mit Stahl ab", fügte er hinzu und meinte damit den Lieutenant, dem sie normalerweise Bericht erstattete.

Auf dem Weg zur Tür fiel ihr noch etwas ein. „Ich werde Sie nicht enttäuschen."

„Das haben Sie noch nie."

Die Hand auf dem Türknopf, drehte sie sich zu ihm um. „Sprechen Sie als Chef der Abteilung oder als Onkel Joe?"

Ein kurzes, aber aufrichtiges Lächeln erschien auf seinem Gesicht. „Beides."

Nick saß unter den wachsamen Augen der beiden Polizisten auf Johns Sofa. Sein Verstand arbeitete fieberhaft an den niederschmetternd zahlreichen Dingen, die zu erledigen, den Details, die zu berücksichtigen, den Leuten, die anzurufen waren. Ununterbrochen klingelte sein Handy, doch er ignorierte es, nachdem er entschieden hatte, mit niemandem mehr zu sprechen, bevor er Johns Eltern gesehen hatte. Vor fast zwanzig Jahren hatten sie den vom Schicksal gebeutelten Stipendiaten, den ihr Sohn für ein Wochenende aus Harvard mitbrachte, sofort ins Herz geschlossen und ihn praktisch in die Familie aufgenommen. Nick schuldete ihnen so viel, darum sollten sie, wenn möglich, die Nachricht vom Tod ihres Sohnes auch von ihm erhalten.

Er fuhr sich durch die Haare. „Wie lange noch?"

„Die Detectives sind unterwegs."

Zehn Minuten später hörte Nick sie, ehe er sie sah. Hektische Aktivität und eine plötzlich energiegeladene Atmosphäre ging dem Eintreten der Detectives voran. Er unterdrückte ein Stöhnen. Reicht es denn nicht, dass mein Freund und Chef ermordet worden ist? Muss ich jetzt auch noch ihr gegenübertreten? Gibt es hier nicht Tausende von anderen Cops? Ist sie wirklich der einzig verfügbare?

Sam strahlte beim Betreten des Apartments sofort Autorität und Kompetenz aus. Angesichts ihrer jüngsten Probleme überraschte Nick das. „Klebt Absperrband vor die Tür", befahl sie einem der Officer. „Und führt Protokoll darüber, wer wann hier auftaucht. Niemand kommt oder geht ohne mein Okay. Verstanden?"

„Ja, Ma'am. Der Patrol Sergeant ist auf dem Weg, zusammen mit Deputy Chief Conklin und Detective Captain Malone."

„Sagen Sie mir Bescheid, sobald sie hier sind." Ohne einen Blick in Nicks Richtung schritt sie durch das Apartment und verschwand im Schlafzimmer. Ein junger gut aussehender Detective mit zerwühltem Haar folgte ihr und grüßte Nick knapp.

Nick hörte Stimmengemurmel aus dem Schlafzimmer und bemerkte einen Kcamerablitz. Fünfzehn Minuten später tauchten die beiden wieder auf, beide sichtlich blasser. Aus irgendeinem Grund verschaffte es ihm Genugtuung, dass die mit dem Fall betrauten Detectives nicht so abgebrüht waren, um unberührt vom Anblick des Mordopfers zu bleiben.

„Kümmer dich um die Überprüfung des Gebäudes", wies Sam ihren Kollegen an. „Wo zur Hölle bleibt die Spurensicherung?"

„Die hängt bei einem anderen Mord fest", informierte einer der anderen Polizisten sie.

Endlich wandte sie sich an Nick, und nichts in ihren hellblauen Augen wies darauf hin, dass sie ihn wiedererkannte oder sich an ihn erinnerte. Die Tatsache allerdings, dass sie sich weder vorstellte noch nach seinem Namen fragte, verriet ihm, dass sie sehr genau wusste, wer er war. „Wir brauchen Ihre Fingerabdrücke."

„Sind in der Akte", murmelte er. „Zuverlässigkeitsüberprüfung der Kongressmitarbeiter."

Sam schrieb etwas in ein kleines Notizbuch, das sie aus der

Gesäßtasche ihrer grauen figurbetonten Hose zog. Ihr schönes Gesicht schien sich seit ihrer letzten Begegnung nicht verändert zu haben. Er vermochte nicht zu sagen, ob ihr Haar noch so lang war wie früher, da sie es mit einer Klammer zurückgebunden hatte. Auch hatte sie immer noch einen wohlgeformten Körper und diese langen Beine.

„Kein gewaltsames Eindringen", stellte sie fest. „Wer hat einen Schlüssel? Und wer hat keinen? Ich brauche eine Liste. Ich nehme an, Sie haben einen Schlüssel?"

„Ja, so bin ich hereingekommen."

„War er mit jemandem zusammen?"

„Nicht fest, aber er hatte keine Probleme, weibliche Gesellschaft zu finden." Nick verschwieg, dass Johns lässiger Umgang mit Frauen und Sex für Spannungen zwischen den beiden Männern gesorgt hatte, da er befürchtet hatte, Johns Privatleben könne eines Tages problematisch für seine politische Karriere werden. Dass es auch zu einem Mord führen könnte, hatte er allerdings nicht erwartet.

„Wann haben Sie ihn zum letzten Mal gesehen?"

„Als er gestern Abend das Büro verließ, um zu einem Essen mit den Virginia-Demokraten zu gehen. Das muss gegen halb sieben gewesen sein."

„Haben Sie mit ihm gesprochen?"

„Erst gegen zehn, als er mich darüber informierte, dass er auf dem Heimweg war."

„Allein?"

„Hat er nicht gesagt, und ich habe nicht gefragt."

„Erzählen Sie mir, was heute Morgen passiert ist."

Er lieferte ihr eine Kurzfassung der Ereignisse und schloss damit, dass er geglaubt hatte, der Senator habe wieder einmal seinen Wecker nicht gehört.

„Das ist also nicht zum ersten Mal passiert?"

„Dass er ermordet wurde schon."

Sie wirkte kein bisschen amüsiert. „Halten Sie das für komisch, Mr Cappuano?"

„Wohl kaum. Mein bester Freund ist tot, Sergeant. Ein Senator der Vereinigten Staaten. Ermordet. Daran ist überhaupt nichts Komisches."

„Dann sollten Sie sich auch darauf beschränken, die Fragen zu beantworten, und sich Ihren schrägen Humor für einen geeigneteren Zeitpunkt aufsparen."

Nach dieser Zurechtweisung erklärte Nick: „Er verschlief mindestens einmal im Monat den Wecker und das klingelnde Telefon."

„Trank er?"

„Zu gesellschaftlichen Anlässen, doch ich habe ihn nur selten betrunken erlebt."

„Verschreibungspflichtige Medikamente? Schlafmittel?"

Nick schüttelte den Kopf. „Er hatte einfach einen sehr tiefen Schlaf."

„Und sein Stabschef war dafür zuständig, ihn zu wecken? Gab es sonst niemanden, den Sie schicken konnten?"

„Dem Senator war der Schutz seines Privatlebens sehr wichtig. Es gab Gelegenheiten, bei denen er nicht allein war, und wir waren beide der Ansicht, dass sein Liebesleben die Mitarbeiter nichts anging."

„Dass Sie wussten, mit wem er schlief, störte ihn aber nicht?"

„Ihm war klar, dass er auf meine Diskretion zählen konnte." Nick sah auf, und die Wirkung des Blickkontakts traf ihn völlig unvorbereitet. Angesichts Sams leicht beunruhigter Miene fragte er sich, ob sie es ebenso spürte. „Seine Eltern müssen informiert werden. Und ich wäre gern derjenige, der es ihnen beibringt."

Sam musterte ihn lange. „Ich werde das veranlassen. Wo sind sie?"

„Auf ihrer Farm in Leesburg. Es muss bald geschehen. Wir verzögern in diesen Minuten eine Abstimmung, für die wir seit Monaten gekämpft haben, und die Nachrichten werden sich dazu garantiert äußern."

„Um was ging es bei der Abstimmung?"

Er erzählte ihr von dem geplanten Zuwanderungsgesetz, seiner historischen Bedeutung und Johns Rolle als Mit-Unterstützer.

Sie nickte nur kurz und eilte davon.

Eine Stunde später saß Nick in einem nicht gekennzeichneten SUV der Metropolitan Police auf dem Weg nach Westen, Richtung Leesburg. Sam fuhr den Wagen. Ihren Partner hatte sie mit einer schwindelerregend langen Liste voller Anweisungen zurückgelassen und darauf bestanden, Nick zu Johns Eltern zu begleiten.

„Brauchst du etwas zu essen?"

Er schüttelte den Kopf. Bei der grässlichen Aufgabe, die vor ihm lag, konnte er nicht einmal ans Essen denken. Außerdem hatte sich sein Magen immer noch nicht wieder erholt.

„Wir können immer noch die Loudoun County Police oder die Virginia State Police bitten, die Sache zu erledigen", schlug sie bereits zum zweiten Mal vor.

„Nein."

Nach einigen Sekunden unangenehmen Schweigens sagte sie: „Es tut mir leid, was mit deinem Freund passiert ist und dass du ihn so sehen musstest."

„Danke."

„Willst du nicht rangehen?", fragte sie und deutete auf sein pausenlos klingelndes Handy.

„Nein."

„Wie wär's dann, wenn du es ausmachst? Ich halte es nicht aus, ständig ein klingelndes Telefon zu hören."

Er zog sein Blackberry aus der Gürteltasche. Bevor er es ausschaltete, rief er Christina an.

„Hallo", meldete sie sich und klang sehr erleichtert. „Ich habe schon mehrfach versucht, dich zu erreichen."

„Tut mir leid." Er lockerte seine Krawatte, öffnete den obersten Hemdknopf und betrachtete Sam, deren angenehmer weiblicher Duft sich im Inneren des Wagens ausbreitete. „Ich hatte mit den Cops zu tun."

„Wo bist du jetzt?"

„Auf dem Weg nach Leesburg."

„Oje." Christina seufzte. „Darum beneide ich dich wirklich nicht. Geht es dir gut?"

„Ging mir nie besser."

„Verzeih. Dumme Frage."

„Ist schon in Ordnung. Wer weiß schon, was man in einer solchen Situation sagen oder tun soll. Hast du die Abstimmung verschoben?"

„Ja, aber Martin und McDougal traf der Schlag. Sie wollen wissen, was los ist."

„Halt sie hin. Noch eine Stunde, vielleicht zwei. Das Gleiche gilt für die Mitarbeiter. Ich gebe dir grünes Licht, sobald ich mit Johns Eltern gesprochen habe."

„Mach ich. Inzwischen hat jeder mitbekommen, dass irgendwas geschehen ist, weil die Capitol Police einen Officer vor Johns Büro postiert hat und niemanden hineinlässt."

„Die Polizei wartet auf einen Durchsuchungsbefehl", erklärte Nick.

„Warum wollen sie einen Durchsuchungsbefehl für das Büro des Opfers?"

„Hat was mit der Überwachungskette bei der Beweissicherung und der Beschwichtigung der Capitol Police zu tun."

„Verstehe. Ich finde, Trevor sollte eine Erklärung vorbereiten, sobald wir so weit sind."

„Deshalb rufe ich an."

„Wir kümmern uns darum." Sie schien froh zu sein, etwas zu tun zu haben.

„Kannst du es Trevor beibringen? Oder soll ich mich darum kümmern?", fragte Nick.

„Ich denke, das schaffe ich. Aber danke, dass du fragst."

„Wie geht es dir?", erkundigte er sich.

„Ich bin völlig geschockt – dieses vielversprechende Talent, einfach weg …" Sie fing an zu weinen. „Und sobald der Schock nachlässt, tut es nur noch weh."

„Ja", meinte er sanft. „Keine Frage."

„Falls du etwas brauchst, ich bin hier."

„Ich werde das Telefon für eine Weile ausmachen", informierte er sie. „Es klingelt ununterbrochen."

„Ich werde dir die Erklärung mailen, sobald wir sie verfasst haben."

„Danke, Christina. Ich melde mich später noch einmal bei dir." Nick beendete das Gespräch und warf einen Blick in seine E-Mails. Die in ihnen zum Ausdruck gebrachte Bestürzung und Besorgnis über den Aufschub der Abstimmung überraschte ihn kaum. Eine Mail stammte von Senator Martin persönlich und lautete: Was zum Henker ist da los, Cappuano?

Seufzend schaltete er das Blackberry aus und ließ es in seine Manteltasche gleiten.

„War das deine Freundin?", erkundigte sich Sam und riss ihn damit aus seinen Gedanken.

„Nein, meine Stellvertreterin."

„Oh."

Weil er keine Ahnung hatte, worauf sie hinauswollte, fügte er hinzu: „Wir arbeiten sehr eng zusammen und sind gute Freunde."

„Warum verteidigst du dich?"

„Was ist eigentlich dein Problem?"

„Ich habe kein Problem. Du bist derjenige mit den Problemen."

„All die tolle Presse, die du in letzter Zeit bekommen hast, war kein Problem für dich?"

„Mir war nicht klar, dass dich das interessiert."

„Tut es auch nicht."

„Ja, das habe ich gemerkt."

Er drehte sich ihr zu, um sie besser ansehen zu können. „Na hör mal! Du hast doch auf keinen einzigen meiner Anrufe reagiert."

Sie schaute ihm überrascht ins Gesicht. „Was für Anrufe?"

Nachdem er sie einen Moment lang ungläubig angestarrt

hatte, sank er in seinen Sitz zurück und richtete den Blick auf die Autos, die an ihnen auf der Interstate vorbeirauschten.

Für ein paar Minuten herrschte verlegenes Schweigen.

„Was für Anrufe, Nick?"

„Ich habe dich angerufen", antwortete er ruhiger. „Tagelang nach jener Nacht. Ich habe versucht, dich zu erreichen."

„Das habe ich nicht gewusst", erwiderte sie. „Niemand hat mir etwas davon gesagt."

„Das spielt jetzt auch keine Rolle mehr, schließlich ist es lange her." Aber wenn seine Reaktion auf ihr Wiedersehen nach sechs Jahren irgendeinen Schluss zuließ, dann den, dass es sehr wohl eine Rolle spielte.

Lesen Sie auch von Nora Roberts:

Nora Roberts
The Sound of Love
Band-Nr. 25647
8,99 € (D)
ISBN: 978-3-86278-502-5
400 Seiten

Nora Roberts
Dance of Love
Band-Nr. 25682
8,99 € (D)
ISBN: 978-3-86278-744-9
416 Seiten

Nora Roberts
Lucky Hearts
Band-Nr. 25699
8,99 € (D)
ISBN: 978-3-86278-837-8
416 Seiten

Suzanne Brockmann
Riskante Versuchung

Er ist der aufregendste Mann, den sie je getroffen hat – doch mehr weiß Jess über ihren Untermieter Rob nicht. Als ein Frauenmörder ganz in ihrer Nähe zuschlägt, wächst Jess' Sorge. Kann der geheimnisvolle Rob sie beschützen – oder bedeutet er Gefahr?

Band-Nr. 25710
8,99 € (D)
ISBN: 978-3-86278-841-5
eBook: 978-3-86278-898-9
304 Seiten

Suzanne Brockmann
Mit jedem Herzschlag

Polizist Felipe ist auf einem Undercover-Einsatz, als Carrie, ohne es zu wissen, seine Tarnung auffliegen lässt! Deshalb packt er sie kurzerhand und flieht mit ihr. Nun muß er sie beschützen, denn nur seinetwegen ist sie jetzt in Gefahr.

Band-Nr. 25657
8,99 € (D)
ISBN: 978-3-86278-706-7
eBook: 978-3-86278-759-3
304 Seiten

Für alle Fans von J.D. Robb!

Marie Force
Fatales Geheimnis

Washington, D.C.: Der Geruch von Blut hängt noch in der Luft, als Sergeant Detective Samantha Holland das Apartment betritt. Brutal ermordet wurde Senator John O'Connor aufgefunden. Für die schöne Ermittlerin steht viel auf dem Spiel: Ihr letzter Fall war fast ihr Karriereende – und dieser scheint nicht besser zu werden! Ausgerechnet mit Nick Cappuano, dem besten Freund des Senators, muss sie zusammenarbeiten. Unausgesprochen steht die Liebesnacht zwischen ihr und Nick, die sie vor Jahren miteinander verbracht haben. Dass es bald schon wieder vor erotischer Spannung knistert, muss Samantha ignorieren. Denn mit den wichtigsten Zeugen zu schlafen? Verhängnisvoll. Denn nichts darf sie von der Jagd nach dem Mörder ablenken, der erneut zuschlägt.

Band-Nr. 25721
7,99 € (D)
ISBN: 978-3-86278-855-2
eBook: 978-3-86278-853-8
384 Seiten

„Drama, Leidenschaft, Politik und Spannung – dieses Buch hat einfach alles." *Book Junkie*